元曲選（附外編）

第二册

〔明〕臧晋叔 編
隋樹森 補編

中華書局

包龍圖智賺合同文字雜劇

楔子

〔冲末扮劉天祥搽旦楊氏正末劉天瑞二旦張氏俫兒同上〕〔劉天祥詩云〕白雲朝朝走。青山日日閒。自家無運智。只道作家難。自家汴梁西關外人氏。姓劉名天祥。大嫂楊氏。兄弟是劉天瑞。二嫂張氏。我根前無甚兒女。止天瑞兄弟有個孩兒。年三歲也。喚做安住。我那先娶的婆婆可亡化了。這婆婆是我後娶的。他根前帶過一個女孩兒來。喚做醜哥。我這兄弟和李社長交厚。曾指腹爲婚。李社長根前得了個女孩兒。喚做定奴。也三歲了。他兩個可是兩親家。如今爲這六料不收。上司言語。着俺分房減口。兄弟你守着祖業。俺兩口兒到他邦外府。趕熟去來。〔搽旦云〕俺兩箇年紀高大。去不的了。〔正末云〕哥哥和嫂嫂守着祖業。我和二嫂引着安住孩兒。趁熟走一遭去。〔劉天祥云〕這等你與我請將李社長來者。〔正末云〕我便請去。〔做請科云〕李親家在家麽。〔社長上云〕誰喚門哩。我開開這門。原來是劉親家。有甚麽話説。〔正末云〕俺哥哥有請。〔見科〕〔社長云〕親家。你來喚我。莫不爲分房減口之事麽。〔劉天祥云〕正是。只因年歲饑歉。難以度日。如今俺兄弟家三口兒。待趁熟去也。我昨日做下兩紙合同文書。應有的庄田物件房廊屋舍。都在這文書上。不曾分另。兄弟三二年來家便罷。若兄弟十年五年來時。這文書便是大證見。特請親家到來。做個見人也。與我畫個字兒。〔社長云〕當得當得。〔劉天祥念科云〕東京西關義定坊住人劉天祥。弟劉天瑞。幼姪安住。則爲六料不收。奉上司文書。分房減口。各處趁熟。有弟劉天瑞。自願將妻帶子。他鄉趁熟。一應家私田産。不曾分另。今立合同文書二紙。各收一紙爲照。立文書人劉天祥同親弟劉天瑞。見人李社長。〔社長云〕寫的是。等我畫個字。你兩個各自收執者。〔畫字科〕〔正末云〕既有了合同文書。則今日好日辰。辭別了哥哥嫂嫂。引着孩兒。便索長行。親家。我此一去。只等年成熟時便回家來。你是必留這門親事。等我回時。成就此事。〔劉天祥云〕兄弟你出路去。比不的在家。須小心着意者。有便頻頻的稍箇書信回來。也免的我憂念。〔正末云〕哥哥放心。您兄弟去了也。〔唱〕

【仙吕賞花時】兩紙合同各自收。一日分離無限憂。辭故里往他州。只爲這田苗不救。可兀的心去意難留。〔正末二旦俫兒同下〕

〔劉天祥云〕親家。俺兄弟去了也。有勞尊重。只是家貧不能款待。惶恐惶恐。〔社長云〕這也不消。在下就告回了。正是將軍不下馬。各自奔前程。〔同下〕

第一折

〔外扮張秉彝同旦兒郭氏上〕〔張秉彝云〕自家潞州高平縣下馬村人氏。姓張名秉彝。渾家郭氏。嫡親兩口兒家屬。寸男尺女皆無。頗有些田地庄宅。因爲東京六料不收。分房減口。近日有一人喚做劉天瑞。引着他渾家也是張氏。有個孩兒喚做安住。今年三歲。生的眉清目秀。是好一個孩兒也。我因見劉天瑞是個讀書的人。收留他在我店房中安下。也是他的造化低。誰想兩口兒染成疾病。一卧不起。小二哥説他好生病重。大嫂。喒那裏不是積福處。你的舊衣服將着兩件。我的舊衣服也將着兩件。喒望他兩口兒去來。〔同下〕〔店小二上云〕自家店小二的便是。這是張秉彝家店房。近新來有三口兒趁熟的。到這店中安下。不想他兩口兒患病。一日重似一日。人説我窮。他兩個還比我窮。莫説道他兩口兒迎醫服藥。連衣服也没的半片。飯食也没的半碗。怎麼將養得這病好。我如今不免扶持出來。看看他氣色。嗨。也可憐。多分要嗚呼了也。〔正末同二旦倈兒上云〕自家劉天瑞。自從離了哥哥嫂嫂。到這潞州高平縣下馬村張秉彝員外店中安下。多蒙這員外十分美意。並不曾將俺做那外人看待。争奈自家命薄。染了這場疾病。一卧不起。二嫂怎生是好也。〔二旦云〕眼見的俺兩口兒這病。覷天遠。入地近。無那活的人也。〔正末唱〕

【仙吕點絳唇】拙婦熬煎。主家方便。相留戀。直着俺住到來年。誰想天不從人願。

【混江龍】俺則爲人離鄉賤。强經營生出這病根源。拙婦人女工勤謹。小生呵農業當先。拙婦人趁着燈火鄰家宵績紡。小生呵冒着風霜天氣曉耕田。甘受些饑寒苦楚。怎當的進退迍邅。現如今山妻染病。更被他幼子牽纏。回望着家鄉路遠。知他是兄嫂高年。好教我眼巴巴没亂殺難相見。枉了也離鄉背井。落的個赤手空拳。

〔二旦與正末文書科云〕二哥。我這窮命。只在早晚了也。你收拾這文書。保重將息者。〔二旦做死狀科〕〔張秉彝上云〕可早來到店中也。君子。你那病體如何。〔見正末科云〕呀。原來你渾家亡了也。你如今也有些錢鈔。發送你的渾家麽。〔正末唱〕

【油葫蘆】量小生有甚人情有甚錢。苦痛也波天。則爲那家私生受了二十年。要領舊席鋪停柩無一片。要領好衣服粧裹無一件。〔張秉彝云〕君子。你不須煩惱。我這裏都已備下了也。〔正末唱〕謝員外厮濟惠。謝員外肯見憐。〔帶云〕小生若不得員外呵。〔唱〕則俺這人離財散央親眷。兀良誰齎發與我一根椽。

〔做悲科〕〔唱〕

【天下樂】妻也知他是你命難逃我命蹇。我想從也波前。也是宿世緣。將重孝不披輕孝來穿。想着你恩共情。想着你貞共賢。我甘心兒與你駕靈車哭少年。

〔張秉彝云〕小二哥。着人來擡的二嫂出城外。揀個高原去處。好好的埋葬了者。〔擡下〕〔正末云〕員外。我也送他一送咱。〔張秉彝云〕你是個病人。那裏送的。便不送也罷。〔正末做悲科〕〔云〕妻也。我爲着你呵。〔唱〕

【那吒令】念不出。消災的善言。烈不得。買路的紙錢。〔張秉彝云〕我代你送出去。〔正末云〕怎敢勞動員外。〔唱〕我可也放不下。殃人的業冤。一片心迷留没亂焦。兩條腿滴羞篤速戰。恰便似熱地上蚰蜒。

〔做走科〕〔唱〕

【鵲踏枝】我甫擡身到靈柩邊。待親送出郊原。不覺的肉顫身摇。眼暈頭旋。挪一步早前合後偃。〔正末做倒科〕〔唱〕哎喲。叫一聲覆地翻天。

〔云〕員外。小生有句話敢説麽。〔張秉彝做扶科云〕你有甚麽話。你説。〔正末云〕小生東京義定坊居住。哥哥劉天祥。小生劉天瑞。因爲六料不收。奉上司的明文。着分房减口。哥哥守着祖業。小生三口兒在此趁熟。當那一日。立了兩紙合同文書。哥哥收一紙。小生收一紙。怕有些好歹。以此爲證。只望員外廣脩陰德。怎生將劉安住孩兒。擡舉成人長大。把這紙合同文書。分付與他。將的俺兩把兒骨殖。埋入祖墳。小生來生來世。情願做驢做馬。報答員外。是必休迷失了孩兒的本姓也。〔唱〕

【柳葉兒】則被那官司逼遣。他道是没收成千里無烟。着俺分房减口爲供膳。因此上攜宅眷。撇家緣。圖一個苟活偷全。

〔張秉彝云〕元來你的家緣家計。都在這一紙合同文字上哩。〔正末唱〕

【青哥兒】雖則是一張兒合同合同文券。上寫着一家兒莊田宅院。這便我久後歸宗的證明顯。趁如今未喪黄泉。叮嚀你大德高賢。等孩兒長大時年。交付他收執依然。遮莫殺顛沛流連。休迷失水木根源。這便是你張員外種下的福無邊。天須見。

〔張秉彝云〕我知道了。等你孩兒長大成人。交付與他。回還你祖家去也。〔正末云〕員外。俺那

孩兒呵。〔唱〕

【寄生草】他目下交三歲。你若擡舉他更數年。常則是公心教訓誠心勸。教的他爲人謹慎於人善。不許他初年隨順中年變。俺便死也難忘你這天高地厚情。員外你則可憐見小冤家少母無爹面。

〔張秉彝云〕君子。你自掙閫。這都在我身上。決不負你所託也。〔正末云〕員外。我這一會兒不好了。扶我外間裏去罷。〔做扶科〕〔正末唱〕

【賺煞尾】不爭我病勢正昏沉。更那堪苦事難支遣。忙趕上頭裏的喪車不遠。眼見得客死他鄉有誰祭奠。〔帶云〕兒也。你若得長大成人呵。〔唱〕你是必休別了父母遺言。將骨殖到梁園。就着俺那祖父的墳前。古樹林峯好墓田。員外則你便是我三代祖先。我又無甚六神親眷。可憐見俺兩房頭這幾口兒都不得個好團圓。〔下〕

〔張秉彝云〕好可憐也。他家三口兒來到我這裏。老兩口兒都死了。則留下這個小的。剛交三歲。他又無甚親眷。就留在我家中。擡舉的他成人長大。着他回去本鄉。認了伯父伯娘。着他一家兒團圓。也見的我久要不忘之意。〔詩云〕兩口兒身亡實可憐。留下孩兒尚幼年。待他長大成人後。須教骨肉再團圓。〔下〕

【音釋】迍音屯　邅音氈　顫音戰　暈音運　券音勸　閫音債

第二折

〔張秉彝同旦兒上云〕自從劉天瑞兩口兒身亡之後。又早過了十五年光景。安住孩兒長成十八歲了也。人都喚做張安住。他却那裏知道原不是我的孩兒。我自小教他讀書。他如今教着幾個村童。時遇清明節届。我到這墳上烈紙。就今日和孩兒説這個緣故。想他父親遺言。休迷失了孩兒本姓。可早來到墳上也。怎生不見孩兒來。〔正末扮安住上云〕自家張安住。開着個學堂。教幾個蒙童過日。今日清明節届。父親母親先往墳上去了。我須走一遭去也呵。〔唱〕

【正宮端正好】我將着這一所草堂開。聚幾個蒙童訓。常則是對青燈黄卷埋身。苦了我也十年窗下無人問。何日得功名進。

【滾繡毬】我可也爲甚的甘受貧。不厭勤。抵多少策頑磨鈍。也只爲不如人學做儒人。指望待躍錦鱗。過禹門。纔是俺男兒發憤。終有日際會風雲。不枉了嚴親教訓能酬志。須信道古聖文章可立身。改換家門。

〔見科〕〔張秉彝云〕孩兒。等不的你來。俺和母親先祭拜了也。你如今從頭的拜祖先咱。〔正末拜科〕〔張秉彝云〕有墳塋外邊那個墳兒。孩兒你也拜他一拜。〔正末拜科云〕父親。墻外邊那個墳兒。常年家着您孩兒拜他。可是俺家甚麼親眷。父親可説與孩兒知道。〔張秉彝云〕孩兒也。我説與你呵。你休煩惱。你不姓張。本姓劉。你是東京西關義定坊人氏。你伯父是劉天祥。你父親是劉天瑞。因爲你那裏六料不收。分房減口。你父親帶你到這裏趁熟。不想你父母雙亡。埋葬於此。你父親臨終遺留與我一紙合同文書。應有家私田産。都在這文書上。我擡舉你十五年了。孩兒也。俺雖無三年養育之苦。却也有十五年擡舉之恩。你則休生忘了俺兩口兒也。〔詩云〕我不説之時恩不斷。説罷之時斷了恩。俺有朝一日身亡後。誰是我的拖麻拽布人。〔正末云〕這等兀的不痛殺我也。〔做氣倒科〕〔張秉彝扶科云〕安住孩兒甦醒者。〔正末唱〕

【倘秀才】俺父親口快心直怎隱。您孩兒鼻痛心酸怎忍。想着那凍餓死的爺娘兀的不痛殺人。别了兄嫂。離了家門。養下這個毒害的子孫。

〔正末對墓哭科〕〔唱〕

【呆骨朵】想着俺人亡家破留下這個兒生忿。我直啼哭的地慘天昏。不争將先父母恩量。又怕俺這老爺娘議論。則道把十月懷躭想。可將這數載情腸盡。〔張秉彝做歎科云〕嗨。他親的則是親。〔正末唱〕他道親的則是親。我怎肯知恩不報恩。

〔云〕父親母親。您孩兒則今日就請起這兩把骨殖。回家鄉去。見了伯父伯娘。將骨殖埋入祖墳。您孩兒重來侍奉。未知父親意下如何。〔張秉彝悲科云〕孩兒。則今日可便埋葬你父母去罷。〔正末唱〕

【倘秀才】待奉着俺先人的教訓。怎敢道别了家尊的義分。您孩兒兩下裏爺娘一樣的親。怎敢道分真假。辯清渾。天地也就着俺亡家喪身。

【滚繡毬】想當日盤纏無一文。遺留託二親。痛殺我也命絶禄盡。謝父親將您孩兒擡舉成人。離了這潞州下馬村。早來到東京義定門。將俺這骨殖埋殯。認了伯父伯娘呵您孩兒便索抽身。先安定了俺這十五年無主亡魂魄。回來報答你一雙的高年養育恩。怎避的艱辛。

〔張秉彝云〕孩兒也。你去則去。可休不回來。可憐見俺老兩口兒。無兒無女。思想殺您也。這的是合同文書。孩兒。你收執了者。〔正末做收執拜別科〕〔張秉彝云〕孩兒。你是必早些兒回來。〔詞云〕怎不教我悲啼痛苦。想起來似刀剜肺腑。你若葬了生身爺娘。是必休忘了你養身的父母。〔下〕〔正末唱〕

【倘秀才】遠遠望高山隱隱。近近聽黄河滚滚。我則見段段田苗接遠村。到祖宅。造親墳。盡了我這點兒孝順。

〔云〕哎。似這等走。幾時得到。你也行動些箇。〔唱〕

【滚繡毬】這般擔呵我生怕背了母親。這般擔呵又則怕背了父親。好着俺孝心難盡。做不得郭巨田真。兀的不壓掉。魂。諕殺人。原來是至誠的天順。可又早動鬼驚神。曾聞的古來孝子擔繼母。感得園林兩處分。俺今日也脚底生雲。

〔云〕則今日便索回俺那家鄉去也。〔唱〕

【煞尾】披星帶月心腸緊。過水登山脚步勤。意急不將晝夜分。心愁豈覺途路穩。痛淚零零雨灑塵。怨氣騰騰風送雲。客舍青青柳色新。千里關山勞夢魂。歸到梁園認老親。恁時節纔把我這十五載流離證了本。〔下〕

〔音釋〕屆音戒　甦音蘇　剜碗平聲

第三折

〔搽旦上云〕妾身劉天祥的渾家。自從分房減口。二哥二嫂安住他三口兒去了。可早十五年光景也。我這家私。火焰也似長將起來。開着個解典鋪。我帶過來的女孩兒。如今招了個女壻。我則怕安住來認。若是他來呵。這家私都是他的。我那女壻只好睁着眼看的一看。因此上我心下則愁着這一件。今日無甚事。在這門首閒立着。看有甚麼人來。〔正末上云〕自家劉安住是也。遠遠望見家鄉。慚愧。可早來到也呵。〔唱〕

【中呂粉蝶兒】遠赴皇都。急煎煎早行晚住。早難道神鬼皆無。我將飯充饑。茶解渴。紙錢來買路。歷盡了那一千里程途。幾曾道半霎兒停步。

【醉春風】俺心兒裏思想殺老爺娘。則待要墓兒中埋葬俺這先父母。一會家煩惱上眉頭。安住到大來是苦。苦。我則道孤影孤身。流落在他州他縣。慚媿也不想還認了這伯娘伯父。

〔云〕我問人來。這裏便是劉天祥伯父家。且放下這擔兒者。〔做見搽旦科云〕老娘。借問一聲。這裏可是劉天祥伯父家麽。〔搽旦云〕便是。你問他怎的。〔正末拜科云〕原來正是俺伯娘。〔搽旦云〕甚麽伯娘。這小的好詐熟也。〔正末唱〕

【紅繡鞋】他他他可也爲甚麽全没那半點兒牽腸割肚。全没那半聲兒短嘆長吁。莫不您叔嫂妯娌不和睦。〔云〕伯娘。俺伯伯那裏去了。〔搽旦云〕甚麽伯伯。我不知道。〔正末唱〕伯伯可又無踪影。伯娘那裏緊支吾。可教我那搭兒葬俺父母。

〔云〕伯娘。則我就是您姪兒劉安住。〔搽旦云〕你説是十五年前趁熟去的劉安住麽。你父親去時。有合同文書來。您有這合同文書便是真的。無便是假的。〔正末云〕伯娘。這合同文書。有有有。〔唱〕

【普天樂】我意慌速。心猶豫。若無顯證。怎辯親疎。〔遞合同科〕〔搽旦云〕争奈我不識字如何。〔正末唱〕伯娘可也不會讀將去。着伯父親身覷。〔云〕好一固賢達的伯娘也。我錯埋怨了他。〔唱〕他元來是九烈三貞賢達婦。兀的個老人家尚然道出嫁從夫。〔搽旦入門科〕〔正末云〕呀。伯娘入去了。可怎麽這一晌還不見出來。我早猜着了也。〔唱〕一來是收拾祭物。二來是准備孝服。第三來可是報與親屬。

〔劉天祥上云〕自從俺天瑞兄弟。三口兒一去十五年。並無音信。我則看着那劉安住孩兒。知他有也是無。我偌大家私。無人承受。煩惱的我眼也昏了。耳也聾了。〔做見科云〕兀那小的。你是誰家的。在我門首走來走去的。〔正末云〕我又不在你家門首。我這裏是認親眷的。干你甚麼事。〔劉天祥云〕不是我家門首。可是誰家門首。〔正末云〕那壁敢是劉天祥伯伯麼。〔劉天祥云〕則我便是劉天祥。〔正末云〕伯伯請上。受您姪兒幾拜。〔正末拜科〕〔唱〕

【迎仙客】因歉年趁熟去。別家鄉臨外府。怎知道命兒裏百般無是處。先亡了俺嫡親的爺娘。守着這別人家父母。整受了十五載孤獨。〔劉天祥云〕你叫做什麼名字。〔正末唱〕**則俺呵便是您姪兒劉安住。**

〔劉天祥云〕你那裏見劉安住來。〔正末云〕則我便是劉安住。〔劉天祥做悲科云〕婆婆。你歡喜咱。俺劉安住孩兒回家來了也。〔搽旦云〕甚麼劉安住。這裏哨子每極多。見咱有些家私。假做劉安住來認俺。他爺娘去時。有合同文書。若有便是真的。無便是假的。〔劉天祥云〕婆婆也道的是。我出去問他。劉安住。你去時節有合同文書。你將的來我看。〔正末云〕有文書來。適纔交付與伯娘了也。〔劉天祥云〕婆婆。休鬭我耍。我問劉安住來。他道你拏着文書了也。〔搽旦云〕我不曾拏。〔劉天祥云〕劉安住。婆婆道他不曾拏。孩兒也。你等我來波。怎麼就與了他。〔正末唱〕

【石榴花】俺一生精細一時麄。直恁般不曉事忒糊塗。則他那口如蜜鉢說從初。並無間阻。索看文書。我則道是親骨血這搭兒裏重完聚。一家兒世不分居。我將這合同

一紙慌忙付。倒着俺做了扁擔脱兩頭虚。

【鬭鵪鶉】我將那百詐的虔婆。錯認做三移孟母。我又不索您錢財。又不分您地土。只要把無主的亡靈歸墓所。你可也須念兄弟每如手足。便做道這張紙爲有爲無。難道我姓劉的不親不故。

（做看擔兒悲科云）父親母親。兀的不痛殺我也。（唱）

【上小樓】想着俺劬勞父母。遇了這饑荒時務。辭着兄嫂。引着妻男。趁着豐熟。怎知道壽短促。命苦毒。再没個親人看顧。閃的這兩把骨殖兒不着墳墓。

【幺篇】伯娘你也忒狠酷。怎對付。則待要瞞了姪兒。背了伯伯。下了埋伏。單則是他親女。和女夫。把家緣收取。可不俺兩房頭滅門絶户。

（劉天祥云）安住孩兒。你那合同文書委實在那裏也。（正末云）恰纔是伯娘親手兒拏進去了。（搽旦云）這個説謊的小弟子孩兒。我幾曾見那文書來。（正末云）伯娘。休鬭您孩兒耍。你恰纔明明的拏進去。怎説不曾見。（搽旦云）我若見你那文書。着我鄰舍家害疔瘡。（劉天祥云）婆婆。你若是拏了。將來我看。（搽旦云）這老兒也糊突。這紙文書。我要他糊窗兒。有什麽用處。這厮故意的來捏舌。待詐騙喒的家私哩。（正末云）伯伯。您孩兒不要家財。則要傍着祖墳上埋葬了俺父母這兩把兒骨殖。我便去也。（搽旦打破正末頭科云）老的。你只管與他説什麽。喒家去來。（鬭門科〕〔下〕〔正末云〕認我不認我便罷。怎麽將我的頭打破了。天那。誰人與我做主咱。〔哭科〕〔李社長上云〕老漢李社長是也。打從劉天祥門首經過。看見一個小後生。在那裏啼哭。不知爲何。我問他波。這小的。你是什麽人。〔正末云〕我是十五年前趁熟去的劉天瑞兒子劉安住。〔社長認科云〕是誰打破你頭來。〔正末云〕這不干我伯父事。是伯娘不肯認我。拏了我合同文書。抵死的賴了。又打破我的頭來。〔社長云〕劉安住。你且省煩惱。你是我的女壻。我與你做主。〔正末唱〕

【滿庭芳】謝得你太山做主。我是他嫡親骨血。又不比房分的家奴。將骨殖兒親擔的還鄉。故走了些偌遠程途。你道俺那親伯父因何致怒。赤緊的後婆婆先賺了我文書。〔社長云〕難道不認就罷了。〔正末唱〕**我可也難回去。但能勾葬埋了我父母。將安住認不認待何如。**

〔社長云〕劉天祥的老婆婆無禮也。我與你説去。劉天祥開門來。開門來。〔劉天祥搽旦上云〕誰喚門哩。〔開門科〕〔社長云〕劉天祥。你什麽道理。你親姪兒回來。你認他不認他便罷。怎生信着妻言。將他頭都打破了。〔搽旦云〕這箇社長。你不知他是詐騙人的。故來我家裏打譁。他既是我家姪兒。當初曾有合同文書。有你畫的字。有那文書便是劉安住。〔社長云〕你也説的是。兀那小的。你是劉安住。你父母曾有合同文書麽。〔正末云〕是有來。恰纔交付與伯娘了也。〔社長云〕劉大嫂。元來他有文書。是你拏着去了。〔搽旦云〕我若拏了他文書。我吃蜜蜂兒的屎。〔劉天祥云〕且休問他文書。則問他那小的。你父親那裏人氏。姓甚名誰。爲何出外。說的是便是劉安住。〔社長云〕兀那小的。你既是劉安住。你父親那裏人氏。姓甚名誰。因何出外。說的是便是劉安住。說的不是便不是劉安住。〔正末云〕聽您孩兒說來。祖居汴梁西關義定坊。住人劉天祥。弟天瑞。姪兒安住。年三歲。則爲六料不收。上司明文。着俺分房減口。各處趁熟。有弟天瑞。自願帶領妻兒他鄉趁熟。一應家私田產。不曾分另。今立合同文書二紙。各收一紙爲照。立合同文書人劉天祥。同立文書劉天瑞。保見人李社長。不期父母同安住趁熟到山西潞州高平縣下馬村張秉彝家店房中安下。父母染病雙亡。有張秉彝擡舉的我成人長大。我如今十八歲了。擔着俺父母兩把骨殖兒。來認伯父。誰想伯娘將合同文書。賺的去了。伯伯又不肯認我。倒打破了我的頭。這等寃枉。那裏去分訴也。〔社長云〕再不消說。正是我女壻劉安住。〔搽旦云〕這箇社長。你好不曉事。是不是不干你事。關上門。老的。咱家裏來。〔同劉天祥下〕〔社長云〕這個老虔婆。使這等見識。故意不認他。現放着大衙門。我引的你告狀去來。〔外扮包待制領張千上云〕老夫包拯是也。西延邊賞軍回還。到這汴梁西關裏。只見一叢人鬧。張千。你與我看着。爲甚麼事來。〔社長叫科云〕寃屈也。〔包待制云〕拿過來。〔張千引上見科云〕當面。〔社長詞云〕告大人停嗔息怒。聽小人從頭剖訴。小人是本縣社長。他姓劉喚名安住。父天瑞伯伯天祥。是嫡親同胞手足。爲荒年上司傳示。着分房各處趁熟。他父母遠迻潞州。在張秉彝店中安寓。就當日造下合同。把家私明明填注。念小人有女定奴。曾許做劉家媳婦。這文書上寫作見人。也只爲沾親帶故。是一樣寫成二紙。各收執存爲證據。誰想劉天瑞夫婦雙亡。死的個不着墳墓。剛留下這三歲孩兒。着誰人與他乳哺。到如今十五餘年。多得張秉彝十分看覷。交付與合同文書。着回家認他伯父。將骨殖做一擔挑來。指望的傍祖塋好生安厝。到門前偏撞見狠心的伯娘。把文書早先賺去。百般的道假嫌真。全不念連根共樹。眼見得打破額頭。閃的他進退無路。幸遇着青天老爺。似明鏡不容姦蠹。可憐劉安住負屈啣冤。須不是李社長教唆爲務。〔包待制云〕兀的劉安住。我不問你別的。只問你這十五年在那裏居住來。〔正末云〕小人在潞州高平縣下馬村張秉彝家居住來。〔唱〕

【十二月】可憐我時乖命苦。只在張秉彝家暫寓權居。生受了些風餐水宿。巴的到祖貫鄉閭。我只道認着了伯娘伯父。便歡然復舊如初。

【堯民歌】怎知俺伯娘呵他是個不冠不帶潑無徒。纔說起劉家安住便早嘴盧都。他把俺合同文字賺來無。盡場兒揣與俺個悶葫蘆。似這冤也波屈。教俺那裏訴。只落得自吞聲暗啼哭。

〔包待制云〕張千。將一行人都與我帶到開封府裏來。〔同下〕〔社長云〕孩兒也。將這兩把骨殖。且安在我家裏。我同你到開封府去來。〔正末云〕那開封府包龍圖。俺也多曾見人說來。〔唱〕

【收尾】他清耿耿水一似。明朗朗鏡不如。他將俺一行人都帶到南衙去。我拚把個頭磕碎金堦叫道委實的屈。〔同下〕

〔音釋〕耍雙鮓切　妯直由切　娌音里　晌音賞　屬繩朱切　獨東盧切　足臧取切　劬音渠　熟繩

朱切　促音取　毒東盧切　酷音苦　伏房夫切　揑尼夜切　賺音湛　諢溫去聲　拯音整
厝音醋　蠹音妬　唆音梭　屈丘雨切　哭音苦　磕音可

第四折

〔張千排衙上云〕在衙人馬平安擡書案。〔包待制上詩云〕鼕鼕衙鼓響。公吏兩邊排。閻王生死殿。東嶽嚇魂臺。老夫包拯。自十日前西延邊賞軍回來。打西關裏過。有一火告狀的是劉安住。老夫將一行人都下在開封府南衙牢裏。只不審問。你道爲何。只爲劉安住告的那詞因上說道。十五年前在潞州高平縣下馬村張秉彝家住來。以此老夫十日不問。我已曾差人將張秉彝取到了也。張千。將安住一起。都與我拿上廳來者。〔正末同衆上〕〔正末唱〕

【雙調新水令】只俺這小人不解大人機。把帶傷人倒監了十日。干連人不問及。被論人盡勾提。暗暗猜疑。怎參透就中意。

〔張千云〕當面。〔衆跪科〕〔包待制云〕一行人都有麼。〔張千云〕稟爺。都有了也。〔包待制云〕劉安住。這個是你的誰。〔正末云〕是我伯父伯娘。〔包待制云〕誰打破你頭來。〔正末云〕是俺伯娘來。〔包待制云〕誰拏了你合同文書來。〔正末云〕俺伯娘拏了來。〔包待制云〕那伯娘是您親的麼。〔正末云〕是俺親的。〔包待制云〕兀那婆子。這箇是您親姪兒不是。〔搽旦云〕這不是俺親姪兒。他要混賴俺家私哩。〔包待制云〕你拏了他文書。如今可在那裏。〔搽旦云〕並不曾見什麼文書。

若見來我就害眼疼。〔包待制云〕兀那劉天祥。這箇是你親姪兒麼。〔劉天祥云〕俺那姪兒。是三歲離家的。連我也不認的。婆婆說道不是。〔包待制云〕這老兒好葫蘆提。怎生婆婆說不是就不是。兀那李社長。端的他是親不是親。〔社長云〕這箇是他親伯父親伯娘。這婆子打破他頭。我是他親丈人。怎麽不是親的。〔包待制云〕兀那劉天祥。你怎麽說。〔劉天祥云〕婆婆說不是。多喒不是。〔包待制云〕既然這老兒和劉安住不是親呵。劉安住。你與我揀一根大棒子。拏下那老兒。着實打者。〔正末唱〕

【喬牌兒】他是個老人家多背悔。大人須有才智。外人行白打了猶當罪。可不俺關親人絕分義。

〔包待制云〕你只打着他。問一個誰是誰非。便好定罪也。〔正末唱〕

【掛玉鈎】相公道誰是誰非便得知。〔包待制做怒科云〕兀那劉安住。你可怎生不着實打者。〔正末唱〕俺父親尚兀是他親兄弟。却教俺亂棒胡敲忍下的。也要想個人心天理終難昧。我須是他親子姪。又不爭甚家和計。我本爲行孝而來。可怎麽生忿而歸。

〔包待制詩云〕老夫低首自評論。就中曲直豈難分。爲甚姪兒不將伯父打。可知親者原來則是親。兀那小厮。我着你打這老兒。你左來右去。只是不肯打。張千。取枷來將那小厮枷了者。〔做枷正末科〕〔正末唱〕

【雁兒落】他荆條棍並不曾湯着皮。我荷葉枷倒替他躭將罪。穩放着後堯婆在一壁。

急的那李社長難支對。
【得勝令】呀。這是我獨自落便宜。好着我半晌似呆癡。俺只道正直蕭丞相。元來是風魔的黨太尉。堪悲。屈沉殺劉天瑞。誰知。可怎了葫蘆提包待制。

〔包待制云〕張千。將劉安住下在死囚牢裏去。你近前來。〔打耳喑科〕〔張千云〕理會的。〔張千做枷正末下〕〔包待制云〕這小廝明明要混賴你這家私。是個假的。〔搽旦云〕大人見的是。他那裏是我親姪兒劉安住。〔張千云〕稟爺。那劉安住下在牢裏發起病來。有八九分重哩。〔包待制云〕天有不測風雲。人有旦夕禍福。那小廝恰纔無病。怎生下在牢裏便有病。張千。你再去看來。〔張千又報云〕病重九分了也。〔包待制云〕你再看去。〔張千又報云〕劉安住太陽穴被他物所傷。現有青紫痕可驗。是箇破傷風的病癥。死了也。〔搽旦云〕死了謝天地。〔包待制云〕怎麽了這樁事。如今倒做了人命。事越重了也。兀那婆子。你與劉安住關親麽。〔搽旦云〕俺不親。〔包待制云〕你若是親呵。你是大他是小。休道死了一箇劉安住。便死了十箇。則是誤殺子孫不償命。則罰些銅納贖。若是不親呵。道不的殺人償命。欠債還錢。他是各白世人。你不認他罷了。却拏着甚些器仗打破他頭。做了破傷風身死。律上説毆打平人。因而致死者抵命。張千。將枷來。枷了這婆子。替劉安住償命去。〔搽旦慌科云〕大人。假若有些關親。可饒的麽。〔包待制云〕是親便不償命。〔搽旦云〕這等他須是俺親姪兒哩。〔包待制云〕兀那婆子。劉安住活時你説不是。劉安住死了。可就説是。這官府倒由的你那。既説是親姪兒。有甚麽顯證。〔搽旦云〕大人。現有合同文書在此。〔包待制詞云〕這小廝本說的丁一確二。這婆子生扭做差三錯四。我用的箇小小機關。早賺出合同文字。兀那婆子。合同文書有一樣兩張。只這一張。怎做的合同文字。〔搽旦云〕大人。這裏還有一張。〔包待制云〕既然合同文字有了也。你買箇棺材。葬埋劉安住去罷。〔搽旦叩頭科云〕索是謝了大人。〔包待制云〕張千。將劉安住屍首。擡在當面。教他看去。〔張千領正末上〕〔搽旦見科云〕呀。他原來不曾死。他是假的。不是劉安住。〔包待制云〕劉安住。被我賺出這合同文書來了也。〔正末云〕若非青天老爺。兀的不屈殺小人也。〔包待制云〕劉安住。你歡喜麼。〔正末云〕可知歡喜哩。〔包待制云〕我更着你大歡喜哩。張千。司房中喚出那張秉彝來者。〔張秉彝上見正末悲科〕〔正末唱〕

【甜水令】我只爲認祖歸宗。遲眠早起。登山涉水。甫能勾到庭幃。又誰知伯母無情。十分猜忌。百般驅逼。直恁的命運低微。

【折桂令】定道是死別生離。與俺那再養爹娘。永没個相見之期。幸遇清官。高擡明鏡。費盡心機。賺出了合同的一張文契。纔許我埋葬的這兩把兒骨殖。今日個父子相依。恩義無虧。早則不迷失了百世宗支。俺可也敢忘昧了你這十載提攜。

〔包待制云〕這一樁公事都完備了也。一行人跪着。聽我老夫下斷。〔詞云〕聖天子撫世安民。尤加意孝子順孫。張秉彝本處縣令。妻並贈賢德夫人。李社長賞銀百兩。着女夫擇日成婚。劉安住力行孝道。賜進士冠帶榮身。將父母祖塋安葬。立碑碣顯耀幽魂。劉天祥朦朧有罪。念年老仍做耆民。妻楊氏本當重譴。姑准贖銅罰千斤。其贅壻元非瓜葛。限即時逐出劉門。更揭榜通行曉諭。明示的王法無親。〔衆謝科〕〔正末唱〕

【水仙子】把白襤衫换了緑羅衣。抵多少一舉成名天下知。爲甚麽皇恩不棄孤寒輩。似高天雨露垂。生和死共戴榮輝。雖然是張秉彝十分仁德。李社長一生信義。也何如俺伯父家有賢妻。

〔音釋〕嚇黑平聲　日入智切　的音底　躭都藍切　壁音彼　呆音爺　逼兵迷切　殖繩知切　碣音竭　譴音遣　贅音綴　德當美切

題目　劉安住歸認祖代宗親

正名　包龍圖智賺合同文字

凍蘇秦衣錦還鄉雜劇

楔子

〔冲末扮孛老同搽旦卜兒浄蘇大大旦二旦上〕〔孛老云〕錢會説話。米會摇擺。無米無錢。失光落彩。老漢蘇大公的便是。我在這蘇家莊居住。嫡親的六口兒家屬。婆婆李氏。有兩箇孩兒。大的孩兒是蘇梨。第二的孩兒是蘇秦。有兩房媳婦兒。那蘇秦孩兒不肯做莊農人家生活。逐朝每日。則是要讀書寫字。他拜義了箇哥哥。姓張名儀。他兩個同堂學業。轉筆抄書。他如今待要上朝進取功名去。蘇梨。喚你兩個兄弟出來。〔蘇大云〕兩個兄弟。父親呼喚。〔正末扮蘇秦同張儀上〕

〔正末詩云〕三尺龍泉萬卷書。老天生我竟何如。山東宰相山西將。彼丈夫兮我丈夫。小生姓蘇名秦。字季子。這位哥哥是張儀。幼年間父母雙亡。流落在我蘇家莊上。和俺兩箇自幼讀書。學成滿腹文章。争奈功名未遂。如今七國紛争。正當招賢之際。小生待要進取功名去。不知張儀哥哥。你意下如何。〔張儀云〕兄弟説的是。喒兩個到於草堂。辭别了父母。便索長行也。〔見蘇大科〕〔蘇大云〕兩個兄弟。您來了也。等我報復去。〔見孛老科云〕父親。兩個兄弟來了也。〔孛老云〕着他過來。〔蘇大云〕兩個兄弟。您見父親去。〔正末同張儀見孛老科云〕父親母親拜揖。〔孛老云〕孩兒免禮。〔張儀云〕父親呼喚兩個。有何分付。〔正末云〕父親母親。如今七國争雄。都下招賢之榜。您孩兒禀過父親母親。待和哥哥同去應舉。那時節若得一官半職。回來改換家門。可不好那。〔孛老云〕張儀蘇秦。你兩個近前來。孩兒也。俺是莊農人家。一了說。若要富。土裏做。若要饒。土裏鉋。依着我。你兩個休去。則不如做莊農的好。〔卜兒云〕老的也。既然他兩箇要去。等他自措盤纏求官去來。省的在我耳朵根邊。終日子曰子曰。伊哩烏蘆的這般鬧炒。倒也净辦。〔孛老云〕婆婆。你也說的是。便好道心去意難留。留下結冤讎。您既然要去。您兩箇早些去罷。〔正末同張儀做拜科〕〔正末云〕父親母親。您孩兒若得了官呵。父親是老評事。母親便是老夫人。哥哥便是大官人。嫂嫂便是大夫人。我媳婦便是夫人縣君也。〔蘇大云〕兄弟。既今日誇了大口。俺一家兒都指望着你哩。〔孛老云〕我記着。你若得了官呵。我便是老評事。你母親是老夫人。哥哥是大官人。嫂嫂是大夫人。你媳婦兒是夫人縣君。你可着志者。〔正末云〕父親。您孩兒留下四句詩。表我志氣咱。〔詩云〕三寸舌爲安國劍。五言詩作上天梯。青雲有路終須到。金榜無名誓不歸。父親母親。您則放心也。〔唱〕

【仙呂賞花時】憑着我七尺身軀八斗才。那怕他十謁朱門九不開。休想我白首困塵埃。憑着這兵書也那戰策。〔孛老云〕孩兒。我則記着金榜無名誓不歸。〔正末云〕父親母親。您放心也。〔唱〕我直着奪得一箇可兀的錦標來。〔下〕

〔張儀云〕收拾琴劍書箱。上朝進取功名走一遭去也。〔下〕〔孛老云〕蘇大。你兩箇兄弟去了也。〔蘇大云〕都去了也。〔孛老詩云〕眼觀旌節旗。耳聽好消息。〔同下〕

〔音釋〕鉋音袍　策釵上聲

第一折

〔外扮王長者領家童上〕〔王長者詩云〕箱内綾羅庫内珍。盈倉米麥廣收屯。詩酒笙歌叢裏過。在城幾箇富豪民。小生姓王名真。字彦實。乃弘農人也。幼習儒業。頗識詩書。後從商賈。專趨什一。家中頗有資財。郭外多增田土。只因平生忠厚。敬老憐貧。人口順都稱我做王長者。近來有一秀才。姓蘇名秦。此人博古知今。真乃將相之器。奈時運未遂。在此店肆中安下。我着人去請他來共話。聽其談吐。少開茅塞。家童門首覷者。這早晚蘇先生敢待來也。〔家童云〕理會的。〔正末上云〕小生蘇秦是也。自離了家中。來到這秦國界上。弘農縣店肆中安下。染了一場天行證候。不能進身。張儀哥哥等不的我。他先上朝取應去了。這裏有一人。乃是王長者。數遍家着人來請小生。今日無甚事。須索相訪走一遭去也呵。〔唱〕

【仙吕點絳唇】我又不會下賤營生。特的來上朝取應。離鄉井。感的這時氣天行。早是我身躭病。

【混江龍】俺把那指尖兒指定。整整的二十年窗下學窮經。苦了我也青燈黄卷。悮了我也白馬紅纓。本待做大鵬鳥高摶九萬里。却被這惡西風先摧折了六稍翎。端的是雲霄有路難僥倖。把我在紅塵中埋没。幾能勾青史上標名。

〔云〕可早來到也。〔見家童科云〕敢問哥哥。長者在家麽。〔家童云〕俺員外在。〔正末云〕報復去。道有蘇秦在於門首。〔家童云〕老員外。有蘇秦在於門首。〔王長者云〕道有請。〔家童云〕請進。〔做見科〕〔王長者云〕久聞先生大名。如雷貫耳。今日幸遇尊顏。實乃小生萬幸。〔正末云〕量小生有何德能。敢勞長者如此用心也。〔王長者云〕敢問先生仙鄉何處。因何至此。〔正末云〕小生洛陽人氏。〔王長者云〕久聞先生學成滿腹文章。只合早早立身顯姓。秉政臨民。却還在此布衣之中。不圖進取。當是爲何。〔正末云〕長者不知。聽小生慢慢的說一遍咱。〔唱〕

【油葫蘆】難道我不想功名只這等。〔王長者云〕先生莫非是盤纏缺少麽。〔正末唱〕但得個有盤纏便進程。〔王長者云〕先生若肯屈節於人。必有進步之日。〔正末唱〕我可也心高氣傲惹人憎。因此上空囊那討一文剩。只落的孤身乾受十分冷。〔王長者云〕時值嚴冬天道。雪花初霽。風力猶嚴。先生你身上敢單寒麽。〔正末唱〕昨日個風又起。今日箇雪乍晴。則我這領破藍衫剛有那一條囫圇領。那夜裏不長嘆到二三更。

〔王長者云〕可傷可傷。我看先生必有崢嶸之日。爭奈時間寂寞。目下孤寒。居於旅店之中。困在塵埃之内。悶眠坐榻。倦對寒燈。不知連宵風雪。先生也會飲酒來麽。〔正末唱〕

【天下樂】可正是酒冷燈昏夢不成。則我那通也波廳。通廳土坑冷。兀的不着我翻來覆去直到明。且休說冰斷我肚腸。爭些兒凍出我眼睛。〔王長者云〕如此般寂寞。先生你怎捱的這等寒苦也。〔正末云〕着長者便道恁的箇蘇秦。〔唱〕哎。我可什麽畫堂春自生。

〔王長者云〕在下聊備一杯淡酒。與先生盪寒。家童。擡上果桌來者。〔家童云〕理會的。〔擡果桌上云〕老員外。果桌在此。〔王長者云〕將酒來。〔家童云〕酒到。〔王長者把盞科云〕斟的滿者。先生請飲一杯。〔正末云〕長者先請。〔王長者云〕先生請。〔正末飲科〕〔王長者云〕久聞先生胸藏蓋世文章。腹隱安邦妙策。我想太公未遇。持釣於渭水之濱。伍相含寃。吹簫在丹陽之縣。後來興師伐紂。萬萬載書史留名。報恨强吴。千千古丹青畫像。據先生甘貧守困。待勢乘時。所謂蛟龍得雲雨。終非池中之物。且請開懷飲酒者。〔詩云〕文章錦繡滿胸懷。知是天生冠世才。任使無心求富貴。終須富貴逼人來。〔正末唱〕

【元和令】你道我滿胸中文學精。又道我有才華會施逞。可不道黄河有日也澄清。偏則是我五星。直恁般時乖運蹇不通亨。覷功名如畫餅。

〔云〕長者。如今街市上有等小民。他道俺秀才每窮酸餓醋。幾時能勾發跡。〔唱〕

【上馬嬌】那一個不把我欺。不把我凌。這都是冷暖世人情。直待將牙爪安排定。驚。方知道畫虎恁時成。

〔王長者云〕肉眼愚民。不識高賢。正所謂燕雀豈知鴻鵠之志。無足怪也。〔正末唱〕

【後庭花】他他他滄海將升斗傾。泰山將等秤稱。鰲魚向池中養。鳳凰在籠内盛。我如今眼睜睜。捱盡了十分蹭蹬。待要去做莊農。又怕悮了九經。做經商又没箇本領。往前去賺入坑。往後來褪入井。兩下裏怎據憑。折磨俺過一生。

〔王長者云〕據先生懷才抱德。闊論高談。未膺玉帛之求。且度虀鹽之況。終有日時運亨通。封侯拜相。揚名六國。垂譽千秋。此乃有志者事竟成。大丈夫之所爲也。先生。〔詩云〕你如今運不來兮命不通。寒窗經史用多功。有朝身掛黃金印。方表男兒志氣雄。〔正末云〕長者。〔唱〕

【青哥兒】也是我那前程前程不定。百忙裏揣摩揣摩蹤影。還説甚有志的從來事竟成。

〔王長者云〕先生。我想這先貧後富的古人。有伊尹躬耕。傅説版築。甯戚飯牛。孫臏刖足。百里奚賣身。古人尚然如此。先生必遂其願也。〔正末唱〕想當初伊尹在莘野躬耕。傅説版築勞形。馮驩彈鋏知名。甯戚扣角歌聲。孫臏足趾遭刑。百里奚陪嫁秦庭。這都自古豪英。個個白衣公卿。蘇秦也是書生。偏我半生飄零。一世不得峥嶸。都則爲命兒裏注定在前生。〔帶云〕長者。〔唱〕我待和誰争競。

〔王長者云〕見今六國選用賢良。先生仗胸中虎略。憑腹内龍韜。但若投於一國。必然名揚天下。在下無物相贈。有春衣一套。鞍馬一副。白銀兩錠。與先生權爲路費。望乞笑納。〔正末云〕長者。小生久困窮途。遇蒙厚贈。日後倘能發跡。必當重報。〔王長者云〕先生何出此言。豈不聞寶劍賣與烈士。紅粉贈與佳人。以先生之才。怕不進取功名。易如拾芥。但恐禮物微鮮。不足供長途之費耳。〔正末唱〕

【賺煞尾】打滅了腹中饑。掙閫了身邊冷。謝長者將咱厚贈。免的我流落窮途涕淚零。只今日便索長行。看鯫生。黄榜高登。博一個千萬人中第一名。〔王長者云〕先生。此一去則要你着志者。〔正末唱〕我將這星辰再整。乾坤來扶定。〔王長者云〕先生。此一去投於何處。〔正末云〕小生往那裏去的是。〔唱〕我只索去那虎狼叢裏覓前程。〔下〕

〔王長者云〕蘇先生去了也。據此人貫世文才。必然顯名天下。家童快些安排酒殽。待我追至十里長亭。與蘇先生餞行。走一遭去來。〔下〕

〔音釋〕屯音豚　躭音擔　掐音恰　僥音交　剩音盛　囫音忽　圇音倫　崢音橙　嶸音橫　盪湯去聲　蹭妻鄧切　蹬音鄧　賺音湛　褪吞去聲　鋏音結　刖音月　競其硬切　闔齋上聲　鯫音鄒　叢音從　覓音密　餞音踐

第二折

〔孛老同卜兒領大旦二旦上〕〔孛老云〕老漢蘇大公的便是。自從蘇秦孩兒。和他那哥哥張儀。求官去了。許多時光景。音信皆無。也不知他流落在那裏。時遇暮冬天氣。風又大。雪又緊。十分寒冷。大的個孩兒。他撒和頭口兒去了。媳婦兒。你鏇鍋兒裏盪下些熱湯。等蘇大來家吃咱。

〔大旦云〕理會的。〔正末上云〕小生蘇秦是也。自從王長者齎發了我銀兩盤費鞍馬。不想凍天行病證又發。盤纏又使的無了。可着我往那裏去的是。我則索去家中。望父親母親走一遭去也呵。

〔唱〕

【正宮端正好】嘆書生。我這裏便嘆書生可兀的身無濟。那裏也麼子封妻。則俺那一般兒求仕的諸相識。他每都閃賺的我難回避。

【滾繡毬】想着我去家來望發跡。定道是上青雲可指日。又誰知遇天行染了這場兒病疾。險些兒連性命也不得回歸。我蘇秦也年紀呵近三十歲。文學呵又不是没得。可怎生不能圖個榮貴。却教我滿頭家風雪凄凄。看别人峥嶸黄閣三公位。偏則我依舊紅塵一布衣。怎不傷悲。

【倘秀才】我空走些千山萬水。不得個一官也那半職。〔帶云〕蘇秦也。你不得官呵。休説那般大言波。〔唱〕你再休説金榜無名誓不歸。我若見俺那高年父。和俺那大賢妻。〔帶云〕蘇秦。你得官來麼。〔唱〕不俫你着我説一個甚的。

〔云〕我來到家門也。我待要過去來。父親母親道。蘇秦你得官來麼。可着我説甚的是。我待要不過去來。風又大。雪又緊。身上無衣。肚裏無食。可着我往那裏去的是。〔唱〕

【伴讀書】我待去來終久則是他苗裔。待不去來便怎肯忘了恩義。想着我那父母情腸别不得。可知俺三從四德妻賢慧。却不道相隨百步有這徘徊意。俺爺娘便怎肯出醜的這揚疾。

【笑歌賞】我待去來你覷我衣衫襤襤褸褸不整齊。待不去來則這裏匆匆匆風共雪相摧逼。去不去三兩次自猜疑。我我我突磨到多半晌走到他跟底。呀呀呀可怎生無一箇

睬我的。來來來我將這羞臉兒且揣在懷兒內。

〔云〕事已到此。無如之奈。且自過去咱。〔見科云〕父親。您孩兒回來了也。〔拜科〕〔孛老轉身科〕〔正末云〕母親。您孩兒回來了也。〔做拜科〕〔卜兒轉身科〕〔正末云〕父親母親都不理我。則望着中間裏拜咱。〔做拜科〕〔孛老與卜兒同轉身撞臉科〕〔正末云〕二嫂。我來家了也。〔二旦做織機科〕〔正末云〕可怎生都不言語那。〔唱〕

【滚繡毬】這壁厢拜了一會。那壁厢問了一日。可怎生無一箇將咱支對。則您這一家兒端的是嫌誰。〔孛老云〕嫌你嫌你。你可怎麽不做官來。〔正末唱〕**俺爹娘他須是老背悔。**〔二旦云〕蘇秦。你得了官來。那箇嫌你。〔正末唱〕**妻也你也好忒下的。**〔大旦云〕蘇秦。你選場中及第也不曾。〔正末唱〕**你問我選場中及第來不曾及第。你不看見我馬頭前列兩行家朱衣。**〔孛老云〕蘇秦。我問你。你當日不做莊農生活。則去讀書。要做官。你跟的張儀去了許多時光景。你如今得了箇甚麽官來。〔正末唱〕**我恰纔入門來休問榮枯事。可不道觀着容顔兀的便得知。**〔帶云〕我這官職呵。〔唱〕**大古裏是箱兒裏盛只。**

〔孛老云〕蘇秦。你將官來與我們看一看也好。〔正末云〕父親母親。您孩兒不曾得官。〔孛老云〕你去時節。誇盡大言。你説道金榜無名誓不歸。你既不曾爲官。你來家做甚麽。〔正末云〕您孩兒得了一場凍天行病癥。張儀哥哥等不的我。先上朝取應去了。您孩兒回到家中。望父母來。〔孛老云〕噤聲。怕猫拖了我。你官也不曾得做。今日這般窮身潑命的。你來俺家裏做甚麽。你快離了我這門。再踏着我這門呵。我決打三百黄桑棒。你出去。你出去。〔正末云〕您孩兒出去則便了也。母親勸一勸兒波。〔卜兒云〕老的。也看我的面皮。着孩兒在家中住到來春。再着孩兒應舉去。做一個官回來罷。〔孛老云〕你靠後。省的什麽。〔大旦云〕公公依着婆婆的說話。着叔叔過了冬呵。來春再取應去。〔孛老云〕你婆婆勸。我尚然不聽。小孩兒家那裏有你說處。靠後。〔正末見大旦科云〕嫂嫂。我腹中饑餒。身上單寒。做些兒熱茶飯與我吃咱。〔大旦云〕我有什麽茶飯在那裏。〔正末見二旦科云〕二嫂。你有茶飯與我吃些兒去呵。〔二旦云〕蘇秦。你問我要茶飯吃。你是爲官的人。吃堂食。飲御酒。你怎吃的這麄茶淡飯。休道是没有。便有那茶飯呵。你也吃不的哩。〔正末唱〕

【朝天子】嗨。這婆娘的見識。所爲。〔帶云〕蘇秦也。今日回來。做妻子的也來譏誚着。〔唱〕**他怕道冷茶飯傷脾胃。**〔二旦云〕蘇秦。你這一去。怕不得了官也。〔正末唱〕**你常好是立兒不覺坐兒饑。**〔二旦云〕你當初去時。則要做官。到今日官在那裏。〔正末唱〕**你問我官在那裏。教我說個甚的。可兀的乾受了你這一肚皮腤臢氣。**〔二旦云〕休說父母怪你。我見了你也害羞哩。〔正末唱〕**俺嫂嫂也不爲炊。妻也不下機。哎喲天那我這裏便則落的那幾點兒凄惶淚。**

〔二旦云〕蘇秦。你不得官呵。當初說甚麽來。〔正末唱〕

【四邊靜】我想着那當初一日。〔二旦云〕可不道金榜無名誓不歸。〔正末云〕蘇秦也。你料着不得官呵。休説那般大言波。〔唱〕你再休説道是金榜無名誓不歸。〔二旦云〕你這些時在那裏那。〔正末唱〕我在那弘農縣裏。〔二旦云〕在那裏做些甚麼。〔正末唱〕無靠無依。枉受盡多狼狽。罷罷罷我男子漢身長七尺寧死也做一個不着家鄉的鬼。

〔二旦云〕蘇秦。我待不與你些茶飯吃來。争奈俺那夫妻腸肚。又過不去。待與你些吃來。又怕公婆怪我。你在這門首躲着。我與你些熱茶飯吃咱。〔正末做吃飯科〕〔蘇大上云〕甚麼人吃我家的飯哩。〔見科〕〔正末云〕哥哥。是您兄弟蘇秦來家了也。〔蘇大云〕是蘇秦回來了。你做了官麽。〔正末云〕哥哥。您兄弟染了一場凍天行病癥。不曾進取功名去。〔蘇大云〕你不曾爲官呵。着我做甚麽大官人。乾着我買了個唐帽在家。安了許多時。你着我那裏發付。虧你不羞。你還撁我的飯碗吃。快出去。快出去。〔正末出門科云〕罷罷罷。我凍死餓死再不上你門來也。〔唱〕

【煞尾】盼的是冬殘曉日三陽氣。不信我撥盡寒鑪一夜灰。我則今番到朝内。脱白襴換紫衣。兩行公人左右隨。一部笙歌出入圍。馬兒上簪簪穩坐的。當街裏劬劬恁炒戚。親爺親娘我也不認得。〔帶云〕蘇秦得了官也。着孩兒家裏來。〔唱〕那其間我直着你手拍着胸脯恁時節悔。〔下〕

〔孛老云〕蘇大。你見你兄弟蘇秦來麽。〔蘇大云〕蘇秦去了也。〔孛老云〕孩兒。你好歹也。我一時惱怒。你就没一箇勸我一勸的。我便一時間把孩兒趕將出去了。您也留他一留。怕做什麽。婆婆。你趕蘇秦孩兒去。〔卜兒云〕老弟子孩兒。頭裏我勸你時。搶白的我没是處。如今孩兒去了也。大風大雪裏。可着我趕他。着我那裏趕他去。〔卜兒做出門科云〕蘇秦。你父親着你家來。老弟子孩兒。他去的遠了也。〔孛老云〕婆婆。孩兒真個去了也。婆婆。想着你受千辛萬苦。怎生擡舉他來。他今日撇了俺老兩口兒去了呵。〔詩云〕不由我哭哭啼啼。思量起雨淚沾衣。且休説懷躭十月。只從小偎乾就濕。幾口氣擡舉他偌大。恰便似燕子銜食。今日箇撚他出去。呸。那裏也孟母三移。蘇大。趕你兄弟去。〔蘇大云〕理會的。〔出門叫科云〕兄弟。你且回家裏來。呀。他去的遠了也。〔見科云〕父親。兄弟去的遠了也。〔孛老云〕哦。去的遠了也。大的兒你來。可不道兄弟如同手足。手足斷了再難續。你和蘇秦兩個指頭兒般弟兄。你怎便忍的看他去了。我説與你。〔詩云〕共乳同胞本一身。猶如枝葉定連根。門户興衰須並守。祖宗田産莫争分。禽逢水食猶相喚。豈可人爲資財便没恩。只你那碗剩飯殘羹能值幾。呸。早忘了脚踏頭稍兄弟親。大的個媳婦。趕你小叔叔去。〔大旦云〕理會的。〔出門科云〕小叔叔。你回家裏來罷。呀。他去的遠了也。〔見科云〕公公。小叔叔去的遠了也。〔孛老云〕哦。去的遠了也。但凡人家不和。皆起于妯娌争長競短。分門各户。都是您這婦人家做出來的。做哥哥的要打要駡。你只該勸你那丈夫便好。你倒走將來火上澆油。〔大旦云〕公公。您媳婦兒怎麽敢。〔孛老云〕噤聲。〔詩云〕他弟兄從來不疎。況堂上現有公姑。做哥哥的很着要打。你也去奪了碗大叫高呼。逼的他忍饑受冷。並不敢半句支吾。俺蘇秦也做不的孫二。你這做嫂嫂的。呸。你可甚楊氏女殺狗勸夫。小媳婦兒。你趕你丈夫去。〔二旦云〕父親。你媳婦兒不曾敢留下蘇秦。他去的遠了也。〔孛老云〕是真個去的遠了也。他每都不曉事。你須是他的結髮夫妻。你該留他一留。媳婦兒。你好下的也。〔詩云〕做甚一家骨肉盡生嗔。都只爲那不圖家業恨蘇秦。雖然堂上公婆親做主。你也不合容他便出門。只今强扶鷄骨投何地。你敢巧畫蛾眉別嫁人。萬一將他逼去饑寒死。呸。可不道的一夜夫妻百夜恩。〔卜兒云〕老賊。這都是你的不是。你埋怨那別人做甚麼。〔詞云〕不是我炒炒鬧鬧。痛傷情搥胸跌脚。那蘇秦不得官羞歸故里。怎當的一家兒齊攢聒噪。做爺的道學課錢幾時挣本。做媳婦的道想殺我也五花官誥。做哥的纔入門便嗔便罵。做嫂嫂的又道是你發跡甕生根驢生笄角。老賊你道再回來我決打你二百黄桑棍。可甚的叫做父慈子孝。俺一家兒努眼苫眉。只待要逼蘇秦險些上吊。這早晚不知大雪裏跌倒在那箇墻邊。教我着誰人訪尋消耗。不争凍餓死了俺這卧冰的王祥。兀的不没亂殺你那太公家教。蘇秦兒也。則被你痛殺我也。〔同下〕

〔音釋〕齎音躋　疾精妻切　十繩知切　得當美切　職張恥切　的音底　襤音藍　逼音彼　日人智切　行霞浪切　只張恥切　識傷以切　腤音庵　臢音簪　吃音恥　尺音恥　劬音渠　戚倉洗切　濕傷以切　食繩知切　妯音逐　娌音里　脚音皎　笄音肌　角音皎　苫聲占切

第三折

〔外扮張儀領陳用張千上〕〔張儀詩云〕龍樓鳳閣九重城。新築沙堤宰相行。我貴我榮君莫羡。十年前是一書生。下官張儀是也。自與兄弟蘇秦。在弘農店肆中分别之後。到於咸陽。見了秦主。獻上三策。十分當意。即授小官咸陽令尹。不數月間。陞遷右丞相之職。我想兄弟一别。早已三年光景。時常切切在心。未敢有忘。竟不知我兄弟可曾進取功名也。還是那流落四方。這兩箇孩兒。一個是陳用。一個是張千。那陳用孩兒。家私裏外。都是他管理。張千跟隨着下官衙門辦事。時遇暮冬天道。紛紛揚揚。下着國家祥瑞。張千。門首覷者。看有甚麽人來。報復我知道。〔張千云〕理會的。〔正末上云〕小生蘇秦。家中望父親母親去來。不想父母將我趕出家門。聽知的張儀哥哥。做了秦邦右相。我去那裏圖個進身。便不然也好借些盤纏。去遊説各國。蘇秦。你好命薄也呵。〔唱〕

【南吕一枝花】如今那有才學的受困窮。幾時得居要路爲卿相。我想那耕牛無宿料。倉鼠可兀的有餘糧。十載寒窗。捱不出虀鹽况。怎生那風共雪纏的我慌。則他好茶飯不濟饑腸。這破衣衫偏歇着我脊梁。

【梁州第七】我要吃呵也無那珍饈百味。要衣呵也無那羅錦千箱。這生涯都在那長街上。我可也又無甚資本。又不會做經商。止不過腕懸着灰罐。手執着毛錐。指萬物走筆成章。有那等不曉事的倒將我來呸搶。剗的來着我凍剥剥靠着這賣文爲活。窮滴滴守着這單瓢也那陋巷。天那我幾時能勾氣昂昂博得這衣錦還鄉。這廂。那廂。爲功名不遂離鄉黨。合着眼到處裏撞。走盡西秦一地方。倒陪了些琴劍書囊。

〔正末做見張千科云〕哥哥拜揖。那裏是張丞相的第宅。〔張千云〕則這箇門樓便是。〔正末云〕哥哥。你在這裏做甚麽勾當。〔張千云〕則我便是丞相爺把門的。叫做張千。〔正末云〕生受哥哥。替我報復去。道有蘇秦在於門首。〔張千云〕你是蘇秦。則這裏有者。〔張千報科云〕禀相公得知。有蘇秦在於門首。〔張儀云〕是誰。〔張千云〕是蘇秦。〔張儀云〕他説是蘇秦。〔張千云〕他説是蘇秦。〔張儀云〕下官語未懸口。兄弟至此也。我接待兄弟去。〔做沉吟科〕〔復坐云〕張千。蘇秦有甚鞍馬步從。〔張千云〕無什麽鞍馬步從。身上好生襤褸。〔張儀云〕哦。元來我兄弟還在布衣之中。則除是這般。陳用。你近前來。〔打耳喑科〕〔陳用云〕您孩兒知道。〔下〕〔張儀云〕張千。你對他説去。他不自家過來。待着老夫接待他麽。〔正末云〕俺哥哥聽的我來。這場管待也非同小可。〔張千云〕兀那秀才。〔正末云〕您丞相説什麽來。〔張千云〕俺丞相爺説來。你不自家過去。敢待着俺丞相爺接待你那。〔正末云〕他是我的哥哥。我是他的兄弟。我自過去怕做什麽。〔正末做見科云〕哥哥多時不見。兄弟有一拜。〔張儀云〕住者。休拜。〔正末云〕爲什麽。〔張儀云〕張千。將我那拜褥來。〔正末云〕要那拜褥怎麽。〔張儀云〕則怕展污了你那錦繡衣服。〔正末云〕可早一句兒也。哥哥。受您兄弟幾拜。〔做拜科〕〔張儀云〕兄弟免禮。我與你分別之後。一向在於何處。〔正末云〕您兄弟在店肆中安下。染了一場凍天行證候。不能進身也。〔張儀云〕曾到家中見父母來麽。〔正末云〕也曾回到家中望父母去來。〔張儀云〕父母見了你歡喜麽。〔正末云〕哥哥。俺父母大風雪裏。將您兄弟趕將出來也。〔張儀云〕父母可也不是。見你這等峥嶸發達的孩兒。可怎生趕將出來。兄弟。你這一來爲何。〔正末云〕聽知哥哥做了秦邦丞相。一徑的投奔哥哥來。您兄弟有一首詩。哥哥試看咱。〔張儀云〕有一首詩。將來我試看咱。〔正末做遞詩科〕〔張儀做接看科〕〔詩云〕一聲雷動震雲門。散作陽和天下春。池内龍騰千尺水。廳前花發幾枝新。已知兄長官階貴。曾受皇家敕賜恩。世事升沉如轉盼。算來由命不由人。〔張儀背云〕兄弟。你將這段心思。留在那萬言策上。愁甚麽不坐於都堂。可來我根前獻詩。兄弟你錯用了心也。〔回云〕兄弟。您哥哥做了秦邦右相。屈於一人之下。坐于百僚之上。你見我這正廳上安着二十四把交椅。可都是公卿每坐處。你是箇白衣人坐着。外人覷看不雅相。這裏你也難坐。張千。打掃冰雪堂者。那裏管待兄弟。〔正末云〕哥哥。則這裏坐罷。没來由去那冰雪堂做什麽。〔張儀云〕兄弟也。那裏正好管待你這秀才每。跟我來。〔做走科〕〔正末做到冰雪堂冷科云〕勿勿勿。〔張儀云〕張千。開了那門者。〔張千云〕理會的。〔做開門冷科〕〔張儀云〕是有些兒冷。兄弟請坐。張千。將那四面的吊窗都與我推開。將那雪都與我打掃。將來堆在四面。着幾箇祗從人攪動那風車者。〔張千云〕理會的。〔做打掃雪科〕〔正末云〕住者。〔唱〕

【賀新郎】大開東閣掛起那西窗。〔張儀云〕兄弟。你不知您哥哥做秦邦右丞相。坐於八位之上哩。〔正末唱〕許來大八位裏官人。可怎生無他那半盆兒火向。〔張儀云〕男子漢家有甚麼冷。可怎生要向火。〔正末唱〕覷了這炎漢嘴臉何興旺。真乃是國家棟梁。可正是畫堂別是風光。將來的茶飯不准備。則我這盤纏不商量。〔張儀云〕張千。四下裏攪動那風車者。〔正末唱〕可怎生風神王都聚在你這前廳上。〔張儀云〕兄弟。我與你拂塵咱。〔正末唱〕早難道洗塵斟玉斝。〔張儀云〕張千。喚幾箇歌兒舞女來伏侍兄弟咱。〔正末唱〕兀的是開宴出紅粧。

〔張儀背云〕張千。你近前來。我分付你。你將兩壺酒來。我吃的酒放熱着。蘇秦的那壺酒。去那大雪裏冰一冰。再着上些雪在裏面。先將那冷酒來。〔張千云〕理會的。〔張千拏酒科云〕酒到。〔張儀云〕將酒來。兄弟滿飲一杯。〔做遞酒科云〕〔正末云〕哥哥先飲。〔張儀云〕兄弟先飲。〔正末唱〕

【隔尾】我喜則喜一盞瓊花釀。恨則恨十分他這個冰雪般涼。〔張儀云〕這一杯酒。與兄弟盪寒咱。〔正末唱〕你待與我盪寒呵你着那祇候人盪一盪。〔張儀云〕兄弟吃了者。〔正末唱〕小生嚥下去怎當。冰斷我這肚腸。〔帶云〕哥哥先飲。〔唱〕這一盞酒推辭了多半晌。

〔張儀云〕兄弟。你不飲酒。小後生家臘月裏吃了冷酒。開春來不害眼。兄弟你敢冷麼。〔正末云〕可知冷哩。〔張儀云〕你可不早說。張千。將我的綿團襖來。〔張千遞襖科云〕理會的。襖在此。〔張儀做接科云〕將來。將來。兄弟。你見這綿團襖麼。〔正末云〕你兄弟見。〔張儀云〕你冷麼。〔正末云〕你兄弟冷。〔張儀云〕你真箇冷。〔正末云〕你兄弟真個冷。〔張儀云〕你冷我也冷。〔張儀做自穿襖科云〕兄弟你肚裏饑麼。〔正末云〕可知饑哩。你兄弟還不曾吃飯。〔張儀云〕兄弟你可不早說。張千。你近前來。我分付你。〔背云〕我的饅頭粉湯蒸的熱。着蘇秦吃的饅頭。是那二年前祭丁的冷饅頭。放在他根前。粉湯裏面放上些冰凌與他食用。〔張千云〕理會的。〔做下湯科〕〔張儀云〕兄弟也。先請些兒粉湯。〔正末云〕你兄弟吃。〔做吃湯科云〕奇怪。可怎生粉湯裏面都是些冰凌。〔張儀云〕兄弟。請箇饅頭兒者。〔正末做劈開科云〕我吃這饅頭咱。你兄弟敢問麼。〔張儀云〕兄弟你問什麼。〔正末云〕喒與哥哥別了幾時也。〔張儀云〕兄弟。喒離別了三年也。〔正末云〕嗨。可早三年也。好硬饅頭。張儀。你是何道理。〔張儀云〕你不是蘇秦。〔正末云〕你怎敢呼我的名。〔張儀云〕你怎敢道我的姓。〔正末云〕張儀你聽者。〔唱〕

【絮蝦蟆】只爲你箇同窗友做頭廳相。因此上我心中自酌量。這交情非比泛常。好做十分倚仗。撇下父母在堂。遠遠特來相訪。吟就新詩一章。訴説飄零異方。必然見我感傷。不惜千金治裝。豈知你故人名望。也不問別來無恙。放下一張飯牀。上面都没擺當。冷酒冷粉冷湯。着咱如何近傍。百般粧模作樣。訕笑寒酸魍魎。甚勾當。來來往往。張張狂狂。村村棒棒。〔張千喝科云〕點湯。〔正末唱〕哎。又要你走將來走將來便雪上加霜。忒頹慌。〔正末云〕張儀。〔張儀云〕蘇秦。〔正末唱〕這都是剥民脂膏養的能豪旺。腌情況。甚紀綱。只我在你行。待將些寒温話講。〔帶云〕擡了去者。〔唱〕須不是告什麼從良。

〔張儀云〕這廝原來酒後無德。撒酒風那。〔正末云〕張儀。你有什麼好文章。〔張儀云〕蘇秦。我的文章不如你呵。怎得做秦邦丞相。張千。喝點湯。〔張千云〕點湯。〔正末唱〕

【牧羊關】你比我文學淺。〔張千云〕點湯。〔正末唱〕我比你只命運囊。〔張千云〕點湯。〔正末唱〕你苟圖些紫綬金章。〔張千云〕點湯。〔張儀云〕我則理會的見世生苗。〔正末唱〕赤緊的見世生苗。〔張千云〕點湯。〔正末唱〕我則理會的埋根千丈。〔張千云〕點湯。〔張儀云〕你罵大官的。得什麼罪過。〔正末唱〕止不過惡大官吃八十棒。〔張千云〕點湯。〔正末唱〕須不是我見小利鬧一千場。〔張千云〕點湯。〔正末唱〕俺兩個纔廝挺纔廝挺。〔張千云〕點湯。〔正末唱〕哇。你敢也走將來喝點湯喝點湯。

〔云〕點湯是逐客。我則索起身。〔張千云〕點湯。〔正末云〕我下的這廳堦來。〔張千云〕點湯。〔正末云〕我來到這門樓底下。〔張千云〕點湯。〔正末云〕這門樓底下也喝點湯。〔張千云〕點湯。〔正末云〕男子漢頂天立地。幾曾受這般恥辱來。罷罷罷。不如就這儀門底下。解下我繫腰帶兒。覓一個死處。〔陳用冲上云〕住住住。螻蟻尚且貪生。爲人怎不惜命。敢問賢士爲什麼在這兒門底下尋覓自盡。〔正末云〕哥哥。你不知這張儀和我是八拜交的朋友。我和他同共應舉來。小生命薄。

落在店肆中安下。染了一場凍天行的證候。不能進身。他如今得了官。我特地投奔他來。他將那冷酒冷饅頭羞辱我。我受不過他的氣。因此上覓一箇死處。〔陳用云〕恁的呵。是我家丞相爺的不是了。賢士。你則這裏有者。待我將的來。你看這白銀二錠。春衣一套。鞍馬一副。齎發賢士。權爲路費。休嫌輕薄。若得官呵。莫便忘了我陳用也。〔正末云〕哥也。你是謊那可是真個。〔陳用云〕賢士。我陳用豈敢說謊。〔正末云〕蘇秦也。知他是睡裏也是夢裏。〔唱〕

【幺篇】他齎發了我銀兩錠。我恰便似夢一場。着蘇秦死生難忘。他是箇祗候人的所爲。可有那孟嘗君的這度量。張儀也。你便頭頂着軍司庫。脚踹着萬年倉。說不盡宰相多榮貴。我蘇秦也男兒當自强。

〔正末云〕哥。我拏着你這兩錠白銀。再過去羞那廝一場。〔陳用云〕好好好。賢士你過去。〔正末做見張儀科云〕張儀你看。〔張儀云〕你不是蘇秦。兩個手裏拏着許多東西。莫不是那裏偷將來的。〔正末云〕我偷了你的來。你聽者。我久後得官呵。必不在你之下。〔張儀云〕你怎生能勾爲官。我量着你一世兒不能發跡。你若能勾發跡呵。〔詩云〕則除是驢生笄角甕生根。天教窮斷脊梁筋。小物不堪成大用。蘇秦則是舊蘇秦。快出去。快出去。〔正末唱〕

【黄鍾尾】罷罷罷憑着我胸中豪氣三千丈。筆下文才七步章。親不親。是鄉黨。若今番。到舉場。將萬言書。見帝王。插宮花。飲御觴。傘蓋下。馬兒上。請哥哥。再相訪。我言語。不虛誑。這齎發。這覷當。兩錠銀。重百兩。遮莫便十年呵休想我

貴人多忘。將你一箇山海也似大恩人〔云〕哥。你叫做陳用。〔唱〕我蘇秦長則個今日般想。〔下〕

〔張儀云〕陳用。蘇秦去了也。〔陳用云〕他去了也。〔張儀云〕陳用。他敢有些兒怪我麽。久已後着他謝我也則是遲哩。〔同下〕

〔音釋〕斝音賈　釀泥降切　晌音賞　訕山去聲　魍音罔　魎音兩　腌掩去聲　誑光去聲

第四折

〔孛老同卜兒領蘇大大旦二旦上〕〔孛老云〕老漢蘇大公便是。自從將我那蘇秦孩兒趕將出去。可早許多時光景。音信皆無。知他在那裏。蘇大孩兒。你打聽你兄弟的音信。可是有也是無。〔蘇大云〕父親。你着我那裏打聽去。〔張千上云〕自家張千的便是。奉蘇秦元帥將令。前去蘇家莊取討鍋甕槽鐁去。問人來。則這裏便是蘇家門首。裏面有人麽。〔蘇大云〕什麽人喚門。我開開這門試看咱。哥哥。做什麽。〔張千云〕我奉蘇元帥將令。問你要鍋甕槽鐁。驛亭中使用。不要悮了。〔蘇大云〕哥哥。那蘇元帥敢是蘇秦麽。〔張千云〕哏。元帥的名諱。你怎敢輕道。快些取那鍋甕槽鐁出來。我要回元帥的話去也。〔下〕〔蘇大云〕父親。你歡喜咱。原來蘇秦兄弟。做了元帥。見在驛亭中安下哩。〔孛老云〕孩兒也。是真個麽。婆婆。蘇秦孩兒得了官也。俺一家牽羊擔酒。直至驛亭中認蘇秦孩兒去來。〔卜兒云〕俺同去來。〔同孛老蘇大大旦二旦下〕〔正末扮官人領張千上云〕某乃蘇秦是也。自到趙國遊説一舉成名。爲某文安社稷。武定干戈。着我歷説韓魏燕齊楚五國。如今官封六國都元帥。衣錦還鄉。誰想我蘇秦有這一日也呵。〔唱〕

【雙調新水令】謝當今聖主重賢臣。我争些兒有家難奔。恰便似旱苗纔得雨。枯樹恰逢春。受盡了萬苦千辛。蘇秦也常記得求官去那時分。

〔孛老同卜兒領蘇大大旦二旦上〕〔孛老云〕老漢蘇太公的便是。領着俺一家兒。直至驛亭中認孩兒去來。可早來到門首也。令人。報復去。道有元帥的老相公同母親哥哥嫂嫂夫人都在於門首。〔張千云〕喏。報的元帥得知。有老相公同家眷來了也。〔正末云〕什麼老相公。着他過來。〔張千云〕理會的。着過去。〔孛老同衆做見科云〕孩兒也。我道你不是箇受貧的。〔正末云〕誰是你的孩兒。〔孛老云〕你是我的孩兒。你得了官。你怎生不回家裏去。〔正末云〕兀那老兒。你是什麼人。〔孛老云〕我是你父親。你如今得了什麼官來。〔正末云〕我做了六國都元帥。〔孛老云〕似你這等崢嶸。與我父母增多少光彩。好兒也呵。〔正末唱〕

【步步嬌】怎消的父親母親將孩兒認。〔孛老云〕孩兒家去來。在驛亭中做什麼。〔正末唱〕我爲甚館驛裏權安頓。當日箇父親行得處分。恰便似經板兒由然在心印。〔孛老云〕孩兒。舊話休題。〔正末云〕父親你不道來。〔孛老云〕我道什麼來。〔正末唱〕我若是踏着你正堂門。我其實怕打那二百黄桑棍。

〔孛老云〕是老漢的不是了。〔正末云〕張千。都與我搶出去。〔張千云〕理會的。〔做搶科云〕出去。

〔孛老云〕婆婆。孩兒不肯認我父母。可怎生是了也。〔張儀領陳用上云〕小官張儀是也。聽知的蘇秦兄弟。做了六國都元帥。差人持千金來。謝弘農縣主人王真。又打一封戰書。要來伐我秦國。這個是明明記着冰雪堂的讎恨。若待他兵馬到來。那時晚矣。如今趁他衣錦還鄉。在洛陽驛亭中安下。我特地探望他一遭去。說開此事。多少是好。迤逦而來。可早到了也。令人。接了馬者。〔做見孛老卜兒科云〕兀的不是父親母親哥哥嫂嫂都在這裏。〔孛老云〕原來是張儀孩兒那。〔張儀云〕父親曾過去認你孩兒來麽。〔孛老云〕恰纔俺都過去認孩兒來。他堅意不肯認俺。把俺一家兒都趕將出來了。〔張儀云〕父親母親哥哥嫂嫂且放心者。待您孩兒過去。他必然認了也。〔孛老云〕爲甚麽你過去便認你。〔張儀云〕想着我冰雪堂那場好管待。他怎麽不認。令人。報復去。道有秦丞相張儀。來見元帥。〔張千云〕喏。報的元帥得知。有秦丞相張儀來了也。〔正末云〕你說去。他不自過來。等我接待他怎的。〔張千云〕奉俺元帥將令說。你不自過去。等俺元帥接待你怎的。〔張儀云〕他早還了我一句兒也。〔見科云〕元帥。我說你不是受貧的人。多時不見有一拜。〔正末云〕住者。你且休拜。〔張儀云〕元帥怎的。〔正末云〕張千。將拜褥來。〔張儀云〕要那拜褥做什麽。〔正末云〕則怕展污了你那錦繡衣服。〔張儀云〕他不曾忘了一句。〔正末唱〕

【川撥棹】便待要獻殷勤。笑吟吟叙弟昆。我那時衣不遮身。今日箇駟馬雕輪。公吏每忙跟。兀良脊底下插柴内忍。全不想冰雪堂無事哏。

【七弟兄】我這裏動問。你是甚人。〔張儀云〕我是你哥哥張儀。〔正末云〕我道你是誰那。

〔唱〕元來你是那孟嘗君。想蛟龍未得風雷信。定道是泥蟠無日上青雲。也似俺書生怎脱淒涼運。

【梅花酒】呀。我直捱到這地分。在野店荒村。被疾病纏身。舉目也那無親。只有你你你張儀是故人。因此上我我我千里遠投奔。怕不的有黃金濟我貧。豈知你倚恃着做官尊。覷朋友若遺塵。沒半點話溫存。訕笑的我不成人。定餓死做異鄉魂。到今日也跳龍門。

〔云〕張儀。你不道來那。〔張儀云〕元帥。我道什麼來。〔正末唱〕

【喜江南】呀。莫不我驢生笄角甕生根。你覷波莫不我窮斷脊梁筋。蘇秦只是舊蘇秦。今日箇證本。想皇天也不負讀書人。

〔正末云〕張千。與我搶出去。〔張千做搶科云〕理會的。出去。〔張儀云〕住者。你强殺者波。則是箇兵馬大元帥。我歹殺者波。我是個秦國右丞相。怎麼搶我出去。我這裏坐不的一坐。陳用。將交牀來我坐。〔陳用云〕交牀在此。〔正末云〕誰是陳用。〔陳用見科云〕小人便是陳用。〔正末云〕哥哥你請坐。受我幾拜咱。〔做拜科〕〔唱〕

【沽美酒】我須是錢親人不親。〔陳用云〕元帥。折殺小人也。〔正末唱〕追富來不追貧。他是一箇紫衫銀帶的祗候人。他倒肯憐咱困窘。齎發與雪花銀。

【太平令】齋發的我功名有准。多謝你箇山海也似深恩。你便待佯推佯遜。我怎肯不瞅不問。常言道遠親近鄰。不如你這對門。哥也着小生一言難盡。

〔張儀云〕蘇秦。你是何相待。有父親母親哥哥嫂嫂和下官來認。你都不肯認。你做的箇輕呵輕君子。重呵重小人。我歹殺者波。是秦邦右丞相。陳用强殺者波。則是箇泥鞋窄襪走立公人。你是何相待也。〔正末云〕他是我大恩人。〔張儀云〕他怎生是你大恩人。〔正末云〕當此一日。我投奔你來。你將那冷酒冷粉冷饅頭。羞辱我那一場。我受不的你那氣。出到門樓底下覓箇死處。若不是陳用救了我性命。齋發我兩錠花銀。今日怎能勾做官。因此上他是我的大恩人。〔張儀云〕原來是這等。兄弟你認我不認我。〔正末云〕我不認你。〔張儀云〕陳用。你不説等甚麼哩。〔陳用云〕元帥。便好道人不説不知。木不鑽不透。冰不搭不寒。膽不嘗不苦。我如今從頭兒説破與元帥得知。〔詩云〕小人一一説真情。元帥從頭聽事因。當初故意相輕慢。登時忿怒便離門。暗把行裝齊備下。故使陳用將來假做恩。我本是泥鞋窄襪公人輩。那裏取一套春衣兩錠銀。若不是秦邦右相瞞天智。怎能勾虎符金印到家門。〔正末云〕元來如此。則被你瞞殺我也。哥哥。〔張儀云〕則被你傲殺我也。兄弟。父親母親都在門首。你因何不認他。〔正末云〕請父母兄嫂妻兒都過來。〔孛老入見科云〕孩兒。兀的不歡喜殺老漢也。〔正末做拜認科〕〔唱〕

【鴛鴦煞】想當初風塵落落誰憐憫。到今日衣冠楚楚爭親近。暢道威震諸侯。腰懸六印。也索把世態炎涼。心中暗忖。假使一朝馬死黄金盡。可不的依舊蘇秦。做陌路看承被人哂。

〔張儀云〕天下的喜事。無過父子兄弟夫婦團圓。殺羊造酒。做一箇慶喜的筵席者。〔詩云〕六國從横將相權。文才武略幾人全。歸來果佩黄金印。一家骨肉永團圓。

〔音釋〕斵查察切　迆音移　邐音里　哏很平聲　瞅音揪　搦女角切

題目　冰雪堂張儀用智

正名　凍蘇秦衣錦還鄉

翠紅鄉兒女兩團圓雜劇

楊文奎撰

楔子

〔搽旦扮李氏同二净福童安童上〕〔搽旦詩云〕人無千日好。花無百日紅。早時不算計。過後一場空。老身姓李。夫主姓韓。夫主早年亡化過了。所生兩孩兒。一個喚福童。一個喚安童。有個小叔叔是韓弘道。嬸子兒張二嫂。潑天也似家私。他掌把着。我如今要分另了這家私。俺兩個孩兒未娶妻哩。福童請你嬸子來。〔福童喚科云〕嬸子有請。〔二旦扮張氏上云〕孩兒也。你喚我做甚麼。〔福童云〕我母親請你哩。〔二旦云〕這等我須索走一遭去。早來到門首也。你報復去。〔福童云〕母親。嬸子來了也。〔搽旦云〕道有請。〔福童云〕嬸子請。〔二旦做見搽旦拜科云〕伯娘喚我做什麽。〔搽旦云〕嬸子請坐。我請將你來。别無甚事。我要分另了這家私。我兩個孩兒。不曾娶親哩。〔二旦云〕伯娘。我可不敢主張。等你叔叔韓二來家商議。〔搽旦云〕福童。門首看者。若你叔叔來呵。報復我知道。〔正末扮韓弘道上云〕老夫蠡州白鷺村人也。姓韓名義。字弘道。祖上庄農出身。所積家財萬貫有餘。我有一個家兄是韓弘遠。早年間亡化過了。家兄遺下二子。長叫福童。次叫安童。我那兩個姪兒。他從那三五歲上無爺。可是老夫擡舉的他成人長大。争奈我那嫂嫂。性兒有些乖劣。幸得我妻張氏賢惠。見老夫年近六旬。無有子嗣。與我娶了個小渾家。姓李。小字春梅。如今腹懷有孕也。這兩日見我嫂嫂。和那兩個姪兒。心中好生不喜。想必爲這春梅懷孕。有些妬忌的意思。也不見得。恰纔和幾個老弟兄每。飲了幾杯酒回來。早到家門首也。〔搽旦云〕分另了家私却也浄辦。〔正末云〕怎生這般大驚小怪的。我過去咱。〔福童云〕好好。叔叔來了也。〔正末見搽旦施禮科云〕呀。早辰間不曾見嫂嫂。嫂嫂祗揖。〔搽旦回禮科云〕叔叔請坐。〔正末云〕二嫂。您恰纔爲什麼這般炒鬧那。〔二旦云〕恰纔伯娘請將我來。要分另了這家私。〔正末云〕誰這般道來。〔二旦云〕是伯娘道來。〔正末云〕我問嫂嫂咱。〔做問科云〕嫂嫂。您恰纔爲什麼炒鬧來。〔搽旦云〕是我請將叔叔嬸子過來。要分另了這家私。樹大枝散。自然之理也。〔正末云〕這家私比先家兄在時。原無積攢。都是我苦掙下的。既然嫂嫂要分另家私。我問這兩個姪兒咱。福童安童。您母親要分另家私。您兩個心裏如何。〔福童云〕我兩個不曾娶老婆哩。分另這家私倒也浄辦。〔正末云〕這的是您娘兒每商定了也。可不干我事。請的本處社長來者。〔福童云〕理會的。出的門來。社長在家麽。〔社長上詞云〕老阿老。起遲卧早。硬的便嫌軟。軟的蒸餅兒倒好。我是本處的社長。門首有人喚門。我開開這門。孩兒也。喚我做甚麽。〔福童云〕俺叔叔要分另了家私。我一徑的來請老社長。你說我家的這家私虧了誰來。〔社長云〕多虧了你那韓一。〔福童云〕老社長。你若過去見了俺叔叔。只說這家私虧了韓大。我便買羊頭打旋餅請你。你若是分的我這家私少了呵。你也知道我的性兒。〔社長云〕理會的。來到門首也。報復去。〔福童做報科云〕請的社長來了也。〔正末云〕道有請。〔福童云〕請進去。〔社長做見科云〕支揖。〔正末還禮科云〕老社長請坐。〔社長云〕請將老漢來有甚麼勾當。〔正末云〕請將老社長來。別無甚事。我這嫂嫂和俺兩個姪兒。要分家哩。我這家私的緣故。老社長你也盡知。庄農人家。止不過有些田産物業牛羊孳畜金銀錢物。分做兩分。我與兩個姪兒各得一半。老社長你則平等着。〔社長云〕老漢知道有多少鈔。〔福童云〕鈔有十塊。〔社長云〕韓二你拏一塊。與這孩兒九塊。〔福童云〕銀子十斤。〔社長云〕韓二你拏一斤。與這孩兒九斤。〔福童云〕老社長。還有牛羊孳畜田産物業。〔社長云〕韓二你要他怎麼。都與這兩個孩兒罷。分的平平兒的也。〔正末云〕改日致謝老社長。勿罪勿罪。〔福童送社長出科〕〔社長云〕孩兒。家私都是你拏了也。羊頭薄餅將來我吃。〔净打社長科云〕老弟子孩兒。有甚羊頭薄餅。不得工夫買哩。改日請你吃罷。〔社長詩云〕這厮做事忒不才。分另家私唤我來。羊頭薄餅不曾吃。險些打出腰子來。〔下〕〔正末云〕嫂嫂。分開了家私也。有這所宅兒。您便住那東首裏。俺住這西首裏。〔大旦云〕一宅分爲兩院。你也休上俺門來。我也不上你門去。〔同福童安童下〕〔正末云〕嫂嫂打起這界墻。咱便是不斷見了。二嫂。你看這無兒女的好不氣長也呵。〔二旦云〕韓二。伯娘要分這家私。不爲别的。見你每朝逐日。伴着那火狂朋怪友。飲酒作樂。因此上分另了這家私。常在背後駡你做酒浸頭哩。〔正末云〕這家私依着他分開便了。却要説這等閒言長語做什麼那。〔唱〕

【仙吕賞花時】何須你簸揚我貪杯酒浸頭。則你那閒言語説念的春風樹點頭。〔云〕可也怪不的。〔唱〕從來這拙婦每他須巧舌頭。〔云〕一家兒人家。被這等歹心的婦人每。都壞了也。

〔唱〕他搜尋出這等分家私的由頭。〔云〕我若早有個兒子。也不到得眼裏看見如此。〔唱〕哎。這便是我没孩兒的那個下場頭。〔同二旦下〕

〔音釋〕蠡音里　長音丈　簸音播

第一折

〔搽旦同福童安童上〕〔搽旦云〕事不關心。關心者亂。雖然和俺兩個孩兒。分另了家私。想俺那叔叔有個小渾家。唤李春梅。他如今腹懷有孕。若得個女呵罷了。若是得個小厮兒。家私過活。都是他的。我這兩個孩兒。可不乾生受了一世。只得了這一分家計。今日臘月十五日。是嬸子生日。我如今請將嬸子過來。吃幾杯酒。我將三兩句話搬調他。把李春梅或是趕了。或是休了。家緣過活。都是我兩個孩兒的。便是我生平願足。〔福童云〕母親説的是。〔搽旦云〕孩兒。隔壁請將你嬸子來者。〔福童云〕理會的。嬸子在家麽。〔二旦上云〕是誰唤我。開門看來。孩兒也。有甚麽勾當。〔福童云〕俺母親有請。〔二旦云〕韓二也。隔壁伯娘請我哩。你看家我便來也。〔二旦做到科〕〔福童報云〕母親。嬸子來了也。〔搽旦云〕道有請。〔福童云〕嬸子請進。〔二旦見科云〕伯娘唤我做甚麽。〔搽旦云〕今日是你貴降之日。故請你來吃杯壽酒。〔二旦云〕做甚麽要害伯娘。〔搽旦遞酒科云〕孩兒將酒來。嬸子滿飲一杯。〔二旦云〕伯娘。你也飲一杯。酒勾了也。〔搽旦做搬調科云〕嬸子。我有句話敢與你説麽。〔二旦云〕伯娘甚麽話。你説波。〔搽旦云〕我叔叔恰不娶了春梅。如今腹懷有孕。叔叔説道若是得個女兒且罷。若得個小厮兒呵。我把二嫂着他灶窩裏燒火打水運漿。着他和那母狗兩個睡。我聽得這句説話。一向有些不忿。我若不和你説呵。你怎麽受得這虧。我和你妯娌之情。故和你説知。你要自做個主意。〔二旦云〕伯娘。酒勾了也。待改日我還席罷。我回家去也。〔做別科云〕我出的這門來。恰纔聽了伯娘所説。氣的我一點酒也無了。我如今到家中。没這般事。萬事罷論。若有這等勾當。韓二也。我不道的和你兩個乾罷了哩。〔下〕〔搽旦云〕嬸子去了也。孩兒你放心。好歹趕了春梅。這家私都是您的。無甚事。後堂中飲酒去來。〔同下〕〔正末同搽旦春梅上〕〔正末云〕今日臘月十五日。是我那二嫂賤降之日。隔壁兩個姪兒和嫂嫂。請將過去了。必是慶壽的酒。李氏。比及二嫂來呵。先和你吃幾杯酒咱。時遇冬天。紛紛揚揚。下着大雪。又刮起這般大風。便好道風雪是酒家天也呵。〔唱〕

【仙吕點絳唇】凜列風吹。雪花飄墜。彌天地。不辨高低。似一片瓊瑶砌。

【混江龍】莫不是春光明媚。既不沙可怎生有梨花亂落在這滿空飛。這雪呵供陶學士的茶竈。粧黨太尉的筵席。這雪呵探梅客難尋三徑去。便有那釣魚翁也索披得一蓑歸。幸際着太平時世。正遇着豐稔年歲。有新釀熟的白酒。舊醃下的肥雞。自偎罏斟酌。没故友相知。則我放開懷連飲到數十巡。待要儘今生向這老瓦盆邊醉。但守着竹籬茅舍。也不願那畫閣朱扉。

〔二旦上云〕我來到這前廳上。不見韓弘道。敢在這卧房裏。〔做聽科云〕兀的不吃酒哩。我且不要過去。聽他說甚麼。〔春梅云〕俺那姐姐有你在家呵。另做個眼兒看我。無你呵。將我不是打。便是罵。我這般受苦。怎生是好。〔二旦云〕元來這個潑奴胎他正說我哩。〔正末云〕李氏也。你不說呵。我怎生知道。我與你把盞陪話咱。〔唱〕

【油葫蘆】我這裏親手高擎着這瀲灩杯。李氏也我有句話苦勸你。則咱這家務事不許外人知。〔帶云〕依着我的心呵。從今以後。〔唱〕則要您便歡歡喜喜相和會。不要你那般悲悲戚戚閒争氣。〔春梅云〕每日打罵我。怎麼受的。〔二旦云〕你道波。我做甚麼打你來。〔正末云〕你依着我呵。〔唱〕他要强與他些强。你伏低且做低。你辦着一片至誠的心可自有個峥嶸日。你是必休折證是和非。

〔云〕便做道他强你弱。他好你歹。都休在我眼前說也。〔唱〕

【天下樂】豈不聞道路上行人也那口似碑。我如今便年也波紀。年紀可便近六十。雖然咱有家私我這眼前無一個子息。〔云〕李氏也。我爲你呵。多曾用心來。〔唱〕我背地裏禱神祇。〔帶云〕也不論是男是女。〔唱〕但得一箇喂眼的。恰便似那心肝兒般知重你。

〔二旦云〕這個老弟子孩兒無禮。心肝兒般知重他哩。〔做喚門科云〕開門來。開門來。〔正末做開門科云〕呀。二嫂來了也。〔二旦云〕老弟子。爲這個潑賤奴胎說的我好也。我打這歪剌骨。〔正末唱〕

【那吒令】你入門來便鬧起。有甚的論黃數黑。街坊每都聽知。誰敲牙波料嘴。這婆娘家便背悔也。忒瞞心昧己。〔二旦做打春梅科云〕我打這箇歪剌骨。〔正末云〕二嫂休閃了手。〔唱〕火不登紅了面皮。没揣的便揪住鬏髻。〔二旦云〕我打他有甚麼事。〔正末云〕二嫂休閃了手。〔唱〕不歇手連打到有三十。

【鵲踏枝】哎。你一個歹東西。常好是不賢慧。〔二旦叫科云〕天也。韓弘道氣殺我也。〔正末唱〕有甚事叫唤聲疼。没來由出醜揚疾。可怎生全不依三從波四德。也是我不合將你來百縱千隨。

〔二旦云〕韓二。我老實和你説。你棄一壁兒。就一壁兒。你愛他時休了我。愛我休了他者。〔正末云〕虧你不害口磣。説出這等話來。〔唱〕

【寄生草】你休恁般生嫉妬。休那般無智識。量這一個皮燈毬犯下甚麽滔天罪。哎。你一箇鬼精靈會魔障這生人意。可知我這個酒糟頭不識你這拖刀計。則恐怕李春梅奪了你那燕鶯期。走將來黄桑棒打散了鴛鴦會。

〔云〕二嫂請坐。今日是你箇貴降的日子。我陪禮奉你一杯。〔二旦云〕我吃你娘漢子的酒。依着我把春梅休了者。〔正末云〕有甚麽難見處。隔壁兩個姪兒和嫂嫂請過去。必定搬調了你一言兩句。所以家來尋鬧。休聽别人言語。聽我兩句話。咱兒要自養穀要自種。休聽人言語。二嫂且滿飲一杯。〔二旦丢盞科云〕我還吃甚麼酒。快把春梅休了者。〔春梅云〕韓二。省的這般鬧。休了我罷。〔正末云〕小賤人。俺這裏説話。那得你來。你知道您姐姐爲甚麼娶將你來。則爲老大年近六旬無子。所以尋將你來。姐姐肯信着別人的言語。趕了你出去。倒着我韓弘道絕户了。二嫂。你休聽別人言語。則滿飲一杯。〔二旦云〕將的去。我吃他做甚麼。如今好便好。歹便歹。俺兄弟七八個。如狼似虎哩。我如今尋個死處。俺那幾個兄弟。城裏告將下來。把你皮也剥了。我死也要你休了者。〔正末云〕二嫂。你休覓死處。嗨。我這男子漢。到這裏好兩難也呵。待休了來。不想有這些指望。待不休了來。我這大渾家尋死覓活的。倘或有些好歹。我那幾個舅子。狼虎般相似。去那城中告下來呵。韓弘道爲小媳婦逼死大渾家。連我的性命也送了。則不如休了他者。只少着紙墨筆硯奈何。〔二旦云〕兀的不是翦鞋様兒的紙。描花兒的筆。你快寫。不寫時我便尋死也。〔正末做寫科云〕寫就了也。二嫂你與他去。〔二旦云〕則有丈夫休媳婦。那裏有個大媳婦休小媳婦。倘或衙門中告下來。我倒吃罪過。與他便與他。不與他我便尋死也。〔正末云〕二嫂。只我與他便了也。春梅。這的不干我事。去去去。〔春梅云〕我出的這門來。我將着這休書。也不嫁人。前街後巷。則是叫化爲生。韓弘道。則被你苦殺我也。〔下〕〔正末云〕二嫂。我往院前院後執料去咱。〔二旦云〕你敢要趕李春梅去也。〔正末云〕哎。休也休了他。我趕他做甚麼。〔背云〕那左院裏小的每。有人曾見李春梅來麽。有人收留的在家。我多有錢鈔與您也。〔内云〕去的遠了也。〔正末云〕去的遠了。兀的不痛殺我也。〔二旦云〕韓二。你不啼哭來那。〔正末云〕老漢偌大年紀。眼兒裏怎生無些冷淚。〔二旦做冷笑科云〕你這等癥候。好來的疾也。〔正末云〕二嫂。我有句敢説麼。〔二旦云〕敢是要趕李春梅麼。〔正末云〕我的主意。待把李春梅尋將回來也。不留在咱家裏住。則着在那庄院人家借住。待他生下一男半女。那其間再趕出去。也未遲哩。〔二旦云〕爲什麼那。〔正末云〕我則怕絶户了也。〔二旦云〕放着兩個姪兒怕做甚麼。〔正末云〕那兩個都不是孝順的也。〔唱〕

【賺煞尾】罷罷罷你今不聽我這丈夫言。久以後必受俺那姪兒每的氣。那廝每一個個賊心賊意。只待要吞佔我的家私。你也須自做個見識。我言語盡是誠實。説着呵痛傷悲。怎不的蹙損的這愁眉。你也則是穩放着船到江心那其間可便補漏遲。現如今有穿有吃。到後來無子無力。二嫂也我只怕你得便宜翻做了一個落便宜。〔下〕

〔音釋〕妯音逐　娌音里　席星西切　釀泥降切　瀲離店切　灩音豔　崢音橙　嶸音橫　十繩知切　息喪擠切　黑亨美切　鬆丁離切　慧音會　疾精妻切　德當美切　磣初錦切　識傷以切　實繩知切　吃音恥　力音利

第二折

〔外扮俞循禮同旦兒王氏上〕〔俞循禮詩云〕耕牛無宿料。倉鼠有餘糧。萬事分已定。浮生空自忙。小可是這新庄店人氏。姓俞名循禮。嫡親的夫妻兩口兒家屬。渾家王氏。他有一箇兄弟。在這四村上下。看着幾箇頭口兒。人口順都喚他做王獸醫。我如今潑天也似家私。無邊際的田產物業。爭奈寸男尺女皆無。謝天地可憐。如今我這大嫂腹懷有孕。十箇月滿足。將次分娩。城中有幾主錢鈔。下次小的每取不將來。我如今自要親身的去。大嫂。我囑付你。則怕我一頭的去後。你分娩呵若得一箇小廝兒。就槽頭上選那風也似的快馬。着小的每到城中來報我。我若到的家中。殺羊造酒。做個慶喜的大筵席。若得一個女兒。便打滅休題着。大嫂。我囑付下你也。下次小的每鞁下頭口兒。我到城中索取錢債。走一遭去來。〔下〕〔旦兒云〕員外索錢去了。我得個兒也是你的。女也是你的。怎麽得個兒便教報信。得個女便打滅了。天阿。怎生得個小廝兒。稱了俺員外的心也好。下次小的每。於路上好看員外。早些兒回來者。〔下〕〔李春梅上云〕妾身是李春梅。自從韓二休將我出來。我腹懷有孕。白日裏在這四村上下叫化。我到晚來在巡鋪裏歇息。天色晚了也。我去這巡鋪裏歇息去。怎麽一時間就肚疼起來。敢是要養娃娃也。〔丑扮王獸醫拏捩鼻木上云〕自家新庄店人氏。姓王。在這四村上下看着幾個頭口兒。人口順則叫我做王獸醫。嫡親的夫妻兩口兒。寸男尺女皆無。新來俺那渾家根前。得了一個小的。可惜落地便死了。俺那渾家好不煩惱。我便道俺這骨頭裏沒他的。你煩惱做什麽。我有個姐姐嫁與這俞循禮。潑天也似家私。寸男尺女也都沒有。俺那姐姐懷着身孕。却養下一個女兒。俺那姐夫索錢去了。臨出門時對俺姐姐說。若得個女兒。便打滅了休題。若得個小廝兒。便着人飛馬報他去。你看我那姐夫。隔着肚皮。那裏知道。做娘的都是一樣懷胎。分甚麽男女。我在東庄裏看幾箇頭口兒。吃了幾鍾酒回去。老的每道。王獸醫也。前頭有鬼。你行動些兒。我説道那裏便有鬼來。天色將晚了也。我口裏便强着。脚步裏也走動些兒。〔做走科〕〔春梅做叫喚科〕〔王獸醫云〕呀。真個有鬼。我拏出我這捩鼻木來。有鬼無鬼。撮鹽入水。待走過去。我先喝他一聲。哏。甚麼東西。〔春梅云〕我是人。〔王獸醫云〕我説不是鬼。你是甚麼人。〔春梅云〕我是叫化的。〔王獸醫云〕你是男子是婦人。〔春梅云〕我是個婦人。〔王獸醫云〕你那裏做甚麼哩。〔春梅云〕我這裏養娃娃哩。〔王獸醫云〕元來叫化的。他也養娃娃。你得了箇小厮兒是女兒。〔春梅云〕是個小厮兒。〔王獸醫云〕俺姐夫潑天也似家私。倒得了個女兒。你看這叫化的。倒養了個兒子。天阿。知他怎生對付着哩。兀那婦人。你那小的不與了人。要做甚麼。〔春梅云〕俺與人誰要。〔王獸醫云〕將來我要。〔春梅云〕你將的去波。〔王獸醫云〕一箇好兒也。你看那青旋旋的頭兒。小小的口兒。高高的鼻兒。我抱將去。暗暗的與俺姐姐。可不是好呀。百忙裏溺我一身尿。兀那婦人。我隨身帶着些碎銀子兒。與你將息去者。〔春梅云〕哥哥你姓甚麼。〔王獸醫云〕問我姓。咦。他倒乖也。你問我做甚麼。你可姓甚麼。〔春梅云〕我姓李。小字春梅。〔王獸醫云〕你將的這碎銀子兒將息你那身體去。我將着這小的到的家中。久後擡舉的成人長大。李春梅也。我着你子母每團圓了。也不見的哩。〔下〕

〔旦兒上云〕妾身王氏。自從員外索錢去了。我得了箇女兒。我也不曾稍信與他。我那兄弟王獸醫。他這幾日也不來望我。好煩惱人也。〔王獸醫上云〕我將着這個孩兒。送與俺姐姐去。我不敢往那前門裏去。恐怕人看見我。我往這後門裏去。却又撞見那肯分的老院公。我叮囑他這椿事。

則除是天知地知你知我知。若是走透了一點兒消息。我着俺姐姐打也打殺你。我自一逕走到姐姐根前去。〔旦兒云〕是誰。〔王獸醫云〕是您兄弟。〔旦兒云〕自家的兄弟怕做甚麼。過來。〔王獸醫見科云〕姐姐。你添了個甚麼。〔旦兒云〕我添了個女兒。〔王獸醫云〕我可與你個小廝兒。〔旦兒云〕你那裏將來。〔王獸醫云〕姐姐你休問他。若是姐夫來家。則說是你添的。〔旦兒云〕好好。兄弟也。你將這女兒或是丢在河裏井裏。憑你將的去。〔抱兒下〕〔王獸醫云〕我出的這門來。你看俺姐姐波。與了他那小厮兒。他便道把這女兒丢在河裏井裏。那個小厮兒便强殺者波。則是別人的。這個女兒便歹殺者波。只是我的親外甥兒。我便怎麽下的。我將到家中。我那渾家可不有乳食。把這女孩兒擡舉成人長大。招個女壻兒。久以後也把老糟頭送在土裏。〔下〕〔俞循禮同旦兒倈兒上〕〔俞循禮云〕過日月好疾也。則從索錢回來。我這大嫂根前。所生了個添添孩兒。今經可早十三年光景。我因爲這得了添添孩兒。特地蓋了一座義學堂。請了一箇先生。將這四村上下小的每。都聚會在這學堂裏攻書。但是那別個學生背不過的書。俺這添添孩兒。他又早記了也。好一個聰明的孩兒。我心中十分歡喜。大嫂。則是一件。你那兄弟王獸醫。他無酒再不到俺家裏來。但醉了呵。上門來便尋吵鬧。萬千的不是。我則是看着你的面皮。大嫂。天色也覺早哩。等孩兒吃些茶飯。着院公送的他學堂裏去。〔王獸醫上打唏科云〕纔說兄弟。兄弟便至。自從抱的那小的兒來。與了俺姐姐。今經十三年光景也。那小的喚做添添。天生聰明。俺姐夫好不歡喜。往常問我姐夫借一具牛。今年再借牛去走一遭來。到得門首。我自逕入。〔做見科云〕姐姐姐夫。有酒將來我吃。〔俞循禮云〕大嫂。兀的不又醉了也。〔王獸醫做打倈兒科云〕我打這個小弟子孩兒。〔俞循禮云〕呀。驚了孩兒。大嫂。你那糟頭怎生打我孩兒這一下。〔王獸醫云〕我把你箇忘恩背義的弟子孩兒。〔俞循禮云〕他怎生忘恩負義。你雪堆兒裏扶起他來那。〔王獸醫云〕十三年前也虧我這麽抱。〔俞循禮云〕你抱什麽。〔旦做覷科〕〔王獸醫云〕姐姐。虧我抱的他這般大。〔俞循禮云〕大嫂。他又醉了。〔王獸醫云〕我來別無話説。姐夫每年間借與我一具牛。我今年要問你借牛去耕種來。〔俞循禮云〕我往年間便借牛與你。今年間偏不借與你。〔王獸醫云〕住住住。姐夫可要説的明白。往年間怎生借與我。今年怎生不借與我。〔俞循禮云〕我往年間借與你。添添孩兒未成人小哩。如今長成十三歲。也曉的人事。你借我的去。或是倒了我牛隻。損了我犁耙。你着誰陪我。你又無兒。你又絶户。〔王獸醫云〕誰絶户。〔俞循禮云〕你絶户。〔王獸醫云〕偏你不絶户。〔俞循禮云〕添添是我的孩兒。我怎生絶户。〔王獸醫云〕誰是你的兒。〔俞循禮云〕添添是我的兒。〔王獸醫云〕添添是你的兒。〔俞循禮云〕怎麽不是我的兒。〔王獸醫云〕我倒不知道添添是你的兒。〔俞循禮云〕你看這糟頭。怎麽你知道。你説。〔王獸醫做覷旦兒科云〕姐姐。添添孩兒是您的兒。〔旦兒做慌科云〕兄弟。看着我的面皮。休要胡説。〔王獸醫云〕想着那十三年前也虧我抱。〔俞循禮云〕怎的抱。〔王獸醫云〕也虧我這般樣抱。〔俞循禮云〕你是他的親娘舅。你便抱他一抱。打甚麽不緊。〔俞循禮做推王獸醫科云〕你箇精驢禽獸。快出去。再也休上俺門來。兀的不氣殺我也。〔王獸醫做出門科云〕我出的這門來。姐夫你好狠也。只一具牛不借便罷。駡我做絶户。你便是不絶户的。王獸醫也。一不做。二不休。掭的遶着四村上下。闢厢裏外。爪尋那十三年前李春梅。我一把手兒。拖將他來道。李春梅。則這個便是。那添添孩兒是你的兒。且看姐夫是你絶户。還是我絶户那。〔下〕〔俞循禮云〕大嫂。這厮又氣我這一場也。〔旦兒云〕員外。則是看我些面皮。休和他一般見識。〔俞循禮云〕大嫂。凡百的不是。我則看着你的面上。着院公送孩兒學堂裏去來。〔同下〕〔正末抱病二旦扶上科〕〔二旦云〕老的。這都是我的不是了也。你掙閫者。我不合信着伯娘的言語。將李春梅休了。若是有呵。得一男半女。也省的你這般煩惱。〔正末云〕婆婆。你如今後悔。可是遲了。則被我那兩個姪兒。定害殺老夫也呵。〔唱〕

【南吕一枝花】這些時典賣了我些南畝田。耗散了中庭麥。我將那少欠錢無心去索。婆婆也這些時都只是盤纏了我自家的財。説着呵不由我感嘆傷懷。我如今年紀老無接代。恨不的建一座望子臺。我如今空蓋着那鬱沉沉大厦連甍。天那。幾時能勾鬧炒炒喧堂戲綵。

〔二旦云〕這都是我的不是了也。〔正末唱〕

【梁州第七】誰着你便聽信着徐卿的那二子。怎麽來砍折了王氏三槐。到如今歲寒然後知松柏。那兩個蠢蠢之物。伴着夥泛泛之才。每日價貪圖花酒。潑使錢財。倒將我劈面搶白。欺負喒軟弱囊揣。都不到半年呵早弄的家業全衰。則我那好言語勸着他可更分毫不睬。他道我絶後波他是緣分上合該。這厮他縱心兒放乖。摸着的當了拏着的賣。使了自己少下人債。從今後依前若不改。婆婆也是必着他休上我門來。

〔王獸醫上云〕姐夫。嗨。你好歹也。我問你借具牛。你借便借。不借便罷。罵我是絶户。白白的受他一場氣。這白鷺村韓弘道叔叔家。我少他十錠鈔。本利該二十錠。我若今生今世不還了他呵。我那生那世也不如人。我將着這些本利還他去。説話中間可早來到門首也。〔王獸醫做見二旦科云〕嬸子。唱喏哩。〔二旦云〕獸醫哥哥。那裏去來。〔王獸醫云〕我一逕的來。〔正末云〕婆婆。門首甚麼人。〔二旦云〕是王獸醫。〔正末云〕自家的孩兒。着他過來。〔王獸醫見正末科云〕叔叔怎麼來。〔正末云〕孩兒也。我病哩。〔王獸醫云〕叔叔。您休怪你姪兒。若知道叔叔病呵。您姪兒可早來看叔叔哩。〔正末云〕孩兒。你那裏去來。〔王獸醫云〕叔叔。你不知道。我問俺姐夫俞循禮。借一具牛。借便借。不借便罷。怎就罵我絶户。〔二旦云〕哥哥。你休那般道。您叔叔正爲無兒憂愁思慮。害成病哩。〔王獸醫云〕嗨。這老的也缺着半壁兒哩。叔叔。我少你十錠鈔。本利該二十錠。您姪兒一逕的還叔叔鈔來。〔正末云〕孩兒也。别人的錢。不知饒了多少。量你這些。打甚麼不緊。婆婆。尋出孩兒那一紙文書來。休説本利。連這文書也還了孩兒。您將這錢鈔家中做盤纏去。〔王獸醫云〕叔叔。你休鬭您孩兒耍。〔正末云〕孩兒也。我不鬭你耍。〔王獸醫云〕是真箇。謝了叔叔嬸子。〔背云〕姐夫。你好狠也。這老的他是各白世人。本利該二十錠鈔。都不問我要。連文書也與了我。你是我親姐夫。借一具牛。便不肯借與我。倒罵我做絶户。王獸醫也。十三年前將那小的與這老的。可不好來。姐夫你好狠也。〔回云〕叔叔。既不要本利都還了我。待我拏這鈔去。買瓶酒來。與叔叔吃幾甌。〔正末云〕孩兒也。不要你買。我家中自有酒。婆婆。你去鏇將熱酒來。着孩兒吃。〔福童安童上云〕兄弟。俺叔叔染病哩。俺兩箇將家私都使的無了。問叔叔討些使用。可不好那。來到門首。逕自過去。〔做見科云〕您孩兒一逕的來問叔叔要些錢鈔。把俺兩箇使用。〔正末云〕這裏有客人哩。〔唱〕

【牧羊關】這廝故意的將人吵。入門來便撒賴。他吃的醉沉沉放浪形骸。你看他行不動東倒西歪。哎喲。你覷他立不定天寬地窄。〔福童云〕叔叔。你無現錢。將那遠年近歲欠下的文書。將來與俺兩箇索去。〔王獸醫做口扯文書科〕〔福童云〕你慌做甚麼。〔正末唱〕當日那舉債錢是咱親放。今日個要文書做您家財。至如我七十三八十四。〔帶云〕哎。賊醜生每也。〔唱〕慣的您來千自由百自在。

〔福童云〕叔叔。你便死了。這家私總則是俺兩個的。〔正末唱〕

【哭皇天】這廝那狠毒心如蜂蠆。荒淫心忒分外。堪恨這兩個薄劣種。現世的不成才。只古裏向咱家咱家取索。也須知俺這三年五載。看看衰邁。還有甚精金響鈔。暗暗藏埋。只被你兩個潑無徒潑無徒將俺來廝定害。没揣的大驚小怪。便待要生非作歹。

〔云〕婆婆。家中有兩箱櫃文書。休開那鎖鑰。都與我擡將出來。〔二旦着人擡出科〕〔正末唱〕

【烏夜啼】也不索將的去堂前晒。也不索檢視的明白。〔云〕小的每將些草來蓋在櫃上。再掌個燈來者。〔唱〕只一把火都燒做了紙灰來。〔帶云〕燒了燒了。〔唱〕請兩個早離廳階。自去安排。我待學劉員外仗義散家財。我待學龐居士放做了來生債。把我這宿世緣交天界。〔帶云〕燒了燒了。〔唱〕不强如焚錢烈楮。滅罪消災。

〔云〕你看文書也燒了。錢鈔也無了。快去快去。〔福童云〕他不肯與俺錢鈔。俺兩箇家去了罷。〔下〕〔王獸醫云〕叔叔。這兩個是你甚麼人。〔正末云〕這兩個是我的姪兒。〔王獸醫云〕叔叔。您姪兒不怪你。倒則怪嬸子。〔正末云〕你爲甚麼怪他。〔王獸醫云〕嬸子。你若肯替俺叔叔娶一個近身扶侍。得一男半女。不强如受這兩個姪兒的氣。〔正末云〕孩兒也曾有來。〔王獸醫云〕可那裏去了。〔正末云〕我説與你聽咱。〔唱〕

【賀新郎】我當年娶了個女裙釵。〔王獸醫云〕他和嬸子説的着麼。〔正末唱〕爲他每話不相投。因此上遣他在門外。〔王獸醫云〕他去了多少時節。〔正末唱〕經今早過了十三載。〔王獸醫云〕這人敢還有麼。〔正末唱〕他可便一去了呵石沉大海。〔王獸醫云〕叔叔。你打與我個模狀兒。〔正末唱〕則他生的短矮也那蠢坌身材。〔王獸醫云〕多大年紀也。〔正末唱〕他年庚有三十歲。〔王獸醫云〕曾拐帶了些甚麼。〔正末唱〕止不過腹懷着半年胎。〔王獸醫云〕曾着人打聽來麼。〔正末唱〕這其間知道和尚在也那鉢盂在。〔王獸醫云〕他小名兒喚做甚麼。〔正末唱〕

每日家問春梅無信息。〔王獸醫云〕這人敢有哩。〔正末唱〕哎。他也恰便似趙杲送曾哀。〔王獸醫做打呵欠科〕〔正末云〕哥。你莫不在那裏見李春梅來。〔王獸醫云〕沒有見。我打了箇呵欠。〔正末云〕將酒來與哥吃。〔王獸醫云〕嬸子。我要濕濕去。〔二旦云〕你看這厮波。〔王獸醫云〕我出的這門來。〔做溺尿科云〕姐夫嗨。你好狠也。添添孩兒。有了主也。我過去説了。可是你絶户我絶户。〔做過去見旦科云〕嬸子。您姪兒濕濕濕了也。〔二旦云〕你看這厮波。〔王獸醫云〕叔叔。我與嬸子一個娃娃。〔正末云〕敢是醉了也。〔王獸醫云〕我醉了。酒在肚裏。事在心頭。聽的你把那十三年前的事説起來。我怕不與嬸子一箇娃娃。〔正末云〕婆婆。他説那十三年前的話。我有些耳背。你聽者。〔王獸醫云〕叔叔。我十三年前。去那四村上下看幾個頭口兒。那老的每便道。王獸醫。天色晚了也。你休家去。兀那前面二十里巡鋪上有鬼。我便道。我是人。可怎麼倒怕鬼。到的二十里巡鋪上。則聽的那裏面噎噎的啼哭。我道。咦。敢真個有鬼麼。我拏起這捩鼻木來。喝了一聲道。甚麼人。他便道。我是個叫化的。我便道。你是男子也是婦人。他便道。我是婦人。在這裏養娃娃哩。〔正末云〕哥。可得了個兒也是女。〔王獸醫云〕沒産房。我不曾進去。〔正末云〕將酒來與哥吃。〔王獸醫云〕我問他得了個兒也是女。他便道。得了個小厮兒。我便道。你不與了人怎麼。他便道。我便與人誰要。我便道。將來我要。我與了他些碎銀兩。他便與了我。我問他甚的名姓。多大年紀。他道姓李。叫做春梅。年紀三十歲。我將那孩兒抱到家中。與了俺姐夫新庄店俞循禮爲兒。長成一十三歲。每日上學。打您門前經過。小名唤做添添。

便是你的兒。〔正末做咬王獸醫手科云〕哥也。你不説謊。是真個麽。〔王獸醫云〕呀。咬你的指頭波。〔正末唱〕

【罵玉郎】聽説罷我便有九分來不快早十分也得快。〔王獸醫云〕老的。你兩口兒歡喜咱。〔正末唱〕不由我春滿眼。喜盈腮。抵多少東風飄蕩垂楊陌。〔王獸醫云〕老的。你可有了後代兒孫也。〔正末唱〕一片心想後代。〔王獸醫云〕我則是報答你仗義疎財的恩。〔正末唱〕三不知逢着貴客。〔王獸醫云〕叔叔。也是天意。〔正末唱〕我兩隻手忙加額。〔王獸醫云〕也是你苦盡甘來。〔正末唱〕

【感皇恩】天那這的是苦盡甘來。〔王獸醫云〕你命裏有。則是有。命裏無。則是無。〔正末唱〕暢好是命也時哉。〔王獸醫云〕若不是我説。你怎麽知道。〔正末唱〕你個知心友泄天機。俺那青春子從天降。這個白頭叟聽天的那差。婆婆也你把那雞兒快宰。好酒頻釃。〔王獸醫云〕酒勾了。吃不的了也。〔正末云〕將酒來。〔唱〕與足下相慶賀。同喜悦。放愁懷。

【採茶歌】則我這箇老奴才。若認了那小嬰孩。〔王獸醫云〕老的。一似枯樹又逢春也。〔正末唱〕哥也我就似枯樹上再花開。則道那一去了的孩兒在青霄外。誰承望洛陽的花酒一時來。

〔正末云〕小的每。鞁兩匹全付鞍馬來者。〔王獸醫云〕則鞁一匹馬罷。我和嬸子疊騎着。〔正末云〕你看這廝波。你着俺子母每團圓呵也在你。不着俺子母每團圓呵也在你。〔做跪科〕〔王獸醫云〕叔叔請起。只當搶了臉。〔正末云〕哥。你着俺父子團圓呵。我去那城中。請一個巧筆丹青的畫匠。我把哥這個形像畫將來。着俺子子孫孫。輩輩兒供養着哥。也不多哩。〔王獸醫云〕叔叔。便有那巧筆丹青。也畫不出我這個醜嘴臉來。〔正末云〕哥。在意者。〔唱〕

【黃鍾尾】我則要你抱麟兒撞開孩子連環寨。婆婆也我則要你引鸞雛飛出韓侯那一座大會垓。想自家年老憊。憂念的我這鬢鬢白。則我這孤獨的身也可哀。〔云〕哥。你和婆婆先去。〔王獸醫云〕叔叔。我知道。〔正末唱〕我這裏把這恩養錢我可也便刮劃。〔帶云〕我雖無現在的。〔唱〕我這裏或是典或是賣。儘着他言。由着他責。你則似那水也似流。風也似擺。使不着你糕也似團。婆婆也我則要你謎也似猜。哥不須我叮嚀的向你行說一派。〔帶云〕可到那裏呵。〔唱〕用着你那巧言波令色。〔二旦云〕老的也。我知過了也。〔正末唱〕婆婆也則要你知過而必改。〔云〕我到那裏一頭的見了我那孩兒。兩隻手抱的牢者。〔唱〕哎。你可便休道是拾得一個孩兒落得價摔。〔同下〕

〔音釋〕挽音免　鞁音備　捩音利　溺奴吊切　閘音債　麥音賣　索篩上聲　甍音萌　柏音擺　夥羅上聲　白巴埋切　揣平聲　窄齋上聲　蠆齋去聲　矮哀上聲　蠢春上聲　坌盆去聲　呆音稿　噎與咽同　陌音賣　客揩上聲　額鞋去聲　釃音篩　垓音該　憊音敗　刮音擺　劃

胡乖切　責齋上聲　謎迷去聲　色篩上聲　捽升擺切

第三折

〔倈兒上云〕我是那俞循禮的孩兒。下學來家裏吃飯去。怎麽不見養爺來接我。〔王獸醫上云〕自家王獸醫的便是。姐夫。你好狠也。罵我做絶户。如今添添孩兒。有了主也。他原來是韓弘道的孩兒。我如今與添添孩兒説知了。姐夫。看你絶户是我絶户。〔做見科倈兒做唱喏科云〕舅舅。你那裏去來。〔王獸醫云〕添添孩兒。我問你咱。你是誰的孩兒。〔倈兒云〕我是俞循禮的孩兒。〔王獸醫云〕你不是俞循禮的孩兒。是白鷺村韓弘道的孩兒。你休家去。你的父親乘着鞍馬。便來看你也。〔下〕〔倈兒做哭云〕元來我是韓家的兒。我且不家去。則在這裏。看有甚麽人來。〔正末扮院公上云〕自家是俞循禮家中的個院公。如今着我接添添小哥去。這裏也無人。添添小哥。不是俞循禮養的。是王獸醫抱將來的。則我知道。别人都不知道。這添添小哥。今年十三歲。天生的甚是聰明。父親歡喜死他。却那裏知道這就裏也。小哥上學去了。我如今接着他去者。〔唱〕

【商調集賢賓】則俺那小哥哥從幼兒便有志節。端的那頑劣處並無些。敢則是天生的聰俊。待改家門氣象兒全别。寫字兒寫得來端方。對句兒比别人對的來真切。可久以後廣寒宮裏必將丹桂折。雷發聲便動春蟄。則我看承他似堂上親。把他來誇獎的就做了世間絶。

〔云〕小哥。老漢背的你到家中吃飯去波。〔倈兒做使性不言語科〕〔正末唱〕

【金菊香】我則見他自推自跌自傷嗟。哎。哥也你那般抹淚揉眵可是因甚也。我問道時無話說。哎。這樁事我敢猜者。哥也多應是師父行吃了些虧折。

〔倈兒云〕養爺。我不是俞循禮的兒。我是韓弘道的兒哩。〔正末云〕誰這般說來。〔倈兒云〕王獸醫舅舅說來。〔正末云〕王獸醫。哎。你送了人也呵。〔唱〕

【梧葉兒】我聽說罷着我醒如醉。可便諕的我來心似呆。〔云〕哥。你不知道王獸醫是個不良的人。他問你父親借具牛。你父親不曾借與他。他記這些冤讎。阻隔您這父子的情也。〔唱〕我急慌裏着些閒散話兒遮。〔帶云〕王獸醫哎。〔唱〕他是個不覩事的喬男女。你便橫枝兒待犯些口舌。那厮敢平地下鍬撅。〔帶云〕哎。哥也。則你休聽他這酒魔的漢呵。〔唱〕一謎裏便胡謅亂說。

〔二旦同王獸醫上〕〔二旦云〕這個是俺的孩兒也。〔正末云〕是誰的孩兒。〔二旦云〕是俺的孩兒。〔正末云〕是您家的孩兒。您倒省氣力也。〔唱〕

【後庭花】你常好是要便宜的小大姐。〔二旦云〕元是我家的兒。〔正末云〕噤聲。〔唱〕你這言語也瞞不過我個老養爺。〔二旦云〕着孩兒認了姓。頻頻的來往。〔正末云〕你道什麼哩。〔二旦云〕認了姓頻來往。〔正末唱〕你道是教孩兒認了姓頻來往。〔云〕這等話。誰說來。〔二旦云〕

是韓弘道說來。〔正末唱〕哎。那老子識時務也便爲俊傑。聽説罷這週摺。不由我不喉堵也那氣噎。〔云〕小哥。你今待要如何。〔倈兒云〕我拚的百年時入墓穴。兩下裏駕轝車。〔正末云〕哎喲。痛殺我也。〔唱〕則他這小孩兒家發話别。便大人也不會您様説。他道是百年時入墓穴。兩下裏駕轝車。

【青哥兒】急的我兩頭兒無能無能計設。你處何曾道倦怠了些。我常記的舊年時節。俺姐姐雖不曾道懷躭懷躭十月。哥也那恩養兒繡藉。蓋覆的個重疊。但有些兒焦憹。便解下搖車。乳哺的寧貼。恰得個休歇。俺姐姐真守到畫眉窗外月兒斜。〔帶云〕這也。則爲你呵。〔唱〕伴孤燈熬長夜。

〔二旦同王獸醫做拖倈兒科〕〔正末唱〕

【柳葉兒】哎。哥也除你外别無甚枝葉。争忍道義斷恩絶便則道腸裏出來腸裏熱。怎生把俺來全不借。你誂的波小爹爹。你今番去了再幾時來也。

〔二旦同倈兒下〕〔正末拖住王獸醫云〕庄院裏小的每。唤俺哥哥姐姐來。〔俞循禮同旦兒上云〕做什麽哩。〔正末云〕有人家奪將小哥去了也。〔俞循禮云〕誰這般説來。〔正末云〕你則問王獸醫。〔俞循禮云〕王獸醫。添添孩兒怎麽着人奪將去。〔王獸醫云〕是韓弘道的兒。他奪的去了也。〔俞循禮云〕是真個。兀的不氣殺我也。〔俞循禮同旦兒做倒正末扭住王獸醫科〕〔王獸醫云〕你撒了手。不似你這個兩頭白面搬脣遞舌的歹弟子孩兒。〔下〕〔正末做驚科云〕呀呀呀。哥哥精細者。添添小哥來了也。姐姐精細者。添添小哥來了也。〔唱〕

【油葫蘆】呀。可這壁廂便氣殺他娘。〔云〕哥哥精細者。添添小哥來了也。姐姐精細者。添添小哥來了也。〔唱〕那壁廂衝倒他爺。哎喲。慌的我來戰篤速這手兒可怎生擡揲。〔帶云〕哥哥省煩惱。〔唱〕俺正是容易得來。你今日容易捨。也是喒前生的寃業。勸哥哥姐姐莫癡呆。

〔俞循禮做哭科云〕大嫂。別人家的兒。着他奪將去了。可不氣殺我也。〔正末云〕哥哥。喒家去來。〔唱〕

【浪裏來煞】這施恩不在年紀老。哎。扭打不必性兒劣。〔帶云〕王獸醫。你好狠也呵。〔唱〕把俺這連枝樹可怎麼一時截。若是喒不煩惱則除心似鐵。非干俺便忒着那疼熱。大剛喒這人生最苦是離別。〔同下〕

〔音釋〕節音姐　別邦爺切　切音且　折音者　蟄張蛇切　絶莊靴切　揉音柔　眵音蚩　也平聲　説書者切　者平聲　呆音爺　舌繩遮切　鍬粗消切　撅渠靴切　謅音鄒　傑其耶切　摺音者　噎衣者切　別皮也切　穴希耶切　設商者切　月魚夜切　怯丘也切　熱仁蔗切　綳音崩　疊音爹　憋邦也切　貼湯也切　歇希也切　葉音夜　揲音爹　業音夜　劣閭夜切　截

藏斜切　鐵湯也切

第四折

〔俞循禮同旦兒上云〕大嫂。你整整的瞞了我十三年光景。我早知道這添添不是我的兒。我也不擡舉他這十三年也。〔王獸醫上云〕嗨。俺姐夫敢有些兒怪我。來到門首。我自過去。見俺姐夫去。姐夫。〔俞循禮云〕舅子。你好狠也。你怎生下的。〔王獸醫云〕不干我事。〔俞循禮云〕可是誰說來那。〔王獸醫云〕都是那酒說出來了也。〔俞循禮云〕你少吃一鍾波。罷罷罷。既是他家的。落的着他將去了。我若今生今世。昧了人家子嗣。我便死呵。到那生那世。越折罰的我重。舅子也。你將這八句詩送與孩兒。他是個聰明的。若見了詩。他必然來看我。若是來的早。便能勾見我的面。若來的遲了。我那裏得活的人也。〔做遞詩科云〕舅子。你那未說之時。俺也恩不斷。被你說破之時。俺就斷了恩。大嫂也。俺有日百年身死後。天那。知他誰是拖麻拽布人。〔做哭科云〕添添孩兒。則被你痛殺我也。〔同下〕〔王獸醫云〕我將着這詩送到韓弘道家。與添添孩兒看。走一遭去來。〔下〕〔正末韓弘道同二旦倈兒上〕〔正末云〕誰想有今日也呵。孩兒也。你叫我一聲爹爹。〔倈兒做叫科云〕爹爹。〔正末云〕兀的不喜歡殺老夫也呵。〔唱〕

【雙調新水令】則俺這眼前花風雨夜來時。投至俺得相逢非同造次。有如那枯竹上生嫩笋。老樹上長新枝。仔細尋思。這也非人力乃是天賜。

〔王獸醫上做見正末科云〕叔叔你歡喜麽。〔正末云〕可知歡喜哩。〔王獸醫云〕你怕不歡喜。這早晚煩惱殺俺那姐姐姐夫也。俺姐夫將的八句詩與你孩兒看者。〔倈兒做念詩科云〕璧玉連枝取次分。鐵人無淚也消魂。愁雲聚此新庄店。喜氣生他白鷺村。畫閣有誰知冷煖。高堂無客問晨昏。夢回不覩親兒面。斜月微明獨倚門。〔詞云〕我看罷也雨淚千行。不由我刀攪心腸。認了你個生身父母。俺牽羊擔酒却拜謝俺那養育爺娘。〔王獸醫云〕叔叔。你牽羊擔酒。直至俺姐夫門上認親。走一遭去來。〔正末云〕哥哥說的是。俺領着孩兒認親去來。〔同下〕〔俞循禮同旦兒上云〕這早晚怎生不見王獸醫來。〔正末同倈兒二旦上〕〔正末云〕來到了也。〔做見俞循禮拜科云〕多蒙親家養育之恩。老夫今日同孩兒特來拜謝也。〔做把盞科〕〔唱〕

【沽美酒】高高的捧着玉巵。伏伏的跪在堦址。願親家滿飲香醪你便且莫辭。〔俞循禮云〕您便是有兒的。〔正末唱〕哎喲。

【太平令】莫怪他泥中隱刺。你再休呫脣波掛齒。現放着一箇正名師。不索丁一卯二。〔俞循禮云〕俺是絶户的。〔正末唱〕他又不曾道節外生枝。也兒。到死時。令這個小廝。我着他兩下裏居喪拜祀。

〔俞循禮云〕都是王獸醫來。〔正末唱〕且休問什麽張三波李四。喒兩個老

〔王獸醫同李春梅上〕〔王獸醫云〕我尋得李春梅來了也。〔正末云〕誰是李春梅。〔春梅云〕則我便是李春梅。〔正末唱〕

【七弟兄】聽說了姓兒。和這小字。不由我就不喜孜孜。這一場好事從天至。莫不是

夏蟬高噪緑楊枝。險些兒西風了却黄花事。

【梅花酒】我覷了這女豔姿。如此般蠢坌身子。麄奘腰肢。却生的這般俊秀的孩兒。敢則是鴉窩裏出鳳凰。糞堆上産靈芝。這言語信有之。想天公果無私。將人心暗窺視。没揣的對付雄雌。酩子裏接上連枝。

〔帶云〕春梅也。這一場呵。〔唱〕

【收江南】呀。抵多少斷腸人寄斷腸詞。今日個弄璋人説與弄璋的詩。都是那老天不絶俺宗支。這一家兒恰似。恰似旱苗甘雨得來時。

〔俞循禮云〕住住住。大嫂。閒話休題。添添孩兒便是他的。我問你。那十三年前。你可添了個甚麽來。〔旦兒云〕我得了個女兒。〔俞循禮云〕如今可在那裏。〔旦兒云〕與俺兄弟王獸醫也。〔俞循禮云〕王獸醫。好呵。你可將我那女兒來波。〔王獸醫云〕好好好。一場惡怨。都打在我身上。我十三年前在那四村上下二十里巡鋪。抱得李春梅的兒子。换了姐姐的女兒回去。我渾家又有乳食。擡舉的一十三歲。叫做桂花。便是你的女兒。姐姐你也依着我者。將桂花女兒。與俺叔叔家做了個媳婦。添添兒與俺姐夫做個女壻。你兩家做那世世割不斷的親戚。百年之後。着這兩口兒澆茶奠酒。墳前拜掃。暈後拖麻。可憐見我無主意老糟頭。身死之後。將這把絶户的骨頭。葬在墳外墻下。到那冬年節下。月一十五。潑不了的凉漿冷飯。去我那絶户的骨頭上。澆奠一兩盞。便是報答老糟頭一般。〔詩云〕莫怪區區巧舌頭。兩家不要記寃讎。今朝兒女重完聚。姐夫哎。何

不當初借我那耕牛。〔俞循禮云〕這廝也説的有理。天下喜事無過子婦團圓。殺羊打酒。做一個慶喜的筵席。〔正末唱〕

【尾聲】甫能認的孩兒至。又得個媳婦兒完成喜事。儘着我瓦盆邊飲白酒盡餘生。畫堂中戲斑衣快活個死。

〔音釋〕造音糙　攪音皎　呫店平聲　奘莊去聲　酩音茗　齹御平聲

題目　白鷺村夫妻雙拆散

正名　翠紅鄉兒女兩團圓

李素蘭風月玉壺春雜劇

武漢臣撰

第一折

〔老旦扮卜兒上〕〔詩云〕教你當家不當家。及至當家亂如麻。早晨起來七件事。柴米油鹽醬醋茶。老身嘉興府人氏。姓李。有一個女孩兒。小字素蘭。幼小間學成歌舞吹彈。做着個上廳行首。這裏也無人。我這個女兒也不是我親養的。他自身姓張。幼小間過房與我做義女。如今十八歲了。詩詞歌賦。針指女工。無不通曉。生的十分大有顏色。時遇清明節令。着女孩兒梳粧打扮了。領着梅香去郊外踏青賞玩去。早些兒來家。老身無甚事。往劉媽媽家吃茶去也。〔下〕〔正末扮李斌引琴童上云〕小生姓李名斌。字唐斌。别號玉壺生。本貫維揚人也。自幼攻習儒業。因遊學來至嘉禾地方。這是古秀州。乃江南繁華勝地。今日清明。傾城士民。盡往郊外遊春賞玩。小生引着琴童。前往郊外散心。小生暗想。寒窗下曾受十載苦功。他日必奪皇家富貴。豈不聞十年窗下無人問。一舉成名天下知。信有之也。〔唱〕

【仙吕點絳唇】映雪窗前。豈辭勞倦攻經典。甲榜争先。獨占文場選。

【混江龍】赴瓊林飲宴。不枉了青燈黄卷二十年。有郎官過盞。中使傳宣。御酒淋漓袍袖濕。宫花蹀躞帽簷偏。列紫衫銀帶。聽玉管冰絃。挑絳紗紅燭。對皓月遥天。

醉醺醺紅粧扶策下瑶堦。氣昂昂朱衣迎接離金殿。擺列着玉簪珠履。准備着寶馬銀鞭。〔琴童云〕相公。時遇春天清明節令。你看這郊外人稠物穰。都是賞心樂事。真個好熱鬧也。〔正末唱〕

【油葫蘆】則見那仕女王孫遊上苑。人人可便賞禁煙。則見那桃花散錦柳飛綿。語關關枝上流鶯囀。舞翩翩波面鴛鴦戀。這壁厢羅綺叢。那壁厢鼓吹喧。抵多少笙歌鬧入梨花院。可兀的就芳草設華筵。

【天下樂】則待要閟向秦樓列管絃。青帘。風外懸。嗔遊人醉眠芳徑軟。緑陰中聞鵰鴣。紅香中啼杜鵑。休辜負艷陽三月天。〔云〕琴童。你看那香車寶馬。來往交雜。正好賞心樂事也呵。〔唱〕

【那吒令】一叢叢香車翠輦。一隊隊雕鞍駿駹。一簇簇蘭橈畫船。一攢攢蹴踘場。一處處鞦韆院。一行行品竹調絃。

【鵲踏枝】一個個玉天仙。一雙雙美嬋娟。一層層錦塢花溪。一里里翠遶珠圈。一步步丹青扇面。一段段流水桃源。〔云〕你看如此春景。真乃咏之不足。翫之有餘。明明是一幅丹青圖畫也。〔唱〕

【寄生草】端的是萬萬首詩難盡。千千筆畫不全。日暄暄芳草汀晴沙暖襯鴛鴦薦。露涓涓楊柳樓柔絲困攏黃金線。風習習杏花村粉墻亂落胭脂片。翻滾滾玉闌干搧粉翅飛倦採香蝶。急煎煎翠池塘展烏衣忙殺銜泥燕。

〔云〕琴童。天色早哩。俺慢慢的行。〔旦扮李素蘭引梅香上云〕妾身姓李。小字素蘭。自幼習學些談諧歌舞。做着個上廳行首。時遇春天清明節令。母親言語。着梅香跟着妾身。郊外散心。梅香。你看那萬紫千紅。遊人甚廣。俺來到這花深去處。將那春盛擔兒。放在一壁。俺慢慢的賞翫咱。〔正末云〕好一個小娘子也。〔旦云〕好一個俊秀才也。〔梅香云〕好一個傻琴童也。〔琴童云〕好一個醜梅香也。〔梅香云〕你也不俊。〔正末唱〕

【六幺序】呀。猛見了心飄蕩。魂靈兒飛在天。怎生來這搭兒遇着神仙。他那裏眼送眉傳。我這裏腹熱心煎。兩下裏都思惹情牽。他則管送春情不住相留戀。引的人意懸懸似熱地蚰蜒。他生的身軀嬝娜真堪羨。更那堪眉彎新月。步蹙金蓮。

【幺篇】好着俺俄延。熬煎。眼暈頭旋。有口難言。兀的不送了我也這一搭兒平原。他那裏褪後趨前。俺這裏意馬心猿。幾時得共宿同眠。若天公肯與人方便。成就了一世姻緣。若是風亭月館諧鶯燕。但得他舌尖上甜唾。纔止住這口角頭頑涎。

〔旦云〕梅香。你問那秀才。那裏人氏。姓甚名誰。〔梅香見末科〕秀才萬福。〔正末云〕琴童接了馬者。〔琴童云〕牢墜鐙。〔正末云〕小娘子祇揖。〔梅香云〕秀才。俺姐姐使我來問秀才那裏人氏。姓甚名誰。〔正末云〕小生揚州人氏。姓李名斌。字唐斌。别號玉壺生。今年方纔二十八歲。未曾娶妻哩。〔梅香云〕也是個傻厮。誰管你娶妻也不曾。〔正末云〕小生則這般道。〔梅香云〕我回俺姐姐話去。姐姐。那秀才揚州人氏。姓李名斌。字唐斌。年方二十八歲。〔旦云〕梅香。你問那秀才。我有心請他來花塢中。將喒那酒餚共飲幾杯。看他心下如何。〔梅香見末科云〕秀才。俺姐姐説來。請你去那花塢中飲幾杯酒。你心下如何。〔正末云〕小生願隨鞭鐙。〔梅香云〕你看他一讓一個肯。〔正末見旦科云〕姐姐祇揖。〔旦云〕秀才萬福。〔正末云〕敢問姐姐誰氏之家。姓甚名誰。〔旦云〕妾身是本處上廳行首。姓李。小字素蘭。今日因賞清明節令。幸遇尊顔。妾身有菲饌蔬酒。若蒙不棄。共飲幾杯。未知尊意如何。〔正末云〕感承姐姐厚意。小生焉敢違命。〔旦云〕梅香。將酒過來。我與秀才遞一杯。〔正末云〕量小生有何德能。敢勞姐姐如此相待也。〔唱〕

【後庭花】感謝你個曲江池李亞仙。肯顧戀這貶江州白樂天。願你個李素蘭常風韻。則這個玉壺生永結緣。雙通叔敢開言。着你個蘇卿心願。我雖無那走江湖大本錢。也敢賠家私住幾年。

【柳葉兒】也養的恁滿門宅眷。也是我出言在駿馬之前。哎。你個謝天香肯把耆卿戀。我借住臨川縣。敢買斷麗春園。一任着金山寺擺滿了販茶船。

〔旦云〕秀才若肯屈高就下。妾身願與秀才做一程兒伴。妾身有隨身的翠珠囊一枚。更有二十五輪香串一腕。與秀才權爲信物。只望貴脚早踏賤地。〔正末云〕姐姐見賜之意。小生合當拜受。小生有掠鬢角的玉螳螂一枚。白羅春扇一把。送姐姐權且收留。亦爲信物。〔旦云〕此信物妾身收留。來日專候秀才。休得失信。〔正末云〕小生孔子門徒。焉敢失信也。〔唱〕

【賺煞】我得了這沉香串翠珠囊。你收取這玉螳螂白羅扇。四件兒是喒這玉潔冰清意堅。〔旦云〕秀才。則是一件。争奈老母嚴惡。休得見責。〔正末云〕姐姐放心。〔唱〕料的這入馬東西應不免。我着他揀口兒食換套兒穿。任抓揻。不是我撥萬論千。常撺着賣了城南金谷園。若你個李素蘭意專。這玉壺生情願。我情願一春常費買花錢。〔下〕

〔旦云〕天色晚了也。梅香。喒回家去來。〔下〕

〔音釋〕斌音賓　蹀音迭　躞音屑　策釵上聲　稠音紬　穰人掌切　帘音簾　鷓遮去聲　鴣音姑
輦連上聲　騗音冤　橈音饒　踘音菊　襯初艮切　蝶音爹　傻商鮓切　蚰音尤　蜒音延
嬝音鳥　娜挪上聲　暈音韻　褪吞去聲　涎徐煎切　塢音五　抓莊瓜切　揻音軒

楔子

〔冲末扮陶伯常引祗候上〕〔詩云〕三年爲吏在錢塘。近奉徵書入建章。自省循良無實政。終慚父老説甘棠。小官姓陶。名綱。字伯常。廣陵人也。由進士及第。授杭州同知之職。今奉聖人的命。取小官赴京。路從嘉興府過。此處有一故友。乃是李玉壺。據此人文學。還在小官之上。争奈此人以花酒爲念。墮了功名。小官在此驛亭中等候。已曾着人請他去了。左右的。門首覷者。若來時。報復我知道。〔正末引琴童上云〕小生李玉壺。今有故友陶伯常相公。在驛亭中相請。小生須索走一遭去。門上的。報復去。道有李玉壺特來拜見。〔祗候報科〕報相公得知。有李玉壺求見。〔陶伯常云〕道有請。〔見科正末云〕早知哥哥來到。只合遠接。接待不及。勿令見罪。〔陶伯常云〕數載不見。有失動問。兄弟請坐。〔正末云〕哥哥。請問因何至此。〔陶伯常云〕兄弟不知。今有聖人命。取小官赴京。路從此過。聞知兄弟在於此處風月。兄弟。你有滿腹才學。不思進取功名。只以花柳爲念。小官恐怕誤汝一生大事。如之奈何。〔正末云〕老兄嚴訓。焉敢不從。因愚弟疎狂。致勞尊念。李斌得罪於仁兄。有玷於名教。雖然如此。争奈此妓非風塵之態。乃貞節之婦。故此留心於他。實非李斌荒淫。〔陶伯常云〕既賢弟堅心。有難割遣。如今小官行促。賢弟平日有甚麼做下文章。待小官賫至都城保奏。但得進身。以盡朋友之心。可是何如。〔正末云〕辱弟有作下的萬言長策。萬望哥哥提拔。〔陶伯常云〕將來我看咱。〔做遞策接看科云〕好寫染也。小官將此萬言長策。親到聖人跟前。舉薦你爲官。必不負所託。〔正末云〕多謝了哥哥。〔陶伯常云〕小官則今日便索與賢弟長別也。〔正末唱〕

【仙呂端正好】赴皇都。趨天闕。現如今國家選用豪傑。〔陶伯常云〕據賢弟文章。必得重用。〔正末唱〕憑着我三冬足用文章絶。揮翰墨。走龍蛇。穿宮錦。着朝靴。封官爵。享豪奢。那時分。恁時節。我可將仁兄結草的這銜環謝。〔下〕

〔陶伯常云〕兄弟去了也。小官不敢久停久住。將着此萬言長策。回京師見聖人走一遭去。〔下〕

〔音釋〕齏音蹟　闞區也切　傑其耶切　絶藏靴切　節音姐

第二折

〔卜兒上云〕老身是李素蘭的母親。自從去年清明時。俺那女孩兒領將一個秀才來家。他兩個過的綢繆。不離寸步。那廝初來時。使了些錢鈔。如今篩子裏喂驢。漏豆了。趕也趕不將他出去。似這般呵。俺家裏吃甚麽。近日有個客人。姓甚唤做甚舍。他要和俺女孩兒吃酒。他又有錢。今日來俺家裏吃茶。小的。他若來時。報我知道。〔浄扮甚舍上云〕自家是山西平陽府人氏。姓甚。人都叫我甚舍。鄉裏老的每。見我有這人才模樣。與我起了個表德。唤我做甚黑子。我裝三十車羊羢潞紬。來這嘉興府。做些買賣。此處有一個上廳行首李素蘭。生得十分大有顔色。我有心要和他做一程兒伴。那虔婆請我今日在他家吃茶。走一遭去。媽媽在家麽。〔卜兒云〕甚舍來了也。請家裏坐。〔做見科〕〔甚舍云〕媽媽。我今日一逕的來你家吃茶。〔卜兒云〕甚舍。俺孩兒有一個舊人。我將那廝趕了去。可留着你在家裏住。〔甚舍云〕妳妳。我與你二十兩銀子做茶錢。你若肯將女孩兒嫁與俺。我三十車羊羢潞紬。都與妳妳做財禮錢。〔卜兒云〕甚舍。你放心。我和我女孩兒説去。他若肯了。我着梅香來唤你。〔甚舍云〕多謝妳妳。我回客店中去。只等你回報。〔下〕〔卜兒云〕甚舍去了也。我到卧房中和素蘭説知。不怕他不肯。〔下〕〔旦引梅香拏畫上云〕妾身李素蘭。自從與李玉壺作伴。可早一載有餘也。俺兩個赤心相待。他是李玉壺。我是素蘭。畫了一軸畫兒。畫着玉壺裏面。插着一朵素蘭花兒。俺李玉壺親題一首詞。寄玉壺春。就寫在上面。將俺當日初相見時。表信的翠珠囊玉螳螂。掛在兩邊。朝朝宴會。夜夜歡娛。妾身就記此玉壺春。旋打新腔歌唱。今日李玉壺往街市上探望幾位相識去了。這早晚敢待來也。梅香。一壁厢安排下茶飯酒餚。待我和他食用。身子有些困倦。略且歇息咱。〔旦做睡科〕〔正末引琴童上云〕多蒙陶伯常哥哥。將我萬言長策去了。未知道舉薦如何。〔歎科〕嗨。也非我不想功名。甘心流落。只是我與素蘭作伴歲餘。兩意綢繆。因此不能割捨。〔琴童云〕相公。你不思進取功名。只要上花臺做子弟。有甚麼好處。〔正末云〕琴童。你那裏知道。做子弟的聲傳四海。名上青樓。比爲官還有好處。做子弟的有十個母兒。一家門。二生像。三吐談。四串仗。五温和。六省傍。七博覽。八歌唱。九枕席。十伴當。做子弟的須要九流三教皆通。八萬四千傍門盡曉。纔做得子弟。非同容易也呵。〔唱〕

【南吕一枝花】每日家春風燕子樓。夜月鳴珂巷。鶯花脂粉社。詩酒綺羅鄉。弄玉團香。助豪氣三千丈。列金釵十二行。我是個翠紅堆傅粉的何郎。花衚衕畫眉的張敞。

【梁州第七】我去那錦被裏舒頭作耍。紅裙中插手難當。争鋒處准備着施謀量。顯吹彈歌舞。論角徵宫商。使心猿意馬。逞舌劍唇鎗。着那等嫩鴿鶵眼腦着忙。訕杓倈手脚慌張。若是我老把勢展旗旛立馬停驂。着那俊才郎倒戈甲抱頭縮項。俏勤兒卸袍盔納款投降。論胸襟。紀綱。我是寨兒中風月的元戎將。善吟詠會波浪。能譔梨園新樂章。我可便旋打會新腔。

〔做到科云〕梅香。姐姐在那裏。〔梅香云〕姐夫。你來了也。俺姐姐歇息哩。我喚他去。〔正末云〕你休喚姐姐。則恐怕驚着他。我試看波。〔唱〕

【牧羊關】見一朵嬌蘭種。似風前睡海棠。好受用也鴛枕牙牀。風流盡繡褥羅衾。可喜殺翠屏錦帳。〔旦做醒科云〕一覺好睡也。〔正末唱〕睡濃時素體鮮紅玉。覺來也蕙魄散幽香。眼濛濛如西子春嬌困。汗溶溶似太真般浴罷粧。

〔旦云〕玉壺生。你來了也。〔正末云〕小生來了也。〔旦云〕玉壺生。你看這幅畫。虧那巧筆丹青。怎生畫成來。〔正末云〕是畫的好也呵。〔唱〕

【隔尾】看了這四時蘭蕙十分旺。説甚麽一架薔薇滿院香。今日折向書齋玉壺中放。相近着緑窗。勝梨花淡粧。每日家浄洗雙眸樂心兒賞。

〔旦云〕玉壺生。你爲妾身誤却了你的功名如何。〔正末云〕姐姐休這等説。〔唱〕

【賀新郎】我則待簪花殢酒賦詞章。至如我折桂攀蟾。也不似這淺斟低唱。誰想甚禹門三月桃花浪。我則待伴素蘭風清月朗。比爲官另有一種風光。誰待奪皇家龍虎榜。争如占花叢燕鶯場。我則要做梨園開府頭廳相。我向這花柳營調鼎鼐。風月所理陰陽。

〔旦云〕梅香將酒來。我共玉壺生飲幾杯酒。我就歌此玉壺春之曲。〔正末云〕對此畫。歌此詞。真可賞也。〔唱〕

【四塊玉】這壺畫的來玉潤温。這蘭畫的來香飄蕩。看了這玉軟香嬌不尋常。則這個玉生香花解語風流像。端的可便堪畫圖。畫圖來堪咏題。咏題來堪翫賞。

〔旦云〕待妾身表白這一首玉壺春詞。〔詞云〕香嬌淡雅天然格。蕊嫩幽奇能艷白。看四季永馨香。遠蓬蓽豈鄰野陌。惟待客。不許遊人閒摘。玲瓏瑩軟無瑕色。玉潔冰清有潤澤。玉壺内插蘭花。壓梅瓣壽陽點額。休撴捽。莫伴羣芳亂折。〔正末云〕將酒來。我與姐姐遞一杯。姐姐滿飲一杯。好高才也。〔唱〕

【隔尾】那裏是敲金擊玉辭源嚹。則爲這玉骨冰肌體段香。畫的來素淡輕盈甚停當。從今後高捲起莫張。做一個繡袋兒謹藏。休着那等乾嗻喹冷眼兒的閒人把做話講。

〔旦做念云〕玉螳螂。翠珠囊。高燒銀燭照紅粧。我壓着春風一曲杜韋娘。〔卜兒冲上云〕呆屌唱的好。踏開這屌門。〔旦慌科〕〔卜兒云〕呸。休波。甚麼春風一曲杜韋娘。〔正末唱〕

【罵玉郎】這場禍事從天降。妳妳你便休唱叫喒可便好商量。走將來平白地生波浪。睁着一對白眼睛。舒着一雙黑爪老。搦着一條黄桑棒。

【感皇恩】呀。眼見的打死鴛鴦。拆散鸞凰。則這個玉壺生。更和這素蘭女。則索告你個柳青娘。〔卜兒云〕我將你賣與回回達達虜虜去。〔旦悲科〕〔正末唱〕從今後迎風北苑。早則不待月西厢。直惹的狂蝶覷。野蜂鬧。喜蛛忙。

【採茶歌】素蘭呵那裏也翠珠囊。百忙裏玉螳螂。决撒了高燒銀燭照紅粧。没指望月夜雙歌玉壺腔。空壓殺春風一曲杜韋娘。

〔卜兒云〕梅香。與我請甚舍來。〔甚舍上云〕自家甚舍。正在客房閒坐。媽媽使人來請我。須索走一遭去。〔見科〕大姐祗揖。媽媽。我來了也。〔卜兒云〕素蘭。你看這等一個子弟。他又有錢。這一表人物。不强似那窮秀才。〔甚舍云〕我有三十車羊羢潞紬。都與媽媽。則要娶你個大姐。

〔正末唱〕

【牧羊關】多管是人遭遇。料應來天對當。走將來凍剥剥雪上加霜。這厮待搠斷了俺風月佳期。掀騰了花燭洞房。〔卜兒云〕李玉壺。你是個讀書的人。好不聰明。你也知法度。你要娶俺女孩兒。你姓李。俺也姓李。同姓不可成親。你曉的麽。李婉兒爲甚復落娼。皆因爲李府尹的兒子也姓李的緣故。現放着斷下一首南柯子詞。便是個大證見。〔正末唱〕你又不是判宰府的南柯子。這的是玉壺生小詞章。誰想花柳亭鳴珂巷。撞着你個嘴巴巴狠切的娘。

〔卜兒云〕槐花黄。舉子忙。你不去求官。則管裏戀着我的女孩兒做甚麽。〔正末唱〕

【二煞】我爲戀着春風蘭蕊嬌容放。嗨。早忘了秋日槐花舉子忙。玉壺生拜辭了素蘭香。向着個客館空牀。獨宿有梅花紙帳。那寂寞。那凄涼。那悲愴。雁杳魚沉兩渺茫。冷落吴江。

〔旦云〕玉壺生。不争你去了。妾身如之奈何。則被你痛殺我也。〔悲科〕〔正末云〕姐姐。今朝間阻。何日相會也。〔唱〕

【黄鍾尾】再誰供養我那荔枝漿薔薇露葡萄釀。再誰照顧我那應口飯依時茶醒酒湯。不是我冷氣虚心廝數量。則要你玉骨冰肌自主張。傲雪欺霜映碧窗。不要你節外生枝有疎放。若别了巫山窈窕娘。憂愁殺章臺走馬郎。離了嘉禾舊朋黨。斷却蘇州刺史腸。再要相逢莫承望。但提着俺那花前月下共雙雙。便是鐵石的心肝我索慢慢的想。〔下〕

〔卜兒云〕李玉壺去了。甚舍有錢。留他在家裏住。〔旦云〕妳妳。李玉壺被你趕將出去了。我有甚心腸與你覓錢。梅香。將剪子來。〔剪髮科〕〔詩云〕雖是歡娱止一春。料應宿世結婚姻。今朝截下青絲髮。方表真心不嫁人。〔下〕〔卜兒云〕嗨。這妮子剪了頭髮。不肯覓錢。甚舍你放心。我好歹把他嫁與你。〔甚舍云〕妳妳。大姐不肯嫁我。他剪了頭髮。可怎麼好。〔詩云〕他本是個烟花妓。倒做了個禿師姑。若要他嫁我甚黑子。則除非死了李玉壺。〔同下〕

〔音釋〕綢音紬　繆麻彪切　喂音位　娱音余　珂康和切　徵音止　訕山去聲　杓繩昭切　倈郎爹

切　卸寫去聲　殢音膩　鼐音奈　撴音墩　摔音率　屌凋上聲　掿音鬧　搠聲卯切　萄音桃　釀泥降切

第三折

〔貼旦扮陳玉英上云〕妾身陳玉英是也。在這嘉興府。做着第二個行首。有大行首李素蘭。與李玉壺作伴。有他母親板障。剪了頭髮。不出來官身。如今我做了大行首。李玉壺昨日望我。要與李素蘭厮見一面。許他今日相見。着梅香先請過素蘭來。且躲在房中。看他説甚麽。這早晚李玉壺敢待來也。〔正末上云〕小生被那虔婆板障。賭氣離了他門。出來在客店中安下。數日光景也。心中抛撇不下。昨日央陳玉英姨姨。要與素蘭相見一面。許小生今日相見。小生欲待要不去。懸心掛意。怎生撇得。欲待要去呵。又惹的人言三語四。使人惶恐。好兩難也呵。〔唱〕

【中吕粉蝶兒】則爲我夜去明來。没來由惹一場大驚小怪。我不合占着柳陌花街。惹的那個言。這個語。教小生如何忍奈。我拜辭了舞榭歌臺。赤緊的還不徹宿生冤債。

〔云〕也有人勸我道。李玉壺你好癡心也。我便道。哥哥每你不曾害着這等證候哩。〔唱〕

【醉春風】俺情分重如山。相思深似海。他心我意兩相同。着小生如何便改。改。想着俺懷抱兒内恩情。枕頭兒上恩意。被窩兒裏恩愛。

〔云〕姨姨在家麽。〔貼旦云〕李玉壺。你來了也。請家裏坐。〔正末云〕小生特來相煩姨姨。〔貼旦云〕李玉壺。我便使人請姐姐去了。則是那老虔婆有些利害。他若知道呵。可怎了也。〔正末唱〕

【迎仙客】謝姨姨。肯憐才。則你是洛伽山救苦的觀自在。問甚麽撞着喪門。管甚麽逢着弔客。怕甚麽月值年災。拚死在鶯花寨。

〔貼旦云〕玉壺。你不老。素蘭又青春。你慌怎麽那。道不的個有情誰怕隔年期。〔正末唱〕

【紅繡鞋】若瞞過那老虔婆賺離了門外。便是將俺那望夫石喚下山來。哎。你一個忒聰明肯做美的姨姨你自裁劃。你道他風流剛二八。我俊雅未頭白。姨姨則道波我則怕兀那青春不再來。

〔旦上云〕我約定了李玉壺在陳玉英妹子家相會。我須索走一遭去。〔做見科〕玉壺生。則被你痛殺我也。〔做悲科〕〔正末云〕姐姐。似此間阻。怎生是好也。〔唱〕

【滿庭芳】端詳了艷色。春生杏臉。笑入蓮腮。我本要秦樓夜訪金釵客。我與你審問個明白。因甚上不插帶犀梳鳳釵。懶親傍寶鏡鸞臺。爲甚麽雲鬢鬆了金額。不由我轉猜。端的爲誰來。

〔旦云〕我爲你剪了頭髮。我如今塵朦寶鑑。土暗銀箏。官身都不去承應了。則被你閃殺我也。

〔做悲科〕〔正末唱〕

【石榴花】你道是箏閒玉雁懶鋪排。琴被暗塵埋。休道你那緑窗前針指不曾拈。便小生也土培了硯臺。揪撇下詩才。你爲我病懨懨攙過這裙兒帶。我爲你沈腰寬減盡了形骸。你怕咱問時休放解。告姨姨只借過那鏡兒來。

〔做照科〕〔正末唱〕

【鬬鵪鶉】你便似淡描來的洛浦神仙。我勝似泥塑來的投江太白。你可便休疑我的心腸。莫尋咱罪責。〔旦云〕你則這般撇的下我。可怎生便不上門來那。〔正末唱〕赤緊的十謁朱門九不開。可着我怎刮劃。那老虔婆虎視着蘭房。小生呵怎能勾龍歸大海。

〔貼旦云〕姐姐。你休煩惱。少不的先憂後喜。苦盡甜來。煩惱他做甚麽。〔正末云〕姨姨。休要大驚小怪的。則怕那虔婆聽的。〔貼旦云〕你則這般怕他那。〔正末唱〕

【快活三】那虔婆恨不的竪起條金斗街。險化做楚陽臺。將一朶並頭蓮生磕擦兩分開。刀割斷合歡帶。

【鮑老兒】硬鼻凹寒森森掃下雪來。冷臉似冬凌塊。夕鬬毛齊眼睛向下排。則是個敲人腦的活妖怪。動不動神頭鬼臉。投河逩井。拽巷邏街。張舌騙口。花言巧語。指皂爲白。

〔卜兒引甚舍上云〕俺那妮子不在家。眼見的又在陳玉英家和那窮廝説話哩。甚舍。你跟着我尋他

去如何。現關着這門。眼見的在這裏。開門來。開門來。〔旦驚科云〕那虔婆來了也。可怎生是好。〔正末唱〕

【十二月】諕得他無顏落色。驚的他手脚難擡。姨姨也那裏是先憂後喜。再没些苦盡甘來。〔旦云〕玉壺生。你怎是好。那虔婆來了也。〔正末唱〕那裏怕邏惹着囊揣的這秀才。兀良我則怕生諕殺軟弱的裙釵。

〔帶云〕姨姨。〔唱〕

【堯民歌】俺可甚洛陽花酒一時來。也做場蒺莉沙上野花開。不能勾誤隨流水泛天台。則有分今宵無夢到陽臺。哀哉。多應命裏該。〔帶云〕我怕怎麽。〔唱〕便撞見何妨礙。

〔開門科〕〔甚舍云〕大姐。唱喏哩。〔卜兒云〕陳玉英。你是我緊鄰。你窩藏着俺女孩兒在這裏。兀那李玉壺。你也不識羞。兀那小妮子。好大膽也。我扳下牙。撞破腦。我和你告官去。〔正末云〕這虔婆好無禮也。〔唱〕

【上小樓】覷不的千般像態。十分叵耐。走將來摔碎瑶琴。擊破菱花。拆散金釵。扳下頦。撞腦袋。自行殘害。聽不的他死聲吡氣惡叉白賴。

〔甚舍云〕這窮廝無禮。你雖然先在他家走。怎比的我有三十車羊羢潞紬。可知現世生苗哩。〔正末唱〕

【幺篇】恕生面咱雙秀才。告迴避波縣宰。你也索典田賣地。弃子休妻。送米供柴。

〔卜兒云〕我則見有錢的便留他。〔正末唱〕則你那本性也難移。山河易改。雄心猶在。但來的一個個不賒現錢便賣。

〔甚舍云〕我這般模樣。一表人物。我又有錢。你怎生比的我。〔正末云〕也怪不着那虔婆看上你。〔唱〕

【耍孩兒】這廝他村則村到會做這等腤臢態。你向那兔窩兒裏呈言獻策。遮莫你羊羢紬段有數十車。待禁的幾場兒日炙風篩。准備着一條脊骨捱那黄桑棒。安排着八片天靈撞翠崖。則你那本錢兒光州買了滑州賣。但行處與村郎作伴。怎好共鸞鳳和諧。

【四煞】則有分剔騰的泥毬兒換了你眼睛。便休想歡喜的手帕兒兜着下頦。一弄兒打扮的實難賽。大信袋滴溜着三山骨。硬布衫攔截斷十字街。〔甚舍云〕我是山西客人甚黑子便是。看我打扮比你全別。〔正末唱〕細端詳語音兒是個山西客。帶着個高一尺和頂子齊眉的氈帽。穿一對連底兒重十斤壯乳的麻鞋。

〔甚舍云〕你這等窮廝。我見有三十車羊羢潞紬哩。〔正末唱〕

【三煞】你雖有萬貫財。争如俺七步才。兩件兒那一件聲名大。你那財常踏着那虎口去紅塵中走。我這才但跳過龍門向金殿上排。你休要嘴兒尖舌兒快。這虔婆怕不口甜如蜜鉢。他可敢心苦似黄蘗。

〔卜兒云〕兀那李玉壺。你這等窮身潑命。俺女孩兒守着你做甚麼那。〔正末唱〕

【二煞】他饑寒守自然。我清貧甘分捱。他守我那紫羅襴白象簡黃金帶。我直着駟馬車鼎沸這座鶯花陣。我將着五花誥與他開除了那面煙月牌。常言道老實的終須在。我便是桑樞甕牖。他也情願的布襖荆釵。

〔卜兒云〕李玉壺。你又無錢。俺家裏不留你便罷。被你搬調的我女孩兒和我不和。明有清官。我和你見官去來。〔陶伯常引張千上云〕下官陶伯常。新任嘉興府太守。張千。擺開頭踏。慢慢的行。〔卜叫科云〕冤屈也。〔陶伯常云〕張千。是甚麼人叫冤屈。拏近前來。〔張千云〕犯人當面。〔陶伯常云〕兀那婆子。你告甚麼人。〔認末科云〕這個不是我兄弟李玉壺。〔正末云〕兀的不是我哥哥陶伯常。〔陶伯常云〕張千。將一行人都與我拏的衙中去。休着少了一個。〔正末唱〕

【煞尾】慚愧也老虔婆業罐兒滿。小杓倈死限該。〔甚舍云〕他敢打我多少。〔正末云〕也不打多。則爲你倚仗財物。欺壓平人。〔唱〕將你拷一百流逐三千里外。〔卜兒云〕他敢殺了我麼。〔正末云〕則爲你坑人財。陷人物。敲人腦。剥人皮。〔唱〕你落的個屍首完全大古裏是彩。

〔下〕

【音釋】伽音茄　劃胡乖切　白巴埋切　色篩上聲　客音楷　額崖去聲　鼻平聲　攙初銜切　責齋上聲　刯音擺　凹汪卦切　邏音羅　叵音頗　摔音洒　頦音孩　咷音逃　腤音菴　臢音簪　鉢音撥　蘖音擺　拷音考

第四折

〔陶伯常引祗候上云〕小官陶伯常。自到京師。謝聖恩可憐。遷除嘉興府太守之職。將李玉壺的萬言長策。獻與聖人。聖人大喜。就加李玉壺本府同知。共小官做着同僚。免其赴闕謝恩。即之任所。小官來到長街市上。見一簇人鬧。不想正是李玉壺。恐外人觀之不雅。我着祗候人都拏在衙中來了也。張千。將那一行人都與我拿上廳來。〔張千云〕理會的。一行人俱在。〔正末同卜兒旦甚舍上〕〔卜兒云〕今日見了官纔是一個明白。〔甚舍云〕我使了三十車羊羢潞紬。則這般罷了。〔正末唱〕

【雙調新水令】這廝他不明白硬撞入武陵溪。量你個野蜂兒怎調和蜂蜜。頹氣了惜花春起早。拽塌了愛月夜眠遲。强風情不曉事。呆廝誰着你將錢去買憔悴。

〔衆見官科〕〔張千云〕當面。〔陶伯常云〕一行人都跪着。單則李玉壺請起。〔卜兒云〕爺爺。我是原告。他是被告。怎生教我跪着。放他起來。〔正末唱〕

【駐馬聽】老虔婆唱叫揚疾。更狠如剔髓挑觔索命鬼。見俫子撅天撲地。不弱如打家劫舍殺人賊。老虔婆坐兒不覺立兒饑。甚黑子東行不見西行利。没道理。全不怕咆哮兩行公人立。

〔卜兒云〕爺爺可憐見。李玉壺先前和俺女孩兒作伴。後來我家裏别留山西客人甚舍。他自没趣。

走了出去。反倒搬調的我娘兒兩個不和。我因此來告他。緣何原告跪着。被告立着。豈有此理。

〔陶伯常云〕這事當初曾有玉壺春圖畫來。明是你家女兒許配李玉壺了。你怎麼又留了甚舍。〔正末云〕可知道來。〔唱〕

【水仙子】俺只道玉壺春打滅再休題。險做了運退雷轟薦福碑。元來素蘭香也有逢春日。沉香串依然共素手攜。翠珠囊似合浦重回。玉螳螂飛繞在蘭叢内。白羅扇長如明月輝。怎肯教杜韋娘嫁了王魁。

〔陶伯常云〕兀那婆子。你聽者。因他李玉壺獻了萬言長策。聖人就加他爲本府同知。〔甚舍云〕我死也。〔卜兒云〕李玉壺。我道你不是個受窮的人。〔正末唱〕

【落梅風】從公道。依正理。怎做得倚官挾勢。想李素蘭剪斷香雲爲甚的。也只是願雙雙並諧比翼。

〔陶伯常云〕李素蘭。我將你配與李玉壺爲妻。你意下如何。〔旦云〕多謝相公。妾情愿從良改正。

〔陶伯常云〕兄弟。小官將李素蘭與你做夫人好麼。〔正末云〕全仗仁兄主張。您兄弟不敢忘報。〔唱〕

【雁兒落】成就了碧桃間鸞鳳栖。翠沼畔鴛鴦配。一任他緑陰中鶯燕喧。錦塢内蜂蝶戲。

【得勝令】呀。這連理厚栽培。並蒂共葳蕤。今日個告别了煙花市。同歸了錦繡闈。

准備了佳期。合歡帶常拴繫。得遂了于飛。同心結莫摘離。

〔陶伯常云〕既然從良改正。着禮案上除了名字。將素蘭配與玉壺爲夫人。〔甚舍云〕爺爺。這成不的。他也姓李。那也姓李。同姓不可爲婚。〔旦云〕相公。妾身本姓張。自幼年過房與他做義女來。我如今要出姓改正。有何不可。〔陶伯常云〕是實麽。〔卜兒云〕嗨。俺那忤逆種不認我了。教我怎好賴得。實是我過房的女孩兒。他本姓張。〔陶伯常云〕李玉壺兄弟。你將白銀百兩。給與這婆子做恩養禮錢。兀那甚黑子。倚仗財物。奪人妻妾。罪該不應。杖斷四十。搶出衙門去。李玉壺今爲本府同知。將五花官誥。與張素蘭做夫人。你兩個望闕謝了恩者。〔末旦謝恩科〕〔正末唱〕

【沽美酒】多謝你大恩人做主持。這本性不難移。也只爲鶯花寨聲名非是美。情願做從良正妻。結婚姻要成對。

【太平令】請受了五花誥身榮顯貴。七香車表正容儀。玉壺子元稱國器。這素蘭女堪爲佳配。從今後足衣。足食。所事兒足意。呀。不枉了天地間人生一世。

〔陶伯常云〕李玉壺你聽者。〔詞云〕則爲你萬言策轉奏明光。封官爵佐理黄堂。不枉了十年窗下。今日得紫綬金章。素蘭女婚姻注定。改本姓准許從良。老虔婆給銀百兩。甚黑子斷遣還鄉。從此後夫榮妻貴。永團圓地久天長。

〔音釋〕蜜忙閉切　疾精妻切　髓桑嘴切　撅與掘同　賊則平聲　咆音袍　哮希交切　行霞浪切

立音利　轟音烘　的音底　翼銀計切　葳音威　蕤兒追切　繫音計　摘齋上聲　忤音五　足臧取切　食繩知切

題目　甚黑子花柳鳴珂巷
正名　李素蘭風月玉壺春

呂洞賓度鐵拐李岳雜劇

岳伯川撰

第一折

〔旦扮李氏上詩云〕花有重開日。人無再少年。休道黃金貴。安樂最值錢。妾身姓李。是岳孔目的渾家。嫡親的三口兒家屬。丈夫在這鄭州做着六案都孔目。有一箇小廝。喚做福童。孩兒上學去了。孔目接新官未回。這早晚不見來。小的每安排下茶飯。則怕孔目來家。要食用咱。〔外扮呂洞賓上云〕我勸你世俗人跟貧道出家去來。我教你人人成仙。箇箇了道。做大羅神仙也。〔做看科云〕這裏也無人。貧道不是凡人。乃上八洞神仙呂洞賓是也。因爲下方鄭州奉寧郡。有一神仙出世。乃是岳壽。做着箇六案都孔目。此人有神仙之分。只恐迷却正道。貧道奉吾師法旨。差來度脱他。須索走一遭去。可早來到岳壽門首。〔做哭科云〕岳孔目好苦也。〔做笑科〕〔倈兒上云〕自家岳孔目的孩兒福童便是。學裏來家喫飯。家門首一箇先生。師父作揖。〔呂洞賓云〕無爺的小業種。〔倈兒云〕我好意與你作揖。你倒罵我。和俺妳妳説去。〔見旦科云〕母親。門首一箇先生。罵我是無爺業種。〔旦云〕在那裏。我去看。〔做見呂科云〕你這先生好無禮也。怎生在門首大哭三聲。大笑三聲。又罵孩兒是無爺業種。〔呂洞賓云〕你是箇寡婦。領着箇無爺業種。〔旦云〕這先生連我也罵起來了。我是箇婦人家。不和你折證。等我孔目回來。不道的饒了你哩。你則休走了也。〔正末扮岳孔目領張千上云〕某鄭州奉寧郡人氏。姓岳名壽。嫡親的三口兒家屬。渾家李氏。孩兒福童。我在這鄭州做着箇都孔目。這箇兄弟姓張名千。因他能幹。就跟着我辦事。一月前上司行文書來。説俺鄭州濫官污吏較多。聖人差的個帶牌走馬廉訪相公。有勢劍銅鍘。先斬後奏。鄭州官吏聽的這消息。説這大人是韓魏公。就來權鄭州。諕的走的走了。逃的逃了。兄弟。爲甚我不走不逃。〔張千云〕哥哥爲何不逃。〔正末云〕兄弟。您哥哥平日不曾扭曲作直。所以不走不逃。迎接大人不着。咱回家吃了飯再去迎接。〔做行科〕〔張千云〕哥哥。喒閒口論閒話。想前日中牟縣解來那一火囚人。不知哥哥怎生不斷。哥哥試説與你兄弟咱。〔正末云〕前日中牟縣解來的囚人。想該縣官吏。受了錢物。將那爲從的寫做爲首的。爲首的改做爲從的。來到喒這衙門中。若不與他處決。可不道人之性命。關天關地。兄弟你那裏知道俺這爲吏的。若不貪贓。能有幾人也呵。〔唱〕

【仙呂點絳唇】名分輕薄。俸錢些小。家私暴。又不會眄種鋤鉋。倚仗着笞杖徒流絞。

【混江龍】想前日解來强盜。都只爲昧心錢買轉了這管紫霜毫。減一筆教當刑的責斷。添一筆教爲從的該敲。這一管扭曲作直取狀筆。更狠似圖財致命殺人刀。出來的都關來節去。私多公少。可曾有一件兒合天道。他每都指山賣磨。將百姓畫地爲牢。

〔呂洞賓做笑科云〕岳壽。你今年今月今日今時你死也。〔張千做看見科云〕哥哥。有一箇風魔先生。哭三聲。笑三聲。在喒門首鬧哩。〔正末怒云〕這先生好無禮也。他是盆兒。我是罐兒。他敢不知道岳孔目的名兒。我試看咱。〔做見科云〕兀那先生。爲甚在我門首。哭三聲。笑三聲。這是怎説。〔呂洞賓云〕岳壽。你是箇没頭鬼。你死也。〔正末云〕呸。你看我悔氣。連日接新官不着。來家吃飯。又被這潑先生罵我是没頭鬼。〔旦上云〕孔目你不知。孩兒下學來吃飯。被這先生罵孩兒是没爺業種。又罵我是寡婦。好無禮也。〔正末云〕大嫂。你家裏去。等我問他。兀那先生。我那孩兒惱着你甚麼來。你罵他。〔呂洞賓云〕岳壽。没頭鬼。你死也。這孩兒就是無爺業種。〔正末云〕這潑先生好無禮也。〔唱〕

【油葫蘆】你欺負俺孩兒年紀小。出家人厮扇摇。喫的來滴滴鄧鄧醉陶陶。門前哭罷門前笑。街頭指定街頭鬧。孩兒他娘引着。你罵他爺死了。〔呂洞賓云〕我是個出家人。你怎生近的我。〔正末唱〕也不索官中插狀衙中告。〔帶云〕我要禁持你至容易。〔唱〕只消得二指闊紙提條。

〔呂洞賓云〕岳壽。你敢怎麽我。〔正末唱〕

【天下樂】敢把你拖到官司便下牢。我先教你。省會了你和那打家賊並排壓定脚。衹從人解了你縧。首領每剥了你袍。〔帶云〕休道是先生。〔唱〕我着你似生驢般喫頓拷。

〔呂洞賓云〕岳壽。没頭鬼。你死也。〔正末云〕我怎生是没頭鬼。〔呂洞賓云〕韓魏公新官到任。有勢劍銅鍘。想你這等扭曲作直的污吏。决難逃也。〔正末云〕韓魏公見我這等幹辦公勤。决不和我做敵對。〔呂洞賓云〕你休强口咱。〔正末唱〕

【金盞兒】你道是新官正决難逃。俺這舊吏富易通交。眼見得一官二吏三年了。家私休想落分毫。他這新官倚俸禄。俺這舊吏靠窠巢。他這官清司吏瘦。俺這家富小兒嬌。

〔云〕張千。把這厮高高弔起來。等我吃了飯。慢慢的問他。〔張千云〕你這先生無體。怎敢駡我哥哥。且弔在這門首。〔做弔科〕〔外扮韓魏公上將解放立住科〕〔吕下〕〔張千云〕哥哥。一個出家人風僧狂道。和他一般見識。放了他罷。〔正末云〕兄弟由你罷。你看他酒醒也不曾。〔張千出門不見吕科云〕那先生那裏去了。是誰放了他。則有這個老頭子在這裏。兀那老子。是你放了那先生來。〔韓魏公云〕一個出家人。是老漢放了他來。〔張千云〕是你放了他。你敢吃了熊心豹膽。俺弔着的人。你放了。這村老漢尋死也。我和俺哥哥説去。〔做見正末科云〕哥哥。恰纔弔着的那先生。不知那裏來的一個莊家老子。把那先生放的去了。我問是誰放了這先生來。那老子便道是我解了繩子放了來。哥哥。這老子情理難容也。〔正末云〕俺門首弔着的人。一個莊家老子就解放了。那厮在那裏。〔張千云〕見在門首哩。〔正末云〕張千。你將坐位整好了。放下問事簾來。張千。你近前。依着我問他去。〔正末隔簾見韓魏公科云〕兀的是那莊家老子。〔張千云〕則他便是。〔正末云〕依着我問他去。〔張千云〕哥哥。你説來。依着你問他。〔正末云〕看了這厮。待説俺城裏的。這城裏不曾見這等一箇人。待道是鄉裏的。這村老子動静可别着哩。張千你問他者。〔唱〕

【醉扶歸】你問他在村鎮居城郭。〔張千云〕兀那老子。俺哥哥問你城裏住。村裏住。〔韓魏公云〕哥哥。老漢村裏也有莊兒。城裏也有宅兒。〔張千云〕這老頭子。硬頭硬腦的。正是躲避差徭游食户。村裏尋往城裏去。城裏尋往村裏去。你則在這裏。我回俺哥哥話去。〔做見正末云〕哥哥。那村老子説。城裏也有宅兒。村裏也有莊兒。〔正末云〕這老子好無禮也。他回我這等話。張千。你敢問的差了也。你則依着我再問他去。〔唱〕**你問他當軍役納差徭。**〔張千云〕兀那老子。俺哥哥着我問你。當差是軍身。是民户。〔韓魏公云〕老漢軍差也當。民差也當。因老漢有幾文錢。又當站户哩。〔張千云〕你軍差也當。民差也當。因有錢又當站户。〔韓魏公云〕是。〔張千云〕他是埋頭財主。我回哥哥話去。〔做見正末云〕哥哥。他説軍差也當。民差也當。因有錢又當站户哩。〔正末云〕噤聲。這厮好不幹事。跟我這幾年了。着這莊家老子使的兩頭回來走的。你則依着我再問去。〔唱〕**你問他開鋪席爲經商可也做甚手作。**〔張千云〕兀那老子。你可開鋪席。做經商的。是甚麽手作。〔正末云〕張千你再問他。〔唱〕**你與我審個住處查個名號。**〔張千云〕他是個莊家老子。只管要問他住處怎的。〔正末唱〕**我多待不的三日五朝。將他那左解的冤讎報。**

〔云〕張千。休教走了這老子。等我慢慢的奈何他。〔張千云〕哥哥。他諸般兒當。諸般兒做。你可怎生奈何他。〔正末云〕你説我奈何不的他。我如今略説幾樁兒。看我奈何的他。奈何不的他。

〔張千云〕哥哥。你説我聽。〔正末唱〕

【金盞兒】他或是使斗秤拿箇大小等箇低高。〔云〕我禁的他麽。〔張千云〕他不賣糧食。開個段子鋪兒。你怎生禁他。〔正末云〕更好奈何他哩。〔唱〕**或是他賣段疋揀箇寬窄覷箇紕薄。**

〔云〕我奈何的他麽。〔張千云〕他也不做買賣。每日閉着門。只在家裏坐。你怎生奈何他。〔正末云〕我越好奈何他哩。〔唱〕或是他粉壁遲水瓮小拖出來我則就這當街拷。〔張千云〕他城裏也不住。搬在鄉裏住。你怎生奈何他。〔正末云〕我正好奈何他。〔唱〕便是他避城中居鄉下我則着司房中勾一遭。〔帶云〕他來的疾便罷。來的遲呵。加上箇頑慢二字。〔唱〕我着他便有禍。〔帶云〕他依着我便罷。若不依我呵。我下上箇欺官枉吏四個字。〔唱〕我着他便違條。〔帶云〕這老子是下户我添做中户。是中户我添做上户的差徭。〔唱〕我着那挑河夫當一當直窮斷那厮筋。〔帶云〕我更狠一狠呵。〔唱〕我着那打家賊指一指。〔帶云〕輕便是寄贓。重便是知情。〔唱〕我直拷折那厮腰。

〔張千云〕哥哥。你這樣做就没官府了。〔正末云〕且莫説是個百姓。就是朝除官員。怎出的俺手。〔唱〕

【後庭花】怕不初來時粧會幺。看他間深裏探會爪。我見先他見後。他臨行我放刁。笑裏暗藏刀。代官來到。不道咱輕放了。

〔張千云〕他拚的不做官。你怎生治他。〔正末唱〕

【金盞兒】有了狀但去呵決私逃。停了俸但住呵怎輕饒。離了官房没了倚靠。絶了左右没了牙爪。我直着他典了衣賣了馬。方見俺心似鐵筆如刀。饒他便會鑽天能入地。

怎當俺拿住脚放頭稍。

〔張千云〕哥哥。實不相瞞。這幾日跟哥哥早起晚眠。甚是辛苦。怎生與你兄弟做箇面皮。我出去放了那老子。討些酒錢養家。〔正末云〕你也説的是。我也要接新官去哩。依着你要些酒錢。放了他罷。〔張千云〕我出的這門來。兀那老子。你可也有福。我爲你在哥哥面前磨了半截舌頭。我看你也不是這城裏人。你是盆兒。是罐兒。〔韓魏公云〕怎麽是盆兒。罐兒。〔張千云〕我和你説。盆兒無耳朵。罐兒有耳朵。你不知道俺哥哥的名兒。若説起來。諕你八跌。他是岳壽。見做着六案都孔目。誰不怕他。有箇外名兒。叫做大鵬金翅鵰。〔韓魏公云〕怎生是大鵬金翅鵰。〔張千云〕你這老子是不知道。我和你説。大鵬金翅鵰是箇神鳥。生的没世界大。天地間萬物。都搗的吃了。好生利害。你認的我麽。〔韓魏公云〕你是誰。〔張千云〕我是小鵰兒。〔韓魏公云〕怎生是小鵰兒。〔張千云〕俺這鄭州奉寧郡。但除將一個清官來。俺哥哥着他坐一年便一年。着他坐二年便二年。若不要他坐呵。只一鵰就鵰的去了。俺哥哥是大鵬金翅鵰。鵰那正官。我是箇小鵰兒。鵰那佐二。方纔要送你性命。我替你説着。饒了你了。〔韓魏公云〕多謝了哥哥。老漢回去也。〔張千扯住科云〕你好自在性兒。我爲你在我哥哥面前。怎生樣勸解。你就要回去。你豈不聞管山的燒柴。管河的吃水。〔韓魏公云〕老漢不省的。〔張千云〕正是箇莊家老子。我勸哥哥饒了你性命。有甚麽草鞋錢與我些。〔韓魏公云〕可不早説。有有有。老漢昨日騎驢城中來。跌了我這腰。這鈔袋裏有碎銀子。哥哥你自己取些罷。〔張千云〕這老子倒乖。哄的我低頭自取。你却叫有翦綹的。倒着你的道兒。〔韓魏公云〕我不哄你。〔張千取鈔科〕〔做拿金牌科云〕這老漢是村裏人。進城來諸般不買。先買了箇擦牀兒。〔細認是金牌做怕科〕〔韓魏公云〕兀那厮。這鄭州接誰哩。〔張千云〕接韓魏公哩。〔韓魏公云〕兀那厮。你擡起頭來看。則我便是韓魏公。〔張千云〕我死也。〔韓魏公云〕你纔説岳壽是大鵬金翅鵰。〔張千云〕爺爺。諕做黑老鴉了。〔韓魏公云〕你説你是小鵰兒。〔張千云〕諕做麻雀兒了。〔韓魏公云〕老夫跟前還要鈔。那百姓怎了也。那厮你聽者。可知這鄭州官濫吏弊。人民頑魯。把持官府。老夫今日非是私來。奉聖人的命。與我勢劍金牌爲廉訪使。審囚刷卷。先斬後奏。除姦去暴。扶弱摧强。都只爲你這濫官污吏。損害良民。〔詞云〕我親奉當今聖主差。敕賜勢劍與金牌。只爲鄭州民受苦。私行悄悄入城街。那岳壽似困虎離山逢子路。張千似病蛟出水遇澹臺。休道别人手裏不要鈔。則我老夫身上也還要錢買草鞋。説與你把持官府岳孔目。着他洗的脖子乾净絶早州衙試劍來。〔下〕〔張千向古門道拜科云〕爺爺。不敢了也。〔正末云〕你看張千這厮。好不幹事也。我着他放了那老子。去這早晚不見回來。我試看咱。〔做見科云〕你看這厮。兄弟。你做甚麽哩。你敢見鬼來。〔張千云〕我見你就和見鬼一般。〔正末云〕呸。這厮好無禮也。你起來。我問你。那莊家老子。那裏去了。〔張千云〕諕殺我也。哥。你接誰哩。〔正末云〕接韓魏公。〔張千云〕那老子就是韓魏公。我問他討錢來。他着我看金牌。諕殺我也。〔正末云〕你對他説甚麽來。〔張千云〕不知那箇早死遲托生的弟子孩兒。説你是大鵬金翅鵰。説我是小鵰兒。〔正末云〕阿呀。你送了我也。他説甚麽來。〔張千云〕他説着你明日洗的脖子乾浄。州衙裏試劍來。〔正末云〕則他便是韓魏公。他説着我洗的脖子乾浄。明日州衙裏試劍來。不中。張千備馬來。待我趕將上去。〔做跌倒科〕〔旦出扶科〕〔張千云〕哥哥。蘇醒者。弔了靴也。哥哥。蘇醒者。〔正末云〕大嫂。引着福童孩兒。往衙門裏見相公去。説岳壽再不敢放肆了也。大嫂。我眼見的無那活的人也。且扶我後房中去來。〔唱〕

【賺煞尾】赤緊的官長又廉。曹司又拗。我便是好令史怎禁他三徧家取招。我今日爲頭便把交。争奈在前事亂似牛毛。有人若是但論着。休想道肯擔饒。早停了俸追了錢斷罷了。不是我千錯萬錯。大剛來一還一報。〔帶云〕他道我是大鵬金翅鵰。哎喲。〔唱〕誰想那百姓每的口也是禍之門舌是斬身刀。〔下〕

〔音釋〕斵音查　薄巴毛切　鉋音袍　笞音癡　郭沽卯切　作音早　紕音批　撾莊瓜切　綹音柳　拗音要　錯音草

第二折

〔皂隸人衆排衙科云〕早衙清浄。人馬平安。〔韓魏公上詩云〕造法容易執法難。徒流笞杖死相關。三尺由來天下命。精審刑名莫等閒。老夫姓韓名琦。字稚圭。幼年進士及第。累蒙擢用。老夫一生公廉正直。與人秋毫無犯。凡官吏聞老夫之名。盡皆斂手回容。謝聖人可憐。進封魏國公之職。今因鄭州官濁吏弊。往往陷害良民。奉聖人命。差老夫來鄭州刷卷。敕賜勢劍金牌。先斬後奏。老夫隨路打聽的。説這鄭州有個六案都孔目岳壽。説此人好生把持官府。老夫私行到岳壽門首。見弔着一個先生。老夫解放去了。不想有箇祗候人張千。問老夫要金帛。説岳壽是大鵬金翅鵰。他是小鵰兒。被老夫言語。教岳壽洗的脖子乾净。明日絶早來州衙裏試劍。岳壽聽的這話。諕成了病。不得痊可。老夫來到衙門中刷卷。文案中無半點兒差錯。不想此人是箇能吏。左右。與我喚將孫福來者。〔左右云〕孫福何在。〔孫福上詩云〕人道公門不可入。我道公門好修行。若將曲直無顛倒。脚底蓮花步步生。小人孫福是也。在這鄭州做着箇令史。大人呼喚。須索見咱。〔做見科云〕大人喚孫福那廂使用。〔韓魏公云〕孫福。喚你來不爲别。因老夫日前私行到岳壽門首。他知是老夫。諕的在家成病。一卧不起。你今將着老夫俸鈔十錠。送與岳壽做藥資。傳我的言語。等岳壽病好時。依舊六案中用他。你見了岳壽時。快來回老夫的話。〔詩云〕因岳壽遭人毁謗。遣孫福到家探望。若是他病癥痊時。依舊在衙門勾當。〔下〕〔孫福云〕奉着大人言語。將着十錠俸銀。送與岳壽做藥資。不敢久停久住。往哥哥宅上走一遭去來。〔下〕〔正末抱病旦同張千扶上〕〔正末云〕大嫂。我眼見的無那活的人也。你好生看覷孩兒。這一會覺昏沉上來。你扶着我者。〔正末發昏科〕〔旦悲科云〕孔目。你甦醒者。張千。拿衣服來。教孔目穿了者。〔張千做穿衣科正末醒科云〕大嫂。怎生大驚小怪的做甚麽。〔旦云〕你纔發昏來。與你穿上衣服了也。〔正末云〕怪道這等熱燥。快脱了者。我身上衣服儘勾了也。〔旦云〕孔目。你平生吃辛受苦。闘闔下平日愛穿的幾件衣服。你不穿了去。留下做甚麽。〔正末云〕快脱了。我不穿去。且留着。〔唱〕

【正宮端正好】你裝裹我二十重。或是三十件。〔旦云〕你置下的合該你穿。〔正末唱〕你道是我置下我死合穿。知他土坑中埋我多深淺。裝裹殺也無人見。〔旦云〕孔目。也盡我每一點的心。〔正末唱〕

【滚繡毬】妻也空費你心。你也索聽我言。這衣服呵且休算萬針千線。也不論舊絮新綿。你如今值着業冤。使着死錢。這衣服但存幾件。〔旦云〕你命也不保。留着他做甚麽。〔正末唱〕怕你子母每受窮時典賣盤纏。比如包屍裹骨棺函内爛。把似遇節迎寒您子母每穿。省可裏熬煎。

〔云〕大嫂。你休大驚小怪的。等我歇息一會咱。〔旦云〕張千。你門首看着。但有人來探望。休着過來。孔目要歇息哩。〔張千云〕理會的。〔孫福上云〕小人孫福是也。不想岳孔目哥哥。冲撞着韓魏公。得了這一驚。卧病不起。奉大人的台旨。着我探病走一遭去。可早來到也。〔做見張千科云〕張千。哥哥病如何。〔張千云〕則有添無減。〔孫福云〕我奉韓魏公言語。來看哥哥的病。送這俸鈔做藥資。若好了時。依舊六案中重用哥哥哩。〔張千云〕快休題韓魏公三個字。若提起韓魏公三個字。就諕死了哥哥。等我報去。〔做見正末科云〕哥哥。有孫福在於門首。〔正末云〕誰在門首。〔張千云〕孫福來探哥哥病。〔旦云〕既有人來。孔目。我且迴避。〔正末云〕大嫂不必迴避。則恁的也要請他來説話。着他過來。〔孫見科云〕哥哥病體若何。〔正末云〕兄弟請坐。你這些時在那裏來。〔孫福云〕衙門中公事忙。您兄弟不曾來探望。哥哥休怪。您兄弟纔奉韓魏公大人鈞旨。〔張千發科云〕呀呀。就諕殺了。〔孫福云〕着我送俸錢來與哥哥。就問病體如何。若好了時。大人依舊用哥哥衙中辦事。〔正末云〕大人則是遲了些兒。不濟事了。大嫂你去裝香來。和福童望衙門謝了者。〔旦謝科〕〔正末云〕兄弟。我如今覷天遠入地近。眼見的無那活的人也。兄弟。我身没之後。別無所託。你是個志誠君子。我託妻寄子與你。你嫂嫂年紀小。孩兒嬌癡。你勤勤的照覷照覷。〔孫福云〕兄弟知道。〔正末云〕大嫂。你熬些粥湯來我吃。〔旦云〕下次小的每。快熬粥湯去。〔正末云〕大嫂。你自己去。下次小的每不中用。〔旦背云〕我理會的了。那裏是熬粥湯。他要和小叔叔說甚麽話。故意兒着我熬粥湯去。我也不去熬粥湯。只在這裏聽者。〔虚下〕〔正末云〕福童孩兒。過來跪着你叔叔者。兄弟也。這福童孩兒跪着。就是我跪着一般。今世裏則有飲酒食肉的朋友。那裏有託妻寄子的朋友。我若有些好歹。別無以次人。止有福童孩兒。我有心待託妻寄子在兄弟跟前。怕兄弟有那穿不着的衣服。與孩兒一件半件穿。吃不了的茶飯。與孩兒一碗半碗吃。〔孫福云〕哥哥爲何。〔正末云〕我則怕久後迷了岳家的本姓。〔唱〕

【倘秀才】也不索囑付你千言萬言。想着咱同衙府十年五年。〔帶云〕倘我死之後。〔唱〕你是必打聽着山妻照顧着豚犬。他一頭亡了夫主。廢了家緣。〔帶云〕您嫂嫂是個年少婦人家。〔唱〕他從來腼腆。

〔孫福云〕哥哥放心。便怎生有這等事。〔正末唱〕

【叨叨令】怕有那無廉恥謊漢子胡來纏。〔孫福云〕嫂嫂不比其他的人。〔正末云〕兄弟也。我死之後。有那等謊斷上門來。〔唱〕則你那無主意拙嫂嫂從來善。則要你無私曲好兄弟頻來見。〔帶云〕你見你那嫂子。有不中處。你説不出來呵。〔唱〕着你那無面目的孀子兒便將他勸。〔孫福云〕着媳婦子勸些甚麽。〔正末云〕着孀子勸道。姆姆。俺伯伯是人面上的人。你要愛惜行止。〔唱〕着言語勸他也麽哥。着言語勸他也麽哥。豈不聞臨危好與人方便。

〔旦上悲科云〕孔目。你怎生對着小叔叔説這等話那。〔正末云〕大嫂。這等近禮的話。我也難對你説。〔旦云〕則願的無是無非。便有些好歹。你則放心。我一車骨頭半車肉。我一馬不鞁兩鞍。雙輪不碾四轍。守着福童孩兒。直到老死也不嫁人。有你在時。三重門兒。也不曾出。休道你死了。我可出門去。〔正末云〕你道你不出門去。保守着不見人的面皮。我略説幾件兒見人的勾當與你聽者。〔旦云〕你説我聽。〔正末唱〕

【倘秀才】或是祭先祖逢冬遇年。〔云〕到那冬年時節。月一十五。孩兒又小。上墳呵。大嫂。你可出去見人麽。〔旦云〕我不去。着張千引着孩兒墳上燒紙便了。〔正末云〕這個且罷。〔唱〕或是待親戚排筵坐筵。〔云〕福童孩兒娶媳婦。六親相識每吃筵席。你不出去支待。着誰支待。〔旦云〕若有女客來。我便支待。若有男客來。着張千支待罷。〔正末云〕大嫂。若有呵。〔唱〕非五服内男兒不曾教見一見。則爲你有人材多嬌態。不老相正中年。〔帶云〕我死之後。〔唱〕你休忘了大人家體面。

〔旦云〕孔目。你但放心。我只不出去見人便了。〔正末云〕大嫂。你道你不見人。我有些好歹。一頭地停喪在家。我往日相識的朋友。聽的道岳孔目死了。他没的不來燒紙。張千兄弟在外執料。福童孩兒年紀幼小。家中再無一人。你不出去接待。可着誰人接待。〔唱〕

【滚繡毬】你必索迎門兒接紙錢。〔旦云〕孔目也。你直恁般多心。我着張千領着孩兒出去迎接。我只不見人便了。〔正末云〕可早一樁兒也。這個也罷。我死之後。停到一七者波。便停到二七者波。想着喒二十年兒女夫婦。你没的不送我到郊外。〔唱〕**又索隨靈車哭少年。**〔云〕有那等年紀小的後生。便道岳孔目有個好渾家。三門四户不出。無人能勾得見。今日出來送岳孔目的殯。喒看去來。〔唱〕**那其間任誰都見。**〔帶云〕見了你這個中注模樣。〔唱〕**有那等厮圖謀的賊漢心專。**〔云〕有那謊漢每便道。這個是岳孔目的渾家。我久已後。好歹要娶了他。〔唱〕**俺親眷行除孝服。你爺娘行使會錢。**〔帶云〕俺的親眷。你的爺娘。都肯了。只你不肯。〔唱〕**他與你些打眼目的衣服頭面。**〔云〕你見了好衣服。好頭面。那裏還想我哩。〔旦云〕孔目也。我堅心守志。怎生肯嫁别人。〔正末唱〕**你便守煞呵剛捱到服滿三年。你嫁箇知心可意新家長。**〔帶云〕哎喲。福童兒也。〔唱〕**那裏發付那有母無爺小業冤。就兒裏難言。**

〔孫福云〕哥哥。俺嫂嫂不比其他婦女。〔旦云〕你説甚麽話。我和你二十年兒女夫妻。我怎肯做這般勾當。孔目。你則將息你那病。休胡説。假如有些好歹。我堅心守志。〔正末云〕我主意則是

要你休嫁人。〔唱〕

【脱布衫】我和你十七八共枕同眠。二十載兒女姻緣。一脚地停屍在眼前。〔帶云〕妻阿。〔唱〕則落的酒茶澆奠。

【小梁州】怕不的痛哭靈堂守志堅。雨淚漣漣。有那等贏姦賣俏俊官員。早聘下金釵鈿。〔帶云〕你見了呵。〔唱〕還守的幾多年。

【幺篇】那裏想夫妻往日心厮戀。也是前世前緣。囑付你小業寃。聽爺勸。您娘別尋了繾綣。〔帶云〕若有人與你金銀錢物呵。〔唱〕你是必休是必休接受買服錢。〔孫福云〕哥哥。如今官府難答應。哥哥平日所行。教與兄弟些。〔正末云〕我見舊官去呵。〔唱〕

【倘秀才】笑裏刀一千聲抱怨。〔帶云〕我見新官到呵。〔唱〕馬前劍有三千箇利便。舊官行掯勒些東西新官行過度些錢。見起由難似產。聽得到照會緊如烟。做多少家罪譴。

【滚繡毬】新官若請得意虔。舊官若來得自然。〔云〕新官到任。衙門中事。必須問俺。我從頭説一偏。再訪之於舊官相同。所謂舊令尹之政。必以告新令尹。〔唱〕若是新官和舊官相見。舊尹政新尹合傳。問衙事那箇虚那箇實。那箇愚那箇賢。議論咱六房中吏人一偏。咱那前程事則消得舊官去新官行附耳低言。把那姦猾刁刺的州縣裏剖。將那清幹忠直的向省部内遷。平地升仙。

〔云〕兄弟。官府雖然這等。我又有法兒彌縫他。怎生出的喒手。〔唱〕

【倘秀才】他那擎天柱官人每得權。俺拖地膽曹司又愛錢。〔帶云〕兄弟也。〔唱〕你須知我六案間峥嶸了這幾年。也曾在饑喉中奪飯吃。凍尸上剥衣穿。便早死呵不敢怨天。

〔孫福云〕哥哥。説的話多了。且養養精神者。〔正末云〕福童孩兒。趁我精細。再囑付你幾句。我死之後。你若長大。休做吏典。只務農業是本等。〔唱〕

【滚繡毬】兒呵你學使牛學種田。你自養蠶自摘繭。農莊家這衣飯穩善。便刷卷呵我也只自安然。當軍呵你自當。做夫呵快向前。剩納些税糧絲絹。只守着本等家緣。你若不辭白屋農桑苦。免似你爺請受公門俸禄錢。無罪無愆。

〔云〕大嫂。你來聽我再囑付幾句。〔唱〕

【三煞】妻呵你將這斡家私使心力二十年夫主相隨見。把你這忒嬌養正愚頑十一歲冤家廝可憐。教孩兒鎮守親娘。休遭繼父。專記臨終。莫忘遺言。若孩兒爲官呵教聽些有理的公事。爲民呵教做些有理的營生。爲吏呵教取些有理的入錢。休教我這白骨頭上作賤。我便死也口眼閉在黄泉。

【二煞】你爲夫主呵似孟光般舉案非爲諂。你爲孩兒呵似陳母般埋金恰是賢。常則是户静門清。上和下睦。立計成家。衆口流傳。那時節保香名到省内。除雜役在官中。立綽楔在門前。教滿城人欽羨。强如哭一萬徧少年天。

〔旦悲科云〕孔目。你怎生説的這等。你就説到底。則不辱没你便了。〔孫福云〕哥哥。你省煩惱。將息你那病癥。倘或哥哥有些好歹。若嫂嫂姪兒少吃無穿。都在你兄弟身上。哥哥你放心。〔正末云〕多謝了兄弟。大嫂。我這一會昏沉上來。扶我前廳上去來。大嫂。你好生覷當孩兒。我説的話。你休忘了。〔旦云〕孔目。你蘇醒者。〔正末云〕大嫂。有兩個古人。你學一個。休學一個。

〔旦云〕你教我學那一個。〔正末唱〕

【煞尾】你學那守三貞趙真女羅裙包土將那墳塋建。休學那犯十惡桑新婦綵扇題詩則將那墓頂搧。黑婁婁潮上涎。鐵屑屑手腕軟。直挺挺腿怎拳。銅斗兒家私不能勾擅。血點兒相識不能勾面。花朵般渾家不能勾戀。魔合羅孩兒不能勾見。半世團圓分福淺。則俺這三口兒相逢路兒遠。〔下〕

〔孫福云〕誰想哥哥身亡了也。我不敢久停久住。回相公話去。〔下〕〔旦哭科云〕孔目身亡了。一壁廂破木造棺。停喪七日。高原選地。築造墳墓。好好的埋葬他。〔哭科云〕孔目。撇得俺子母每無主。則被你痛殺我也。〔下〕

〔音釋〕琦音奇　甦音蘇　鬧争去聲　闥音債　腼面上聲　腆拖典切　韝音被　碾尼展切　釧川上聲　繾音遣　綣音眷　服房夫切　揹肯去聲　譴音遣　綽昌約切　楔音屑　搧扇平聲　涎

徐煎切

楔子

〔外扮閻王引判官牛頭馬面鬼上詩云〕未滿鉼壺豈降災。衆生造業苦難捱。鎗山劍樹無邊苦。及早修行作善來。吾神乃陰司閻羅王是也。冥司有十地閻君。掌管人間輪迴六道。大抵塵世衆生。舉心動念。無非是罪。皆受大鐵圍山小鐵圍山罪苦。又有十八重地獄。雖然名目各別。總之受罪無私。今爲陽世鄭州奉寧郡有一人。乃是六案都孔目岳壽。平昔之時。吏權大重。造業極多。那更褻瀆大羅神仙。此人陽壽已盡。死歸冥路。必須定罪。鬼力與我攝過來者。〔正末上云〕自家岳壽是也。閻神呼喚。須索見咱。〔做見科〕〔閻王云〕岳壽你知罪麼。〔正末云〕小人不知罪。〔閻王云〕因爲你在陽間。做六案都孔目。瞞心昧己。扭曲作直。造業極多。褻瀆大羅神仙。牛頭馬面。燒起九鼎油鑊。放上一文金錢。教岳壽自取。〔牛頭云〕理會的。〔正末云〕罷罷罷。往日罪惡。今日我都見了也。〔唱〕

【仙吕賞花時】火坑裏消息我敢踏。油鑊内錢財我敢拿。則爲我能跳塔快輪鍘。今日向陰司折罰。〔牛頭云〕我一叉挑下油鑊去。〔正末慌科唱〕**望着番滾滾熱油叉。**

〔吕洞賓冲上云〕岳壽你省也麼。〔正末云〕呀。〔唱〕

【么篇】我手扯住環縧禮拜他。〔吕洞賓云〕岳壽。你曉得人有生死麼。〔正末云〕師父救徒弟咱。

〔呂洞賓云〕油鑊雖熱。全真不傍。苦海無邊。回頭是岸。岳壽你省也麼。〔正末云〕徒弟省了也。〔呂洞賓云〕跟我出家去來。〔正末云〕情願跟師父出家。〔呂洞賓云〕鬼力。且留下。等我見閻君去。〔呂做見閻王科閻王云〕早知上仙到來。只合遠接。接待不周。勿令見罪。〔呂洞賓云〕岳壽所犯何罪。又入九鼎油鑊。〔閻王云〕因他在陽間做六案都孔目。造罪極多。又觸犯上仙。因此又入油鑊。〔呂洞賓云〕上帝好生之德。閻君看貧道面上。免岳壽油鑊之罪。化與貧道做個徒弟。放他回陽間去罷。〔閻王云〕待我看咱。〔做望科云〕可憐也。岳壽的妻。將他屍骸焚化。還魂不的了也。〔呂洞賓云〕却怎了。閻君你再與我看一看去。〔閻王云〕待小聖再看去。〔做看科云〕上仙。有今鄭州奉寧郡東關裏青眼老李屠的兒子小李屠。死了三日。熱氣未斷。着岳壽借屍還魂去。上仙可是如何。〔呂洞賓云〕好好好。岳壽。誰想你渾家將你屍骸燒化了。我如今着你借屍還魂。屍骸是小李屠。魂靈是岳壽。休迷了本來面目。若到人間。休戀着酒色財氣。人我是非。貪嗔癡愛。你聽者。前姓休移後姓莫改。雙名李岳。道號鐵拐。速離陰府者。〔正末云〕大嫂你好狠也。把我多留幾日。怕做甚麼那。〔唱〕**聽的道燒了我屍骸將我來没亂煞。俺妻子知他是怎生麼。若放我回家兒半霎。只當似枯樹上再開花。**〔下〕

〔呂洞賓云〕岳壽還魂去了也。此人到的陽間。見那酒色財氣。人我是非。貪嗔癡愛。等他功成行滿。貧道再去點化他。〔詩云〕我着他閻王殿上除生死。紫府宮中立姓名。指開海角天涯路。免得迷人大道行。〔下〕〔閻王云〕領上仙法旨。送岳壽生魂直至李屠家借屍還魂去。岳壽。你好有緣

也。〔詩云〕人之生死在吾前。貴賤榮枯能幾年。今朝岳壽還魂去。異日當爲洞府仙。〔下〕

〔音釋〕衆平聲　踏當加切　鑊音和　罰扶加切　煞雙鮓切　耍雙鮓切

第三折

〔浄扮孛老引旦倈上云〕老漢姓李。是這鄭州東關裏屠户。父母生我時。眼上有一塊青。人順口叫我做青眼李屠。嫡親的四口兒。這個是媳婦兒。這個是孫子。孩兒是小李屠。不幸患病死了。今日三日也。心上還有些熱。孩兒着衆街坊擡出來我看。〔衆人擡正末出科〕〔孛老云〕孩兒。你甦醒者。兀的不痛殺我也。〔正末做還魂科〕〔唱〕

【雙調新水令】只俺個把官猾吏墮阿鼻。多謝得吕先生化爲徒弟。家裏啼哭殺嬌養子。没亂殺脚頭妻。生死輪迴。一去了早三日。

〔云〕大嫂。張千。福童。你在那裏也。〔孛老云〕謝天地。孩兒還魂了也。〔正末云〕哏。兀那村老子。你有甚麽事到衙門裏告去。怎生直來到我卧房中。〔孛老云〕我是你的父親。這是你媳婦兒子。你怎生不認的了。〔正末唱〕

【沽美酒】知道他誰是誰。我將你記一記。委實委實不認的。〔旦兒云〕李屠。你不認的我麽。我是你渾家。〔孛老云〕孩兒。你怎生説這等話。孩兒。我是你父親。你魂迷了。忘記了也。

〔正末唱〕却怎生一發的鬧起。知他是甚親戚。

【太平令】依舊有青天白日。則不見幼子嬌妻。我纔離了三朝五日。兒也這其間哭的你一絲兩氣。我如今在這裏。不知他在那裏。幾時得父子夫妻完備。

〔云〕張千。你與我拿將下去。〔孛老云〕孩兒。怎生説這話。我是你爹爹。〔正末云〕我倒是你公公哩。〔孛老云〕你聽我説。你是我兒子小李屠。今日死了三日也。心頭有些熱。不曾送出去。今日你還魂來了。怎生不認的我了。〔旦兒云〕李屠。我是你渾家。怎生不認的。〔正末云〕休要大驚小怪的。等我尋思咱。〔做沉吟科背云〕我是岳壽。罵了韓魏公。得了這一驚諕死了。我死至陰府。閻君將我叉入九鼎油鑊。是吕先生救了。着我還魂。誰想岳大嫂燒了我的屍骸。着我借屍還魂。屍骸是李屠的。魂靈是岳壽的。這裏敢是李屠家裏。我待看岳大嫂和福童孩兒。怎生得去。只除是這般。〔向衆云〕我雖是還魂回來。我這三魂不全。一魂還在城隍廟裏。我自家取去。〔孛老云〕媳婦兒。快收拾香紙。喒替孩兒取魂去。〔旦兒云〕爺。休教他去。〔正末云〕我自家取去。您是生人。驚散了我的魂靈。我又是死的了。你休來。我自己取去。〔正末起身跌倒科云〕哎喲。跌殺我也。〔孛老云〕孩兒。你一條腿瘸。你走不動。〔旦兒云〕你一了瘸。〔正末云〕怎生腿瘸。師父也。把似你與我個完全屍首。怕做甚麼呢。〔孛老云〕你有一條拐。我拿將來你拄着。你便行的動。〔正末云〕將來將來。〔做拄拐起身行科旦兒云〕我扶將你去。〔正末云〕靠後。我自家取去。〔旦兒云〕你休去。你且歇一日。明日取去。〔正末喝云〕靠後。〔做出門科〕〔孛老云〕着他先行。俺隨後跟將去。〔同旦兒下〕〔正末云〕我想當初做吏人時。扭曲作直。瞞心昧己。害衆成家。往

日罪過。今日折罰。都是那一管筆。〔詩云〕可正是七寸逍遥管。三分玉兔毫。落在文人手。勝似殺人刀。〔唱〕

【雁兒落】則我那一管筆扭曲直。一片心瞞天地。一家兒享富貴。一輩兒無差役。

〔云〕我當初做吏人時。挣將來的東西。妻兒老小都受用了。〔唱〕

【得勝令】俺只道一世裏喫不盡那東西。誰承望半路裏脚殘疾。爲甚麽屍首兒登途慢。則爲我魂靈兒探爪遲。則爲當日。罵韓魏公一場怕一場氣。至如今日。〔帶云〕若有人説。腦背後韓魏公來也。〔唱〕哎喲。唬的我一脚高一脚低。

【慶東原】爲甚我今日身不正。則爲我往常心不直。和那鬼魂靈不能勾兩脚踏實地。至如省裏部裏。臺裏院裏。咱只説府裏州裏。他官人每一箇箇要爲國不爲家。怎知道也似我説的行不的。

〔做回看科云〕休來休來。我到城隍廟取魂靈去也。想我死不多時。岳大嫂便把我屍骸焚化了。這嫁人事。知他又是怎的。我索行動些。〔唱〕

【川撥棹】俺自從做夫妻二十年幾曾離了半日。早起去衙裏便是分離。晚夕來到家裏。那場歡喜。滿口賢惠。一劃精細。要一供十。舉案齊眉。那些夫妻道理。聽的當遠差教休出去。早教我推病疾。今日受煩惱有甚盡期。

【七弟兄】那一七。二七。哭啼啼。盡七少似頭七淚。親人約束外人欺。獨自坐地獨自睡。

【梅花酒】看看的過百日。官事又縈羈。衣食又催逼。兒女又央及。那婆娘人材迭七八分。年紀勾四十歲。不争我去的遲。被那家使心力。使心力廝搬遞。廝搬遞賣東西。賣東西到家裏。到家裏看珠翠。看珠翠寄釵篦。寄釵篦定成計。定成計使良媒。使良媒怎支持。怎支持謊人賊。

【收江南】我只怕謊人賊營勾了我那脚頭妻。脚頭妻害怕便依隨。依隨了一偏怎相離。我如今在這裏。〔云〕適纔李屠的渾家。也有些顔色。着我就這裏不中。〔唱〕我這裏得便宜俺渾家敢那裏落便宜。

〔帶云〕我想這做屠户的。雖是殺生害命。還强似俺做吏人的瞞心昧己。欺天害人也。〔唱〕

【太清歌】他退猪湯不熱如俺濃研的墨。他殺狗刀不快如俺完成筆。他雖是殺生害命爲家計。這惡業休提。俺請受了人幾文錢改是成非。似這般所爲。磣可可的活取民心髓。抵多少猪肝猪蹄。也則是秤大小爲生過日。不强似俺着人膿血换人衣。

【川撥棹】想當初去衙裏。馬兒上穩坐地。挺着腰肋。撚着髭鬚。引着親隨。傲着相知。似那省官氣勢。到如今折罰來直恁的。

〔云〕你每休跟的我來。驚了我魂靈。我又是死的也。呀。左右無人。這影兒可是誰的。可原來是我的。〔做摸頭髮髭鬚科云〕天也。怎生變得我這等模樣了。〔唱〕

【鴛鴦煞】却怎生髩鬆着頭髮髯着箇嘴。剗地拄着條粗枴瘸着條腿。往常我請俸祿修養的紅白。飲羊羔將息的豐肥。暢道我殘病身軀。醜詫面皮。穿着這襤縷衣服。呸。可怎生聞不的這腥羶氣。到家裏見了俺那幼子嬌妻。將我這借屍首的魂靈兒敢不認得。〔下〕

〔音釋〕阿何哥切　鼻音疲　日人智切　的音底　戚倉洗切　瘸巨靴切　直征移切　役銀計切　疾精妻切　剗音產　十繩知切　七倉洗切　逼兵迷切　及更移切　力音利　篦邦迷切　賊平聲　墨忙背切　筆部每切　磣森上聲　髓桑嘴切　肋梨妹切　詫瘡詐切　襤音藍

第四折

〔岳旦領倈兒上云〕妾身岳壽的渾家是也。自俺孔目亡過之後。韓魏公大人與俺立了個節婦牌。說俺岳壽是個能吏。因諕死了。與俺重修房舍門樓。一應閒雜人等。不許上俺門來。今日要與孔目看經做好事。我着張千與孫福叔叔。請僧人去了。怎生不見來。下次小的每。門首看着。若來時報復我知道。〔正末上云〕自家岳壽便是。望我大嫂和孩兒去。忘了我家住處。試問人咱。〔向古門道問科云〕兀那大哥。那裏是岳孔目住處。〔內應云〕那新門樓就是。自從岳孔目死了。韓魏公

大人見他是個能吏。與他修理門樓房屋。但凡閒雜人等。不許上門哩。〔正末云〕量岳壽有何德能。着大人這般用心也。〔唱〕

【中呂粉蝶兒】大院深宅。閒雜人趕離門外。與亡靈累七修齋。則俺那守服的妻。帶孝的子。争知我在也不在。若聽的岳孔目回來。孩兒每那一場大驚小怪。

【醉春風】則俺情意重如山。那裏也侯門深似海。〔做叫門云〕岳大嫂開門來。〔岳旦開門云〕一個鏖槽叫化頭出去。〔做推倒末科〕〔正末唱〕出門來推了箇脚梢天。這婆娘不將我睬。睬。〔帶云〕大嫂。你不睬也罷。〔唱〕怎將我擘面拳敦。湧身推搶。那裏降階接待。

〔岳旦云〕這廝説話有些蹊蹺。你是甚麼人。〔正末云〕大嫂。我是你丈夫岳壽。〔岳旦云〕這廝胡説。俺那丈夫這般模樣。好要便宜。拖這廝往官司去。你説你是岳孔目。當初怎生死了來。説的是。萬事都休。説的不是。不道的饒了你哩。〔正末云〕你也説的是。你聽我説。當日我與張千接韓魏公不着。來家吃飯。見一個先生在喒門首。大哭三聲。大笑三聲。罵福童孩兒做無爺業種。罵你做寡婦。罵我做没頭鬼。被我使張千弔在門首。不知那裏走將一個莊家老子。解放的去了。我罵他老無知。張千又對他説什麼我是大鵬金翅鵰。他是小鵰兒。不想那老子可正是韓魏公。我得了這一驚。諕死了。到於陰府。閻君將我叉入九鼎油鑊。多虧了吕洞賓師父救了我。着我還魂。被你燒了我的屍骸。着我借東關裏青眼老李屠的兒子小李屠的屍首。借屍還魂。我一逕的來看你子母每。想當日韓魏公着我洗的脖子乾净。絶早來州衙裏試劍去。則一句兒。〔唱〕

【十二月】諕的我忘魂喪魄。謝呂洞賓免難除災。閻羅王饒過我性命。你把岳孔目燒毀了屍骸。一靈兒無處刨劃。空教人雨淚盈腮。

【堯民歌】我一靈兒先到望鄉臺。將這李屠屍首借回來。爲孤兒寡婦動情懷。因此上瘸臁跛足踐塵埃。哀也波哉。特地望你來。怎下的推我出宅門外。

〔岳旦云〕原來是孔目借屍還魂。這等你且進來。〔正末唱〕

【紅繡鞋】賢達婦將咱休怪。這姦猾心把你胡猜。蓋世間那箇不是水性女裙釵。把親夫殯擡出去。不曾把後老子招將來。我比你倒拄着一半拐。

〔岳旦云〕孔目。你怎生這等模樣了。〔正末唱〕

【喜春來】我往常見那有錢無理的慌分解。見有理無錢的即便拍。瞞心昧己覓錢財。爲甚我兩箇脚一箇歪。也是我前世不修來。

〔岳旦云〕孔目。你坐着。孫福張千請僧人去了。敢待來也。〔孫福張千上云〕今日是俺哥哥的頭七。請了幾個和尚。買了些紙劄。與哥哥看經。來到門首。俺見嫂嫂去來。〔做見正末科云〕嫂嫂。怎生伴着個叫化的坐。是甚麼模樣。拿棍來打這廝。〔正末唱〕

【迎仙客】一箇家嗔忿忿。一箇家鬧咳咳。改不了司房裏欺人惡性格。孫福咱相識二十年。張千你隨我六七載。哎。没上下村材。怎不把岳孔目哥哥拜。

〔岳旦云〕這人不是叫化的。是你哥哥岳孔目。〔張千云〕呸。俺哥哥怎生這般嘴臉。〔正末云〕孫福張千。我是你哥哥岳壽。〔張千云〕你道是岳孔目。你怎生死了來。〔正末云〕我借李屠屍首還魂回來。你怎生不認我。〔孫福張千做悲科云〕原來是孔目哥哥借屍還魂了也。〔孛老同旦兒上云〕我遠遠的跟着。孩兒往這一家裏去了也。只得跟進去。〔做見科云〕孩兒。你在這裏做甚麼。喒回家去來。〔正末云〕這是俺家裏。〔岳旦云〕這是我的夫主。〔李旦云〕他是我的丈夫。〔衆爭認科〕〔張千奪拐打孛老科〕〔正末做勸跌倒科云〕張千。我須有些瘸。〔張千發科云〕你可不早說與我。〔孛老云〕我家的兒子認了別人。更待干罷。俺去告官去來。〔衆同下〕〔韓魏公引從人上排衙科云〕老夫韓琦是也。今日升廳。坐起早衙。左右的。喝攛厢。〔孛老李旦孫福張千岳旦倈兒正末同上〕〔孛老云〕冤屈冤屈。〔韓魏公云〕甚麼人叫冤屈。左右。與我拿過來。〔做拿科〕〔韓魏公云〕兀那老子。你告甚麼。〔孛老云〕相公可憐見。小人是李屠。有我的兒子小李屠。死了三日。如今還魂回來。他說一靈兒在城隍廟裏。他自取去。誰想走到這個人家裏去。就不來家。不肯認我。他是我的孩兒。相公。與我做主咱。〔岳旦云〕相公可憐見。則他便是我丈夫岳壽。〔韓魏公問正末科云〕兀那廝。你端的是誰家人。〔正末云〕則我是岳壽。借屍還魂回來也。〔韓魏公云〕你說你是岳壽。你當初怎麽死了來。你說一偏我聽。〔正末云〕相公可憐見。聽岳壽細說一偏咱。〔韓魏公云〕你說的是。萬事罷論。說的不是。左右。安排下勢劍銅鍘。決不饒恕。〔正末唱〕

【普天樂】爲相公有聲名。因小人多粘帶。小人有銅肝鐵膽。相公有勢劍金牌。魂靈兒歸地府。死屍兒焚郊外。死屍兒焚了魂靈兒在。謝呂先生救得回來。因此上更名改姓。瘸臁跛足。換骨抽胎。

〔孛老云〕你是我的兒。跟我家去。〔正末云〕我不跟你去。〔韓魏公云〕你因何不跟他去。〔正末唱〕

【快活三】恁的官法嚴把牛馬宰。你見行市緊早母猪災。懸羊頭賣狗肉賴人財。倚仗着秤兒小刀兒快。

〔孛老云〕相公。他不跟我去。一棍打殺了。大家都不要。〔正末唱〕

【鮑老催】你正是拾的孩兒落的摔。待將我細切薄批賣。〔韓魏公云〕這樁事。着老夫怎生下斷。〔呂洞賓冲上科云〕韓魏公。休錯斷了事也。〔正末唱〕有德行的吾師恰到來。我這裏掂脚舒腰拜。好着我慌慌亂亂。勞勞嚷嚷。怨怨哀哀。

〔呂洞賓云〕岳壽。你省了也麼。〔正末云〕弟子省了也。情願跟師父出家去。〔唱〕

【上小樓】我如今把玉鎖頓開。金枷不帶。撇了酒色。辭了財氣。跳出墻來。上的街。化了齋。別無妨礙。只望完全了乞兒皮袋。

【幺篇】抹了鉢盂。裝在布袋。纜纜縷縷。悲悲鄧鄧。往往來來。拄着枴。穿草鞋麻袍寬快。但得個無煩惱恰勝似紫袍金帶。

〔呂洞賓云〕徒弟。則今日跟我朝元去來。〔正末云〕岳大嫂。好看福童孩兒。李大嫂。你承奉李老人家。師父。弟子情願出家去。〔做拜謝韓魏公同呂洞賓下〕〔韓魏公云〕岳壽已跟呂洞賓修仙去了。你等也不必争論。各自回家去罷。〔斷云〕老夫爲官斷事今已老。這等借屍還魂從古少。要知大羅仙徑本非遥。只是世人眼孔生來小。你也莫思夫主再回來。你也休想孩兒重認了。不如各自歸家早早修。免被是非人我空勞擾。〔同下〕〔正末上唱〕

【耍孩兒】從今日填還了妻子寃家債。我心上別無掛礙。拜辭了人我是非鄉。拂綽了滿面塵埃。名韁利鎖都教剖。意馬心猿盡放開。也只怕尊師怪。遠離塵世。近訪天台。

〔衆仙隊子上奏樂科〕〔呂洞賓云〕衆仙長都來了也。李岳跟我朝元去來。〔正末唱〕

【二煞】漢鍾離有正一心。呂洞賓有貫世才。張四郎曹國舅神通大。藍采和拍板雲端裏響。韓湘子仙花臘月裏開。張果老驢兒快。我訪七真游海島。隨八仙赴蓬萊。

〔呂洞賓云〕您衆人聽者。這的是李屠的屍首。岳壽的魂靈。我着他借屍還魂來。〔詞云〕貧道再降臨凡世。度你個掌刑名主文司吏。因爲有道骨仙風。誤墮入酒色財氣。懼怕那韓魏公命染黄泉。就陰府化爲徒弟。李屠家借屍還魂。終不脱腥羶臭穢。煆煉就地水火風。合養定元陽真氣。跟貧道證果朝元。拜三清同朝玉帝。〔正末拜謝科唱〕

【煞尾】你着我側着身雲霧裏行。瘸着腿波面上踹。屠户家脚起全憑着拐。則俺這令史每心平過的海。

〔音釋〕宅池齋切　累上聲　鏖襖平聲　魄鋪買切　刮音擺　劃胡乖切　膁音廉　跛波上聲　拍鋪買切　咳音孩　格皆上聲　摔音灑　掂店平聲　羶扇平聲　穢音畏　踹捕采切

題目　韓魏公斷借屍還魂
正名　呂洞賓度鐵拐李岳

小尉遲將鬬將認父歸朝雜劇

第一折

〔冲末扮劉季真領番卒上詩云〕帥鼓銅鑼一兩敲。轅門裏外列英豪。三軍報罷平安喏。緊捲旗旛再不摇。某北番劉季真是也。我父親乃定陽王劉武周。只爲俺二十年前。父親手下有一員上將。乃是尉遲敬德。因與唐兵交戰。困在介休縣。不想那敬德降唐去了。他撇下一子。那小的纔生三歲。他有箇養爺。乃是宇文慶。某就將那小的要了與我做了孩兒。不想今經二十年光景。這孩兒長立成人。唤做劉無敵。那一個敢説是尉遲敬德的兒。我就殺了他。如今這孩兒學成十八般武藝。無有不拈。無有不會。他却不知那尉遲敬德是他父親。我打聽得大唐家將老兵驕。病了秦瓊。閒了敬德。我如今着孩兒劉無敵。領十萬雄兵。下將戰書去。單搦尉遲敬德出馬。那敬德老了也。必然贏不的我劉無敵。若贏了那尉遲敬德。那時節某親統大勢雜兵。直殺過去。覷大唐一鼓而下。有何難哉。小番。説與劉無敵。領十萬雄兵。選定吉日。便起營到于大唐界上。打將戰書去。單搦尉遲敬德出馬。某隨後領兵接應來也。〔詩云〕俺孩兒武藝精通。搦敬德出馬交鋒。只一陣生擒回寨。纔認的番將英雄。〔下〕〔外扮劉無敵領番卒上云〕某劉無敵是也。父親是劉季真。有宇文慶是養爺。幼小裏將我來恩養的成人長大。今奉父親的將令。着某點就十萬精兵。單搦尉遲敬德交戰去。今日在私宅前廳上。收拾軍裝。打磨兵器。小番。門首覷者。看有什麼人來。報復知道。〔正末扮宇文慶拏拄杖上云〕老夫覆姓宇文。名慶。當初是尉遲敬德家一箇院公。二十年前。敬德佐於定陽王劉武周手下爲將。次後降唐去了。撇下一子。在老夫根前。他父親去時。孩兒纔三歲也。不想俺落在北番劉季真手下。他就要下這孩兒。如今喚做劉無敵。年長二十三歲。學成十八般武藝。可也不減似那敬德。我幾番待要和孩兒説來。恐怕劉季真知道。今日他在前廳上打磨兵器。收拾軍裝。不知爲何。我且去問他一個緣因詳細咱。〔唱〕

【仙呂點絳唇】你這般對壘交鋒。到頭都總。南柯夢。説甚軍功。可兀的與你身兒上元無用。

【混江龍】到如今干戈猶動。只待和大唐家厮殺見雌雄。常是個争龍鬬虎。剔蝎撩蜂。你看那昏慘慘征塵遮的遍地黑。焰騰騰燎火燒的半天紅。繡旗颭颭。戰鼓鼕鼕。排營搒搒。列陣重重。愁雲靄靄。殺氣濛濛。單看的你這一條鞭到處無攔縱。待要你扶持社稷。保護疆封。

〔云〕小番。報復去。道有宇文慶在於門首。〔番卒報科云〕喏。報的將軍知道。有宇文養爺來了也。〔劉無敵云〕快有請。〔番卒云〕請進去。〔正末做見科云〕小將軍。你爲何在此打磨兵器。〔劉無敵云〕養爺不知。父親的將令。着我領十萬精兵。單搦大唐家尉遲敬德交戰。因此上我在這裏打磨兵器。收拾軍裝。不日便行也。〔正末云〕小將軍。你斷然不可去。〔劉無敵云〕養爺。你爲

何不要我去。〔正末云〕你便去也贏不的他。〔劉無敵云〕且莫説箇贏的贏不的。父親的將令。誰敢有違。〔正末唱〕

【油葫蘆】好着我盡在嘻嘻冷笑中。我勸着他怎不從。〔劉無敵云〕我如今起兵在即。你怎説這等話。〔正末唱〕你將我這口中言看成做耳邊風。你是一個朽木材怎比的他真梁棟。你是一箇寒鴉兒怎比的他丹山鳳。〔劉無敵云〕憑着父親手下兵多將廣。量大唐何足道哉。〔正末唱〕則喒這劉季真。怎比的他徐茂公。你本是那潑泥鰍打夥相隨從。可便乾鬧起一座水晶宫。

【天下樂】可不道將在謀而不在勇。哎。你一箇將也波軍。枉用功。〔劉無敵云〕憑着我坐下馬。手中鎗。有萬夫不當之勇。料他到的那裏。〔正末唱〕你道十八般武藝都曉通。賣弄你智量高。氣勢雄。你小可如劉黑闥王世充。

〔劉無敵云〕養爺。你放心。憑着我一身武藝。那尉遲敬德雖然是一員上將。他如今年紀高大。也敵不的我了。〔正末云〕小將軍。你認的那尉遲敬德麽。〔劉無敵云〕我不認的他。則聽的人説。他如今老了也。我則理會的後生可畏。〔正末云〕小將軍。你若到來日兩陣之前。須隄防着敬德那一條水磨鞭。〔劉無敵云〕養爺。你怎麽滅自己志氣。長别人雄風。那尉遲敬德有水磨鞭。我劉無敵也有鞭哩。〔正末唱〕

【村裏迓鼓】那敬德鞭無虚舉。舉無不中。你便要一衝一撞。登時間早將你七擒七縱。倒不如且從容。莫賭鬬。無驚恐。〔劉無敵云〕養爺。你説那裏話。我到來日兩陣之間。也不搊別人。單搊那尉遲敬德這老頭兒出馬。〔正末唱〕你待要兩陣間。單搊那。鄂國公。〔云〕小將軍。你和他厮殺呵。有個比喻。〔劉無敵云〕將何比喻。〔正末唱〕你恰便似病羊兒逢着大蟲。〔劉無敵云〕養爺。你放心。我這一去。必然取勝。量他到的那裏。〔正末唱〕

【元和令】你這一去少主吉多主凶。則宜止不宜動。可不道箭安弦上慢張弓。方信道緊行無善踪。〔劉無敵云〕看各人的本事。你休阻我。〔正末唱〕你這般大驚小怪氣冲冲。早難道軍情事不透風。〔劉無敵云〕哎。養爺。俺這裏七重圍子。手擺布的銀山鐵壁相似。直着那敬德老兒覷也不敢覷。喒的敢和俺賭戰。〔正末唱〕

【上馬嬌】他將那袍鎧披。兵器攻。端的是人如虎馬如龍。他若是搖鋼鞭款款把征駝鞚。敢着你轟的呵。一命早丢空。

【遊四門】你便有那銀山鐵壁數十重。殺的你人似血衚衕。則他那尉遲敬德敵頭重。〔劉無敵云〕小番。則今日下教場點軍。好歹要與他交鋒去來。〔正末唱〕你那裏高叫響如鐘。

空。逞恁的好喉嚨。
〔劉無敵云〕養爺你放心。看我活拏了敬德回來。取將相王侯。都在這一遭兒也。〔正末唱〕
【勝葫蘆】哎。說甚麼將相王侯元沒種。〔云〕小將軍。只怕你敵不過敬德麼。〔劉無敵云〕養爺。出軍發馬。也要個吉利。〔正末唱〕休煩惱你個小先鋒。不爭你九里山前厮鬧哄。便要與劉沛公出力。我勸你韓元帥莫動。則被你羞殺我也蒯文通。
〔劉無敵云〕我如今做着前部先鋒。俺父親合後接應我。到那裏無三合無兩合。則一合活拏將敬德回來。纔見的好漢。〔正末唱〕
【後庭花】你將一箇後老子來忒緊攻。倒把一箇親爺來不敬重。我道你是頂天立地的男兒漢。怎做了背祖離宗的牛馬風。〔劉無敵云〕這說話一發說到那裏去了。〔正末唱〕可不罵你個黑頭蟲。我則索教唆詞訟。我這裏絮叨叨言始終。你那裏假惺惺做耳聾。甘落在人彀中。我猛然的覷面容。便思量俺那鄂國公。
〔劉無敵云〕養爺。發起悲來。可是爲何。〔正末唱〕
【柳葉兒】恰便似刀剜我這心痛。整整的二十年信息難通。大唐家不想你三軍動。我將你即發送。子父每得相逢。將軍呵你肯分的去出馬爭鋒。
〔劉無敵云〕恰纔養爺說的那言語。好是奇怪。我就問他咱。養爺。我如今要與尉遲敬德交戰。你這般阻當我呵。必有一個緣故。你對我實説。怕做什麽。〔正末云〕小將軍。你着小校每迴避着。〔劉無敵云〕一應人等。且各迴避。唤着便來。不唤着您休來。〔番卒云〕理會的。〔正末云〕小將軍。你是誰的兒。〔劉無敵云〕這箇養爺老的混沌了。我是劉季真的兒。〔正末云〕你不是劉季真的兒。〔劉無敵云〕我不是他的兒。却是誰的兒。〔正末云〕小將軍。你不知道。聽我説與你。二十年前。你父親降唐去了。撇下你留在我處。叫做尉遲保林。那時你纔三歲。那劉季真他可無兒。收留你做了兒。就唤你做劉無敵。我數番家要和你説。我則怕劉季真知道。枉送了我的老命。你父親臨行時。留下一副披掛。在我處收着哩。是一條水磨鞭。一頂鐵幞頭。一副烏油甲。皂羅袍。你若見了尉遲敬德。則對的上這水磨鞭。便是你父親。我就取的來。與你看波。〔正末取衣甲上〕〔做看科〕〔劉無敵云〕真個一副衣甲。一條好鞭。原來我就是鄂國公的兒。養爺不説呵。我怎生得知。〔做悲科〕〔正末云〕小將軍。休煩惱。則怕劉季真知道。你是穿上這袍鎧。披掛了我看。〔劉無敵穿科云〕養爺。我比父親如何。〔正末云〕好將軍也。你這一去。怎生認你父親。〔劉無敵云〕養爺。我這一去。單搦我父親出馬。與我交戰呵。我自有箇主意。〔正末云〕小將軍。您這一去小心在意者。〔劉無敵云〕養爺。你放心。我若認了我父親呵。我便來取你也。〔正末唱〕

【賺煞尾】則要你竭力報冤讎。在意的驅兵衆。你盡孝何妨盡忠。這虎將門中無犬踪。端的是結束威風。我覷了他這英雄。身體儀容。不由我覩物思人淚點紅。他帶着這鐵幞頭把鳶肩來一聳。穿上這皂羅袍將虎腰來那動。〔劉無敵云〕養爺。我比父親如何。〔正末云〕好將軍也。〔唱〕分明是活脱下一個單鞭奪槊的尉遲恭。〔下〕

〔劉無敵云〕誰想我正是鄂國公的孩兒。多虧了養爺説知。我到的兩陣之間。自有箇主意。〔詩云〕父子分離二十年。豈知今日得團圓。陣前要認生身父。只對上我虎眼竹節這條鞭。〔下〕

〔音釋〕搊囊帶切　柯音哥　蝎音歇　黑亨美切　颭占上聲　摻哉上聲　夥羅上聲　闥音塔　揸音闒　鞚空去聲　轟音烘　衚音胡　衕音同　唆音梭　剜烏官切　沌音遁　鳶音元　槊聲卯切

第二折

〔外扮徐茂公引祇候上詩云〕憶自歸唐二十秋。佐立天家四百州。兩條眉鎖江山恨。一片心懷社稷憂。老夫徐茂公是也。自從投唐以來。爲國家東蕩西除。南征北討。建什大功勞。官封英國公之職。即今四方平定。干戈罷息。止有北番劉季真。尚未歸伏。如今下將戰書來。搊我大唐家名將出馬。聖人的命着我老夫在朝堂。與衆公卿計議。須要老尉遲去平此餘孽。以佐太平。只待房玄齡到來。請那尉遲公去。令人。門首覷者。若老丞相到時。報復知道。〔祇候云〕理會的。〔外扮房玄齡上詩云〕龍樓鳳閣九重城。新築沙隄宰相行。我貴我榮君莫羨。十年前是一書生。老夫房玄齡是也。扶佐吾主。平定天下。現爲中書省左丞相之職。今因劉季真下將戰書來。搊俺大唐家名將出馬。衆公卿計議。非尉遲敬德不可。某奏過聖人。着尉遲老將軍去平伏此寇。軍師徐茂公在朝堂等候。須索走一遭去。令人。報復去。道房玄齡下馬也。〔祗候報科云〕喏。報的軍師得知。有房丞相來了也。〔茂公云〕道有請。〔祗候云〕請進。〔房玄齡做見科〕〔茂公云〕老宰輔。此事如何。〔房玄齡云〕聖人准某所奏。着尉遲公掛元戎印前去。征討劉季真。成功回來。更加封賞。〔茂公云〕既是這等。令人。快去請將鄂國公來者。〔净扮李道宗上詩云〕我做將軍有志分。上陣使條齊眉棍。別人殺的軍敗了。我在前頭打贏陣。回來走在帳房裏。好酒好肉嚷一頓。本來不醉佯粧醉。則在營裏胡廝混。自家李道宗的便是。因我立的功多。陞我做净盤將軍。你道因何封我做净盤將軍。若有人請我。到的酒席上。且不吃酒。將各樣好下飯。狼餐虎嚥。則一頓都嚷了。方纔吃酒。以此號爲净盤將軍。這些時没人來。手頭匾短。終日家閑邀邀的悶坐。打聽的老尉遲征討劉季真去。那老尉遲這一去。馬到成功。我如今去朝堂中。與徐茂公説。我要出力報効。跟的老尉遲去。他得了勝。我也得些陞賞。不强似閒着來。此間是朝堂門首。令人。報復去。道有老李來了也。〔祗候報科云〕喏。報的軍師得知。有李皇叔在於門首。〔茂公云〕道有請。〔祗候云〕請進。〔李道宗做見喬施禮科云〕二位老先兒在此。小子特來議事。〔房玄齡云〕有何事。〔李道宗云〕老先兒想爲臣子要盡忠報國。小子道宗。聽的劉季真那狗刮頭。下將戰書來。氣的我酒肉也吃不的。〔做支架子科云〕放心。我領兵去。殺的那弟子孩兒没躲處。〔茂公云〕你那裏去的。那劉季真手下名將。箇箇驍勇。你去不的。〔李道宗云〕哎喲。氣殺我也。我這麼一個人去不的。着誰去。〔房玄齡云〕如今着鄂國公尉遲老將軍去。〔李道宗云〕哎喲。氣殺我也。那尉遲公在先時。許他來。如今老了。那裏數他。還該我小子去。〔茂公云〕你那裏去的。〔李道宗云〕我厮殺耍子去。〔房玄齡云〕道宗。你去不的。此一場非同小可。已是奏准過聖人。着尉遲公掛元戎印。你請退。〔李道宗云〕老先兒不要惱躁。只望二位看顧着尉遲公爲元帥。我小子爲副帥好麽。〔茂公云〕你做不的副帥。休在此攪擾。請退。〔李道宗云〕氣殺我也。不要我做元帥。又不要我做副帥。兩個老頭兒。則是趕我。難道我就這等罷了。且唱箇曲兒。出這一肚子不平之氣。〔唱〕

【清江引】房玄齡徐茂公真老傻。動不動將人駡。不知道我哄他。把我當實話。去買一瓶兒打剌酥吃着耍。〔下〕

〔正末扮尉遲上云〕某覆姓尉遲名恭。字敬德。朔州善陽人也。先事定陽王劉武周爲將。後歸大唐。爲某累建大功。官拜鄂國公之職。今有北番劉季真。下將戰書來。單搦某交戰。今日軍師呼喚。不知有甚事。須索走一遭去來。〔唱〕

【中吕粉蝶兒】惱的我不鄧鄧忿氣盈腮。可怎生另巍巍把咱單搦。不由我這胡髯乍滿頷頦。人一似虎出山。馬一似龍離海。憑着我鎗疾鞭快。領雄兵穰穰垓垓。披掛上皂袍烏鎧。

【醉春風】我與你忙帶上鐵幞頭。緊拴了紅抹額。我若是交馬處不拏了那個潑奴才。我可敢和姓也改改。憑着我千戰千贏。百發百中。保護着一朝一代。

〔云〕令人。報復去。道有尉遲恭下馬也。〔祇候報科云〕喏。報的軍師得知。有鄂國公來了也。〔茂公云〕道有請。〔祇候云〕請進去。〔正末見科云〕軍師喚老夫有何事商議。〔茂公云〕老將軍來了也。奉聖人的命。今有北番劉季真下將戰書來。單搦老將軍出馬。如今聖人着你領十萬雄兵。與劉無敵交戰。説他好生英勇難及哩。〔正末云〕軍師。量那無名的小將。何足道哉。〔房玄齡云〕老將軍。古語有云。凡人不可貌相。海水不可斗量。休輕覷了也。〔正末唱〕

【迎仙客】他曾上甚惡戰場。他曾經甚大會垓。他則是劣馬乍調嫌路窄。向尉遲行説兵機。向尉遲行誇戰策。我可甚冷笑咍咍。〔茂公云〕聽的人説。那劉無敵也使一條水磨鞭。更勝過你老將軍也。〔正末云〕軍師。他也使鞭。我也使鞭。可也怪他不着。〔唱〕他正是擔水向河頭賣。

〔茂公云〕老將軍。那劉無敵須年少。你如今可老了也。〔正末云〕量那小的到的俺那裏。〔房玄齡云〕老將軍。後生可畏。你也要隄防着些兒。〔正末唱〕

【紅繡鞋】兀的不龍欺於魚鱉蝦蟹。虎伏於狐兔狼豺。這小廝今年有些血光災。我鞭打碎他天靈蓋。鎗搠透他三思臺。你更怕我敢慈悲生患害。

〔茂公云〕論你年紀小時。休説一個劉無敵。便十個也不怕他。則可惜你年紀老了些。〔正末云〕軍師。你説的差了也。〔唱〕

【快活三】雖然我六旬過血氣衰。我猶敢把三五石家硬弓開。便小覷的我心長髮短漸斑白。我可也怎肯伏年高邁。
〔茂公云〕老將軍。您到了這年紀。怎好説的不老那。〔正末唱〕
【鮑老兒】我老則老殺場上有些氣概。豈不聞虎瘦雄心在。〔茂公云〕則怕你近不的他麽。
〔正末唱〕若是我不得勝之時怎的來。則怕羞見俺那唐十宰。料應他衣絶禄盡。時乖運拙。月值年災。托賴着君王洪福。千秋萬歲。神保天差。
〔房玄齡云〕老將軍。到來日兩陣之間。怎生與他相持對壘。你是説一遍我聽咱。〔正末唱〕
【柳青娘】到來日撲鼕鼕的征鼙慢凱。韻悠悠的角聲哀。響璫璫的銅鑼款篩。忽剌剌的繡旗開。黑漫漫殺氣遮了日色。惡哏哏的人離了寨栅。不騰騰馬踐塵埃。磣磕磕的鐙相磨。亂紛紛的鎗相截。密匝匝的甲相挨。
【道合】那潑奴才。潑奴才。就殺人場裏鬧垓垓。鬬鞭來。教咱教咱生嗔怪。教咱教咱怎躭待。把鋼鞭忙向手中擡。磕叉打的他連盔夾腦半斜歪。直遮腮。骨碌碌眼睁開。看承看承似嬰孩。抹着抹着遭殘害。略把略把虎軀側。揩住揩住獅蠻帶。那怕他鐵打形骸。銅鑄胚胎。早活挾過活挾過這逆逆逆賊來。
〔茂公云〕老將軍。你這一去。小心在意者。若得勝還朝。聖人自有加官賜賞哩。〔正末唱〕
【隨尾】比破竇建德省些氣力。擒王世充不利害。遮莫是銀山鐵壁連環寨。憑着我英

雄慷慨。兀良我把那敗殘軍直趕過李陵臺。〔下〕

〔茂公云〕老尉遲這一去必然得勝也。〔詩云〕尉遲公雖然年老。這鋼鞭殺人不少。〔房玄齡詩云〕若是他大勝還朝。唐天子重加官爵。〔同下〕

〔音釋〕孽音聶　囋音臢　儍商鮓切　剌音辣　頷音含　頦音孩　額崖去聲　窄齋上聲　策釵上聲　咍海平聲　搠聲卯切　白巴埋切　色篩上聲　哏狠平聲　柵釵上聲　埃音哀　磣參上聲　磕音可　摔音洒　側齋上聲　揝音昝　賊則平聲　爵焦上聲

第三折

〔劉無敵蹦馬兒領番卒上云〕某乃劉無敵是也。若不是養爺宇文慶説呵。我怎生知道。如今領兵。到的陣前。兩家敵住。見了我父親。自有箇主意。兀的塵埃起處。敢是大唐家軍兵來也。〔正末領卒子上云〕大小三軍。擺開陣勢者。〔唱〕

【越調鬭鵪鶉】俺兀自有美良川的威風。榆科園的猛氣。止不過病了秦瓊。又不曾閒了敬德。都是我鞭打就的江山。鎗刺成的社稷。這逆賊。敢料敵。則問他武藝何如。就待欺負我年華老矣。

【紫花兒序】我施逞會挾人捉將。顯耀會撞陣衝營。賣弄會擂鼓奪旗。他須披不的兩重鎧甲。帶不的三頂頭盔。敢和我相持。便做有銅鑄就的天靈和那鐵背脊。鞭着處粉零麻碎。今日箇將遇敵頭。直殺的他馬不停蹄。

〔云〕來將是誰。〔劉無敵云〕某乃大將劉無敵。你是誰來。〔正末云〕則我是大唐家尉遲公是也。〔劉無敵背科云〕這個是我父親。〔回科云〕兀那老將軍。你老了也。你回去罷。〔正末云〕這厮好無禮也呵。〔唱〕

【小桃紅】覷了這北番軍校好着我笑微微。我比他争些年紀。〔劉無敵云〕看了我血氣方剛。後生可畏。量你老人家到的那裏。〔正末唱〕你倚仗着血氣方剛有雄勢。你可也便休題。則我這不刺刺趁日追風騎。烏油甲密砌。點剛鎗鋒利。豈不聞老將會兵機。

〔劉無敵云〕兀那老將軍。你别着一個出馬來。你去自在罷。〔正末唱〕

【鬼三臺】雁翅張。魚鱗砌。列寨栅。攢軍隊。齊臻臻排開陣勢。則聽的悠悠的畫角吹。鼕鼕的花腔鼓擊。小可的見了肝膽碎。便英雄怕不魂魄飛。都是些沉點點鞭簡撾鎚。明晃晃鎗刀劍戟。

〔做調陣子科〕〔劉無敵云〕看了我父親的武藝呵。怕不好。則是氣力不加。我又不敢還他。則是遮截架隔些兒者。〔正末唱〕

【調笑令】往日間。但逢敵。驟馬横鎗覺甚的。我攢搠丢打不曾離不曾離前心兩肋。

我見他遮截得來省氣力。倒拖鬬的我氣喘狼藉。〔劉無敵云〕我這裏便待下馬認父親來。有衆將壓着陣哩。不中。我詐敗落荒的走。父親必然趕將我來。〔劉無敵做走下〕〔正末云〕這厮走了也。更待干罷。不問那裏趕將去。〔做追科〕〔劉無敵上云〕我父親趕將來了。我走到這無人去處。我下的馬來。兀的不是我父親。您孩兒跪在地下。父親須認您孩兒者。〔正末上云〕這厮走了。可在這裏。〔劉無敵云〕父親認的您孩兒麼。〔正末云〕你是誰。〔劉無敵云〕則我是你二十年前撇下的孩兒。叫做尉遲保林。〔正末唱〕

【麻郎兒】誰使的你來認義。〔劉無敵云〕是宇文養爺説來。〔正末唱〕誰使的你敢相持。〔劉無敵云〕是劉季真來。父親不信呵。兀的水磨鞭信物在此。〔正末云〕將來我看。〔唱〕我把信物接將來手裏。看有甚親題標記。

【么篇】兀的。我臨老也。尉遲。喜歡來那似今日。自相別存亡不知。怎想你成人長立。

〔劉無敵做悲認科云〕父親一自相別。可早二十年光景也。〔正末唱〕

【絡絲娘】這幾年不通個信息。怎想着今朝得見你。恰纔厮殺處你是贏不的。可是讓我哩。〔劉無敵云〕我特的認父親來。恰纔兩陣之前。被衆將壓着。難以明認。我故意佯輸詐敗。〔正末唱〕好兒也方信道後生可畏。

〔云〕孩兒。你那宇文養爺。怎生對你説來。〔劉無敵云〕父親。您孩兒本不知。養爺宇文慶説。父親降唐時節。撇下孩兒。纔得三歲。被劉季真認做了兒。枉生了這二十年不曾認的父親。今日憑着這信物。纔得父子相逢。父親受您孩兒幾拜咱。〔正末云〕孩兒。我和你同見軍師去來。〔劉無敵云〕父親。您孩兒怕不要同去。争奈無寸箭之功。父親先去。待您孩兒再回軍中。去拏的劉季真來。一者與父親出力。二者也就做孩兒進身之禮。〔正末云〕既如此。我先去也。你隨後便來。〔唱〕

【收尾】團圓了尉遲公。煩惱殺劉家裏。只明日早來到營中宴喜。這的是天指引一個小將軍。共扶持我那當今大唐國。〔下〕

〔小尉遲云〕我恰纔認了父親也。回到營中。活拏那劉季真去來。〔下〕

【音釋】德當美切　稷將洗切　敵丁梨切　撾莊瓜切　脊將洗切　擊巾以切　魄鋪買切　戟巾以切　的音底　肋雷去聲　力音利　藉精妻切　日人智切　立音利　息喪擠切　國音鬼

第四折

〔劉季真領番卒上云〕某劉季真。領兵接應孩兒去。兀的不是孩兒來也。〔小尉遲領番卒上云〕這不是劉季真。〔劉季真云〕孩兒勝敗如何。〔小尉遲云〕衆軍校與我拏住。〔劉季真云〕你敢殺的眼花了。我是你父親。怎生倒執縛了我。〔小尉遲云〕兀那廝。我不是你孩兒。如今認了我父親鄂國公。要降唐去。無甚功勞。因此執縛你去。權爲投獻之禮。〔劉季真云〕元來你如今認了你父親也。你要降唐。爲無投獻的禮物。要拿我去獻功。傻弟子孩兒。你别買副羊酒去罷。〔小尉遲云〕衆軍校。就今日領着本部人馬降唐。走一遭去來。〔詩云〕我本是尉遲保林。直被你瞞到如今。執縛去權爲投獻。請看道那個欺心。〔下〕〔徐茂公領卒子上云〕老夫徐茂公。今有尉遲公領兵與劉無敵交鋒去了。不意監軍回來説。尉遲公兩陣之間。交戰數合。忽然尉遲公與劉無敵走到無人去處。二人下馬。交頭説話。他將劉無敵放將回去了。竟不追趕。聖人大怒。道尉遲公必有背逆之心。着老夫在帥府中等他回來。問其罪犯。〔房玄齡上云〕老夫房玄齡。今有聖人的命。着徐茂公在帥府中等尉遲公來。問其罪犯。某想敬德老將軍。一片忠心。豈有反叛之事。我須索與他做保去來。令人。報復去。道有房玄齡下馬也。〔卒子報科云〕喏。報的軍師得知。有房丞相在於門首。〔茂公云〕道有請。〔卒子云〕請進。〔房玄齡見科云〕軍師。老夫聞知敬德老將軍。與劉無敵交戰去了。未知勝敗若何。〔茂公云〕哦。老宰輔不知。有監軍回來説。敬德兩陣之前。交戰數合。與劉無敵到無人去處。下馬交頭。不知説些甚的。只見敬德將劉無敵放回去了。竟不追趕。聖人疑他有反叛之心。以此着老夫在帥府中。專等敬德來時。問其罪犯。〔房玄齡云〕軍師。我料尉遲公必無此心。則怕其中有故。等敬德來時。便知分曉。〔正末上云〕某尉遲敬德。到於兩陣之上。不想那劉無敵正是我二十年前撇下的孩兒尉遲保林。他如今認了老夫。説拿了劉季真就來獻功。某先見軍師走一遭去也呵。〔唱〕

【雙調新水令】則俺那大唐家新添了一箇玉麒麟。疑怪他兩三番搦咱出陣。鬬起我美良川狠氣勢。掄科園惡精神。我將這水磨鞭款款摩掄。只待打碎他腦蓋紛紛。誰承望共我關親。若不是所説原因。險些兒生扭做單雄信。

【駐馬聽】當日離分。痛煞煞生抛掌上珍。今朝厮認。笑吟吟還猜做夢中人。二十年訪不出死和存。幾千迴擺不下愁將恨。心暗忖。甚福也得見這團圓分。

〔云〕令人。報復去。道有尉遲公下馬也。〔卒子報科云〕喏。報的軍師得知。有尉遲公來了也。〔茂公云〕着他過來。〔卒子云〕着過去。〔見科〕〔正末云〕軍師。某敬德來了也。我與劉無敵兩陣對圓。交鋒數合。只見劉無敵大敗虧輸。滚鞍下馬。跪在塵埃中。不想就是我的孩兒尉遲保林。他敬意的降唐。認喒父親來。〔茂公云〕你陣上與番將交頭低語。來又不戰。去又不追。聖人大怒。道你有背叛朝廷之意。着老夫在此問罪。你説番將是你孩兒。只怕説不過麽。〔正末唱〕

【沽美酒】我興心的報主恩。竭力的掃胡塵。常言道上陣無過子父軍。只待一鞭兒把番兵殺盡。扶宇宙定乾坤。

【太平令】他可便約定把唐朝歸順。〔茂公云〕他既降唐。怎生不同你來。〔正末唱〕索甚麽拔樹尋根。將逆賊不留齠齔。做功勞好將身進。他呵既然的便肯。就准認了俺父親。呀。又怎敢言而無信。

〔茂公云〕尉遲公。這劉無敵姓劉。你自姓尉遲。怎麽認的做孩兒。敢是另有個尉遲保林。便是他不認得你。難道你也不認的他。却與他陣上厮殺那。〔正末云〕軍師不知。我那孩兒尉遲保林。撇下二十多年。豈知劉無敵就是他。倒是他認着我來。説降唐無寸箭之功。要回去活拏了劉季真。權爲進身禮物。限定今日午時獻功也。〔房玄齡云〕軍師。老夫權做保人。且保着尉遲公。若午時不見他孩兒來降唐。那其間二罪俱罰。未爲遲也。〔茂公云〕老宰輔既是保着。且將尉遲公暫行保候。待午時前後。劉無敵來獻功便罷。若不來時。必然見罪。令人。將尉遲公收在一壁者。〔小尉遲上云〕某尉遲保林。拏住劉季真見我父親去咱。可早來到帥府門首。令人。報復去。道有尉遲保林。活拏劉季真來投降也。〔卒子報科云〕喏。報的軍師得知。有尉遲保林來了也。〔房玄齡云〕着他過來。〔卒子云〕着過去。〔小尉遲做見科〕〔房玄齡云〕你是甚麽人。〔小尉遲云〕就是劉無敵。元名尉遲保林。我是鄂國公的孩兒。如今拏將劉季真認父降唐來。〔房玄齡云〕則你便是鄂國公的孩兒尉遲保林。你父親爲你來。聖人大怒。將你父親要見罪。我保着哩。我是左丞相房玄齡。〔小尉遲云〕老丞相。可憐見。怎生説與我父親知道咱。〔房玄齡云〕你則這裏等着。我與你父親説去。〔見正末云〕老將軍。你歡喜咱。有你孩兒拏將劉季真來了也。〔正末云〕在那裏。〔房玄齡云〕見在這裏。〔正末見小尉遲云〕孩兒你來了也。〔宇文慶見科云〕小的宇文慶叩頭。〔正末云〕哦。我只道是那個宇文養爺。元來就是我家院子宇文慶孩兒。恰纔我在軍師根前。説你投唐。軍師不信。將我收在此處。我和你同見軍師去來。〔房玄齡見茂公科云〕軍師。果然尉遲公的孩兒拏將劉季真來降唐也。〔茂公云〕着他過來。〔房玄齡云〕小將軍你見軍師去。〔正末云〕喒和你同去。軍師。則這個便是我的孩兒尉遲保林。〔茂公云〕兀那小將軍。你怎生是尉遲公的孩兒。你慢慢的説一遍咱。〔小尉遲訴詞云〕告軍師停嗔息怒。聽小將從頭分訴。俺父親投唐以來。撇下我歸依無處。劉季真要我爲兒。名無敵做他前部。着我搦尉遲出馬交鋒。被養爺説知緣故。因此上認父來降。對雙鞭並無差誤。俺父親一世功臣。這丹心肯移末路。我如今擒縛番王。獻朝廷將功報父。望軍師轉達天聽。賜父子一家完聚。〔茂公云〕原來真有此事。今日平定了山後。這功非小。老夫便與你奏知聖人。必然有加官賞賜也。〔正末唱〕

【雁兒落】笑你個莽軍師可也忒認真。把我個老尉遲空生忿。再不審比干心有是非。直着的張儀口難争論。

〔房玄齡云〕老將軍。若不得這小將軍到來。你怎了也。〔正末唱〕

【得勝令】呀。則爲這二十三的小將軍。險送了七十歲老功臣。〔云〕孩兒。你拜了軍師者。〔唱〕你將這徐茂公親身拜。〔小尉遲做拜科云〕軍師受小將一禮。〔茂公云〕小將軍免禮。劉季真安在。〔正末云〕孩兒。你拏過劉季真來者。〔卒子做拏劉季真跪見科〕〔正末唱〕分付與你兩事家劉季真。歡欣。同扶着唐天子方興運。殷也波勤。多謝你個房玄齡落保人。

〔茂公云〕這是劉季真麽。〔小尉遲云〕則這厮便是劉季真。〔茂公云〕令人將劉季真推出轅門斬訖報來。〔劉季真云〕罷罷罷。他本是尉遲公的孩兒。没來由養的他長大成人。倒將我來做降唐的禮

物。你家父子都一樣這等没仁没義的。我死去與我家老子說。少不的來報你。〔卒子拏劉季真下〕

〔茂公云〕尉遲公。你父子每望闕跪着。聽聖人的命。〔詞云〕則爲你勇敢無前。俺唐主寵任多年。生撇下孩兒不題。再相逢信是天緣。鄂國公賜金千兩。加食邑萬頃莊田。小尉遲金吾上將。作先鋒世掌軍權。將鬬將同扶王室。鞭對鞭父子團圓。〔正末小尉遲謝恩科〕

〔音釋〕惡音襖　鞀音條　齔音襯

題目　老尉遲鞭對鞭當場賭勝

正名　小尉遲將鬬將認父歸朝

陶學士醉寫風光好雜劇

戴善夫撰

第一折

〔冲末扮宋齊丘引祗從上〕〔詩云〕獨持忠赤佐君王。保障金陵地一方。江南自古稱佳麗。何必區區説大唐。小官姓宋。名齊丘。金陵人氏。見在南唐主人駕下。爲丞相之職。俺這後主。天生聰睿。詩詞歌賦。品竹調絲。風流藴藉。實乃右文之主。見今中原周世宗升遐。趙點檢即位。國號大宋。改元乾德。親驅戎馬。所向無前。如南閩北虜。河東西蜀。望風皆降。惟我江左。不曾加兵。我國亦嘗用心防備。近日前路文書行來。宋家遣翰林院學士陶穀。來我國中。索要圖籍文書。我想陶穀是個掉弄喉舌之人。况四海未寧。要圖籍何用。此人必來以游説爲功。我將他機關探破。奏知吾主。則説吾主有疾。不能接見。將陶穀留在館驛中羈絆住。着每日供給小官。三五日相訪一遭。自七月初間至此。今八月將盡。秋露乍零。旅館蕭索。我着金陵太守韓熙載。看他一言一動。略有纖毫破綻。便報與我知道。自有制他的法度。〔詩云〕非是我好用陰謀。則隄防讒舌如鈎。待窺破一些動静。管教他有國難投。〔下〕〔外扮韓熙載引樂探上〕〔詩云〕遠離鄉土渡横江。入仕南唐佐李王。從來兒女多情處。不是風雲氣不長。小官姓韓名熙載。官拜昇州太守。佐於南唐李主駕下。今奉宋齊丘丞相鈞旨。每日供給大宋學士陶穀。今日安排筵席管待。將歌者秦弱蘭。乃金陵名妓。席間令其唱曲。看陶學士所守之志何如。樂探。你與我喚將上廳行首秦弱蘭來者。〔樂探云〕理會的。〔做喚科〕秦弱蘭安在。太守老爺呼喚哩。〔正旦扮秦弱蘭上云〕妾身秦弱蘭是也。門首有人相喚。我試看咱。〔做見科云〕哥哥。喚我怎的。〔樂探云〕太守老爺喚官身哩。〔正旦云〕我想俺這門户人家。則管裏迎賓接客。幾時是了也呵。〔唱〕

【仙呂點絳唇】憑着我霧鬢雲鬟。黛眉星眼。尋衣飯。則向這酒社詩壇。多少家喬公案。

【混江龍】悲歡聚散。二三年經到有百千番。恰東樓飲宴。早西出陽關。兀的般弄月嘲風留客所。便是俺追歡買笑望夫山。這些時迎新送舊。執盞擎盤。怎倒顫欽欽惹的我心兒憚。怕只怕是那羅紈錦舊。鶯老花殘。

〔樂探云〕大姐。似你這等上官見喜。非同容易也。〔正旦云〕哥哥。我自幼到今。無個歡喜的前程。造次的可也不敢上門來。〔唱〕

【油葫蘆】也曾把有魂靈的郎君常放翻。但來的和土剷。可正是烟波名利大家難。〔云〕上俺門來。有個比喻。〔唱〕恰便似犬逢餓虎截頭澗。更嶮似軍騎羸馬連雲棧。饒你便會使慳。徹骨姦。則俺這女娘每寄信的鴛鴦簡。便是招子弟的引魂旛。

【天下樂】常教他一縷兒頑涎濕不乾。丁單。將科派攤。剛剛的對付難上難。脖項上搭上套頭。皮面上帶上揜眼。怎發付這一千斤鐵磨棹。
〔樂探做到科〕〔報科〕禀老爺。叫將秦弱蘭來了。〔韓熙載云〕着他過來。〔正旦見科〕〔韓熙載云〕秦弱蘭。教你來伏事陶學士。你可乖覺着。〔正旦云〕老爺放心。此事容易。〔韓熙載云〕你且躲在一壁。我教你來便來。〔正旦云〕理會的。〔韓熙載云〕左右的。把果桌安排停當。我請陶學士去來。〔下〕〔正末扮陶穀引驛吏上〕〔詩云〕少年文史足三冬。下筆成章氣似虹。時人不識君王寵。禪草何因出袖中。小官姓陶名穀。字秀實。襄陽人也。乃晉處士陶潛之後。以進士及第。於周太祖時。曾事錢王俶。頗蒙信任。後因遣入大宋。以觀動靜。又作宋臣。官授翰林學士。已經三載。不得與俶相會。如今太祖早朝。議下江南之策。小官言曰。雖堯舜禹湯。興兵未免有所損益。莫若小臣掉三寸之舌。説李主歸降。豈不易哉。太祖依臣所奏先將文書行至昇州。隨令小官直至南唐。索取圖籍文書爲由。若見李主。必中説詞。自七月初至此。今八月將盡。李主抱疾不朝。無由可見。惟宋齊丘丞相。常來驛亭討論文字。此外昇州太守韓熙載。專管供給。甚是盡禮。但我羈留在此。漸入秋深。風光月色。琴韻砧聲。不覺感懷。且向亭中閒步一迴。〔做看科云〕這一片素光粉壁。未嘗繪畫。驛吏取筆硯來。我待學春秋隱語。因而感懷。成十二字。書於此處。料無有解者。〔做寫科〕〔念云〕川中狗。百姓眼。虎撲兒。公厨飯。〔韓熙載上云〕左右。報復去。説韓太守在此。〔陶穀云〕道有請。〔見科〕〔陶穀云〕太守爲何至此。〔韓熙載云〕小官領宋丞相鈞旨。聊具蔬酌奉獻。左右。擡過果桌來。〔做設席科〕〔韓熙載云〕將酒來。學士滿飲此杯。〔陶穀飲科云〕太守飲一杯。〔韓熙載云〕小官更衣咱。〔出科云〕張千。喚秦弱蘭來。〔張千喚科〕〔正旦上云〕妾身來了。〔韓熙載云〕弱蘭。今日就筵宴之中。要你加精神者。陶學士生性威嚴。人莫敢犯。你小心過去。〔正旦云〕老爺放心者。〔唱〕

【後庭花】那學士若見了南唐秦弱蘭。更不說西京白牡丹。則消得我席上歌金縷。管取他尊前倒玉山。〔韓熙載云〕勸的他盡醉。要他十分歡喜。〔正旦唱〕要歡喜不爲難。則着這星眸略瞬盼。教他和骨頭都軟癱。

〔韓熙載云〕學士。筵前無樂。不成歡樂。張千。叫個歌者來。唱一曲伏侍學士。〔正旦同衆妓上叩見科〕〔陶穀云〕大丈夫飲酒。焉用婦人爲。吾不與婦人同食。教他靠後。休要惱怒小官。〔韓熙載云〕秦弱蘭與學士把一杯。〔正旦云〕這學士好冷臉子也。〔韓熙載云〕着動樂者。〔陶穀云〕住了樂聲。小官一生不喜音樂。但聽音樂頭暈腦悶。〔正旦唱〕

【金盞兒】我這裏覷容顏。待追攀。嗨。暢好是冷丁丁沉默默無情漢。則見那冬凌霜雪都堆在兩眉間。恰便似額顱上挂着紫塞。鼻凹裏倘着藍關。可知道秀才雙臉冷。宰相五更寒。

〔韓熙載云〕這婦人彈的好。吹的好。教他吹彈歌舞。奉學士酒者。〔陶穀云〕老子云。五音令人耳聾。五色令人目盲。聽了他呵。正勾當都做不的了。〔韓熙載云〕弱蘭唱者。〔正旦唱科〕〔陶穀喝云〕我一生不聽音樂。但聽了音樂。昏睡三日。靠後。〔正旦唱〕

【醉中天】他教莫把瑶箏按。只許鳳簫閒。他道是何用霓裳翠袖彎。更休撒紅牙板。不教放筵前過盞。幾時得酒闌人散。直恁般見不得歌舞吹彈。

〔韓熙載云〕俗語云。座上若有一點紅。斗筲之器盛千鍾。座上若無油木梳。烹龍炮鳳總成虛。弱蘭與學士遞一杯。〔正旦把盞科〕〔陶穀怒云〕潑賤人靠後。小官一生不吃婦人手內飲食。〔韓熙載云〕學士飲一杯。怕做甚麽。豈不聞將酒勸人。終無惡意。何怒之有。學士也與他接談。略擡眼看他一看波。直恁般的。弱蘭遞酒。〔正旦遞酒科〕〔陶穀云〕靠後。小官乃孔門弟子。放鄭聲。遠佞人。鄭聲淫。佞人殆。小官平生目不視邪色。耳不聽淫聲。太守何故三囘五次。侮弄下官。是何道理。〔正旦唱〕

【金盞兒】他不把話頭攀。諕的我毛骨寒。戰兢兢把不住臺和盞。我這裏承歡奉喜兩三番。太守見我退後來早台意怒。學士見我向前去早惡心煩。好教我左右没是處。來往做人難。

〔韓熙載云〕此女子不肯用心。伏侍學士。〔正旦云〕教妾身怎生是好。天使。只願你寬恕咱。〔陶穀云〕此婦人無知。靠後。〔正旦唱〕

【後庭花】學士你隻身在旅邸間。着個甚羅幃錦帳單。學士你德行如顏子。也索要風流倣謝安。我勸你且開顏。須不比尋常風範。你敢越聰明越掛眼。

〔陶穀云〕兀那婦人靠後。我頭頂儒冠。身穿儒服。乃正人君子。不得無禮。〔正旦退科〕〔韓熙載云〕歌者。可再勸酒。〔陶穀云〕太守。小官酒醉失禮。李太白有詩云。我醉欲眠君且去。明朝有意抱琴來。我待睡些兒咱。〔做醉睡科〕〔韓熙載云〕學士醉了也。您歌者且回去。〔正旦云〕理會的。〔唱〕

【賺煞】幾時捱得酒筵闌。官員散。恨不得目下天昏日晚。誂的那舞女歌兒似受戰汗。難施逞樂藝熟閒。〔韓熙載云〕弱蘭。則要你小心在意者。〔正旦唱〕這其間。春意相關。放着滿眼芳菲縱心兒揀。争奈這尋芳人意嬾。嬉游的心慢。哎。不是個惜花人休想肯凭欄。〔衆隨下〕

〔韓熙載云〕學士睡了也。驛吏看着。醒來時伏侍的卧房中去。〔做看壁上字科問驛吏云〕這一堵素光白壁。誰寫字在上頭。涴了這壁子。〔驛吏云〕是陶學士寫下的。〔韓熙載云〕既是陶學士寫的。將紙筆來我抄了去。〔抄科云〕將馬來。我回丞相話去也。〔下〕〔陶醒科云〕太守去了。〔驛吏云〕去了。〔陶穀云〕既然太守去了。收拾鋪蓋。我回後堂中歇息去。〔同下〕

〔音釋〕閩音民　說音稅　顫音戰　紕音批　剗音產　嶮與險同　棧音綻　慳溪閒切　脖音勃　桿音赶　俶音叔　解音械　瞬音舜　暈音運　塞音賽　凹汪卦切　盛平聲　熟裳由切　涴音卧

第二折

〔宋齊丘引張千上云〕事不關心。關心者亂。今日着韓太守驛亭中管待陶學士去。如何不見來回話。〔韓熙載上云〕小官韓熙載。奉宋丞相鈞旨。着我管待陶學士。看他動靜。不想他寫下十二個字在墻壁上。被我抄將來。學士。怎生瞞的過我。此乃獨眠孤館四字。此人客况動矣。陶穀也。你也說不的李主。我直教你還不得家鄉。我將此十二字見丞相去。左右。報復去。道韓熙載來見。〔報科〕〔宋齊丘云〕着他過來。〔見科〕〔宋齊丘云〕昨日席間動静如何。〔韓熙載云〕昨日陶學士座中古慨。將秦弱蘭正眼不看。被此女子將學士灌醉了。學士睡了。小官出門。見壁上十二字。乃是他寫下的。小官抄將來與丞相看。〔宋齊丘云〕熙載。你比外郡太守不同。况且斯文。此非公衙。私宅之内。將座兒來。太守請坐。〔韓熙載云〕小官不敢。〔宋齊丘云〕何妨。〔韓坐宋看字科云〕太守。你解此意麽。乃春秋戰國之時。多有作者。號曰隱語。說他正大。則看這十二個字上。便見他平日所守。川中狗者。蜀犬也。蜀字着個犬字。是個獨字。百姓眼者。民目也。民字着個目字。是個眠字。虎撲兒者。爪子也。爪字着個子字。是個孤字。公厨飯者。官食也。官字着個食字。是個館字。團句道獨眠孤館。此人客况動矣。陶穀。你如何瞞的過我。你來要說李主下江南。我直教他還不得鄉土。太守你近前來。〔做耳語科云〕待十數日後。依吾計行。此人必中吾計矣。陶學士。陶學士。〔詩云〕由你千般計較。枉自惹人談笑。休誇伶俐精詳。必定中吾圈套。〔同下〕〔正旦改扮素衣引梅香上云〕妾身秦弱蘭。爲陶學士古𢡟。太守着我今夜狐媚了他呵。便得賞賜。狐媚不的呵。便加罪責。今日天晚。則除是這般。梅香。那香桌完備了麽。〔梅香云〕若論姐姐這等乖覺。料他到的那裏。〔正旦唱〕

【南吕一枝花】我也曾將宣使迎。不似這天臣强。果然道易求無價寳。難得有情郎。他多管是鐵石心腸。直恁的難親傍。一鼻凹衠是雪霜。無情的付粉何郎。冷臉的畫眉張敞。

【梁州第七】他則是慣受用玉堂金馬。不思量月户雲窗。則他那古𢡟心甚的唤做嗚珂巷。空那般衣冠濟濟。狀貌堂堂。却爲甚偏嫌俺妓女。怕見婆娘。莫不他净了身不辨陰陽。人道這秀才每都不荒唐。偏怎那洞庭湖柳毅傳書。謝家莊崔護覓漿。賈充宅韓壽偷香。想我那往常。伎倆。播弄的子弟如翻掌。這個鐵卧單我怎窩藏。我自尋思出這個風流俏智量。須要今夜成雙。

〔云〕梅香。將香燭來。我燒夜香。〔梅掇桌科〕〔陶穀便衣上云〕小官自從到此。兩月有餘。不得見唐主。淹留驛亭之中。今夜風清月朗。閒庭寂静。客況蕭然。蛩聲聒耳。桂子飄香。推開這角門。去這花園内。乘月色觀桂花釋悶咱。〔正旦望見陶科云〕梅香。兀那月下閒行的正是那倈。〔梅香云〕姐姐。可知是哩。〔正旦唱〕

【賀新郎】他去那無人處獨步也氣昂昂。這公則會闊論高談。那裏知淺斟低唱。我這裏潛身軀迸定臉凝睛望。端的是風清月朗。可甚麽軟玉温香。〔陶穀望北斗頂禮做笑科云〕月色團圓也。〔正旦唱〕他這般更深離館舍。夜静步回廊。〔陶穀吟詩云〕月中桂子宜攀折。苑内凡花不耐看。〔正旦唱〕我猜他莫不勞魂役夢胡思想。〔陶穀云〕魏武帝有詩曰。月明星稀。烏鵲南飛。繞樹三匝。無枝可依。看來正是小官。〔正旦唱〕原來他望天瞻北斗。却不肯和月待西厢。

〔云〕梅香。我燒罷香回去。對此月色。口占一詩。〔念科云〕隔窗疎雨送秋聲。夜夜愁人睡不成。遇此良宵多感慨。清風明月又關情。〔陶穀云〕原來有人在柳陰深處吟詩。我過去看咱。〔正旦云〕梅香。喒回去來。〔陶穀云〕小娘子勿罪。〔正旦拜科〕〔陶穀云〕一個好女子也。小娘子高姓。誰氏之家。因甚在此官舍之中。〔正旦唱〕

【牧羊關】俺夫主爲驛吏身姓張。〔陶穀云〕元來是驛吏的妻子。你是那裏人氏。〔正旦唱〕生長在兩浙蘇杭。〔陶穀云〕如今你丈夫那裏去了。〔正旦唱〕怎想他半路裏情絶。他從那二年前身喪。〔陶穀云〕小娘子怎生在此住坐。〔正旦唱〕妾身見如今獨自個持着服孝。〔陶穀云〕你多大年紀持服來。〔正旦唱〕我從二十六上守孤孀。〔陶穀云〕敢問小娘。爲何這早晚對月吟詩。〔正旦云〕我自釋悶而已。那裏是詩。〔唱〕我也則詩句内題秋景。月明中燒夜香。

〔陶穀云〕小官乃是大宋使臣陶學士。若小娘子不棄。願同衾枕。不知小娘子意下如何。〔正旦云〕妾身守服之婦。不堪陪奉尊官。〔陶穀云〕小娘子何發此言。若心肯時。小官有幸也。〔正旦唱〕

【隔尾】我則道他喜居苦志顏回巷。却元來愛近多情宋玉墻。這搭兒厮叙的言詞那停當。想昨日在坐上。那些兒勢况。苫眼鋪眉盡都是謊。

〔陶穀云〕小娘子但與小官成其夫婦。終身不敢忘也。〔正旦云〕學士不棄妾身。殘妝陋質。願奉箕箒之歡。〔陶穀云〕小娘子可到官舍中去。〔做同行科〕〔陶穀云〕小娘子請坐。異日必娶你爲正室夫人。〔正旦云〕妾身有一句話。向學士道破者。〔唱〕

【牧羊關】你見我心先順隨了。你可不氣長。有句話須索商量。你休將容易恩情。等閒撇漾。〔陶穀云〕他日你做夫人縣君哩。〔正旦唱〕我等駟馬車爲把定物。五花誥是撞門羊。你明日北去人千里。早變做南柯夢一場。

〔陶穀云〕小娘子。趁此夜闌人静。成其夫婦。多少是好。〔正旦云〕則怕你日後不取我呵。被人笑恥。有何表記的物件與我。可爲憑信。〔陶穀云〕小娘子將何以爲信。〔做相戲科〕〔正旦唱〕

【紅芍藥】他早把繡幃兒簌簌的塞了紗窗。款款的背轉銀釭。早把我腰款抱揾殘妝。羞答答懶弃羅裳。袖稍兒遮了面上。可曾經這般情况。懷兒中把學士再端詳。全無那古憋心腸。

【菩薩梁州】一剗地疎狂。千般的波浪。諸餘的事行。難道是不理會惜玉憐香。一團兒軟款那安詳。半星兒不顯威儀相。引逗的人春心蕩。昨日在尊席上那模樣。便這般和氣春風滿畫堂。全不見臉似冰霜。

〔出汗巾科云〕學士。告乞珠玉。〔陶穀云〕有有。〔做寫科云〕寫就了也。〔旦接念云〕好姻緣。惡姻緣。奈何天。只得郵亭一夜眠。别神仙。琵琶撥盡相思調。知音少。待得鸞膠續斷絃。是何年。右調風光好。是好高才也。請學士落款。〔陶穀寫科云〕翰林陶學士作。〔正旦云〕謝了學士者。〔唱〕

【三煞】我看了高才詞翰華牋上。却爲甚不肯爛醉佳人錦瑟傍。可知我把小末的郎君放。他兀的錦繡文章。更做着皇家卿相。被我着個小局段兒早打入天羅網。看這公古懒性從來無些雅况。我試與滿捧瑶觴。

〔云〕學士。你飲一杯酒者。〔陶穀云〕我吃。我吃。〔正旦唱〕

【二煞】你這般當歌對酒銷金帳。煞强如掃雪烹茶破草堂。你許下我的休教無承望。此别後水遠山長。把美繾綣則怕貴人多忘。則要你經板兒印在心上。當日也是我在尊前不容近傍。假粧好人家便引動情腸。

【煞尾】我想這歌臺舞袖風流相。怎如大院深宅窈窕娘。也得今朝。這一場。想官司。

也不枉。共學士。有情況。再開筵。敢説强。風光好。是招狀。我明日。太守行。決將咱。斷覷當。我把那段疋綾羅不希望。我本不樂作娼。則向那烟花簿上勾抹了我的名兒勝如賞。〔下〕

〔陶穀云〕小官回京。決取此女爲妻。方是我平生願足。〔詩云〕客中最怕是秋天。蟲聲砧韻總凄然。今宵幸遇良人婦。美滿恩情結好緣。〔下〕

〔音釋〕憋音鱉　强音絳　衠音肫　倆音兩　蛩音窮　倈離靴切　苫聲占切　搵溫去聲　行霞浪切　繾音遣　綣音眷　窈音杳　窕音調

第三折

〔宋齊丘引張千上云〕小官宋齊丘。與韓熙載定計。處置那陶穀學士。如何不見回話。這早晚敢待來也。〔韓熙載上〕〔詩云〕安排打鳳牢龍計。引起殢雲殢雨心。小官韓熙載。不想陶學士被某識破十二字隱語。用些機關。果中其計。我今來回丞相的話。左右。報復去。道韓熙載來見。〔報科〕〔宋齊丘云〕有請。〔見科〕〔宋齊丘云〕幹事如何。〔韓熙載云〕此人果中其計。秦弱蘭賺了他一篇樂章。親筆落款。他自將着。今日來回丞相話哩。〔宋齊丘云〕我料他怎出的咱二人之手。則今日便卧翻羊。擺下果桌。小官就對他説。我唐主病可。今日着俺將着茶飯。來與學士釋悶。明日早朝相見。他聽的必然歡喜。飲酒之間。喚秦弱蘭來歌此樂章。看他怎生説話。太守一壁廂執料茶飯。小官回了主人的話。便到館驛中來也。〔韓熙載云〕謹領鈞旨。〔同下〕〔陶穀上云〕小官陶學士。昨夜晚間。不意驛吏之妻。與我苟合。我看此女有沉魚落雁之容。閉月羞花之貌。我許他娶爲正室。今日等韓太守來時。我囑他放此婦人回去。等我日後好來取他。〔韓熙載上云〕來到這驛亭中。學士恭喜。〔陶穀云〕敢問何喜。〔韓熙載云〕學士歸有日矣。我主病體頗安。明日早朝。便請相見。〔陶穀云〕這也則完的一場使事。何足爲喜。〔宋齊丘引張千上云〕來到這館驛門首。左右。報復去。道某家來了也。〔報見科〕〔宋齊丘云〕學士歸有日矣。玉體頗安。請學士明日相見。〔韓見宋科〕〔宋齊丘云〕學士。韓太守是當今文學之士。見任太守。即古之京兆尹。陪坐何如。〔陶穀云〕這也不妨。〔宋齊丘云〕將酒來。我奉學士一杯。太守一面准備歌兒舞女。教他侑酒。與學士作歡如何。〔韓熙載云〕丞相説的是。早已備下了。即當唤來供奉學士。〔陶穀云〕丞相差矣。我輩孔門高弟。何用此輩侑酒。休唤來。〔宋齊丘云〕學士寬洪大度。何所不容。便唤幾個來唱與俺聽。學士休聽便了。〔正旦上云〕今日筵間。那學士還做古憁麽。〔唱〕

【正宫端正好】總然你富才華。高名分。誰不愛翠袖紅裙。你看這般東風桃李香成陣。猶兀自難遣東君恨。

【滚繡毬】人都道秀才每村。不會將女色親。他每則是識廉恥正心不肯。但出語也做的個郎君。假若是誇談俺好婦人。則着些俗言語便不真。他每用文章也道的來淹潤。則着兩句詩説盡精神。裙拖六幅湘江水。髻挽巫山一段雲。休道不消魂。

〔做見科〕〔正旦云〕你看他比前日又冷臉也。〔唱〕

【倘秀才】昨夜個横着片風月膽房中那親。今日個綰着柄冰霜臉人前又狠。空這般苫眼鋪眉立那教門。我須索心恭謹。意殷勤。侑尊。

〔張千云〕上廳行首秦弱蘭謹參。〔旦拜科〕〔宋齊丘云〕學士。此乃金陵數一數二的歌者。與學士遞一杯。〔陶穀云〕丞相。小官此一來。非爲歌妓酒食而來。奉命索取圖書。李主託疾不見。不以我爲朝使相待。棄禮多矣。我非比其他學士。奉命南來。使事未完。故令歌者狐媚小官。是何體也。〔宋齊丘云〕學士息怒。酒乃天之美禄。學士不飲。小官吃幾杯。〔韓熙載云〕弱蘭。你與學士把盞者。〔正旦云〕理會的。〔唱〕

【滚繡毬】這酒則是斟八分。學士索是飲一巡。則不要滴留噴噀。〔陶穀云〕靠後些。〔正旦唱〕學士這玳筵間息怒停嗔。你則待點上燈。關上門。那時節舉杯丰韻。〔陶穀云〕小官不吃酒。但吃一口。昏睡三日。將過去。〔正旦唱〕這裏酒盞兒不肯沾脣。却不道相逢不飲空歸去。則這明月清風也笑人。常索教酒滿金樽。

〔陶穀接杯科〕〔韓熙載云〕弱蘭。你歌一曲侑觴咱。〔正旦唱詞科云〕好姻緣。惡姻緣。奈何天。只得郵亭一夜眠。别神仙。琵琶撥盡相思調。知音少。待得鸞膠續斷絃。是何年。〔陶穀云〕這婦人在我跟前。唱這等淫詞艷曲。好生不敬。〔宋齊丘云〕這也則是風月之詞。非爲不敬。學士休罪。〔韓熙載云〕誰着你唱這等詞。教學士怪我。酒散之後。我不道的饒了你哩。〔正旦唱〕

【叨叨令】學士寫時節有些腔兒韻。妾身謳時節有些詞兒順。〔陶穀云〕不知是何等無知之人。做下此等語句。〔正旦唱〕做時節難訴千般恨。寫時節則是三更盡。〔旦拜陶科唱〕學士你記得也麽哥。你記得也麽哥。〔出詞科唱〕兀的是親筆寫下牢收頓。

〔陶穀怒云〕這個潑烟花贓誣人。我那裏與你會面來。〔正旦云〕妾身不敢。昨夜蒙大人錯愛。〔唱〕

【滚繡毬】那素衣服是妾身。詐做驛吏妻把香火焚。我誦情詩暗傳芳信。向明月中獨立黄昏。見學士下砌跟。瞻北辰。轉身軀猛然驚問。便和咱燕爾新婚。喒正是武陵溪畔曾相識。今日佯推不認人。道的他滿面似燒雲。

〔陶穀云〕這婦人好無禮也。你故寫淫詞。展污小官清名。〔宋齊丘云〕學士。各人筆跡。自家認得。〔正旦云〕學士。你要推託。聽妾身説昨夜之事。〔唱〕

【倘秀才】妾身本不肯舒心就親。學士便做不的先姦後婚。〔陶穀云〕小官昨夜門也不曾出。那裏會你來。〔正旦唱〕學士早回過燈光掩上門。〔陶穀云〕小官並無此事。你贓誣我哩。〔正旦唱〕妾身謀成不謀敗。學士宜假不宜真。不信不自隱。

〔陶穀怒云〕這婦人虚詐情由。我若是與你相會呵。我便認了有何妨。難道小官直如此忘魂。〔正旦悲科云〕學士你好無仁義也。〔唱〕

【滚繡毬】好也囉學士你營勾了人。却便粧忘魂。知他是甚娘情分。你則是憎嫌俺烟月風塵。昨夜個我雖改換的衣袂新。須是模樣真。咱只得眼前厮趁。實丕丕與你情親。你把萬般做作千般怒。兀的甚一夜夫妻百夜恩。則是眼裏無珍。〔宋齊丘云〕學士。這小的最老實。不會説謊。〔韓熙載云〕老丞相主婚。小官爲媒。招學士爲金陵秦弱蘭女壻。〔陶穀云〕小娘子。是誰教你這等短道兒來。〔正旦云〕都是太守相公。教妾身這般見識來。〔韓熙載云〕學士便娶了秦弱蘭何妨。論此女聰明。不玷辱了你。〔正旦云〕若得與學士成其夫婦。妾之願也。多謝二位老爺。〔做叩謝科〕〔宋齊丘云〕你與學士把一杯酒者。〔正旦遞酒科〕〔唱〕

【三煞】賤妾煞是展污了個經天緯地真英俊。爲國於民大宰臣。〔陶穀云〕酒後疎狂。惹此一場是非。〔正旦唱〕賤妾煞不識高低。不知遠近。不辨賢愚。不別清渾。這的是天注定的是非。天指引的前程。天匹配的婚姻。喒兀的教太守主婚。〔陶穀云〕可着誰做媒人。〔正旦唱〕則這風光好是媒人。

〔陶穀做伏案盹睡科〕〔宋齊丘云〕太守。陶學士見喒識破他就裏。羞見咱推醉睡了。秦弱蘭。俺上馬去也。你等他醒了。看他説甚麽。便來回俺的話。〔韓同下〕〔陶醒科問正旦云〕他每都去了。〔正旦云〕都去了。〔陶穀云〕則着你害了我也。〔正旦云〕怎生我害了你。〔陶穀云〕我本意來説他。反被他算了我。我如今也回不的大宋去。也見不的唐主。我且至杭州尋個前程。却便來取你。古

人云十年不識君王面。始信嬋娟解誤人。信斯言也。〔正旦唱〕

【二煞】此別後我專想着你玉堂金馬懷離恨。誰再與野草閒花作近鄰。〔陶穀云〕我今別處尋個前程。便來取你。〔正旦唱〕我等你那取我的軒車。贈咱的官品。我也待顯耀鄉閭。改换我這家門。學士怎肯似那等窮酸餓醋。得一個及第成名。却又早負德辜恩。則要你言而有信。休擔閣了少年人。

〔陶穀云〕姐姐。你既與我成其夫婦。焉肯負你。久以後夫人縣君。必然你做也。〔正旦唱〕

【黄鍾煞】你可休一春魚雁無音信。却教我千里關山勞夢魂。我和你兩情調兩意肯。這諧合有氣分。我覷了暗地哂。全不見没事狠。綢繆處直恁親。臨相别也懷恨。若還家獨自身。被兒底少温存。怕不想舊日人。要圓成要尋問。則這續斷鸞膠語句兒真。便是我錦片前程敢可也盼的准。〔下〕

〔陶穀云〕誰想被宋齊丘韓熙載反算了我。小官羞歸大宋。恥向汴梁。我有故人錢俶。在杭州爲天下兵馬大元帥。鎮守吴越兩浙之地。便宜行事。自放兩浙官選。我則索那處尋個前程。再做道理。〔詩云〕當年玉殿逞高强。爲愛嬌容悔這場。自料不能還故國。須當帶月走南唐。〔下〕

〔音釋〕殑音尤　殢音膩　賺音湛　侑音又　分音奮　𠼪古絶字　嘖平聲　嚁詢去聲　嬋音蟬　辜音姑　哂身上聲

第四折

〔外扮錢王引近侍卒子上〕某姓錢名俶。字德厚。自先祖錢鏐。世居杭州。唐昭宗時。改杭州爲鎮海軍。封我祖爲鎮海軍節度使。號杭州爲衣錦城。梁太祖賜玉帶一條。打獵馬十疋。唐莊宗賜玉册金印。先祖下世。我父元瓘嗣爵。父没之後。某嗣守錢唐。會汴京太祖即位。我故人陶穀勸我歸宋。同至汴京。衆臣僚上疏五十三道。皆諫太祖留我。太祖不從。我帶去的大小將官。陞賞各有等差。後賜一包袱。封裹御押。囑言曰。待爾歸後。然後發此觀之。我回國開視。乃衆臣留我之疏。我見之大驚。向北再拜曰。臣已心伏陛下。誓守臣節。遂留陶穀於宋。爲翰林學士。後來差他去説南唐李主。被宋齊丘所算。不敢回去。復來投我。我問其詳。他以實告。曾爲十二字隱語。被宋齊丘看破。遂泄其機。使秦弱蘭爲謀以中之。那秦弱蘭是江南名妓。近日宋主遣曹彬下江南。收了李唐。有一歌者來至我境。把隘軍人。擒來見我。乃秦弱蘭也。我與他房屋居住。又與他錢物用度。着本處樂探領去。陶穀尚不知道。我今日推往郊外打圍。就湖山堂上排宴。着人請陶學士去了。怎生這早晚還不見來。〔陶穀上云〕小官陶穀。自從中了宋齊丘之計。我想那一個聰明女子。臨别時相期。我若得志。必然娶你爲妻。李白有言。美女能療饑。我看着他呵。不吃飯也罷了。我今來兩浙。投錢元帥。一見如故。他如今正授天下兵馬大元帥。自選兩浙官吏。我今在此。尋個前程。只不能勾再見那秦弱蘭。今日元帥在湖山堂較獵相招。我索去走一遭。左右。報復去。道小官來了也。〔報見科〕〔錢王云〕學士。某在此湖山堂上。聊備蔬酌。與你等盡歡而散。〔陶穀云〕多謝多謝。小官偶作一詞。望大人斤削。〔錢接念科云〕詞寄青玉案。冰澌乍泮春來早。一夜野梅開了。簾幙風閒人静悄。曉窗夢斷。篆烟輕裊。庭院苔痕繞。歸期暗卜天涯渺。魚水雲鴻信杳。鏡裏朱顔驚漸老。不求名利。不思宣召。惟恨知音少。好高才也。常言道。筵前無樂。不成歡笑。左右的。叫一個歌者來奉酒。〔卒子云〕理會的。〔正旦上云〕妾身秦弱蘭。今大宋遣曹彬下江南。收伏了李主。妾身避難。來到杭州。多虧錢元帥收留。與我房屋錢物。在此居住。不知俺那陶學士在那裏也呵。〔唱〕

【中吕粉蝶兒】一自當時。向烟花簿豁除了名氏。打疊起狂蕩心兒。專等那七香車。五花誥。絶無人至。一路上尋思。莫不他翻悔了這門親事。

【醉春風】我則想學士寄音書。却早是錢王傳令旨。他全然不知俺至誠心。消不得半張兒紙。紙。到今日如今。見時相見。是誰不是。

〔樂探報云〕禀大王。喚將歌者來了。〔錢王云〕學士。這歌者原是學士所會的金陵秦弱蘭。避難來此。學士且躲在人叢裏。看他認得認不得。〔陶閃避科〕〔錢王云〕叫那歌者過來。〔正旦唱〕

【迎仙客】我心恐恐入内門。戰兢兢步堦址。這裏錯行了眼前輕是死。如今我也上丹墀。朝帝子。我暗暗地冷笑孜孜。兀良抵多少長亭畔迎宣使。

〔做見科云〕大王叩頭。〔錢王云〕你是秦弱蘭。當初怎生認的陶學士來。〔正旦云〕大王聽妾身慢

慢説一遍。〔唱〕

【石榴花】他從去年宣命下京師。韓太守接着時。他則是冷丁丁清耿耿並無私。軒昂氣志。撚斷吟髭。妾身向筵前過盞無遷次。他面皮上刮下冰澌。那妖嬈樂妓勤伏侍。他一件件盡推辭。

〔錢王云〕他這等古憋。你如何承應。〔正旦唱〕

【鬭鵪鶉】他見不的妙舞宫腰。聽不的俺清歌皓齒。〔錢王云〕他席間怎生發怒來。〔正旦唱〕他袖拂了金杯。手推開玉巵。〔錢王云〕後來又怎生看上你來。〔正旦唱〕妾向館驛裏别粧個美貌姿。俺兩個相見時。則他那舊性全無。共妾身新婚燕爾。

〔錢王云〕他既愛上你。曾説甚麽話來。〔正旦唱〕

【上小樓】他許我夫人位次。妾除了烟花名字。再不曾披着帶着。官員祗候。褙子冠兒。〔錢王云〕你自離了陶學士。再曾迎新送舊麽。〔正旦唱〕我這些時。甚的是。茶坊酒肆。每日價冷清清爲他守志。

〔錢王呼一浄官上指云〕秦弱蘭。這個是陶學士麽。〔浄官悲云〕小娘子。兀的不想殺我也。〔正旦云〕這不是陶學士。〔唱〕

【幺篇】他生的端嚴相貌。尊崇舉止。幾曾見這般眼暗頭昏。地慘天愁。抹泪揉眵。

覷絶時。這君子。其實不是。却怎生没半星兒相似。

〔錢王云〕這個既不是。你在這衆官中試看咱。〔正旦唱〕

【快活三】我向這金堦下領台旨。教我向百官内暗窺伺。他每都静巉巉齊臻臻顯容姿。

〔行至陶前科〕〔唱〕我猛可裏擡頭視。

【鮑老兒】則見他人叢裏疊撲着個緻臉兒。間别來安樂否陶學士。〔做扯住科〕〔陶穀云〕你是何人。扯住我的衣服。〔正旦唱〕從頭兒覷這百司。那裏有這等冷鼻凹的文章士。我爲你離鄉背井。抛家失業。來覓男兒。倒把我不瞅不睬。不知不識。相問相思。

〔陶穀云〕這女子。你敢錯認了也。我非是下等之人。休得無禮。〔錢王云〕弱蘭。你要認的是着。〔正旦唱〕

【哨偏】對着這千乘當今帝子。待教我一星星數説你喬行止。我爲你截日離了官司。再不當火院家私。便弄針黹。每日價胭憔粉悴。玉減香消。專等你那音書至。今日全無一字。都泪淹破腮頰。病瘦損腰肢。則這腕兒上慢鬆了的金釧是相知。身兒上寬綽了羅衣是正明師。你這般背約違期。負德辜恩。怎生意思。

〔陶穀云〕我那裏見你來。休得胡纏。〔正旦唱〕

【耍孩兒】枉了我一年獨守冰霜志。指望你封妻廕子。我並不想東風賣笑倚門時。畢罷了綵筆題詩。再不向泥金扇底歌新曲。白玉堂前舞柘枝。我自離了鶯花市。無半星兒點污。一抹兒瑕疵。

【三煞】你那些假古懒。原來是粧謊子。你無誠無信無終始。我則道你是鋪眉苫眼真君子。你最是昧己瞞心潑小兒。許下俺調琴瑟。今日似難鳴孤掌。不線的單絲。

〔錢王云〕秦弱蘭。你既認的是真。你與他自説緣故。〔正旦唱〕

【二煞】我正是忒坎坷。自怨咨。九重天忽有君恩至。正是一灣死水全無浪。也有春風擺動時。不甫能尋着爾。〔出風光好詞科云〕大王。這是他親筆寫下的。〔唱〕這是他誑君的招狀。親筆的情詞。

【煞尾】公堂上坐着相公。堦直下列着武士。我這裏盡場分説心間事。拚兩個雙棒兒堦前覓一個死。

〔做撞堦科〕〔錢王云〕住住住。秦弱蘭留性命。逗你耍哩。〔陶穀云〕姐姐。間别無恙。則被你想殺我也。〔錢王云〕秦弱蘭。陶學士爲你回不的汴京。你兩口兒且在我杭州居住。等我朝京。見了大宋主人。奏過還着陶學士復舊職。那其間駟馬軒車。五花官誥。都是你的。〔正旦拜科云〕多謝了大王。〔錢王云〕古人有言。樂莫樂兮新相知。悲莫悲兮生别離。今日你兩個夫妻會合。便當殺羊宰馬。做個慶喜筵席。〔詞云〕當日個有意江南降李主。故書隱語顯文章。豈謂彼中有識者。獨眠孤館早參詳。故教此女來狐媚。惱亂春風學士腸。驛亭巧把姻緣結。新詞留下好風光。此心媿赧難回汴。只得潛身且寄杭。專待君恩重召取。那其間同駕香車入畫堂。半世孤高占仕路。一天風月動詞場。若道鍾情非我輩。因何千載說高唐。

〔音釋〕鏐音留　瓘音貫　差抽支切　彬音賓　澌音斯　使去聲　撚奴典切　推退平聲　禙音背

眵音蚩　伺音似　蟾初銜切　嵩音旨　思去聲　柘遮去聲　瑕音霞　疵音慈　瑟生止切

坷音可　誑光去聲　赧囊亶切

題目　宋齊丘明識新詞藻

　　　韓熙載暗遺閒花草

正名　秦弱蘭羞寄斷腸詩

　　　陶學士醉寫風光好

魯大夫秋胡戲妻雜劇

石君寶撰

第一折

〔老旦扮卜兒同正末扮秋胡上卜兒詩云〕花有重開日。人無再少年。休道黄金貴。安樂最值錢。老身劉氏。自夫主亡逝已過。止有這個孩兒。唤做秋胡。如今有這羅大户的女兒。唤做梅英。嫁與俺孩兒爲妻。昨日晚間過門。今日俺安排些酒果。謝俺那親家。孩兒也。你去請將丈人丈母來者。〔秋胡云〕這早晚丈人丈母敢待來也。〔净扮羅大户同搽旦上羅詩云〕人家七子保團圓。偏是吾家只半邊。〔搽旦詩云〕雖然没甚房匳送。倒也落的三朝吃喜筵。〔羅云〕老漢羅大户的便是。這是我的婆婆。我有個女孩兒。唤做梅英。嫁與秋胡爲妻。昨日過門。今日親家請俺兩口兒吃酒。須索走一遭去。可早到他門首。秋胡。俺兩口兒來了也。〔秋胡云〕報的母親得知。有丈人丈母來了也。〔卜兒云〕道有請。〔秋胡云〕請進。〔見科〕〔卜兒云〕親家請坐。酒果已備。孩兒把盞者。〔秋胡遞酒科云〕岳父岳母。滿飲一杯。〔羅搽旦飲科云〕孩兒的喜酒。我吃我吃。〔卜兒云〕孩兒唤出梅英媳婦兒來者。〔秋胡唤科〕〔正旦扮梅英同媒婆上云〕婆婆。妳妳唤我做甚麽那。〔媒婆云〕姐姐。唤你謝親哩。〔正旦云〕我羞答答的怎生去得。〔媒婆云〕姐姐。男婚女聘。古之常禮。有甚麽羞。〔正旦唱〕

【仙呂點絳唇】男女成人。父娘教訓。當年分。結下婚姻。則要的厮敬愛相和順。

〔媒婆云〕姐姐。我聽的人説。你從小兒攻書寫字。我却不知。姐姐試説一遍與我聽咱。〔正旦唱〕

【混江龍】曾把毛詩來講論。那關雎爲首正人倫。因此上兒求了媳婦。女聘了郎君。琴瑟和調花燭夜。鳳凰匹配洞房春。好教我懶臨廣坐。怕見雙親。羞低粉臉。推整羅裙。也則爲俺婦人家一世兒都是裙帶頭這個衣食分。雖然道人人不免。終覺的分外羞人。

〔媒婆云〕姐姐。你當初只該揀取一個財主。好吃好穿。一生受用。似秋老娘家這等窮苦艱難。你嫁他怎的。〔正旦云〕婆婆。這是甚的言語也。〔唱〕

【油葫蘆】至如他釜有蛛絲甑有塵。這的是我命運。想着那古來的將相出寒門。則俺這夫妻現受着虀鹽困。就似他那蛟龍未得風雷信。你看他是白屋客。我道他是黄閣臣。自從他那問親時一見了我心先順。咱人這貧無本富無根。

〔媒婆云〕姐姐。如今秋胡又無錢。又無功名。姐姐。你别嫁一個有錢的。也還不遲哩。〔正旦唱〕

【天下樂】咱人腹内無珍一世貧。你着我改嫁他也波人。則不如先受窘。可曾見做夫人自小裏便出身。蓋世間有的是女娘。普天下少什麼議論。那一個胎胞兒裏做縣君。

〔媒婆云〕姐姐。你過去見你父親母親者。〔做見拜科云〕妳妳。唤你孩兒。有何分付。〔卜兒云〕媳婦兒。唤你出來。與你父親母親遞一杯酒。〔正旦云〕理會的。婆婆將酒來。〔遞酒科云〕父親母親。滿飲一杯。〔羅搽旦云〕好好好。喜酒兒吃乾了也。〔卜兒云〕孩兒。你慢慢的勸酒。等你父親母親。寬飲幾杯。〔外扮勾軍人上云〕上命官差。事不由己。自家勾軍的便是。今奉上司差遣。着我勾秋胡當軍。走一遭去。可早來到魯家莊也。秋胡在家麽。〔秋胡見科〕〔勾軍人云〕秋胡。我奉上司鈞旨。你是一名正軍。着我來勾你當軍去。〔做套繩子科〕〔秋胡云〕哥哥且住。待我與母親説知。〔秋胡見卜科云〕母親。有勾軍的奉上司鈞旨。在於門首。唤您孩兒當軍去。〔卜兒云〕孩兒。似此可怎了也。〔正旦云〕婆婆。爲甚麽這等吵鬧。〔媒婆云〕如今勾你秋胡當軍去哩。〔正旦云〕秋胡。似此怎生是了也。〔唱〕

【村裏迓鼓】都則爲一宵的恩愛。揣與我這滿懷愁悶。他去了正身。只是俺婆婦每誰憐誰問。我迴避了座上客。心間事。着我一言難盡。不争他見我爲着那人。躭着貧窘。搵着淚痕。休也着人道女孩兒家直恁般意親。

〔媒婆云〕今日方纔三日。正吃喜酒兒。勾軍的來了。娘呵。我媒婆還不曾得一些兒花紅錢鈔哩。

〔正旦唱〕

【元和令】他守青燈受苦辛。吃黄虀捱窮困。指望他玉堂金馬做朝臣。原來這秀才每當正軍。我想着儒人顛倒不如人。早難道文章好立身。

〔勾軍人云〕秋胡快着。文書上期限。一日也躭遲不得的。〔秋胡云〕哥哥。略待一時兒波。〔正旦唱〕

【上馬嬌】王留他情性狠。伴哥他實是村。這牛表共牛觔。則見他惡噷噷輪着粗桑棍。這廝每哏。端的便打殺瑞麒麟。

〔卜兒云〕孩兒娶親。纔得三日光景。剗的便勾他當軍去。着誰人養活老身。兀的不痛殺我也。〔正旦唱〕

【遊四門】適纔個筵前杯酒叙慇懃。又則待仗劍學從軍。想着俺昨宵結髮諧秦晉。向鴛鴦被不曾温。今日個親。親送出舊柴門。

【勝葫蘆】還説甚玉臂相交印粉痕。你可便卧甲地生鱗。須知道離亂之時武勝文。颼人頭似滾。噙熱血相噴。這就是你能報國會邀勳。

〔秋胡云〕梅英。我當軍去也。你在家好生待奉母親。只要你十分孝順者。〔卜兒云〕孩兒。你去則去。你勤勤的稍個書信來着我知道。〔正旦唱〕

【後庭花】不甫能就三合天地婚。避孤虚日月輪。望十載功名志。感一朝雨露恩。把翠眉顰。莫不我成親的時分。下車來衝着歲君。拜先靈背了影神。早新婦兒遭惡運。送的他上邊庭離當村。

【柳葉兒】眼見的有家來難奔。暢好是短局促燕爾新婚。莫不我儘今生寡鳳孤鸞運。你可也曾量忖。問山人。怎生的不揀擇個吉日良辰。

〔卜兒云〕孩兒。你去罷。則要你一路上小心在意。頻寄個書信回來。休着我憂心也。〔秋胡云〕你孩兒理會的。母親保重將息。〔正旦唱〕

【賺煞】似這等天闊雁書稀。人遠龍荒近。教我閣着淚對別酒一樽。遥望見客舍青青柳色新。第一程水館山村。〔云〕秋胡。〔秋胡云〕有。〔正旦唱〕早不由人。和他身上關親。〔云〕我想夜來過門。今日當軍去。〔唱〕郤正是一夜夫妻百夜恩。破題兒勞他夢魂。赤緊的禁咱愁恨。則索安排下和淚待黃昏。〔同媒婆下〕

〔秋胡云〕岳父岳母。好看覷我母親和妻子梅英者。我當軍去也。〔羅掭旦云〕這也是你家的本分。我女孩兒的悔氣。你去罷。〔秋胡做拜別科云〕勾軍的哥哥。喒和你同去。〔詩云〕莫怨文齊福不齊。娶妻三日却分離。軍中若把文章用。管取崢嶸衣錦歸。〔同勾軍下〕〔羅掭旦云〕秋胡當軍去了也。親家母。俺回家去來。〔卜兒云〕親家母。孩兒去了。不好留的你多慢了也。〔詩云〕本意相留非是假。爭奈秋胡勾去當兵甲。〔羅掭旦詩云〕明年若不到家來。難道教我孩兒活守寡。〔同下〕

〔音釋〕匲音廉　分去聲　睢音疽　推退平聲　甑精去聲　噉音去聲　哏狠平聲　颺音様　噙音禽
離去聲　奔去聲　量平聲　禁平聲　崢音橙　嶸音横　甲江雅切

第二折

〔浄扮李大户上詩云〕段段田苗接遠村。太公莊上弄猢猻。農家只得鋤鉋力。凉酸酒兒喝一盆。自家李大户的便是。家中有錢財。有糧食。有田土。有金銀。有寶鈔。則少一個標標致致的老婆。單是這件。好生没興。我在這本村裏做着個大户。四村上下人家。都是少欠我錢鈔糧食的。倒被他笑我空有錢無個好媳婦。怎麽吃的他過。我這村裏有一個老的喚做羅大户。他原是個財主有錢來。如今他窮了。問我借了些糧食。至今不曾還我。他有一個女兒喚做梅英。儘生的十分好。嫁與秋胡爲妻。如今秋胡當軍去了。十年不回來。我如今叫將那羅大户來。則説秋胡死了。把他女兒與我做媳婦。那舊時少我四十石糧食。我也饒了他。還再與他些財禮錢。那老子是個窮漢。必然肯許我。早間着人喚他去了。這早晚敢待來也。〔羅上詩云〕人道財主叫。便是福星照。我也做過財主來。如何今日聽人叫。老漢羅大户的便是。自從秋胡當軍去了。可早十年光景也。老漢少李大户四十石糧食。不曾還他。今日李大户喚我。畢竟是這樁事要緊。且去看他。有甚説話。無人在此。我自過去。〔見科云〕大户喚老漢有甚麽事。〔李云〕兀那老的。我喚將你來。有樁事和你説。你的那女壻秋胡。當軍去吃豆腐瀉死了。〔羅云〕誰這般説來。〔李云〕我聽的人説。〔羅云〕呀。似這般怎了也。〔李云〕老的。你休煩惱。我問你。你這女壻死了。如今你那女兒。年紀幼小。他怎麽守的那寡。你把你那女兒。改嫁了我罷。〔羅云〕大户。你説的是何言語。〔李云〕

你若不肯。你少我四十石糧食。我官府中告下來。我就追殺你。你若把女兒與了我呵。我的四十石糧食。都也饒了。我再下些花紅羊酒財禮錢。你意下如何。〔羅云〕大户。容喒慢慢的商議。我便肯了。則怕俺媽媽不肯。〔李云〕這容易。你如今先將花紅財禮去。則要你兩個做個計較。等他接了紅定。我便牽羊擔酒隨後來也。〔羅云〕我知道。大户你慢慢的來。我將這紅定先去也。〔做出門科云〕我肯了。我媽媽有甚麽不肯。我如今就將紅定先交與親家母去來。〔下〕〔李云〕那老子許了我也。愁他女兒不改嫁與我。如今將着羊酒表裏取梅英去。待他到我家中。扢搭幫放番他就做營生。何等有趣。正是洞房花燭夜。金榜掛搥槌。〔下〕〔卜兒上云〕老身劉氏。乃是秋胡的母親。自從孩兒當軍去了。可早十年光景。音信皆無。多虧了我那媳婦兒。與人家縫聯補綻。洗衣刮裳。養蠶擇繭。養活着老身。我這幾日身子不快。怎麽連不連的眼跳。不知有甚事來。且只静坐。聽他便了。〔羅上云〕老漢羅大户。如今到這魯家莊上。若見了那親家母時。我自有個主意。也不要人報復。我自過去。〔見科云〕親家母。你這幾時好麽。〔卜兒云〕親家請坐。今日甚風吹的到此。〔羅云〕親家母。我爲令郎久不回家。我一徑的來望你。與你散悶。這裏有酒。我遞三杯。〔卜兒云〕多謝親家。我那裏吃的這酒。〔羅遞酒三杯科云〕親家母吃了酒也。還有這一塊兒紅絹。與我女兒做件衣服兒。〔卜兒云〕親家這般定害你。等秋胡來家呵。着他拜謝親家的厚意也。〔接紅科羅做攧手笑云〕了了了。〔卜兒云〕親家。甚麽了了了。〔羅云〕親家。這酒和紅。都不是我的。都是本村李大户的。恰纔這三鍾酒是肯酒。這塊紅是紅定。秋胡已死了也。如今李大户要娶梅英。他自家牽羊擔酒來也。我先回去。〔詩云〕這是李家大户使機謀。誰着你可將他聘禮收。不如早把梅英來改嫁。免的經官告府出場羞。〔下〕〔卜兒云〕這老子好無禮也。他走的去了。你着我見媳婦兒呵。我怎麼開言。媳婦兒那裏。〔正旦上云〕妾身梅英是也。自從秋胡去了。不覺十年光景。我與人家擔好水換惡水。養活着俺妳妳。這幾日我妳妳身子有些不快。我恰纔在蠶房中來。我可看妳妳去咱。秋胡也。知你幾時還家也呵。〔唱〕

【正宫端正好】想着俺只一夜短恩情。空嘆了千萬聲長吁氣。枉教人道村里夫妻。撇下個壽高娘又被着疾病纏身體。他每日家則是卧枕着牀睡。

〔云〕有人道。梅英也請一個太醫。看治你那妳妳。你可怕不説的是也。〔唱〕

【滚繡毬】怕不待要請太醫。看脈息。着甚麼做藥錢調治。赤緊的當村裏都是些打當的牙槌。我這幾日。告天地。願他的子母每早些兒歡會。常言道媳婦是壁上泥皮。則願的白頭娘早晚遲疾可。〔帶云〕天呵。〔唱〕則俺那青春子何年可便甚日回。信斷音稀。

〔見卜兒科云〕妳妳。吃些粥兒波。〔卜兒云〕媳婦兒。可則一件。雖然秋胡不在家。你是個年小的女娘家。你可梳一梳頭。等那貨郎兒過來。你買些胭脂粉搽搽臉。你也打扮打扮。似這般鬔頭垢面。着人笑你也。〔正旦唱〕

【呆骨朵】妳妳道你婦人家穿一套兒新衣袂。我可也直恁般不識一個好弱也那高低。

〔帶云〕秋胡呵。〔唱〕他去了那五載十年。阻隔着那千山萬水。早則俺那婆娘家無依倚。更合着這子母每無笆壁。〔卜兒云〕媳婦兒。你只待敦葫蘆摔馬杓哩。〔正旦唱〕媳婦兒怎敢是敦葫蘆摔馬杓。〔云〕妳妳道。等貨郎兒過來。買些胭脂粉搽搽。我梅英道。秋胡去了十年。穿的無。吃的無。〔唱〕妳妳也誰有那閒錢來補笊籬。

〔李大户同羅搽旦領鼓樂上李云〕我如今娶媳婦兒去來。洞房花燭夜。金榜掛擂槌。〔正旦云〕妳妳。門首吹打響。敢是賽牛王社的。待你媳婦看一看咱。〔卜兒云〕媳婦兒。你看去波。〔正旦做出門見科云〕我道是誰。原來是爹爹和媽媽。你那裏去來。〔羅云〕與你招女壻來。〔正旦云〕爹爹與誰招女壻。〔羅云〕與你招女壻。〔正旦云〕是甚麼言語。與我招女壻。〔唱〕

【倘秀才】你將着羊酒呵領着一火鼓笛。我今日有丈夫呵你怎麽又招與我個女壻。更則道你莊家每葫蘆提没見識。〔羅云〕孩兒。秋胡死了也。如今李大户要娶你哩。〔正旦唱〕我既爲了張郎婦。又着我做李郎妻。那裏取這般道理。

〔搽旦云〕孩兒也。可不道順父母言。呼爲大孝。你嫁了他也罷。〔正旦唱〕

【滚繡毬】我如今嫁的鷄。一處飛。也是你爺娘家匹配。貧和富是您孩兒裙帶頭衣食。從早起。到晚夕。上下唇並不曾粘着水米。甚的是足食豐衣。則我那脊梁上寒噤是捱過這三冬冷。肚皮裏凄凉是我舊忍過的饑。休想道半點兒差遲。

〔羅云〕你休只管鬧。你家婆婆接了紅定也。〔正旦云〕有這等事。我問俺妳妳去。〔見卜兒科云〕妳妳。想秋胡去了十年光景。我與人家擔好水換惡水。養活着妳妳。你怎麼把梅英又嫁與別人。要我這性命做甚麼。我不如尋個死去罷。〔卜兒云〕媳婦兒。這也不干我事。是你父親强揣與我紅定。是他賣了你也。〔卜兒做哭科〕〔正旦唱〕

【脱布衫】他那裏哭哭啼啼。我這裏切切悲悲。〔做出門科唱〕爹爹也全不怕九故十親笑恥。〔羅云〕我待和你婆婆平分財禮錢哩。〔正旦唱〕則待要停分了兩下的財禮。

〔羅云〕孩兒也。你嫁了他。等我也落得他些酒肉吃。〔正旦唱〕

【醉太平】爹爹也大古裏不曾吃那些酒食。〔搽旦云〕孩兒。俺也要做個筵席哩。〔正旦唱〕妳也只恁般好做那筵席。〔李云〕小娘子不要多言。你看我這個模樣。可也不醜。〔做嘴臉被正旦打科唱〕把這廝劈頭劈臉潑拳搥。向前來我可便搯撓了你這面皮。〔帶云〕這等清平世界。浪蕩乾坤。〔唱〕你怎敢把良人家婦女公調戲。〔做見卜兒科唱〕哎呀這是明明的欺負俺高堂老母無存濟。〔羅云〕嚷這許多做甚麼。你這生忿忤逆的小賤人。〔正旦唱〕倒罵我做生忿忤逆在爺娘面上不依隨。爹爹也你可便只恁般下的。

〔李云〕兀那小娘子。你休鬧。我也不辱没着你。豈不聞鸞凰只許鸞凰配。鴛鴦只許鴛鴦對。〔正旦唱〕

【叨叨令】你道是鸞凰則許鸞凰配。鴛鴦則許鴛鴦對。莊家做盡莊家勢。〔鼓樂響正旦做怒科云〕你等還不去呵。〔唱〕留着你那村裏鼓兒則向村裏擂。〔李云〕小娘子你靠前來。似我這般有銅錢的。村裏再没兩個。〔正旦唱〕其實我便覷不上也波哥。其實我便覷不上也波哥。我道你有銅錢則不如抱著銅錢睡。

〔羅云〕兀那小賤人。比及你受窮。不如嫁了李大户。也得個好日子。〔正旦唱〕

【煞尾】爹爹也怎使這洞房花燭拖刀計。〔李云〕我這模樣可也不醜。〔正日唱〕我則罵你鬧市雲陽吃劍賊。牛表牛觔是你親戚。大户鄉頭是你相識。哎。不曉事莊家甚官位。這時分俺男兒在那裏。他或是皂蓋雕輪繡幕圍。玉轡金鞍駿馬騎。兩行公人排列齊。水罐銀盆擺的直。斗來大黄金肘後隨。箔來大元戎帥字旗。回想他親娘今年七十歲。早來到土長根生舊鄉地。恁時節母子夫妻得完備。我説你個驢馬村夫爲讎氣。那一個日頭兒知他是近的誰。狼虎般公人每拏下伊。〔帶云〕他道誰迤逗俺渾家來。誰欺負俺母親來。〔做推李倒科唱〕我可也不道輕輕的便素放了你。〔同卜兒下〕

〔李云〕甚麽意思。娶也不曾娶的。我倒吃他搶白了這一場。又吃這一跌。我更待乾罷。〔詩云〕只爲洞房花燭惹心焦。險被金榜擂槌打斷腰。〔羅搽旦詩云〕這也是你李家大户無緣法。非關是我女兒忒煞會粧幺。〔同下〕

〔音釋〕息喪擠切　日人智切　疾精妻切　壁音彼　摔音洒　杓繩昭切　笊嘲去聲　笛丁梨切　識傷以切　食繩知切　夕星西切　噤音禁　席星西切　撾莊瓜切　的音底　賊則平聲　戚倉洗切　行霞浪切　直征移切　長音掌　迤音移　逗音豆　思去聲

第三折

〔秋胡冠帶上云〕小官秋胡是也。自當軍去見了元帥。道我通文達武。甚是見喜。在他麾下。累立奇功。官加中大夫之職。小官訴説離家十年。有老母在堂。久缺侍養。乞賜給假還家。謝得魯昭公可憐。賜小官黄金一餅。以充膳母之資。如今衣錦榮歸。見母親走一遭去。〔詩云〕想當日哭啼啼遠去從軍。今日個笑吟吟榮轉家門。捧着這赤資資黄金奉母。安慰了我那嬌滴滴年少夫人。〔下〕〔卜兒上云〕老身秋胡的母親。自從孩兒去了。音信皆無。前日又吃我親家氣了一場。多虧我媳婦兒有那貞烈的心。不肯嫁人。若是他肯了呵。老身可着誰人侍養。媳婦兒今日早桑園裏採桑去了。想他這等勤勞。也則爲我老人家來。只願的我死後依舊做他媳婦。也似這般侍養他。方纔報的他也。天氣困人。我且去歇息咱。〔下〕〔正旦提桑籃上云〕採桑去波。〔唱〕

【中呂粉蝶兒】自從我嫁的秋胡。入門來不成一個活路。莫不我五行中合見這鰥寡孤獨。受饑寒。捱凍餒。又被我爺娘家欺負。早則是生計蕭疎。更値着没收成歉年時序。

【醉春風】俺只見野樹一天雲。錯認做江村三月雨。也不知是誰人激惱那天公。着俺莊家每受的來苦。苦。説甚麽萬種恩情。剛只是一宵繾綣。早分開了百年夫婦。

〔云〕可來到桑園裏也。〔唱〕

【普天樂】放下我這採桑籃。我揀着這鮮桑樹。只見那濃陰冉冉。翠錦哎模糊。衝開他這葉底煙。蕩散了些梢頭露。〔做採桑科唱〕我本是摘繭繅絲莊家婦。倒做了個拈花弄柳的人物。我只怕淹的蠶饑。那裏管採的葉敗。攀的枝枯。

〔云〕我這一會兒熱了也。脱下我這衣服來。我試晾一晾咱。〔做晒衣服科〕〔秋胡换便衣上云〕小官秋胡。來到這裏。離着我家不遠。我更改了這衣服。兀的不是我家桑園。這桑樹都長成了也。我近前去。這桑園門怎麽開着。我試看咱。〔做見正旦科云〕一個好女人也。背身兒立着。不見他那面皮。則見他那後影兒。白的是那脖頸。黑的是那頭髮。可怎生得他回頭。我看他一看可也好那。哦。待我着四句詩嘲撥他。他必然回頭也。〔做吟科詩云〕二八誰家女。提籃去採桑。羅衣掛枝上。風動滿園香。可怎麽不聽的。待我再吟。〔又吟科〕〔正旦回身取衣服做見云〕我在這裏採桑。他是何人。却走到園子裏面來。着我穿衣服不迭。〔秋胡做揖科云〕小娘子支揖。〔正旦驚還禮科唱〕

【滿庭芳】我慌還一個莊家萬福。〔秋胡云〕不敢。小娘子。〔正旦唱〕他不是閒遊的浪子。多敢是一個取應的名儒。我見他便躬着身插着手陪言語。你既讀那孔聖之書。〔秋胡云〕小娘子有凉漿兒。覓些與小生吃波。〔正旦唱〕我是個採桑養蠶婦女。休猜做鋤田送飯村姑。〔秋胡云〕這裏也無人。小娘子你近前來。我與你做個女壻。怕做甚麼。〔正旦怒科唱〕他酩子裏丟抹娘一句。怎人模人樣。做出這等不君子待何如。〔秋胡云〕小娘子。左右這裏無人。我央及你咱。力田不如見少年。採桑不如嫁貴郎。你隨順了我罷。〔正旦云〕這廝好無禮也。〔唱〕

【上小樓】你待要諧比翼。你也曾聽杜宇。他那裏口口聲聲。攛掇先生。不如歸去。〔秋胡云〕你須是養蠶的女人。怎麼比那杜宇。〔正旦唱〕你道是不比。俺那養蠶處。好將伊留住。則俺那蠶老了到那裏怎生發付。〔秋胡背云〕不動一動手也不中。〔做扯正旦科云〕小娘子。你隨順了我罷。〔正旦做推科云〕靠後。〔唱〕

【十二月】兀的是誰家一個匹夫。暢好是膽大心麤。眼腦兒涎涎鄧鄧。手脚兒扯扯也那捽捽。〔秋胡云〕你飛也飛不出這桑園門去。〔正旦唱〕是他便攔住我還家去路。我則索大叫波高呼。〔做叫科云〕沙三王留伴哥兒。都來也波。〔秋胡云〕小娘子休要叫。〔正旦唱〕

【堯民歌】桑園裏只待强逼做歡娛。諕的我手兒脚兒滴羞蹀躞戰篤速。他便相偎相抱扯衣服。一來一往當攔住。當也波初。則道是峨冠士大夫。原來是個不曉事的喬男女。

〔秋胡背云〕且慢者。這女子不肯。怎生是了。我隨身有一餅黃金。是魯君賜與我侍養老母的。母親可也不知。常言道財動人心。我把這一餅黃金。與了這女子。他好歹隨順了我。〔做取砌末見正旦科云〕兀那小娘子。你肯隨順了我。我與你這一餅黃金。〔正旦背云〕這弟子孩兒無禮也。他如今將出一餅黃金來。我則除是恁般。兀那廝。你早說有黃金不的。你過這壁兒來。我過那壁兒看人去。〔秋胡云〕他肯了也。你看人去。〔正旦做出門科云〕兀那禽獸你聽者。可不道男子見其金。易其過。女子見其金。不敢壞其志。那禽獸見人不肯。將出黃金來。你道黃金這般好用的。〔唱〕

【要孩兒】可不道書中有女顏如玉〔秋胡云〕呀。倒吃了他一個醬瓜兒。〔正旦唱〕你將着金要買人殢雲殢雨。却不道黃金散盡爲收書。哎。你個富家郎慣使珍珠。倚仗着囊中有鈔多聲勢。豈不聞財上分明大丈夫。不由咱生嗔怒。我罵你個沐猴冠冕。牛馬襟裾。

〔秋胡云〕小娘子你不肯。我跟你家裏去。成就這門親事。可不好也。〔正旦唱〕

【二煞】俺那牛屋裏怎成得美眷姻。鴉窠裏怎生着鸞鳳雛。蠶繭紙難寫姻緣簿。短桑科長不出連枝樹。漚麻坑養不活比目魚。轆軸上也打不出那連環玉。似你這傷風敗俗。怕不的地滅天誅。

〔秋胡云〕小娘子休這等説。你若還不肯呵。我如今一不做二不休。拚的打死你也。〔正旦云〕你要打誰。〔秋胡云〕我打你。〔正旦唱〕

【三煞】你瞅我一瞅黥了你那額顱。扯我一扯削了你那手足。你湯我一湯拷了你那腰截骨。掐我一掐我着你三千里外該流遞。摟我一摟我着你十字堦頭便上木驢。哎。吃萬剮的遭刑律。我又不曾掀了你家墳墓。我又不曾殺了你家眷屬。

〔秋胡云〕這婆娘好無禮也。你不肯便罷了。怎麽這般駡我。〔正旦提桑籃科唱〕

【尾煞】這廝睜着眼覷我駡那死屍。腆着臉着我咒他上祖。誰着你桑園裏戲弄人家良人婦。便跳出你那七代先靈也做不的主。〔下〕

〔秋胡云〕我吃他駡了這一頓。我將着這餅黄金。回家侍養老母去也。〔詩云〕一見了美貌娉婷。不由的我便動情。用言語將他調戲。倒被他駡我七代先靈。〔下〕

〔音釋〕累上聲　衣去聲　獨東盧切　種上聲　纉音遺　綣音眷　繅音騷　物音務　晾音亮　福音府　酪音茗　出音杵　攛粗酸切　捽音祖　碟音迭　躞音屑　速蘇上聲　服房夫切　玉于句切　疣音尤　殢音膩　漚歐去聲　轆音鹿　黥音擎　足臧取切　骨音古　掐音恰　遞音地　律音慮　屬繩朱切　腆天上聲

第四折

〔卜兒上詩云〕朝隨日出採柔桑。採到將中不滿筐。方信遍身羅綺者。從來不是養蠶娘。老身秋胡的母親便是。我媳婦兒採桑去了。這早晚怎生不見回家也。〔秋胡冠帶引祗從上云〕小官秋胡。來到此間。正是自家門首。不免徑入。母親。你孩兒回來了也。〔卜兒驚問云〕官人是誰。〔秋胡云〕則你孩兒。便是秋胡。〔卜兒云〕孩兒你得了官也。則被你想殺老身也。〔秋胡送金科云〕母親。你孩兒得了官。現做中大夫之職。魯君着我衣錦還鄉。賜一餅黄金。奉養老母。〔卜兒云〕孩兒。這數年索是辛苦也。〔秋胡云〕母親。梅英那裏去了。〔卜兒悲科云〕孩兒。你去了十年光景。若不是你這媳婦兒養活我呵。這其間餓殺老身多時也。今日梅英到桑園裏採桑去了。〔秋胡云〕母親。梅英那裏去了。〔卜兒云〕他採桑去了。這早晚敢待來也。〔秋胡云〕嗨。適纔桑園裏逗的那個女人。敢是我媳婦麽。他若回來時。我自有個主意。〔正旦慌上云〕走走走。〔唱〕

【雙調新水令】若不是江村四月正農忙。扯住那吃敲才決無輕放。第一來怕鴉飛天道黑。第二來又則怕蠶老麥焦黄。滿目柔桑。一片林莊。急切裏没個鄰里街坊。我則怕人見甚勾當。

〔云〕俺家又不是會首大户。怎麽門前拴着一匹馬。我把這桑籃兒放在蠶房裏。我試看咱。這弟子孩兒無禮也。他桑園裏逗引我。見我不肯。他公然趕到我家裏來也。〔唱〕

【甜水令】這廝便倚强凌弱。心粗膽大。怎敢來俺莊上。不由的忿氣夯胸膛。我這裏便破步撩衣。走向前來。揝住羅裳。喒兩個明有官防。

〔做扯秋胡科〕〔卜兒云〕媳婦兒。你休扯他。他是秋胡來家了也。〔正旦放手科唱〕

【折桂令】呀。原來是你曾參衣錦也還鄉。〔做出門叫秋胡科云〕秋胡你來。〔秋胡云〕梅英。你喚我做甚麽。〔正旦云〕你曾逗人家女人來麽。〔秋胡背云〕我决撒了也。則除是這般。梅英。我幾曾逗人來。〔正旦唱〕誰着你戲弄人家妻兒。迤逗人家婆娘。據着你那愚濫荒唐。你怎消的那烏靴象簡。紫綬金章。你博的個享富貴朝中棟梁。〔帶云〕我怎生養活你母親十年光景也。〔唱〕你可不辱没殺受貧窮堂上糟糠。我捱盡凄凉。熬盡情腸。怎知道爲一夜的情腸。却教我受了那半世兒凄凉。

〔卜兒云〕媳婦兒你來。〔正旦同秋胡見卜科〕〔卜兒云〕媳婦兒。魯君賜我孩兒一餅黄金。侍養老身。這十年間多虧了你。將這黄金我酬謝你收了者。〔正旦云〕妳妳。媳婦兒不敢要。留着與妳妳打簪兒戴。〔做出門科云〕秋胡你來。〔秋胡云〕你又喚我做甚麽。〔正旦唱〕

【喬牌兒】你做賊也呵我可拏住了贓。哎。你個水晶塔便休强。這的是魯公宣賜與個頭廳相。着還家來侍奉你娘。

〔云〕假若這黄金。若是别人家婦女呵。〔唱〕

【豆葉黄】接了黄金隨順了你才郎。也不怕高堂餓殺了你那親娘。福至心靈。才高語壯。須記的有女懷春詩一章。我和你細細斟量。可不道要我桑中。送咱淇上。
〔云〕秋胡。你可曾逗人家婦人來麽。〔秋胡云〕你好多心也。〔正旦唱〕
【川撥棹】那佳人可承當。〔做拏桑籃科唱〕不倈我提籃去採桑。空着我埋怨爹娘。選揀東牀。相貌堂堂。自一夜花燭洞房。怎隄防這一場。
【殿前歡】你只待金殿裏鎖鴛鴦。我將那好花輸與你個富家郎。躭着饑每日在長街上。乞些兒剩飯凉漿。你與我休離紙半張。〔秋胡云〕你怎麽問我討休書來。〔正旦唱〕早插個明白狀。也留與傍人做個話兒講。道女慕貞潔。男效才良。
〔卜兒云〕秋胡。你爲甚麽這般炒閙。〔秋胡云〕母親。梅英不肯認我哩。〔卜兒云〕媳婦兒。你爲甚麽不認秋胡那。〔正旦云〕秋胡你聽者。貞心一片似冰清。郎贈黄金妾不應。假使當時陪笑語。半生誰信守孤燈。秋胡將休書來。將休書來。〔秋胡云〕梅英你差矣。我將着五花官誥。駟馬高車。你便是夫人縣君。怎忍的便索休離了去也。〔正旦唱〕
【雁兒落】誰將這五花官誥湯。誰將這霞帔金冠望。〔帶云〕便有呵。〔唱〕我也則牢收箱櫃中。怎敢便穿在咱身軀上。
【得勝令】呀。又則怕風動滿園香。〔李大户同羅搽旦雜當上李云〕他受了我紅定。倒被他搶白一場。難道便罷了。我如今帶領了許多狼僕。搶親去也。〔羅搽旦云〕今日是個好日辰。我和你搶他娘去。〔做見科云〕兀的不是我女兒梅英。〔正旦唱〕**走將來雪上更加霜。早是俺這釣鰲客咱不認。哎。你個使牛郎休更想。**〔秋胡喝云〕兀那厮。你來我家裏做甚麼。〔李驚云〕呀。元來他做了官。不是軍了也。我聞知你衣錦榮歸。特來賀喜。〔羅搽旦云〕呸。這等你說他死了也。〔李云〕他不死倒是我死。〔秋胡云〕元來那厮假揑流言。奪人妻女。左右。與我拿下。送到鉅野縣去。問他一個重重罪名。〔祗從做縛科〕〔李云〕這也不是我的主意。就是你的岳翁岳母。欠了我四十石糧食。將他女兒轉賣與我的。〔秋胡云〕這等一發可惡。明明是廣放私債。逼勒賣女了。左右。你去與縣官說知。着重責四十板。枷號三個月。罰穀一千石。備濟饑民。毋得輕縱者。〔祗從云〕理會的。〔李云〕一心妄想洞房春。誰料金榜擂槌有正身。〔羅搽旦云〕我們也没嘴臉在這裏。不如只做送李大户到縣去。暗地溜了。〔詩云〕如今且學烏龜法。只是縮了頭來不見人。〔同下〕〔卜兒云〕媳婦兒。你若不肯認我孩兒呵。我尋個死處。〔正旦唱〕**諕的我慌忙。則這小鹿兒在心頭撞。有的來商也波量。**〔云〕妳妳。我認了秋胡也。〔卜兒云〕媳婦兒。你認了秋胡。我也不尋死了。〔正旦云〕罷罷罷。〔唱〕**則是俺那婆娘家不氣長。**

〔卜兒云〕媳婦兒。你既認了。可去改換梳洗。和秋胡孩兒兩個拜見咱。〔正旦下改扮上同秋胡先拜卜兒次對拜科〕〔正旦唱〕

【鴛鴦煞】若不爲慈親年老誰供養。争些個夫妻恩斷無承望。從今後卸下荊釵。改換

梳粧。暢道百歲榮華。兩人共享。非是我假乖張。做出這喬模樣。也則要整頓我妻綱。不比那秦氏羅敷單説得他一會兒夫壻的謊。

〔秋胡云〕天下喜事。無過子母完備。夫婦諧和。便當殺羊造酒。做個慶喜筵席。〔詞云〕想當日剛赴佳期。被勾軍驀地分離。苦傷心抛妻棄母。早十年物换星移。幸時來得成功業。着錦衣脱去戎衣。荷君恩賜金一餅。爲高堂供膳甘肥。到桑園糟糠相遇。强求歡假作癡迷。守貞烈端然無改。真堪與青史標題。至今人過鉅野尋他故老。猶能説魯秋胡調戲其妻。

〔音釋〕夯音享　揝簪上聲　强音絳　俫離靴切　白巴埋切　帔音配　驀音陌

題目　貞烈婦梅英守志

正名　魯大夫秋胡戲妻

神奴兒大鬧開封府雜劇

第一折

〔冲末扮李德義同搽旦王臘梅上〕〔李德義云〕小可汴梁人氏。嫡親的五口兒家屬。哥哥李德仁。小生李德義。嫂嫂陳氏。渾家王氏。小字臘梅。我根前無出。哥哥有個孩兒。喚做神奴兒。俺兩房頭則覷着那孩兒。這個家私。都是哥哥嫂嫂掌把着。他十分操心。我與二嫂吃着現成衣飯。好不快活也。〔搽旦云〕李二。如今伯伯伯娘說。你每日則是貪酒。不理家計。又說俺兩口兒積儹私房。你又多在外少在家。一應厨頭竈腦。都是我照覷。俺伯娘房門也不出。何等自在。俺兩口兒穿的都是舊衣舊襖。他每將那好綾羅絹帛。整疋價拏出來做衣服穿。你依着我言語。將這家私分開了。俺兩口兒另住。可不還快活那。〔李德義云〕二嫂。你堅意要我分另了。俺是敕賜義門李家。三輩兒不曾分另。教我怎麼對哥哥說。二嫂再尋思咱。〔搽旦云〕我那裏受的這等氣。李二你多吃上幾碗酒。假粧個醉。到那裏則依着我說。定要分開這家私便了。〔李德義云〕既然你主意要分開這家私。罷罷罷。到那裏我則依着你便是。喒和你見哥哥去來。〔同下〕〔正末扮李德仁同大旦陳氏上〕〔正末云〕自家姓李。雙名德仁。渾家陳氏。所生一子。當孩兒生時。是個賽神的日了。就喚孩兒做神奴兒。今年十歲也。我有個兄弟是李德義。娶的王氏。則我那兄弟媳婦兒。有些乖劣。他妯娌不和。他常是鬧。自祖父以來。俺家三輩兒不曾分另。敕賜義門李家。大嫂。俺兄弟媳婦口强。你讓他些兒。看俺父母的面皮。〔大旦云〕你說的是。我怎麽也與他一般的見識。〔正末唱〕

【仙呂點絳唇】我可也自小心直。使錢不會。學經紀。但能勾無是無非。便休說黄金貴。

【混江龍】想爲人一世。如今這有錢的誰肯使呆癡昨日箇眉清目秀。今日箇便腰屈頭低。窗外日光彈指過。席前花影座間移。〔云〕大嫂。這早晚怎生不見孩兒下學來。〔大旦云〕孩兒這早晚敢待來也。〔倈兒上云〕自家神奴兒便是。下學家中吃飯去。妳妳。我來家了也。〔倈兒做哭見科〕〔大旦云〕孩兒。你來了也。却爲甚麽啼哭。〔倈兒云〕妳妳。一般學生每。都笑話我無花花襖子穿哩。〔正末唱〕見孩兒撒旖旎。放嬌癡。心鬧吵。眼乜嬉。打阿老。痛傷悲。我把這手帕兒搵了腮邊淚。省可裏着嗔着惱。你休那等自跌自推。

〔云〕大嫂。揀箇有顏色的段子。與孩兒做領上蓋穿。〔李德義同搽旦上〕〔李德義云〕來到哥哥門首也。二嫂。俺是共乳同胞的親兄弟。如今過去呵。着我怎麽說的出來。〔搽旦云〕李二。你只推醉哩。依着我便是。喒過去來。〔同見科〕〔李德義云〕哥哥。我唱喏哩。嫂嫂。唱喏哩。〔正末云〕呀。兄弟來了也。你不醉了也。〔李德義云〕哥哥。這個婦人我與他唱喏。他怎麽不還我的禮。好生不賢慧那。〔大旦云〕我還叔叔禮來。〔搽旦云〕我拜你。你不還我禮也罷。李二。是您叔嫂。

看父母面皮。也該還李二的禮。李二。還不和他鬧哩。〔李德義做打俫兒科云〕這小弟子孩兒。怎生不叫我。〔正末云〕兄弟。是嫂嫂不是了。看我的面皮咱。〔唱〕

【油葫蘆】你但有酒後便特故裏來俺這裏。兄弟你可也撒滯殢。〔二末云〕哥哥。你兄弟心中煩惱。你可知道也。〔正末唱〕兄弟你心中煩惱我争知。〔二末云〕我敬意的探望哥哥來。倒受這等的氣。〔正末唱〕你一番價探望哥哥吃的來醺醺醉。你一番價見嫂嫂常只是冲冲氣。〔搽旦做打調科云〕李二。你來我和你說。如今你那哥哥。還則是向着嫂嫂。你依着我。分開這家私者。〔正末唱〕你没來由尋唱叫。你可便因甚的。渾家你便見他來則合先施禮。〔帶云〕兄弟。是你嫂嫂不是了也。〔唱〕今日個您嫂嫂是還禮的遲。

〔搽旦云〕李二。你不說呵。等到幾時。〔李德義云〕二嫂。你堅心要分另。我和哥哥是一母所生的親弟兄。怎麼開口。〔搽旦怒云〕你還不說哩。〔李德義云〕你惱怎的。我則依着你。〔李德義做見大末科云〕哥哥。便好道老米飯捏殺也不成團。喒可也難在一處住了。似這般炒鬧。不如把家私分開了罷。〔正末云〕兄弟。你差了也。便是你嫂嫂都不是了呵。也還放着我哩。〔唱〕

【天下樂】你便有那萬件事也合看着我的面皮。你可便情也波知。誰敢道是欺負你。我見他嗔忿忿怒從心上起。〔搽旦云〕李二。今日好歹要分了這家私罷。〔李德義云〕哥哥。你向着嫂嫂。弟兄上無一些兒情分。你則守着這不賢慧的嫂子住。分開了這家私罷。〔正末云〕兄弟。你恰纔入門來。說你嫂嫂不曾還你的禮。如今可要分家私。〔唱〕你打破盆則論盆。休的要纏麻頭續麻尾。〔大旦云〕既然小叔和嬸子要分開這家私呵。依着他分開了罷。〔正末云〕噤聲。〔唱〕連你也迎風兒簸簸箕。〔搽旦云〕李二。好共歹今日務要把家私分另了罷。〔正末云〕兄弟。不争分另了這家私。不違悖了父母的遺言。這家私斷然分不的。〔搽旦云〕李二。不要信他。好共歹今日務要把家私分另了罷。〔正末唱〕

【那吒令】你哥哥勸你。休煩天惱地。大嫂你靠這壁。休推天搶地。孩兒這裏要哩。休啼天哭地。〔帶云〕李大員外二員外。〔唱〕俺須是親手足。您須是親妯娌。有什麼話不投機。〔搽旦云〕伯伯。我這等受氣。你那裏知道。〔正末唱〕

【鵲踏枝】丈夫的失了尊卑。媳婦兒不賢慧。他兩箇一上一下。直留支刺。唱叫揚疾。〔搽旦叫科云〕天啲。欺負俺兩口兒也。〔正末云〕噤聲。〔唱〕那裏也趙禮讓肥。你可甚家有賢妻。〔帶云〕兄弟。凡百事看着你哥哥的面皮咱。〔唱〕

【寄生草】我和你須是親兄弟。又不是厮認義。你今日不相識的故意爲相識。你可便不親的結托爲親戚。兄弟也你可怎生全不知儘讓您這哥哥意。〔搽旦云〕俺倒不言語。他倒說長道短的。李二。你還不打他哩。〔正末唱〕你這般揎拳攞袖爲因何。杜惹的街坊每恥笑。着親鄰每議。

〔搽旦云〕李二。他堅意不分家私。你着他棄一壁兒就一壁兒。〔李德義云〕怎生是棄一壁兒就一壁兒。〔搽旦云〕他説道祖先三輩兒不曾分另這家私。怕違了父母的遺言。不分便也罷。都是那嫂嫂搬調的您兄弟每不和。你如今着他休棄了嫂嫂。我便不分這家私。這的是棄一壁兒就一壁兒。〔李德義云〕他是哥哥的兒女夫妻。又無罪犯。怎生着休了他。〔搽旦打李德義科云〕我有主意。你則依着我者。〔李德義云〕也罷。我依着你。哥哥。實不相瞞。這家私三輩兒不曾分另。是父母遺留的言語。俺怎敢違拗。這個也罷。俺家中不和。都是嫂嫂不賢慧。你如今休棄了嫂嫂。我便不分這家私。你若捨不的嫂嫂。便分另了這家私。哥哥你心下如何。〔正末云〕兄弟也。俺是敕賜義門李家。祖傳三輩兒。不曾分另這家私。你要我休了嫂嫂。可也容易。争奈紙墨筆硯俱無。〔李德義云〕二嫂。喒哥哥説無紙筆。〔搽旦云〕我這裏有剪鞋樣兒的紙。描花兒的筆。都預備下了。〔李德義云〕哥哥。紙墨筆硯都有了也。〔正末云〕兄弟也。我選箇好日子休你嫂嫂。〔搽旦云〕子丑寅卯。今日正好。則今日是大好日辰。寫了罷。寫了罷。〔正末云〕將來將來。大嫂也。則被你帶累殺我也。〔大旦云〕員外。我又無罪過。你如何休棄了我。〔李德義云〕哥哥。你寫的是着。再不要改移了也。〔正末唱〕

【後庭花】您哥哥爲人無改移。我這裏便要寫待寫着個甚的。〔李德義云〕你若無兄弟情呵。留着這婦人罷。〔正末唱〕不争我便戀着他恩義。怎肯着我弟兄每分在兩下裏。〔搽旦云〕李二。你看你哥哥口裏便强。手裏可不肯寫那休書哩。〔李德義云〕哥哥。不必作難。你寫了休書罷。〔正末唱〕兄弟你莫嫌遲。你與我疾忙研墨。我手擎着紙共筆。索將他來便捨棄。則消的我别主媒再尋一個年少的。〔李德義云〕哥哥。你既是割捨不的嫂嫂。倒休了你兄弟罷。〔正末唱〕

【柳葉兒】在那裏别尋一箇同胞兄弟。媳婦兒是墻上泥皮。可不説相隨百步尚有徘徊意。〔大旦云〕員外。喒是兒女夫妻。你怎下的休了我也。〔正末唱〕我須索依着他那主意。疾忙的休離。大嫂也你便休題道兒女夫妻。

〔云〕兄弟也。父母遺留的言語你不聽。今日要分另了家私。死於九泉。有何顔見亡父母之面。兀的不氣殺我也。〔正末氣倒科〕〔大旦哭科云〕員外。精細着。精細着。〔李德義云〕哥哥。精細着。可怎生是了。〔正末作醒科〕〔唱〕

【賺煞尾】你常存着見官的心。准備着告人的意。則你那狀本兒如瓶注水。俺親弟兄看成做了五眼雞。〔搽旦云〕俺若欺負你。頭上有天哩。〔正末唱〕你也須索念着好門風祖上留遺。今日爲他誰覓鬧尋非。却不道湛湛青天不可欺。你就那般瞞心昧己。就這般生忿忤逆。〔云〕人間私語。天聞若雷。休言不報也。〔唱〕敢只争來早與來遲。〔作氣死下〕

〔大旦云〕誰想把員外氣殺了也。員外。則被你痛殺我也。〔同俫兒哭科下〕〔李德義云〕誰想哥哥一口氣氣死了。丢下你兄弟一個。可怎生是了也。〔搽旦云〕李二休啼哭。你哥哥已死了也。着嫂嫂領着神奴兒另住守寡。潑天也似家私。都是俺兩口兒的。〔李德義云〕説的是。二嫂。哥哥亡逝已過。則等他埋葬了。這家私都是我的。二嫂。今日稱了你的心願也。〔詩云〕苦爲分居事不公。弟兄情義一場空。堪憐兄長今朝喪。則除是南柯夢裏再相逢。〔下〕

〔音釋〕妯音逐　娌音里　直征移切　旖音倚　旎寧已切　吵音炒　乜彌嗟切　阿何哥切　揾温上聲　慧音惠　殢音膩　的音底　簸音播　壁音彼　疾精妻切　識傷以切　戚倉洗切　揎音宣　攞羅上聲　拗音要　墨忙背切　筆邦每切　忤音悟　逆銀計切

楔子

〔大旦領俫兒上詩云〕天下人煩惱。都在我心頭。自從員外亡化過了。可早斷七也。家裏别無得力的人。則有一個老院公。家私裏外。多虧了他。我根前只靠的這個神奴兒。孩兒也。你休門前耍去。〔俫兒云〕妳妳。我要街上耍去哩。〔大旦云〕孩兒也。無人領你去。〔俫兒云〕着老院公領我去。〔大旦云〕你喚將老院公來。〔俫兒云〕院公。俺妳妳喚你哩。〔正末扮院公上云〕老漢是這李員外的老院公便是。自從老員外身亡之後。嫂嫂與神奴孩兒另住。見老漢年紀高大。做不的重生活。着我每日看管神奴兒小哥哥。恰纔嫂嫂呼喚。不知有何事。須索走一遭去。〔見科云〕嫂嫂。

喚老漢有何事。〔大旦云〕院公。孩兒要街上耍去。你領將他去。你便領將他來。〔正末云〕嫂嫂但放心。老漢手裏領將哥哥去。我手裏還領將哥哥來。〔大旦云〕院公。你小心在意。休着我憂心也。〔下〕〔正末云〕哥哥。你跟老漢長街市上閒耍去來。〔同倈兒做耍科云〕哥哥耍的勾了。則怕嫂嫂家中盼望。俺與你還家去來。〔倈兒哭科云〕老院公。我要傀儡兒耍子。〔正末云〕哥哥休啼哭。我買將來便了。哥哥你只在這橋邊站着。等我與你買去咱。〔唱〕

【仙呂賞花時】我將這傀儡兒杆頭疾去買。哥哥你莫得胡行休動側。兀良我剛轉過那條街。休着你娘憂心兒等待。我與你大走去可兀的買將來。〔下〕

〔李德義做醉科上云〕弟兄每休怪。改日還席。〔倈兒做叫科云〕兀的不是叔叔。叔叔。〔李德義云〕是誰喚我哩。〔倈兒云〕叔叔。是神奴兒叫你哩。〔李德義云〕兀的不是神奴兒。你在這裏做甚麼。〔倈兒云〕老院公領將來。我要個傀儡兒耍。老院公替我買去了。着我這裏等他哩。〔李德義云〕這個老弟子孩兒。我兩房頭。則覷着神奴一個。倘若馬過來踏着孩兒呵。可怎了也。孩兒也。我和你家去來。〔倈兒云〕我不去。嬸子利害。〔李德義云〕不妨事。放着我哩。我和你家去來。〔李德義做抱倈兒科〕〔净扮何正冲上做撞李德義科云〕哥哥休怪。是在下不是了也。〔李德義做罵科云〕村弟子孩兒。你眼瞎。撞了我打是麼不緊。我兩房頭則覷着這個神奴孩兒。就如珍珠一般。倘若有些好歹怎了。你是個驢前馬後的人。兀那廝。你不認的我。我是義門李家。我是李二員外。你知道我那住處麼。下的州橋往南去。紅油板搭高槐樹。那個便是我家裏。〔何正云〕我非私來乍到。我接包待制大人去哩。〔李德義云〕你那包待制管的我着。〔何正云〕噤聲。我把你個村弟子孩兒。我不誤間撞着你。我陪口相告。做小伏低。你就罵我做驢前馬後。數傷我父母。我道接包待制大人去。你道包待制敢怎的我。兒也。你便是李二員外。這個小的。是神奴孩兒。你那住處下的州橋往南行。紅油板搭高槐樹。你常踏着吉地而行。你若犯在我那衙門中。該誰當直。馬糞裏污的杖子。一下起你一層皮。李二。喒兩個休軸頭兒厮抹着。〔下〕〔李德義抱倈兒云〕我兒。抱着你家去來。〔下〕

〔音釋〕傀音詭　儡累上聲　站知濫切　側齋上聲　瞎許轄切　踏音渣

第二折

〔搽旦上云〕自家李二嫂便是。自從伯伯亡過已後。那嫂嫂領着神奴兒另住。如今止有神奴兒那小厮。還不稱我的意。我一心則待要所算了那小厮。家私便都是我兩口兒的。〔李德義抱倈兒上醉科云〕二嫂開門來。〔搽旦云〕李二回來了。我開開這門。〔李德義云〕二嫂我醉了也。我抱的神奴兒來。你好看孩兒。買些好果子兒好燒餅兒與他吃。休驚諕着他。我且歇息去。〔李德義做睡科〕〔搽旦云〕李二。你兀的不又醉了也。我知道你睡去。我如今得做就做。趁他睡去。便將他勒死了。等他酒醒時。我自有主意。〔做拏繩子勒倈兒科云〕你往黃泉做鬼去。休要怨我。〔倈兒做慌哭科云〕嬸子。我和你往日無冤。近日無讎。嬸子。你好狠也。怎下的勒殺我也。〔搽旦做勒死倈兒科云〕將這小厮勒殺了也。看李二醒來説甚麼。〔李德義做醒科云〕好酒也。我醉則醉。心上可明白。我記得抱將神奴兒家來。可怎麼不見他。二嫂。神奴孩兒在那裏。〔搽旦云〕神奴兒在那裏睡哩。你看去。〔李德義做看倈兒科云〕你這個不賢慧的婦人。怎下的着孩兒在冷地上睡着。孩兒在這牀上睡可不好。你這婦人。怎生這等不賢慧。〔做起身看科云〕我兒。你起身來牀上睡去。〔做再看科云〕哎喲。二嫂。你好狠也。兩房頭則看着神奴兒一個。你怎麼下的將他勒死了。若是嫂嫂要神奴兒。教我把個甚的還他。這場官司。少不的要打。我和你見官去來。〔搽旦云〕呸。是你抱將來。着我勒殺了他。你是夫主。你主的事。我不依你。我和你見官去。到那裏你説一句。我説兩句。你説兩句。我説十句。我務要對在你身上。我就和你見官去。〔李德義云〕他倒賴在我身上。似此怎了。〔搽旦云〕這也容易。你抱將他來。別人又不知道。我和你把這小厮埋在陰溝裏。〔李德義云〕埋在陰溝裏。這上面可不顯出來。〔搽旦云〕着石板蓋上。再墊上些土兒。踹一踹。便有誰知道。〔做埋倈兒科云〕填上些土。潑上些水。哎喲。整累了我一日。可不是個乾净。若不是我靠着你。那有這箇見識。〔李德義云〕二嫂。你好狠也。則怕嫂嫂來呵。你自去支吾他。〔搽旦云〕眼見的神奴兒勒殺了也。家私都是我的。天那。我有這一片好心。天也與我半碗兒飯吃。〔同下〕〔正末上云〕老漢買傀儡兒回來。不見小哥。不知往那裏去了。嫂嫂問呵。着我説甚麼的是。我索尋去咱。神奴兒哥哥。那裏去了也。〔唱〕

【南吕一枝花】一合兒使碎我心。半霎兒憂成我病。幾條街穿着走。則我這兩條腿打折般疼。好着我膽戰心驚。急攘攘空傒倖。哎。你個小冤家可也是怎生。我恰纔把着手街上閒行。〔帶云〕哥哥要傀儡兒我去買。〔唱〕怎生轉回頭就不知個蹤影。

【梁州第七】你莫不大街上逢着甚麽驢馬。你莫不小巷裏撞着甚麽車乘。則我這好言好語無心聽。我將你來廝將廝領。同坐同行。眼睛兒般照覷。氣命兒般看承。他行坐裏陪着一箇笑臉兒相迎。待飛騰則恨我肋下没稍翎。教我便來來去去脚似攛梭。我可便篤篤末末身如這翻餅。哎喲天那好教我便慌慌速速手似撈鈴。〔云〕想必哥哥等不得。回家去了。我且到家中看咱。〔大旦上云〕院公你來了也。〔正末慌科〕〔唱〕則聽的叫咱一聲。水澆般不由我渾身冷。我待悔來教我悔不定。〔大旦云〕神奴孩兒在那裏。〔正末唱〕告嫂嫂休忙且暫停。〔大旦做哭科〕〔正末唱〕省可裏兩淚如傾。

〔大旦云〕院公。怎生不見神奴孩兒。〔正末云〕嫂嫂。我說則說。你則休煩惱。我和哥哥街上閒耍。哥哥要一個傀儡兒。老漢道你則在這裏等着。老漢買傀儡兒去了。急回來不見了哥哥也。〔大旦云〕不見了孩兒。可怎了也。〔正末云〕嫂嫂。你休煩惱。老漢和嫂嫂尋哥哥去。天也早哩。我倒拽上這門。喒尋將去來。〔唱〕

【四塊玉】一壁廂說與廂長。一壁廂報與坊正。恨不的翻過那物穰人稠臥牛城。〔做叫云〕街衢巷陌。張三李四。趙大王二。〔唱〕你若見的可便也合通個名姓。不見了小舍人。

可教俺也便待怎生。〔帶云〕兩房頭則覷着哥哥一個哩。〔唱〕呆老子也我只索與他償命。
〔大旦云〕院公。俺兩房頭則覷着孩兒一個。怎生了也。〔正末云〕嫂嫂。街上没有。則怕一般小弟兄每送哥哥來家。也不見的。〔同做回科〕〔大旦云〕我開開這門。點上燈。院公。我問你咱。你敢打孩兒來。孩兒害怕也敢躲了你。因此上尋不見孩兒。〔正末云〕嫂嫂你放心。老漢在門首覷神奴兒哥哥咱。〔唱〕
【隔尾】我將你懷兒中撮哺似心肝兒般敬。眼前覷當似在手掌兒上擎。〔帶云〕神奴兒哥哥。〔唱〕我叫道有二千聲神奴兒將你來叫不應。爲你呵走折我這腿脡。俺嫂嫂哭破那雙眼睛。我這裏静坐到天明將一個業冤來等。
〔正末做睡科〕〔倈兒扮魂子上云〕自家神奴兒是也。老院公領着我街上耍。我要一個傀儡兒耍。老院公替我買去了。我在州橋上等着他。不想遇着俺叔叔。抱將俺家去。俺嬸子將繩子勒殺我。埋在陰溝裏石板底下壓着哩。恐怕老院公不知。我去托一夢與他咱。來到也。老院公。開門來。開門來。〔正末云〕哎喲。哥哥來了也。哥哥家裏來。〔唱〕
【牧羊關】我則怕走的你身子困。又嫌這鋪臥冷。我與你種着火停着殘燈。怕你害渴時有柿子和梨兒。害饑時有軟肉也那薄餅。我將你尋到有三千遍。叫道有二千聲。怎這般死没堆在燈前立。〔帶云〕小爹爹。家裏來波。〔唱〕你可怎生悄聲兒在門外聽。
〔帶云〕神奴兒哥哥家裏來。是老漢的不是了也。〔倈兒哭科〕〔正末唱〕

【罵玉郎】我這裏連忙把手多多定。〔倈兒哭科〕〔正末唱〕他那裏越懒拗放懞挣。則管裏啼天哭地相刁蹬。哎。你個小醜生。世不曾。有這般自由性。

【感皇恩】呀。他那裏喑氣吞聲。側立傍行。則管裏哭啼啼。悲切切。不住淚盈盈。往常時似羊兒般軟善。端的似耍馬兒般胡伶。〔倈兒做哭云〕老院公。你聒噪什麽。〔正末唱〕你道我閒聒噪。他那裏撒滯殢。不惺惺。

〔云〕哥哥。誰欺負你來。〔倈兒云〕老院公。自從你替我買傀儡兒去了。我在那州橋上等你。却遇着俺叔叔。抱的俺家去。俺嬸子將繩子勒殺我。埋在陰溝裏面石板底下壓着。老院公。你與俺做主咱。〔正末驚科〕〔唱〕

【採茶歌】聽的他説真情。兀的不嚇掉了我的魂靈。天那急的我戰篤速不敢便驀入門桯。將我這睡眼朦朧呼喚醒。我只見他左來右去不消停。

〔倈兒推正末科云〕老院公。你休推睡裏夢裏。〔下〕〔正末做醒科云〕兀的不諕殺我也。原來是一夢。嫂嫂。哥哥來了也。〔大旦云〕哥哥來了也。哥哥在那裏。〔正末云〕老漢説則説。嫂嫂你休煩惱。老漢在門首。身子困倦。不想睡着了。夢見神奴兒哥哥。他説有叔叔抱他家去。被李二嫂將他勒死了。埋在水溝裏面石板底下。哥哥道委實死的苦也。〔大旦做哭倒科〕〔正末做扶大旦科云〕嫂嫂甦醒着。天色明了也。俺到李二家尋去來。〔大旦做醒科云〕哎喲。神奴兒。兀的不痛殺我也。〔正末唱〕

【黄鍾尾】我這裏潛蹤躡足臨芳徑。我與你破步撩衣近小亭。見孩兒。世不曾。不由我。不悲哽。天色寒。風力冷。夜迢迢。星耿耿。忽的陰。忽的晴。我則道神奴兒在曲檻間行。〔帶云〕兀的不是哥哥來了也。〔唱〕哎。却原來是雲破月來花弄的影。〔同下〕

〔音釋〕墊音店　踹抽拐切　霎音殺　傒音奚　覷趨去聲　肋音勒　攛粗酸切　穰人掌切　稠音紬

哺音步　脡音挺　憋音鱉　懞音蒙　掙音争　蹬音鄧　喑音蔭　嚇音黑　驀音陌　桯音形

甦音蘇　躡音聶　哽音景

第三折

〔李德義同搽旦上〕〔李德義云〕自家李二的便是。二嫂。你好下的手也。自從你搬調的我要分另了家私。將我哥哥氣殺了。一應家私。都在手裏。你還不足。直把神奴兒勒殺了。兒也。痛殺我也。若是嫂嫂來尋呵。都在你身上。〔搽旦云〕不妨事。若來時我自有個分曉。我關上這門者。〔正末同大旦上大旦云〕院公。我和你尋神奴兒去來。〔正末云〕嫂嫂放心。我不道的饒了李二家兩口兒哩。〔唱〕

【中吕粉蝶兒】這廝每敗壞風俗。攬的俺一家兒不成活路。那吃敲才百計虧圖。則他那長舌妻。殺人的賊。教我就怎生輕恕。待和他廝結着衣服。揀一個大衙門將他告去。
【醉春風】他和我做殺死冤讎。我和他决無干罷處。〔正末叫冤屈科〕〔大旦云〕且休叫。休叫。〔正末唱〕我可便豁惡氣連叫了兩三聲。嫂嫂也你休將這口來堵。堵。饒你這舌辯如蘇秦。口强似陸賈。我看你怎生般分訴。
〔云〕開門來。開門來。〔李德義做慌科云〕二嫂。兀的不喚門哩。可怎了也。〔做開門科云〕我開開這門。〔正末扯科云〕你强要家私。勒死了孩兒。更待干罷也。〔李德義背云〕這事怎了。我可怎生支吾他去。〔搽旦云〕伯娘。你來俺家有何事。〔大旦云〕我來尋神奴兒來。説叔叔抱將來在你家裏。〔搽旦云〕誰曾見你那神奴兒來。他來俺家裏做甚麽。〔正末云〕神奴兒在你家裏。〔李德義云〕這個老弟子孩兒。神奴兒做甚麽到俺家裏。〔大旦云〕是叔叔抱將孩兒來家也。〔李德義云〕幾曾抱那孩兒。我和你問街坊每去。可誰見來。〔正末唱〕
【紅繡鞋】你也不索硬打掙去街坊上幺喝。神奴兒死屍骸只在這水溝裏埋伏。〔搽旦做慌科云〕誰和你説在水溝裏埋着。如今在那裏在那裏。〔正末唱〕孩兒也向那夢兒裏依本畫葫蘆。他爲甚的便慌篤速。一句句緊支吾。您正是賊兒膽底虚。
〔李德義云〕神奴兒委實不在俺家裏。〔大旦云〕叔叔。是你抱將孩兒來了也。〔李德義云〕我抱將來。誰見證。你自尋去。〔正末云〕你休鬧。我自尋去。〔唱〕
【迎仙客】又不曾下甚雨水。因甚這般濕泥淤。〔搽旦云〕是潑下的惡水。〔正末唱〕你道是

水沙兒誰人糝上土。〔搽旦云〕見這塊兒凹。掃了些糞草土兒填上。又灑了些水兒。俺家的勾當。要你管着我。〔正末唱〕**這石板爲甚撅開。**〔搽旦云〕天晴開水道。下雨不踏泥。我開溝來。開溝來。〔正末唱〕**這水路因何當住。**〔搽旦云〕雨下的緊了。怎麼不漫出水來。神奴兒在那裏。你自尋麽。〔正末唱〕**不索你便將我來催促。我與你便慢慢尋將去。**

〔云〕嫂嫂。他故意的藏了屍首也。〔搽旦云〕李二你來。這婦人年紀小。守不的那空房。背地裏有姦夫所算了他孩兒。故意的來俺這裏展賴。你問他要官休也私休。〔李德義云〕說的是。嫂嫂你要官休也私休。〔大旦云〕怎麼是官休。怎麼是私休。〔李德義云〕你若是官休呵。我告到官中。三推六問。吊拷綳扒。你無故因姦氣殺俺哥哥。謀害了姪兒。不怕你不招。你若是私休呵。你將那一房一卧都留下。則這般罄身兒出去。任你改嫁別人。這個便是私休。〔大旦云〕我肚裏膽壯。怕做甚麽。我情願和你見官去。〔正末云〕我和你見官去來。〔同下〕〔净扮孤領張千上〕〔孤詩云〕官人清似水。外郎白似麵。水麵打一和。糊塗做一片。小官是本處縣官。今日陞廳。坐起早衙。張千。喝攛箱放告。〔李德義搽旦扭大旦正末同上〕〔李德義做叫科云〕冤屈也。〔張千云〕拏過來。〔衆見跪科〕〔孤云〕你這一行人告什麽。〔李德義云〕相公可憐見。這個是我嫂嫂。背地裏有姦夫。這老子他盡知情。氣殺了我哥哥。所算了我姪兒。都是這婦人。告大人與小的做主咱。〔孤云〕那人命事。我那裏斷的。張千。與我請外郎來。〔張千云〕令史。相公有請。〔丑扮外郎上詩云〕天生清幹又廉能。蕭何律令不曾精。纔聽上司來刷卷。登時諕的肚中疼。自家姓宋名了人。表字贓皮。在這衙門裏做着個令史。你道怎麽唤做令史。只因官人要錢。得百姓們的使。外郎要錢。得官人的使。因此唤做令史。我正在私房裏打盹。張千來請。不知有何事。〔做見張千科云〕張千。你唤我做甚麽。〔張千云〕相公請你斷事哩。〔外郎云〕料着是告狀的。又斷不下來唤我哩。我見相公去。張千。報復去。説我外郎來了也。〔張千報科云〕相公。外郎來了也。〔孤云〕道有請。〔張千云〕請進去。〔外郎見科云〕相公請我來有何事。〔孤見外郎跪科云〕外郎。我無事也不來請你。有告人命事的。我斷不下來。請你來替我斷一斷。〔外郎云〕請起來。外人看着不雅相。兀那一行人。那個是原告。〔李德義云〕小人李二。便是原告。〔外郎做看李二科云〕哦這厮。我那裏曾見他來。哦哦哦。是那一日巡街去。來到他家門首。我討個欖兒坐一坐。他就不肯拏出來。我兒也。你今日犯到我這衙門裏來。張千。與我採過來。〔張千云〕理會的。〔李德義過銀子舒指頭科〕〔外郎做看科云〕你那兩箇指頭瘸。可又來。晚夕送來。你這一行人。那個是原告。那個是被告。兀那厮。你那裏人氏。姓甚名誰。你告什麽。對我從實的説來。説的是也罷。説的不是。着實打呀。〔李德義云〕相公可憐見。這個是我嫂嫂。背地裏有姦夫。這老子他盡知其情。氣殺了我哥哥。所算了我姪兒。都是這婦人。告大人與小的做主咱。〔外郎云〕這個是人命的事。看起來這個婦人。是個不良的。張千。將這婦人採近前來。兀那婦人。你怎生氣殺丈夫。勒殺親兒。與我從實的説來。〔大旦云〕小婦人並不曾氣殺丈夫。勒殺親兒。〔外郎云〕這厮不打不招。張千。與我着實打者。〔張千云〕招了罷。〔打科〕〔外郎云〕將這婦人採在一壁。將那老子採近前來。〔張千云〕理會的。〔外郎云〕兀那老人。這婦人怎生氣殺丈夫。勒殺親兒。你與我從實的説來。〔正末云〕相公可憐見。俺嫂嫂並無姦夫。〔外郎云〕看起來偷寒送暖。都是你這老弟子。張千。與我打着者。〔張千做打科云〕快招了罷。〔打科〕〔外郎云〕兀那老子。我問你。他那丈夫無了多少時也。〔正末云〕相公聽老漢慢慢的説一遍咱。〔唱〕

【石榴花】俺哥哥死盡七不曾把靈除。〔外郎云〕這婦人必定有姦夫。〔正末唱〕俺嫂嫂可無倚靠現持服。〔外郎云〕怎生勒殺親兒來。〔正末唱〕當日個爲孩兒撒拗便啼哭。〔外郎云〕那小厮哭。可爲甚麼。〔正末唱〕只老漢和他步步相逐。〔外郎云〕誰領將他去來。〔正末唱〕他待要長街市上耍去。〔外郎云〕你領他到那裏去。〔正末云〕哥哥要傀儡耍。老漢説我買去。〔唱〕轉回頭百般的無尋處。〔外郎云〕你可在那裏尋他來。〔正末唱〕遶着這前街後巷兩頭尋覷。〔外郎云〕你曾問人來麽。〔正末唱〕撞着這個那個多曾分付。神奴兒端的見來無。

〔外郎云〕你也還到那裏去尋他來。〔正末唱〕

【鬬鵪鶉】遶着那土市街頭。〔外郎云〕你尋到多早晚來。〔正末唱〕直走到天昏日暮。〔外郎云〕你可多早晚回家去。〔正末唱〕老漢還家時纔過初更。比到來恰交二鼓。〔帶云〕其時朦朧睡裏。夢見神奴孩兒也曾道來。〔唱〕他道嬸子也把咽喉緊緊的掐住。勒的他一命卒。可憐那做爺的命掩黄泉。做兒的又身歸也那地府。

〔外郎云〕李二告這婦人。勒殺他親兒哩。〔正末唱〕

【上小樓】李二也天生狠毒。可便的心生嫉妬。俺家裏偌大的房屋。許富的家私。則覷着神奴。〔外郎云〕李二根前有什麽小的。〔正末唱〕那李二呵也無男。也無女。單則是一夫一婦。你可便着誰來抵當門户。

〔外郎云〕看將起來。氣殺丈夫。勒殺親兒。眼見的這神奴兒不是他那親生嫡養的。因此上把他勒殺了。莫不是個義兒麽。〔正末唱〕

【幺篇】做兒的不是義兒。做母的也不是義母。想着他嚥苦吐甘。偎乾就濕。怎生擡舉。休説道十月懷躭。長立成人。且則説三年乳哺。怎下的生割斷他那子母每腸肚。

〔外郎云〕兀那婦人。你既是與他從小裏夫妻。你怎生氣殺丈夫。謀害了親兒性命。與姦夫圖謀他家私。你若不招呵。我不道的饒了你也。從實招了者。〔大旦云〕冤屈也。〔正末唱〕

【十二月】俺嫂嫂與員外從小裏媳婦。他可便掌把着門閭。你道他將親來所圖。你道他抵盜那財物。這公事憑誰做主。都是他二嫂粧誣。

〔外郎云〕他若有姦夫呵。快快與我指攀出來。〔正末唱〕

【堯民歌】呀。他是個好人家平白地指着姦夫。〔外郎云〕我好歹要這樁事斷的明白。〔正末唱〕哎。你一個水晶塔官人忒胡突。便待要羅織就這文書。全不問實和虛。〔外郎云〕你快與我招了者。〔正末唱〕則管你招也波伏。外郎呵自窨付。兀良可是他做來也那不曾做。

〔外郎云〕我爲吏一生清正。不受民財。那個不知道。〔正末唱〕

【耍孩兒】你可甚平生正直無私曲。我道您純麵攪則是一盆糊。若無錢怎揭得你這登聞鼓。便做道受官廳党太尉能察雁。那裏也昌平縣狄梁公敢斷虎。一個個都吞聲兒就牢獄。一任俺冤讎似海。怎當的官法如鑪。

〔外郎云〕這個是人命事。和他說甚麼來。不打不招。張千。將那潑婦人打着者。〔張千打科云〕招了罷。招了罷。〔大旦云〕我並無此事。招不得。〔外郎云〕這廝賴肉頑皮。不打不招。張千。着實打者。〔張千打科云〕招了罷。招了罷。〔外郎云〕兀那婦人。你招也是不招。〔大旦云〕我是好人家女。好人家婦。我那裏受的這等拷打。我葫蘆提招了罷。是我有姦夫。氣殺丈夫。所算了孩兒都是我來。〔外郎云〕既是招了。也不屈。你畫了字。張千。將長枷來。上了長枷。下在死囚牢裏去。〔大旦云〕天那。誰與我做主也。〔正末云〕嫂嫂。痛殺我也。做叔叔的圖謀了家私。孀子兒勒殺了姪兒。官人糊突。令史貪贓。等包待制大人下馬呵。〔唱〕

【煞尾】憑着我紙兒上寫着這一一的犯由。懷兒裏揣着這重重的痛苦。只待他包龍圖來到南衙府。捹的個接馬頭一氣兒叫道有二千聲屈。〔下〕

〔大旦云〕天那。着誰人與我做主也。〔下〕〔外郎云〕李二。你是個原告。出去隨衙聽候。〔李德義云〕理會的。〔同搽旦下〕〔外郎云〕張千。你伏侍我一日。辛苦了。不曾吃飯。張千。你自吃飯去。如今新官下馬。我待接新官去也。〔下〕〔孤云〕你看麼。斷事一日。飯也不曾吃。外郎和張千都去了。着一個擡擡這卓子也好。罷罷罷。我自家端着這卓子罷。〔做掇卓科下〕

〔音釋〕俗詞疽切　服房夫切　淤音迂　糝三上聲　凹音夭　促音取　刷數括切　盹頓上聲　瘸巨靴切　哭音苦　逐長如切　咽音烟　掐音恰　卒音祖　毒東盧切　物音務　突東盧切　伏房夫切　窨音蔭　曲丘雨切　撾莊瓜切　獄于句切　屈丘雨切

第四折

〔外郎同張千上〕自家宋了人的便是。如今新官下馬。有許多文書不曾攢的。如今日在此攢這文書。張千。有一應閒雜人等。休放過來。若有人來打攪我。我不道的饒了你哩。〔李德義上云〕自家李二的便是。聞説包待制大人下馬。這文書不曾完備。我如今見令史去。可早來到也。張千哥。令史相公在那裏。〔張千云〕正在司房裏攢文書哩。一應閒雜人等。都不放過去。〔李德義做拖開張千見科云〕令史相公。我這樁事不曾了。怎生可憐見。〔外郎努嘴〕〔張千拖李德義科云〕我説令史攢文書哩。出去出去。〔李德義做出科云〕張千哥。怎生方便。我見令史相公説一句話。〔做見外郎科云〕令史相公。無多銀子。只五兩送相公買鍾酒吃。〔外郎云〕張千。看茶來與二哥吃。這樁事都在我身上。二哥。你自家去。〔李德義云〕都在相公身上。我家去也。〔下〕〔外郎云〕張千。擡了書案。跟着我接新官去來。〔同下〕〔正末扮包待制領張千上云〕老夫包拯是也。西延邊賞軍回來。到這汴梁城中。張千。擺開頭踏。慢慢的行者。〔張千云〕理會的。〔喝科〕〔正末唱〕

【雙調新水令】恰纔個上西延奉詔賞三軍。這回來敢辭勞頓。乘驛馬。到儀門。避不的遠路風塵。望南衙內急忙進。

〔神奴兒扮魂子上打攔路馬前轉科〕〔正末云〕好大風也。別人不見。惟有老夫便見。馬頭前一個屈死鬼魂。兀那鬼魂。你有甚麼銜冤負屈的事。跟老夫開封府裏去來。〔魂子旋下〕〔張千排衙上云〕喏。在衙人馬平安擡書案。〔正末上云〕老夫陞廳坐早衙者。張千。喚的當的當該司吏來。〔張千云〕當該司吏安在。〔外郎上云〕來了。你都在司房裏趓着。廳上喚哩。我答應去。〔做見科云〕小的每是當該司吏。〔正末云〕兀那司吏。有甚麼合僉押的文書。將來我看。〔外郎云〕理會的。〔外郎做遞文書科云〕文書在此。〔正末云〕這個是甚麼文卷。〔外郎云〕這個是在城李阿陳。因姦氣殺丈夫。勒殺親兒。前官斷定了。大人判個斬字。拏出去殺壞了罷。〔正末云〕這一行人都有麽。〔外郎云〕都有。〔正末云〕都與我喚上廳來。〔外郎云〕張千。把李阿陳一起都拏過來者。〔張千拏李德義大旦上科云〕當面。〔外郎云〕大人。則這個便是李阿陳一起。〔正末云〕兀那廝。說你那詞因。〔李德義云〕我哥哥是李德仁。小的是李德義。俺嫂嫂有姦夫。氣殺俺哥哥。所算了

姪兒。大人與小的每做主咱。〔正末云〕誰是那李阿陳。〔大旦云〕小婦人便是。〔正末云〕兀那李阿陳。我問你咱。〔唱〕

【慶東原】誰主意把你家私競。〔大旦云〕是小叔叔來。〔正末云〕李德義你聽得麽。〔唱〕誰氣的男兒命不存。〔大旦云〕也是小叔叔來。〔正末云〕李德義你聽得麽。〔唱〕却原來將親兄氣殺都是伊生忿。〔李德義云〕大人。不干小的事。都是我這嫂嫂。他不和六親。氣殺俺哥哥。勒殺孩兒。都是他來。〔正末唱〕你道他不和六親。〔李德義云〕大人若不信。則問街坊鄰舍便是。〔正末唱〕噤聲。索問甚麽街坊四鄰。〔帶云〕李德義。你若不招呵。〔唱〕一頓打敢着你死有十分。〔帶云〕兀那李德義。〔唱〕我則問你狀内詞因。不要你將枝稍穩。

〔云〕這文狀上有個老院公。可怎生不見。〔外郎云〕院公下在牢中哩。〔正末云〕他有甚麽罪過。下在死囚牢裏。與我提將來者。〔張千云〕院公死了也。〔正末云〕怎麽死了。〔外郎云〕院公生一個大剌唬癬死了也。〔正末唱〕

【攪箏琶】只你這批頭棍。屈打死那平民。現如今暴骨停屍。是坐着那一款罪犯招因。小叔兒和嫂嫂乾尋釁。令史每死也波錢親。背地裏揣與些金銀。休想那正眼兒敢覷着原告人。我將你拔樹連根。

〔云〕這樁事。必然暗昧。兀那李德義。你那姪兒那裏去了。〔李德義云〕是俺嫂嫂同姦夫所算了他來。〔正末云〕兀那李阿陳。説你那詞因。〔大旦云〕告大人息雷霆之怒。罷虎狼之威。小婦人與李大是兒女夫妻。當日李二要分另家私。李大便道俺是敕賜的義門李家。三輩兒不曾分另。你如何要分另。一口氣氣殺俺丈夫。有神奴孩兒。要街市上耍去。院公引的孩兒到州橋左側。孩兒要傀儡兒耍子。院公買傀儡兒去了。不期李二撞見孩兒。抱的家去。嬸子將孩兒勒死了。我與院公尋去。他倒説我有姦夫。所算了孩兒。不由分訴。拖到官中。三推六問。吊拷繃扒。屈打成招。今日投至見大人。似那撥雲見日。昏鏡重明。柔軟莫過溪澗水。不平地上也高聲。大人懷揣萬古軒轅鏡。照察我這銜冤負屈情。〔正末云〕兀那司吏。這婦人口内詞因。怎生和這狀子上不同那。〔外郎云〕大人。他都是那揭帖上學定了的。休聽他説。這婦人有姦夫。勒殺親兒。都是他來。〔正末云〕兀那李阿陳。我再問你咱。〔唱〕

【雁兒落】你莫不是李員外娶的後婚。〔大旦云〕俺是綰角兒夫妻。持過公婆孝服。埋殯夫主。每日的澆茶奠酒上墳哩。我家是敕賜義門李氏。怎敢辱抹家門。大人可憐見。〔正末唱〕他道是綰角兒成秦晉。他去那公婆行持孝服。他將親夫主纔埋殯。

【得勝令】每日價澆茶奠酒上新墳。怎肯貪圖淫慾辱家門。你道他所算了孩兒命。我道來須是他嫡母親。想着他生身。他曾受十月懷躭孕。擡舉得成人。他也曾有三年乳哺恩。

〔云〕你看這李阿陳口内詞因。與這狀子上不同。其中必然暗昧着。老夫怎生下斷。中間但得一個干證的來。可也好也。〔何正上見正末跪科云〕喏。小的是何正。〔正末云〕你是何正。這樁事怎來。你説。〔何正云〕小的姓何名正。是衙門中祗候人。我則道大人喚何正哩。〔正末云〕你看老夫波。他是衙門中一個祗候人。老夫年紀高大。耳背了。既然不干你事。你去。〔何正下〕〔做見李德義覷科云〕我那裏見這厮來。哦。你是那李二員外。〔何正做打科云〕快招快招。〔正末云〕何正做甚麽。將那李德義這般打也。〔何正云〕大人斷事。小的每是祗候人。官不威牙爪威。〔正末云〕你看這厮胡説。下廳去。〔何正又打李德義科〕〔正末云〕你看何正那厮。好無禮也。〔唱〕

【沉醉東風】他去那原告人十分覷問。眼見的那被告人九分關親。他將李阿陳相哀憫。他去那李二行百般的施讎恨。料應來必有個緣因。我見他兩次三番如喪神。早難道肋底下插柴自穩。

〔云〕張千。拏下何正者。〔張千云〕理會的。〔張千做拏何正科〕〔正末云〕你爲甚麽將這李德義來揪撏摑打。必然官報私讎。説的是萬事都休。説的不是將銅鍘先切了你那驢頭。〔何正云〕大人息怒。聽小的從頭至尾。慢慢的説一遍。當日大人去西延邊賞軍去。小的聽的大人回還。忙離府地。急出衙門。遠接大人前去。來到州橋左側。帶酒慌速。不悮間撞了他一交。他懷裏抱着個小的。叫做神奴兒。我陪言相告。做小伏低。他惱罵不絶。數傷父母。我本唬嚇他一句道。我非私來乍到。迎接包待制大人去。他道包待制便怎的我。〔李德義做怕科〕〔何正云〕我兒也。我且饒你這一句。誰想大人陞廳。喚小的何正下廳去。看見了這厮。便好道讎人相見。分外眼明。向廳前揪撏摑打。也只是報州橋左側毀罵這場的讎恨。別無他意。〔詩云〕包爺爺高擡明鏡。非干我言多傷行。見李二抱定神奴。是小人叫名何正。〔正末云〕兀那李二。你將的神奴兒那裏去了。〔李德義云〕我抱了家去。分付與妻子王氏來。〔正末云〕我問你咱。你娶的婦人。是兒女夫妻。是半路裏娶的。〔李德義云〕是半路裏娶的。〔正末云〕何正。與我拏將那婦人來者。〔何正云〕理會的。〔李德義云〕你認的我家裏麼。〔何正云〕你不道來。下的州橋往南行。紅油板搭高槐樹哩。〔下〕〔搽旦上云〕自家李二的渾家。正在家中閒坐。這一會兒有些眼跳。不知有甚麼人來。〔何正上云〕來到李家門首也。〔做見搽旦科云〕兀那婦人。大人衙門裏喚你哩。〔搽旦云〕我不怕你。就和你見大人去。〔同見正末科〕〔何正云〕當面。〔正末云〕兀那婦人。你知罪麼。〔搽旦云〕大人。小兒犯罪。罪坐家長。干小婦人每甚麼事。〔正末云〕這婦人也說的是。小兒犯罪。罪坐家長。你出去。〔搽旦出門做打呵欠睡科〕〔神奴兒扮魂子打搽旦科云〕醜弟子。你不說怎麼。〔搽旦慌科云〕氣殺伯伯也是我來。混賴家私也是我來。勒殺姪兒也是我來。是我來。都是我來。〔何正云〕你看他。〔正末云〕何正。〔何正云〕有。〔正末云〕爲甚麼這般大驚小怪的。〔何正云〕大人。那婦人出的衙門。攧着那手。他說氣殺伯伯也是我來。混賴家私也是我來。勒殺姪兒也是我來。是我來。是我來。都是我來。〔正末云〕與我拏過來。〔何正做拏搽旦見科〕〔正末云〕兀那婦人。你說那詞因。〔搽旦云〕我有甚麼詞因。小兒犯罪。罪坐家長。干我甚的事。〔正末云〕既無詞因。不干你事。出去。〔搽旦做出門打呵欠睡科〕〔魂子打科〕〔搽旦招科〕〔何正拏見正末科〕〔如此三科〕〔正末云）何正。你敢戲弄老夫麽。你從實的説。説的是便罷。説的不是。我不道饒了你哩。（何正云）大人可憐見。他在衙門外便説。在廳上又不説。（正末云）好是奇怪。（做沉吟科云）哦。我知道了也。（唱）

【甜水令】好教我便煩煩惱惱。慽慽焦焦。嗔嗔忿忿。都變做了笑欣欣。我這裏親舉霜毫。寫道牒文。使顆印信。將着去衙門外把火燒焚。

（云）大家小家兒。有個門神户尉。何正。你將這道牒文。衙門外燒了者。（何正做接科云）理會的。（正末詩云）老夫心下自裁劃。你將金錢銀紙快安排。邪魔外道當攔住。只把那屈死的冤魂放過來。（唱）

【折桂令】囑付那開封府户尉門神。當住他那外道邪魔。放過他這屈死冤魂。（何正云）我燒了紙。一陣好大風也。（放魂子進門科）（正末云）别人不見。惟有老夫便見。（唱）**見一陣旋風兒打個盤渦。足律律遶定堦痕。**（云）兀那鬼魂。有甚麽銜冤負屈的事。你説。我與你做主咱。（魂子訴詞云）告大人停嗔息怒。聽孩兒細説緣故。俺母親嬸子不和。因此上分家另住。當日我學裏回家。我待要街上覷覷。老院公領我出門。來到那十字大路。我見個賣傀儡的過來。院公道我與你買去。等院公不見回身。撞見我嫡親叔父。領的我到他家中。俺嬸嬸便生嫉妬。將麻繩拴住脖子。勒的我登時命卒。一靈兒蕩蕩悠悠。每日家嚎咷痛哭。正撞見你這清耿耿無私曲的待制爺爺。與我這没投奔屈死的神奴兒做主。（正末云）哎。好可憐人也。（唱）**他和那親兄長無些兒義分。將**

一個小孩兒屈死在荒村。叵奈頑民。簸弄錢神。便應該斬首雲陽。更揭榜曉諭多人。

【收江南】呀。誰着你個逆風兒點火落的這自燒身。便不念自家骨肉自家親。也須知舉頭三尺有靈神。今日到南衙來勘問。纔見得我老龍圖就似那一輪明鏡不容塵。

〔云〕一行人聽我下斷。本處官吏。不知法律。錯勘平人。各杖一百。永不敘用。王臘梅不顧人倫。勒死親姪。市曹中明正典刑。李德義主家不正。知情不首。杖斷八十。何正路見不平。拔刀相助。重賞花銀十兩。將應有的家私。都與李阿陳永遠執業。設一個黃籙大醮。超度神奴兒升天。〔詞云〕則爲這攪家潑婦心愚魯。故要分居滅上祖。若非是包龍圖剖斷不容情。怎結束神奴兒大鬧開封府。

〔音釋〕拯音整　競其硬切　癤音節　舋欣去聲　撏詞纖切　摑乖上聲　钀音閘　劃胡乖切　渦音窩　足臧取切　嚎音豪　咷音桃　叵音頗　勘坎去聲

題目　包龍圖單見黑旋風

正名　神奴兒大鬧開封府

半夜雷轟薦福碑雜劇

馬致遠 撰

第一折

〔冲末扮范仲淹同外扮宋公序上詩云〕龍樓鳳閣九重城。新築沙堤宰相行。我貴我榮君莫羨。十年前是一書生。老夫姓范名仲淹。字希文。累蒙擢用。頗有政聲。今謝聖恩可憐。除老夫爲天章閣學士之職。這個是老夫幼年朋友。姓宋名公序。還有一個同堂小弟。姓張名鎬。字邦彦。老夫自登仕路以來。與兄弟張鎬。數載不能相會。未知進取功名也流落四方。老夫常切切於心。拳拳在念。今奉聖人命。着老夫江南採訪賢士。宋公序所除揚州爲理。只今日俺兩個便索登程去也。〔宋公序云〕哥哥。您兄弟已行。别無他事。止有一女。未曾許聘他人。哥哥可有甚麼好親事舉保。將來就勞哥哥主婚。成就這門親事。〔范仲淹云〕相公放心。我有一同堂小弟張鎬。論此生的才學。不在老夫之下。我若有書呈到於相公跟前。便成就了這門親事。〔宋公序云〕多謝哥哥。您兄弟謹領。則今日辭了哥哥。便往揚州之任走一遭去。〔先下〕〔范仲淹云〕宋公序去了也。老夫不敢久停久住。則今便往江南。採訪賢士。走一遭去來。〔下〕〔净扮張浩上詩云〕段段田苗接遠村。太公庄上戲兒孫。庄農只得鋤鉋力。答賀天公雨露恩。自家是個庄家。姓張名浩。字仲澤。在張家庄居住。廣有庄田。牛羊孳畜。不知其數。我做個大户。近新來有一個秀才。到我這庄上。我問他名字。他也姓張名鎬。字邦彥。此人滿腹文章。留在庄兒上教些學生讀書。我偷聽他幾句言語。知之爲知之。不知爲不知。我今日無甚事。看了田禾。我去書房裏。望那秀才走一遭去。〔下〕〔正末扮張鎬引學生上云〕小生汴京人氏。姓張名鎬。字邦彥。幼小父母雙亡。我有八拜至交的哥哥。乃是范仲淹。他爲翰林學士之職。數載不曾相見。小生飄零湖海。流落天涯。在於潞州長子縣張家庄上。有一人姓張名浩。字仲澤。他見我和他同名同姓。留我在他庄上。教着幾個蒙童度日。張鎬。幾時是你那發達的時節也呵。〔唱〕

【仙呂點絳唇】我本是那一介寒儒。半生埋没。紅塵路。則我這七尺身軀。可怎生無一個安身處。

【混江龍】常言道七貧七富。我便似阮籍般依舊哭窮途。我住着半間兒草舍。再誰承望三顧茅廬。則我這飯甑有塵生計拙。越越的門庭無徑舊遊疎。〔帶云〕常言道三寸舌爲安國劍。五言詩作上天梯。〔唱〕既有這上天梯。可怎生不着我這青霄步。我可便望蘭堂畫閣。剗地着我瓮牖桑樞。

〔范仲淹上云〕老夫范學士。自離了汴京。隨路採訪賢士。來到這潞州長子縣。打聽的我那兄弟張鎬。在於張家庄上教學。老夫直來到此處。探望我那兄弟走一遭去。可早來到也。祗候人接了馬者。學童。你師父在家麽。〔學生云〕師父家裏有。〔范仲淹云〕你報復去。道有范學士特來相訪。〔學生報云〕有范學士在於門首。〔正末云〕道有請。〔范仲淹云〕賢弟别來無恙。〔正末云〕哥哥請

坐。受您兄弟兩拜。〔唱〕

【後庭花】哥哥也喒可便相别了數載餘。哎。你個故人音信疎。遠阻隔三千里。你可便近新來安樂無。〔云〕比及哥哥來。我早知道了也。〔范仲淹云〕兄弟。我又不曾有書信來。你如何知道。〔正末唱〕我昨夜看文書。猛擡頭疑怪他這燈花兒結聚。今日個果門迎你個長者車。

〔范仲淹云〕賢弟。論你高才大德。博學廣文。爲何不進取功名。劃地在此教學爲生。可是主何意。〔正末云〕哥哥。你兄弟一言難盡。〔唱〕

【油葫蘆】則這斷簡殘編孔聖書。常則是養蠹魚。我去這六經中枉下了死工夫。凍殺我也論語篇孟子解毛詩註。餓殺我也尚書云周易傳春秋疏。比及道河出圖。洛出書。怎禁那水牛背上喬男女。端的可便定害殺這個漢相如。

【天下樂】這世裏難乘駟馬車。想賢也波愚。不並居。我干受了漏星堂半世活地獄。〔范仲淹云〕你積攢下些甚麼囊篋。〔正末唱〕我渾攢下到六七斤家麻。四五斗家粟。幾時能勾播清風一萬古。

〔范仲淹云〕賢弟受窘。你肯謁託一兩個朋友呵。必有濟惠。得些盤費。進取功名。可不好那。〔正末云〕哥哥。如今難投託人。今人與古人不同。〔唱〕

【那吒令】當日個結交。有周瑜魯肅。當日個量寬。有王陽貢禹。今日個義讓。無管仲鮑叔。則我這運未通。時難遇。枉了狂圖。

【鵲踏枝】我如今帶儒冠。着儒服。知他我那命裏。有公侯也伯子男乎。我左右來無一個去處。天也則索閣落裏韞匵藏諸。

〔范仲淹云〕兄弟也。你是看書的人。便好道富家不用買良田。書中自有千鍾粟。安居不用架高堂。書中自有黄金屋。出門莫恨無人隨。書中車馬多如簇。娶妻莫恨無良媒。書中有女顔如玉。前賢遺語。道的不差也。〔正末唱〕

【寄生草】想前賢語。總是虚。可不道書中車馬多如簇。可不道書中自有千鍾粟。可不道書中有女顔如玉。則見他白衣便得一個狀元郎。那裏是緑袍兒賺了書生處。

【幺篇】這壁攔住賢路。那壁又擋住仕途。如今這越聰明越受聰明苦。越癡呆越享了癡呆福。越糊突越有了糊突富。則這有銀的陶令不休官。無錢的子張學干禄。

【六幺序】我想那今世裏真男子。更和那大丈夫。我戰欽欽撥盡寒鑪。則這失志鴻鵠。久困鰲魚。倒不如那等落落之徒。枉短檠三尺挑寒雨。消磨盡這暮景桑榆。我少年已被儒冠誤。羞歸故里。懶覩鄉閭。

【幺篇】則這寒儒。則索村居。教伴哥讀書。牛表描硃。爲甚麽怕去長安應舉。我伴着夥士大夫。穿着些百衲衣服。半露皮膚。天公與小子何辜。問黄金誰買長門賦。好不直錢也者也之乎。我平生正直無私曲。一任着小兒簸弄。山鬼揶揄。

〔范仲淹云〕賢弟。似此訓蒙呵。幾時是你發達時節也。〔正末云〕您兄弟吃這些學生每定害殺我也。〔唱〕

【金盞兒】出來的越頑愚。忒乖疎。便有文宣王哲劍難拘束。一個個拴縛着紙鑵子。一個個粧畫悶葫蘆。一個撮着那布裙踏竹馬。一個舒着那膁肕跳灰驢。他每那裏省的鴉窩裏出鳳雛。您兄弟常則是油瓮裏捉鮎魚。

〔范仲淹云〕兄弟。請你那東道出來。我和他厮見。〔請科净上云〕我如今無甚事。學堂裏望那張鎬去。〔正末云〕老兄。我哥哥范學士來在此。你和他厮見咱。〔做見科〕〔范仲淹云〕老兄。賢弟在此。多蒙垂顧。〔净云〕知之爲知之。不知爲不知。〔正末云〕小生往常曾説。此便是小生的哥哥范學士。〔净云〕多勞相公遠降。有失迎迓。知之爲知之。不知爲不知。〔范仲淹云〕賢弟。這厮也是個愚魯之人。〔正末云〕哥哥。量他何足道哉。〔唱〕

【醉扶歸】這厮蠢則蠢家豪富。富則富腹中虚。〔帶云〕哥哥。〔唱〕便道東道和門館德不孤。他純經義不詞賦。他識字呵不抵死十分看書。他則是個中選的鋤田户。

〔净云〕老相公請坐。我執料些茶飯去。知之爲知之。不知爲不知。〔下〕〔范仲淹云〕兄弟。你身邊有何功課。〔正末云〕您兄弟積下萬言長策。哥哥你試看咱。〔范仲淹云〕兄弟。我將此萬言長策。獻上聖人。保舉你爲官。意下如何。〔正末云〕此處豈你兄弟久遠安身之地。〔范仲淹云〕兄弟。既然你要轉動。我與你三封書。投託三個人去。頭一封書洛陽黄員外。你投託他去。他見我書呈。你那衣食盤費。都在此封書上。第二封書是黄州團練副使劉仕林。他見我書呈。必有厚贈。這第三封書最要緊。是揚州太守宋公序。你下到這封書呵。休説你那盤纏鞍馬。就是前程事。都在此封書上。兄弟也你着意者。你若不得第時。權在張家庄上住。我着人來取你爲官。你意下如何。〔正末云〕多謝哥哥賜我這三封書。我辭别東家。便索長行也。〔净上云〕這弟子孩兒不中用。燒着一隻鵝。却揭開鍋蓋。可被他飛的去了。〔正末云〕長者。小生在此。多多混踐。着衆學生各自還家去。等我回時。可教他再來讀書。哥哥。小弟收拾了琴劍書箱。便索起程也。〔唱〕

【賺煞】您兄弟先謁信安君。後訪揚州牧。看小子今番命福。恁兄弟一片功名心更速。豈不聞光陰如過隙白駒。我將這護身符。你着我變幾貫青蚨。〔帶云〕長者。〔唱〕我投人須投大丈夫。則這新豐一旅。將着馬周來不遇。〔帶云〕哥哥。你可放心也。〔唱〕你看我專等常何的那一紙薦賢書。〔下〕

〔范仲淹云〕兄弟去了也。長者恕罪。老夫就將着萬言長策。去獻與聖人。保舉兄弟爲官。不敢久停久住。祇候將馬來。别處採訪賢士。走一遭去來。〔同下〕

〔音釋〕鎬音浩　鉋音袍　没音暮　樞昌書切　獄于句切　粟須上聲　肅須上聲　叔音暑　服房夫

切　匱音讀　禄音路　簸音播　揶音爺　揄音余　鑒音見　臁音廉　肕仁去聲　牧音暮

福音府　速蘇上聲　白巴埋切

楔子

〔旦上云〕妾身是黄員外的渾家。是好煩惱人也。昨日有個秀才。投下一封書。俺員外接過書呈看罷。不知怎生。當夜晚間員外害急心疼亡了。兀的不痛殺我也。〔正末上云〕自從張家庄上與哥哥約别之後。小生一徑的來到洛陽。投逩那黄員外。昨日下了書呈。在店肆中安下。今日無甚事。黄員外宅上走一遭去。哦。可怎生門首掛着紙錢那。〔做唤門科云〕門裏有人麽。〔旦云〕是誰。〔正末云〕小生是昨日下書的張秀才。〔旦云〕你是那下書的。兀那秀才。你聽者。自從你昨日下了書呈。將俺員外急心疼一夜妨殺了。今日有甚臉上我門來。你若入門時。抓了你那臉。卒風暴雨。不入寡婦之門。你快回去。〔正末云〕誰死了。〔旦云〕員外死了。〔正末做哭科云〕張鎬。你好命薄也呵。哥哥與我三封書。頭一封書投與洛陽黄員外。昨日下了書。一夜急心疼死了那員外也。小生不避驅馳。索往黄州投着團練副使劉仕林走一遭去罷。〔唱〕

【仙吕賞花時】我恰做訪戴山陰王子猷。身似飄飄没纜舟。爲活計拙如鳩。則這客僧投寺宿。措大謁儒流。

【幺篇】投至得千里書回碧樹秋。則怕這一夜霜天白髮愁。王粲謁荆州。我想那朝中

故友。休教我空倚定仲宣樓。〔下〕

〔音釋〕宿羞上聲

第二折

〔范仲淹同使官上云〕老夫范學士。自從江南採訪賢士。到於朝中。老夫就將兄弟張鎬所作萬言長策。獻與聖人。謝聖恩可憐。就加張鎬爲吉陽縣令。老夫本待親身自去。争奈公事冗雜。老夫差一使命去加官賜賞。使命。你近前來。我囑付你。你去潞州長子縣張家庄上。有一人是張鎬。爲他獻了萬言長策。聖人的命。加他爲吉陽縣令。教他走馬到任。小心在意。疾去早來。〔下〕〔使官云〕領了老相公言語。直至潞州長子縣張家庄上。加官賜賞。走一遭去。〔下〕〔凈上云〕自家張浩。自從那張秀才散了學生。去了許多時也。我今日看了田禾回來。無甚事。且閒坐些兒則箇。〔使官上云〕來到也。左右。接了馬者。張浩。聽聖人的命。〔凈云〕呀。快裝香來。知之爲知之。不知爲不知。〔做跪科使官云〕張浩。爲你獻了萬言長策。聖人見喜。加你爲吉陽縣令。教你走馬上任。謝恩。〔凈拜科云〕待茶飯了去。〔使官云〕不必了。小官事忙。將馬來。回聖人話去。〔下〕〔凈云〕知之爲知之。不知爲不知。嗨。我幾曾有那萬言長策來。是那張鎬的。錯加了官也。且由他。有誰知道。我如今不可久停久住。收拾鞍馬。便索理任去也。〔下〕〔正末上云〕小生張鎬。收拾琴劍書箱。且往黄州投遶團練副使劉仕林走一遭去呵。〔唱〕

【正宮端正好】恨天涯。空流落。投至到玉關外我則怕老了班超。發了願青霄有路終須到。剗地着我又上黄州道。

【滚繡毬】這一遭。下不着。孔融好等你那禰衡一鶚。哥也我便似望鵬摶萬里青霄。你撥的我散了學。罝下袍。去這布衣中莽跳。空着我遶朱門恰便似燕子尋巢。比及見這四方豪士頻插手。我争如學五柳的先生懶折腰。枉了徒勞。

〔云〕小生幼年間攻習儒業。學成滿腹文章。指望一舉狀元及第。峥嶸發達。誰想今日波波碌碌。受如此般辛勤也。〔唱〕

【叨叨令】往常我青燈黄卷學王道。剗地來紅塵紫陌尋東道。如今十個九個人都道。都道是七月八月長安道。兀的不困殺人也麽哥。困殺人也麽哥。看書生何日得朝聞道。

〔云〕貧乃士之常。聖人道君子固窮。小人窮斯濫矣。〔唱〕

【滚繡毬】雖然我住破窑。使破瓢。我猶自不改其樂。後來便爲官也富而無驕。洛陽書坐化了。黄州書自窨約。比及到那時節有一個秀才來投託。這世裹誰似晏平仲善與人交。〔云〕到那財主門首。報復將去。有個秀才下書。那財主便道。着他門首等着。〔唱〕他腆着胸脯眼見的昂昂傲。〔帶云〕要他那賫發呵。〔唱〕將我這羞臉兒懷揣着慢慢的熬。〔帶云〕投至得他那幾貫錢呵。〔唱〕輕可等半月十朝。

〔云〕這裏是個三叉路。不知那條路往黄州去。天色晅熱。就在柳陰直下歇一歇。等一個來往的人問路咱。〔正末坐地科〕〔行者上云〕好熱也。晒殺我也。〔正末云〕一個出家人來了。我問訊咱。

〔唱〕

【倘秀才】敢問你個禪師長老。〔行者云〕問甚麼。〔正末唱〕這條路去黄州也不錯。〔行者云〕正是黄州大路。〔正末唱〕長老也則他這鐘不宜時爲甚敲。〔行者云〕是無常鐘。死了人便撞這鐘。〔正末唱〕我道死了人的不是個鋤田漢。〔行者云〕不是。〔正末唱〕必然是個富官僚。〔行者云〕可知裏。〔正末云〕這官人姓甚名誰。〔行者云〕我説與你。死了的官人。是黄州團練副使劉仕林。〔正末唱〕我聽的他道了。

〔做歎氣科〕〔唱〕

【醉太平】争些兒把我撞着。可着我心痒難揉。揚州太守聽消耗。你這其間莫不害倒。第一封書已自無着落。第二封書打發誰行要。我將這第三封扯做紙題條。〔帶云〕張鎬。〔唱〕則好去深村裏教學。

〔行者云〕諕我這一跳。秀才。你閒也是忙。忙便罷。閒便來寺裏吃酸餡來。〔正末云〕長老恕罪。張鎬也怎生如此般命蹇。哥哥與了三封書。妨殺了兩個人。第三封書謁託揚州刺史。罷罷罷。我不往揚州去。我則回那潞州長子縣張家庄上。等哥哥消耗。可不好那。〔下〕〔龍神上詩云〕獨魁南海作龍神。興雲降雨必躬親。曾因悮受天公罰。至今不敢借凡人。吾神乃南海赤鬚龍是也。奉玉帝敕旨。着吾神行雨。身體困倦。在於廟中歇息片時。有何不可。〔正末上云〕好大雨也。兀的是個龍神廟。我那裏避雨去咱。〔唱〕

【倘秀才】則他這香火冷把他庄家賽倒。莫不是雨雪少把這黎民來瘦却。古廟荒凉餓鬼嚎。我權捻土。做香燒。怨書生的命薄。

〔云〕供卓上有一個珓兒。我試問神道。咱小生張鎬。流落在潞州長子縣張家庄。教着幾個村學。當時一日。有我的哥哥范學士來訪小生。將我萬言長策進了。保舉我爲官。又與我三封書。兩封書妨殺兩個人。第三封書小生不曾往揚州去。如今則回潞州長子縣。去張家庄上等待哥哥消耗。小生若是能勾爲官。便與三個上上大吉。若是不能勾爲官。便與我三個下下不合神道。〔唱〕

【滚繡毬】將碑珓兒咒愿了。香爐上度了幾遭。〔做擲珓科云〕元來是個下下不合神道。〔三科〕〔唱〕可怎生一擲一個不合神道。和這塊臭芹泥也折貴攀高。遮莫是角木蛟。氐土貉。大古裏是今秋水落。你下下滰了我大段田苗。將我些有金銀富漢都亡過。我和你無祭享泥神兩個厮撞着。〔帶云〕我駡你呵。〔唱〕那裏也雨順風調。

〔云〕這披鱗的曲蟮。帶甲的泥鰍。我歹殺呵是國家白衣卿相。你豈敢戲弄我。怎生出的這惡氣。我則題破這廟宇。便是我平生之願。取出我這筆墨來。有這簷間滴水。磨的這墨濃。蘸的這筆飽。就這搗椒壁上。寫下四句詩。〔做寫科云〕將寫就了。我表白一遍咱。〔詩云〕雨暘時若在仁君。鼎鼐調和有大臣。同舍若能知此事。謾將香火賽龍神。我題罷這詩也。覺一陣昏沉。就這殿角邊歇息咱。〔末做睡科〕〔龍神云〕叵耐張鎬無禮。你自命蹇福薄。時運未至。却怨恨俺這神祇。將吾毀罵。題破我這廟宇。更待乾罷。你行一程。我趕一程。行兩程我趕兩程。張鎬你聽者。〔詩云〕你虧心折盡平生福。行短天教一世貧。古廟題詩將俺這神靈罵。你本是儒人我着你今後不如人。〔下〕〔正末做醒科云〕天色晴了。日影兒出來也。我趕程途去。便索長行。〔下〕〔净騎馬上云〕自家張浩的便是。託賴祖宗餘廕。得了這官。如今去赴吉陽縣令。萬言長策不是我的。是那個張鎬的。我就混賴了他的。有誰知道。今日走馬赴任行動咱。知之爲知之。不知爲不知。〔正末上云〕兀的不是張仲澤。仲澤。〔净云〕不中。我索走走走。〔下〕〔正末唱〕

【呆骨朵】我這裏高阜處不住的呀呀叫。〔曳剌上云〕一匹好馬也。〔正末唱〕**見一個帶牌子的曳剌隨着。**〔云〕敢問麽。〔曳剌云〕你問甚麽。〔正末唱〕**這人姓甚名誰。**〔曳剌云〕姓張是張浩。〔正末唱〕**他那年紀兒是大小。**〔曳剌云〕三十歲也。〔正末唱〕**莫不在長子縣村中住。**〔曳剌云〕是長子縣居住。〔正末唱〕**因甚上爲官爵。**〔曳剌云〕爲他獻了萬言長策來。〔正末云〕他那裏有萬言長策。〔唱〕**我則道舊相知張仲澤。**〔帶云〕哥哥休怪。〔唱〕**管是我眼睛花將他錯認了。**

〔曳剌云〕傻屌放手。我趕相公去。〔下〕〔正末云〕他那裏取萬言長策來。世上多有同名同姓的。

我則回潞州長子縣張家庄上。等待哥哥消耗便了。〔下〕〔净騎馬上云〕知之爲知之。不知爲不知。天色晴了也。我走了這一日。覺的有些困倦。且下這馬來。拴在柳樹上。在這緑陰之下暫歇息咱。〔曳剌上云〕好塊子馬。脚打着腦杓子走趕不上。兀的不是那塊子馬。相公敢在這裏。〔曳剌見净科〕〔净云〕兀那厮是甚麽人。〔曳剌云〕洒家是個曳剌。接相公來。則被那塊子馬走的緊。洒家緊趕着。跟不上。接不着相公。〔净云〕你知道你那罪過麽。〔曳剌云〕洒家不知道。〔净云〕你要饒你那罪過麽。〔曳剌云〕可知要饒哩。〔净云〕你路上曾見個秀才麽。〔曳剌云〕洒家見來。〔净云〕你殺了他去。我便饒了你罪過。〔曳剌云〕洒家知道。我殺那傻厮去。且慢者。乞個罪名。〔净云〕他拐了我梅香。偷了我壺瓶臺盞。你殺了他去。〔曳剌云〕我便去。〔净云〕你回來。倘若你不殺他呀。你休瞞了我。要你三件信物。要他那衣衫襟子。刀上有血。挣命的土刻灘子。三件都有。你便來回話。〔下〕〔正末上云〕天色暄熱。打破了我這脚。我慢慢的行波。〔曳剌趕上云〕兀的不是那傻厮。兀那秀才。你住者。我和你説話。〔正末云〕那騎馬的可正是張仲澤麽。〔曳剌云〕俺那相公認的你。着我與你十兩棗穰金。在我這腿曲褳子裏打着。你自取去。〔正末云〕在那裏。〔做低頭取科〕〔曳剌云〕你黄泉做鬼休怨我。〔做殺末科〕〔正末云〕哥哥。饒俺性命。小生其實寃屈。死於九泉之下。我不告張仲澤。我則告着你。〔曳剌放末科云〕兀那秀才。他道你拐了他梅香。偷了他壺瓶臺盞。教我來殺你。你可説你怎生寃屈。你試慢慢説一遍咱。〔正末云〕哥哥。你停嗔息怒。聽小生從頭至尾。告訴得來。小生姓張名鎬。字邦彦。他姓張名浩。字仲澤。因與俺同名同姓。他留小生在他庄兒上。教着幾個村童。當初一日。有我的哥哥是范學士來相訪小生。將我的萬言長策收了。又與了我三封書。兩封書妨殺了兩個人。有第三封書。小生不曾往揚州去。眼見的小生離了那庄上。哥哥着人來宣喚我爲官。小生可不在。他也姓張名浩。我也姓張名鎬。同名同姓。賴了我這官爵。他恐怕久後白破他這事。故意着哥哥來殺壞小生。他自封妻廕子。哥哥。你没來由替别人做甚麽。〔曳剌云〕恁的呵。是俺那儍屌的不是。〔正末云〕小生倒不怪那張仲澤。則怪我那范學士哥哥。〔曳剌云〕兀那秀才。你休胡説。那范學士你怎生怨他。〔正末唱〕

【倘秀才】我則爲他三封書把我這前程來誤却。萬言策被别人賴了。大道上肯分的軸頭兒厮抹着。他請我在庄兒上。教村學。也曾看成的我至好。

〔曳剌云〕兀那秀才。他也姓張名浩。你也姓張名鎬。他是那一個浩字。你是那一個鎬字。你試説我聽咱。〔正末云〕哥哥不知。聽小生説。〔唱〕

【滚繡毬】我是金字邊着個高。〔曳剌云〕可他呢。〔正末唱〕他是點水邊着個告。因此上一般名號。〔曳剌云〕那加官的管着甚麽來。〔正末唱〕誰想這送宣的再也不辨個根苗。他道是蓋世豪。我道是兒女曹。喒兩個非同管鮑。哥也則你那十兩棗穰金是鞘裏藏刀。俺兩個一時本是知心友。不想道半路裏番爲刎頸交。他怎肯將我躭饒。

〔曳剌云〕兀那秀才。你不説呵。我怎麽知道。既然這等。饒你性命。不殺你。〔正末云〕謝了哥哥。〔做行科〕〔曳剌云〕兀那秀才轉來。問你要三件信物。〔正末云〕那三件信物。〔曳剌云〕要你那衣衫襟。刀子有血。掙命的土刻灘子。你與我這三件兒。你便去。〔正末云〕哥哥。你要衣服。可割一塊去。〔曳剌云〕將來。〔做割科云〕衣襟有了也。這刀子上要有血。〔正末云〕怎麼能勾這刀子有血。〔曳剌云〕兀那秀才。揀你那不痛處。我扎一刀子。〔正末做怕科云〕哥哥。那答兒是不疼的。〔曳剌云〕兀那秀才。你打破鼻子。〔正末做打鼻科〕〔曳剌云〕你重些打。〔正末云〕哥哥怎麼打。〔曳剌自做打鼻出血科云〕這般打。〔正末云〕哥也。打破你的鼻子。就着那血抹在那刀子上罷。省的我打。〔曳剌云〕倒好了你也。那秀才你躲了。〔做跌倒科〕〔正末云〕哥也。你做甚麼。〔曳剌云〕傻屌也。可是那掙命的土刻灘子。〔正末云〕感謝哥哥。此恩念異日必當重報。敢問哥哥姓甚名誰。〔曳剌云〕我姓趙。是趙實。你久後得官呵。休忘了趙實。〔工末云〕哥哥是趙實。我牢記着哩。小生一句話敢説麼。〔唱〕

【煞尾】你是必興心兒再認下這搭沙和草。哥也你可休不挂意揩抹了這把帶血刀。〔帶云〕張浩。〔唱〕休想天公把你饒。鞭牛漢平白的賴了官爵。採桑婦没來由受了郡誥。我空向他鄉走一遭。千里投人怕的是到。若不是吾兄義氣高。若不是哥哥怎生了。山海也似恩臨决然報。異日峥嶸厮撞着。請一個傳神巧待詔。一幅丹青寫容貌。堂上鋪陳掛幔幙。羅列盃盤置椅卓。百味珍羞不教少。一炷明香旦暮燒。將你那救我命的恩人〔帶云〕你是趙實哥哥。〔唱〕直供養到老。〔下〕

〔曳剌云〕秀才去了也。三件信物都有了。我回相公話去。〔下〕〔净上云〕這厮好不幹事。這早晚不來回話。〔曳剌上見净云〕相公。洒家回來了也。〔净云〕你殺了那秀才也不曾。〔曳剌云〕我趕上只一刀。殺了那秀才。三般驗證都有。衣衫襟。刀子有血。相公怕不信呵。去看那挣命的土刻灘子。〔净云〕這厮好男子。我饒了你接不着的罪過。〔背云〕秀才也殺了。這厮久後説出來可怎了。則除是這般。兀那曳剌。你去了一日光景。馬不曾飲水。兀那裏有井。你那裏打些水飲馬去。〔曳剌云〕洒家知道。〔曳剌做打水〕〔净推科〕〔曳剌云〕有人推我。〔做轉身按倒净科云〕叫有殺人賊也。〔宋公序引隨從冲上云〕小官宋公序。今取回京師去也。來到此處。是甚麽人鬧吵。拿近前來。你是甚麽人。你説。〔曳剌云〕洒家是吉陽縣伺候。教小人接新官去。接着這個傻屌。他道你怎麽誤了接待我。洒家便道。那馬走的緊。小人趕不上。他便道你要饒你麽。洒家便道。可知要饒哩。他便道。你路上曾見一個秀才來。我便道見來。他道你去殺了他去。我便道乞個罪名。這個傻屌便道。他拐了我梅香。偷了壺瓶臺盞。他又怕我不肯殺他。問我要三件信物驗證。要衣衫襟。刀子有血。挣命的土刻灘子。洒家趕上秀才。説了他項上事。那秀才姓張名鎬。這傻屌也姓張名浩。他兩一般名字。他混賴了他萬言長策。得了他官爵。洒家聽的説。我放的秀才去了。回這傻屌的話。他久後怕我説出來。着我飲馬去。我到井邊。恰待打水。這傻屌便要推我在井裏。相公。我死呵不打緊。我有八十歲的母親。可着誰人侍養。説兀的做甚。〔詞云〕小人説從頭至尾。説的來不差半米。殺了秀才又渰死洒家。傻屌也你做的個損人利己。〔宋公序云〕我多聽的范學士哥哥説一個張鎬的名兒。這個未知是不是。祗候人拿住這兩個人。跟隨我去。到於京師。見了范學士。親問明白。我自有個主意。左右那裏將馬來。赴京師走一遭去。〔净云〕知之爲知之。不知爲不知。〔同下〕

〔音釋〕落音澇　着池燒切　鶚音傲　樂音澇　窨音蔭　約音杳　託音討　十繩知切　訊音信　揉與撓同　學奚交切　却音巧　薄巴毛切　珓音叫　貉音豪　祇音其　爵音剿　傻商鮓切　屌凋上聲　幞音冒　卓之卯切

第三折

〔范仲淹上云〕老夫范學士。自從將兄弟張鎬。加爲吉陽縣令。至今音信皆無。老夫今奉聖人的命。差老夫饒州公幹。收拾行裝。便索往饒州走一遭去來。〔下〕〔外扮長老上詩云〕澗水煎茶燒竹枝。袈裟零落任風吹。看經只在明窗下。花落花開總不知。貧僧乃薦福寺長老。自幼出家。剃度爲僧。經文佛法。無不通曉。我這寺中碑亭内。有一統碑文。是顔真卿寫的。就是他親手鐫的。書法精妙。寺中以爲至寶。等閒人不得見。近日有一人姓張名鎬。是范學士的朋友。因持三封書投託人。妨殺了兩個人。流落在此。貧僧每日齋食管待。今日無甚事。請到方丈中。與此人攀話。這早晚敢待來也。〔正末上云〕打聽的范學士哥哥。在此饒州爲刺史。小生一徑的投到饒州來。不想哥哥又宣的回去。將小生淹留在此。這薦福寺中安下。多多的定害這長老。早間使人來

請。小生須索方丈中走一遭去呵。〔唱〕

【中呂粉蝶兒】千里而來。早則不興闌了子猷訪戴。乾賠了對踐紅塵踏路的芒鞋。則俺那守饒州。范學士。故人安在。哥也不争你日轉千階。我便是第三番又劫着個空寨。

【醉春風】行殺我也客路遠如天。悶殺我也侯門深似海。趁着這木魚聲每日上堂齋。秀才也更做甚麽客。客。謝長老慈悲。爲小生貧困。將我做上賓看待。

〔見長老科云〕長老。小生在此。多混踐長老也。〔長老云〕不敢。請坐。敢問先生學成滿腹文章。爲何不進取功名。剗地流落四方。是何主意。〔正末云〕長老不問呵。小生不敢説。休嫌絮煩。聽小生説一遍咱。〔長老云〕先生慢慢説一遍。〔正末唱〕

【石榴花】小生可便等三年一度選場開。守村院看書齋。〔長老云〕當初范學士。可怎生相訪來。〔正末唱〕不想俺那月明千里故人來。他見我便困在萬丈塵埃。〔長老云〕説道與了你三封書。去投逩人。如何。〔正末唱〕倚仗着他三封書還了我這饑寒債。〔帶云〕好處托生也。〔唱〕先妨殺一個洛陽的員外。逩黄州早則無方礙。半路裏先引的一個旋風來。

〔長老云〕先生但肯謁託一兩個朋友呵。必有濟惠。〔正末唱〕

【鬭鵪鶉】只爲他財散人離。悶的我天寬地窄。抵死待要屈脊低腰。又不會巧言令色。

况兼今日十謁朱門九不開。休道有七步才。他每道十二金釵。强似養三千劍客。

〔長老云〕先生何不進取功名。自甘流落。〔正末云〕小生待要往京師去。争奈缺少盤纏。〔長老云〕既然如此。你若進取功名呵。我無物相贈。我這碑亭中有一通碑文。乃是顔真卿書法。我將一千張紙幾錠墨教小和尚打做法帖。賣一貫錢一張。往京師去。一路上做盤纏。意下如何。〔正末唱〕

【普天樂】謝吾師。傾心愛。有田文義氣。趙勝的胸懷。打一統法帖碑。去向京師賣。到處裏書生都相待。誰肯學有朋自遠方來。那裏取鳴時的鳳麟。則別些個喧檐的燕雀。當路的狼豺。

〔長老云〕先生。今日天色晚了。到來日着行者與你打法帖。老僧回方丈中去也。〔下〕〔正末云〕我閉上這門。就方丈中宿過一夜。明日五更前後。打了這碑文。慢慢的上路便了。〔内做雷響科〕〔云〕兀的雷響。不下雨也。我開了這門試看咱。好大雨也呵。〔唱〕

【紅繡鞋】本待看金色清凉境界。霎時間都做了黄公水墨樓臺。多管是角木蛟當直聖親差。把黄河移得至。和東海取將來。抵多少長江風送客。

〔帶云〕這雨越下的大也。〔唱〕

【上小樓】這雨水平常有來。不似今番特煞。這場大雨。非爲秋霖。不是甘澤。遮莫是箭杆雨。過雲雨。可更淋漓辰霤。〔帶云〕我今夜不讀書。〔唱〕看你怎生飄麥。

〔帶云〕兀的不諕殺我也。〔唱〕

【么篇】振乾坤雷鼓鳴。走金蛇電影開。他那裏撼嶺巴山。攪海翻江。倒樹摧崖。這孽畜。更做你這般。神通廣大。也不合佛頂上大驚小怪。

〔龍神上云〕鬼力轟碎了碑文。這張鎬你聽者。〔詩云〕莫瞞天地昧神祇。禍福如同燭影隨。善惡到頭終有報。只争來早與來遲。〔下〕〔正末云〕天色明了。我看那碑文。呀。一夜雷轟碎了這碑文也。〔唱〕

【滿庭芳】粉碎了閻浮世界。今年是九龍治水。少不的珠露成災。將一統家丈三碑霹靂做了石頭塊。這的則好與婦女搥帛。把似你便逞頭角欺負俺這秀才。把似你便有牙爪近取那澹臺。周處也曾除三害。我若得那魏徵劍來。我可也敢驅上斬龍臺。

〔云〕怎生不見長老到來。〔長老上云〕張先生。一夜雷雨不住。可是怎生。〔正末云〕長老。一夜雷轟碎了這碑文也。〔長老云〕你因甚惱着雷神來。〔正末唱〕

【快活三】你不去五臺山裏且逃乖。乾把個梵王宮密雲埋。則待要倒天河渰没了講經臺。那裏取日月光琉璃界。

【鮑老兒】當日個七箇女思凡養着俺這秀才。那其間可不好霹碎了天靈蓋。古廟裏題詩是我駡來。我不曾學了煮海張生怪。我腹懷錦繡。劍揮星斗。胸捲江淮。饒你衝開海嶽。磨昏日月。崩蹋山崖。

〔云〕長老。小生命運如此。是天不容小生也。這殿角邊有株槐樹。要我這性命做甚麼。倒不如撞槐身死。〔范仲淹冲上拖末云〕螻蟻尚且貪生。爲人何不惜命。〔正末唱〕

【十二月】我爲甚的做鉏麑觸槐。撡捨了這土木形骸。〔范仲淹云〕孔子有言。吾豈匏瓜也哉。想你滿腹文才。一時未遇。何便不振如此。〔正末唱〕想吾豈匏瓜也哉。好着我無處安排。〔范仲淹云〕我不曾與你三封書來。〔正末云〕再休題三封書與我添些兒氣概。怎知道救不得我月值年災。

【堯民歌】做了場蒺藜沙上野花開。〔范仲淹云〕指望你金榜標名。〔正末唱〕但占着龍虎榜誰思量這遠鄉牌。那裏是揚州車馬五侯宅。今日個洛陽花酒一齊來。哀也波哉。西風動客懷。空着我流落在天涯外。

〔范仲淹云〕兄弟也。你則今日跟的我往京師。見聖人去來。〔正末云〕小生情愿跟的哥哥走一遭去。〔唱〕

【耍孩兒】更怕我東南倦上紅塵陌。空惹的行人賽色。可不騎鶴人枉沉埋。把着個顔回瓢也叫化的回來。未曾結廬山長老白蓮社。正遇着東海龍王大會垓。他共我冤仇大。將這座藥師佛海會。都變做趙太祖凶宅。

【二煞】若不是八金剛護着寺門。險些兒四天王值着水災。偏這條龍不受佛家戒。恰纔禪燈老衲開青眼。可又早薦福碑文卧緑苔。空悲嘅。他風雲已遂。我日月難捱。

【一煞】雖然相公回百姓安。則怕小生行雨又來也是我曾經着蛇咬自驚怪。我則見一株松影横僧舍。錯認做個千尺蒼龍卧殿堦。真無奈。今日貴神迎見喜。我問甚麽青龍洞求財。

【煞尾】相公文章欺董仲舒。詩才過李太白。則爲這三封書齎發我做十年客。你則休教八輔相葫蘆提了那萬言策。〔同下〕

〔長老云〕貧僧無甚事。陪着范學士同赴京師走一遭去來。〔下〕

〔音釋〕賠音裴　客音楷　旋去聲　窄齋上聲　色篩上聲　煞音晒　澤池齋切　靄哀上聲　麥音賣
撼含去聲　轟音烘　帛巴埋切　蹋音塔　鉏助平聲　麑音移　匏音袍　宅池齋切　陌音賣
嘅開去聲　齎音躋　策釵上聲

第四折

〔范仲淹上云〕老夫范學士。自與兄弟張鎬同到京師。見了聖人。日不移影。對策百篇。聖人見喜。加爲頭名狀元。今日驛亭中安排茶飯。管待狀元。令人請去了。這早晚敢待來也。〔正末上

云〕張鎬。怎想有今日也呵。〔唱〕

【雙調新水令】往常我望長安心急馬行遲。誰承望坐請了一個狀元及第。恕面生也白象笏。少拜識也紫朝衣。今日個列鼎而食。煞强如淡飯黄虀。到今日恰回味。

【駐馬聽】當日個廢寢忘食。鑄鐵硯長分磨劍的水。到今日攀蟾折桂。步金堦纔覓着上天梯。得青春割斷管寧席。險白頭擲却班超筆。謝罷禮。君恩敕賜平身立。

〔做見科〕〔范仲淹云〕兄弟峥嶸有日。奮發有時。若不是這一番舉薦呵。豈有今日。〔正末云〕不干哥哥事。〔范仲淹云〕果然不干我事。是兄弟的才學過人。〔正末云〕也不是。〔范仲淹云〕都不是呵。憑甚麽得這官來。〔正末唱〕

【雁兒落】都則爲范張雞黍期。今日得龍虎風雲會。你休誇舉薦心。我非得文章力。

【得勝令】都則爲那平地一聲雷。今日對文武兩班齊。想當初在古廟裏題詩句。誰承望老龍王劈破面皮。其實。驅逼的我無存濟。誰知。可元來運通也有發跡。

〔長老云〕貧僧來到這京師。聽知的張鎬中了頭名狀元。在於驛亭中。我望相公走一遭去。〔做進見科〕〔范仲淹云〕長老間别無恙。〔正末云〕長老勿罪。〔長老云〕恭喜相公。已得美除。〔正末唱〕

【落梅風】當日個。薦福碑。多謝你老禪師倒賠了紙墨。不想那避乖龍肯分的去碑上起。可早霹靂做粉零麻碎。

〔宋公序上云〕小官宋公序。聽知的范學士哥哥在驛亭中。我先去見哥哥去。趙實。你休着走了那張浩。只在這裏等着。來到門首。我自過去。〔做見范科云〕哥哥。一別許久。〔范仲淹云〕相公。你與這相公廝見。〔宋問科云〕敢問哥哥。這位是誰。〔范仲淹云〕則這個便是張鎬。〔看張云〕兄弟。這個便是揚州太守宋公序。〔正末唱〕

【水仙子】枉自有三封書札袖中攜。我則索撥盡寒罏一夜灰。眼睜睜現放着傍州例。我則去那菜饅頭處拖狗皮。早兩椿兒送的來路絶人稀。〔范仲淹云〕兄弟。那死的死了。揚州爲何不去。〔正末唱〕便道你揚州牧。能意氣。我則怕又做了死病難醫。〔宋公序云〕哥哥不知。您兄弟路上拿住一個假張浩也。〔范仲淹云〕在那裏。拿將過來。〔正末云〕張仲澤。我和你有甚寃仇。着人殺壞我來。〔凈云〕知之爲知之。不知爲不知。〔正末唱〕

【川撥棹】你道你便老實。你不知爲不知。你只會拽耙扶犂。抱甕澆畦。萬言策誰人做的。你待要狐假虎威。哎。你個賈長沙省氣力。

【七弟兄】就裏。端的。現放着試金石。這是萬邦取則魚龍地。對金鑾壯志吐虹霓。不比你那看青山滿眼騎驢背。

【梅花酒】呀。張仲澤你忒下得。說小生當日。正波迸流移。無處可也依棲。他倚恃着黄金浮世在。我險些兒白髮故人稀。當日在村庄裏。村庄裏。教學的。教學的。

謝天地。謝天地。遂風雷。遂風雷。脱白衣。脱白衣。上丹墀。上丹墀。帝王知。帝王知。我身虧。我身虧。那一日。那一日。便心裏。便心裏。得便宜。

【收江南】呀。你今日討便宜翻做了落便宜。你待將漚麻坑索換我那鳳凰池。〔净云〕可憐見我父親年紀高大。又有疾病哩。〔正末唱〕你道你父親年老更殘疾。他也不是個好的。常言道老而不死是爲賊。

〔云〕只不見我那大恩人在那裏。〔曳刺云〕相公認的洒家麽。只我便是趙實。〔正末云〕哥哥。受張鎬兩拜。〔曳刺云〕洒家不敢。相公請起。〔范仲淹云〕兄弟。你爲甚麽拜他。〔正末云〕哥哥不知。我當此一日。若不是他饒了我性命呵。豈有今日。〔范仲淹云〕元來有這等事。你一行人聽我下斷。假張浩暗賴了萬言長策。詐圖官爵。殺壞平人。市曹中明正典刑。趙實見義當爲。不行邪徑。就加你爲吉陽縣令。薦福寺長老。加爲紫衣太師。宋公序選吉日良辰。就招女壻張鎬。過問老夫。殺羊造酒。做一個慶喜的筵席。〔衆謝科〕〔正末唱〕

【鴛鴦煞】則這遠公休結白蓮會。謝安却被蒼生起。誰知也有這日。成就了宰相薦賢心。纔趁了男兒仗義膽。白破了賊漢拖刀計。倒招了個女嬌娃結眷姻。和你這老禪師爲交契。大都來是書生命裏。不爭將黄閣玉堂臣。幾乎的做了違宣抗敕鬼。

〔音釋〕食繩知切　席星西切　筆邦每切　立音利　力音利　實繩知切　跡將洗切　墨忙背切　粑

音釃　畦音奚　的音底　石繩知切　得當美切　日人智切　漚歐去聲　疾精妻切　賊則平聲

題目　三封書謁揚州牧
正名　半夜雷轟薦福碑

謝金吾詐拆清風府雜劇

楔子

〔冲末扮殿頭官領校尉上〕〔殿頭官詩云〕君起早。臣起早。來到朝門天未曉。長安多少富豪家。不識明星直到老。下官殿頭官是也。今有王樞密奏知聖人。因爲官道窄狹。車駕往來不便。奉聖人的命。就着王樞密立起標竿。拆到楊家清風無佞樓止。如有違拒者。依律論罪。令人傳與王樞密。只等拆偏了。可來報知。好回聖人話。〔校尉云〕理會得。〔殿頭官詩云〕奉命傳宣下玉階。東廳樞密要明白。修街先把標竿立。事完回奏聖人來。〔下〕〔浄扮王樞密領祗候上云〕下官姓王名欽若。字昭吉。方今大宋真宗皇帝即位。改元景德元年。下官現爲東廳樞密使。這裏也無人。下官本是番邦蕭太后心腹之人。原名是賀驢兒。爲下官能通四夷之語。善曉六番書籍。以此遣下官直到南朝。做個細作。臨行時蕭太后恐怕下官戀着南朝富貴。忘了北番之恩。在我這左脚底板上。以硃砂刺賀驢兒三個大字。下面又有兩行小字道寧反南朝。不背北番。下官自入中原。正值真宗皇帝爲東宫時選文學之士。下官因而得進。今聖人即位。寵用下官。陞拜樞密之職。掌着文武重任。言聽計從。好不權勢。只有一事不能稱心。現今有一員名將。乃是楊令公之子。姓楊名景。字彦明。更兼他手下有二十四個指揮使。人人勇猛。個個英雄。天下軍民。皆呼他爲楊六郎。因他父子每盡忠報國。先帝與他家造下一座門樓。題曰清風無佞樓。至今樓上有三朝天子御筆敕書。大小朝官。過者都要下馬。天子春秋降香。楊六郎母親封爲佘太君。有先皇誓書鐵券。與國同休。免他九個死罪。那楊景鎮守着瓦橋三關。所以北番不能得其寸尺之地。近來有蕭太后使人。將書來見下官之罪。說我忘了前言。我今無計可施。想來蕭太后連年不能取勝。皆因懼怕楊景。不敢興兵。若得殺了楊景一個。雖有二十四個指揮使。所謂蛇無頭而不行。也就不怕他了。那時等我蕭太后盡取河北之地。易如反掌。豈不稱了下官平生之願。前者聖人曾言。御街窄狹。車駕往來不便。下官就要乘此機會。謀殺楊景。令人與我喚將女壻謝金吾來者。〔祗候云〕理會的。謝金吾安在。〔丑扮謝金吾上云〕我做衙內不糊塗。白銀偏對眼珠烏。滿城百姓聞吾怕。則我倚權挾勢謝金吾。小官謝金吾是也。官拜衙內之職。你道我是使着那個的權勢。我丈人是個王樞密。誰敢欺負我。我打死人。又不要償命。到兵馬司裏坐牢。今有丈人呼喚。須索走一遭去。可早來到門首也。令人。報復去。道謝金吾下馬也。〔祗候云〕報的大人知道。謝金吾來了也。〔王樞密云〕着他過來。〔祗候云〕着過去。〔謝金吾做見科云〕父親。喚你孩兒。有甚麼公幹。〔王樞密云〕喚你來別無甚事。前日聖人曾言。官道窄狹。車駕往來不便。我今日早間奏過。在這京城裏外。立下丈二標竿。但抹着標竿者。不問軍民房舍盡行拆毀。拆到楊家清風無佞樓止。你不曉得。那楊家須是我的對頭。我如今把這個到字。添上個立人。做個倒字。則說拆倒清風無佞樓止。差你丈量官街闊狹高下。一例拆毀。金吾。你可用心着志。務要拆倒清風無佞樓住。早些回

我的話來。〔謝金吾云〕孩兒此一去。隨他銅墻鐵壁。也不怕不拆倒了他的。〔王樞密唱〕

那廝。聞知拆倒了他家門樓。必然趕回家來。與我詰奏其事。那時節我預先差人拏住他。奏過聖人。

責他擅離信地。私下三關之罪。〔唱〕**但賺的離雄州。便好將他斬首。**〔云〕此事只好我和你知。

休要泄漏者。〔謝金吾云〕我好不乖哩。要你分付。〔王樞密唱〕**這的是六耳不通謀。**〔同下〕

【仙呂賞花時】我可甚的要拆倒清風無佞樓。也只爲咱與楊家話不投。〔云〕我料得楊景

〔音釋〕樞處平聲　白巴埋切　券音勸　賺音湛

第一折

〔謝金吾領夫役上云〕自家謝金吾的便是。奉聖人的命。說這街道窄狹。車馬往來不便。不管大小官員房舍。但是侵占官街的。盡皆拆毀。來到這所門樓根前。這樓正占着官街。夫役每向前與我拆倒者。〔院公上云〕老漢是楊令公家的老院公。是什麼人在門前大呼小叫。我去看咱。〔見謝金吾云〕衆夫役您且住者。爲什麼敢拆我家府裏的清風無佞樓。〔謝金吾云〕你這老奴才。那裏知道。我是奉聖旨開展街道。現今你這樓正占着官街。應得拆毀的。〔院公云〕既然是這等。我去請老夫人與你說話。太君有請。〔正旦扮佘太君引七娘子八娘子上〕〔正旦云〕老身佘太君的便是。正在中堂閒坐。只聽的門首大驚小怪。不知爲何。〔七娘子云〕老院公爲什麼這般慌慌的來。〔院公云〕告的夫人知道。謝金吾領着衆多夫役。拆毀房舍。到咱這無佞樓根前了也。老夫人何不與他

説去。〔正旦云〕誰這般道來。〔院公云〕現今正在那裏要拆毀哩。〔正旦云〕上面見有先皇的御書。他怎敢拆毀。此人好是大膽也呵。〔唱〕

【仙吕點絳唇】則俺這百尺樓臺。是祖先留在。功勞大。更打着個郡馬的名色。那廝也怎敢便來胡拆。

【混江龍】這樓呵起初修蓋。也不知費他府藏偌多財。上面有御書的玉札。欽賜的金牌。莫説朝省裏官員皆下馬。便是春秋天子也要降香來。〔院公云〕這早晚敢動手哩。老夫人行動些兒。〔正旦唱〕只聽的鬧垓垓。越急的我氣咍咍。脚忙擡。步難捱。半合兒行不出宅門外。我這裏擋不住夫役。遮不的塵埃。

〔謝金吾云〕老夫人。你來做什麼。〔正旦云〕我這清風無佞樓。是奉聖旨蓋的。你怎敢拆毀俺這樓來。〔謝金吾云〕老夫人。你差矣。當初是聖人命替你家蓋。如今我也奉聖旨替你家拆。是礙了我走路。我要拆來。夫役每先把那門樓上的磚瓦亂摔下來。〔正旦云〕這廝好無禮也。〔唱〕

【油葫蘆】我只見他帶瓦和磚擁下來。〔謝金吾云〕夫役每將這椽木都屈拆了。等我拏家去做柴燒。管他怎的。〔正旦唱〕他他他將椽木拆做柴。〔謝金吾云〕上緊的拆。〔正旦唱〕他他他催逬的來不放片時刻。則他這滿城人那一個不添驚怪。偏我這一家兒直恁的遭殘害。〔謝金吾云〕老夫人。上命差遣。蓋不由己。我直從朝門外拆起。多少王侯宰相家。連片拆了。單單拆的你這一家兒也。〔正旦唱〕我這裏急問他。他那裏硬掙闔。向前去手揝住腰間帶。〔謝金吾云〕老夫人。你好没意思。我是奉聖人的命。你揪住我待要怎的。〔正旦唱〕你敢是没聖旨擅差排。

〔謝金吾云〕老夫人。誰敢説謊。現有聖旨哩。〔正旦云〕有聖旨在那裏。我與你面聖去來。〔唱〕

【天下樂】㗄兩個厮扭定向君王前奏去來。〔謝金吾云〕我和你去不妨事。夫役每不要管他。則管拆着。〔正旦唱〕則你個喬也波才。直恁歹。俺雖是隨朝的武官十數載。〔謝金吾云〕只因你這樓正占着官街。方纔拆了你的。〔正旦唱〕這門樓誰不曾過去。這門樓誰不曾到來。偏你這謝金吾嫌道窄。

〔謝金吾云〕老夫人。你也只亂嚷。那聖旨上明明寫道。拆倒清風無佞樓止。須不是我私造的。你要請看。我就與你看。今日好歹定要拆毁了。〔正旦云〕敢不是聖旨麽。〔謝金吾云〕難道我哄你。那裏有個聖旨是好假的。你只管言三語四。信口兒駡誰哩。敢不中麽。〔正旦唱〕

【那吒令】這都是王樞密王樞密的計策。故意教謝金吾謝金吾來拆壞。强把着宋真宗宋真宗來頂戴。上不怕天理該。下不怕人情駭。你也啓奏的忒不明白。

【鵲踏枝】割捨了我個老裙釵。博着你個潑駑駘。遮莫待撾怨鼓撅皇城。死撞金堦。覷了他拆的來分外。不由我感嘆傷懷。

〔云〕謝金吾。我家和你往日無寃。舊日無讎也。〔唱〕

【寄生草】喒和你又無甚別讎隙。怎這般狠佈擺。領着火頑皮賊骨渾無賴。也不問個朱樓畫壁誰家界。霎時間早雕欄玉砌都安在。似你這不忠不信害人賊。那裏也有仁有義朝中客。

〔謝金吾云〕且莫要說起聖旨。便是我謝衙内現做的朝中臣宰。你也不該挺撞我。〔正旦唱〕

【村裏迓鼓】那廝道朝中臣宰。則俺楊家也不是民間宗派。〔謝金吾云〕你還不認的我哩。我是王樞密的女壻。那裏看的你個白頭疊雪的在眼兒裏。〔正旦唱〕元來你倚着丈人行的氣概。就待欺負咱年華高邁。〔金吾云〕你這個老人家。好不知高低。我儘讓你說幾句便罷。則管裏倚老賣老。口裏嘮嘮叨叨的說個不了。你便就長出些個鬍子來。我也不理你。你去。〔謝金吾推正旦倒科〕〔正旦唱〕不隄防被他來這一摔。錯閃了腰肢。擦傷了膝蓋。争些兒磕破了腦袋。哎。你也可憐俺個白頭的這㚷㚷。

〔謝金吾云〕夫役每把那金釘朱户。虬鏤亮槅。拆不動的都打爛了罷。〔正旦唱〕

【元和令】他他他把金釘朱户生扭開。虬鏤亮槅。盡毁敗。〔謝金吾云〕把那柱子就砍拆了。〔正旦唱〕把沉香柱一似拆麻稭。土填平多半街。〔云〕你拆了我門樓也罷了。怎麽將這御書牌額都打碎了。〔唱〕怎生的打碎了這牌額。〔謝金吾云〕我便碎了這面牌額。打甚麽不緊。你要告。告了我去。〔正旦唱〕難道你有官防無世界。

〔謝金吾云〕我奉聖人的命在此。你駡了我就是駡了聖旨一般。你駡聖旨該得何罪。〔正旦唱〕

【青哥兒】那廝拆壞了咱家咱家第宅。倒把着大言大言圖賴。教我便有口渾身也怎劈劃。哎。誰想我到這年衰。值着凶災。被他推倒當街。跌損形骸。直從鬼門關上孩兒每喳喳的叫回來。他也忒欺人煞。

〔謝金吾云〕夫役每今日也拆不了。明日再來拆罷。〔下〕〔正旦云〕嗨。這箇那裏是謝金吾敢來這裏撒潑。明明是王樞密與俺家做對頭。故意使他來的。我那六郎孩兒。好個性子。他若知道。怕不跑回家來。一發着他道兒了。老院公你近前來。只今日我修下一封書。你直至瓦橋三關。説與六郎孩兒。若有明白的聖旨。着他下關來。若無明白聖旨。着他休下關來。小心在意者。〔唱〕

【賺煞】若不除得那昧心賊。依舊把俺那門樓蓋。則除非把俺楊家姓改。他則待賺俺孩兒尋罪責。則今朝將你個都管親差。這書上已明開。休的胡猜。就兒裏關連着大利害。雖則是被那廝搶白。囑付俺孩兒寧奈。休得要誤軍機私下禁關來。〔下〕

〔音釋〕佘音蛇　色音篩　拆釵上聲　偌人夜切　垓音該　咍海平聲　刻揩上聲　閡音債　揩簪上聲　窄齋上聲　撾莊瓜切　撅與掘同　霎音殺　賊則平聲　摔音洒　虬音求　鏤音漏　槅皆上聲　稭音皆　額音崖　宅池宰切　劃胡乖切　煞音晒

第二折

〔冲末扮楊六郎領卒子上〕〔楊六郎詩云〕雄鎮三關二十秋。番兵不敢犯白溝。父兄爲國行忠孝。敕賜清風無佞樓。某姓楊名延景。字彦明。祖貫河東人氏。父親是金刀教手無敵大總管楊令公。母親佘太君。所生俺弟兄七個。乃是平。定。光。昭。朗。景。嗣。某居第六。鎮守着三關。是那三關。是梁州遂城關。霸州益津關。雄州瓦橋關。此乃三關。某受六使之職。是那六使。邊關裏外點檢使。界河兩岸巡綽使。關西五路廉訪使。淮浙兩場催運使。豳汾二州防禦使。河北三十六處救應使。此乃六使之職。叵奈北番韓延壽無禮。自與某交鋒。不曾得某半根兒折箭。我手下有火結義兄弟。自岳勝孟良而下。共總二十四員掛印指揮使。也不是我褒奬他。真個出來的都一個個精通武藝。善曉兵機。冠簪金獬豸。甲掛錦狻猊。厮琅琅弓上箭。撲刺刺馬攢蹄。忘生捨死安邦將。大膽雄心敢戰兒。某今日在元帥府陞帳。令人。轅門外倘有報緊急軍情者。報復喒家知道。〔院公上云〕老漢是楊令公家老院公的便是。因爲謝金吾拆毁清風無佞樓。將老夫人推下堦基。跌破了頭。老夫人的言語。將着書呈。直至三關見六郎哥哥走一遭去。説話中間。可早來到也。把轅門的。報與元帥得知。有老院公在於門首。〔六郎云〕着他過來。〔卒子云〕着過去。〔院公做見科云〕老漢有緊急事來見你哩。〔六郎云〕院公。你來有何緊急事。〔院公云〕元帥。有老夫人的書呈在此。你是看咱。〔六郎拆書跪讀云〕將書來我看。母親太君寄書與六郎孩兒。今有王樞密令女壻謝金吾。拆毁清風無佞樓。又將老身推下堦基。跌破了我頭。好生煩惱。着你知道。雖然如此。邊關重地。如無明白聖旨。是必休念老身。私下關來。反墮王樞密姦計。你緊記者。〔作怒科云〕院公。你吃了飯先回拜上太君。好好將息咱。我自有個道理。〔院公云〕老漢不敢久停久住。回老夫人話走一遭去。〔詩云〕傳送書呈便轉身。路遥不敢避辛勤。願借順風吹的去。一日回家見太君。〔下〕〔六郎云〕我如今要私下三關。看母親去。争奈不敢擅離信地。此恨痛入骨髓。不可不報。待我慢慢尋思一個計策來。令人。緊把着帳門者。〔外扮焦贊上詩云〕鎮守三關爲好漢。殺的番兵没逃竄。軍前陣後敢當先。則我是虎頭魚眼焦光贊。某焦贊是也。適纔巡邊回來見哥哥去。令人報復去。道有焦贊下馬也。〔卒子做報科云〕喏。報的元帥得知。有焦贊來了也。〔六郎云〕着他過來。〔卒子云〕着過去。〔焦贊做見科云〕哥哥。焦贊巡邊無事。特來回話。〔六郎云〕兄弟。既然無事你回去。〔焦贊做出門科云〕您兄弟知道。往常時見我來。便歡天喜地。今日見我來。甚是煩惱。我也不去。我則在這裏聽他説甚麽。〔六郎云〕焦贊去了也。我是再看這書咱。母親太君寄書與六郎知道。今有王樞密令女壻謝金吾。拆毁了清風無佞樓。又將老身推下堦基。將我頭來跌破了。着你知道。〔焦贊云〕原來哥哥有這般煩惱。叵奈王樞密無禮。拆毁了清風無佞樓。又將太君的頭都跌破了。比及哥哥要回去。我先到京城。將他一家老小。誅盡殺絶。與哥哥報讎。走一遭去來。可不好也。〔詩云〕雖則是接境西番。險隘處自有巡攔。岳排軍緊守營寨。我瞞六郎先下三關。〔下〕〔六郎云〕嗨。似此讎恨。何日得報。我要私下三關去。争奈衆將無人掌領。此事不好泄漏。若被焦贊知道怎了。則除是這等。令人。與我喚將岳勝孟良來者。〔卒子云〕岳勝孟良安在。〔外扮岳勝上詩云〕赤心一片佐皇朝。日夜巡邊不憚勞。隨你番兵三百萬。着誰當喒岳家刀。某乃雙刀岳勝是也。佐於楊景麾下爲將。正在演武場中。操練軍卒。有哥哥呼喚。不知甚事。須索去走一遭。令人報復去。道有岳勝下馬也。〔卒子報科云〕報的元帥得知。有岳勝來了也。〔六郎云〕着他過來。〔卒子云〕着過去。〔岳勝做見科云〕哥哥。喚您兄弟有甚事。〔六郎云〕且一壁有者。〔外扮孟良上詩云〕兩軍相對堵。三通催戰鼓。則我身背火葫蘆。肩擔蘸金斧。某乃加山孟良是也。佐於楊六郎麾下爲指揮使之職。恰纔哥哥呼喚。不知有甚事。須索走一遭去。令人報復去。有孟良下馬也。〔卒子做報科云〕報的元帥得知。有孟良來了也。〔六郎云〕着他過來。〔卒子云〕着過去。〔孟良做見科云〕哥哥。喚您兄弟那廂使用。〔六郎云〕喚您兩個來。别無甚事。今有王樞密令他女壻謝金吾。拆了俺楊家府清風無佞樓。將老母推下堦基。跌破了頭。我要私下三關。探望母親走一遭去。岳勝兄弟。你掌領着衆將。緊守營寨。隄備番兵。只說某抱病。一時不能即出。衆將不許一人跟隨。某星夜一人一騎。私下三關看母親走一遭去。〔詩云〕驟征駞星夜奔還。衆將校休離營盤。若不爲太君跌壞。我楊景也怎敢的私下三關。〔下〕〔岳勝云〕哥哥去了也。孟家兄弟。我奉哥哥將令。着我緊守營寨。着你整搠軍馬。巡綽各邊。隄備番寇。等哥哥回來。小心在意休違誤者。〔孟良云〕哥哥放心。我自理會得。〔岳勝詩云〕元戎早晚便回還。整搠兵戈不暫閒。〔孟良詩云〕但得巡邊留我在。番兵誰敢向南看。〔同下〕

〔焦贊上云〕自家焦贊。有哥哥私下關來。探望老母。我在這城門外守着。只等他過來呵。我和他說知。這早晚敢待來也。〔六郎上云〕某楊景。瞞着衆將。離了三關。到這城門外。再等一等人眼黑些。好進城去。〔做見焦贊科〕〔焦贊云〕哥哥。你那裏去。〔六郎云〕兄弟。你那裏去。〔焦贊云〕哥哥。我知道多時了。我與哥哥做個護臂。喒同共入城。探母親去。〔六郎云〕兄弟。既然你知道了。不要大驚小怪的。喒弟兄二人。探望母親去。兄弟。你平日性子粗糙。此事干繫斫頭的罪犯。一些兒泄漏不得。只等黃昏時候入城。兄弟跟着我去來。〔同下〕〔正旦同七娘子上〕〔正旦云〕尀奈王樞密。好生無禮。拆毁了我家清風無佞樓。老身再三阻當不住。倒將我推下堦基。跌碎了這頭。看看至死。老身差院公去說與六郎知道。着他不要回來。只等院公到時。纔見分曉也呵。〔唱〕

【南吕一枝花】這兩日氣的我悶悶的眠。害得我懨懨的卧。把功臣生割捨。縱賊子放乖潑。天理如何。着細作都瞞過。聖人前寵用他。現放着中書省鼎鼐調和。樞密院將邊關事領掇。

【梁州第七】都是這兩賴子調度的軍馬。你可甚麽一管筆判斷山河。痛煞煞這幾日難挨過。不聽的做夜市的炒鬧。争地鋪的攙奪。經商客旅。買賣無多。往常時這清風樓前後屯合。到今日冷清清只一片空闊。不見了祥雲罩碧瓦丹甍。不見了曉日映珠簾繡幙。不見了香霧鎖畫戟雕戈。那廝敢胡爲亂做。把先皇聖旨不怕些兒個。平白地闖出這場禍。送的我倒枕着牀没奈何。拆的來做不得存活。

〔楊六郎上云〕某乃楊景是也。入的城來。不見了焦贊。〔帶云〕孩兒每我待睡些兒。早關上門者。來到府門首。我且輕的擊着。開門來。〔七娘子云〕是誰喚門來。〔六郎云〕是您哥哥。〔七娘子云〕我開開這門。原來是六郎哥哥來家了也。〔六郎云〕妹子報與母親說。您哥哥來了也。〔七娘子云〕我報與母親去。〔做見科〕〔正旦云〕這早晚誰在門首裏。〔七娘子云〕母親。是六郎哥哥來了也。〔正旦云〕着孩兒進來。〔六郎見旦科〕〔正旦云〕孩兒也。你這一來是請旨的麽。〔六郎云〕母親。您孩兒一見了書。就恨不得飛到家來看我母親。怎麽還有工夫去請聖旨。是瞞着衆將。私自回來的。〔正旦云〕孩兒。你不曾請旨。私下關來。敢不中麽。〔唱〕

【牧羊關】我急使的人攔當。你慌來家做甚麽。你敢跳不出這地網天羅。他則待賺離了邊關。羅織你些罪過。〔六郎云〕您孩兒只因謝金吾把母親的頭跌破了來。〔正旦唱〕他他他又不曾將我頭跌破。又不曾將我厮揪撮。因拆門樓得了些腤臢氣。這幾日纔較可。〔六郎云〕母親。待孩兒是看咱。兀的不氣殺我也。〔正旦云〕六郎你甦醒者。〔唱〕

【罵玉郎】我則見堦直下氣倒忙扶坐。我這裏慌摟定緊收撮。則聽的喝嘍嘍口内潮涎唾。我與你摇臂膊。揪耳朶。高聲和。

【感皇恩】呀。叫一聲楊景哥哥。直恁的叫不回他。我這裏掐人中。七娘子揪頭髮。一家兒鬧喧聒。不争你沉沉不醒。撇下了即世的婆婆。却教俺怎支持。怎發付。怎結末。

〔帶云〕那王樞密呵。〔唱〕

【採茶歌】怕不的平地起干戈。直趕上馬嵬坡。〔帶云〕倘若有些好歹呵。〔唱〕你可便着誰人搭救宋山河。世不曾來家愁殺我。你也心兒裏精細不風魔。

〔六郎醒科云〕這父母之讎。幾時得報。活活的氣殺孩兒也。〔正旦云〕孩兒。我一家兒只靠的你。可便回三關去。不要在這裏惹出禍來。〔六郎云〕奉母親的命。孩兒不敢有違。只今晚便回三關去也。若再有什麼緊急事。着八娘子稍書來。報您孩兒知道。〔正旦云〕孩兒。我且問你咱。〔唱〕

【哭皇天】那軍情事非輕可。不知你曾引的人來也獨自個。〔六郎云〕母親。您孩兒同焦贊兄弟來也。〔正旦云〕焦贊孩兒在那裏。着孩兒家裏來波。〔六郎云〕入城來不見了也。〔正旦唱〕你道他入城時不見了。因甚的不尋他。他從來有些兒有些兒撒潑。他若是見説拆毁咱樓閣。他若是見説跌損咱肩窩。怕不就掇起他不騰騰那殺人心殺人心如烈火。怎還顧别人的利害。自己的死活。

〔六郎云〕那焦贊好個殺人放火的性兒。多喒要做下來了。這也是惡人自有惡人磨哩。〔正旦唱〕

【烏夜啼】哎。還説甚惡人自有惡人磨。這都是你自惹的風波。那賊也正掌着威權大。但有攙搓。誰與兜羅。〔帶云〕孩兒。你也不要顧他了。你只便回三關上去。免墮賊臣之手。

〔六郎云〕母親。您孩兒便去。〔做別科〕〔正旦云〕孩兒。你且坐着。聽上衙更鼓。這早晚幾更了。〔六郎云〕是二更過了。〔正旦唱〕**聽漏沉沉纔勾二更過。意懸懸盼不到來日個。你且暫歇波。權時坐。一來是鞍馬上困倦。二來是腹内煩渴。**〔云〕早鷄鳴了也。孩兒。你不可久停久住。便索趕早出城。回三關去。小心在意者。〔六郎云〕母親好將息。您孩兒辭了母親便去也。〔正旦唱〕

【尾聲】只等的雞鳴便去休擔閣。兒也你若得飛出城門便是你一命脱。我少不的到聖人前自言破。怕只怕王樞密的刻薄。百般的將你個楊六郎摧挫。兒也你只自遴你的前程顧甚我。〔下〕

〔六郎云〕辭過了母親。須索往三關去也。〔詩云〕夤夜裏回到家庭。天未曉又待登程。能盡的忠不盡孝。生忿子苦痛傷情。〔下科〕〔巡軍上云〕什麼人。兀的不是楊景。快拏住者。執縛定了。見樞密大人去來。〔六郎云〕街坊鄰舍。與我母親前報知。説王樞密拏我楊六郎往法場上去了。母親。則被你痛殺我也。〔下〕

〔音釋〕鼐音奈 綽超上聲 豳音賓 汾音焚 叵音頗 褒音包 獬音械 豸音寨 搪音唐 猊音移 髓桑嘴切 竄倉算切 蘸知濫切 駹音冤 挒聲卯切 潑音頗 他音拖 掇音朵 奪音多 合音何 闊音顆 罩嘲去聲 甍音萌 幙音磨 闖丑禁切 活音和 麽眉波切 撮磋上聲 腤音庵 膳音簪 甦音蘇 涎徐煎切 膊波上聲 掐音恰 聒音果 末音磨 嵬

音韋　閤音何　大音惰　攙初銜切　兜斗平聲　渴音可　脱音妥　薄音波　迸本去聲　夤音寅

第三折

〔謝金吾同梅香上〕〔金吾云〕自家謝金吾。從拆了清風無佞樓回來。這幾日只管眼跳。常言道眼睛跳。悔氣到。難道有甚悔氣到的我家裏。梅香且安排酒來。等我吃幾杯咱。〔焦贊上云〕某焦贊。和六郎哥哥。私下三關。天色已晚。入的城來。便好道君子報冤。且歇三年。只我老焦這一箇急性。莫説三年。便是一夜也等不得。叵奈王樞密謝金吾無禮。我打聽得這箇宅子。便是謝金吾住宅。我先殺了謝金吾滿門良賤。然後殺王樞密去。我聽上衙更鼓咱。三更前後也。我跳過這墻來。我來到這後花園中。我是聽咱。〔梅香云〕這早晚。衙内還在那裏喫酒。如今也該睡了。我前後執料去咱。〔做叫猫科云〕猫兒猫兒。〔焦贊做見殺梅香科云〕兀那妮子休走。喫我一刀。〔梅香做死科下〕〔焦贊云〕則這個便是謝金吾的卧房。我踏開門來。〔做殺謝金吾科〕〔焦贊云〕我殺了謝金吾。并家眷一十七口也。我這等去了。不爲好漢。我立不更名。坐不改姓。待我割下一幅衣衫。就血泊裏蘸着鮮血。寫着四句詩在那白粉壁上。〔做寫科〕〔詩云〕多來少去關西漢。殺人放火曾經慣。一十七口誰殺來。六郎手下焦光贊。〔云〕你看這詩。恰像朱筆寫的。可不寫的好。一不做二不休。殺了謝金吾。再殺那王樞密去。跳過那墻來。〔巡軍上云〕是什麼人。拏住。這不是焦贊。執縛定了。報樞密大人去。〔下〕〔净扮韓延壽領番卒上〕〔韓延壽詩云〕馬到旗開處處平。臨軍對陣辨輸贏。掌管番兵都領袖。塞北英雄第一名。某乃番將韓延壽是也。見爲都總管大將之職。某手下有雄兵百萬。戰將千員。長與大宋相持。不能取勝。可是爲何。只爲南朝有一大將。乃是楊六郎。此人十分英雄。久鎮河北之地。使俺番兵不能侵其境界。今奉太后之命。俺這裏有一人。乃是賀驢兒。此人深通六番文書。着他到南朝陰爲細作。改名王欽若。他若是得志於中原。與俺家做個裏合外應。恐怕他貪戀中原富貴。忘俺契丹之恩。去他左脚板下。硃砂刺賀驢兒三字。果然他到的南朝。直做到樞密之職。上馬管軍。下馬管民。好生權勢。不想他背義忘恩。更待干罷。我累累的着細作去到南朝見那賀驢兒。至今不見回信。我如今再着一個能幹的人。持書一封見他去。書呈已寫下了也。兀那小番。你則今日爲細作。直至京師。見王樞密去。關口上小心在意。隄備官軍。休教楊六郎知道。則今日你便去。〔詩云〕不避風霜道路寒。假粧探馬入邊關。若能投見王樞密。不得回書莫便還。〔番卒上云〕自家韓延壽帳下小番。奉俺元帥將令。差我往南朝見王樞密去。我來到這半山之中。迷踪失路。不知往那裏去。遠遠的官軍來也。我且趓在這裏。〔孟良上云〕某孟良是也。遠遠的一個番軍。小校。與我拏住者。兀那番軍。你往那裏去。從實的説。你若不説。小校。拏我那斧來。待我劈下那顆驢頭。〔番卒云〕老爺休砍。我死了着那一個送書哩。〔孟良云〕將書來我看。這廝正是細作。則今日與岳勝哥哥説知。將這廝綁縛了。直至京師。見聖人去來。〔下〕〔王樞密上云〕恨小非君子。無毒不丈夫。叵奈楊景無禮。他私下三關。擅離信地。夤夜將謝金吾良賤一十七口。盡行殺壞。我已曾着人拏住楊景焦贊兩個。正是飛蛾投火。不怕他不死在手裏。但那楊景是一個郡馬。怎好就是這等自做主張。將他只一刀哈喇了。倘或他郡主入朝。來稱寃叫屈。可不我倒要與他打官司。如今朦朧奏過聖人。將他兩個押赴市曹殺壞了。以絶後患。我就自做監斬官。來到這角頭上鬧市中。左右那裏。喚劊子手。將那兩箇賊犯綁將過來。〔劊子拏楊景焦贊上〕〔劊子云〕行動些。時辰到了。〔六郎云〕兄弟。你送了我也。〔王樞密云〕兀那楊景焦贊。你擅離信地。私下三關。無故殺壞謝金吾一門十七口良賤。你知罪麼。〔六郎云〕着誰人救我咱。〔王樞密云〕刀斧手。到午時三刻。疾忙下手者。〔劊子云〕理會的。〔正旦扮皇姑領雜當上〕〔正旦詩云〕朝登黄金殿。暮宿宰臣家。饑餐御厨飯。渴飲翰林茶。老身長國姑是也。今因我女壻楊六郎。不合擅離信地。私下禁關。帶領了焦贊到京。殺壞了謝金吾一十七口家屬。王樞密在聖人前朦朧奏過。建起法場。他親爲監斬官。眼見兩個孩兒。没那活的人也。老身不免領着手下幾箇親隨。劫法場走一遭去也呵。〔唱〕

【越調鬬鵪鶉】我看那赴法的孩兒。則待搭救俺女壻。今日個郡馬當刑。暢好是君皇下的。臣宰每不勸諫留人。直等到午時三刻。聽的那一聲叫下手只。可不道一將難求。千軍易得。

【紫花兒序】諕的我急煎煎心如刀攪。痛殺殺腹若錐剜。撲簌簌淚似扒推。〔王樞密云〕刀斧手且住者。不知是那箇皇親國戚來了也。等他過去了。纔好殺人那。〔正旦做見王樞密云〕我道是誰。原來是楊六郎丈母長國姑。我若是尊敬他。必然要我留人。再奏天子。可不那楊六郎一定饒了。我則把法度利害與他說。怕做什麼。我是東廳樞密使。他又不敢惹我。〔做施禮科云〕國姑到此有什麼事。〔正旦云〕我無事也不來。〔唱〕送長休飯着俺這女壻再休思想。永别酒和俺這女壻從此分離。〔王樞密云〕這的是聖旨哩。〔正旦唱〕誰敢把聖旨輕違。〔王樞密云〕國姑。良吏不管月局。貴人不踏嶮地。這個所在。便不來也罷。〔正旦唱〕這殺場上不關親因何來到這裏。〔王樞密云〕是是是是殺場上。國姑且請回咱。〔正旦唱〕他兩三番把咱支對。你怎麼信口胡噴。搶白的我臉上無皮。

〔王樞密云〕哎。我王樞密幾曾搶白來也。只是好勸你。這法場上不是國姑來處。想那楊家父子。有甚麼功勞。〔正旦云〕你那裏知道。他家没的功勞。倒是你有功勞來。〔唱〕

【金蕉葉】則這滿京城百姓每盡知。你與俺大宋朝出甚麼氣力。提起他父子每端的痛悲。一輩輩於家爲國。

〔王樞密云〕楊景便也罷。想他父親楊業。没本事死了陣上。這也是有功勞的。〔正旦唱〕

【寨兒令】他他他也則爲俺趙社稷。甘心兒撞倒在李陵碑。便死也不將他名節毁。他也曾斬將搴旗。耀武揚威。普天下那一個不識的他是楊無敵。

〔王樞密云〕想他哥哥楊五郎。削髮爲僧。這等怕死。也是有功勞的。〔正旦唱〕

【幺篇】你道是楊和尚破天陣吃了些虧。却不道救銅臺是靠着伊誰。他兄弟在沙場上苦戰争。刀尖上博功績。怎怎怎着他雲陽市。赴這個好筵席。

〔王樞密云〕事做到這裏。怕他怎麼。我是東廳樞密使。他也不敢惹我。國姑。據楊景犯下的罪名。叫做一人造反。九族遭誅。國姑你倒要來救那罪人。敢是你女娘家不曾看王法哩。〔正旦云〕我這兩個孩兒。當日有功。今日有罪。也合將功折罪。王樞密。你則是看我國姑面上。將兩個孩兒饒過者。〔王樞密云〕這國姑好會做大也。我要殺的人。只説看國姑的面皮。我的面皮可着狗喫了。〔正旦云〕你駡誰哩。你饒便饒。不饒便罷。你怎生駡我。〔王樞密云〕我歹殺波是東廳樞密使。〔正旦云〕你便做着東廳樞密使來。想你當初不得志時。提着個灰罐兒。賣詩寫狀。那早晚也是東廳樞密使來。〔王樞密云〕這個國姑。越饒着越逞。道我不得志時。提着個灰罐兒。賣詩寫狀。你家父祖。當初不得志時。遊關西五路。也曾挺着脖子。拽傘車兒來。〔正旦云〕這廝好無禮也。〔唱〕

【鬼三台】百姓每都聽得。王樞密這姦賊。敢和咱鬬嘴。直恁般無上下失尊卑。我如今問你。問你個駡皇親的罪過該甚的。〔王樞密云〕我駡了一個老婆子。有甚的罪過。〔正旦唱〕可是你掌朝綱的王法也不識。常言道莫説他人。先輸了自己。

〔王樞密云〕我是東廳樞密使。你也不該毁駡大臣麽。〔正旦云〕是我駡來。是我駡來。〔唱〕

【調笑令】你道是。樞密駡不的。是我駡你這改姓更名漏面賊。蕭太后使你爲奸細。

幾年間將帝主明欺。〔帶云〕你道我不知道你哩。〔唱〕則那賀驢兒小名須是你。〔王樞密云〕那裏是甚麽賀驢兒。我是王欽若。〔正旦云〕噤聲。那壁姓賀。這壁姓王。〔唱〕可不的山河易改。本姓難移。〔云〕你這賊可知道我家奉的聖旨麽。覷一覷剜了眼睛。指一指剁了手腕。〔唱〕

【雪裏梅】剜眼睛便挑剔。剁手足自收拾。〔云〕俺府裏的親隨那裏。〔唱〕你與我扭開了長枷。將六郎扶起。喚左右快疾。

〔做放楊景焦贊王樞密奪正旦打科〕〔六郎云〕母親休打他。則怕不中麽。〔正旦唱〕

【禿斷兒】不恁的如何救你。不打死不算忠直。我今番下手也則是遲。我和你厮扯定。入宮闈去見官裏。

〔王樞密云〕我是東廳樞密使。國家大臣。你怎的我。〔正旦唱〕

【聖藥王】遮莫你有勢力。有職位。到底是我天朝部下潑奴婢。我可也不怕你。不懼你。我須是天潢支派没猜疑。來來來我敢和你做頭抵。

〔王樞密云〕我那裏認的你這國姑。你先皇潛龍時。販油傘遊關西五路。都不曾有偌多親眷。今日這箇也親。那箇也親。你家姓柴。官裏姓趙。胡姑姑假姨姨。可是甚麽親眷。〔正旦云〕兀那厮。你聽着。我是太祖皇帝的妹妹。太宗皇帝的姐姐。真宗皇帝的姑姑。柴駙馬的渾家。杜太后的閨

女。柴世宗皇帝的媳婦。你偏不認的我。〔唱〕

【麻郎兒】俺柴家托孤讓位。俺趙家受禪登基。這都是一門親戚。須不比重山認義。

【幺篇】俺大哥開天立極。俺二哥繼體垂衣。今皇帝是俺嫡堂叔姪。先皇帝是俺同胞的那姊妹。

【慶元貞】俺本是深宮内苑帝王姬。如今在瓊樓朱邸做貴臣妻。家藏着丹書鐵券有光輝。你這賊不知。那個知。怎將俺做的胡姑姑也假姨姨。

〔王樞密云〕你爲楊六郎。只管駡我。楊景私下三關。焦贊擅殺謝金吾一十七口。合該誅殺。你怎敢劫了法場。我結紐了你見聖人去來。〔正旦云〕兀那兩街百姓都聽者。他在這法場上。駡了我也罷。只到朝中。剥了他朝靴。看他脚底板上。刺着兩行硃砂字道。賀驢兒寧反南朝。不背北番。這難道是我粧誣他的。〔唱〕

【收尾】則他這賀驢兒小名怎許長瞞昧。現放着脚板上兩行兒硃砂字跡。到來日我一星星奏與君王。不到得輕輕的索放了你。〔下〕

〔王樞密云〕嗨。我欲殺壞了楊六郎焦贊兩人。剪草除根。誰想被國姑劫了法場。放了這兩個。似此怎了。只除先去奏過聖人。少不的連這國姑也斷送我老王手裏。〔詩云〕可奈潑婆娘。公然劫法場。我今須面聖。先下手爲强。〔下〕

〔音釋〕咮音床　塞音賽　角音皎　的音底　刻康美切　只張耻切　得當美切　謼音夏　剜碗去聲

嶮與險同　嚏平聲　力音利　國音鬼　稷將洗切　敵丁離切　博巴毛切　席星西切　識傷以切　剔音體　拾繩知切　疾精妻切　直征移切　潢音黃　禪音善　姪征移切　姊音子　跡將洗切

第四折

〔殿頭官領校尉上云〕下官殿頭官是也。今因楊景焦贊。私下三關。擅殺謝金吾。聖人命王樞密監斬二人。可怎生不見回話。令人。朝門外覷者。若來時報俺知道。〔王樞密上云〕自家王樞密。奉聖人的命。親爲監斬官。建起法場。殺那楊景焦贊兩個。不想長國姑刼了法場。我今不敢隱諱。去見聖人。奏知此事。早已來到朝門內了也。〔做見科云〕大人可憐見。長國姑欺負殺我也。他又刼了法場。毀了聖旨。大人須與我轉奏者。〔殿頭官云〕既然這等。下官即當替你轉達天聽。不須煩惱。〔正旦同楊景焦贊上云〕這厮每好無禮也呵。〔唱〕

【雙調新水令】我須是真宗皇帝老姑姑。這賊呵誰根前你來我去。將皇親厮毀謗。將大將厮虧圖。我和你直叩青蒲。揀着那愛處做。

〔正旦同楊景焦贊見科〕〔殿頭官云〕長國姑。你怎麽毆打王樞密。於禮不合麽。〔正旦云〕大人聽我説一偏波。〔殿頭官云〕你是説我聽咱。〔正旦唱〕

【甘水令】只見那孩兒每鬧鬧嚷嚷。聒聒焦焦。簇捧着法場前去。〔殿頭官云〕這法場上。

你也不該去麽。〔正旦云〕我是他親丈母。怎不要去送碗長休飯。遞杯兒永别酒那。〔唱〕我須是割不斷的緊親屬。因此上熬一片痛苦心腸。忍一點悽惶眼淚。陪一句哀求言語。做殺卑伏。

〔殿頭官云〕長國姑。你爲女壻的情分。這般伏低做小。那王樞密却怎麽。〔正旦唱〕

【折桂令】那一個王樞密氣昂昂腆着胸脯。納胯粧幺。使盡些官府。他道我兩家同坐。一人造反。九族全除。〔帶云〕大人那王樞密罵我來。〔殿頭官云〕你是長國姑。他怎生的罵來。〔正旦云〕他罵俺先皇曾遊關西五路。挺着脖子。拽傘車兒哩。〔唱〕他不合毀罵俺先皇上祖。也曾的把馬推車。那廝不識親疎。不辨賢愚。一剗的殘害忠良。抵多少指斥鑾輿。

〔殿頭官云〕楊景擅離信地。私下三關。焦贊殺死謝金吾家一十七口。都是他自犯出來罪過。須不是王樞密屈陷他的。〔正旦唱〕

【喬牌兒】便不合離邊關到帝都。便不合將謝家十七口一時屠。則俺個官家怎不看功勞簿。縱有那彌天罪也准贖。

〔殿頭官云〕長國姑。你説將功折罪也是。只可惜來遲了。被王樞密先奏過聖人。説你劫了法場。毀了詔書。毆辱大臣。龍顔大怒着哩。〔正旦唱〕

【水仙子】哎。他道俺劫法場擅放了御囚徒。又道俺恃皇親毀詔書。又道俺毆大臣激

〔正旦唱〕要的天顏怒。〔殿頭官云〕長國姑。你也枉做一場。那楊景焦贊。到底饒不得這死罪哩。〔正旦唱〕要嗚冤何處所。可不的屈殺無辜。既然是饒不的那孩兒命。我也更何顏號國姑。拚納下這雪白頭顱。

〔做撞頭科〕〔殿頭官云〕住住住。待我與你再奏官裏。不要這等做性命着。〔孟良拏番卒上云〕自家孟良。早來到朝門之外。令人。報復去。道孟良到來。有緊急軍情事。〔校尉報科云〕喏。報的大人得知。有孟良在於門外。〔殿頭官云〕着他過來。〔校尉云〕着過去。〔孟良做見科云〕報的大人得知。孟良拏得一個番軍。他說是韓延壽的細作。稍書一封。送與王樞密的。我拏將來。要面見聖人。當朝勘問。煩大人即便轉達。〔殿頭官云〕拏過那廝來。〔番子見跪科云〕我是韓延壽差的。單要見王樞密來。〔殿頭官云〕這等。顯見的王樞密果有反叛之心。令人拏下王樞密者。〔校尉拏王樞密驗科報云〕左脚板上。委實有賀驢兒三字。〔正旦云〕大人你纔不說來。〔殿頭官云〕我說甚麽來。〔正旦唱〕

【側磚兒】你道我平白地把得人把得人來加凌辱。這公事眼看虛實定何如。撇起個瓦兒在半空裏怎住。須不是我皇姑的斷賍誣。

【竹枝歌】你道他久在天朝不負初。你道我妄指他做番臣無證處。可怎生搜出那紙文書。反叛的是王樞密。細作是謝金吾。這兩個無徒。今日裏合天誅。

〔殿頭官云〕奉聖人的命。長國姑以下。都向闕跪者。聽我下斷。〔詞云〕此樁事久屈無伸。到今日纔得明分。謝金吾假傳聖語。背地裏嫉妬元勳。清風樓三朝敕建。拆毀做一片灰塵。更無端行兇逞勢。跌損了佘太夫人。倚恃着東廳樞密。他本是叛國姦臣。通反書一時敗露。枉十年金紫榮身。上木驢凌遲碎剮。顯見的王法無親。楊六郎合門忠孝。焦光贊俠氣超羣。皆是我天朝名將。加服色並賜麒麟。長國姑除邪去害。保忠良重鎮關津。也論功增封食邑。共皇家萬古長春。〔衆謝恩科〕〔正旦唱〕

【清江引】謝得當今聖明主。不受姦臣誤。把清風樓重建一層來。着楊六郎元鎮三關去。直把宋江山扶持到萬萬古。

〔音釋〕屬繩朱切　伏房夫切　腆他典切　剗音産　贖繩朱切　毆謳上聲　辜音姑　辱如去聲　剮音寡　俠音協

題目　楊六使私下瓦橋關

正名　謝金吾詐拆清風府

吕洞賓三醉岳陽樓雜劇

馬致遠撰

第一折

〔浄扮酒保上詩云〕俺家酒兒清。一貫買兩鉼。灌得肚兒脹。溺得膫兒疼。自家店小二是也。在這岳陽樓下。開着一個酒店。但是南來北往。經商客旅。做買做賣。都來這樓上飲酒。今日早晨間。我將這鏇鍋兒燒的熱了。將酒望子挑起來。招過客。招過客。〔正末扮吕洞賓提墨籃上云〕貧道姓吕名巖。字洞賓。道號純陽子。先爲唐朝儒士。後遇鍾離師父點化。得成仙道。貧道在蟠桃會上飲宴。忽見下方一道青氣。上徹雲霄。此下必有神仙出現。貧道視之。却在岳州岳陽郡。不免按落雲頭。扮做一個賣墨的先生。長街市上。來往君子。都來買貧道好墨也。〔唱〕

【仙吕點絳唇】這墨光照文房。取烟在太華頂上。仙人掌。更壓着五李三張。入硯松風響。

【混江龍】梭頭琴樣。助吟毫清徹看書窗。恰行過一區道院。幾處齋堂。竹几暗添龍尾潤。布袍常帶麝臍香。早來到洞庭湖畔。百尺樓傍。〔做上樓科云〕是好一座高樓也。〔唱〕端的是憑凌雲漢。映帶瀟湘。俺這裏躡飛梯。凝望眼。離人間似有三千丈。則

好高歡避暑。王粲思鄉。〔酒保云〕我在這門首覰者。看有甚麼人來。〔正末唱〕
〔酒保云〕招過客。招過客。〔正末云〕休叫休叫。〔酒保云〕你怎生着我休叫。〔正末唱〕
【油葫蘆】俺只見十二欄干接上蒼。我則怕驚着玉皇。誰着你直侵北斗建槽坊。〔酒保云〕你看我這樓上有牌。牌上有字。上寫着世間無此酒。天下有名樓。〔正末唱〕寫道是岳陽樓形勝偏雄壯。更壓着你洞庭春好酒新炊盪。〔酒保云〕老師父。你看這邊景致。〔正末唱〕翠巍巍當着楚山。〔酒保云〕休道是楚山。連太山華山都看見了。師父你看這邊景致。〔正末唱〕浪淘淘臨着漢江。〔酒保云〕不要説漢江。連洞庭湖鄱陽湖青草湖都看見了。〔正末云〕正是雞肥蟹壯之時。〔唱〕正菊花秋不醉倒陶元亮。〔酒保云〕師父。你來遲了。我這酒都已賣盡。無了酒也。〔正末云〕你道是無酒呵。〔唱〕怎發付團臍蟹一包黄。

〔酒保云〕這裏有酒呵。把甚麽與我做酒錢。〔正末云〕至如我無有錢呵。〔唱〕
【天下樂】我則待當了環縧醉一塲。〔酒保云〕説便這等説。實是無了酒也。〔正末云〕你道無酒你聞波。〔唱〕那裏這般清甘。滑辣香。〔酒保云〕酒有。只你醉了不好下樓去。〔正末唱〕但將老先生醉死不要你償。〔酒保云〕師父。這樓上好凉快哩。〔正末唱〕我特來趁晚凉。趁晚凉入醉鄉。〔酒保云〕老師父。天色將晚了。〔正末云〕還早哩。〔唱〕争知俺仙家日月長。

〔云〕小二哥。你供養的是一尊甚麽神道。〔酒保云〕這是初造酒的杜康。我供養着他。這酒客日日常滿。〔正末唱〕

【那吒令】我待和你喚上。那登真的伯陽。你覷當。更懸壺的長房。不强似你供養。那招財的杜康。〔酒保云〕師父。我買活魚來做按酒。〔正末唱〕更休説釣錦鱗蒻新釀。待邀留他過往經商。

【鵲踏枝】自隋唐。數興亡。料着這一片青旗。能有的幾日秋光。對四面江山浩蕩。怎消得我幾行兒醉墨淋浪。

〔酒保云〕師父。我這酒賽過瓊漿玉液哩。〔正末唱〕

【寄生草】説甚麽瓊花露。問甚麽玉液漿。想鸞鶴只在秋江上。似鯨鯢吸盡銀河浪。飲羊羔醉殺銷金帳。這的是燒猪佛印待東坡。抵多少騎驢魏野逢潘閬。

〔酒保云〕小人聽得説。王弘送酒。劉伶荷鍤。李白摸月。也不似先生這等貪杯。〔正末唱〕

【幺篇】想那等塵俗輩。恰便似糞土墻。王弘探客在籬邊望。李白撈月在江心喪。劉伶荷鍤在墳頭葬。我則待朗吟飛過洞庭湖。須不曾摇鞭誤入平康巷。

〔云〕小二哥。打二百長錢酒來。〔酒保云〕先交了錢。然後吃酒。〔正末云〕你也説的是。與你這一錠墨。便當二百文錢的酒。〔酒保云〕笑殺我也。量這一錠墨有甚麽好處。那裏便值二百文錢。

〔正末云〕我這墨非同小可。便當二百文錢也不多哩。〔唱〕

【後庭花】這墨瘦身軀無四兩。你可便消磨他有幾場。萬事皆如此。〔帶云〕酒保也。〔唱〕則你那浮生空自忙。他一片黑心腸。在這功名之上。〔酒保云〕我不要這墨。你則與我錢。〔正末云〕墨換酒。你也不要。〔唱〕敢糊塗了紙半張。

〔酒保云〕他是個出家人。我那裏不是積福處。留下這墨寫帳。也有用處。罷罷。打二百文錢酒與他。老師父。酒便與你。自己吃不了。請幾個道伴來吃。〔正末云〕小二哥。你也說的是。你看着。我請幾個道伴來者。疾。你來。你來。〔酒保云〕在那裏。〔正末云〕疾。你也來。你也來。〔酒保云〕你看這先生風了。〔正末云〕一個舞者。一個唱者。一個把盞者。直吃的盡醉方歸。〔酒保云〕我說這先生風了。當真風了。把袍袖往東一拂道。你來你來。往西一拂道。你也來你也來。一個舞者。一個唱者。一個把盞者。都在那裏。〔正末云〕可知你不見哩。〔唱〕

【金盞兒】我這裏據胡牀。望三湘。有黃鶴對舞仙童唱。主人家寬洪海量醉何妨。直吃的捲簾邀皓月。再誰想開宴出紅粧。但得一尊留墨客。〔帶云〕我困了也。〔唱〕我可是兩處夢黃粱。

〔正末做睡科〕〔酒保云〕如何。我說你吃不了二百錢的酒。我說你請幾個道伴來吃。你不肯。兀的不醉了。他睡着了。可怎生是好。我這樓上。妖精鬼魅極多。害了他性命。怎生是好。我索喚起他來。〔做喚科〕師父你起來。這樓上妖精極多。鬼魅極廣。枉害了你性命。〔正末不醒科〕〔酒保云〕他睡着了。叫不醒。怎生是好。且下樓去。收了鏇鍋兒。落了這酒望子。上了這板閫。我再上樓去叫他去。可撲可撲。老師父。你不起來。妖精出來吃了你。不干我事。我自去也。〔下〕

〔外扮柳樹精上〕〔詩云〕翠葉柔絲滿樹枝。根科榮茂正當時。爲吾屢積陰功厚。上帝加吾排岸司。小聖乃岳陽樓下一株老柳樹是也。我在此千百餘年。又有杜康廟前一株白梅花。在此作祟。我上樓巡綽一遭。可是爲何。恐怕他傷害了人性命。今日天晚。須索上樓巡綽一遭。好奇怪。我往常間上這樓來。坦然而上。今日如何心中懼怯。既來難道回去。須索上去。〔做見科〕呀。上仙在此。須索回避咱。〔正末喝云〕業畜。那裏去。回來。〔柳云〕早知上仙在此。只合遠接。接待不着。勿令見罪。〔正末云〕好可憐人也。〔唱〕

【醉中天】我見他拄着條過頭杖。恰便似老龍王。〔柳云〕早知上仙在此。合當參拜。〔正末唱〕你這般曲脊駝腰來我眼前有甚勾當。〔帶云〕我看你本相。〔唱〕我這裏斜倚定闌干望。

〔柳云〕師父望甚麼。〔正末云〕你道我望甚麼。〔唱〕原來是掛望子門前老楊。〔柳云〕小聖在此千百餘年也。〔正末云〕噤聲。〔唱〕你道是埋根千丈。你如今絮沾泥則怕泄漏春光。

〔云〕柳也。你有幾般兒歹處哩。〔柳云〕師父。我有甚麼歹處。〔正末唱〕

【憶王孫】亞夫營裏晚天凉。煬帝宫中春晝長。按舞罷楚臺人斷腸。你只是爲春忙。

〔柳云〕再有甚麼歹處。〔正末唱〕餓得那楚宫女腰肢一捻香。

〔云〕兀那老柳。這岳陽樓上作祟的元來是你。〔柳云〕不干小聖事。是杜康廟前一株白梅花在此作祟。〔正末云〕待我看來。真個是杜康廟前一株白梅花在此作祟。好好。兀那老柳。你跟我出家去罷。〔柳云〕師父。我去不得。〔正末云〕你爲何去不得。〔柳云〕我根科茂盛。枝葉繁多。去不得。〔正末云〕他是土木形骸。到發如此之語。〔唱〕

【金盞兒】我是個呂純陽。度你個緑垂楊。你則管伴烟伴雨在溪橋上。舞東風飄蕩弄輕狂。如今人早晨栽下樹。到晚來要陰凉。則怕你滋生下些小業種。久已後乾撇下你箇老孤樁。

〔云〕老柳。你跟我出家去來。〔柳云〕既領師父訓教。情愿跟師父出家。但我土木形骸。未得人身。怎生成的仙道。〔正末云〕你也説的是。土木之物。未得人身。難成仙道。兀那老柳。你聽者。你往下方岳陽樓下。賣茶的郭家爲男身。名爲郭馬兒。着那梅花精往賀家托生爲女身。着你二人成其夫婦。三十年後。我再來度脱你。〔做與墨籃科云〕你與我將着這物。〔柳做頭頂科云〕師父。我這般將着是麼。〔正末云〕不是。再將者。〔三科〕〔正末云〕都不是。將來將來。他是土木之物。未曾得人身。如何便能知道。你看者。〔正末抱籃科唱〕

【賺煞】似我般抱定墨籃兒。〔柳抱籃科云〕師父。這般將着可好麼。〔正末唱〕**兀的不纔似一箇人模樣。**〔柳云〕師父。你怎生識的小聖來。〔正末唱〕**我底根兒把你來看生見長。**〔柳云〕師父仙鄉何處。〔正末唱〕**我家住在白雲縹緲鄉。**〔柳云〕那裏幽静麼。〔正末唱〕**俺那裏無亂蟬鳴聒噪斜陽。**〔柳云〕徒弟去則去。則是捨不的這一派水也。〔正末唱〕**量湖光。不大似半畝芳**

塘。〔柳云〕徒弟省了也。〔正末唱〕**你嶮做了長亭繫馬樁。**〔柳云〕敢問師父兩句言語。合道不合道。是怎麽説。〔正末云〕你一句句問將來。〔柳云〕師父合道是怎生。〔正末唱〕**合道在章臺路傍。**〔柳云〕師父不合道可是怎生。〔正末唱〕**不合道你則在灞陵橋上。**〔云〕你若肯跟我出家。教你學取一個。〔柳云〕學取那一個。〔正末唱〕**我着你學取那呂巖前松柏耐風霜。**〔同下〕

〔音釋〕溺尼叫切　鏇旋去聲　盪湯去聲　躡音聶　篘叉搜切　釀泥降切　浪平聲　液音亦　鯨音擎　鯢音移　吸音翕　閬音浪　鍤音插　捫音門　魅音妹　闥音塔　祟音歲　煬音陽　捻音聶　樁音莊　嶮與險同

第二折

〔柳改扮郭馬兒引旦兒上〕〔詩云〕龍團鳳餅不尋常。百草前頭早占芳。採處未消峯頂雪。烹時猶帶建溪香。自家郭馬兒是也。這是我渾家賀臘梅。在這岳陽樓下。開着一座茶坊。但是南來北往。經商客旅。都來我茶坊中吃茶。我聽得老的曾説來。三十年前。這岳陽樓上賣酒。如今輪着俺這一輩賣茶。俺兩口兒自成夫婦。已經數載。寸男尺女皆無。但是那過往的人。剩下的殘茶。我都吃了他的。可是爲何。這個喚做偷陰功積福力。但生得一男半女。也不絕了郭氏門中香火。今日開開茶坊。我燒的鏇鍋兒熱了。我昨日多飲了幾杯。今日有些害酒。大嫂。茶客也未來哩。我且在這閣子裏歇一歇。若有茶客來時。着我知道。〔旦兒云〕理會的。〔郭馬睡科〕〔正末上云〕

徐神翁。你與我纜住小舟。我度脱了郭馬兒。喒兩個同舟而歸。貧道當初在這岳陽樓下。度了一株柳樹。因他是土木之物。不得成道。教他托生爲人。如今岳陽樓下賣茶郭馬兒便是。又着白梅花精托生在賀家爲女。他兩個配爲夫婦。可又早三十年矣。過往君子。吃剩的殘茶。此人便吃了。雖然如此。争奈濁骨凡胎。無人點化。常言道玉不琢不成器。人不磨不成道。休道是他。至如吕巖。當初是個白衣秀士。未遇書生。上朝求官。在邯鄲道王化店。遇着鍾離師父。再三點化。纔得成仙了道。假如遇不着鍾離師父呵。〔唱〕

【南吕一枝花】猶兀自騎着個大肚驢。吃幾頓黄粱飯。則今日有緣游閬苑。可正是無夢到邯鄲。〔云〕有人説道。你這等醉生夢死的。那神仙大道。却怎生得來。〔唱〕休笑我行步艱難。無證候粧些殘患。如今便岳陽樓來了兩番。空聽的駭浪驚濤。〔帶云〕呆漢子。〔唱〕洗不净愚眉肉眼。

〔云〕我這般東倒西歪。前合後偃的。〔唱〕

【梁州第七】我爲甚不帶酒佯推着醉裏。〔帶云〕人問先生塵世如何。〔唱〕我可甚點頭來會盡人間。休笑我形骸土木腤臢扮。强如紫綬。勝似白襴。袖藏着寶劍。腹隱着金丹。消磨盡緑鬢朱顔。恰離了雲幌星壇。〔帶云〕世俗人休笑俺神仙無定也。〔唱〕早來到緑依依採靈芝徐福蓬萊。恰行過高聳聳卧仙臺陳摶華山。又過了勃騰騰來紫氣老子函關。

把船彎。此間。正江樓茶罷人初散。你這郭上竈喫人讚。則俺乞化先生左右難。來尋你下榻陳蕃。

〔正末尋郭科云〕這個閣子裏無有。這個閣子裏也無有。〔做見科云〕這厮在這裏。馬兒也。如今桃花放徹。柳眼未開。〔打郭科〕〔郭驚云〕倒諕我一跳。早是不曾打着我的耳朵。〔正末云〕打了你耳朵。不曾傷着你六陽魁首。馬兒。你看波。〔郭云〕你着我看甚麽。〔正末云〕兀的不是烏江岸。〔郭云〕烏江岸在那裏。〔正末云〕兀的不是華容路。〔郭云〕華容路在那裏。〔正末哭笑科〕〔郭云〕這師父風僧狂道。着我看兀的不是烏江岸。兀的不是華容路。哭了又笑。笑了又哭。正是個風魔的哩。〔正末云〕古人英雄。今安在哉。華容路這壁是曹操遺跡。烏江岸那壁是霸王故址。曹操姦雄。夜眠圓枕。日飲鴆酒。三分霸王。有喑啞叱咤之勇。舉鼎拔山之力。今安在哉。〔唱〕

【賀新郎】你看那龍争虎鬭舊江山。〔郭云〕你笑甚麽。〔正末唱〕我笑那曹操姦雄。〔郭云〕你哭甚麽。〔正末唱〕我哭呵哀哉霸王好漢。〔郭云〕老師父。你怎麽哭了又笑。笑了又哭。〔正末唱〕爲興亡笑罷還悲嘆。不覺的斜陽又晚。想咱這百年人則在這撚指中間。〔郭云〕不争老師父在樓上玩賞。可不攪了我茶客。〔正末唱〕空聽得樓前茶客鬧。争似江上野鷗閒。百年人光景皆虚幻。〔正末看科〕〔郭云〕我也學你看一看。〔正末唱〕我覷你一株金線柳。猶兀自閒凭着十二玉闌干。

〔郭云〕老師父。你來我這裏。有甚勾當。〔正末云〕我來問你化一盞茶吃。〔郭云〕化一盞茶吃。你可是甜言美語的。出家人那裏不是積福處。大嫂造一個茶來。與師父吃。〔正末云〕我不這般吃。你則依着我丁字不圓。八字不正。深深的打個稽首。上告我師。吃個甚茶。我便説與你茶名。〔郭云〕你看麼。我見他是出家人。則這般與他個茶吃。他又這般饒舌。也罷。依着他。左右茶客未來哩。他又風。我又九伯。俺大家耍一會。我依着他丁字不圓。八字不正。深深的打個稽首。上告我師。吃個甚茶。〔正末云〕我吃個木瓜。〔郭云〕哎喲。好大口也。弔了下吧。我説道你吃個甚茶。説道我吃個木瓜。〔正末云〕郭馬兒。你學誰哩。〔郭云〕我學你哩。〔正末云〕但學的我儘勾了也。〔郭云〕學你腤臢頭一世。罷罷。大嫂造個木瓜來。〔正末吃茶科〕〔郭云〕將盞兒來。〔正末云〕我不與你盞兒。〔郭云〕怎生不與我盞兒。〔正末云〕你則依着我丁字不圓。八字不正。深深的打個稽首。上告我師。茶味如何。我便與你盞兒。〔郭云〕罷罷。我便依着你。這些不必説了。師父稽首。茶味如何。〔正末云〕這茶敢不好。〔郭云〕好波。你與我貼招牌哩。〔正末云〕罰一個。〔郭云〕怎生罰一個。〔正末云〕依舊的問將來。〔郭云〕我依着你。依舊打個稽首。師父要吃個甚茶。〔正末云〕我吃個酥僉。〔郭云〕好緊唇也。我説道師父吃個甚茶。他説道吃個酥僉。頭一盞吃了個木瓜。第二盞吃了個酥僉。這師父從來一口大。一口小。〔正末云〕郭馬兒。我是一口大。一口小。〔郭云〕一口大。一口小。不是個呂字。傍邊再一個口。我這茶絶品高茶。罷罷。大嫂造個酥僉來與師父吃。〔正末接茶科云〕郭馬兒。你這茶裏面無有真酥。〔郭云〕無有真酥。都是甚麽。〔正末云〕都是羊脂。〔郭云〕羊脂昨日澆了燭子。那裏得羊脂來。〔正末云〕插上你呵。多少羊脂哩。〔郭云〕恁麽樣説。我是柳樹了。〔正末吃茶科〕〔郭云〕將盞兒來。〔正末云〕我不與你盞兒。依舊的問將來。〔郭云〕我依着你。師父茶味如何。〔正末云〕這茶敢又不好。〔郭云〕可早兩遭兒了。〔正末云〕再罰一個。你依舊問將來。〔郭云〕就依你問。師父要吃個甚茶。〔正末云〕我吃個杏湯。〔郭云〕這師父倒會吃。頭一盞吃了個木瓜。第二盞吃了個酥僉。第三盞吃個杏湯。再着上些乾糧。倒飽了半日。〔正末云〕馬兒。你若不是我呵。是做了乾梁也。〔郭云〕看將起來我是塊木頭。罷罷。大嫂造個杏湯來。與這師父吃。〔旦兒云〕杏湯便有。無有板兒也。〔郭云〕師父。杏湯便有。無有板兒也。〔正末云〕你説杏湯便有。無了板兒。三十年前解開你。都是板兒。〔郭云〕師父。我怎當的你這一句那一句。大嫂造一個杏湯來。〔正末吃茶科〕〔郭云〕將盞兒來。〔正末云〕我不與你盞兒。依舊的問將來。〔郭云〕我依着你。師父茶味如何。〔正末云〕郭馬兒你這茶。〔郭云〕敢又不好。〔正末云〕你怎生攙了我的。〔郭云〕我學你道哩。〔正末云〕則要你學我道哩。〔郭嗏茶盞科〕〔正末云〕郭馬兒。我見你兩次三番嗏。〔郭云〕嗏甚麽。〔正末云〕嗏我這茶盞底。是何緣故。〔郭云〕師父你不知。我與渾家賀臘梅。自做夫妻。數載有餘。寸男尺女俱無。但是南來北往。經商客旅。做買做賣。都來我這樓上吃茶。剩下殘茶。我都吃了。却是爲何。這是偷陰功積福德。但得一男半女。也絕不了郭氏門中香火。〔正末云〕原來如此。我着你大積些陰功如何。〔郭云〕恁的呵更好。〔正末云〕將盞兒來。郭馬兒你吃了我吐的殘茶。教你有子嗣。〔正末吐科〕〔郭做意不吃科〕〔背云〕看了他那嘴臉。我吃他吐的茶。就絶户了也成不的。我哄他一哄。看他説甚麼。師父。你肯吃我的剩飯。我便吃你的殘茶。〔正末云〕將你那剩飯來。〔唱〕

【梧桐樹】你道是兩碗通輕汗。獨不聞一粒度三關。管甚麼餛飩皮饅頭餡和剩飯。總是個有酒食先生饌。

〔正末又吐科〕〔郭云〕可磣殺我也。〔正末云〕你吃了我的殘茶。我便吃你的剩飯。〔郭云〕我和你説。我也不吃你殘茶。也不要你吃我的剩飯。你披着半片羊皮。乞兒模樣好嘴臉。〔正末唱〕

【隔尾】你休笑這丐兒披定羊皮嬾。你會首休猜做大卧單。〔云〕馬兒。我吃了三盞茶。無一盞真的。〔郭云〕怎生無有一盞真的。〔正末唱〕我吐與你木瓜裏棗酥僉裏脂杏湯裏瓣。〔云〕馬兒你喫了者。〔郭云〕喫不得。〔正末唱〕只恁般左難。右難。〔云〕馬兒吃了者。〔郭云〕其實吃不得。〔正末云〕你不吃接了盞者。〔正末哄科云〕打碎了盞兒也。〔郭云〕倒諕我一驚。〔正末唱〕我看你怎發付松風兔毛盞。

〔帶云〕馬兒。你看我吐的不小可也。〔唱〕

【牧羊關】這吐也無那竹葉雲濤泛。也無那石鐺雪浪翻。這吐呵但開口滿簾香散。更壓着仙酒延年。更壓着蟠桃般駐顔。也不索採蒙頂山頭雪。也不索茶點鷓鴣斑。比及你吸取揚子江心水。〔帶云〕馬兒也。〔唱〕可强似湯生螃蟹眼。

〔云〕馬兒吃了者。〔郭云〕吃不得。〔正末云〕賀臘梅你吃了者。〔旦兒吃科云〕稽首。弟子省了也。〔正末云〕你怕不省也。郭馬兒還不省哩。將盞兒來。〔正末抹盞底殘茶與郭科〕〔郭云〕好東西也。吃下去。醍醐灌頂。甘露洒心。好東西也。師父。纔抹到我口裏。是甚麽東西。〔正末云〕我恰纔抹到你口裏的。可是那殘茶。〔郭云〕在那裏。再與我些吃。〔正末云〕都無了。〔郭云〕往那裏去了。〔正末云〕賀臘梅吃了也。〔郭云〕他吃了可怎麽説。〔正末云〕他吃了先得了道也。〔郭云〕我呢。〔正末云〕你還在道傍邊哩。〔郭云〕看起來我是柳樹。〔正末云〕誰説你是榆樹來。〔郭云〕我吃了你這殘茶怎麽説。俺渾家吃了你這殘茶怎麽説。〔正末云〕你吃了我這殘茶。你是我的道伴。你渾家吃了我這殘茶。他是我的仙友。〔郭云〕且住者。我吃了他的殘茶。我是他道伴。俺渾家吃了他的殘茶。倒和他爲仙友。道伴也罷。這仙友可難爲。看起來俺老婆養着你哩。〔做怒打正末科〕〔正末唱〕

【紅芍藥】把一片歲寒心燒做了火炎山。哎。你弟子好是兇頑。〔郭扯袍科〕〔正末唱〕把一領布袍襟扯住不容還。碎紛紛直似靈幡。〔郭打科〕〔正末唱〕打的我比春牛少片板。總是我不合勸修行吐盡心肝。〔云〕郭馬兒。你休惱了我也。〔郭云〕惱了你。可怎麽的我。〔正末唱〕把岳陽樓翻做鬼門關。休只管賣弄拳儇。

〔郭打科〕〔正末唱〕

【菩薩梁州】打的我死狗兒彎跧。青泥也腐爛。頭披也髻散。呀。葫蘆裏漉了些靈丹。〔郭云〕甚麼靈丹。都是些羊屎彈子。〔正末唱〕扭回頭遥望北邙山。〔郭云〕正是個風僧狂道。〔正末唱〕知他是你痴呆我是風魔漢。〔郭云〕大嫂。鑪中添上些炭。〔旦兒云〕理會的。〔正末唱〕鑪中有火休添炭。大都來有幾年限。打打打先生不動憚。更怕甚聖手遮攔。〔末做架住起身科云〕郭馬兒。跟我出家去來。〔郭云〕這師父打不改的。〔正末唱〕

【哭皇天】我着你早尋個香火新公案。煞强似久墮風塵大道間。只爲你瘦伶仃無人盼。纔長大便爭攀。若不是我把長條自挽。則你在洞庭湖上揚子江邊。受了些風吹日炙。雪壓霜欺。嶮些兒做了這岳陽樓岳陽樓酒望竿。〔郭云〕我就跟你出家去。有甚麼好處。〔正末唱〕我着你逍遥散誕。你自待偎慵惰懶。

【烏夜啼】愁甚麼楚王宫陶令宅隋堤岸。我已安排下玉砌雕闌。則要你早回頭静坐把功程辦。參透玄關。勘破塵寰。待學他嚴子陵隱在釣魚灘。管甚麼張子房燒了連雲棧。競利名。爲官宦。都只爲半張字紙。却做了一枕槐安。

【三煞】想人能克己身無患。事不欺心睡自安。便百年能得幾時閒。去向那石火光中。急措手如何迭辦。你何不早回看。直到落日桑榆暮景殘。方纔道倦鳥知還。

【二煞】爭如我蓋間茅屋臨幽澗。披片麻衣坐法壇。倒也躲是非忘寵辱無牽絆。不强似你在人我場中。把個茶博士終朝淘渲。〔做笑科云〕郭馬兒。你及早省悟。也是遲了。〔唱〕我笑你忒愚頑。枉了我度你親身三兩番。還不省也天上人間。〔云〕郭馬兒。跟我出家去來。〔郭云〕我跟你出家去。你那裏有甚麼道伴。〔正末云〕你若肯出家。我着你看兩個道伴。〔郭云〕那兩個道伴。〔正末唱〕

【黄鍾尾】我着你看藍采和舞春風六扇雲陽板。〔郭云〕那一個呢。〔正末唱〕我着你看韓湘子開冬雪雙莖錦牡丹。疾回頭。莫怠慢。〔郭云〕師父。我送你下樓去。〔正末唱〕下江樓。近水灣。〔云〕呀。徐神翁等不的我。先去了也。〔郭云〕在那裏。〔正末唱〕你與我撑開船。掛起帆。〔云〕郭馬兒。上船來。〔郭云〕你先上船。〔正末云〕我先上船。〔郭推正末科云〕推他娘在這水裏。〔正末云〕呀。這廝嶮些兒不閃我在水裏。〔唱〕行至蓬萊宫。方丈山。俺那火送行人世不曾西出陽關。早則不凝望渭城和淚眼。〔下〕

〔郭云〕那師父去了也。今日茶也不曾賣的。被他打攪了一日。天色已晚了。收拾了鏇鍋兒。閉了茶肆。大嫂。喒還家中去來。〔下〕

〔音釋〕邯音寒　鄲音丹　腤音菴　臢音簪　氤音因　函音咸　幌胡誑切　鴆沉去聲　喑音陰　啞音雅　咤瘡詐切　撚尼蹇切　幻音患　磣參上聲　丐音蓋　瓣音扮　鐺楚耕切　鷓張射切　鴣音姑　醍音提　醐音胡　儇呼關切　跧之灣切　邙音忙　煞與殺同　偎音威　慵音蟲

勘坎去聲　棧音綻　渲疎選切　莖音刑

楔子

〔郭馬上云〕自家郭馬兒。自從見了那個師父。但合眼便見他道。郭馬兒跟我出家去來。我可怎生出的家。我如今不賣茶了。在這岳陽樓下賣酒。我今日打點些按酒去。我不往前街上去。怕撞着那師父。我往這後街裏去。〔正末冲上云〕郭馬兒。你往那裏去。〔郭云〕我躲他正撞在懷裏。師父。我如今不賣茶了。在岳陽樓下賣酒。請師父吃三鍾。〔正末云〕你請我吃三鍾。我在你這樓上醉了兩醉也。你再請我吃一醉。〔做行科〕〔郭云〕上的這樓來。師父。你吃一碗。〔正末云〕你也吃一碗。〔郭云〕師父。你再吃一碗。〔正末云〕你也再吃一碗。〔郭云〕師父。你再吃一碗。〔正末云〕你送我下樓去。〔郭云〕我送師父下樓去。〔正末云〕郭馬兒。跟我出家去來。〔郭云〕我怎生出的家。我若跟你出家。可把我媳婦發付在那裏。〔正末云〕你殺了你媳婦者。〔郭云〕殺了我媳婦。可着誰償命。〔正末云〕敢是你償命。〔郭云〕可知哩。我便要殺俺媳婦。可也無兵刃。〔正末云〕兀的不是一口劍。〔郭云〕師父。是一口好劍。〔正末唱〕

【仙呂賞花時】這劍曾伴我三十年來海上遊。夜夜光芒射斗牛。〔云〕郭馬兒。我與你這一口劍。要些回答的禮物。〔郭云〕可要甚麽回奉的禮物。〔正末唱〕**要一顆血瀝瀝婦人頭。**〔郭云〕好容易也。〔正末唱〕**爲你箇墻花路柳。**〔帶云〕若不是恁兩箇呵。〔唱〕**誰肯三醉岳陽樓。**

〔下〕

〔郭云〕這師父正是風僧狂道。好没生與我一口劍。教我殺了俺媳婦兒。我可怎生捨的。這一口劍拿到家中切菜。也有用處。今日又被他歪死纏。不曾賣的酒。且回家中去來。〔下〕

第三折

〔郭馬兒上云〕自從那師父與了我一口劍。拿到家中。三更前後。不知甚麽人把我媳婦殺了。劍上寫着四句詩道。朝游北海暮蒼梧。袖裏青蛇膽氣粗。三醉岳陽人不識。朗吟飛過洞庭湖。後面寫着洞賓作。我如今先告知社長。然後見官去。也未遲哩。可早來到社長門首。我試唤他一聲。社長在家麽。〔丑扮社長上云〕誰叫門哩。我開開這門看。〔見科〕〔郭云〕社長拜揖了。昨日有個不知姓名的胡先生。與了我一口劍。着我拿到家裏。三更前後。不知甚麽人。把俺媳婦殺了。劍上寫着四句詩道。朝游北海暮蒼梧。袖裏青蛇膽氣粗。三醉岳陽人不識。朗吟飛過洞庭湖。後面寫着洞賓作。〔社長云〕你媳婦殺了麽。〔郭云〕殺了。〔社長云〕殺了罷。干我臁兒事。〔郭云〕你是個當坊社長。不和你説和誰説。〔社長云〕馬兒。我和你説。洞賓作。想必是洞中一塊賓鐵拿來打成這口劍。則怕是這個殺了你媳婦兒。〔郭云〕不是。〔社長云〕既然不是。依着你怎麽説。〔郭云〕我如今和你告官去。討一紙勾頭文書。長街市上尋那個道人去。但有人念這四句詩的。便是他殺了俺媳婦兒。〔社長云〕這也説的是。〔郭詩云〕我如今先去爪尋他。慢慢的告請差官捕。〔社長詩云〕便縱然尋着胡先生。也當不得你這醜媳婦。〔同下〕〔正末愚鼓簡子上〕〔詞云〕披蓑衣。戴箬笠。怕尋道伴。將簡子。挾愚鼓。閒看中原。打一回。歇一回。清人耳目。念一回。唱一回。潤俺喉咽。穿茶房。入酒肆。牢拴意馬。踐紅塵。登紫陌。繫住心猿。跨彩鸞。先飛到西天西裏。駕青牛。後走到東海東邊。靈芝草。長生草。二三萬歲。娑羅樹。扶桑樹。八九千年。白玉樓。黄金殿。煙霞靄靄。紫微宫。青霄閣。環珮翩翩。鸚鵡杯。鳳凰杯。滿斟玉液。獅子罏。狻猊罏。香噴龍涎。吹的吹。唱的唱。仙童拍手。彈的彈。舞的舞。劉衮當先。做厮兒。做女兒。水煎火燎。或雞兒。或鵝兒。醬炒油煎。來時節。剛纔得。安眉待眼。去時節。只落得。赤手空拳。勸賢者。勸愚者。早歸大道。使老的。使小的。共結良緣。人身上。明放着。四百四病。我心頭。暗藏着。三十三天。風不着。雨不着。豈知寒暑。東不管。西不管。便是神仙。船到江心牢把柁。箭安弦上慢張弓。今生不與人方便。念盡彌陀總是空。〔唱〕

【正宫端正好】我勸你世間人。休争氣。及早的歸去來兮。可乾坤做一牀黄紬被。單搦着陳摶睡。

【滚繡毬】我穿着領布懶衣。不吃烟火食。淡則淡淡中有味。又不是坐崖頭打當牙椎。人問我姓甚的。住那裏。要尋我煞時容易。酒排沙緊對着鍾離。怕你虎狼叢吃閃呆獐般看。是非海滰着死馬兒醫。樹倒風吹。

〔郭同社長上云〕兀的不是那道人來了。聽他念甚的。〔正末云〕朝游北海暮蒼梧。袖裏青蛇膽氣粗。三醉岳陽人不識。朗吟飛過洞庭湖。〔郭云〕好也。可是你殺了我媳婦。你逃走到那裏去。

〔做扯末科〕〔正末唱〕

【倘秀才】你在當街上把師父扯曳。這是我勸弟子修行的氣力。〔郭打科云〕我打你個弟子孩兒。〔正末云〕你打不的。〔唱〕打打打。今世饒人不是痴。天生下這頑皮壯吃。

〔正末頓脱郭手科〕〔唱〕

【滾繡毬】好生地放了者。我爲甚不惹你。赤緊的簡子喚做惜氣。但行處愚鼓相隨。愚是不省的。鼓是没眼的。柳呵今日蕤葱般人脆。一口氣不回來教你落絮沾泥。則俺那洞中有客鶴來早。抵多少秋後無霜葉落遲。看那箇便宜。

〔云〕郭馬兒。你當街截住我。是怎的。〔郭云〕你因何殺了我媳婦兒。我如今撞見。你有甚話説。

〔正末唱〕

【叨叨令】則爲這潑家私滿鏡裏白髭髩。熬煎得銕湯鉼一肚皮長吁氣。一頭把老先生推在荒郊内。哎。你箇浪婆娘又摟着别人睡。不殺了要怎麽也波哥。不殺了要怎麽也波哥。争如我夢周公高卧在三竿日。

〔郭云〕你賴不過。我今告着你哩。〔正末云〕你憑甚麽勾我。〔郭云〕我憑勾頭文書勾你。〔正末云〕你文書那裏。〔郭出文書科〕〔正末云〕你念我聽。〔郭念云〕奉州官台旨。即勾喚殺人賊一名。

胡道人。是你不是你。〔正末云〕將來我看。〔做换文書科云〕疾。你再讀。看是誰。就拿誰。〔郭云〕是。讀。看是誰。就拿誰。〔念科云〕奉州官台旨。勾唤殺人賊一名。郭馬兒。〔驚科〕這上面可怎麽寫着我。〔正末唱〕

【倘秀才】我不信那官人敢斷誰。則爲你愚不省將勾頭來弔你。正是俺自有心猿百字碑。哎。村物事。潑東西。怎到得那裏。

【滚繡毬】俺那裏白雲自在飛。仙鶴出入隨。俺那裏洞門不閉。〔郭云〕師父。則怕那裏有俺媳婦兒麽。〔正末唱〕你可也再休題家有賢妻。〔郭云〕師父。這裏是那裏。〔正末云〕馬兒。你看波。〔唱〕這壁銀河織女機。那壁洞中玉女扉。怎發付你那酒色財氣。則你那送行人何曾道展眼舒眉。你是箇紅塵道上千年柳。你覷波白玉堂前一樹梅。〔旦兒上郭見科云〕兀的不是我渾家賀臘梅哩。〔正末云〕疾。〔旦下〕〔郭云〕師父。俺媳婦那裏去了。纔在這裏怎生不見了。〔正末唱〕怎知這就裏玄機。

〔郭云〕我也道。花枝般好媳婦。被你殺了不成。快教他出來還了我罷。〔正末唱〕

【伴讀書】你道是花枝兒媳婦天然美。又道是笋條兒一對青年紀。端的誰遣來兩個成匹配。到今日又誰拆散你這芳連理。可怎生不解其中意。還認做兒女夫妻。

〔郭云〕你藏了我媳婦兒。我便肯干罷。社長。你也幫我一幫。扭他見官去來。〔社長云〕勾頭文

書元着我協同着你拿這胡道人。我幫你。我幫你。〔正末唱〕

【笑和尚】我我我要你媳婦兒做甚的。你你你扭住我欲何爲。敢敢敢挾着這一紙文書的勢。看看看你媳婦兒在那裏。有有有誰是個殺人賊。來來來喒和你去當官對。

〔郭云〕社長。適纔我那媳婦。你也看見的。到官去你與我做箇質證。〔社長云〕你不要等他唱曲。只拿他到官司去。〔正末唱〕

【煞尾】再休想一枝逗漏春消息。則要你三島追隨路不迷。拜辭了瀟湘洞庭水。同去蟠桃赴仙會。酒泛天漿滋味美。樂奏雲璈音調奇。絳樹青琴左右立。都是玉骨冰肌世無比。我勸你這片凡心早收拾。莫爲嬌妻苦縈繫。〔郭云〕你拐了我媳婦兒。更待干罷。社長。你幫我拖他到官去。好歹要還我媳婦來。〔正末云〕這呆漢昏迷不省。枉了我三遭兒也。〔唱〕似這等呆腦呆頭勸不回。呸。可不乾賺了我奔走紅塵九千里。〔做頓袖脱科下〕

〔郭云〕好。兩個後生拿一個先生。被他瀏了。我不問那裏趕上去。〔社長云〕這裏有兩條路。你往這頭。我往那頭。兩路抄將來。不怕他會飛上天去。〔郭云〕説的是。趕趕趕。〔同下〕

〔音釋〕咽音煙　狻音酸　猊音移　搦囊帶切　曳音異　力音利　吃音恥　的音底　葩鎢入聲　鶴音豪　日人智切　賊則平聲　息喪擠切　璈音敖　立音利　拾繩知切　繫音計　賺音湛

瀏柳平聲

第四折

〔正末打愚鼓簡子上云〕羅浮道士誰同流。草衣木食輕王侯。世間甲子管不得。壺裏乾坤只自由。數着殘碁江月曉。一聲長嘯海門秋。飲餘回首話歸路。笑指白雲天際頭。〔郭馬兒冲上拿科云〕拿住。我如今再不等你瀏了。和你見官去來。〔正末唱〕

【雙調新水令】則這殺人賊須是你護身符。教你做神仙悟也不悟。你看承我做酒布袋。請看這藥葫蘆。不是村夫。還有三卷天書。〔郭云〕甚麼天書。敢是化緣的疏頭。〔正末唱〕你休猜做化緣疏。

〔郭扯末云〕告官去來。〔正末唱〕

【駐馬聽】你將我袍袖揪摔。誤了你龍麝香茶和露煮。將我環縧扯住。怎教鳳城春色典琴沽。建溪別館覓錢篚。蓬萊仙島休家去。〔郭云〕你殺了人。往那裏去。〔正末唱〕我若是欠人債負。俺那裏白雲滿地無尋處。

〔郭云〕我的媳婦兒。你送的那裏去了。〔正末云〕不是你的媳婦。〔郭云〕倒是你的媳婦。〔正末唱〕

【沉醉東風】是我綰角兒宿緣伴侶。垂髫時兒女妻夫。是我的媳婦兒。潑男女。尚古自參不透野花村務。〔郭云〕你是個出家人。如何要老婆。〔正末唱〕道士須當配道姑。〔帶云〕呆漢。〔唱〕則俺兩口兒先生姓呂。

〔郭云〕你不要强。和你告官去來。〔正末唱〕

【七弟兄】由你到大處。告去。只揀愛的做。你道是踏破鐵鞋無覓處。算來全不費工夫。可乾喫了半碗腤臢吐。

【梅花酒】想您箇匹夫。不識賢愚。蠢蠢之物。落落之徒。休猜俺做左道術。俺自拿着捩鼻木。您拽着我布道服。俺急切裹要回去。您當街裹纏師父。俺爲甚的不言語。您心兒下自躊躇。

【收江南】俺則待朗吟飛過洞庭湖。您在茶坊中説甚蜜和酥。〔外扮孤一行上云〕甚麽人嚷亂。與我拿過來者。〔正末唱〕扇圈般一部落腮鬍。更狠似道録。馬頭前不慌殺了賀仙姑。

〔郭云〕這個道人。殺了我的媳婦兒。大人與我做主咱。〔孤云〕兀那道人。清平世界。浪蕩乾坤。你怎敢殺人。〔正末云〕郭馬兒告我殺了他媳婦兒。他媳婦賀臘梅見在不曾死。〔孤云〕賀臘梅在那裏。叫來我看。〔正末云〕現在此處。疾。〔旦兒上云〕師父。喚你徒弟。那廂使用。〔正末云〕這不是他媳婦兒。〔孤云〕郭馬兒。你告這道人殺了你媳婦兒。如今你媳婦現在。做的個告人徒自己徒。左右。推出去殺壞了者。〔孤一行下〕〔郭云〕可怎了也。〔正末云〕郭馬兒。你告着我殺了你媳婦兒。如今你媳婦現在。做了個誣告人死罪。自己反坐。如今要殺壞你。要我救你不救。〔郭云〕可知要救我哩。〔外扮鍾離引衆仙上云〕郭馬兒。你認的我麼。〔郭云〕怎生官人也不見了。祇候也不見了。都是一火先生。敢是我錯走在五龍壇裏來了。〔正末云〕郭馬兒。你認的這衆仙麼。〔郭云〕這位做官的髯子是誰。〔正末唱〕

【水仙子】這一個是漢鍾離現掌着羣仙籙。〔郭云〕這位拿着拐兒的。不是皂隸。〔正末唱〕這一個是鐵拐李髮亂梳。〔郭云〕兀那位着綠襴袍的。不是令史哩。〔正末唱〕這一個是藍采和板撒雲陽木。〔郭云〕這老兒是誰。〔正末唱〕這一個是張果老趙州橋騎倒驢。〔郭云〕這位背葫蘆的是誰。〔正末唱〕這一個是徐神翁身背着葫蘆。〔郭云〕這位攜花籃的是誰。〔正末唱〕這一個是韓湘子韓愈的親姪。〔郭云〕這位穿紅的是誰。〔正末唱〕這一個是曹國舅宋朝的眷屬。〔郭云〕敢問師父你可是誰。〔正末云〕貧道姓呂名巖。字洞賓。道號純陽子。〔唱〕則我是呂純陽愛打的簡子愚鼓。

〔郭云〕是了。三十年前我是岳陽樓下老柳樹。俺渾家賀臘梅。就是杜康廟前白梅樹。後來託生下方。配爲夫婦。直待師父三度點化。纔歸正道。稽首。我弟子早省悟了也。〔鍾離云〕你二人既得省悟。聽吾指示。〔詞云〕你本是人間土木之物。差洞賓將你引度。今日個行滿功成。跨蒼鸞同登仙路。〔郭旦拜謝科〕〔正末唱〕

【收尾】則我向岳陽樓來往經三度。指引你雙歸紫府。方纔識仙家的日月長。再不受人間的斧斤苦。

〔音釋〕捽音租　篚音路　負音赴　髫音條　術繩朱切　捩音裂　鼻音疲　木音暮　服房夫切　録音慮　籙音慮　屬繩朱切

題目　郭上竈雙赴靈虚殿

正名　吕洞賓三醉岳陽樓

包待制三勘蝴蝶夢雜劇

關漢卿撰

楔子

〔外扮孛老同正旦引冲末扮王大王二丑扮王三上詩云〕月過十五光明少。人到中年萬事休。兒孫自有兒孫福。莫爲兒孫作遠憂。老漢姓王。是這開封府中牟縣人氏。嫡親的五口兒家屬。這是我的婆婆。生下三個孩兒。都不肯做農莊生活。只是讀書寫字。孩兒也。幾時是那峥嶸發跡的時節也呵。〔王大云〕父親母親在上。做農莊有甚好處。您孩兒一舉首登龍虎榜。十年身到鳳凰池。〔孛老同旦云〕好兒好兒。〔王二云〕父親母親。你孩兒十年窗下無人問。一舉成名天下知。〔孛老同旦云〕好兒好兒。〔王三云〕父親在上。母親在下。〔孛老云〕胡說。怎麽母親在下。〔王三云〕我小時看見俺爺在上頭。俺娘在底下。一同牀上睡覺來。〔孛老云〕你看這厮。〔王大云〕父親母親。從古道文章可立身。這不是讀書的好處。〔孛老云〕孩兒。你説的是。〔正旦云〕老的。雖然如此。你還替孩兒尋一個長久立身之計。〔唱〕

【仙吕賞花時】且休説文章可立身。争奈家私時下窘。枉了寒窗下受辛勤。却被那愚民暗哂。多喒是宜假不宜真。

【幺篇】他只敬衣衫不敬人。我言語從來無向順。若三個兒到開春。有甚麽實誠定准。

怎生便都能勾跳龍門。〔同下〕

〔音釋〕崢音澄　嶸音横　覺音叫　哂身上聲

第一折

〔孛老上云〕老漢來到這長街市上。替三個孩兒買些紙筆。走的乏了。且坐一坐歇息咱。〔淨扮葛彪上〕〔詩云〕有權有勢儘着使。見官見府没廉耻。若與小民共一般。何不隨他帶帽子。自家葛彪是也。我是個權豪勢要之家。打死人不償命。時常的則是坐牢。今日無甚事。長街市上閒耍去咱。〔做撞孛老科云〕這老子是甚麼人。敢衝着我馬頭。好打這老驢。〔做打孛老死科下〕〔葛彪云〕這老子詐死賴我。我也不怕。只當房簷上揭片瓦相似。隨你那裏告來。〔下〕〔副末扮地方上云〕王大王二王三在家麽。〔王大兄弟上云〕叫怎的。〔地方云〕我是地方。不知甚麽人打死你父親在長街上哩。〔王大兄弟云〕是真實。母親。禍事了也。〔哭科王三云〕我那兒也。打死俺老子。母親快來。〔正旦上云〕孩兒。爲甚麽大驚小怪的。〔王三云〕不知是誰打死了俺父親也。〔正旦云〕呀。可是怎地來。〔唱〕

【仙呂點絳脣】仔細尋思。兩回三次。這場蹊蹺事。走的我氣咽聲絲。恨不的兩肋生雙翅。

【混江龍】俺男兒負天何事。拿住那殺人賊我乞個罪名兒。他又不曾身耽疾病。又無甚過犯公私。若是俺軟弱的男兒有些死活。索共那倚勢的喬才打會官司。我這裏急忙忙過六街。穿三市。行行裏撓腮撧耳。抹淚揉眵。

〔做行見屍哭科唱〕

【油葫蘆】你覷那着傷處一埚兒青間紫。可早停着死屍。你可便從來憂念没家私。昨朝怎曉今朝死。今日不知來日事。血模糊污了一身。軟答刺冷了四肢。黄甘甘面色如金紙。乾叫了一炊時。

【天下樂】救不活將咱没亂死。咱家私。自暗思。到明朝若是出殯時。又没他一陌紙。空排着三個兒。這正是家貧也顯孝子。

〔王大兄弟云〕母親。人都説是葛彪打殺了俺父親來。俺如今尋見那廝。扯到官償命來。〔下〕〔正旦唱〕

【那吒令】他本是。太學中殿試。怎想他。拳頭上便死。今日個則落得長街上檢屍。更做道見職官。俺是個窮儒士。也索稱詞。

〔葛彪上云〕自家葛彪。飲了幾杯酒。有些醉了也。且回家中去來。〔王大兄弟上云〕兀的不是那兇徒。拿住這廝。〔做拿住科云〕是你打死俺父親來。〔葛彪云〕就是我來。我不怕你。〔正旦唱〕

【鵲踏枝】若是俺到官時。和您去對情詞。使不着國戚皇親。玉葉金枝。便是他龍孫帝子。打殺人要吃官司。

〔王大兄弟打葛死科兄弟云〕這兇徒粧醉不起來。〔正旦云〕我試問他。〔問科云〕哥哥。俺老的怎生撞着你。你就打死他。你如何推醉睡在地下不起來。則這般乾罷了。你起來。你起來。呀。你兄弟可不打殺他也。〔王三云〕好也。我並不曾動手。〔正旦云〕可怎了也。〔唱〕

【寄生草】你可便斟量着做。似這般甚意兒。你三人平昔無瑕玼。你三人打死雖然是。你三人倒惹下刑名事。則被這清風明月兩閒人。送了你玉堂金馬三學士。

〔做指葛彪科唱〕

【金盞兒】想當時。你可也不三思。似這般逞兇撒潑干行止。無過恃着你有權勢有金貲。則道是長街上粧好漢。誰想你血泊内也停屍。正是將軍着痛箭。還似射人時。

〔王大兄弟云〕這事少不的要吃官司。只是喒家没有錢鈔。使些甚麽。〔正旦唱〕

【醉中天】咱每日一瓢飲一簞食。有幾雙箸幾張匙。若到官司使鈔時。則除典當了閒文字。〔帶云〕便這等也不濟事。〔唱〕你合死呵今朝便死。雖道是殺人公事。也落個孝順名兒。

〔净扮公人上云〕休教走了。拿住這殺人賊者。〔正旦唱〕

【金盞兒】苦孜孜。淚絲絲。這場災禍從天至。把俺横拖倒拽怎推辭。一壁厢磣可可停着老子。一壁厢眼睁睁送了孩兒。可知道福無重受日。禍有併來時。

〔公人云〕殺人事不同小可。咱見官去來。〔正旦悲科云〕兒也。〔唱〕

【後庭花】再休想跳龍門。折桂枝。少不得爲親爺遭横死。從來個人命當還報。料應他天公不受私。〔帶云〕兒也。〔唱〕不由我不嗟咨。幾回家看視。現如今拿住爾。到公庭責口詞。下腦箍使拶子。這其間痛怎支。

【柳葉兒】怕不待的一確二。早招承死罪無辭。〔帶云〕兒也。〔唱〕你爲親爺雪恨當如是。便相次。赴陰司。我也甘心做郭巨埋兒。

〔祗候云〕快見官去罷。〔正旦云〕兒也。你每做下這事。可怎了也。〔王大兄弟云〕母親。可怎了也。〔正旦唱〕

【賺煞】爲甚我教你看詩書。習經史。俺待學孟母三移教子。不能勾金榜上分明題姓氏。則落得犯由牌書寫名兒。想當時。也是不得已爲之。便做道審得情真。奏過聖旨。止不過是一人處死。須斷不了王家宗祀。那裏便滅門絶户了俺一家兒。〔同下〕

〔音釋〕彪巴矛切　翅蚩去聲　攛疽且切　眵音蚩　堝音窩　剌音辣　玼音此　簞音丹　食音似　當去聲　推退平聲　磣森上聲　箍音姑

第二折

〔張千領祇候排衙科喝云〕在衙人馬平安。喏。〔外扮包待制上詩云〕咚咚衙鼓響。公吏兩邊排。閻王生死殿。東岳攝魂臺。老夫姓包名拯。字希文。廬州金斗郡四望鄉老兒村人也。官拜龍圖閣待制學士。正授開封府府尹。今日升廳。坐起早衙。張千。分付司房。有合僉押的文書。將來老夫僉押。〔張千云〕六房吏典。有甚麽合僉押的文書。〔内應科〕〔張千云〕可不早説早是。酸棗縣解到一起偷馬賊趙頑驢。〔包待制云〕與我拿過來。〔祇候押犯人跪科〕〔包待制云〕開了那行枷者。兀那小厮。你是趙頑驢。是你偷馬來。〔犯人云〕是小的偷馬來。〔包待制云〕張千上了長枷。下在死囚牢裏去。〔押下〕〔包待制云〕老夫這一會兒困倦。張千你與六房吏典休要大驚小怪的。老夫暫時歇息咱。〔張千云〕大小屬官。兩廊吏典。休要大驚小怪的。大人歇息哩。〔包做伏案睡做夢科云〕老夫公事操心。那裏睡的到眼裏。待老夫閒步游玩咱。來到這開封府廳後。一個小角門。我推開這門。我試看者。是一個好花園也。你看那百花爛熳。春景融和。兀那花叢裏一個撮角亭子。亭子上結下個蜘蛛羅網。花間飛將一個蝴蝶兒來。正打在網中。〔詩云〕包拯暗暗傷懷。蝴蝶曾打飛來。休道人無生死。草蟲也有非災。呀。蠢動含靈。皆有佛性。飛將一個大蝴蝶來。救出這蝴蝶去了。呀。又飛了一個小蝴蝶。打在網中。那大蝴蝶必定來救他。好奇怪也。那大蝴蝶兩次三番只在花叢上飛。不救那小蝴蝶。佯常飛去了。聖人道。惻隱之心。人皆有之。你不救。等我救。〔做放科〕〔張千云〕喏。午時了也。〔包待制做醒科〕〔詩云〕草蟲之蝴蝶。一命在參差。撒然夢驚覺。張千報午時。張千。有甚麽應審的罪囚。將來我問。〔張千云〕兩房吏典。有甚麽合審的罪囚。押上勘問。〔内應科〕〔張千云〕喏。中牟縣解到一起犯人。弟兄三人。打死平人葛彪。〔包待制云〕小縣百姓。怎敢打死平人。解到也未。〔張千云〕解到了也。〔包待制云〕與我一步一棍。打上廳來。〔解子押王大兄弟上正旦隨上唱〕

【南吕一枝花】解到這無人情御史臺。元來是有官法開封府。把三個未發跡小秀士。生扭做吃勘問死囚徒。空教我意下慖㦧。把不定心驚懼。赤緊的賊兒膽底虚。教我把罪犯私下招承。不比那小去處官司孔目。

【梁州第七】這開封府王條清正。不比那中牟縣官吏糊塗。撲咚咚堦下升衙鼓。諕的我手忙脚亂。使不得膽大心粗。驚的我魂飛魄喪。走的我力盡筋舒。這公事不比尋俗。就中間擔負公徒。嗨嗨嗨。一壁厢老夫主在地停尸。更更更。赤緊地子母每坐牢係獄。呀呀呀。眼見的弟兄每受刃遭誅。早是。怕怖。我向這屏墻邊側耳偷睛覷。誰曾見這官府。則今日當廳定禍福。誰實誰虚。

〔正旦同衆見官跪科張千云〕犯人當面。〔包待制云〕張千。開了行枷。與那解子批回去。〔做開枷科〕〔王大兄弟云〕母親。哥哥。喒家去來。〔包待制云〕那裏去。這裏比你那中牟縣那。張千。這三個小廝是打死人的。那婆子是甚麼人。必定是證見人。若不是呵。敢與這小廝關親。兀那婆子。這兩個是你甚麼人。〔正旦云〕這兩個是大孩兒。〔包待制云〕這個小的呢。〔正旦云〕是我第三的孩兒。〔包待制云〕噤聲。你可甚治家有法。想當日孟母教子。居必擇鄰。陶母教子。翦髮待賓。陳母教子。衣紫腰銀。你個村婦教子。打死平人。你好好的從實招了者。〔正旦唱〕

【賀新郎】孩兒每萬千死罪犯公徒。那廝每情理難容。俺孩兒殺人可恕。俺窮滴滴寒賤爲黎庶。告爺爺與孩兒每做主。這三個自小來便學文書。他則會依經典習禮義。那裏會定計策廝虧圖。百般的拷打難分訴。豈不聞三人誤大事。六耳不通謀。

〔包待制云〕不打不招。張千。與我加力打者。〔正旦悲科唱〕

【隔尾】俺孩兒犯着徒流絞斬蕭何律。枉讀了恭儉温良孔聖書。拷打的渾身上怎生覷。打的來傷觔動骨。更疼似懸頭刺股。他每爺飯娘羹何曾受這般苦。

〔包待制云〕三個人必有一個爲首的。是誰先打死人來。〔王大云〕也不干母親事。也不干兩個兄弟事。是小的打死人來。〔王二云〕爺爺。也不干母親事。也不干哥哥兄弟事。是小的打死人來。〔王三云〕爺爺。也不干母親事。也不干兩個哥哥事。是他肚兒疼死的。也不干我事。〔正旦云〕並不干三個孩兒事。當時是皇親葛彪先打死妾身夫主。妾身疼忍不過。一時乘忿爭鬭。將他打死。委的是妾身來。〔包待制云〕胡說。你也招承。我也招承。想是串定的。必須要一人抵命。張千。與我着實打者。〔正旦唱〕

【鬬蝦蟆】静巉巉無人救。眼睁睁活受苦。孩兒每索與他招伏。相公跟前拜覆。那厮將人欺侮。打死咱家丈夫。如今監收媳婦。公人如狼似虎。相公又生嗔發怒。休説麻槌腦箍。六問三推。不住勘問。有甚數目。打的渾身血污。大哥聲冤叫屈。官府不由分訴。二哥活受地獄。疼痛如何擔負。三哥打的更毒。老身牽腸割肚。這壁廂那壁厢由由忬忬。眼眼厮覷。來來去去。啼啼哭哭。則被你打殺人也待制龍圖。可不道兒孫自有兒孫福。難吞吐。没氣路。短嘆長吁。愁腸似火。雨淚如珠。

〔包待制云〕我試看這來文咱。〔做看科云〕中牟縣官好生糊塗。如何這文書上寫着王大王二王三打死平人葛彪。這縣裏就無個排房吏典。這三個小厮。必有名諱。更不呵。也有個小名兒。兀那婆子。你大小厮叫做甚麽。〔正旦云〕叫做金和。〔包待制云〕第二的小厮叫做甚麽。〔正旦云〕叫做鐵和。〔包待制云〕這第三個呢。〔正旦云〕叫做石和。〔王三云〕尚。〔包待制云〕甚麽尚。〔王三云〕石和尚。〔包待制云〕嗨。可知打死人哩。庶民人家取這等剛硬名字。敢是金和打死人來。〔正旦唱〕

【牧羊關】這個是金呵有甚麽難鎔鑄。〔包待制云〕敢是石和打死人來。〔正旦唱〕這個是石呵怎做的虚。〔包待制云〕敢是鐵和打死人來。〔正旦唱〕這個便是鐵呵怎當那官法如鑪。〔包待制云〕打這賴肉頑皮。〔正旦唱〕非干是孩兒每賴肉頑皮。委的喞冤負屈。〔包待制云〕張千。

便好道殺人的償命。欠債的還錢。把那大的小厮拿出去與他償命。〔正旦唱〕眼睜睜難搭救。簇擁着下堦除。教我兩下裏難顧瞻。百般的没是處。

〔云〕包待制爺爺。好葫蘆提也。〔包待制云〕我着那大的兒子償命。兀那婆子說甚麽。〔張千云〕那婆子手扳定枷梢。說包待制爺爺葫蘆提。〔包待制云〕那婆子他道我葫蘆提。與我拿過來。〔正旦跪科〕〔包待制云〕着你大兒子償命。你怎生說我葫蘆提。〔正旦云〕老婆子怎敢說大人葫蘆提。則是我孩兒孝順。不争殺壞了他。教誰人養活老身。〔包待制云〕既是他母親說大小厮孝順。又多鄰家保舉。這是老夫差了。留着大的養活他。張千。着第二的償命。〔正旦唱〕

【隔尾】一壁廂大哥行牽掛着娘腸肚。一壁廂二哥行關連着痛肺腑。要償命留下孩兒寧可將婆子去。似這般狠毒。又無處告訴。手扳定枷梢叫聲兒屈。

〔云〕包待制爺爺。好葫蘆提也。〔包待制云〕又做甚麽大驚小怪的。〔張千云〕那婆子又說老爺葫蘆提。〔包待制云〕與我拿過來。〔正旦跪科〕〔包待制云〕兀那婆子。將你第二的小厮償命。怎生又說我葫蘆提。〔正旦云〕怎敢說爺爺葫蘆提。則是第二的小厮會營運生理。不争着他償命。誰養活老婆子。〔包待制云〕着大的償命。你說他孝順。着第二的償命。你說他會營運生理。却着誰去償命。〔王三自帶枷科〕〔包待制云〕兀那厮。做甚麽。〔王三云〕大哥又不償命。二哥又不償命。眼見的是我了。不如早做個人情。〔包待制云〕也罷。張千。拿那小的出去償命。〔做推轉科〕〔包待制云〕兀那婆子。這第三的小厮償命。可中麽。〔正旦云〕是了。可不道三人同行小的苦。他償命的是。〔包待制云〕我不葫蘆提麽。〔正旦云〕爺爺不葫蘆提。〔包待制云〕噤聲。張千。拿回來。争些着婆子瞞過老夫。眼前放着個前房後繼。這兩個小廝必是你親生的。這一個小廝。必是你乞養來的螟蛉之子。不着疼熱。所以着他償命。兀那婆子。説的是呵。我自有個主意。説的不是呵。我不道饒了你哩。〔正旦云〕三個都是我的孩兒。着我説些甚麽。〔包待制云〕你若不實説。張千。與我打着者。〔正旦云〕大哥二哥三哥。我説則説。你則休生分了。〔包待制云〕這大小廝是你的親兒麽。〔正旦唱〕

【牧羊關】這孩兒雖不曾親生養。却須是咱乳哺。〔包待制云〕這第二的呢。〔正旦唱〕這一個偌大小是老婆子擡舉。〔包待制云〕兀那小的呢。〔正旦打悲科唱〕這一個是我的親兒。這兩個我是他的繼母。〔包待制云〕兀那婆子近前來。你差了也。前家兒着一個償命。留着你親生孩兒養活你。可不好那。〔正旦云〕爺爺差了也。〔唱〕不争着前家兒償了命。顯得後堯婆忒心毒。我若學嫉妬的桑新婦。不羞見那賢達的魯義姑。

〔包待制云〕兀那婆子。你還着他三人心服。果是誰打死人來。〔正旦唱〕

【紅芍藥】渾身是口怎支吾。恰似個没嘴的葫蘆。打的來皮開肉綻損肌膚。鮮血模糊。恰渾似活地獄。三個兒都教死去。你都官官相爲倚親屬。更做道國戚皇族。

〔做打悲科唱〕

【菩薩梁州】大哥罪犯遭誅。二哥死生别路。三哥身歸地府。乾閃下我這老業身軀。

大哥孝順識親疎。二哥留下着當門户。第三個哥哥休言語。你償命正合去。常言道三人同行小的苦。再不須大叫高呼。

〔包待制云〕聽了這婆子所言。方信道良賈深藏若虛。君子盛德容貌若愚。這件事老夫見爲母者大賢。爲子者至孝。爲母者與陶孟同列。爲子者與曾閔無二。適間老夫晝寐。夢見一個蝴蝶墜在蛛網中。一個大蝴蝶來救出。次者亦然。後來一小蝴蝶亦墜網中。大蝴蝶雖見。不救飛騰而去。老夫心存惻隱。救這小蝴蝶出離羅網。天使老夫預知先兆之事。救這小的之命。〔詞云〕恰纔我依條犯法分輕重。不想這分外却有別詞訟。殺死平人怎干休。莫言罪律難輕縱。先教長男赴雲陽。爲言孝順能供奉。後教次子去餐刀。又言營運充日用。我着那最小的幼男去當刑。他便歡喜緊將兒發送。只把前家兒子苦哀矜。倒是自己親兒不悲痛。似此三從四德可褒封。貞烈賢達宜請俸。忽然省起這事來。天使游魂預驚動。三個草蟲傷蛛絲。何異子母官司向誰控。三番繼母棄親兒。正應着午時一枕蝴蝶夢。張千。把一干人都下在死囚牢中去。〔正旦慌向前扯科唱〕

【水仙子】則見他前推後擁廝揪捽。我與你扳住枷梢高叫屈。眼睜睜有去路無回路。好教我百般的没是處。這堝兒便死待何如。好和弱隨將去。死共活攔當住。我只得緊揝住衣服。

〔張千推旦科押三人下〕〔正旦唱〕

【黄鍾尾】包龍圖往常斷事曾着數。今日爲官忒慕古。枉教你坐黄堂帶虎符。受榮華請俸禄。俺孩兒好寃屈。不覩事下牢獄。割捨了待潑做。告都堂訴省部。撅皇城打怨鼓。見鑾輿便唐突。呆老婆唱今古。又無人肯做主。則不如覓死處。眼不見鰥寡孤獨。也强如没歸着痛煞煞哭啼啼活受苦。〔下〕

〔包待制云〕張千。你近前來。可是恁的。〔張千云〕可是中也不中。〔包待制云〕賊禽獸。我的言語可是中也不中。〔詩云〕我扶立當今聖明主。欲播清風千萬古。這些公事斷不開。怎坐南衙開封府。〔同下〕

〔音釋〕拯音整　惷春上聲　參抽森切　差音蚩　惆音紬　㡡音厨　目音暮　俗詞疽切　獄于句切　福音府　謀音模　律音慮　骨音古　攙初銜切　伏房夫切　覆音府　屈丘雨切　毒東盧切　忬餘去聲　哭音苦　鑄音注　行音杭　族聰疎切　捽音祖　服房夫切　禄音路　做租去聲　突東盧切　獨東盧切

第三折

〔張千同李萬上詩云〕手執無情棒。懷揣滴淚錢。曉行狼虎路。夜伴死屍眠。自家張千便是。有王大王二王三下在死囚牢中。與我拿將他三個出來。〔王大王二上云〕哥哥。可憐見。〔張千云〕别過枷梢來。打三下殺威棒。〔打三下科云〕那第三個在那裏。〔王三上云〕我來了。〔張千云〕李萬擡過押牀來。丢過這滚肚索。去扯緊着。〔做扯科三人叫科張千云〕李萬。你家去吃飯。我看着。

則怕提牢官來。〔李萬下〕〔正旦上云〕我三個孩兒都下在死囚牢中。我叫化了些殘湯剩飯。送與孩兒每吃去。〔唱〕

【正宮端正好】遥望着死囚牢。恰離了悲田院。誰敢道半步俄延。排門兒叫化都尋遍。討了些潑剩飯和雜麵。

【滚繡毬】俺孩兒本思量做狀元。坐琴堂請俸錢。誰曾遭這般刑憲。又不曾犯五刑之屬三千。我不肯吃不肯穿。燒地卧炙地眠。誰曾受這般貧賤。正按着陳婆婆古語常言。他須不求金玉重重貴。却甚兒孫個個賢。受煞迍邅。

〔做到牢門科云〕這裏是牢門首。我搜動這鈴索者。〔張千云〕則怕是提牢官來。我開開這門。看是誰搜動鈴索來。〔正旦云〕是我搜來。〔張打科云〕老村婆子。這是你家裏。你來做甚麽。〔正旦云〕我與三個孩兒送飯來。〔張千云〕燈油錢也無。冤苦錢也無。俺吃着死囚的衣飯。有鈔將些來使。〔正旦云〕哥哥。可憐見。一個老的被人打死了。三個孩兒又在死囚牢内。老身吃了早晨。無了晚夕。前街後巷。叫化了些殘湯剩飯。與孩兒每充饑。哥哥只可憐見。〔唱〕

【倘秀才】叫化的剩飯重煎再煎。補衲的破襖兒番穿了正穿。〔云〕哥哥。則這件舊衣服送你罷。〔唱〕有這個舊褐袖與哥哥且做些冤苦錢。〔張千云〕我也不要你的。〔正旦唱〕謝哥哥相覷當。厮周全。把孩兒每可憐。

〔張千云〕罪已問定也。救不的了。〔正旦唱〕

【脱布衫】争奈一家一計腸肚縈牽。一上一下語話熬煎。一左一右把孩兒顧戀。一捋一把雨淚漣漣。

【醉太平】數説起罪僁。委實的銜冤。我這裏煩煩惱惱怨青天。告哥哥可憐。他三個足丢没亂眼腦剔抽禿刷轉。依柔乞煞手脚滴羞篤速戰。迷留没亂救他叫破俺喉咽。氣的來前合後偃。

〔張千云〕放你進來。我掩上這門。〔正旦進見科云〕兀的不是我孩兒。〔做悲科〕〔王大云〕母親。你做甚麼來。〔正旦云〕我與你送飯來。〔正旦向張千云〕哥哥。怎生放我孩兒吃些飯也好。〔張千云〕你没手。兀那婆子。喂你那孩兒。〔正旦喂王大王二科唱〕

【笑和尚】我我我兩三步走向前。將將將把飯食從頭勸。我我我一匙匙都抄徧。你你你胡噎饑。你你你潤喉咽。〔王三云〕娘也。我也吃些兒。〔正旦唱〕石和尚好共歹一口口剛嚥。

〔旦做傾飯科云〕大哥。這裏有個燒餅。你吃。休教石和看見。二哥。這裏有個燒餅。你吃。休教石和看見。〔唱〕

【叨叨令】叫化的些殘湯剩飯那裏有重羅麵。你不想堂食玉酒瓊林宴。想當初長枷釘出中牟縣。却不道布衣走上黄金殿。兀的不苦殺人也麽哥。兀的不苦殺人也麽哥。告你個提牢押獄行方便。

〔云〕大哥。我去也。你有甚麽説話。〔王大云〕母親。家中有一本論語。賣了替父親買些紙燒。〔正旦云〕二哥。你有甚麽話説。〔王二云〕母親。我有一本孟子。賣了替父親做些經懺。〔王三哭云〕我也没的分付你。你把你的頭來我抱一抱。〔正旦出科〕〔張千云〕兀那婆子。你要歡喜麽。〔正旦云〕我可知要歡喜哩。〔張千入牢科云〕那個是大的。〔王大云〕小人是大的。〔張千云〕放水火。〔王大做出科〕〔張千云〕兀那婆子。你這大的孝順。保領出去養活你。你見了這大的兒子。你歡喜麽。〔正旦云〕我可知歡喜哩。〔張千云〕我着你大歡喜。〔做入牢科云〕那個是第二的。〔王二云〕小人便是。〔張千云〕起來放水火。〔做放出科〕〔張千云〕兀那婆子。再與你這第二的。能營運養活你。〔正旦云〕哥哥。那第三個孩兒呢。〔張千云〕把他盆弔死替葛彪償命去。明日早墻底下來認屍。〔正旦悲科唱〕

【上小樓】將兩個哥哥放免。把第三的孩兒推轉。想着我嚥苦吞甘。十月懷躭。乳哺三年。不争教大哥哥。二哥哥。身遭刑憲。教人道桑新婦不分良善。

【么篇】你本待寃報寃。倒做了顛倒顛。豈不聞殺人償命。罪而當刑。死而無怨。〔做看王三科唱〕若是我。兩三番。將他留戀。教人道後堯婆兩頭三面。

〔王大王二云〕母親。我怎捨得兄弟也。〔正旦云〕大哥二哥家去來。休煩惱者。〔唱〕

【快活三】眼見的你兩個得升天。單則你小兄弟喪黄泉。〔做覷王三悲科唱〕教我扭回身忍不住淚漣漣。〔王大王二悲科〕〔正旦云〕罷罷罷。但留的你兩個呵。〔唱〕他便死也我甘心情願。

【朝天子】我可便可憐。孩兒忒少年。何日得重相見。不争將前家兒身首不完全。枉惹得後代人埋怨。我這裏自推自攧。到三十餘徧。暢好是苦痛也麽天。到來日一刀兩段。横屍在市廛。再不見我這石和面。

【尾煞】做爺的不曾燒一陌紙錢。做兒的又當了罪愆。爺和兒要見何時見。若要再相逢一面則除是夢兒中咱子母團圓。〔王大王二隨下〕

〔王三云〕張千哥哥。我大哥二哥都那裏去了。〔張千云〕老爺的言語。你大哥二哥都饒了。着養活你母親去。只着你替葛彪償命。〔王三云〕饒了我兩個哥哥。着我償命去。把這兩面枷我都帶上。只是我明日怎麽樣死。〔張千云〕把你盆吊死。三十板高墻丢過去。〔王三云〕哥哥。你丢我時。放仔細些。我肚子上有個癤子哩。〔張千云〕你性命也不保。還管你甚麽癤子。〔王三唱〕

【端正好】腹攬五車書。〔張千云〕你怎麽唱起來。〔王三云〕是曲尾。〔唱〕都是些禮記和周易。眼睁睁死限相隨。指望待爲官爲相身榮貴。今日個畢罷了名和利。

【滚繡毬】包待制比問牛的省氣力。俺父親比那教子的少見識。俺秀才每比那題橋人無那五陵豪氣。打的個遍身家鮮血淋漓。包待制又葫蘆提。令史每粧不知。兩邊廂列着祇候人役。貌堂堂都是一火灑合娘的。隔牢攛徹墻頭去。抵多少平空尋覓上天梯。〔帶云〕張千。〔唱〕等我合你妳妳歪屍。〔張千隨下〕

〔音釋〕迍音肫　邅音氈　捋力闊切　傸與愆同　咽音烟　噎音以　易銀計切　力音利　識傷以切　役銀計切　合音入　的音底　屍鄙平聲

第四折

〔王三背趙頑驢屍上伏定〕〔王大王二上云〕喒同母親尋三哥屍首去來。母親行動些。〔正旦上云〕聽的說石和孩兒盆吊死了。他兩個哥哥擡屍首去了。我叫化了些紙錢。將着柴火燒埋孩兒去呵。〔唱〕

【雙調新水令】我從未拔白悄悄出城來。恐怕外人知大驚小怪。我叫化的亂烘烘一陌紙。拾得粗坌坌幾根柴。俺孩兒落不得席捲椽擡。誰想有這一解。

〔打悲科云〕孩兒呵。〔唱〕

【駐馬聽】想着你報怨心懷。和那橫死爺相逢在分界牌。〔帶云〕若相見時呵。〔唱〕您兩個施呈手策。把那殺人賊推下望鄉臺。黑洞洞天色尚昏霾。靜巉巉迴野荒郊外。隱隱似有人來。覷絶時教我添驚駭。

〔王大王二背屍上云〕母親那裏。這不是三哥屍首。〔旦做認悲科唱〕

【夜行船】慌急列教咱觀了面色。血模糊污盡屍骸。我與你慌解下麻繩。急鬆開衣帶。您疾忙向前來扶策。

【掛玉鈎】你與我揪住頭心搯下頦。我與你高阜處招魂魄。石和哎貪慌處將孩兒落了鞋。你便叫殺他怎得他瞅睬。空教我悶轉加。愁無奈。只落得哭哭啼啼。怨怨哀哀。

〔帶云〕石和孩兒呵。〔唱〕

【沽美酒】我將這老精神强打拍。小名兒叫的明白。你個孝順的石和安在哉。則被他拋殺您妳妳。教我空没亂把地皮摑。

【太平令】空教我哭啼啼自敦自摔。百般的喚不回來。也是我多災多害。急煎煎不寧不耐。〔云〕石和孩兒呵。〔王三上應云〕我在這裏。〔正旦唱〕教我左猜。右猜。不知是那裏應來。呀。莫不是山精水怪。

〔王三上云〕母親。孩兒來了。〔正旦慌科云〕有鬼有鬼。〔王三云〕母親休怕。是石和孩兒不是鬼。〔正旦唱〕

【風入松】我前行他隨後趕將來。諕的我搠耳撓腮。教我戰篤速忙把孩兒拜。我與你收拾壘七修齋。〔王三云〕母親我是人。〔正旦唱〕不是鬼疾言個皂白。怎免得這場災。

〔王三云〕包爺爺把偷馬賊趙頑驢盆弔死了。着我拖他出來。饒了你孩兒也。〔正旦唱〕

【川撥棹】這場災。一時間命運衰。早則解放愁懷。喜笑盈腮。我則道石沉大海。

〔云〕大哥二哥。您兩個管着甚麽哩。〔唱〕這言語休見責。

〔云〕您兩個好不仔細。擡這屍首來做甚。〔唱〕

【殿前歡】孩兒。你也合把眼睜開。却把誰家屍首與我背將來。也不是提魚穿柳歡心大。也不是鬼使神差。雖然道死是他命該。你爲甚無妨礙。〔王三云〕孩兒知道没事。是包爺爺分付。教我背出來的。〔正旦唱〕常言道老實的終須在。把錯擡的尸首。你與我土内藏埋。

〔包待制衝上云〕你怎生又打死人。〔正旦慌科〕〔包待制云〕你休慌莫怕。他是偷馬的趙頑驢。替你償葛彪之命。你一家兒都望闕跪者。聽我下斷。〔詞云〕你本是龍袖嬌民。堪可爲報國賢臣。大兒去隨朝勾當。第二的冠帶榮身。石和做中牟縣令。母親封賢德夫人。國家重義夫節婦。更愛那孝子順孫。今日的加官賜賞。一家門望闕霑恩。〔正旦同三兒拜謝科云〕萬歲。萬歲。萬萬歲。〔唱〕

【水仙子】九重天飛下紙赦書來。您三下裏休將招狀責。一齊的望闕疾參拜。願的聖明君千萬載。更勝如枯樹花開。捱了些膿血債。受徹了牢獄災。今日個苦盡甘來。

【鴛鴦煞】不甫能黑漫漫填滿這沉冤海。昏騰騰打出了迷魂寨。願待制位列三公。日轉千堦。唱道娘加做賢德夫人。兒加做中牟縣宰。赦得俺一家兒今後都安泰。且休提這恩德無涯。單則是子母團圓大古裏彩。

〔音釋〕坌滂悶切　解音械　策釵上聲　霾音埋　掐音恰　頦音孩　魄鋪買切　拍鋪買切　白巴埋切　摑乖上聲　捽音洒　責齋上聲

題目　葛皇親挾勢行兇橫
　　　趙頑驢偷馬殘生送
正名　王婆婆賢德撫前兒
　　　包待制三勘蝴蝶夢

説鱄諸伍員吹簫雜劇

李壽卿 撰

第一折

〔冲末扮費無忌引卒子上詩云〕别人笑我做姦臣。我做姦臣笑别人。我須死後纔還報。他在生前早喪身。小官少傅費無忌是也。自從臨潼鬭寶之後。誰想太傅伍奢無禮。他在平公面前。搬弄我許多的是非。不想被我預先説過。倒惹的平公大怒。將伍奢并家屬盡皆拏來殺壞了。我想伍奢二子皆有些本事。怕他日後報讎。已將他大的孩兒伍尚賺的來。也殺壞了。只有他小的孩兒。乃是伍員。他在臨潼會上。秦穆公賜他白金寶劍。稱爲盟府。文欺百里奚。武勝秦姬輦。拳打蒯聵。脚踢卞莊。保十七國公子無事回還。他如今現爲三保大將軍。樊城太守。那厮若知道我殺了他一家老小。他肯和我干罷。我着他有備算無備。無備則蓋着草薦睡。我如今着我大的孩兒費得雄。他也是個好漢。常在教場中和小的們打髀殖耍子。我如今着人叫他來。着他詐傳平公的命。將伍員賺將來。拏住哈喇了。俺便是翦草除根。萌芽不發。左右那裏。去教場中尋將費得雄來者。〔卒子云〕費得雄安在。〔净扮費得雄上詩云〕我做將軍只會搶。兵書戰策没半點。我家不開粉鋪行。怎麽爺兒兩個盡搽臉。自家非别。乃是費無忌的靴後根。〔卒子問科云〕甚麽靴後根。〔費得雄云〕可是長子哩。我正在教場中耍子。老頭兒呼唤。須索走一遭去。不索報復。我自過去。〔做見科云〕老兒喚我大叔。那厢使用。〔費無忌云〕費得雄。喚你來別無甚事。我將伍奢父子并一家老小盡皆殺壞了。則有伍員一個現在樊城。你今詐傳平公之命。宣那伍員去。則說是臨潼鬬寶之後。多有汗馬功勞。宣你入朝爲相。出朝爲將。若賺的來時。也將他殺壞了。便是翦草除根。萌芽不發。你則今日直至樊城賺伍員。走一遭去。〔費得雄云〕老兒放心。憑着我三寸不爛之舌。見了伍員。不怕他不來。若不來我便拳撞脚踢。也不怕他不死。〔做一拳打費無忌倒科云〕你看我家老頭兒這等不中用。那拳頭剛擦的一擦。便一個脚稍天哩。〔下〕〔費無忌云〕嗨。這弟子孩兒跌了我這一交。他去了麽。〔卒子云〕去了也。〔費無忌云〕我說他不敢不去。正是養得一子孝。何用子孫多。〔下〕〔外扮芈建抱芈勝上云〕某乃楚國公子芈建是也。頗奈費無忌無禮。在父王根前百般讒譖。將俺老相國伍奢父子。滿門家屬。誅盡殺絶。則有伍員在于樊城爲守。聽知得費無忌詐傳父王之命。差他孩兒費得雄去樊城賺伍員去了。倘一時不知。墮其姦計。可不送了他一家。壞了俺楚國。我如今抱着孩兒芈勝。私奔出朝。先到樊城。報與伍員知道。可不好也。〔詩云〕想子胥蓋世威名。争忍見中計身傾。費無忌雖多奸險。我救賢臣先奔樊城。〔下〕〔正末扮伍員引卒子上云〕某姓伍名員。字子胥。自臨潼會上。秦穆公賜我寶劍一口。號爲盟府。保的十七國諸侯。無事還朝。平公加某爲十三太保大將軍。仍兼太守之職。在於樊城鎮守。你看了俺手下軍兵。是好雄猛也呵。〔唱〕

【仙吕點絳唇】久鎮南方。指麾兵將多雄壯。守着這鄂渚湘江。有多少翻滾滾東流浪。

【混江龍】俺也曾西除東蕩。把功勞立下幾樁樁。生博的標名畫閣常只是捨命沙場。錯認他一片塵飛驅戰馬。那知道三通鼓響報升堂。俺本是個掌三軍的帥首。今做了撫百姓的循良。興學校。勸農桑。清案牘。恤流亡。寬税斂。聚餱糧。也非是我爲臣子好出衆人先。則待要佐君王穩坐在諸侯上。長享着萬邦玉帛。永保着千里金湯。

〔芈建抱倈兒上云〕某乃芈建是也。自出朝門。日夜奔走。來到這樊城地面。早至他帥府門首也。令人報復去。道有公子芈建到此。〔卒子做報科云〕報的元帥得知。有公子芈建在于門首。〔正末云〕快有請。〔卒子云〕請進。〔芈建做見科〕〔正末云〕公子。遠勞你貴脚來踏賤地。可是爲何。〔芈建云〕將軍。我無事也不敢來。今有讒臣費無忌將你父兄并滿門家屬。誅盡殺絶。則留得你在樊城。他如今又差着孩兒費得雄。詐傳父王之命。賺你還朝。暗行殘害。此是他翦草除根之計。因此上我抱着幼子。曉夜奔來。報與你知道。若費得雄來時。將軍切不可饒了他。〔正末氣倒科云〕父親。則被你痛殺我也。某想臨潼會上。保全十七國公子無事回還。如此大功。今日聽信費無忌讒言。將我三百口家屬。盡皆殺壞。自古道父母之讎。不共戴天。兄弟之讎不反兵。我和你更待干罷。〔唱〕

【油葫蘆】想秦國雄兵似虎狼。在臨潼筵會上。〔帶云〕當此一日。若不是我伍員呵。〔唱〕怕不那十七邦公子盡遭殃。〔芈建云〕將軍有如此大功。那費無忌姦賊。反來害你一家。好是無禮也。〔正末唱〕怎聽他費無忌説不盡瞞天謊。着伍子胥救不得全家喪。也枉了俺竭忠貞輔一人。掃烽烟定八方。倒不如他無仁無義無謙讓。白落的父子擅朝綱。

〔芊建云〕我怕費得雄早先到了。反出其後。以此擔饑忍餓。日夜奔來。兀的這兩脚上不蹦成了趼也。〔正末唱〕

【天下樂】你曉夜兼程來探訪。似這般徬也波徨。都只是爲我行。生怕那潑無徒前來趕不上。害的你脚心裏踏做了趼。肚皮裏餓斷腸。〔芊建云〕將軍。你早知有這今日。當初臨潼關上。便不立的功勞也罷了。〔正末唱〕則俺這做元戎的不氣長。

〔費得雄上云〕我費得雄是也。奉父親的言語。着我智賺伍員去。行了數日光景。來到這樊城。這就是他宅門首。我下得這狗來。把門的。快報入去。道有費得雄親爲使命。在于門首。〔卒子報科云〕喏。報的元帥得知。有費得雄到此。〔芊建云〕伍將軍。我可往那廂去。〔正末云〕不妨事。你且壁衣後藏着。〔芊建云〕好好。我且迴避咱。〔正末云〕着他進來。〔卒子云〕請進。〔費得雄做見科云〕誰是伍員。〔正末云〕則某便是。〔費得雄云〕你是伍員麼。我奉主公的命。因你在臨潼會上。文欺百里奚。武勝秦姬輦。拳打蒯聵。脚踢卞莊。保十七路公子無事。多有功勞。今特宣你回來。着你入朝爲相。出朝爲將。上馬管軍。下馬管民。再賜你上馬一提金。下馬一提銀。不可久停久住。則今日走馬臨朝。謝了恩者。〔正末云〕某已半年來不曾入朝。我家父母兄長安康麽。〔費得雄云〕你家裏這幾時好生興旺。聽得説宣你入朝。着我多多上覆。早早起身。正要見你一面

哩。〔正末云〕你看這厮好無禮也。〔唱〕

【村裏迓鼓】惱得我伍員心怒。〔費得雄云〕我與你報這等喜信。不見拏出一些兒賞錢。倒打將起來。〔正末唱〕打這厮十分的口强。〔費得雄云〕官兒。你休惹事。如今兵馬司正尋這等盤子頭的哩。〔正末唱〕你把我全家誅滅。猶然道。我爹娘興旺。〔費得雄云〕我家老子一日不殺人也殺好幾個。希罕你家這兩個兒。做這等狗頭狗怎的。〔正末唱〕按不住我心上惱。口中氣。有不騰騰三千丈。〔費得雄云〕常言道。捉賊見贜。捉姦見雙。看你這個嘴臉。敢要和我打人命官司。也須得個證見人。既然道你一家是我家老子殺了。你説是誰見來。〔正末唱〕若不是芈建來説就裏。白破了這厮謊。險些兒被賺入天羅地網。

〔費得雄云〕伍員。我是奉命來的。宣你入朝。賞你上馬一提金。下馬一提銀。出朝爲將。入朝爲相。那些兒虧了你。你顛倒打我。〔正末唱〕

【元和令】你道是上馬金下馬銀。出朝將入朝相。〔云〕你曉的你父親罪麽。〔費得雄云〕我老子做事。不通一些兒風與我。我那裏知道。〔正末唱〕只你那費無忌如此狠心腸。做兀的般歹勾當。〔費得雄云〕你不要惱。你那老子便活到一百二十歲。也少不得要死。〔正末唱〕便做道人生在世有無常。也不似俺一家兒死的來忒枉。

〔正末做打科〕〔費得雄云〕你打的好。你當住門。把定走路。便打死了我。有什麽本事。你敢到

朝裏去打我麽。〔芈建出見勸科云〕將軍且息怒。〔正末唱〕

【上馬嬌】你可便不索慌。不索忙。〔芈建云〕將軍息怒。再慢慢的問他。〔正末唱〕我則是先打後商量。〔費得雄云〕哎喲。你那鉢盂般大的拳頭。颼颼的打得我那碎屁兒支支的。可不打殺了我。芈建。只你便是個見證。〔芈建云〕將軍息怒。〔正末唱〕請公子放手休攔當。饒這厮强。也飛不過土城墻。

〔費得雄云〕你個老叔。你也勸他一勸。〔芈建云〕將軍息怒。〔正末云〕我在臨潼會上。拳打蒯瞶。脚踢卞莊。力舉千斤之鼎。我打死你這賊。值得甚的。〔唱〕

【勝葫蘆】憑着我舉鼎的威風略顯揚。遮莫是鐵金剛。也打的他肉綻皮開血泊裏倘。覷着你這般模樣。那般伎倆。還待要强誇張。

〔費得雄云〕我如今在你宅裏。你要打我。這個叫做門裏大。可不着你打了。但是打也要打的有些道理。我奉使命而來。取你入朝。有甚的歹處。你要打我。豈不防外人談論。〔正末唱〕

【幺篇】兀的不自有傍人説短長。誰着你讒舌巧如簧。難道有眼高天不鑒詳。害了俺這尊兄伍尚。父親賢相。〔帶云〕父兄之讎。我不報誰報。〔唱〕少不的冤債你還償。

〔費得雄云〕則被你打殺我也。你不肯入朝去。則把你那上馬一提金。下馬一提銀。送與我大叔買些糖果兒吃也好。怎麽你打我。我如今權且忍着。回家對我老子説去。少不得也打還你。走走走。〔下〕〔芈建云〕將軍既然打了費得雄。此人回去。見那父親説了。必然統兵擒拏我和你兩個。自古道長安雖好。不是久戀之鄉。我和你如今投奔那一國去好。〔正末云〕公子你放心。咱則今日去鄭國借兵。報俺父兄之讎。罷罷罷。〔唱〕

【賺煞】想着我爲盟府逞英雄。保各國渾無恙。也曾踢打了蒯聵和他卞莊。到今日都付春風夢一場。還説甚誰弱誰强。急茫茫遠奔他鄉。但借的鐵甲三千入故鄉。你看那費無忌智量。怎和俺伍子胥近傍。我將的潑無徒直搠滿了這湛盧槍。〔同下〕

〔音釋〕員音雲　輦連上聲　聵音外　髀音妣　芈音米　餱音侯　踏音渣　蹦思關切　跰音藺　行音杭　倆音兩　搠聲卯切

第二折

〔費無忌引卒子上詩云〕須知草要連根拔。專怕春回芽再發。我今不殺伍子胥。倒等他來把我殺。自家費無忌的便是。頗奈伍員無禮。我差費得雄去詐宣他入朝。不想芈建私奔樊城。先與伍員説知。將我費得雄着實打了一頓。還喜的我家孩兒有些本事。掙的回來。如今他與芈建共投鄭國去了。更待干罷。你妬我爲冤。我妬你爲讎。今啓過主公。差養由基領五千鐵騎。趕上伍員。發箭射死了他。便是我平生願足。左右那裏。與我喚將養由基來者。〔卒子云〕養由基安在。〔外扮養由基上詩云〕手挽雕弓胎是鐵。能於百步穿楊葉。一生輸與賣油人。他家手段還奇絶。某乃養由基是也。佐于楚平公麾下。官封中大夫之職。某猿臂神射。將一柳葉懸于百步之外。射之百發百中。軍中喚某爲穿楊神射養由基。今有費無忌元帥呼喚。不知甚事。須索走一遭去。小校。報覆去。道有養由基來了也。〔卒子報科云〕養由基到。〔費無忌云〕將軍。今因伍員私走樊城。怕他各處借兵。來侵犯本國。奉主公的命。差你領五千鐵騎。趕上伍員。發箭射死。你則今日就點人馬追趕伍員去來。成功之日。自有加官賜賞。〔養由基云〕得令。則今日就點五千軍馬。追趕伍員。走一遭去。〔詩云〕領三軍疾去如風。無過是短箭輕弓。憑着我穿楊妙手。管教他一命丟空。〔下〕〔正末跚馬上云〕某乃伍員是也。自從打了費得雄。有公子芈建不知去向。某只得攜着芈勝私出樊城。投于鄭國。借兵報讎去來。兀的後面一簇軍馬。必然是追兵至也。〔養由基領卒子趕上云〕某養由基。奉費無忌的言語。着某領五千人馬追趕上伍員。發箭射死。某想伍員在臨潼會上。立下十大功勞。不料費無忌讒佞。將他父兄并三百口家屬都殺壞了。則留的他一個私奔各國。又要差某趕上將他射死。那伍員本是忠臣良將。不争射死了他。擔着萬代駡名。我如今追上前去。待見他時。自有個主意。〔正末見科云〕來者莫非是養由基麽。〔養由基云〕然也。某奉主公之命。領五千鐵騎趕上射你哩。〔正末云〕將軍。不争你射死我。誰與我報父兄之讎。〔養由基云〕將軍。你只放心自去。大小三軍。擺開陣勢。待我發箭。〔做咬箭頭發箭科〕〔正末云〕呀。怎麽這箭是没箭頭的。明明是他要放我走的意思。不若衝開陣面。殺一條血路而走。〔戰下〕〔養由基云〕怎生連發三箭。射他不死。你走了更待干罷。我不問那裏趕將去來。〔下〕〔正末抱芈勝策馬上云〕休趕休趕。且喜離驛亭相去已遠。把馬加上一鞭。趲路前去。我想養由基穿楊神箭百發百中。若非他咬去箭頭。賣此一陣。焉能殺的出來。到得鄭國。那公子芈建已先在彼。正待要借兵報讎。豈知鄭子産反爲楚公。有害某之意。某只得一把火燒了驛亭。奪路而走。可惜公子芈建死于亂軍之中。如何是好。〔做歎科〕嗨。教我如今往那國去的是。仔細想來。唯有吴公子姬光。曾受我活命之恩。必然借兵與我。不免抱了芈勝。竟投吴國去來。我伍員好險也。好苦也呵。

〔唱〕

【南吕一枝花】撲碌碌撞開門外軍。不刺刺殺出這城邊路。緊防他弦上箭。又則怕失却掌中珠。仔細躊躇。俺父兄多身故。他又把咱家一命圖。淚沾灑四野征塵。氣吁成半天毒霧。

【梁州第七】則願得斫不折匣中寶劍。則願得走不乏跨下龍駒。憑着我這湛盧槍掤下功勞簿。盔纓慘淡。袍錦模糊。想當日筵前鬭寶。暗裏埋伏。脱臨潼都是俺的機謀。向雲陽早壞了俺的親族。我我我舉什麽千鈞鼎惡識了西秦。是是是到如今一口氣羞歸南楚。來來來只不如片帆風飛過東吴。我這裏悄悄嘆吁。敢命兒裏合受奔波苦。世做的背時序。且一半惺惺一半愚。説甚當初。

〔旦兒扮浣紗女提罐兒上詩云〕每日溪頭出浣紗。皆言妾貌似桃花。不須動問名和姓。瀨水西頭第一家。妾身浣紗女的便是。我的婆婆就喚做浣婆婆。有個兄弟。乃是伴哥。在這江岸上耕田。我將這飯罐兒與俺哥哥送飯去咱。〔正末云〕正行之間。江邊一個女子提着兩個瓦罐。我自問他咱。兀那女子。你這罐兒裏是甚麼東西。〔浣紗女云〕是荳兒粥水薄酒。〔正末云〕你肯與人吃麼。〔浣紗女云〕你是何人。〔正末云〕我是一個將軍。走的路遥。甚是饑餒。女子。你將此飯與俺暫且充饑。和這小哥也食用些兒。我日後必當重報。〔浣紗女云〕既是這等。你跟我到莊兒上。宰個羔羊兒。殺個雞兒。那飯兒中吃。這個則是豆兒粥。你吃不的。〔正末云〕不妨事。你將來我食用些兒。〔浣紗女云〕如不棄嫌。這兩罐都與將軍食用波。〔正末做吃再與芈勝吃科云〕我吃了這飯也。女子。此恩日後必當重報。〔浣紗女云〕那個是頭頂鍋兒走的。區區一飯。何報之有。〔正末云〕兀那女子。我有句說話分付你。殘漿勿漏。〔浣紗女云〕你吃了飯。又説殘漿勿漏。我這罐兒不漏。〔正末云〕不是説這罐兒漏。我去之後。若有人馬趕將來呵。必然問你。萬望可憐見。不要説與他知。走漏了我的消息。〔浣紗女云〕將軍。你放心的去。我只不説便了。〔正末唱〕

【牧羊關】謝得你個幼女心兒善。〔浣紗女云〕你可慌甚麼。〔正末唱〕怎知我是賊人膽底虚。〔浣紗女云〕你則放心者。〔正末唱〕緩急間須要你支吾。可憐我孤身的躲難逃災。更一家兒銜冤負屈。〔浣紗女云〕哦。元來將軍是避難的。請自放心。若有軍馬來。吾自與你支吾便了。〔正末唱〕我爲甚麽告殘漿休漏泄。也則怕有軍士緊追逐。〔浣紗女云〕將軍。你久後得意呵。休忘了我這一飯之德也。〔正末唱〕我怎忘了你這瀨水上的浣紗女。救了我走樊城的伍子胥。

〔云〕我去之後。願的你殘漿勿漏。〔浣紗女云〕你去後倘有別人說時。也則是我說。罷罷罷。我教你去也去得放心。將軍。我在此江岸上住。我乃浣紗女。母親是浣婆婆。兄弟是伴哥。將軍你則記者。〔詩云〕將軍名姓蓋寰宇。一心待要投吳主。你是忍餓登程伍子胥。休忘了我抱石投江浣紗女。〔做投水科下〕〔正末云〕好一個賢哉女子也。爲我一身。倒喪了他一命。罷罷罷。異日得志。我當在此水上與你修蓋祠堂。表揚貞烈。報答一飯之恩便了。〔唱〕

【罵玉郎】他生來野水荒村住。又不曾讀甚古人書。怎麼肯爲英雄甘把紅顏没。我久已後索與他蓋一所設像的祠。建一統紀節的碑。這便是我表一點酬恩的處。

〔云〕早來到江邊了也。不得個船來渡過去。如何是好。遠遠的不是一隻漁舟。漁翁。你與我撐過船來。〔外扮閭丘亮上詩云〕船穩潮平漫漫行。偷吹鐵笛兩三聲。自從隱在江湖上。再不聞人說戰争。老夫閭丘亮是也。幼年曾在朝中出仕。如今年紀衰邁。棄職閒居。隱於江湖之上。打魚爲活。隔江有一人喚渡。待我問他。兀那來的是什麼人。〔正末云〕漁翁。快撐船來。渡我過江去。〔閭丘亮云〕你說是什麼人。我好渡你。〔正末云〕我是楚將伍員是也。〔閭丘亮云〕你就是伍盟府麼。〔正末云〕則我便是伍盟府。〔閭丘亮云〕你且少待。〔做撐船科云〕盟府請上船。將那馬也牽上船來。我渡你過去。〔正末上船科〕〔閭丘亮云〕可早來到這岸邊也。〔正末云〕多謝了漁翁。此恩異日必當重報。〔閭丘亮云〕盟府你敢饑麼。〔正末云〕我可知饑哩。我還不打緊。這小哥一晝夜不曾吃飯哩。〔閭丘亮云〕我安排些酒飯來。與盟府食用。你且在這蘆葦中藏着。恐防有人見。你等我來時。我只叫道蘆中人。你便道信有之。以此爲個暗號。〔正末云〕是。〔閭丘亮云〕我家中取酒飯去。〔虛下〕〔再上云〕蘆中人。〔正末云〕信有之。〔閭丘亮云〕一壺濁酒。一甌魚羹。一盂大米飯。權且充饑咱。〔正末云〕多謝了。漁翁渡我過江來。又賜酒飯。此恩必當重報。敢問漁翁高姓大名。〔閭丘亮云〕老夫乃楚國大夫閭丘亮是也。只因年邁辭朝。在江邊捕魚爲生。今知盟府亡楚甚急。老夫特在此江邊停舟等候。〔正末云〕多謝了。老丈。我身邊別無甚物件。待要將這匹馬送與先生。我可要代步。止有一口白金劍。留與老丈做船資咱。〔閭丘亮云〕盟府誤矣。你本一世豪傑。不幸遭父兄之難。走鄭投吳。老夫在此艤舟而待。豈望報乎。請自收回。不勞再賜。〔詩云〕千金寶劍賽吳鉤。一片精光射斗牛。藏處非冰寒凜凜。舞時無雨急颼颼。隨身偏壯忠臣膽。入手能摽逆子頭。君自有讎持報去。老夫爭好便收留。〔正末云〕老丈休看得這劍輕了呵。此劍乃秦穆公在臨潼會上賜與我爲盟府的。〔閭丘亮云〕今楚國之令。得伍員者賜黃金萬兩。爵至執圭。似此不貪。豈圖一劍。盟府。你可自有用處。收回去罷。〔正末云〕老丈。你只留了者。〔唱〕

【哭皇天】你本是滄江上烟波侶。能念我蘆葦中饑餓夫。這劍呵似半潭秋水寒。一片月光浮。我本待實心兒實心兒送與。待不與大恩難報。待與來禮意輕疏。〔閭丘亮云〕將軍。你將此劍去。自與父兄報讎。〔正末唱〕**他道俺報冤讎報冤讎有用處。**〔正末云〕我伍員就此告辭。只願老丈殘漿勿漏。〔閭丘亮云〕盟府請放心。老夫怎肯洩漏。誤你的大事。〔正末云〕我去之後。若有追軍到來問老丈時。怎生遮掩。〔閭丘亮云〕我至死也不説。你自放心的去。〔正末云〕老丈。便有軍兵拏住我呵。我死何足惜。只可惜我三百口家屬幾時得報。〔閭丘亮云〕盟府。你疑我怎的。你去後我就將此船沉于江中。再不渡人如何。〔正末云〕老丈。不然。想伍員在臨潼會上保十七國諸侯回還。今日將我三百口家屬殺壞。這等冤讎。教我怎生忘得。後面喊聲漸近。想有追兵來了。我去便去。只要老丈殘漿勿漏。〔閭丘亮云〕盟府。我教你去得放心。我有一子却是個村厮兒。你久後得志。休忘了此子。盟府。你借劍來與老夫一看。〔詩云〕臨行不索更徘徊。殘漿勿漏我先知。向風刎頸謝公子。滿船空載月明歸。〔下〕〔正末云〕嗨。好忠臣烈士也。芈勝公子。你牢記者。

〔唱〕則怕我片時間多忘。你心中記取。

【烏夜啼】這一場又自刎了他漁父。不由我不爲他來掩面嗟吁。漁翁也再不見落霞低伴孤飛鶩。你可爲甚的生撇鄉閭。死葬江湖。從今後半瓶濁酒有誰沽。抛下這一江野水無人渡。芳草洲。垂楊路。無人攀話。閒殺樵夫。

〔云〕嗨。可着誰埋葬他。我不免拔出這腰間劍來。〔唱〕

【煞尾】我劍砍的這江邊蘆葦權遮護。你向這水國龍宮且暫居。急回來滅了楚。那其間到此處。拜你個没半面的恩烈丈夫。我怕不待忍住忍不住痛哭。〔做嘆科〕〔唱〕只爲我斷送了你這漁翁。和那一個抱石投江的浣紗女。〔下〕

【音釋】伏房夫切　謀音模　族從蘇切　瀨音賴　浣音玩　屈丘雨切　逐長如切　没音暮　邁音賣

犧音以　浮音巫　忘去聲　鶩音暮

第三折

〔浄扮老人丑扮里正同上〕〔老人詩云〕段段田苗接遠村。醉來攜手弄兒孫。雖然只得鉋鋤力。托賴天公雨露恩。老漢是這丹陽縣老人便是。喜遇連年清平無事。多收米麥。廣種桑麻。俺莊農們好生快活。我這丹陽縣中有個牛王廟兒。秋收之後。這一村疃人家輪流着祭賽這牛王社。近年來但到迎神送神時節。不知是那裏來的一個大漢。常來打攪。俺每只等吃酒。他便吹簫。好歹也要吃得醉飽了纔去。今日他又來呵。我可怎了。〔里正云〕老社長。你放心。今年賽社。該是我做社頭。我如今多叫些莊家後生。等那個吹簫的人來。我着些後生打將出去。偏不與他酒吃。與他一個没興頭。已後便不來了。可好麽。〔老人云〕你説得是。你請將衆人來計較。〔里正云〕我是喚當村裏後生咱。無路子。沙三。伴哥。牛表。牛觔。你每一齊的都來。〔無路子上云〕來也。來也。〔詩云〕雖然本事只如此。跌打相争可也不怕死。衆人不識我名姓。則叫我做無路子。自家無路子的便是。這幾個都是俺這當村疃裏後生。我一生膂力過人。專打的是好漢。正在家中閒坐。有社長呼喚。俺見去來。〔無路子同衆見科云〕老的也。呼喚俺來。有何事幹。〔老人云〕衆莊家都來了。老的也。你分付他。〔里正云〕無路子。今年賽牛王社。我做社頭。每年家迎送神道呵。有那別處來的一條大漢。拏着管簫。知他吹些什麽。好歹要吃得醉飽了纔去。被他打攪的慌。今年再來你衆人拏住打上一頓。搶將出去。俺便關了門。自自在在的吃酒。你則管裏打。打死了呵。你便償命。〔無路子云〕老的。我則道你叫我做什麽。你則怕吹簫的那個人攪了賽社。等他來時。着我打的他去。老的你放心。休道是一個吹簫的。便是十個。我都與你趕他出去。〔老人云〕無路子。你若趕退了他呵。我身上包管你一醉。〔無路子云〕老的放心。等他來呵。我把那弟子孩兒鼻子都打塌了他的。〔衆云〕俺衆人撮哺着。你打那廝。〔里正云〕說的有理。俺每慢慢的祭賽波。〔正末吹簫上云〕自從私出樊城。初投鄭國。頗奈鄭子產無禮。被某一把火燒了郵亭。到于吴國。幾次借兵。争奈吴王有事不允。流落于此。靠着吹簫度日。經今十八年光景。可早老了也。〔詩云〕當年策馬度昭關。未報冤讎甚日還。世人只認吹簫客。那知我一天豪氣半生閒。〔唱〕

【中吕粉蝶兒】何日西歸。困天涯一身客寄。恨無端歲月如馳。都是些傲窮民。趨富漢。不放我同歡同會。空走到十數筵席。有那個堪相酬對。

【醉春風】我如今白髮滯他鄉。青春離故國。憑短簫一曲覓衣食。常好是恥。恥。這一座村坊。兀的班人物。遭逢着恁般時勢。

〔云〕兀那裏賽牛王社兒。我去吹一曲。討一鍾酒吃咱。〔正末見老人科云〕老者支揖哩。〔老人云〕這廝又來了也。可怎生是好。小後生每。着氣力搶他出去。〔無路子云〕這廝没廉恥。真個來了。快與我出去。不要討打吃。〔做推正末科〕〔正末云〕我吹一曲討一鍾酒吃。有什麽不是處。〔無路子云〕這廝好說着不聽。後生們撮哺着。我將他搶出去。〔做搶科〕〔外扮鱄諸醉冲上云〕自家鱄諸的便是。我向東莊裏賽牛王社。與衆兄弟每吃幾杯酒去來。兀的一簇人爲什麼這等吵閙。我分開這人是看咱。〔做見正末科云〕好一條大漢。可怎生被這一夥人欺侮他。咄。這厮每休得無禮。〔做打衆人科〕〔無路子云〕我每近不得他。你衆人跟着我走了罷。〔同下〕〔正末唱〕

【石榴花】我則見滿街人各散東西。一個個吃得醉如泥。〔鱄諸怒科云〕這厮有好漢要打的出來。我和你做個對手。〔旦兒換卜兒衣服拏拄杖上云〕鱄諸。你又來了也。待打誰那。〔鱄諸怕科云〕不敢不敢。〔正末唱〕這婦人必定是那人妻。攝伏盡虎威。〔鱄諸做跪科云〕是鱄諸一時懆暴。再不敢了也。〔正末唱〕他磕撲的跪在街基。他將這條過頭拄杖眕眕的。又不知要怎地施爲。〔鱄諸做悲科云〕這個是母親遺下的訓教。是鱄諸的不是了也。〔旦兒云〕鱄諸。你回過背來。〔鱄諸做回背科〕〔正末唱〕他喝一聲疾快忙回背。〔旦兒打科云〕一十。二十。三十。〔正末唱〕不歇手連打到二三十。

〔鱄諸云〕我鱄諸再不敢惹事了也。〔正末唱〕

【鬭鵪鶉】這漢空有個男子襟懷。哎。那婦人也無個夫妻的道理。〔旦兒云〕你與我快家去。〔鱄諸云〕是。我就還家去也。〔鱄諸跟旦兒走科〕〔正末云〕我道是個好男子來。〔唱〕元來是怕媳婦的喬人。嚇良民嚇良民的潑皮。我和你相識後争如不相識。我待來且慢只。我問他個擘兩分星。説一段從頭的至尾。

〔旦兒云〕鱄諸。你家裏來。〔鱄諸云〕是。我來到這房門首也。我入的這門來。〔旦兒做脱衣衫放拄杖跪科云〕你休怪我。這個是母親的遺言。非干賤妾之事。〔鱄諸云〕大嫂請起。這原是俺母親遺留下的教訓。我怎好怪的你。〔正末云〕可是蹺蹊。怎麽那婦人到得家裏。脱下衣服。放了拄杖。却又跪着這大漢。也不知他口裏説個甚的。我一時難解。我且唤他一聲。請相見咱。〔做咳嗽科〕裏面有人麽。〔鱄諸做見正末科云〕君子請家裏坐。〔正末云〕恰纔若不是大哥打散了這火莊家。着小人好生没意思。〔鱄諸云〕君子。你這等一個人。可被那廝欺負。我好是不平也。〔正末云〕大哥。恰纔那個姐姐。是你什麽人。〔鱄諸云〕你問他做甚麽。〔正末云〕大哥。你爲何這等怕他。〔鱄諸云〕不瞞君子説。他是我的渾家田氏。〔正末云〕我不是你這裏人。不知此處的鄉風。與俺那裏全然各别。〔鱄諸云〕你原來不是俺這丹陽人。我不是怕渾家。爲我平生性子懆暴。路見不平。便與人厮打。常惹下事來。有母親臨亡時遺言。我但惹事呵。着我這渾家身穿母親衣服。手拏着拄杖。我若見了這兩椿兒。便是見我母親一般。我因此上害怕。〔詩云〕君子問我因何故。路見不平拔刀助。衣服拄杖母親留。怎做鱄諸怕媳婦。〔正末背科云〕若得此人助我一臂之力。愁甚冤讎不報。則除這般。正是踏破鐵鞋無覓處。得來全不費功夫。大哥。你肯和喒做一個朋友麽。〔做拜科〕〔鱄諸做迴避科云〕君子。請起請起。〔正末唱〕

【迎仙客】哥哥請受禮。莫疑惑。久聞名在先可惜不認得。〔鱄諸云〕量小人有何德能。敢勞君子相顧。〔正末唱〕哥哥你便恕生面。你兄弟可少拜識。〔鱄諸云〕是我和你從不曾相識。

你可怎生拜我做弟兄。敢問君子姓甚名誰。〔正末唱〕你問我姓甚名誰。〔縛諸云〕未知君子多大年紀。〔正末云〕你兄弟拜德不拜壽。〔唱〕可不道四海皆兄弟。〔縛諸云〕我看你身材凜凜。相貌堂堂。想不是個淪落的君子。你端的姓甚名誰。〔正末云〕你問我姓甚名誰。我乃楚國伍員是也。〔縛諸云〕敢是做盟府的那伍員。〔正末云〕則我便是。〔縛諸云〕某聞將軍大名久矣。聽知得臨潼會上。掛白金劍爲盟府。有什大功勳。名播天下。爲何今日流落于此。〔正末云〕大哥不知。想當初秦穆公在臨潼會上。設一會名曰鬭寶。驅十七國諸侯都來赴會。某文欺百里奚。武勝秦姬輦。拳打蒯聵。脚踢卞莊。掛白金劍爲盟府。戲舉千斤之鼎。手劫秦王。親送關外。〔縛諸云〕將軍真乃世之虎將也。〔正末唱〕

【快活三】向人前論武藝。〔正末扯簫科〕〔縛諸云〕可是一管簫。〔正末唱〕猶兀自説兵機。〔縛諸云〕若不是將軍呵。衆諸侯怎能勾出的這潼關也。〔正末唱〕我也曾把千鈞寶鼎手中提。纔保的衆諸侯離秦地。

〔縛諸云〕你是楚國大將。今日在這丹陽縣吹簫度日。可是爲着何來。〔正末唱〕

【朝天子】哥哥你豈知。豈知我就裏。再休來説起那臨潼會。〔縛諸云〕你端的爲甚麼來。〔正末唱〕多勞你問及。問及我今日。兀的不屈沈殺英雄輩。〔縛諸云〕敢是將軍與什麼人争競來。〔正末唱〕我則爲那費賊。費賊的妬嫉。〔縛諸云〕哦。是那費無忌了。雖然他百般讒譖。

難道將軍有如此大功。楚王也不做主咱。〔正末唱〕更和那楚平公也好下得。〔鱄諸云〕將軍的父親。可也做甚麽官位。〔正末唱〕俺父親正當着諫議。諫不從斬訖。〔鱄諸云〕一個諫不從。兩個諫。〔正末云〕俺哥也曾諫來。争奈一個諫。一個死。兩個諫。兩個死。〔唱〕赤緊的俺父親先做了傍州例。

〔鱄諸云〕既有父兄之讎。此恨非輕。你尋幾個賢士。同去破楚。可不好那。〔正末云〕我豈不要。争奈你這裏無有賢士。〔鱄諸云〕俺這裏可怎生無有賢士。你在那裏尋過來。〔正末云〕我走樊城時倒也曾見兩個賢士。只可惜都死了。〔鱄諸云〕可是那兩個賢士。〔正末唱〕

【上小樓】有一個漁翁只爲着一時意氣。自刎了六陽的那首級。有一個浣紗女。脚踹着清波。手抱着頑石。撲蓼的身跳在江裏。那老的。是男子。便當仁不避。只可惜了那十三四女流之輩。

〔鱄諸云〕將軍不知。俺這裏也有賢士哩。〔正末云〕誰是賢士。〔鱄諸云〕則我便是賢士。〔正末云〕既然你是賢士。你敢同我破楚去麽。〔鱄諸云〕我敢去。將軍若不棄呵。我情願與你同報楚讎。萬死不避。〔正末云〕你可休番悔也。〔鱄諸云〕大丈夫一言既出。駟馬難追。豈有番悔之理。〔正末云〕你道定者。〔鱄諸云〕我去則去。未曾和我渾家説知。〔旦兒冲上云〕鱄諸。你要那裏去。〔鱄諸云〕大嫂不知。此人乃是楚將伍員。和我拜做弟兄。他有父兄之讎未報。説我這丹陽縣無有賢士。我百歲死有何遲。三歲死有何早。則怕死而無名。我欲要與他同去破楚。你的意下如何。

〔旦兒云〕鱄諸。他有寃讎。干你甚事。你又要拏出那兩椿兒來麽。〔鱄諸云〕說的是。家有賢妻。男兒不遭横事。〔正末云〕哥哥。你莫不番悔麽。〔鱄諸云〕將軍休怪。我去不得了也。〔正末唱〕

【滿庭芳】你承當了怎推。〔云〕你恰纔不說來。〔鱄諸云〕我說甚麽。〔正末唱〕可不道一言既出。駟馬難追。〔鱄諸云〕我說便說。争奈有些兒去不得哩。〔正末唱〕元來你這般貪生怕死無仁義。〔云〕你去的麽。〔鱄諸云〕我去不得。〔正末云〕你立着。我坐着。〔做推鱄諸科〕〔唱〕你則將八拜禮還席。〔鱄諸云〕嗨。我則道我是好漢。這人又好漢。我直拜你一百拜。〔正末唱〕枉教你頂天立地。空教你帶眼安眉。剛一味胡支對。則向你媳婦根前受制。〔鱄諸云〕非是我怕媳婦。只爲我母親的遺言。有那兩椿兒在他手裏。不敢違拗。〔正末唱〕使不着你佯孝順假慈悲。

〔鱄諸云〕罷罷罷。大丈夫一言如白染。早則怕死而無名。便我母親再生。料也阻不的我。大嫂。你豈不聞父母在。不許友以死。今我母親不在了。我如今爲個好朋友捨死報讎。豈爲不孝。大嫂。我意已決。好也要去。歹也要去。將軍。争奈妻子着他安身何處。〔旦兒云〕鱄諸。你堅意要去。既做了賢士。怎還做得孝子。罷罷罷。我叫你去的放心。〔做取劍自刎科〕〔詩云〕盟府投吴待借兵。男兒意氣許同行。紅塵未顯鱄諸跡。青史先標田氏名。〔下〕〔鱄諸云〕呀。渾家自刎了。將軍。則被你送了俺一家兒也。〔正末云〕大哥。我和你破楚報讎去來。〔鱄諸云〕罷罷罷。則今日便索同你報讎去。若不破楚。我誓不還吴也。〔正末唱〕

【尾聲】不索我言不索我言。全在你全在你。但想起父兄讎。便急的我肝腸碎。〔帶云〕有一日拏住費無忌呵。〔唱〕直着那廝摘膽剜心。做俺祭卓兒上的禮。〔同下〕

〔音釋〕鉋音袍　曈土緩切　膂音旅　哺音布　席星西切　國音鬼　食繩知切　鱄音專　懆音竈　磕音可　眕真上聲　十繩知切　識傷以切　只張恥切　惑音回　得當美切　及更移切　賊則平聲　嫉精妻切　訖巾以切　刎文上聲　級巾以切　石繩知切　的音底　推退平聲　拗音要　摘齋上聲　剜碗平聲

楔子

〔外扮楚昭公引卒子上云〕某乃楚昭公是也。自從秦穆公臨潼鬬寶之後。有伍員立下十大功勞。俺父平公。加他爲三保大將軍樊城太守。有少傅費無忌。暗用讒言。將其父伍奢并兄伍尚三百口家屬。都殺壞了。又着他兒子費得雄賺那伍員去。被伍員識破。私出樊城。投于吳國。如今借起十萬精兵。侵伐俺國。俺自揣將寡兵微。難以抵敵。這都是費無忌結下的冤讎。致此禍患。不免喚他出來。着他與伍員交鋒去。令人。與我喚將費無忌來者。〔卒子云〕費無忌安在。〔費無忌上詩云〕當時得意還年少。今日看看老來到。見説子胥將報讎。可知連日眼睛跳。自家費無忌。自從伍員私出樊城。今經十八年光景也。他投于吳國。借起十萬兵來。要與楚國賭戰。主公呼喚。多喒爲這事來。令人報復去。道有費無忌來了也。〔卒子報科云〕費無忌到。〔楚昭公云〕着他過來。

〔卒子云〕着過去。〔費無忌見科云〕主公喚費無忌。有何事商議。〔楚昭公云〕費無忌。今有伍員背楚投吳。借起十萬精兵。要破俺國。單搦你費無忌出馬交鋒。我今撥與你三萬人馬。與伍員交戰去。則要你小心在意。成功而回。〔費無忌云〕我費無忌後生時交鋒出馬。甚是去的。如今年紀老了。一向貪自在慣受用的人。怎麽還到的陣面上去。做賭頭的買賣。主公。別差一個精壯的去。饒我這老頭兒罷。〔楚昭公云〕這禍元是你做下的。你不去可着誰去。〔舉劍科〕若不去。先殺你這老匹夫。軍前號令。〔費無忌云〕主公不要性急。我費無忌就去。則今日點起三萬人馬。與伍子胥廝殺去來。〔詩云〕衆軍聽我傳將令。要與伍員相比並。當初殺他親父兄。今朝丟了老性命。〔下〕〔楚昭公云〕費無忌去了也。我與二公子芈旋親到將臺上面。看他與伍員決勝去來。〔下〕〔費無忌引卒子上云〕自家費無忌。奉主公的命。領着三萬人馬。與伍子胥決戰。大小三軍。擺開陣勢。遠遠的塵土起處。敢是吳兵來也。〔正末躧馬兒上云〕某伍員自到吳國。借起十萬精兵。來攻楚國。擒拏費無忌。大小三軍。擺布得嚴整者。〔費無忌云〕來將何人。〔正末云〕某乃伍員是也。你是誰來。〔費無忌云〕你就不認的我老叔哩。我是費無忌。〔正末云〕兀那姦賊。疾忙下馬受死。我父兄之讎。今日必報也。〔費無忌云〕你在我老叔根前探空靴。撒轡屁。說這等大話。你敢和我廝殺麽。〔正末云〕這廝好無禮也。操鼓來。〔做戰科〕〔唱〕

【仙呂賞花時】他躍馬當先拚廝殺。不由我忿氣横生怒轉加。這廝只會暗地裏弄姦猾。今日呵使不着心麄膽大。〔費無忌云〕我敵不得你。逃命。走走走。〔下〕〔正末云〕這廝走那裏去。〔唱。〕我則待揣手兒把你活擒拏。

〔做費無忌走正末追科〕〔鱄諸冲上云〕拏住。〔做拏費無忌科〕〔正末云〕費無忌早拏住了也。大小三軍。即便殺入郢城。只可惜楚平公已死。可將他墳墓掘開。取出屍首。待我親鞭三百。以報父兄之讎。〔詩云〕早拏住賊臣無忌。再掘開平王墳地。與屍首三百鋼鞭。纔雪我胸頭怨氣。〔同下〕

〔音釋〕搦女角切　殺雙鮓切　猾呼佳切

第四折

〔外扮鄭子産引卒子上云〕小官覆姓公孫名僑。字子産。佐于鄭簡公麾下。爲上卿之職。當日伍子胥爲父兄之讎。背棄楚國。私出樊城。擕了公子芉勝投于俺國。要得借兵破楚。小官想來。各霸其主。難以結怨。因設一計。將伍員留於驛亭中。安排筵宴管待。酒席之間。暗藏甲士。擊金鐘爲號。擒拏伍員。不想伍員揣知其意。一把火焚了驛亭。同芉勝晝夜奔吴去了。如今借起兵來。打破楚國。生擒費無忌。親鞭平王之屍。小官想來。那子胥是個一飯不忘。片言必報的人。必然乘此得勝之兵。來伐俺國。奈兵微將寡。何以禦之。我今出一榜文。但有說得伍員不伐我國的。將他官封萬户。賞賜千金。已經張掛數日。小校看着。若有人揭了榜文。報復我知道。〔卒子云〕理會的。〔丑扮村廝兒上詩云〕長江短棹作生涯。千尋浪裏度年華。有人問我居何處。蘆花灘畔是吾家。自家村廝兒的便是。我父親乃是閭丘亮。曾爲楚國上大夫之職。因見楚平公不道。棄職辭朝。在此江邊捕魚爲活。適值伍子胥逃難到于江邊。被追兵趕急。我父親深知子胥之冤。急渡過江。贈以酒飯。那子胥留下白金劍謝之。我父親再三不受。臨別之時。那子胥告曰。殘漿勿漏。我父親言道。我有一子。乃是村厮兒。汝若得志呵。休忘了此子。可憐我父親沉舟捨命。至今未葬。聞得子胥借起吴兵。打破楚國。將及鄭邦。如今張掛榜文。要尋一個退兵之策。我想來我父親與他曾有大恩。我若揭了榜文。説知就裏。子胥必然收兵罷戰。可不得了這一場賞賜。待我揭了榜文者。〔卒子報科云〕報報報。有一莊家後生。揭了榜文也。〔鄭子産云〕着他過來。〔卒子云〕着你過去。〔村厮見科〕〔子産云〕兀那漢子。你有何計策。來揭這榜文。〔村厮云〕大人。小人雖然是個農夫。只要送我去親見那伍子胥。自有退兵之計。〔子産云〕既如此。我就厚贈你些盤費。去見那伍子胥。只要退得兵時。必有加官賜賞。你小心在意者。〔村厮云〕就此辭別了大人。便索長行也。〔詩云〕想父親爲甚捐生。料伍相必肯收兵。〔子産詩云〕但保得鄭邦無恙。包還你爵賞非輕。〔同下〕〔外扮吴王闔廬引卒子上詩云〕我父諸樊忒慕名。故將吴國讓延陵。若使王僚知此意。魚腸何必送殘生。某乃吴王闔廬名姬光者是也。只因楚國費無忌讒佞。將伍奢伍尚并三百口家屬。皆無罪而死。又差費得雄去樊城賺那伍子胥。要得一併殺害。却被子胥私出樊城。投於俺國。借兵十萬。前去伐楚。兩陣之間。活拏了費無忌。奏凱而回。子胥道。走樊城之時。有兩個賢人。一個浣紗女。一個漁父閭丘亮。浣紗女有他母親浣婆婆。閭丘亮有一子村厮兒。要捨自己的封賞。與他兩個人。豈不是個報恩報讎。豪俠的勾當。令人。與我請將芈勝來者。〔卒子云〕芈勝公子安在。〔芈勝上詩云〕當初去楚尚嬰孩。伍相懷中抱得來。可奈昭公攘我位。至今笑臉不曾開。某乃楚公子芈勝是也。只因祖父平王無道。聽信費無忌讒言。將伍奢伍尚一家殺盡。還不稱意。又差他兒子費得雄去賺伍子胥入朝。是我父芈建得知。將某抱在懷中。馳至樊城。説知就裏。子胥纔得逃命而走。從鄭到此。多虧吴王。借起大兵。生擒了費無忌。得勝回還。如今吴王呼唤。須索走一遭去。令人報復道。有芈勝來了也。〔卒子報科云〕喏。報的大王得知。有公子芈勝到。〔吴王云〕着他過來。〔卒子云〕着過去。〔芈勝見科云〕多蒙大王借兵。得報讎恨。芈勝死生難忘。〔吴王云〕公子。你家的事就和寡人一般。你須是平王的家孫。這位該是你的。今昭公强佔不還。使你失國。寡人何功之有。令人。請將伍子胥來者。〔卒子云〕了胥安在。〔正末同鱄諸上云〕某乃伍員。這是鱄諸。如今生擒費無忌。班師歸國。見吴王去來。想我背楚投吴。豈意有今日也呵。〔唱〕

【雙調新水令】困紅塵十載受驅勞。常記得走樊城那時年少。雖不能千金酬節俠。我也曾四海結英豪。投至得末尾三稍。不覺的頭上老來到。

〔云〕令人報復去。道有伍員鱄諸來了也。〔卒子報科云〕伍子胥到。〔吴王云〕道有請。〔卒子云〕請進見。〔二將見科〕〔吴王云〕伍相國。想你自走樊城。來到俺這丹陽縣。吹簫度日。過了十八年光景。如今得生擒費無忌。親鞭楚平王屍。報了父兄之讎。却也不枉了。〔正末云〕皆托大王之德。副將鱄諸之能。容伍員異時别圖報効。〔芈勝云〕若不是老相國雄材大略。和鱄諸敢勇當先。

豈有今日。〔鱄諸云〕小將因人成事。何足道哉。〔正末唱〕

【駐馬聽】想着俺蓋世雄驍。函谷關前看鬬寶。只爲一時窮暴。却教俺丹陽市上學吹簫。誰承望凌烟閣重把姓名標。兀的個殺人場還許寃讎報。幾回家暗窨約。則我這鬢邊白髮添多少。

〔吴王云〕如今費無忌在那裏。〔正末云〕見拏在轅門首。〔吴王云〕拏將過來。〔卒子拏費無忌見科〕〔吴王云〕你一生讒佞。將伍奢父子滿門家屬。無罪而死。今日擒來。有何理説。〔費無忌云〕是我殺了他一家三百口。他今日只殺的我一個。又是個没用的老頭兒。有什麽本事。〔吴王云〕令人。與我推出轅門。梟首示衆。〔殺費無忌科〕〔下〕〔吴王云〕伍相國。你説那兩個賢士家屬。今在何處。〔正末云〕伍員已差人取將來了也。〔吴王云〕令人。與我喚將過來。〔卒子云〕兩個賢士家屬安在。〔卜兒扮浣婆婆上云〕老身浣婆婆的便是。自從我女孩兒在江邊浣紗。遇着伍子胥將軍。抱石投江而死。如今差人接取老身。來到這裏。既蒙呼喚。便當進見。〔見科〕〔吴王云〕十八年前。伍相國避難經過瀨上。多虧了你女孩兒一飯之恩。寡人未聞其詳。請相國試説一遍。與我聽咱。〔正末唱〕

【雁兒落】想當日躍金鞍把性命逃。我也曾解鐵甲將王孫抱。不騰騰死冲開荆棘叢。急煎煎苦奔走風塵道。

【得勝令】害的這小使長好心焦。撞見那年少的女多嬌。他提着一罐兒漿和粥。天賜

俺兩人來醉又飽。〔浣婆婆云〕俺女孩兒爲着將軍。情願捨了性命。抱石投江。死的好苦也。〔正末唱〕**眼看着波濤。他抱石塊和身跳。似這等功勞。我待建祠堂做香火燒。**

〔吳王云〕那浣婆婆。且一壁有者。村厮兒安在。〔村厮上云〕自家村厮兒。蒙鄭國子産厚贈。送我入吳。不想行至中途。適值伍子胥盟府也差人來接我。今日呼喚。須索過去見來。令人報復去。道有村厮兒在於門首。〔卒子報科云〕村厮兒到。〔吳王云〕着過來。〔村厮見科〕〔吳王云〕你見了伍相國。〔村厮做見科云〕支揖。〔正末云〕令人。傳令出去。快與我點齊軍馬者。〔村厮云〕你今領兵何往。〔正末云〕我如今要統大勢雄兵。征伐鄭國去也。〔村厮云〕且住。〔詞云〕聽小人從頭説破。想是你也曉的其詳。我父親捕魚爲業。適遇伍盟府逃難離鄉。那盟府有倉徨狀態。我父親就發惻隱衷腸。連忙的請他下馬。上船來渡過長江。又見他腹中饑餓。權避在蘆葦邊傍。雖然是濁醪粗飯。却也有蝦菜魚湯。將白金劍再三留贈。我父親只不承當。多喒被追兵趕逼。臨別時甚是慌張。叮嚀道殘漿勿漏。可不是把我父隄防。要着他放心前去。則除非自刎身亡。我父親其時便説。有一子是個村厮憨郎。久已後你須得地。略把眼照覷休忘。到今日鄭邦甚急。惟恐你要動刀鎗。問小人退兵之計。我道到吳國自有商量。常聞得蒙點水尚且仰泉思報。何況我父親將草命替你遮藏。我説兀的做甚。只爲平公太不仁。專聽讒佞害忠臣。當日投吳將雪恨。今朝伐鄭有何嗔。雄材豈必誇長勝。上策須知貴恤鄰。若得收兵無事日。俺父親呵便從泉下亦沾恩。〔吳王云〕這樁事再請相國試說一遍。與寡人聽者。〔正末唱〕

【甜水令】想當日爲避追兵。忙離瀨上。奔來江表。烟水隔迢遥。幸遇漁翁。將咱濟渡。別無推調。元來他也是個遯世的由巢。

【折桂令】他待要把酒論交。覷的我千金劍贈。只當做一片塵飄。俺本爲銜着冤讎。思圖報復。受盡煎熬。只要他休洩漏俺這萍根浪脚。那知道翻斷送他雪鬢霜毛。空餘下波浪滔滔。蘆荻蕭蕭。至今的回首東風。尚忍不住淚點雙拋。

〔吴王云〕這等説起來。你也多虧了那漁父閭丘亮。今日這村厮兒特來與鄭國討饒。相國可看閭丘亮面上。不去伐鄭也罷了。〔正末唱〕

【月上海棠】若提起驛亭那日多姦狡。他倒要替楚除根絶禍苗。不是我命兒高。怕不的着他所料。我便身亡了。這心頭還着惱。

【幺篇】我如今指麾軍將親征討。拿住公孫活開剥。〔村厮云〕伍老爺。你只饒了他罷。〔正末唱〕若要我躭饒。只除是東方日落。〔村厮云〕你早忘了我家老子。這等情薄。〔正末唱〕非情薄。這的是一冤還一報。

〔村厮云〕伍老爺。你畢竟不肯退兵。罷罷罷。一發借那把白金劍與我。也勒死了。好與我家老子做一搭兒埋葬。〔正末云〕且住。那漁父的大恩尚未曾報得。怎好着這村厮兒又爲我而死。令人。傳下令去。將伐鄭的軍馬。暫收回者。〔唱〕

【喬牌兒】我只怕大恩人没下稍。怎當這村厮兒又哀告。〔帶云〕村厮兒。你去對那公孫僑老匹夫說。〔唱〕着他把降書早早來投到。我纔把軍兵收轉着。

〔村厮云〕這個俺就去。索是謝了將軍也。〔浣婆婆云〕只我那女孩兒死了。我兒子伴哥。年紀又小。如今閃的我老身無依無靠。着誰人養贍我來。兀的不好苦也。〔做悲科〕〔正末云〕你那婆子休哭。只你那下半世衣飯。都是我養贍着。你再也不必憂慮。〔唱〕

【清江引】這紅顏因甚不自保。閃的你無依靠。他爲我顯的十分忠。我爲他也盡些兒孝。直着你豐衣足食快活到老。

〔浣婆婆云〕這等。索是謝了將軍也。〔吴王云〕一行人都跪下者。聽寡人的命。〔詞云〕楚平公聽信費無忌。任忠良一旦全家斃。伍子胥單騎走樊城。攜芈勝千里投吴地。在中途遇着兩賢人。赴江心誓死無迴避。丹陽市生計托吹簫。說鱄諸共吐虹霓氣。借軍兵破楚凱歌回。殺姦臣親把冤魂祭。芈公子事定送還都。鱄將軍爵賞應如例。浣婆婆給養盡終身。村厮兒救鄭功非細。報恩讎從此快平生。堪留作千古英雄記。〔衆謝恩科〕〔正末唱〕

【隨尾】一生心事神天表。早將他恩讎報了。越顯得那兩個救忠良甘捨命的世間稀。這一個展英雄能爲國的可也衆中少。

〔音釋〕僑音喬　捐音元　恙音樣　凱開上聲　俠音協　攘仁張切　窨音蔭　葦音委　憨音酣　巢鋤昭切　脚音皎　狡音皎　落音澇　薄巴毛切　着池燒切　贍傷佔切　斃音弊

題目　繼浣紗漁翁伏劍
正名　説鱄諸伍員吹簫

河南府張鼎勘頭巾雜劇

孫仲章撰

第一折

〔丑扮王小二上詩云〕白雲朝朝走。青山日日閒。自家無運智。却道世途艱。自家姓王。排行第二。人都叫我做王小二。祖居南京人氏。母子二人。别無眷屬。家中窮窘。朝趁暮食。燒地眠。炙地卧。有那財主人家。見我這等貧苦。可憐見我與些盤纏。買些柴米度日。今朝出來。遇不着一個人。此處有箇員外姓劉。我數番定害他。今日到他家去。若見員外。好歹與我些東西。可早來到門首也。你看我那造物。不見一個人。當門卧着一隻惡犬。我拿一塊磚頭打的那狗叫。必有人出來。〔打狗科云〕你看。我那額命麽。狗也不曾打的着。倒打破了一個尿缸。如之奈何。我則推狗咬了我的腿。〔做叫科〕〔旦上云〕妾身乃劉員外渾家。正在家中閒坐。門外怎生大呼小叫的。我試看咱。開了這門。甚麽人打破這尿缸來。〔見王科〕〔駡云〕你這窮弟子孩兒。那一遭不與你些盤纏。你怎麽打破我的缸。〔王小二云〕這娘子好不曉事。你家的狗咬了我的腿。倒還駡我。〔旦云〕我不和你鬧。等員外出來。和你説話。〔正末扮劉員外帶酒上云〕自家姓劉名平遠。祖居南京人氏。平昔好飲的幾杯兒酒。愛讀的兩行兒書。頗有些家私。人都叫我做劉員外。這城裏城外。放着幾主兒錢鈔。今早索錢去來。飲了幾杯酒。可早醉了也。正待歇息。不知甚麽人在門首

大驚小怪的。我試看咱。〔唱〕

【仙呂點絳唇】杜宇傷春。錦鶯啼恨。東風順。則聽的叫喚聲頻。早將我酒力消磨盡。

【混江龍】我把這衣衫整頓。急煎煎行出卧房門。悠悠的驚了七魂。忽忽的諕了三魂。脚趔趄難支吾荒冗冗。眼朦朧猶兀自醉醺醺。我這裏下堦基轉影壁親身問。問一箇事從來歷。唱叫緣因。

〔云〕大嫂。你和誰鬧哩。〔旦云〕你看王小二這窮弟子孩兒。打破我的缸。倒説狗咬了他。他又罵我。〔正末云〕大嫂。你自入去。等我問他。〔問科云〕兀那王小二。爲甚麼在門首大呼小叫的。欺負誰哩。〔王小二云〕員外。你家的狗咬了我的腿。我怎敢欺負你。〔正末云〕王小二。我不曾歹看你。我的衣服與你穿。我的錢鈔與你使。便我家狗兒咬了你。可也好商量。没來由鬧怎的。他是個婦人家。你是個男子漢。你將不中的言語毁罵他。理上敢不中麽。〔王小二云〕小人怎敢毁罵娘子。〔正末云〕噤聲。〔唱〕

【油葫蘆】他是個腰繫紅裙一婦人。你試議論。有甚事便推天搶地手粘身。〔王小二云〕你家狗咬了我。〔正末云〕你打破我缸。倒説狗咬了。〔唱〕你且休論這兩家憑傷損。〔帶云〕常言道男不和女鬬。王小二。〔唱〕你先合該答四十批頭棍。〔帶云〕你罵了人。倒説你是。〔唱〕你没事哏。没事村。則你那幫閒鑽懶腌身分。到官中也不索取詞因。

〔帶云〕我若和你一般見識呵。〔唱〕

【天下樂】敢拖到官中拷斷你筋。哎。你個喬人。情性村。則你那潑言語賴人不本分。着我待饒來怎地饒。待忍來怎地忍。恨不的莽拳頭嘴縫墩。

〔云〕是誰家的狗咬着你來。〔王小二云〕你家的狗咬着我來。〔正末云〕你道我家狗咬着你。衆街坊試看咱。若是我家狗咬他。我便寫與你保辜文書。若不曾咬着。你便陪我缸來。〔街坊云〕員外説的是。俺看他這條腿不曾咬着。〔王小二云〕不是這條腿。是那一條腿。〔街坊云〕也不曾咬。〔正末唱〕

【醉中天】請小二哥休心困。覰兩條腿辨清渾。羞的那厮一柄臉通紅似絳雲。他慌遮掩忙身褪。瞞不過相識街坊衆親。定睛覰認。並無些咬破牙痕。

〔云〕原來不曾咬着。這弟子孩兒這等圖賴人。〔王小二云〕這等惡狗。你養他怎的。〔正末唱〕

【金盞兒】俺這犬吠柴門。和月待黄昏。只除是盗賊不敢來相近。〔帶云〕若是閒人呵。〔唱〕無過是摇頭擺尾弄精神。他可也能熬鞭杖打。不棄主人貧。我則理會妻賢先嫁主。這的是惡犬護三村。

〔王小二云〕員外。你輕呵輕君子。重呵重小人。怎將狗比我。〔正末云〕我這富漢打死你這窮漢。則苦了幾文錢。〔王小二云〕你説這等大話。我大街上撞見你。一無話説。僻巷裏撞見你。我殺了你。〔旦云〕好也。這厮不只是説出來。一定做出來。問他要一紙生死文書。百日以裏。但有頭疼腦熱。都是你。一百日以外並不干你事。〔正末云〕做甚麼哩。〔旦云〕王小二要殺了你。我問他要保辜文書。〔正末云〕大嫂。他怎敢殺人。王小二你聽者。〔唱〕

【賺煞】你伏低呵自商和。我尋罪責官司問。若不看解勸街坊面分。小後生從來火性緊。發狂言信口胡噴。自評論。口是禍之門。我勸你言詞休記恨。減了些性粗性蠢。則要你粧痴粧坌。〔王小二云〕員外。是我的不是了。我與你陪禮。取一鉼兒酒。請員外飲一盃罷。〔正末唱〕**何須你倒擎着酒盞去求人。**〔同旦下〕

〔王小二云〕鈔又不曾討的。又着員外怪了。討了我一紙保辜文書。總只是一時間言語差錯。連忙伏低做小。也是遲哩。則我這無錢的真個不好。天那。兀的不窮殺王小二也。〔下〕

〔音釋〕窘君上聲　趁嗔去聲　趔郎耶切　趄且去聲　哏很平聲　腌掩平聲　辜音姑　褪呑去聲　噴平聲　蠢春上聲　坌滂悶切

楔子

〔旦上云〕妾身劉員外的渾家是也。我瞞着員外。和那太清庵王知觀有些不伶俐的勾當。我則待所算了員外。急切裏無個計策。不想王小二要殺員外。我就問他要了一紙保辜文書。我着人尋王知觀去了。這早晚敢待來也。〔净扮道士上云〕道可道。真强盜。名可名。大天明。小道太清菴王知觀。這本處劉員外的渾家。俺與他有些小勾當。他着我所算了那員外。争奈無個下手處。他今日着人來叫我。須索走一遭去。來到這門首也。道可道。〔旦見科云〕你來了也。〔净云〕稽首。〔旦云〕有件事和你説。前日王小二打破了俺家尿缸。員外鬧了幾句道。俺這富漢打殺你這窮漢。則苦了幾文錢。那王小二便道。我大街撞見你。一無話説。若僻巷裏撞見。我殺了你。我就着這事問王小二要了一紙保辜文書。明日員外出城索錢去。你跟到無人去處。將他所算了。我要兩件信物。芝蔴羅頭巾。減銀環子。若殺了時來回我的話。喒兩個永遠做夫妻。可不好也。〔净云〕我知道。憑着俺這等好心。天也與俺半碗飯吃。〔同下〕〔正末上云〕自家劉員外的便是。城外索錢去來。衆兄弟留我多飲了幾杯酒。迎着這風。不覺的酒上來了。我下馬來。把馬拴在樹上。我去那柳陰下且歇息咱。〔唱〕

【仙吕賞花時】落日西園花正濃。撲面東風酒力湧。全不省上青驄。只記得金鍾漫捧。直勸我喫的到喉嚨。

【幺篇】你覷那芳草渾如蜀錦蒙。殘照堪爲燭影紅。垂柳作簾櫳。暫撇下心煩意冗。醉卧緑陰中。

〔做睡科〕〔净上殺末科云〕我殺了劉員外也。拿着這芝蔴羅頭巾減銀環子。回大嫂話去來。〔下〕〔街坊上云〕劉員外娘子。不知是甚麽人殺了員外也。〔旦上云〕衆街坊。甚麽人殺了俺員外。〔街坊云〕知道是甚麽人。〔旦云〕别無讎人。則是王小二。到他家試問咱。早到門首也。〔唤科〕〔王小二上見科〕〔旦云〕好也。你與了我保辜文書。不上十日。就把員外殺了。明有王法。我和你見

官去來。〔王小二云〕我們也不曾出。可怎麽冤我殺了員外。誰人與我做主咱。〔下〕

第二折

〔净扮孤領張千祗候上詩云〕官人清似水。外郎白如麪。水麪打一和。糊塗成一片。小官本處大尹。今日升廳。坐起早衙。張千。喝攛箱。〔旦拖王小二上云〕冤屈也。〔孤云〕甚麽人叫冤屈。拿將過來。〔張千云〕當面。〔旦王小二跪科〕〔孤云〕告甚麽。說你那詞因來。〔旦云〕妾身是劉平遠渾家。當初一日。這王小二打破俺家尿缸。俺員外與他相嚷。說道。俺這富漢打死你這窮漢。則苦了幾文錢。王小二道。我大街上撞見你。一無話說。僻巷裏撞見你。我殺了你。我就問他要了一紙保辜的文書。不上十日。俺丈夫出城索錢去。被王小二殺死。大人與我做主咱。〔孤云〕他口裏必律不剌說了半日。我不省的一句。張千。與我請外郎來。〔張千云〕當該何在。〔趙令史上云〕自家趙仲先的便是。在這府裏做着個把筆司吏。正在司房裏攢造文書。相公呼喚。須索見咱。〔見科〕〔孤云〕哥。定害了你一日酒。肚裏疼了一夜。〔做謝科〕〔令史云〕相公你坐着。百姓每看見哩。兀那婦人。你告甚麽。〔旦云〕告人命事。王小二立了保辜文書。不上十日。在城外殺了俺丈夫劉平遠。令史與妾身做主咱。〔王小二云〕令史可憐見。小人怎敢殺人。〔令史云〕你立了保辜文書。不上十日。殺了劉平遠。不是你是誰。不打不招。張千與我打着者。〔打科〕〔王小二云〕我那裏受的這般拷打。我屈招了罷。大人。是我殺了劉員外來。〔令史云〕他既招了。上了枷。

下在牢中去。〔王小二云〕天那。教誰人救我也。〔張千押王小二下〕〔孤云〕還有芝蔴羅頭巾。減銀環子。不見下落。〔令史云〕兀那婦人。你且隨衙伺候。明日再問。〔旦云〕我且回去。明日再來。〔下〕〔孤云〕令史。咱兩個問了這件事。無甚勾當。且回私宅喝三甌冷酒去來。〔同下〕〔張千上詩云〕手執無情棒。懷揣滴淚錢。曉行狼虎路。夜伴死屍眠。我張千今日方纔有些兒油水。牢中取出王小二來。〔王見科〕〔張千云〕脊背打三十殺威棍。〔王小二云〕哥哥。可憐見。〔張千云〕我饒了你。開了門入牢去。〔王入牢科〕〔張千云〕關上這門。等我略盹一盹。〔做睡科〕〔丑扮莊家上云〕自家是個庄家。在這望京店住。與俺妳妳兩個過日。每日入城賣草。兀那高房子裏賒了一擔草。今日索也無錢。明日索也無錢。俺妳妳說我換嘴吃了。今日再去索那錢去。〔走科云〕可早來到也。青天白日關着門哩。〔做打門科云〕叔待。開門來。〔張千驚醒科云〕呀。提牢官人來了。且慢者。若是官人呵。拽動鈴索。可怎生打的門响。〔開門見科〕〔丑云〕叔待。還我草錢來。〔張千笑云〕我正尋你哩。你替我打個草苫兒。我還你草錢。〔背云〕我把這廝賺入牢去。〔做拿匾擔攛入牢科〕〔丑云〕將我的來。〔張推丑入牢科〕〔丑云〕叔待。怎生黑洞洞地。〔張千做開天窗科〕〔丑云〕怎生你家都是木板上生出人頭來。他不咬人麼。將草來。我替你打苦子。〔打苦科〕〔令史上云〕可早來到也。我拽動這鈴索。〔張千云〕提牢官來了。這廝可怎生是好。〔做枷丑丑怕科張千云〕休言語。你但言語。我就打死你。〔做開門科〕〔令史云〕你休要了囚人的錢。放鬆了他。〔張千云〕不敢。〔令史云〕拿過王小二來。兀那廝。還有兩件贓仗未完。是芝蔴羅頭巾減。銀環子在那裏。〔王小二云〕哥。我也是屈招了的。委實没有。〔令史云〕不打不招。張千。打着者。〔打科〕〔王小二云〕。我受不過這打。我招了罷。有有有。在蕭林城外瘸劉家菜園裏井口傍邊石板底下壓着哩。〔令史云〕今日該誰當直。〔張千云〕小人當直。〔令史云〕則今日你手裏要頭巾環子。你畫了字者。〔張千云〕我知道。〔令史云〕我這一向不曾查點這囚犯。〔張千云〕哥哥。這個不該你管。該胡令史管。〔令史云〕這個是甚麼賊。〔張千云〕這是偷馬的。〔令史云〕這個是甚賊。〔張千云〕這是剪綹的。〔令史問丑云〕這個是甚麼賊。〔張千云〕這是潑皮賊。〔令史云〕我正要打這潑皮賊。〔做打科云〕我直打的你認的我便罷。潑皮賊。潑皮賊。〔下〕〔張放丑出科云〕你且去。明日來討草錢。〔丑云〕討您娘的漢子。我草錢也不要了。〔下〕〔張千云〕我把王小二監好了。〔王小二云〕哥也。放鬆些兒。〔下〕〔張千云〕則今日取頭巾環子走一遭去。〔下〕〔丑慌走上淨跟上做撞科〕〔丑云〕哎喲。他又來打我了。〔做走又撞淨掉帽子科〕〔丑云〕我只道是那戴翅兒的。元來是個牛鼻子。〔淨拾帽掉燒餅丑搶餅科云〕好燒餅。香香的。〔淨云〕送與你吃了罷。〔丑云〕好人好人。〔淨云〕哥。你在那裏來。〔丑云〕兀那高房子那人家少我一擔草錢。今日索也不與。明日索也不與。俺妳妳説我換嘴吃了。今日又去索錢。那人家青天白日關着門。着我叫開門。裏頭看不見人。我説哥怎生黑洞洞地。他望上一捌。就明明的。他一屋裏都是木板上生出人頭來的。他着我打草苫兒。正打之間。外厢有人叫門。他慌了。拿過一塊板來。上頭有個窟籠。套在我脖子上。把我撇倒。教我休言語。則見外面走將一個人來。頭上兩個翅兒。他説道拿過王小二來。問他要芝蔴羅頭巾減銀環子。王小二説。我不知道。天那。把王小二只管打。打的王小二渾身血胡淋剌的。王小二道。有有有。在蕭林城外瘸劉家菜園裏井口邊石板底下壓着哩。〔浄聽走下科〕〔丑云〕那戴翅兒的團團看轉來。問是甚麽賊。那人平白地揣與我個賊名兒。他道我是潑皮賊。哥也。你是聰明的人。你道可有潑皮賊麽。〔做回頭看科云〕呀。這弟子孩兒可去了。我恰似見鬼的。則管説。我也去也。〔下〕〔浄慌上云〕這裏便是瘸劉家菜園。我跳過去。〔張千撞上〕〔浄下科〕〔張千云〕原來是個牛鼻子。我不是官身。忙趕上打他一頓。這是瘸劉家菜園。〔做跳墻科云〕這是井口邊。〔做石板下取巾環跳出科云〕贓物有了也。王小二。我倒替你愁哩。〔下〕〔外扮府尹引祗候上張千喝云〕早衙清浄。人馬平安。〔府尹詩云〕擎鞭壯士廳前立。捧臂佳人閤内行。沉醉早筵方欲散。耳邊猶聽管絃聲。小官完顔。女真人氏。完顔姓王。普察姓李。幼年進士及第。累蒙擢用。頗有政聲。今爲河南府尹。此處官濁吏弊。人民頑鹵。御賜我勢劍金牌。先斬後奏。差某往此審囚刷卷。便宜行事。專一削除濫官污吏。禁治頑魯愚民。早已赴任三日也。今日升廳坐起早衙。張千。喚將當該司吏來。〔張千云〕理會的。當該司吏。老爺呼喚。〔令史上云〕張千。喚我怎的。〔張千云〕哥哥。這個老爺不比前任的。好生利害。〔令史見科〕〔府尹云〕兀那令史。有甚麽合僉押的文書。將來我看。〔令史遞文卷科云〕文卷在此。〔府尹云〕這一宗是甚麽文卷。〔令史云〕在城王小二殺了劉平遠。贓仗明白。問成死罪。只等大人判個斬字。拿出去殺了罷。〔府尹云〕將一行人解將過來。〔張千押王小二上〕〔令史云〕兀那王小二。到那邊不要言語。問着是你殺了劉平遠來。你道是。我就拿你出去只一刀殺了。也是伶俐。〔王見跪科〕〔府尹云〕老夫觀察人情。看了王小二不是個殺人的。就中必有暗昧。兀那王小二。你有甚麼不盡的詞因。我根前實訴者。老夫與你做主。〔令史云〕大人。他無詞因了也。〔王小二云〕我待要說來。又打我。也罷也罷。是我殺了劉平遠來。無甚詞因。〔府尹云〕罪人口裏既說無甚詞因。則管裏問他怎的。將筆來判個斬字。拿出去殺壞了者。〔押小二出科小二云〕天那。着誰人救我也。〔正末扮張鼎上云〕自家姓張名鼎。字平叔。在這河南府做着個六案都孔目。想俺這爲吏的人。非同容易也。大凡掌刑名的有八件事。可是那八件事。一筆札。二算子。三文狀。四把法。五條劃。六書契。七抄寫。八行止。〔詩云〕這的是書案傍邊兩句言。一重地獄一重天。翰林風月三千首。怎似這吏部文章二百篇。〔唱〕

【南呂一枝花】雖是個判行的舊狀詞。合幹辦新公事。出司房忙進步。登澁道下堦址。又無甚過犯公私。把文卷依節次。請新官題判時。先呈與個押解牒文。後押上個拘頭僉字。

【梁州第七】我從來甘剌剌與民無私。誰敢道另巍巍節外生枝。我向嚇魂臺把文案偷窺視。見一人高聲叫屈。我這裏低首尋思。多應被拷打無地。全没那半點兒心慈。想危亡頃刻參差。端的是垂命懸絲。正廳上坐着個傝㑩㑩問事官人。堦直下排兩行惡哏哏行刑漢子。書案邊立着個哃瑺瑺責狀曹司。爲甚事咬牙切齒。諕的犯罪人面色如金紙。見相公判個斬字。慌向前來取台旨。便待要血泊内横屍。

〔云〕張千。這是甚麽人。這等叫屈稱冤。〔張千云〕哥哥。他是王小二。殺了劉員外。贓仗俱明。如今拿出去施刑去也。〔正末云〕則他便是在城的王小二。我多聽的人説。這厮好生冤屈。張千。你且留人者。等我見了大人。自有個道理。兀那王小二。我這一過去。救的你。休歡喜。救不的你。休煩惱。〔做進見科〕〔府尹云〕下官一路上來聽的人説。這河南府有個能史張鼎。刀筆上雖則是個狠僂儸。却與百姓每水米無交。張鼎。你有甚麽合僉押的文書。拿來我看。〔正末云〕大人。張鼎有合僉押的文卷。〔府尹云〕既有僉押的文卷。拿將來發落。〔正末云〕文卷在此。〔府尹云〕是那幾件你説。〔正末唱〕

【牧羊關】這的是行惡的供成招伏。〔府尹云〕這一宗呢。〔正末唱〕這是打家賊責下口詞。〔府尹云〕這是甚麽文卷。〔正末唱〕這的是遠倉糧猶未關支。〔府尹云〕這一紙呢。〔正末唱〕這的是再修理道路橋梁。〔府尹云〕橋梁道路。庫獄倉廒。都是合管的。便該修理去。又這一宗文卷呢。〔正末唱〕這的是重蓋下倉廒庫司。〔府尹云〕這一宗呢。〔正末唱〕這的是親兄弟争田土。〔府尹云〕這個呢。〔正末唱〕這的是親女壻賴了家私。〔府尹云〕這一宗呢。〔正末唱〕這的是相鬬争商和狀。〔府尹云〕這宗可是甚麽文書。〔正末唱〕大人這的是打殺人也未檢屍。

〔府尹云〕張鼎。再有甚麽文書僉押。〔正末云〕别無了。張千收過了者。〔府尹云〕張鼎。我聽得你替俺官府每辦事的當。又各處攢造文書。一年光景。好生驅馳。與你一個月假限。休來衙門裏畫卯。賞你一羫羊。十瓶酒。還家歇息去。〔正末云〕多謝了大人。〔出門科〕〔張千云〕哥哥。王小二的事如何。〔正末云〕嗨。你看我可忘了。再轉去波。〔做進見科〕〔府尹云〕張鼎。你轉來有何事。〔正末云〕大人。張鼎行至禀墻邊。見一個待報的囚人。稱冤叫屈。知道的說那廝怕死。不知道的則說大人新理任三日。敢錯問了事麽。〔府尹云〕張鼎你不知。〔正末云〕是。張鼎不知。這樁事該誰管。〔府尹云〕該趙令史管。〔正末云〕趙令史。這事該你管。〔令史云〕你也多管。干你甚事。〔正末云〕趙令史。借你那文卷來我看。〔令史云〕看甚麽。你多管事的人。〔正末云〕我是六案都孔目。也合教我看這宗文卷。〔令史云〕兀那文書。你看你看。〔正末看科云〕大人可知王小二那廝稱冤叫屈。這文書不中使。〔令史云〕怎麽不中使。你要買肉吃那。〔正末云〕四下裏無墻壁。〔令史云〕大人在露天裏坐衙哩。〔正末云〕這上面都是窟籠。又無招伏。無贓仗。〔令史云〕這頭巾環子便是贓仗。〔正末云〕既有贓仗。可怎生前官手裏不結絶。直到如今。〔令史云〕因爲近日方纔追的那頭巾環子出來。〔正末云〕你將那頭巾來我看。〔令史云〕兀的頭巾。你看。〔正末看科云〕這頭巾放在那裏。〔令史云〕在蕭林城外瘸劉家菜園裏井口傍邊石板底下壓着來。〔正末云〕哦。在蕭林城外十里田地瘸劉家菜園裏井口傍邊石板底下壓着來。這官司打勾多少時了。〔令史云〕這廝坐半年牢也。〔正末云〕這官司打勾半年。這頭巾是誰取來。〔張千云〕是小人去取來。〔正末云〕張千。是你去取來。那井是枯井。可是有水的井。〔張千云〕是打水澆畦的井。〔正末云〕哦。原來是打水澆畦的井。大人。這人情可推。看這頭巾在蕭林城外瘸劉家菜園裏井口傍

邊石板底下壓着半年也。恰纔張鼎接在手裏看。落在地下可也染上塵土。休説有水的井。大人尋思波。〔唱〕

【賀新郎】這頭巾在菜園裏埋伏許多時。可怎生無半點兒塵絲。一星兒土漬。〔令史云〕瘸劉家菜園裏井口邊大石板壓着。怎麼得泥來。〔正末唱〕那更這減銀上因何不見生澁。則他這一春雨何曾道是住止。〔帶云〕大人尋思波。〔唱〕可怎生黑真真的不動個文字。請先生別勘問。告大人再尋思。這廝每其中敢有暗昧蹺蹊事。〔做問科云〕誰是原告。〔旦云〕妾身是原告。〔正末云〕兀那婦人。且一壁去。這婦人不是個良人。〔府尹云〕怎生見得他不是良人。〔正末唱〕這婦人晴天開水路。無事設曹司。

〔云〕這事好生暗昧。令史。你敢受他私來。〔令史云〕哥也。我若受他一文銅錢害疔瘡。〔正末唱〕

【牧羊關】我跟前休胡諱。那其間必受私。既不沙怎無個放捨悲慈。常言道飽食傷心。忠言逆耳。且休説受苞苴是窮民血。便那請俸祿也是瘦民脂。咱則合分解民冤枉。怎下的將平人去刀下死。

〔云〕趙令史。道不的人性命關天關地也。〔唱〕

【隔尾】這的是南衙見掌刑名事。東岳新添速報司。怎禁那街市上閒人廝譏刺。見放着豹子。豹子的令史。則被你這探爪兒的頹人將我來帶累死。

〔云〕趙令史。你怎生這等葫蘆提。〔令史云〕你說大人葫蘆提。我告大人去。〔告云〕大人。張鼎說大人葫蘆提。〔府尹云〕張鼎道誰葫蘆提。〔令史云〕是張鼎說大人葫蘆提。〔府尹云〕張鼎。你怎道我葫蘆提。〔正末跪云〕大人。張鼎不敢。〔府尹云〕我纔理任三日。你道我葫蘆提。這三年我不在這裏爲官。張鼎。王小二殺了劉平遠。錯問了事。是前官差了。你怎道老夫葫蘆提。我今分付你。限三日問成這件事。我的俸錢與你充賞。若問不成呵。我不道的饒了你哩。哎。〔詞云〕你個無端老吏奸猾。將堂官一脚踏踏。若問成了。我將你喜孜孜賜賞加官。若問不成呵。賞我這明晃晃勢劍銅鍘。〔下〕〔正末云〕你是甚麼好外郎。〔令史云〕你是甚麼好孔目。我不怕你。只等過了三日。看那個試銅鍘便是。〔下〕〔正末云〕張千。且將這一行人都收在牢裏去。明日勘問。

〔唱〕

【黃鍾煞】這的是三朝幹了千年事。一日難捱十二時。喚公人再傳示。要推勘王小二。定頭梢下桚指。爲明見費神思。〔帶云〕張鼎呵。〔唱〕少不的去司房中悶懨懨傒倖死。

〔同下〕

〔音釋〕盹頓上聲　苫聲占切　賺音湛　瘸巨靴切　綹音柳　搠音朔　鼻音疲　鹵音魯　刷雙寡切　劃胡乖切　澁生止切　嚇亨美切　參抽森切　差抽支切　㑳粗叟切　憋音鱉　厫音敖　控音腔　畦音奚　漬音恣　苞音包　苴音疽　鍘音閘　勘坎去聲　桚子傘切　傒音奚

第三折

〔張千押王小二帶枷上云〕王小二。如今張孔目問你哩。看你的造化。且關上這牢門者。〔正末上云〕自家張鼎是也。今日去牢中勘問王小二。走一遭去也呵。〔唱〕

【商調集賢賓】没來由惹這場閒是非。親自問殺人賊。全不論清廉正直。倒不如懵懂愚痴。爲别人受怕躭驚。没來由廢寢忘食。則俺那不明白該死的在那裏。好教我悶懨懨蹙損雙眉。則爲我一言容易出。今日個駟馬却難追。

【逍遥樂】我爲你親身臨牢内。審問虚實。端詳就裏。〔云〕可早來到這牢門首也。我拽動這鈴索波。〔張千云〕這是孔目來了。〔做開門見科云〕我開開這門。哥哥請進來。〔正末入科云〕張千。拿過王小二來。〔做拿王跪科末云〕兀那廝。你從實説來。〔唱〕**若説的半句兒差池。穩情取六問三推。休想我等閒閒覷面皮。向我行如何支對。也無那八棒十枷。萬死千生。都不到一時半刻。**

〔云〕兀那王小二。你有甚麽不盡的詞因。你從實説。你若是不曾殺了劉員外。你怎麽知道這頭巾在蕭林城外瘸劉家菜園裏井口邊石板底下壓着來。你若説的是呵。我與你辨明。説的不是呵。准備下大棒子者。〔張千云〕理會的。〔王小二云〕告孔目停嗔息怒。聽小人慢慢的説一遍。小人母子二人。過其日月。争奈家貧。無計所奈。每日向街市求覓錢鈔。回家奉母。當初一日到於劉員外門首。則見個狗兒卧着。不見一個人出來。我待打起那狗叫呵。員外定然出來。乞討些錢鈔。我拿起塊磚頭來。不想打不着那狗。倒打破他門前尿缸。有員外的娘子出來。將小人千罵窮弟子孩兒。萬罵叫化頭。小人分説不的。他娘子又叫員外出來。道俺有錢的打死你這窮漢。則費得幾文錢。小人便道。俺這窮漢。前街裏撞見你。一無話説。後巷裏撞見你。敢殺了你。那員外倒不言語。他娘子揪住小人。要了一紙保辜文書。寫着道。一百日以裏。員外但有頭疼腦熱。抓破小拇指頭。也是小人認。一百日以外。不干小人事。不到十日。不知誰人殺了員外。有他娘子將小人告到官中。三推六問。吊拷綳扒。打的小人受不過。只得屈招了。今日相公判了斬字。着我償命去。若不是孔目哥哥。那裏得我性命來。投至今日。得見孔目哥哥呵。似那撥雲見日。昏鏡重磨。我這冤枉有那天來高。地來厚。海來深。路來長。我説兀的做甚。〔詩云〕小人一一説真實。孔目心下謾評隲。可憐這少吃無穿王小二。怎做的提刀仗劍殺人賊。〔正末云〕一個死罪。好小事兒。你就肯招承了。〔王小二云〕也則是打的慌。我胡攀亂指。〔正末云〕你噤聲。〔唱〕

【醋葫蘆】你道是打的慌胡亂指。不想這頭巾在那裏。則你那勘時節莫不有甚麼外人知。〔張千云〕哥也。這是獄不通風。誰敢來。並無人知。〔正末唱〕取來時不有甚麼人見你。〔張千云〕是我張千取來的。並無人見。〔正末云〕勘時節也無人知。取時節又無人見。〔唱〕這公事深藏着曖昧。好教我左猜右忖没端倪。

〔云〕張千。這頭巾當初是你去取來。〔張千云〕是我取來。〔正末云〕你到癩劉家菜園裏。曾叫那地主和房鄰眼同一齊取來麽。〔張千云〕不曾叫那地主房鄰。我自家跳過墻去取來了。〔正末云〕張千。你不曾叫那地主房鄰眼同去取。又是越墻而過。張千。這頭巾環子敢是你放在那裏。劉員外敢是你殺了麽。〔張千云〕哥哥。干我甚麽事。〔正末云〕可知不干你事哩。你則與個不應的狀子。〔張千云〕怎麽把我也問個不應。〔正末云〕你看這厮不中用。休説别的。則説這個問事廳。你來我跟前支了多少錢鈔。今日也修理。明日也修理。便無那瓦呵。你也買幾箇草來苫一苫可也好。〔張千笑科云〕哦。我想起來了也。〔正末云〕張千。你想起甚麽來。這等笑。〔張千云〕那一日問王小二頭巾環子時。有一個賣草的在這裏來。〔正末唱〕

【幺篇】聽言絶則我沉默默腹内憂。都做了虚飄飄心上喜。則那的便是圖財致命殺人賊。〔帶云〕張千。〔唱〕你手裏要昨日賣草索錢的。〔云〕快與我拿的那個人來。〔張千云〕我拿去。〔正末云〕回來。〔唱〕你聽言仔細。〔帶云〕你若拿不來。〔唱〕不拿來你身上有災危。

〔云〕你説你拿去。假若你拿一個平人來。我又不認的。你打與我個模樣狀兒。〔唱〕

【幺篇】則他那身材兒長共短。〔張千云〕我試想着。我記的他是個矮的。〔正末唱〕面皮兒瘦共肥。〔張千云〕是個黄甘甘。瘦臉兒。〔正末唱〕他住居村舍可也近城池。〔張千云〕他説住在望京店。我記的他有些苫唇髭髯。〔正末唱〕你把他眉眼口鼻不記的。怎生則有些苫唇髭髯。請你個司功猶自説兵機。

〔云〕且將王小二收在一壁者。〔張千云〕王小二牢裏去。〔王下〕〔張千云〕我出的這門來。可着我那裏尋那賣草的去。〔丑冲上云〕我可索我那草錢去咱。〔張千見打科丑云〕你又來打我。你可還我那草錢來。〔張推丑入牢科〕〔正末云〕張千。你來了。你拏的人呢。〔張拏丑跪科云〕則這便是。

〔正末唱〕

【掛金索】省可裏後擁前推。着他向書案傍邊立。祇候人悄語低聲。休監押休着他跪。〔帶云〕孩兒也。〔唱〕你若說實情呵。我可便買與你個合酪吃。〔丑云〕你孩兒肚裏正饑哩。〔正末唱〕我則問你言詞。你一句句明支對。

〔云〕孩兒你姓甚麼。〔丑云〕我不知我姓甚麼。〔正末云〕你老子可姓甚麼。〔丑云〕等我想。哦。我想起來了也。我老子姓李。不知我姓甚麼那。〔正末云〕你敢也姓李。〔丑云〕這們說起來。我倒是個隨爺種。俺妳妳說來。我有個舅舅姓張。在這衙門裏辦事。我沒處尋他。〔正末云〕孩兒也。則我是你的舅舅哩。〔丑云〕則你便是。怪道一個鼻子。和俺妳妳的一般般樣那。〔丑拜科做起身看張科云〕哏。兀那小張兒。你只管打我。他這個是我舅舅哩。〔張打科〕〔正末云〕張千。休打孩兒。你吃了飯也不曾。〔丑云〕我吃了也。〔正末云〕你幾時吃來。〔丑云〕我去年八月裏吃來。〔正末云〕張千。下合酪來與孩兒吃。孩兒。你曾到這裏來麼。〔丑云〕我這裏也曾來。〔正末云〕你來這裏。曾見甚麼人。說甚話來。〔丑云〕我不曾聽的。〔末努嘴科張打科〕〔正末云〕張千。休打休打。下合酪與孩兒吃。〔張千云〕我下合酪去。〔丑云〕哥。多着上些葱油兒。〔正末云〕你出這門時。曾見甚麼人來。〔丑云〕我出的這門。不曾見甚麼人。我就家去了。〔正末云〕是不曾見人。〔做努嘴科〕〔張打科〕〔正末云〕張千。休打。下合酪去。〔丑云〕這舅舅一個好人。這厮只要打我。〔正末云〕孩兒也。你那時可曾有人問你甚麼來。你則從實的說。〔丑云〕我不曾說甚麼。也不曾有人問我。〔正末努嘴科張打科〕〔正末云〕張千。休打休打。下合酪去。〔張千云〕我知道。〔丑云〕哥。多着些花椒葱油兒。〔正末云〕你真個不曾說甚麼。不曾見人。〔丑云〕道我不曾說。也不曾見人。〔正末努嘴張打科〕〔正末云〕張千。休打孩兒。〔丑云〕你休努你那嘴波。〔張千云〕我下合酪去。〔虛下復上云〕没了合酪也。〔正末云〕你這厮不中用。既没了合酪。就是饅頭燒餅。也買幾個來。可也好那。〔丑笑云〕舅舅。你不提這燒餅。我想不起來。你纔說這燒餅。我就想起來了。〔正末云〕你可想起甚麼來。〔丑云〕當日我來索草錢。他把我拿進牢裏來。着我打個草苫兒。正打着哩。則見外厢有人叫門。這厮也害怕。拿起一塊板。上面有一個眼子。套在我脖子上。把我扯倒了。他教我休言語。則見外邊走將一人來。頭上兩個翅兒。剛坐下。拿過王小二來。不知說甚麼。把那王小二只管打。打的那王小二渾身上下血胡淋刺的。那王小二道。休打休打。有有有。芝蔴羅頭巾減銀環子。在蕭林城外瘸劉家菜園裏井口邊石板底下壓着。那人道。我多時不曾打點罪人。問張千道。這個是甚麼賊。他回是偷馬的剪綹的。問到我跟前。這個是甚麼賊。那入娘的平白揣與我個名兒叫做潑皮賊。舅舅。你是個聰明的人。你肯做潑皮賊麽。他可放我出去。不知那裏走一個人來。和我劈面一撞。撞掉了那厮帽兒。原來是個牛鼻子。〔張千云〕

哦。哥也。我去取頭巾時。也撞見個牛鼻子來。〔正末云〕孩兒也。那牛鼻子曾問你甚麼話來。〔丑云〕他問我來。我把王小二事對他説。他就一道烟去了。〔正末云〕這樁事都在劉員外的渾家身上。我如今唤的他來。定審問出個實情了也。〔唱〕

【醋葫蘆】聽言罷他口内詞。不由我心内疑。况兼那婆娘顏色有誰及。他莫不共先生平日有些不伶俐。只他兩個同謀設計。我十猜八九是真實。

〔云〕張千。着他吃合酪去。〔丑下〕〔正末云〕張千。你去拏劉平遠渾家來。〔張千云〕理會的。〔出門科云〕兀那劉員外渾家。衙門裏唤你哩。〔旦做醉上云〕妾身劉員外的渾家。俺男兒被王小二殺了。衆街坊都來與我解悶。飲了幾盃散悶酒。有衙門裏着人來唤我。不知説甚麼。須索走一遭去。〔見末科〕〔正末云〕這婦人不吃酒來。〔旦云〕是吃悶解酒來。〔正末云〕敢是解悶酒。〔旦云〕是衆街坊見死了員外。都替我解悶來。〔正末唱〕

【幺篇】你見這惡哏哏公吏排。不是我官不威牙爪威。不招承敢粉碎了望夫石。休則管我跟前聲支剌叫唤因甚的。大古是脚踏實地。你從來本性我須知。

〔云〕兀那婦人。你近前來。我且問你。你丈夫是誰殺了來。〔旦云〕是王小二殺了他來。〔正末云〕敢不是。王小二説是你的姦夫殺了來。〔旦云〕你説我的姦夫。可是甚麼人。〔正末云〕你那姦夫。不是俗人是個先生。〔旦云〕誰道是和尚來。可知是個先生哩。〔正末云〕他可早招了也。那厮被我拿將來了。你如今却要我怎的。〔旦云〕我重重謝你。〔正末云〕你不知道。那文書上面好生不停當。明明都是你起意謀殺員外。我如今替你逐脱了這樁事。你可怎生相謝我。〔旦云〕我送五兩銀子與孔目買茶果吃。〔正末云〕你與了趙外郎幾個銀子。〔旦云〕我與了兩個銀子還説少哩。〔正末云〕我如今拿出那廝來。我一椿椿問的來。你便一椿椿都推在他身上。着他替你員外償了命。你便無事。你可送我幾個銀子。〔旦云〕我送孔目五個銀子。〔正末云〕既與我五個銀子。你畫與我個字兒。我明日好討。〔旦畫字科〕〔正末云〕張千。與我牢裏取出那廝來。〔張押丑戴囚帽上帶枷立左邊旦立右邊科〕〔正末唱〕

【後庭花】待推來怎地推。不招承等甚的。當日個指望待同諧老。今日被意中人連累你。你兩個待做夫妻。怎當的官司臨逼。阻鸞鳳兩下飛。跪佳人在這裏。枷姦夫在那壁。

〔云〕兀那廝。我問的你是。你便點頭。問的不是。你便摇頭。〔張千云〕兀那廝。你聽者。〔正末唱〕

【梧葉兒】他道你先主意。〔旦云〕是他先起意來。〔正末云〕是誰先起意來。〔丑點頭科〕〔正末云〕兀那廝。是你先起意來。〔張千云〕他説是他來。〔正末唱〕他道都是你的見識。〔旦云〕都是他的見識。〔正末云〕兀那廝。是你的見識麽。〔丑點頭科〕〔正末唱〕他道和你整二載暗偷期。〔旦云〕那裏有二載。纔半年也。〔正末云〕兀那廝。是半年麽。〔丑點頭科〕〔正末唱〕他道他三十歲。〔旦云〕連自己歲數都忘了。他三十一歲也。〔正末云〕兀那廝是三十一歲麽。〔丑點頭科〕〔正末唱〕**他道他身姓李。**〔旦云〕連他自己姓也忘了。他姓王。〔正末云〕兀那厮。你姓王麼。〔丑點頭科〕〔正末云〕是姓王。〔唱〕**他道他曾買與你些東西。**〔旦云〕他身上道袍。還是我買與他的。〔正末云〕你可留他些甚麼那。〔旦云〕初一十五。圖他幾個饅頭吃。〔正末云〕這個也不打緊。兀那婦人你聽者。〔唱〕**他道是家住在三清觀裏。**

〔旦云〕哎呀。不是。是太清菴裏王知觀。〔正末云〕是王知觀麼。〔旦云〕正是王知觀。〔正末云〕張千。將這婦人打着者。〔張千打旦科〕〔旦云〕孔目也。我是無罪之人。你安排着公吏謊誰哩。〔正末云〕張千。與我打着者。〔唱〕

【金菊香】你道是安排着公吏謊他誰。〔旦做揭囚帽科云〕嗨。原來不是他。〔正末唱〕**則被這賣草的庄家瞞過了你。**〔丑云〕哥哥。合酪熟了麼。〔張千云〕早哩早哩。〔正末唱〕**若不是張孔目使些見識。怎能勾詳察出虚實。**〔帶云〕王小二。早無事了也。〔唱〕**嶮些兒王小二一身虧。**

〔張千云〕兀那厮。有了殺人賊也。〔丑云〕可是個甚麼人。〔張千云〕就是那個牛鼻子。〔丑云〕既是殺人賊也有了。傻厮。你可去了我這枷者。〔張去枷推丑出門科云〕你明日來討草錢。〔丑云〕討你娘的頭。〔詩云〕小人做事忒多磨。偏生遇着張千歹哥哥。兩次草錢都不與。剛剛吃得一個大饕饕。〔下〕〔正末云〕張千。你去太清菴裏。拿那王知觀。一步一棍。打將來者。〔張千云〕我知道。〔做行科云〕早來到也。王知觀有麼。〔净上云〕還我道袍麼。〔張千云〕哏。衙門裏勾喚你哩。

行動些。〔净見旦科云〕大姐。你怎生在這裏。誰喚的你來。〔旦云〕張孔目勾將我來。三推六問。訴出實情。我受不的苦楚。從實招了也。〔净云〕醜弟子。你既招了。喒兩個死也。〔做見末科〕〔正末云〕兀那王知觀。你是出家人。不守戒律。貪戀酒色。敗壞人倫。你知罪麽。〔净云〕我則知修真養性。不知有何罪。〔正末云〕這劉員外是你殺了麽。〔净云〕我持齋把素。口誦黄庭道德真經。怎肯持刀殺人。並無此事。〔正末云〕這厮不打不招。張千。選大棍子打着者。〔張打科〕〔净云〕我受不過這般拷打。罷罷罷。我招我招。是我殺了劉員外來。〔正末云〕着他畫了字。上了長枷者。〔張上枷科〕〔净云〕張千哥。我招便招了。端的定我甚麽罪。〔張千云〕不打緊。謀殺親夫。拿到市曹量決一刀。刀過頭落。又省得吃飰。〔净云〕是好是好。一了説碧桃花下死。做鬼也風流。〔正末云〕張千。將這一行人休少了一個。跟着我見府尹大人去來。〔唱〕

【浪裏來煞】合立通德政碑。减了些不平氣。爲頭兒對府尹説詳細。只教他欠身的立起銀交椅。驚殺了兩行公吏。恁時節須奏與聖人知。〔衆下〕

〔音釋〕賊則平聲　食繩知切　刻康美切　抓莊瓜切　綳音崩　隲音質　曖音愛　的音底　髣郎帝切　推退平聲　立音利　合音何　酪音澇　喫音恥　及更移切　實繩知切　逼音彼　壁音彼　識傷以切　嶮與險同　傻商鮓切　鼛音波　行音杭

第四折

〔府尹領祗候上詩云〕王法條條誅濫官。明刑款款去貪殘。若道威權不在手。只把勢劍金牌試一看。老夫河南府尹。奉聖人命。敕賜勢劍金牌。先斬後奏。在此爲理。今因王小二殺了劉平遠一事。張孔目説老夫葫蘆提。老夫就委他問這樁事去了。若問成了。奏知聖人。加官賜賞。若問不成。另行定奪。可怎生不見來回話。左右的。門首覷者。若張鼎來時。報復我知道。〔祗候云〕理會的。〔正末領一行人上云〕自家張鼎是也。問成了這樁事。領着一行人府中見大人去。論此事非同輕可也呵。〔唱〕

【雙調新水令】他痴心兒指望結姻緣。全不肯敬天尊養真修煉。那裏也清閒真道本。無事散神仙。今日個枷鎖身纏。落可便死無怨。

〔云〕可早來到也。左右。報復去。道張鼎領一行人來見。〔祗候云〕報的老爺得知。有張鼎領一行人來見。〔府尹云〕着他過來。〔祗候云〕一行人過去。〔正末見科〕〔府尹云〕你勘問的事體如何。〔正末云〕張鼎都勘問明白了也。〔唱〕

【喬牌兒】小人呵非浪言。這公事何難辨。把從頭罪犯供明遍。請大人自發遣。

〔府尹云〕這樁事我限你三日問成。今日果然第三日。難道這般有准。一日也不多。一日也不少。莫非有些欺弊。瞞着老夫麽。〔正末云〕小人張鼎怎敢。〔唱〕

【雁兒落】眼見得一行人都在前。整整的三日内成招卷。真不真看便知。賞不賞憑尊便。

【得勝令】呀。也只爲人命事關天。因此上不厭細窮研。那一個漏網的何僥倖。那一個無辜的實可憐。我可也非專。只要他一點真情見。端的個無偏。恰便似一輪明鏡懸。

〔府尹云〕這殺人賊還是王小二。不是王小二。〔正末云〕不是王小二。是太清菴王知觀與劉平遠妻因姦通謀。殺了親夫。〔净云〕少説少説。殺了劉員外也是我來。和他老婆通姦也是我來。除死無大災。饒便饒。不饒把俺兩口兒就哈喇了罷。大嫂。我和你到陰司下又無人管。正好的做一對兒美滿夫妻。可不自在。兀那張鼎。我還要閻王殿下攀告你來。拏去質辨。不道的素放了你哩。

〔正末云〕噤聲。〔唱〕

【川撥棹】你你你敢昧神天。將平人招罪愆。還待要攞袖揎拳。假潑佯顛。一味胡纏。誰知道到咱案前。有神通怎施展。

〔云〕趙仲先。將取過供狀來。讀與他聽者。〔令史念科云〕供狀人王知觀。係河南府太清菴道士。向與劉平遠妻通姦情熱。有王小二與劉平遠争論。伊妻責立保辜文書。不到十日。劉平遠果被殺死東門外柳樹下。伊妻告執王小二。追得芝蔴羅頭巾減銀環子到官。問成抵命。今蒙重勘。係是望京店莊家因入牢打草苫。看見趙令史拷打王小二。審問頭巾環子二件藏匿何處。王小二被拷不過。朦朧報稱在蕭林城外癩劉家菜園裏井口邊石板底下。當差張千。即日去取。適知觀在外探聽。陡遇莊家。得其消息。隨將前件往置彼處。剛從菜園跳出。正遇張千。三面質對。俱無異詞。委係因姦謀殺劉平遠。不干王小二之事。所供是實。〔正末唱〕

【七兄弟】仲先。向前。讀文卷。明明是因姦殺死劉平遠。回頭兒觀覷女嬋娟。早諕的來膽破心驚戰。

〔云〕趙仲先。這樁事可不道你也和他曾有首尾來。〔唱〕

【梅花酒】這都是你弄威權。待積攢家緣。廣置莊田。盛買絲綿。因此上葫蘆提逞機變。强打挣做質辨。護姦賊壞良善。臭名兒怎揩免。

〔令史云〕也只是小的每失於仔細。豈敢玩法。〔正末唱〕

【收江南】呀。現放着雪花銀兩是贓錢。把你個好心田翻做了惡心田。今日個勘頭巾分解這場冤。〔府尹云〕此一場冤事。多虧你問出。奏知聖人。加官賜賞。不負你之功也。〔正末云〕小人怎敢望賞。〔唱〕也只要全大人體面。方纔得公平正直萬民傳。

〔府尹云〕這樁事我盡知了也。一行人聽我下斷。姦夫淫婦市曹中明正典刑。將劉員外家私給付王小二管業。趙令史枉法成獄。杖一百流口外爲民。老夫罰俸三個月。給賞張鼎。還再具表申奏叙功。加張鼎縣令之職。〔詞云〕則爲荒淫婦戀色傾夫主。貪財漢枉法害平人。我秉正直再理舊文案。顯的你清廉吏張鼎勘頭巾。

〔音釋〕僥音交　攞羅去聲　揎音宣　陡音斗　嬋音蟬　娟音涓　揩楷平聲

題目　趙令史爲吏見錢親
　　　王小二好鬬禍臨身

正名　望京店莊家索冷債
　　　河南府張鼎勘頭巾

黑旋風雙獻功雜劇

高文秀　撰

第一折

〔冲末扮孫孔目搽旦扮郭念兒同上〕〔孫孔目詩云〕人道公門不可入。我道公門好脩行。若將曲直無顛倒。脚踏蓮花步步生。小生鄆城縣人氏。姓孫名榮。渾家姓郭。是郭念兒。嫡親的兩口兒家屬。我在這衙門中做着個把筆司吏。我許了這泰安神州三年香願。今年第三年也。這渾家要跟隨將我去。争奈小生平昔間輭弱。泰安神州謊子極多。哨子極廣。怎生得一個護臂跟隨將我去方可。大嫂。你在家中安排下茶飯。我去長街市上尋一個護臂。走一遭去來。〔下〕〔搽旦云〕孔目。你尋了護臂。早些兒來波。這裏也無人。我心上只想着那白衙内。和他有些不伶俐的勾當。我已央人叫他去了。只等來時。自有説話。〔詩云〕衙内性兒乖。把他叫將來。説些私情話。必定稱心懷。〔下〕〔外扮宋江吴學究領僂儸上〕〔宋江詩云〕家住梁山泊。平生不種田。刀磨風刃快。斧蘸月痕圓。强劫機謀廣。潛偷膽力全。弟兄三十六。個個敢争先。某姓宋名江。字公明。綽號及時雨者是也。幼年曾爲鄆州鄆城縣把筆司吏。因帶酒殺了閻婆惜。被告到官。脊杖六十。迭配江州牢城。因打此梁山經過。有我八拜交的哥哥晁蓋。知某有難。領僂儸下山將解人打死。救某上山。就讓我第二把交椅坐。哥哥晁蓋三打祝家庄身亡。衆兄弟拜某爲頭領。某聚三十六大夥。七十二小夥。半垓來小僂儸。寨名水滸。泊號梁山。縱橫河港一千條。四下方圓八百里。東連大海。西接濟陽。南通鉅野金鄉。北靠青齊兖鄆。有七十二道深河港。屯數百隻戰艦艨艟。三十六座宴樓臺。聚幾千家軍糧馬草。風高敢放連天火。月黑提刀去殺人。我有個八拜交的兄弟。姓孫是孔目。許下泰安神州燒香三年。燒了二年也。今年是第三年。問某討個護臂的人。小僂儸。寨門首望着。若兄弟來時。報復某知道。〔僂儸云〕理會的。〔孫孔目上云〕小生孫孔目的便是。我離了家中。瞞着我渾家。則説街市上尋個護臂的人去。我這裏離梁山至近。宋江哥哥是我舊交的朋友。我問他討一個護臂去。可早來到也。你們休放冷箭。報復去。道有孔目孫榮特地拜見哥哥來。〔僂儸報科云〕喏。報的哥哥得知。有孔目孫榮到此求見。〔宋江云〕道有請。〔僂儸云〕請進。〔孔目做見科云〕哥哥。多時不見。受你兄弟兩拜。〔宋江云〕兄弟免禮。此一來莫非爲討護臂麽。〔孫孔目云〕哥哥。我則爲這三年香願。今年是第三年也。要帶媳婦兒前去。那泰安神州謊子極多。哨子極廣。特來問哥哥這裏告一個護臂來。〔宋江云〕學究兄弟。這椿事難以點差。小僂儸踏着山岡。傳着某的將令道。三十六大夥。七十二小夥。半垓來小僂儸。那一個好男子保着孫孔目上泰安神州燒香去。可是有也是無。〔僂儸云〕理會的。我出得這門去。兀那三十六大夥。七十二小夥。半垓來小僂儸。那個好男子保着孫孔目上泰安神州燒香去。可是有也是無。〔做三科〕〔正末扮李逵上云〕有有有。我敢去。我敢去。〔唱〕

【正宮端正好】遮莫待渡闗河。登途徑。把哥哥直送上泰嶽山城。將我這夾鋼斧綽清泉觸白石擂擂的新磨浄。放心也我和那合死的官軍併。
〔云〕報復去。道有山兒李逵來了也。〔僂儸云〕喏。報得哥哥得知。有山兒李逵來了也。〔宋江云〕着他過來。〔僂儸云〕着過去。〔正末做見科云〕宋江哥哥。喏。學究哥哥。喏。你兄弟來了也。〔宋江云〕兄弟。有個客人在此。你和他廝見咱。〔正末做見孔目科云〕你兄弟知道。客人喏。〔孫孔目驚科云〕是人也那是鬼。〔宋江云〕兄弟休驚莫怕。則他是第十三個頭領。山兒李逵。這人相貌雖惡。心是善的。〔正末唱〕

【滚繡毬】我這裏見客人。將禮數迎。把我這兩隻手插定。哥也他見我這威凛凛的身似碑亭。他可慣聽。我這莽壯聲。諕他一個癡挣。諕得荆棘律的膽戰心驚。〔帶云〕哥也。他不怕我别的。〔唱〕他見我風吹的齙齞是這鼻凹裏黑。他見我血漬的腌臢是這衲襖腥。審問個叮嚀。

〔宋江云〕山兒。這樁事我還不曾點差。你可是要去。只你這個名字不好。誰不知你是李逵。你更了名改了姓者。〔正末云〕哥也。你兄弟去便去。要改這名字怎的。〔宋江云〕你改了着。〔正末云〕既要我改。我改做山兒者波。〔宋江云〕誰不知你是山兒。〔正末云〕改做李逵者波。〔宋江云〕誰不知你是李逵。〔正末云〕你兄弟老爺老娘家姓王。改做王重義者波。〔宋江云〕雖然更了名。改了姓。你這般茜紅巾。腥衲襖。乾紅褡膊。腿繃護膝。八答麻鞋。恰便似那烟薰的子路。墨染的金剛。休道是白日裏。夜晚間揣摸着你呵。也不是個好人。〔正末云〕你兄弟打扮做庄家後生。

可是如何。〔宋江云〕這等便堪可去。只是那得庄家的衣服來。〔正末云〕有有有。你兄弟下得山去。在那官道傍邊一壁掩映着。等那庄家過去。哥。你那衣服借與我使一使兒。那廝與我。萬事罷論。他但說個不與。我一隻手揪住衣服領上。一隻手揝住脚腕。滴溜撲摔個一字交。闊脚板踏着那廝胸膛。舉起我這夾鋼板斧來。覷着那廝嘴縫鼻凹。恰待砍下。哥。休道是衣服。那廝連鐵鋤都與你兄弟了也。〔唱〕

【倘秀才】我今日改換了山寨的醜名。我打扮做個庄家後生。我着那捕盜官軍摸不着我影。忒搊殺。好相爭。我和他鬭迎。

〔宋江云〕山兒。泰安神州。天下英雄都在那裏。你休與人廝丟廝打。做那打家截道殺人放火的勾當。〔正末唱〕

【伴讀書】泰安州便有那千千丈陷虎池萬萬尺牢龍阱。我和你待擺手去橫行。管教他抹着我的無乾净。保護得俺哥哥不許生疾病。若是有差遲失了軍中令。哥也我便情願納下一紙兒軍狀爲憑。

〔宋江云〕山兒。你要寫文書最好。只是你輸着什麼。〔正末云〕哥也。您兄弟這一去保護得哥哥無是無非還家來。若有些失錯呵。我情願輸三兩銀子。〔宋江云〕這個少哩。〔正末云〕哦。我再做個東道。請你那一班落保的都吃一個爛醉何如。〔宋江云〕也還少哩。〔正末云〕罷罷罷。我情願輸了這六陽魁首。〔唱〕

【笑和尚】你你你道我調着嘴不志誠。我我我打着手多承領。管管管他壯着膽無徯倖。倘倘倘若是到泰安州敗了興。敢敢敢指梁山誓不回程。來來來我情願輸了我吃飯的這一顆頭和頸。

〔宋江云〕山兒。你便寫得是了。只要你下山去。常忍事饒人者。〔正末云〕哥也。假似有人罵您兄弟呢。〔宋江云〕忍了。〔正末云〕有人唾在兄弟臉上呢。〔宋江云〕你也還他些。〔正末云〕還他這些兒。〔宋江云〕少。〔正末云〕還他這些兒。〔宋江云〕少。〔正末云〕還到這裏怕做甚麽。〔做打拳科〕〔宋江云〕可不打殺人也。則要你把是和非少争競些兒纔好。〔正末唱〕

【耍孩兒】是和非誰共你閑相競。假若是買物件多和少也不和他争。若有醉漢每罵我一千場。〔帶云〕哥也。你罵的是。〔唱〕我只索忙陪着笑臉兒相迎。那厮鼻中殘涕望着我這耳根邊噴。那厮口内頑涎望着我面上零。再不和他親折證。我只是吞聲忍氣。匿跡潛形。

〔宋江云〕那泰安山神州廟。有一等打擂臺賭本事的。要與人厮打。你見他山棚上擺着許多利物。只怕你忍不過。就要厮打起來。也不見得。〔正末唱〕

【一煞】有那等打擂臺使會能。擺山棚博個贏。占場兒没一個敢和他争施逞。拳打的南山猛虎難藏隱。脚踢的北海蛟龍怎住停。我也只緊閉口不放些兒硬。我只做没些本領。再不應承。

〔宋江云〕如今你怎生打扮去纔好。〔正末唱〕

【二煞】我將煙氈帽遮了眼睛。粗布帛縛了腿脡。着誰人識破我喬行逕。〔宋江云〕孫孔目哥哥到那山上要點燭燒香。回錢了願。都是你與他當值來。〔正末唱〕他上山時我與他備點燭燒香的事。下山時我與他供回錢了願的情。一步步跟隨竟。〔宋江云〕假似哥哥上馬呵。〔正末唱〕上馬處就與他執鞭墜鐙。〔宋江云〕假似哥哥吃酒呵。〔正末唱〕吃酒處就與他綽鏇提餅。

〔宋江云〕那一個孫大嫂。可也生得大有顏色。只怕那一夥閒漢跟着他走。不好意思。〔正末唱〕

【三煞】那大嫂年又青。貌又整。則被他一班兒惡少相纏定。似這等天寬地蕩的清平世。怎容得女縱男淫潑賤精。觸犯我真無幸。請大嫂輕輕移步。和哥哥慢慢同行。

〔宋江云〕山兒。我教道你一句話兒。你聽者。是恭敬不如從命。〔正末唱〕

【哨篇】可便道恭敬不如從命。今日裏奉着哥哥令。若有人將哥哥厮欺負。我和他兩白日便見那簸箕星。則我這兩條臂攔關扶碑。則我這兩隻手可敢便直釣缺丁。理會的山兒性。我從來個路見不平。愛與人當道撅坑。我喝一喝骨都都海波騰。撼一撼赤力力山嶽崩。但惱着我黑臉的爹爹。和他做場的歹鬪。翻過來落可便弔盤的煎餅。

〔宋江云〕便好道弓硬絃長斷。人强禍必隨。你若保着孫孔目回來時。我自有重賞。小心在意。則要你忍事饒人者。〔正末云〕哥哥。你放心也。〔唱〕

【煞尾】我去呵兩隻手忙揪住巔嶮峯。兩隻脚牢踏住村峭嶺。主張的我神州廟裏身周正。我可敢𢫬倒那嵯峨。〔帶云〕放心也。哥。〔唱〕這一座泰山頂。〔同孫孔目下〕

〔吴學究云〕李山兒與孫孔目去了也。恐怕有失。還該差神行太保戴宗。尾着他去。打探消息。我們方好接應他。〔宋江云〕這説的是。小僂儸傳令與神行太保戴宗。着他星夜下山。打聽李山兒消息。疾來回報者。〔卒子云〕理會的。〔宋江詩云〕孫孔目要護臂燒香。李山兒怕惹事遭殃。因此上差神行太保。將消息早報取隄防。〔同下〕

【音釋】鄆云去聲　輭即軟字　稱去聲　蘸音湛　難去聲　濟上聲　港音講　屯音豚　艦音檻　艨音蒙　艟音同　離去聲　將去聲　綽超上聲　搊抽支切　相去聲　聽平聲　齷於角切　齪側角切　凹汪卦切　腌音庵　臢音簪　茜阡去聲　繃音崩　揝簪上聲　搊音炒　興去聲　應平聲　鏇旋去聲　觚姑橫切　思去聲　簸音播　撼含去聲　嶮與險同　𢫬音班　嵯倉梭切

楔子

〔搽旦上云〕妾身是孫孔目的渾家郭念兒的便是。有孔目街市上尋護臂去了。我瞞着他。着人尋那白衙内來。有緊要的説話。可怎生這早晚還不見他來也。〔净扮白衙内上詩云〕五臟六腑剛是俏。四肢八節却無才。村入骨頭挑不出。俏從胎裏帶將來。自家白赤交的便是。官拜衙内之職。我是那權豪勢要之家。打死人不償命的。有這孫孔目渾家。是郭念兒。和我兩個有些不伶俐的勾當。他着人來尋我。我如今到他家裏。若是他夫主不在家。我和他説幾句話。可早來到門首也。孫孔目在家麽。〔搽旦云〕這個是他來了。孔目不在家。你進來。〔白衙内做見科〕〔搽旦云〕我着人尋你。你在那裏。這早晚纔來。〔白衙内云〕我也忙。你喚我做甚麽。〔搽旦云〕如今孫孔目同我要往泰安神州燒香去。他説在火爐店裏安下。我有一計。你便先去那裏等着我。我有兩句兒唱。你則聽着。我便道眉兒鎮常扢皺。你便唱夫妻每醉了還依舊。我叫衙内。你叫念兒。我和你兩個跳上馬便走。〔白衙内云〕此計大妙。你先到那裏。你便等着我。我先到那裏。我便等着你。若見了你呵。跳上馬牙不約兒赤便走。〔搽旦云〕衙内去了也。這早晚孫孔目爲甚不來。〔孫孔目同正末上云〕兄弟。來到我家門首也。你過去與嫂嫂厮見咱。〔正末云〕哥也。請嫂嫂厮見咱。〔孫孔目云〕大嫂。我尋了個護臂。是王重義。你和他厮見咱。〔正末見旦兒科云〕嫂嫂休怪。恕生面少拜識。〔搽旦云〕呸。臉腦兒恰似個賊。〔孫孔目云〕你好歹口也。他聽着哩。〔正末云〕哥哥。你兄弟有一句話可是敢説麽。〔孫孔目云〕兄弟有甚話説。〔正末云〕這嫂嫂敢不和哥哥是兒女夫妻麽。〔孫孔目云〕你好眼毒也。你怎麽便認將出來。〔正末云〕我便認出來也。〔唱〕

【越調金蕉葉】你看他那説話處呵。〔帶云〕我纔説道恕生面少拜識。〔唱〕**他做多少丟眉弄色。**〔搽旦云〕你看我這幾步兒走。〔正末唱〕**你看他那行動處呵。**〔帶云〕娘也。又不是那小脚兒。竪裏一尺。横裏五寸。〔唱〕**做多少家鞋弓襪窄。可怕不打扮得十分像胎。**〔帶云〕哥哥。不是你兄弟口歹也。〔唱〕**你可敢記着一場天來大小利害。**

〔孫孔目云〕大嫂。收拾行李。喒燒香去來。〔同下〕〔丑扮店小二上詩云〕買賣歸來汗未消。上牀猶自想來朝。爲甚當家頭先白。一夜起來七八遭。小可是這火罏店上一個賣酒的。但是南來北往官員士庶人等進香的。都在我這店中安歇。我今日開開板搭。燒的鏇鍋兒熱着。是有甚麽人來。〔正末同孫孔目搽旦上〕〔正末云〕哥也。來到這火罏店。小二哥有麽。〔店小二云〕官人每。打了火過去。〔正末云〕有乾净房兒麽。俺住一住。〔店小二云〕官人請裏邊來。有頭一間房子乾净。正好住。〔孫孔目云〕小二哥。把俺這大嫂寄在這裏。不許放甚麽閑雜人等到來攪擾。大嫂。你則在這店中頭一間房子裏等着。我和兄弟占了房子便來也。〔搽旦云〕你可早些兒來。我可害怕。〔正末云〕嫂嫂。你則在這裏。我和俺哥哥占了房子便來也。〔搽旦云〕你可早些兒來。我可害怕哩。〔正末云〕嫂嫂。你在這裏。青天白日。害甚麽怕。哥哥去波。〔搽旦云〕孔目。你則早些兒回來。〔孫孔目云〕我知道。〔搽旦云〕孔目。你是必早些兒來。休着我憂心也。〔正末云〕哦。這

個嫂嫂。你直這般割捨不得那。〔唱〕

【幺篇】哎。你個嫂嫂莫得見責。也則是虧着俺爲人在客。我恰纔囑付了三回五解。

〔搽旦扯孔目科云〕孔目。你早些兒回來。〔孫孔目云〕我就回來也。〔正末扯孔目做走科云〕嫂嫂不索説。我和哥哥便來。我恰纔囑付了店家安撫了嫂嫂。天色將晚也。〔唱〕則去兀那泰安州尋一個家頭房子去來。〔同下〕

〔白衙内上云〕自家白衙内的便是。有郭念兒約我在這火罏店内相等。我便來到這裏。他不知在那裏。〔搽旦云〕不知那白衙内來了也不曾。我自唱一聲咱。〔唱〕眉兒鎮常扢皺。〔白衙内唱〕夫妻每醉了還依舊。〔做叫科云〕念兒。〔搽旦云〕衙内。快上馬俺和你去來。〔同下〕〔店小二云〕怎麽了。恰纔那官人寄下的女人。平白地唱了一聲。外邊一個人也唱了一聲。他兩個私奔走了。如今他那弟兄兩個來時。我可怎麽回他的話。〔孔目上云〕我與兄弟泰安神州占了房子。我想我的大嫂獨自一個在那店肆中。我放心不下。我撇了我那兄弟。看我那渾家去。來到這店肆中。我那大嫂呢。〔店小二云〕哥也。是我在這裏。〔孫孔目尋科云〕你怕不在這裏。只問你我渾家那裏去了。〔店小二云〕我説則説。你休煩惱。你兩個占房子去了。你大嫂平白的唱甚麽眉兒鎮常扢皺。外邊一個人也唱了一聲。道是夫妻每醉了還依舊。一箇叫念兒。一個叫衙内。無三念無兩念。則一念他就念得走了。〔孫孔目云〕我兒你死也。我這渾家寄在這裏。着人拐的走了。我到田間。可等我兄弟來時。他便和你説話。〔詩云〕渾家好容貌。生得十分俏。被人拐去了。須索把狀告。〔同下〕

〔音釋〕色篩上聲　窄齋上聲　責齋上聲　客音楷　拐乖上聲

第二折

〔正末上云〕自家山兒的便是。和俺哥哥草參亭上占房子去來。三轉身不見俺哥哥。想必去那店肆中望俺那嫂嫂去了。你看時遇春天。是好景致也呵。〔唱〕

【仙吕點絳唇】柳絮堪撏。似飛花引惹。紛紛謝。鶯燕調舌。此景宜遊冶。

【混江龍】春光明曄。路行人拂袖撲蝴蝶。你覷那往來不斷。車馬相接。墻角畔滴溜溜草稕兒挑。茅簷外疎剌剌布帘兒斜。可知道你做營運的家家業。大古裏人煙熱鬧。買賣稠疊。

【油葫蘆】三月春光景物别。好着我難棄捨。怎當這佳人士女醉扶者。你看那桃花杏花都開徹。更和那梨花初放如銀葉。〔白衙内同搽旦上〕〔衙内云〕大姐。咱行動些。〔正末唱〕我這裏七留七林行。他那裏必丢不搭説。又被那夥喬男喬女將咱來拽。〔白衙内做撞正末科〕〔白衙内云〕不中。走走走。〔同下〕〔正末唱〕這田地上赤留兀剌那時節。

〔云〕甚麽人絆我這一脚。不是趕俺哥哥忙呵。我不道的饒了你也。〔唱〕

【天下樂】打得那一匹馬不剌剌走不迭。〔孫孔目同店小二上〕〔孫孔目云〕我那渾家到那裏去了。〔正末唱〕我這裏便覷也波絶。那裏無話説。我見他自推自攧自哽咽。我與你便一處行。一處歇。哥也不知道你煩惱因甚些。

〔云〕哥也。怎麽撇了我先來了那。〔孫孔目云〕我因放我大嫂不下。我先回來看他。誰想這店中不見了大嫂也。〔正末云〕哥也。可怎生不見俺嫂嫂麽。〔孫孔目云〕兄弟你休問我。你則問店小二去。〔正末云〕兀那店小二。俺嫂嫂呢。〔店小二做怕科〕〔孫孔目云〕你則問店小二。〔正末云〕兀那厮。俺嫂嫂呢。〔店小二云〕着人拐的去了。〔正末云〕怎生着人拐將去了也。〔正末做打店小二孫孔目勸科〕〔正末云〕哥也。你放手。〔唱〕

【醉扶歸】則俺這拳起處如刀切。恨不得打塌這厮太陽穴。〔孔目掤正末科云〕兄弟也。干他甚麽事。〔正末云〕哥也。你放手。〔唱〕你將我這臂膊休掤住了者。〔帶云〕我不打這厮别的。〔唱〕只打這厮强奪人妻妾。〔帶云〕兀那厮。可不道寄在不寄失。〔唱〕你是個小主人家可不道管着一個甚也。我恨不得一把火刮刮匝匝燒了你這村房舍。

〔云〕哥也。我見來。我見來。一個男子漢。一個婦人。兩個疊騎着馬。我正行走着裏。被那馬撞了我一脚。我待要趕去來。因爲趕着哥哥。不曾去得。哥也。打與你一個模狀兒。我見那厮的衣裳鞍馬。説起來看是也不是。〔唱〕

【一半兒】我適纔途中馬上見他些。那一個婦人疊坐着鞍兒把身體趄。那一個喬才橫捽着鞭兒穿插的别。我打個模狀兒説。可不道有一半兒朦朧倒有一半兒切。

〔孫孔目云〕店小二哥。你只聽我兄弟說他穿的衣服。和你兩個對着。可是他麼。〔店小二云〕哥。你說將來看是也不是。〔正末唱〕

【後庭花】那廝緑羅衫絛是玉結。皂頭巾環是減鐵。〔店小二云〕正是正是。〔正末唱〕他戴着個玉頂子新椶笠。穿着對錦沿邊乾皂靴。〔店小二云〕這個一發是了。他叫做什麼衙內。〔正末唱〕那廝暢好是忒喞嗻。且莫說他鯫兒小鷄。吹筒粘竿有諸般來擺設。只他馬兒上更駄着一個女豔冶。

〔孫孔目云〕眼見得他是一箇權豪勢要之家。着他拐了我渾家去。可怎了也。〔正末云〕哥也。那廝走得也不遠。我和你趕將去。〔店小二云〕哥。我對你說。那個婦人在店裏面唱一聲道。眉兒鎮常扢皺。那一個衙内在店外面唱一聲道。夫妻每醉了還依舊。一個叫道衙内。一個叫道念兒。無三念無兩念。只一念便念得走了。〔正末唱〕

【醉扶歸】那婦人呵他唱一句爲關節。那喬才呵他應一句到來也。兩下裏慌速速怕甚麼途路賒。必然個寬打着大週摺。我和你疾忙趕上者。將他一雙的在馬前拽。

〔孫孔目云〕兄弟你休去。你這一去。則是你獨自一個。他那裏人手極多。你手裏又無兵器。則怕你近不得他。〔正末唱〕

【賺煞尾】我也不用一條鎗。也不用三尺鐵。則俺這壯士怒目前見血。東嶽廟磕塔的相逢無話說。把那廝滴溜撲馬上活挾。他若是與時節。萬事無些。不與呵山兒待放

會劣懒。惱起我這草坡前倒拖牛的性格。强逞我這些敵官軍勇烈。我把那廝脊梁骨各支支生撧做兩三截。〔下〕

〔孫孔目云〕兀那廝。你認的拐了我渾家的那個人麽。〔店小二云〕他是那白衙内。又喚做甚麽白赤交。〔孫孔目云〕既然是這等。我去大衙門裏告這廝走一遭去。我那個大嫂也。則被你想殺我也。〔下〕〔店小二云〕怎麽了。那一個趕那廝去了。這一個告狀去了。他這一去若是趕不上回來。我可怎了。我關上門也。不開這酒店罷。〔詩云〕今日造化低。惹場大是非。不如關了店。只去吊水雞。〔下〕

〔音釋〕撦音車　舌繩遮切　嘩音夜　蝶音爹　接音姐　稕音準　剌音辣　帘音廉　業音夜　疊音爹　別邦爺切　者音遮　徹昌惹切　葉音夜　説書惹切　拽音夜　節音姐　迭音爹　絶藏靴切　攧與跌同　咽衣也切　結饑也切　切音且　穴希耶切　妾音且　也音耶　趄青夜切　鐵湯也切　椶音宗　笠音利　啅音奢　嗻音遮　鬛音鬆　設商者切　摺音者　血希也切　挾希爺切　懒邦也切　格饑也切　烈郎夜切　撧疽雪切　截藏斜切

第三折

〔白衙内領張千上詩云〕小子白衙内。平生好倚翠。拐了郭念兒。一日七箇醉。自家白衙内的便是。自從我拐了那郭念兒來。我則怕那孫孔目來告狀。因此上我借這大衙門坐三日。他若來告狀。我自有個主意。張千。門首覷着。若有告狀的。放他過來。〔張千云〕理會的。〔孫孔目上云〕小生孫孔目的便是。被白衙内拐了我渾家去了。我來到這大衙門裏。我告他一狀。寃屈也。〔白衙内云〕甚麽人叫寃屈。張千。與我拿將過來。〔張千云〕當面。〔白衙内云〕兀那厮告甚麽。〔孫孔目云〕大人。我告着白衙内白赤交拐了我渾家去了。望大人可憐見。與小人做主。他把良人婦女拐了。則這等干罷。那厮少不得車碾馬踏。該殺該剮。〔白衙内云〕這厮你怎麽這等駡他。假似他聽得呢。〔孫孔目云〕他有偌長耳朵。〔白衙内云〕這厮無禮。拏枷來上了枷。下在死囚牢裏去。〔孔目云〕大人。我是原告。〔白衙内云〕我這衙門裏則枷原告。〔張千云〕你如今告誰。〔孫孔目云〕我告白衙内。〔張千云〕你原來不認得白衙内。則這便是白衙内。〔孫孔目云〕原來他便是白衙内。我告了鬬門狀。可着誰人救我那。〔下〕〔白衙内云〕如何。我道他來告狀麽。如今把這厮下在死囚牢裏。我直牢死他。他渾家便屬了我。憑着我這片好心腸。天也與我條兒糖吃。〔同下〕

〔丑扮牢子上詩云〕有福之人人服侍。無福之人服侍人。小可牢子的便是。今日該我當直。有孔目孫榮下在死囚牢裏。不免拏他出來。〔孫孔目帶枷上〕〔牢子云〕入牢先吃三十殺威棍。〔孫孔目云〕大哥。則望你照顧我來。〔牢子云〕罷罷罷。且入牢去。將軍柱上拴了頭髮。上了脚鐐手扭。擡上匣牀。使上滚肚索。拽拽拽。〔孫孔目叫科〕〔牢子云〕你燈油錢也無。免苦錢也無。倒要吃着死囚的飯。有這等好處。你也帶挈我去走走。〔正末上云〕這裏也無人。山兒也。事要前思。免勞後悔。當此一日。小僂儸踏着山岡。問了三聲道。有好男子跟的孫孔目哥哥往泰安神州燒香去。你正是囊裏盛錐。尖者自出。我便道我敢去。我敢去。又立了軍狀。在宋江哥哥根前説下大言。保護得孫孔目無事還家來。若有些失錯呵。願輸項上這顆頭。同孔目下的山來。到得火罏店内。我和他草參亭上古房子去。不知甚麽人把大嫂拐的去了。我説哥哥。你則在這裏。我不問那裏趕上那廝。奪得大嫂回來。我則趕他去了。誰想那哥正告在刁了俺大嫂的白衙内根前。如今把哥下在死囚牢裏。山兒也。你有甚麽面目見俺宋江哥哥。我無計可使。權打扮做個庄家呆後生。提着這飯罐兒。我怎能勾入的那牢裏去呵。我自有個主意也。〔唱〕

【雙調新水令】我可便爲哥哥打扮個醜容儀。〔帶云〕有那等不認得我的。他道我是個呆厮呆厮。有那等認得我的。他便道我那裏是真呆厮。倒是箇真賊。〔唱〕**怎知道我是那宋公明的兄弟。可也自有咱心上事。不許外人知。將我這飯罐兒忙提。山兒也可用着你那賊見識入牢内。**

〔做向古門問科云〕大哥。那裏是那牢哩。〔内應云〕高墻兒矮門。棘針屯着的便是。〔正末云〕哦。高墻兒矮門兒。一週遭棘針屯着的便是。多謝了大哥。〔做走科云〕此間是牢門首也。放下這飯罐兒。我拽動這牽鈴索。山兒也。你尋思波。着那牢子便道。你既是做庄家呆後生。便怎生認得個是牽鈴索。可不顯出來了。傍邊兒有這半頭甎。我拾將起來。我是敲這門咱。叔待叔待。你家裏有人麽。〔牢子云〕甚麽人。敢是提牢官來了。住着。若是提牢官呵。拽動這牽鈴索。可是甚麽人打得這牢門擊擊的響。我且開開這門看咱。〔正末與牢子撞倒科〕〔牢子云〕我打您個弟子孩兒。

〔正末云〕叔待。你爲甚麼打我那。〔牢子笑科云〕原來是個庄家呆廝。〔正末唱〕

【落梅風】我這裏高聲的叫叫到那五六回。哥哥你便開門呆廝可便與哥哥支揖。〔牢子打科云〕這呆廝好無禮也。你怎麼抱住我兩隻手臂。我打這個弟子孩兒。〔正末唱〕**做甚麼惡哏哏怒從你那心上起。叔待呆廝不曾湯着你。不索你没來由這般叫天吖地。**

〔牢子云〕你是甚麼人。〔正末云〕叔待。孩兒每是個庄家。〔牢子云〕你這庄家們倒會受用快樂。〔正末云〕叔待。俺這庄家至受苦惱也。〔唱〕

【夜行船】俺家裏要打水澆畦。〔帶云〕打罷那水。澆罷那畦。俺娘道。呆廝。你還不往田裏去。〔唱〕**我又索與他壓耙扶犂。**〔牢子云〕好也。他把我當耕牛使用。〔正末唱〕**我家裏還待要打柴刈葦。織屨編席。倒杼翻機。俺做庄家忒老實。俺可也不謊詐不虚脾。**

〔牢子云〕兀那廝。你來這裏做甚麼。〔正末云〕叔待。你家裏有我個孫孔目哥哥麽。〔牢子云〕這弟子孩兒不知是牢。他説是我家裏。他姓孫。你可姓甚麼。〔正末云〕我姓王。〔牢子云〕我打這個弟子孩兒。他姓孫。你姓王。怎麼是兄弟。〔正末云〕叔待。我可知和他不親哩。這孔目跟的那官人到俺那鄉里勸農去來。見我家房子乾凈。他就在俺家裏下。俺娘見他是箇孔目。將那好茶好飯兒這般管待。他因問俺娘姓甚麼。俺娘道我姓孫。那孔目道我也姓孫。他拜俺娘做姑姑。俺娘道。俺家裏别無甚麼人。只則有這個呆廝。早晚去那城裏面納些秋糧兒。納些夏税兒。你便照顧他。俺是這般親。俺那裏是那真個的親眷來那。〔牢子云〕原來是這等。〔正末唱〕

【甜水令】俺那時節因納税當差。曾離鄉下。到來城内。〔牢子云〕這個也是認的兄弟。打甚麽緊。〔正末唱〕因此上認義我做相識。〔牢子云〕若是要見他。須是替他將油燈錢苦惱錢都與我些。〔正末唱〕我待要與俺哥哥。送些茶飯。見些情義。俺兩個又不是那真個親戚。

【得勝令】呀。便問我要東西。叔待則你那没梁桶兒便休提。不比你財主們多周濟。量俺這窮庄家有甚的。俺真個堪嗤。俺孩兒每卧土坑披麻被。你可也争知。〔帶云〕還有精着腿。無個袴兒穿的。〔唱〕誰有那閒錢補笊籬。

〔牢子云〕你看這個弟子孩兒。把這頭扭過來。驀過去。一陣尿臊臭。如今開開這牢門。我着他先進去。等待低下頭。我一脚蹬倒這廝。我取一面咲。兀那呆廝。你先進牢裏去。看你哥哥那。〔正末云〕叔待。你先行波。〔牢子做不走科云〕我腿轉筋。〔正末云〕叔待。你休怪呆廝説。俺家裏個老驢。也是這麽抽蹄抽脚的。〔牢子云〕陡。〔正末云〕叔待。你又怎麽的。〔牢子云〕我腿上一個瘡。〔正末云〕早看覷着。不要遲了。怕變做疔瘡哩。〔牢子云〕你看這廝罵得我好。〔正末云〕叔待。你將我的這件東西波。〔牢子云〕甚麽東西。〔正末云〕俺娘與了我一貫鈔。着我路上做盤纏。我就揣在懷裏。怎麽的吊了。俺大家尋一尋還我。〔牢子云〕等我替你尋。〔牢子低頭科〕〔正末蹬科〕〔牢子跌倒科〕〔正末入門科云〕叔待。我先進來了也。叔待。你家裏怎生這般黑洞洞的。〔牢子云〕一個傻弟子孩兒。休要呆着。跟將我來。〔正末云〕叔待。你家裏人一定不老實。可怎生高墻矮門兒。一週遭棘針兒屯着。〔牢子云〕呆廝。跟的我來。這是牢裏。〔正末笑科云〕

呵呵。我怎知是牢裏。〔唱〕

【歸塞北】他前面引只。我背後把他跟隨。我將這田地兒踏窩坨兒來記。呀。誰知道一步步走入那棘針根底。

【雁兒落】那坨兒裏墻較低。那坨兒裏門不閉。那坨兒裏得空便。那坨兒裏無尋覓。

〔牢子云〕跟着我入牢裏去。〔正末唱〕

【川撥棹】跟着他入牢内。使盡我這賊見識。哭哭啼啼。切切悲悲。則俺那孔目哥哥在那裏。你可也思量些甚飯食。

〔云〕孔目哥哥。〔孫孔目應科云〕哎喲。喚我的是誰。〔正末唱〕

【七兄弟】我這裏喚你。倒問我是誰。喚你的是王重義。〔云〕哎喲。哥哥也。〔孫孔日云〕兄弟也。你在那裏來。〔牢子打科云〕休要大驚小怪的。〔正末唱〕閣不住兩眼恓惶淚。俺哥哥含冤負屈有誰知。兀的不斷送在高墻厚壁矮門内。

【梅花酒】哥這罪也自省的。使不着你精細。使不着你伶俐。竟不知你甚日脱離。告押衙休疑惑。辨别個是和非。有關防無勢力。把平人下在死田地。

【喜江南】呀。俺哥哥又不是打家截道的殺人賊。倒賠了個如花似玉的好嬌妻。送與你這倚權挾勢白衙内。到今朝這日。纔得我非親是親的送那碗飯兒喫。

〔牢子云〕你看這呆廝。口裏只管篤篤喃喃的説着許多説話。既然有飯。快拏將來餵他些罷。〔正末云〕叔待。與俺哥哥些飯兒吃。〔做解手科〕〔牢子打科云〕你餵他飯便罷。你怎麽解他的手。〔正末云〕你休打波。叔待。不要鬭我耍。你將我的來波。〔牢子云〕敢又是那一貫鈔。〔正末唱〕

【歸塞北】俺哥哥三朝的五日。可便忍餓躭饑。五六日不曾嘗着水米。常言道饑飽勞役。

〔云〕叔待。你將我的來波。〔唱〕

【雁兒落】他煙支支的撒滯殢。涎鄧鄧相調戲。別無人則有你。〔云〕你這個神道。是甚麽神道。〔牢子云〕這個是獄神。〔正末云〕你跪着。我也跪着。〔唱〕喒兩個説取一個牙疼誓。

〔牢子云〕你爲甚麽也跪着神道。要我説誓來。〔正末唱〕

【小將軍】我恰纔送些茶飯與俺哥哥且點饑。〔帶云〕你恰纔開門時節。你那頭撞着我這頭。叔待有倈。〔唱〕明白的把一張匙却插在這裏。這路天地下不是你個坌東西。叔待我將你來跪了可便重還跪。

〔牢子云〕你便這一張匙打甚麽不緊。你餵你哥哥飯去。〔正末云〕哥哥。你吃些兒波。〔孫孔目云〕我吃不得了也。〔正末云〕哥哥不吃。我自家吃。〔牢子云〕兀那呆廝。是甚麽東西。〔正末云〕一罐子羊肉泡飯。哥哥不吃。我自家吃。〔牢子云〕你哥哥這幾日吃死囚的飯。他不吃。拏來我吃。〔正末云〕你真個要吃。管山的燒柴。管水的吃水。管牢的吃我脚後根。〔牢子云〕這廝他倒傷着我。將來我吃。〔正末背科云〕我隨身帶着這蒙汗藥。我如今攪在這飯裏。他吃了呵。明日這早晚他還不醒哩。叔待。你吃你吃。〔牢子云〕將來我吃。〔做吹科〕〔正末云〕叔待。吹甚麼哩。〔牢子云〕將來。我吹去了些砒霜巴豆。〔牢子吃飯科云〕倒好飯兒。鄉里人家着得那花椒多了。吃下去麻撒撒的。哎喲。麻撒撒的。〔牢子倒科〕〔正末云〕兀那牢子起來。這厮麻倒了也。到明日也還不醒哩。我解放了俺哥哥。則不俺哥哥一個人。我把這滿牢裏人都放了。我開開這門。你每各自逃生去。哥哥。我指與你一條大路。你一徑先上梁山寨。見俺宋江哥哥去。我晚間殺了白衙内。回來獻功也。〔唱〕

【鴛鴦煞】這厮他兩三番會使拖刀計。喒安排下搭救哥哥智。只在今日明朝。得勝而歸。暢道天理難欺。人心怎昧。則他這肉眼愚眉。把一個黑旋風爹爹敢來也認不得。〔下〕

〔牢子起身慌科云〕哎喲。麻撒撒的。〔下〕

【音釋】碾年上聲　剮音寡　鐐音遼　杻音丑　盛音成　呆音爺　哏狠平聲　吖音鴉　畦音奚　刈音乂　席星西切　杼音注　實繩知切　識傷以切　戚食洗切　的音底　驀音陌　傻商鮓切　坨音陀　覓忙閉切　食繩知切　重平聲　惑音回　力音利　賊則平聲　日繩知切　吃音恥　役銀計切　殢音膩　倈離靴切　坌滂悶切

第四折

〔白衙内同搽旦上〕〔白衙内詩云〕借坐衙門放告牌。引得他人插狀來。專待囚牢身死後。方纔做了永遠夫妻大稱懷。自家白衙内的便是。我將孫孔目下在死囚牢中。早晚便是死的人也。俺夫妻永遠團圓到老。兀的不快樂殺我也。正好飲酒。争奈無有了。我使的伴當去那同知家裏取酒去。這早晚怎生不見來。〔正末扮祗候上云〕自家山兒的便是。我昨日救了俺孫孔目哥哥。今夜晚間殺白衙内。我打扮做個祗候人。提着這瓶酒。我則能勾到那廝根前。我自有個主意。天色晚了也。行動些。行動些。〔唱〕

【中吕粉蝶兒】酒果做緣由。安排下這場歹鬬。兩事家不肯干休。打這廝。損別人。安自己。他直吃到上燈前後。猛可裏抬頭。不覺的助殺氣冷風吹透。

【醉春風】我想那一個濫如猫。這一個淫似狗。端的是潑無徒賊子更和着浪包婁。出盡了醜。醜。情理難容。殺人可恕。怎生能彀。

〔做見科云〕兀的不是酒。〔白衙内云〕放下酒。你自出去。〔正末云〕這廝趕將我出來。我則在這窗兒外聽着。看他説甚麽。〔搽旦云〕衙内。你坐着。我去看些好菜蔬來。再吃酒哩。〔正末採住旦科云〕潑弟子。你認得我麽。則我是王重義。休言語。但開口脖子上則一刀。〔搽旦云〕好漢饒我性命。〔正末唱〕

【上小樓】不要你將没作有。則要你貪花戀酒。我則見那一來一往。一上一下。攏腦搖頭。則爲你這個不識羞。和那個賊禽獸。雙雙的成就。〔云〕我不殺你。你可唱波。〔搽旦云〕唱甚麼那。〔正末做揪搽旦科唱〕可唱你那眉兒鎮常扢皺。

〔正末殺搽旦科云〕我把這一顆頭且放在這裏。我可殺白衙内去。這厮醉了。我怎麼肯不明不暗殺了這厮。不免將凉酒噴醒他來。我慢慢的殺他未遲。〔做噴科〕〔白衙内云〕蓋了天窗。猫溺下尿來了。〔做見正末科云〕你是誰。〔正末唱〕

【幺篇】争知道他在我面前。不隄防我在他背後。只見他手脚張狂。左右攔當。何處奔投。則爲這喫劍頭。送得俺哥哥牢内囚。風也不透。〔做揪白衙内科云〕我不殺你。你唱波。〔白衙内云〕着我唱甚麼。〔正末唱〕可唱你那夫妻每醉了還依舊。

〔正末殺白衙内科云〕我把這兩顆頭都拏將來。做一搭裹放者。再將他衣服上扯下一塊來。撚做箇紙撚。去腔子裏蘸着熱血。在白粉壁上寫道。是宋江手下第十三個頭領黑旋風李逵殺了這白衙内來。〔詩云〕從來白衙内。做事忒狡猾。拐了郭念兒。一步一勾搭。惱犯黑旋風。登時火性發。隨你問傍人。該殺不該殺。寫是寫了。不免將着這二顆頭。到梁山泊上宋江哥哥根前獻功夫來。〔唱〕

【小梁州】誰着你一世爲人將婦女偷。見不得皓齒星眸。你道有閒茶浪酒結綢繆。天緣輳。不枉了好風流。

【幺篇】雖則是婚姻注定前生有。到的我黑爹爹一筆都勾。那裏也月下客。冰上叟。多管是殺人的領袖。〔云〕俺如今回去見宋江哥哥。他問道。山兒。你那泰安山的事怎麼了。我可也不說別的。〔唱〕則獻上這血瀝瀝兩顆活人頭。〔下〕

〔宋江引吳學究孫孔目同卒子上〕〔宋江云〕某乃宋江是也。因爲神行太保戴宗打探李山兒消息。說孫孔目兄弟到得泰安神州廟半山裏草參亭子上。回來早不見了他的渾家。元來是被白衙内拐騙去了。想這厮是箇有權有勢的人。李山兒一個如何近傍得他。爲此與吳學究星夜領一枝人馬前來接應。幸喜孫孔目兄弟已先來了。單不知李山兒的下落。大小僂儸。作速與我趲上去者。〔正末上云〕兀那來的軍馬。不是我宋江哥哥也。〔宋江云〕那挑着兩箇人頭的。不是李山兒麼。〔正末云〕俺李山兒獻功來。〔擲人頭科〕〔唱〕

【滿庭芳】奉哥哥元戎帥首。着我山兒孔目。同去泰嶽神州。又誰知草參亭上剛回後。早不見了潑賊淫囚。〔帶云〕元來他與白衙内呵。〔唱〕他兩個笑吟吟成雙做偶。背地裏悄促促設計施謀。〔宋江云〕他可設甚計謀來。〔正末云〕比時孫孔目哥哥趕上去。正要尋個大衙門告他下來。豈知白衙内那厮早借一座大衙門。坐着專等他來告狀。就一把拏住發下死囚牢裏。指望將他禁死了。與他渾家做了永遠夫婦。可不好那。〔唱〕專等待來追究。便將他牢監固守。只落得盡場兒都做了鬼胡由。

〔云〕我想當日在哥哥根前立下軍政文書。若不救的孫孔目出來。豈不怕輸了我李山兒這一顆頭那。〔唱〕

【十二月】因此上裝一個送飯的沽親帶友。那一個管牢的便不亂扯胡揪。他見了咱拏着的是飯羹羊肉。就待要一氣兒呷上兩盞三甌。他怎知道下的有砒霜巴豆。但喫着早麻撒撒害得個魄喪魂丟。

【堯民歌】那時節先打發了孫家孔目出牢囚。我就直到他衙門裏面報冤讎。只見他兩個醉中情意正相投。更遇着我爲他取到沽來酒。清也波謳。清謳樂未休。只這兩句是他死時候。

〔宋江云〕他每兩個唱着的是甚麽曲兒。你就殺了他來。〔正末云〕當日那淫婦姦夫暗地期約。一個唱道。眉兒鎮長揢皺。一個唱道。夫妻每醉了還依舊。兩個跳上馬。牙不約兒赤便走。今日撞着俺黑爹爹李山兒。一把揝住頭髻。按翻地上。着他仍舊唱這兩句曲兒。聲未絶口。早磕擦的一板斧一個。劈下頭來。〔唱〕

【隨尾】他他他也會一騎馬雙馱着走。怎知俺兩板斧劈下了頭。這都是親身作業親身受。不枉了立軍狀的山兒果應了口。

〔宋江云〕今日梟了姦夫淫婦之首。都是李山兒之功也。小僂儸。將此兩個首級掛號梁山泊前。警諭衆庶。一面就忠義堂上。窨下酒。䏆番羊。與孫孔目李山兒共做一個慶喜筵席者。〔詞云〕白衙內倚勢挾權。潑賤婦暗合團圓。孫孔目反遭縲絏。有口也怎得伸冤。黑旋風拔刀相助。雙獻頭號令山前。宋公明替天行道。到今日慶賞開筵。

〔音釋〕溺尼叫切　撚音碾　輳倉救切　肉柔去聲　縲音雷　絏音屑

題目　及時雨單責狀

正名　黑旋風雙獻功

迷青瑣倩女離魂雜劇

鄭德輝　撰

楔子

〔旦扮夫人引從人上詩云〕花有重開日。人無再少年。休道黃金貴。安樂最值錢。老身姓李。夫主姓張。早年間亡化已過。止有一個女孩兒。小字倩女。年長一十七歲。孩兒針指女工。飲食茶水。無所不會。先夫在日。曾與王同知家指腹成親。王家生的是男。名喚王文舉。此生年紀今長成了。聞他滿腹文章。尚未娶妻。老身也曾數次寄書去。孩兒說要來探望老身。就成此親事。下次小的每。門首看者。若孩兒來時。報的我知道。〔正末扮王文舉上云〕黃卷青燈一腐儒。三槐九棘位中居。世人只說文章貴。何事男兒不讀書。小生姓王名文舉。先父任衡州同知。不幸父母雙亡。父親存日。曾與本處張公弼指腹成親。不想先母生了小生。張宅生了一女。因伯父下世。不曾成此親事。岳母數次寄書來問。如今春榜動。選場開。小生一者待往長安應舉。二者就探望岳母。走一遭去。可早來到也。左右。報復去。道有王文舉在于門首。〔從人報科云〕報的夫人知道。外邊有一個秀才。說是王文舉。〔夫人云〕我語未懸口。孩兒早到了。道有請。〔做見科〕〔正末云〕孩兒一向有失探望。母親請坐。受你孩兒幾拜。〔做拜科〕〔夫人云〕孩兒請起穩便。〔正末云〕母親。你孩兒此來一者拜候岳母。二者上朝進取去。〔夫人云〕孩兒請坐。下次小的每。說與梅香。綉房中請出小姐來。拜哥哥者。〔從人云〕理會的。後堂傳與小姐。老夫人有請。〔正旦引梅香上云〕妾身姓張。小字倩女。年長一十七歲。不幸父親亡逝已過。父親在日。曾與王同知指腹成親。後來王宅生一子。是王文舉。俺家得了妾身。不想王生父母雙亡。不曾成就這門親事。今日母親在前廳上呼喚。不知有甚事。梅香。跟我見母親去來。〔梅香云〕姐姐行動些。〔做見科〕〔正旦云〕母親喚您孩兒有何事。〔夫人云〕孩兒。向前拜了你哥哥者。〔做拜科〕〔夫人云〕孩兒。這是倩女小姐。且回綉房中去。〔正旦出門科云〕梅香。喒那裏得這個哥哥來。〔梅香云〕姐姐。你不認的他。則他便是指腹成親的王秀才。〔正旦云〕則他便是王生。俺母親着我拜爲哥哥。不知主何意也呵。〔唱〕

【仙呂賞花時】他是箇矯帽輕衫小小郎。我是箇繡帔香車楚楚娘。恰才貌正相當。俺娘向陽臺路上。高築起一堵雨雲墻。

【幺篇】可待要隔斷巫山窈窕娘。怨女鰥男各自傷。不争你左使着一片黑心腸。你不拘箝我可倒不想。你把我越間阻越思量。〔同梅香下〕

〔夫人云〕下次小的每。打掃書房。着孩兒安下。温習經史。不要誤了茶飰。〔正末云〕母親休打掃書房。您孩兒便索長行往京師應舉去也。〔夫人云〕孩兒且住一兩日。行程也未遲哩。〔詩云〕試期尚遠莫心焦。且在寒家過幾朝。〔正末詩云〕只爲禹門浪煖催人去。因此匆匆未敢問桃夭。〔同下〕

〔音釋〕帔音配　窈音杳　窕音調　鰥音關　箝其簷切

第一折

〔正旦引梅香上云〕妾身倩女。自從見了王生。神魂馳蕩。誰想俺母親悔了這親事。着我拜他做哥哥。不知主何意思。當此秋景。是好傷感人也呵。〔唱〕

【仙吕點絳唇】捱徹凉宵。颯然驚覺。紗窗曉。落葉蕭蕭。滿地無人掃。

【混江龍】可正是暮秋天道。儘收拾心事上眉梢。鏡臺兒何曾覽照。繡針兒不待拈着。常恨夜坐窗前燭影昏。一任晚妝樓上月兒高。俺本是乘鸞艷質。他須有中雀丰標。苦被煞尊堂間阻。争把俺情義輕拋。空誤了幽期密約。虚過了月夕花朝。無緣配合。有分煎熬。情默默難解自無聊。病懨懨則怕娘知道。窺之遠天寬地窄。染之重夢斷魂勞。

〔梅香云〕姐姐。你省可裏煩惱。〔正旦云〕梅香。似這等幾時是了也。〔唱〕

【油葫蘆】他不病倒。我猜着敢消瘦了。被拘箝的不忿心教他怎動脚。雖不是路迢迢。早情隨着雲渺渺。淚灑做雨瀟瀟。不能勾傍闌干數曲湖山靠。恰便似望天涯一點青山小。〔帶云〕秀才他寄來的詩。也埋怨俺娘哩。〔唱〕他多管是意不平自發揚。心不遂閒綴作。十分的賣風騷。顯秀麗誇才調。我這裏詳句法。看揮毫。

【天下樂】只道他讀書人志氣高。元來這凄凉。甚日了。想俺這孤男寡女忒命薄。我安排着鴛鴦宿錦被香。他盼望着鸞鳳鳴琴瑟調。怎做得蝴蝶飛錦樹繞。

〔梅香云〕姐姐。那王秀才生的一表人物。聰明浪子。論姐姐這個模樣。正和王秀才是一對兒。姐姐且寬心省煩惱。〔正旦云〕梅香。似這般如之奈何也。〔唱〕

【那吒令】我一年一日過了。團圓日較少。三十三天覷了。離恨天最高。四百四病害了。相思病怎熬。〔帶云〕他如今待應舉去呵。〔唱〕千里將鳳闕攀。一舉把龍門跳。接絲鞭總是妖嬈。

〔梅香云〕姐姐。那王生端的内才外才相稱也。〔正旦唱〕

【鵲踏枝】據胸次那英豪。論人物更清高。他管跳出黄塵。走上青霄。又不比鬧清曉茅檐燕雀。他是掣風濤混海鯨鰲。

〔帶云〕梅香。那書生呵。〔唱〕

【寄生草】他拂素楮鵝溪繭。蘸中山玉兔毫。不弱如駱賓王夜作論天表。也不讓李太白醉寫平蠻藁。也不比漢相如病受徵賢詔。他辛勤十年書劍洛陽城。决峥嶸一朝冠蓋長安道。

〔梅香云〕姐姐。王生今日就要上朝應舉去。老夫人着俺折柳亭與哥哥送路哩。〔正旦云〕梅香。咱折柳亭與王生送路去來。〔同下〕〔正末同夫人上云〕母親。今日是吉日良辰。你孩兒便索長行。往京師進取去也。〔夫人云〕孩兒。你既是要行。我在這折柳亭上與你餞行。小的每。請小姐來者。〔正旦引梅香上云〕母親。孩兒來了也。〔夫人云〕孩兒。今日在這折柳亭與你哥哥送路。把一盃酒者。〔正旦云〕理會的。〔把酒科云〕哥哥滿飲一盃。〔正末飲科云〕母親。你孩兒今日臨行。有一言動問。當初先父母曾與母親指腹成親。俺母親生下小生。母親添了小姐。後來小生父母雙亡。數年光景。不曾成此親事。小生特來拜望母親。就問這親事。母親着小姐以兄妹稱呼。不知主何意。小生不敢自專。母親尊鑒不錯。〔夫人云〕孩兒。你也説的是。老身爲何以兄妹相呼。俺家三輩兒不招白衣秀士。想你學成滿腹文章。未曾進取功名。你如今上京師。但得一官半職。回來成此親事。有何不可。〔正末云〕既然如此。索是謝了母親。便索長行去也。〔正旦云〕哥哥。你若得了官時。是必休别接了絲鞭者。〔正末云〕小姐但放心。小生得了官時。便來成此親事也。〔正旦云〕好是難分别也呵。〔唱〕

【村里迓鼓】則他這渭城朝雨。洛陽殘照。雖不唱陽關曲本。今日來祖送長安年少。兀的不取次棄舍。等閒抛掉。因而零落。〔做歎科云〕哥哥。〔唱〕**恰楚澤深。秦關杳。泰華高。歎人生離多會少。**

〔正末云〕小姐。我若爲了官呵。你就是夫人縣君也。〔正旦唱〕

【元和令】盃中酒和淚酌。心間事對伊道。似長亭折柳贈柔條。哥哥你休有上梢没下梢。從今虚度可憐宵。奈離愁不了。〔正末云〕往日小生也曾掛念來。〔正旦云〕今日更是凄凉也。〔唱〕

【上馬嬌】竹窗外響翠梢。苔砌下深緑草。書舍頓蕭條。故園悄悄無人到。恨怎消。此際最難熬。

【游四門】抵多少彩雲聲斷紫鸞簫。今夕何處繫蘭橈。片帆休遮西風惡。雪捲浪淘淘。岸影高。千里水雲飄。

【勝葫蘆】你是必休做了冥鴻惜羽毛。常言道好事不堅牢。你身去休教心去了。對郎君低告。恰梅香報道。恐怕母親焦。

〔夫人云〕梅香。看車兒。着小姐回去。〔梅香云〕姐姐上車兒者。〔正末云〕小姐請回。小生便索長行也。〔正旦唱〕

【後庭花】我這裏翠簾車先控着。他那裏黄金鐙懶去挑。我淚濕香羅袖。他鞭垂碧玉梢。望迢迢。恨堆滿西風古道。想急煎煎人多情人去了。和青湛湛天有情天亦老。俺氣氳氳喟然聲不定交。助疎剌剌動羈懷風亂掃。滴撲簌簌界殘妝粉淚抛。灑細濛濛浥香塵暮雨飄。

【柳葉兒】見淅零零滿江千樓閣。我各刺刺坐車兒嬾過溪橋。他矻蹬蹬馬蹄兒倦上皇州道。我一望望傷懷抱。他一步步待迴鑣。早一程程水遠山遥。〔正末云〕小姐放心。小生得了官。便來取你。小姐請上車兒回去罷。〔正旦唱〕

【賺煞】從今後只合題恨寫芭蕉。不索占夢揲蓍草。有甚心腸更珠圍翠遶。我這一點真情魂縹緲。他去後不離了前後周遭。厮隨着。司馬題橋。也不指望駟馬高車顯榮耀。不争把瓊姬棄却。比及盼子高來到。早辜負了碧桃花下鳳鸞交。〔同梅香下〕

〔正末云〕你孩兒則今日拜别了母親。便索長行也。左右。將馬來。則今日進取功名。走一遭去。〔下〕〔夫人云〕王秀才去了也。等他得了官回來。成就這門親事。未爲遲哩。〔下〕

〔音釋〕颯音撒　覺音叫　拾繩知切　着池燒切　丰音風　綴音贅　作音早　薄巴毛切　雀音勦　掣音徹　蠒與繭同　蘸知濫切　酌音沼　橈音饒　惡音襖　氳於君切　喟匡委切　鑣音標　閣音稿　揲繩遮切　却音巧

第二折

〔夫人慌上云〕歡喜未盡。煩惱又來。自從倩女孩兒在折柳亭與王秀才送路。辭别回家。得其疾病。一卧不起。請的醫人看治。不得痊可。十分沉重。如之奈何。則怕孩兒思想湯水吃。老身親自去綉房中探望一遭去來。〔下〕〔正末上云〕小生王文舉。自與小姐在折柳亭相別。使小生切切于懷。放心不下。今艤舟江岸。小生横琴于膝。操一曲以適悶咱。〔做撫琴科〕〔正旦別扮離魂上云〕妾身倩女。自與王生相別。思想的無奈。不如跟他同去。背着母親。一徑的趕來。王生也。你只管去了。争知我如何過遣也呵。〔唱〕

【越調鬭鵪鶉】人去陽臺。雲歸楚峽。不争他江渚停舟。幾時得門庭過馬。悄悄冥冥。瀟瀟灑灑。我這裏踏岸沙。步月華。我覷這萬水千山。都只在一時半霎。

【紫花兒序】想倩女心間離恨。趕王生柳外蘭舟。似盼張騫天上浮槎。汗溶溶瓊珠瑩臉。亂鬆鬆雲髻堆鴉。走的我筋力疲乏。你莫不夜泊秦淮賣酒家。向斷橋西下。疎刺刺秋水菰蒲。冷清清明月蘆花。

〔云〕走了半日。來到江邊。聽的人語喧鬧。我試覷咱。〔唱〕

【小桃紅】我驀聽得馬嘶人語鬧喧譁。掩映在垂楊下。諕的我心頭丕丕那驚怕。原來是響璫璫鳴榔板捕魚蝦。我這裏順西風悄悄聽沉罷。趁着這厭厭露華。對着這澄澄月下。驚的那呀呀呀寒雁起平沙。

【調笑令】向沙堤款踏。莎草帶霜滑。掠濕湘裙翡翠紗。抵多少蒼苔露冷凌波襪。看江上晚來堪畫。玩水壺瀲灩天上下。似一片碧玉無瑕。

【禿厮兒】你覰遠浦孤鶩落霞。枯藤老樹昏鴉。聽長笛一聲何處發。歌欸乃。櫓咿啞。

〔云〕兀那船頭上琴聲响。敢是王生。我試聽咱。〔唱〕

【聖藥王】近蓼洼。纜釣槎。有折蒲衰柳老蒹葭。傍水凹。折藕芽。見烟籠寒水月籠沙。茅舍兩三家。

〔正末云〕這等夜深。只聽得岸上女人音聲。好似我倩女小姐。我試問一聲波。〔做問科云〕那壁不是倩女小姐麽。這早晚來此怎的。〔魂旦相見科云〕王生也。我背着母親。一徑的趕將你來。咱同上京去罷。〔正末云〕小姐。你怎生直趕到這裏來。〔魂旦唱〕

【麻郎兒】你好是舒心的伯牙。我做了没路的渾家。你道我爲甚麽私離繡榻。待和伊同走天涯。

〔正末云〕小姐是車兒來。是馬兒來。〔魂旦唱〕

【幺】嶮把。咱家。走乏。比及你遠赴京華。薄命妾爲伊牽掛。思量心幾時撇下。

【絡絲娘】你抛閃咱比及見咱。我不瘦殺多應害殺。〔正末云〕若老夫人知道怎了也。〔魂旦唱〕他若是趕上咱待怎麽。常言道做着不怕。

〔正末做怒科云〕古人云。聘則爲妻。奔則爲妾。老夫人許了親事。待小生得官回來。諧兩姓之

好。却不名正言順。你今私自趕來。有玷風化。是何道理。〔魂旦云〕王生。〔唱〕

【雪裏梅】你振色怒增加。我凝睇不歸家。我本真情。非爲相謔。已主定心猿意馬。

〔正末云〕小姐。你快回去罷。〔魂旦唱〕

【紫花兒序】只道你急煎煎趲登程路。元來是悶沉沉困倚琴書。怎不教我痛煞煞淚濕琵琶。有甚心着霧鬢輕籠蟬翅。雙眉淡掃宮鴉。似落絮飛花。誰待問出外爭如只在家。更無多話。願秋風駕百尺高帆。儘春光付一樹鉛華。

〔云〕王秀才。趕你不爲別。我只防你一件。〔正末云〕小姐防我那一件來。〔魂旦唱〕

【東原樂】你若是赴御宴瓊林罷。媒人每攔住馬。高挑起染渲佳人丹青畫。賣弄他生長在王侯宰相家。你戀着那奢華。你敢新婚燕爾在他門下。

〔正末云〕小生此行。一舉及第。怎敢忘了小姐。〔魂旦云〕你若得登第呵。〔唱〕

【綿搭絮】你做了貴門嬌客。一樣矜誇。那相府榮華。錦繡堆壓。你還想飛入尋常百姓家。那時節似魚躍龍門播海涯。飲御酒插宮花。那其間占鰲頭占鰲頭登上甲。

〔正末云〕小生倘不中呵。却是怎生。〔魂旦云〕你若不中呵。妾身荆釵裙布。願同甘苦。〔唱〕

【拙魯速】你若是似賈誼困在長沙。我敢似孟光般顯賢達。休想我半星兒意差。一分兒抹搭。我情願舉案齊眉傍書榻。任粗糲。淡薄生涯。遮莫戴荆釵穿布麻。

〔正末云〕小姐既如此真誠志意。就與小生同上京去如何。〔魂旦云〕秀才肯帶妾身去呵。〔唱〕

【幺篇】把稍公快喚咱。恐家中厮捉拿。只見遠樹寒鴉。岸草汀沙。滿目黄花。幾縷殘霞。快先把雲帆高掛。月明直下。便東風刮。莫消停疾進發。

〔正末云〕小姐。則今日同我上京應舉去來。我若得了官。你便是夫人縣君也。〔魂旦唱〕

【收尾】各剌剌向長安道上把車兒駕。但願得文苑客當時奮發。則我這臨卭市沽酒卓文君。甘伏侍你濯錦江題橋漢司馬。〔同下〕

〔音釋〕峽奚加切　灑商鮓切　霎雙鮓切　乏扶加切　菰音孤　厭平聲　踏當加切　滑呼佳切　襪忘罵切　鶩音木　發方雅切　欸音襖　乃音藹　咿音衣　蒹音兼　葭音加　凹汪卦切　榻湯打切　嶮與險同　殺雙鮓切　渲踈眷切　壓羊架切　甲江雅切　達當加切　搭音打　刮音寡

第三折

〔正末引祗從上云〕小官王文舉。自到都下。攛過卷子。小官日不移影。應對萬言。聖人大喜。賜小官狀元及第。夫人也隨小官至此。我如今修一封平安家書。差人岳母行報知。左右的。將筆硯來。〔做寫書科云〕寫就了也。我表白一遍咱。寓都下小壻王文舉。拜上岳母座前。自到闕下。一舉狀元及第。待授官之後。文舉同小姐一時回家。萬望尊慈垂照。不宣。書已寫了。左右的。與我唤張千來。〔净扮張千上〕〔詩云〕我做伴當實是强。公差幹事多的當。一日走了三百里。第二日剛剛捱下炕。自家張千的便是。狀元爺呼喚。須索走一遭去。〔做見科云〕爺。唤張千那厢使用。〔正末云〕張千。你將這一封平安家信。直至衡州。尋問張公弼家投下。你見了老夫人。説我得了官也。你小心在意者。〔净接書云〕張千知道了。我將着這一封書直至衡州走一遭去。〔同下〕〔老夫人上云〕誰想倩女孩兒自與王生别後。卧病在牀。或言或笑。不知是何癥候。這兩日不曾看他。老身須親看去。〔下〕〔正旦抱病梅香扶上云〕自從王秀才去後。一卧不起。但合眼便與王生在一處。則被這相思病害殺人也呵。〔唱〕

【中吕粉蝶兒】自執手臨岐。空留下這場憔悴。想人生最苦别離。説話處少精神。睡卧處無顛倒。茶飯上不知滋味。似這般廢寢忘食。折挫得一日瘦如一日。

【醉春風】空服徧晒眩藥不能痊。知他這腤臢病何日起。要好時直等的見他時。也只爲這癥候因他上得。得。一會家縹緲呵忘了魂靈。一會家精細呵使着軀殼。一會家混沌呵不知天地。

〔云〕我眼裏只見王生在面前。原來是梅香在這裏。梅香。如今是甚時候了。〔梅香云〕如今春光將盡。緑暗紅稀。將近四月也。〔正旦唱〕

【迎仙客】日長也愁更長。紅稀也信尤稀。〔帶云〕王生。你好下的也。〔唱〕春歸也奄然人未歸。〔梅香云〕姐姐。俺姐夫去了未及一年。你如何這等想他。〔正旦唱〕我則道相别也數十年。我則道相隔着幾萬里。爲數歸期。則那竹院裏刻偏琅玕翠。

何太喜。

【紅繡鞋】去時節楊柳西風秋日。如今又過了梨花暮雨寒食。〔梅香云〕姐姐。你可曾卜一卦麽。〔正旦唱〕則兀那龜兒卦無定准枉央及。喜蛛兒難憑信。靈鵲兒不誠實。燈花兒

〔夫人上云〕來到孩兒房門首也。梅香。您姐姐較好些麽。〔正旦云〕是誰。〔梅香云〕是妳妳來看你哩。〔正旦云〕我每日眼界只見王生。那曾見母親來。〔夫人見科云〕孩兒。你病體如何。〔正旦唱〕

【普天樂】想鬼病最關心。似宿酒迷春睡。繞晴雪楊花陌上。趁東風燕子樓西。抛閃殺我年少人。辜負了這韶華日。早是離愁添縈繫。更那堪景物狼籍。愁心驚一聲鳥啼。薄命趁一春事已。香魂逐一片花飛。

〔正旦昏科〕〔夫人云〕孩兒。你掙挫些兒。〔正旦醒科〕〔唱〕

【石榴花】早是俺抱沉痾添新病發昏迷。也則是死限緊相催逼。膏肓針灸不能及。〔夫人云〕我請個良醫來調治你。〔正旦唱〕若是他來到這裏。煞强如請扁鵲盧醫。〔夫人云〕我如今着人請王生去。〔正旦唱〕把似請他時便許做東牀婿。到如今悔後應遲。〔夫人云〕王生去了。再無音信寄來。〔正旦唱〕他不寄箇報喜的信息緣何意。有兩件事我先知。

【鬬鵪鶉】他得了官別就新婚。剥落呵羞歸故里。〔夫人云〕孩兒休過慮。且將息自己。〔正旦唱〕眼見的千死千休。折倒的半人半鬼。爲甚這思竭損的枯腸不害饑。苦懨懨一肚皮。〔夫人云〕孩兒吃些湯粥。〔正旦云〕母親。〔唱〕若肯成就了燕爾新婚。强如喫龍肝鳳髓。

〔云〕我這一會昏沉上來。只待睡些兒哩。〔夫人云〕梅香。休要炒鬧。等他歇息。我且回去咱。〔夫人同梅香下。〕〔正旦睡科〕〔正末上見旦科云〕小姐。我來看你哩。〔正旦云〕王生。你在那裏來。〔正末云〕小姐。我得了官也。〔正旦唱〕

【上小樓】則道你辜恩負德。你原來得官及第。你直叩丹墀。奪得朝章。换却白衣。覷面儀。比向日。相别之際。更有三千丈五陵豪氣。

〔正末云〕小姐我去也。〔下〕〔正旦醒科云〕分明見王生。説得了官也。醒來却是南柯一夢。〔唱〕

【幺篇】空疑惑了大一會。恰分明這搭裏。俺淘寫相思。叙問寒温。訴説真實。他緊摘離。我猛跳起。早難尋難覓。只見這冷清清半竿殘日。

〔梅香上云〕姐姐爲何大驚小怪的。〔正旦云〕我恰纔夢見王生。説他得了官也。〔唱〕

【十二月】元來是一枕南柯夢裏。和二三子文翰相知。他訪四科習五常典禮。通六藝有七步才識。憑八韻賦縱横大筆。九天上得遂風雷。

【堯民歌】想十年身到鳳凰池。和九卿相八元輔勸金盃。則他那七言詩六合裏少人及。端的個五福全四氣備占倫魁。震三月春雷。雙親行先報喜。都爲這一紙登科記。

〔净上云〕自家張千的便是。奉俺王相公言語。差來衡州下家書。尋問張公弼宅子。人説這裏就是。〔做見梅香科云〕姐姐。唱喏哩。〔梅香云〕兀那厮。你是甚麽人。〔净云〕這裏敢是張相公宅子麽。〔梅香云〕則這裏就是。你問怎的。〔净云〕我是京師來的。俺王相公得了官也。着我寄書來與家裏夫人知道。〔梅香云〕你則在這裏。我和小姐説去。〔見正旦科云〕姐姐。王秀才得了官也。着人寄家書來。見在門首哩。〔正旦云〕着他過來。〔梅香見净云〕兀那寄書的。過去見小姐。〔净見正旦驚科背云〕一個好夫人也。與我家妳妳生的一般兒。〔回云〕我是京師王相公差我寄書來與夫人。〔正旦云〕梅香。將書來我看。〔梅香云〕兀那漢子將書來。〔净遞書科〕〔正旦念書科云〕寓都下小壻王文舉。拜上岳母座前。自到闕下。一舉狀元及第。待授官之後。文舉同小姐一時回家。萬望尊慈垂照。不宣。他原來有了夫人也。兀的不氣殺我也。〔氣倒科〕〔梅香救科云〕姐姐甦醒者。〔正旦醒科〕〔梅香云〕都是這寄書的。〔做打净科〕〔正旦云〕王生。則被你痛殺我也。

〔唱〕

【哨徧】將往事從頭思憶。百年情只落得一口長吁氣。爲甚麽把婚聘禮不曾題。恐少年墮落了春闈。想當日在竹邊書舍。柳外離亭。有多少徘徊意。争奈匆匆去急。再不見音容瀟灑。空留下這詞翰清奇。把巫山錯認做望夫石。將小簡帖聯做斷腸集。

恰微雨初陰。早皓月穿窗。使行雲易飛。

【耍孩兒】俺娘把冰綃剪破鴛鴦隻。不忍別遠送出陽關數里。此時無計住雕鞍。奈離愁與心事相隨。愁縈徧垂楊古驛絲千縷。淚添滿落日長亭酒一盃。從此去孤辰限凄涼日。憶鄉關愁雲阻隔。着牀枕鬼病禁持。

【四煞】都做了一春魚雁無消息。不甫能一紙音書盼得。我則道春心滿紙墨淋漓。原來比休書多了箇封皮。氣的我痛如淚血流難盡。争些魂逐東風吹不回。秀才每心腸黑。一箇箇貧兒乍富。一箇箇飽病難醫。

【三煞】這秀才則好謁僧堂三頓齋。則好撥寒鑪一夜灰。則好教偷燈光鑿透鄰家壁。則好教一場雨滲了中庭麥。則好教半夜雷轟了薦福碑。不是我閒淘氣。便死呵死而無怨。待悔呵悔之何及。

【二煞】倩女呵病纏身則願的天可憐。梅香呵我心事則除是你盡知。望他來表白我真誠意。半年甘分躭疾病。鎮日無心掃黛眉。不甫能捱得到今日。頭直上打一輪皂蓋。馬頭前列兩行朱衣。

【尾煞】並不聞琴邊續斷絃。倒做了山間滚磨旗。剗地接絲鞭別娶了新妻室。這是我棄死忘生落來的。〔梅香扶正旦下〕

〔净云〕都是俺爺不是了。你娶了老婆便罷。又着我寄紙書來做什麼。我則道是平安家信。原來是一封休書。把那小姐氣死了。梅香又打了我一頓。想將起來。都是俺爺不是了。〔詩云〕想他做事没來由。寄的書來惹下愁。若還差我再寄信。只做烏龜縮了頭。〔下〕

〔音釋〕食繩知切　日人智切　眄音面　得當美切　沌音遁　實繩知切　籍精妻切　痾何哥切　逼音彼　盲音荒　及更移切　髓桑嘴切　德當美切　覓忙閉切　識傷以切　筆邦每切　憶銀計切　急巾以切　石繩知切　集精妻切　隻張恥切　息喪擠切　黑亨美切　壁音彼　轟音烘　行霞浪切　室傷以切

第四折

〔正末上云〕歡來不似今朝。喜來那逢今日。小官王文舉自從與夫人到于京師。可早三年光景也。謝聖恩可憐。除小官衡州府判。着小官衣錦還鄉。左右。收拾行裝。輛起細車兒。小官同夫人往衡州赴任去。則今日好日辰。便索長行也。〔魂旦上云〕相公。我和你兩口兒衣錦還鄉。誰想有今日也呵。〔唱〕

【黄鍾醉花陰】行李蕭蕭倦修整。甘歲月淹留帝京。只聽的花外杜鵑聲。催起歸程。將往事從頭省。我心坎上猶自不惺惺。做了場棄業抛家惡夢境。

【喜遷鶯】據才郎心性。莫不是向天公買撥來的聰明。那更。内才外才相稱。一見了不由人不動情。忒志誠。兀的不傾了人性命。引了人魂靈。

〔正末云〕小姐。兜住馬慢慢的行將去。〔魂旦唱〕

【出隊子】騎一匹龍駒暢好口硬。恰便似馱張紙不恁般輕。騰騰騰收不住玉勒常是虛驚。火火火坐不穩雕鞍劃地眼生。撒撒撒挽不定絲繮則待攛行。

【刮地風】行了些這没撒和的長途有十數程。越恁的骨瘦蹄輕。暮春天景物撩人興。更見景留情。怪的是滿路花生。一攢攢緑楊紅杏。一雙雙紫燕黄鶯。一對對蜂。一對對蝶。各相比並。想天公知他是怎生。不肯教惡了人情。

【四門子】中間裏列一道紅芳徑。教俺美夫妻並馬兒行。咱如今富貴還鄉井。方信道耀門閭晝錦榮。若見俺娘。那一會驚。剛道來的話兒不中聽。是這等門廝當。户廝撑。怎教咱做妹妹哥哥答應。

【古水仙子】全不想這姻親是舊盟。則待教祆廟火刮刮匝匝烈焰生。將水面上鴛鴦忒楞楞騰分開交頸。疎刺刺沙鞴雕鞍撒了鎖鞓。廝琅琅湯偷香處喝號提鈴。支楞楞爭絃斷了不續碧玉箏。吉丁丁璫精磚上摔破菱花鏡。撲通通冬井底墜銀缾。

〔正末云〕早來到家中也。小姐。我先過去。〔做見跪云〕母親。望饒恕你孩兒罪犯則箇。〔夫人云〕你有何罪。〔正末云〕小生不合私帶小姐上京。不曾告知。〔夫人云〕小姐現今染病在牀。何曾

出門。你説小姐在那裏。〔魂旦見科〕〔夫人云〕這必是鬼魅。〔魂旦唱〕

【古寨兒令】可憐我伶仃。也那伶仃。閣不住兩淚盈盈。手拍着胸脯自招承。自感歎。自傷情。自懊悔。自由性。

【古神仗兒】俺娘他毒害的有名。全無那子母面情。則被他將一箇癡小冤家。送的來離鄉背井。每日價煩煩惱惱。孤孤另另。少不得厭煎成病。斷送了。潑殘生。

〔正末云〕小鬼頭。你是何處妖精。從實説來。若不實説。一劍揮之兩段。〔做拔劍砍科魂旦驚科云〕可怎了也。〔唱〕

【么篇】没揣的一聲狠似雷霆。猛可裏諕一驚丢了魂靈。這的是俺娘的弊病。要打滅醜聲。佯做箇寧掙。妖精也甚精。男兒也看我這舊恩情。你且放我去與夫人親折證。

〔夫人云〕王秀才且留人。他道不是妖精。着他到房中。看那個是伏侍他的梅香。〔梅香扶正旦昏睡科〕〔魂旦見科唱〕

【掛金索】驀入門庭。則教我立不穩行不正。望見首飾粧奩。志不寧心不定。見幾箇年少丫鬟。口不住手不停。擁着箇半死佳人。唤不醒呼不應。

【尾聲】猛地回身來合併。牀兒畔一盞孤燈。兀良早則照不見伴人清瘦影。〔魂旦附正

旦體科下〕

〔梅香做叫科云〕小姐。小姐。王姐夫來了也。〔正旦醒科云〕王郎在那裏。〔正末云〕小姐在那裏。

〔梅香云〕恰纔那個小姐。附在小姐身上。就甦醒了也。〔旦末相見科〕〔正末云〕小生得官後。着張千曾寄書來。〔正旦唱〕

【側磚兒】哎你箇辜恩負德王學士。今日也有稱心時。不甫能盼得音書至。倒揣與我箇悶弓兒。

【竹枝歌】打聽爲官折了桂枝。别取了新婚甚意思。着妹妹目下恨難支。把哥哥閒傳示。則問這小妮子。被我都搶搶的。扯做紙條兒。

〔正末云〕小姐分明在京隨我三年。今日如何合爲一體。〔正旦唱〕

【水仙子】想當日暫停征棹飲離尊。生恐怕千里關山勞夢頻。没揣的靈犀一點潛相引。便一似生箇身外身。一般般兩箇佳人。那一箇跟他取應。這一箇淹煎病損。母親。則這是倩女離魂。

〔夫人云〕天下有如此異事。今日是吉日良辰。與你兩口兒成其親事。小姐。就受五花官誥做了夫人縣君也。一面殺羊造酒。做箇大大慶喜的筵席。〔詩云〕鳳闕詔催徵舉子。陽關曲慘送行人。調素琴王生寫恨。迷青瑣倩女離魂。

〔音釋〕境音景　榮餘平切　應平聲　徯音奚　祆音軒　楞盧登切　鞴音備　鞓音汀　摔音洒　魅

音妹　㵾音異　驀音陌　奩音廉　捵音痴

題目　調素琴王生寫恨
正名　迷青瑣倩女離魂

西華山陳摶高卧雜劇

馬致遠撰

第一折

〔冲末扮趙大舍引浄扮鄭恩上詩云〕志量恢弘納百川。遨遊四海結英賢。夜來劍氣衝牛斗。猶是男兒未遇年。自家趙玄朗是也。祖居洛陽夾馬營人氏。父乃洪殷。爲殿前點檢指揮使。某生時異香三月不絶。人皆呼爲香孩兒。某生來頗有奇志。幼年間略讀詩書。兼持鎗棒。逢場作戲。遇博爭雄。每縱酒路見不平。拔刀相助。頗生事端。因避難遠遊關之東西。河之南北。也結識了許多未遇的英雄。這個漢子乃是我義弟鄭恩。表字子明。此人雖是性子惡劣。倒也有些慷慨粗直。某與他患難相同。功名共保。不知這運幾時來到。我不免和兄弟向竹橋邊尋一個賣卦先生買一卦。可不是好也。〔問鄭恩科云〕兄弟。我與你到竹橋邊走一會何如。〔鄭恩云〕哥哥待要上天。我就隨着上天。哥哥待要探海。我就隨着探海。任哥哥那裏去。兄弟愿隨鞭鐙。〔趙云〕既然如此。我和你竹橋邊去來。〔下〕〔正末道扮陳摶上詩云〕術有神功道已仙。閒來賣卦竹橋邊。吾徒不是貪財客。欲與人間結福緣。貧道姓陳名摶。字圖南的便是。能識陰陽妙理。兼精遁甲神書。因見五代間世路干戈。生民塗炭。朝梁暮晋。天下紛紛。隱居太華山中。以觀時變。這幾日于山頂上觀見中原地分。旺氣非常。當有真命治世。貧道因下山到這汴梁竹橋邊。開個卦肆指迷。看有甚人到

來。〔唱〕

【仙呂點絳唇】定死知生。指迷歸正。皆神應。蓍插方鉼。香爇雷文鼎。

【混江龍】開壇講命。六爻搜盡鬼神驚。傳聖人清高道業。指君子暗昧前程。袍袖拂開八卦圖。掌中躔度一天星。也不論冠婚宅葬。也不論出入經營。但有那辨榮枯問吉凶。買卦的心尊敬。我也則全憑聖典。不順人情。

〔趙同鄭上云〕兀的那壁有個賣卦先生。咱且聽他說些甚的。〔正末唱〕

【油葫蘆】古聖傳留周易經。有幾人能窮究的精。誦讀如坐井不能明。〔帶云〕這易呵。〔唱〕伏羲以上無人定。仲尼之下無人省。俺下的數又真。傳的課又靈。待要避凶趨吉知天命。試來簾下問君平。

〔趙云〕兄弟。好個先生也。〔鄭恩云〕哥哥怎見的。〔趙云〕只消數言之間。包羅古今上下。參透陰陽表裏。〔鄭恩云〕是好先生也。咱再聽他說一會者。〔正末唱〕

【天下樂】憑着八字從頭斷一生。丁寧。不教差半星。論旺相死囚憑五行。似這般暗奪鬼神機。豫知天地情。堪教高士聽。

〔趙云〕這麼一個先生。無有人識他。咱過去買卦去來。〔與末相見科〕〔趙云〕有勞先生。將我兩人賤造看一看。〔正末作失驚科〕〔唱〕

【醉中天】我等你呵似投吴文整。你尋我呵似覓吕先生。教我空踏斷草鞋雙帶鞓。你君臣每元來在這搭兒相隨定。這五代史裏胡厮殺不曾住程。休則管埋名隱姓。却教誰救那苦懨懨天下生靈。

〔趙云〕這是區區的八字。先生仔細看一看。莫要容情。〔正末算科〕〔唱〕

【後庭花】這命幹是丙丁戊己庚。乾元亨利貞。正是一字連珠格。三重坐禄星。你休道俺不着情。不應後我敢罰銀十錠。未酬勞先早陪了幾瓶。

〔趙云〕先生向後再推一推。看我流年大運如何。〔正末唱〕

【金盞兒】到這戌字上呵水成形。火長生。避乖龍大小運今年併。後交的丙辰一運大峥嶸。日犯空亡爲將相。時逢禄馬作公卿。你是南方赤帝子。上應北極紫微星。

〔云〕請二公到僻静酒肆中。閒叙數句。〔趙云〕先生有請。〔正末云〕二公先行。〔入肆作接駕科云〕早知陛下到來。只合遠接。接待不着。勿令見罪。〔趙扯末云〕先生休的呼皇道寡。倘有人知。反速罪戾。〔正末云〕貧道閲人多矣。平生未見此命。他日必爲太平天子也。〔唱〕

【後庭花】黄河一旦清。東方日已明。有興處飲醁醑千鍾醉。没人處倒山呼萬歲聲。貧道呵索是失逢迎。遇着這開基真命。拚今朝醉不醒。

〔趙云〕先生。實不相瞞。區區見五代之亂。天下塗炭極矣。常有撥亂反治之志。奈無寸土爲階。

倘皇天不没此心。成的些小基業。不知天下形勢何處爲可守。何處爲不可守。〔正末云〕陛下欲知興龍之地。莫如汴梁。聽貧道説來便見。〔唱〕

【金盞兒】左關陝右徐青。背懷孟附襄荆。用兵的形勢連着唐鄧。太行天險壯神京。江山埋旺氣。草木助威靈。欲尋那四百年興龍地。除是這八十里卧牛城。

〔鄭恩云〕兀那先生。你也與我算上一算。〔正末唱〕

【醉中天】你是五霸諸侯命。一品大臣名。乾打哄胡廝噥過了半生。〔鄭恩云〕你説我是個五霸諸侯。我如何瞎了一目。〔正末唱〕注定你不帶破多殘病。命中有愁甚眼睛。兀那明朗朗羣星雖盛。怎如的孤月偏明。

〔趙云〕請問先生高名大姓。何處仙居。今日之言。他年倘或應口。必須物色。以共富貴。不敢忘也。〔正末云〕貧道陳摶。隱居西華山中。不求人間富貴。無煩酬謝。但願二公保重者。〔唱〕

【金盞兒】投至我石枕上夢魂清。布袍底白雲生。但睡呵一年半載没乾凈。則看您朝臺暮省幹功名。我睡呵黑甜甜倒身如酒醉。忽嘍嘍酣睡似雷鳴。誰理會的五更朝馬動。三唱曉雞聲。

【賺煞】治世聖人生。指日乾坤定。〔趙云〕天下果有平定之時。那時節拜請先生下山。共享太平之福。〔正末唱〕何須把山野陳摶拜請。〔指鄭科唱〕若久後休忘了這青眼相看舊弟兄。

不索重酬勞賣卦先生。從今後罷刀兵。四海澄清。且放閒人看太平。我又不似出師的孔明。休官的陶令。則待學那釣魚臺下老嚴陵。〔並下〕

〔音釋〕著音尸　爇如夜切　營音盈　鞓音汀　酾須上聲　噥音農　兄虚迎切

第二折

〔外扮使臣引卒子捧砌末上云〕小官党繼恩是也。乃太尉党進之子。今奉官裏詔書。將着安車蒲輪。幣帛玄纁。向西華山請那陳摶先生。此係王命。不可怠慢。須索走一遭去者。〔下〕〔正末上云〕貧道自從汴梁竹橋邊算了那兩個君臣之命。歸到山中。醒時煉藥。醉時高眠。倒大快活清閒也呵。〔唱〕

【南吕一枝花】我往常讀書求進身。學劍隨時混。文能匡社稷。武可定乾坤。豪氣凌雲。似莘野商伊尹。佐成湯救萬民。掃盪了海内烽塵。早扶策溝中愁困。

【梁州第七】從逢着那買卦的潛龍帝主。饒了個算命的開國功臣。便即時拂袖歸山隱。全不管人間甲子。單則守洞裏庚申。降伏盡嬰兒姹女。將煉成丹汞黄銀。思飄飄出世離羣。樂陶陶禮聖參真。想他那亂擾擾紅塵内争利的愚人。更和那鬧攘攘黄閣上爲官的貴人。争如這閒摇摇華山中得道的仙人。一身。駕雲。九垓八表神遊盡。覷浮世暗中洒。坐看蟠桃幾度春。歲月常新。

【隔尾】則與這高山流水同風韻。抵多少野草閒花作近鄰。滿地白雲掃不盡。你與我緊關上洞門。休放個客人。我待靜倚蒲團自在盹。

〔末盹睡科使臣上云〕這些時不覺來到華山。端的是好山也。則見雲臺觀中。一縷白雲。上接丹霄。想必是那先生隱居的去處。我不免將金鐘撞動。使那先生知道。〔撞鐘末醒接使臣科〕〔唱〕

【牧羊關】我恰才遊仙闕。謁帝閽。驚的我跨黃鶴飛下天門。爲甚的玉節忙持。金鐘煞緊。又不是紙窗明覺曉。布被暖知春。驚的那夢莊周蝶飛去。尚古自炊黃粱鍋未滾。

〔相見科使臣云〕下官党繼恩。奉官裏敕旨。領着安車蒲輪。幣帛玄纁。敬到仙山。來請先生下山。聖人甚是懷念。望先生蚤些收拾行者。〔正末云〕貧道物外之人。無心名利。望天使回朝。方便奏咱。〔唱〕

【紅芍藥】開基創業聖明君。舜德堯仁。玉帛萬國盡來尊。一統乾坤。眼見得滅狼煙息戰氛。早則是澤及黎民。又待要招賢納士禮殷勤。幣帛降玄纁。

【菩薩梁州】特遣天臣。把賢良訪問。當今至尊。重酬勞賣卦山人。雖然是前言不忘是君恩。争奈我煙霞不憶風雷信。琴鶴自有林泉分。想名利有時盡。乞的田園自在身。我怎肯再入紅塵。

【隔尾】俺只待下碁白日閒消困。高枕清風睡殺人。世事無由惱方寸。則除你個繼恩。使臣。方便向君王行奏得准。

〔使臣云〕方今聖人在上。乾坤一統。萬國來賓。山間林下。並無遺賢。况先生乃天子之故人。天下之高士。自當歸朝。以慰聖人之意。〔正末唱〕

【牧羊關】既然海岳歸明主。敢放巢由作外臣。怎望您吊千年高塚麒麟。誰待要老去攀龍。則不如閒來卧雲。試看蓬萊尋藥客。商嶺採芝人。天下已歸漢。山中猶避秦。

【賀新郎】我往常雞鳴舞劍學劉琨。看三卷天書。演八門五遁。我也曾遍遊諸國占時運。則爲賣卦處逢着聖君。以此的入山來專意修真。看猿鶴知導引。觀山水爽精神。大都來性於遠習於近。則這黄冠野服一道士。伴着清風明月兩閒人。

〔使臣云〕久聞先生有黄白住世之術。不知仙教可使凡夫亦得聞乎。〔正末云〕神仙荒唐之事。此非將軍所宜問也。〔唱〕

【牧羊關】則你這一身拜將懸金印。萬里封侯守玉門。現如今際明良千載風雲。怎學的河上仙翁。關門令尹。可不道朝中隨聖主。却甚的林下訪閒人。既受了雨露九天恩。怎還想雲霞三市隱。

〔使臣云〕先生既如此説。何不仕于朝廷。爲生民造福者。〔正末唱〕

【哭皇天】酒醉漢難朝覲。睡魔王怎做的宰臣。穿着這紫羅袍似酒布袋。執着這白象笏似睡餛飩。若做官後每日價行眠立盹。休休休枉笑殺凌煙閣上人。有這般疎庸愚鈍。孤陋寡聞。

【烏夜啼】幸然法正天心順。索甚我橫枝兒治國安民。我則有住山緣那裏有爲官分。樂道安貧。誰羨畫戟朱門。丹砂好煉養閒身。黄金不鑄封侯印。我其實戴不的幞頭緊。穿不的朝衣坌。倒不如我這拂黄塵的布袍。漉渾酒的綸巾。

〔使臣云〕天恩不可辜負。請先生就車。即便行者。〔正末云〕既蒙天使到來。聖恩不敢違背。必須下山走一遭去也。〔唱〕

【黄鍾煞】也不索雕輪冉冉登程進。也不索駿馬駸駸踐路塵。既然是聖旨緊。請將軍休固懇。儘教山列着屏。草展着裀。鶴看着家。雲鎖着門。只消的順天風坐一片白雲。煞强似你那宣使乘的紫藤兜轎穩。〔同下〕

〔音釋〕纁音薰　降奚江切　姹瘡詐切　汞烏拱切　哂身上聲　盹敦上聲　閽音昏　氛音紛　分音奮　琨音昆　坌滂悶切　漉音禄　駸音侵

第三折

〔趙改扮駕引侍臣上詩云〕兩手揩摩新日月。一番整理舊乾坤。殿廷聚會風雲氣。華夏沾濡雨露恩。寡人宋太祖是也。數年之前。曾與汝南王兄弟在竹橋邊買卦。遇見陳摶先生。被他撥開混沌乾坤。指出太平天子。寡人臨御以來。好生想他。昨差使臣物色訪問。喜的他不棄寡人而來。今在寅賓館中。尚未朝見。寡人欲擬其官爵然後召他入朝。他又百般不受。且先加他道號希夷先生。賜鶴氅金冠玉圭。待朝會間。那時再作計較。黄門官領旨。去寅賓館請那先生來者。〔侍臣領旨科下〕〔正末上詩云〕家舍久從方外地。布袍重惹陌頭塵。道人原不求名利。名利何曾繫道人。貧道陳摶。下的西嶽華山。來到東京汴國。見了塵世紛紛。浮生擾擾。想我此行。實非本意也呵。〔唱〕

【正宫端正好】下雲臺。來朝會。不聽的華山裏鶴唳猿啼。道人非爲蒼生起。只是報聖主招賢意。

【滚繡毬】俺便是那閒雲自在飛。心情與世違。可又不貪名利。怎生來教天子聞知。是未發跡。卦鋪裏。那時節相識。曾算着它南面登基。〔使臣上云〕陳先生恭喜。官裏賜來衣冠道號。望闕謝恩。〔正末拜謝科唱〕因此上將龍庭御寶皇宣詔。賜與我鶴氅金冠碧玉圭。道號希夷。

〔使臣云〕先生在那隱居處山野荒凉。得如俺這朝署中這般富貴麽。〔正末唱〕

【倘秀才】俺那裏草舍花欄藥畦。石洞松窗竹几。您這裏玉殿朱樓未爲貴。您那人間千古事。俺只松下一盤棋。把富貴做浮雲可比。

〔使臣云〕官裏一心等着先生。請先生早些入朝者。兀的又有使命到也。〔駕上立住科〕〔正末唱〕

【滚繡毬】不住的使命催。奉御逼。便教咱早趨朝内。只是野人般不知個遠近高低。至禁幃。上鳳池。近臨寶砌。列鵷鸞簾捲班齊。玉堦前風擺龍蛇影。金殿上風吹日月旗。天仗朝衣。

〔見駕打稽首科〕〔唱〕

【倘秀才】無那舞蹈揚塵體例。只打個稽首權充拜禮。〔駕云〕故人别來無恙。今蒙不棄。喜慰平生。就在殿廷賜坐。好叙間闊。〔正末唱〕願陛下聖壽齊天萬萬歲。如今黄閣功臣在。白髮故人稀。見貧道自喜。

〔駕云〕希夷先生。今日得見仙顔。寡人喜不自勝。願侍同朝。以爲臣民之望。不知先生意下如何。〔正末云〕貧道山野懶人。不願爲官。〔唱〕

【叨叨令】向那華山中已覓下終焉計。怎生都堂内纔看旁州例。議公事枉損了元陽氣。理朝綱怕攪了安眠睡。貧道做不的官也麽哥。做不的官也麽哥。不要紫羅袍只乞黄紬被。

〔駕云〕先生如何做不的官。〔正末云〕聽貧道説來便見。〔唱〕

【倘秀才】我但睡呵十萬根更籌轉刻。七八甕銅壺漏水。恨不的生扭死窗前報曉雞。休想我惜花春起早。愛月夜眠遲。這般的道理。

〔駕云〕先生若肯做官。寡人與先生選一個閒散衙門。除一箇清要的官職。無案牘勞形。必不妨于政事。〔正末云〕貧道怎做得官也呵。〔唱〕

【滚繡毬】貧道呵愛穿的蔀落衣。愛吃的藜藿食。睡時節幕天席地。黑嘍嘍鼻息如雷二三年喚不起。若在那。省部裏。敢每日晝不着卯曆。有句話對聖主先題。貧道呵貪閒身外全無事。除睡人間總不知。空教人㸃眼舒眉。

〔駕云〕先生爲己則是矣。但未知大人之道。大人以四海爲家。萬物一體。無我無人。勿固勿必。所謂君子周而不比。先生當擴其獨樂之懷。普其兼善之量也。替寡人整理些朝綱。可不是好。

〔正末唱〕

【倘秀才】陛下道君子周而不比。貧道呵小人窮斯濫矣。俺須索志於道依於仁據於德。本待用賢退不肖。怎倒做舉枉錯諸直。更是不宜。

〔駕云〕先生休要推辭。似這朝中爲官。却不强如山中學道也。〔正末云〕這爲官的好處。貧道也

盡知了。〔唱〕

【滾繡毬】三千貫二千石。一品官二品職。只落的故紙上兩行史記。無過是重裀卧列鼎而食。雖然道臣事君以忠。君使臣以禮。哎。這便是死無葬身之地。敢向那雲陽市血染朝衣。〔帶云〕貧道呵。〔唱〕本居林下絶名利。自不合剗下山來惹是非。不如歸去來兮。

〔駕云〕你説爲官不好。可説那學仙的好處。與朕聽者。〔正末唱〕

【倘秀才】道有個治家治國。索分個爲人爲己。不患人之不己知。石牀綿被煖。瓦鉢菜羹肥。是山人樂矣。

【三煞】身安静宇蟬初蜕。夢遶南華蝶正飛。卧一榻清風。看一輪明月。蓋一片白雲。枕一塊頑石。直睡的陵遷谷變。石爛松枯。斗轉星移。長則是抱元守一。窮妙理。造玄機。

【二煞】雞蟲得失何須計。鵬鷃逍遥各自知。看蟻陣蜂衙。龍争虎鬭。燕去鴻來。兔走烏飛。浮生似争穴聚蟻。光陰似過隙白駒。世人似舞甕醯雞。便博得一階半職。何足算。不堪題。

〔駕云〕先生。你有甚麽便宜處。也説來者。〔正末唱〕

【煞尾】俺那裏雲間太華煙霞細。鼎内還丹日月遲。山上高眠夢寐稀。殿下朝元劍佩齊。玉闕仙堦我曾履。王母蟠桃我曾吃。欲醉不醉酒數盃。上天下天鶴一隻。有客相逢問浮世。無事登臨嘆落暉。危坐談玄講道德。静室焚香誦秋水。滴露研硃點周易。散誕逍遥不拘繫。赴召離山到朝裏。央及陳摶受宣敕。送上都堂入八位。掌管台衡總百揆。御史臺綱索省會。六部當該各詳細。攘攘垓垓不伶俐。是是非非無盡期。好教我戰戰兢兢睡不美。〔下〕

〔音釋〕濡音如　氅音敞　唳音利　跡將洗切　識傷以切　畦音奚　逼兵迷切　刻康美切　蔀音剖　食繩知切　貼音佔　比音幣　德當美切　直征移切　石繩知切　職張恥切　國音鬼　爲音位　蜕音税　一音以　造音操　鷃衣澗切　醯音希　隻張恥切　易銀計切　敕音恥　揆音跪

第四折

〔鄭恩扮汝南王引色旦上詩云〕平生潑賴曾爲盗。一運峥嶸却做官。使盡機謀常是飽。錦衣紈袴不知寒。自家鄭恩。官封汝南王之職。便是某幼年間與今上聖人爲八拜之交。患難相同。鎗刀不避。不想今日。也同享富貴。今奉官裏之命。領着御酒十瓶。御膳一席。宫中美女十人。去寅賓館管待希夷先生。他如今尚未出朝。不免打發美女進去。安排供具。我且躲在一壁。待那先生來時。再作計較。您每好生在意者。〔色旦云〕理會的。〔同下〕〔正末上詩云〕上林無興看花開。春色何人送的來。處士不生巫峽夢。空煩雲雨下陽臺。貧道陳摶。早朝見上。蒙聖人念舊。待我甚是懽喜。但是我雲水之身。山林之鳥。難在這等塵凡之中也呵。〔唱〕

【雙調新水令】半生不識曉來霜。把五更寒打在老夫頭上。笑他滿朝朱紫貴。怎如我一枕黑甜鄉。揭起那翠巍巍太華山光這一幅繡幃帳。

〔色旦上侍直云〕妾等官裏送來。與先生作傳奉。願侍枕席之懽。〔正末唱〕

【駐馬聽】白酒罇傍。閒慰眼金釵十二行。誤了我清風嶺上。不番身惡睡一千場。您則待泛桃花到處覓劉郎。我委實畫蛾眉不會學張敞。好没酌量。出家兒怎受閒魔障。

〔色旦粧醉戲末科云〕先生休拿出那道人鐵面皮。怎麼臉上和刮霜的一般。俺每都是未放的官花。誰曾經這等折挫。望先生少要棄嫌。〔正末云〕你每靠後者。你怎知我出家人的道心。〔唱〕

【步步嬌】折末胡廝纏到晨鐘撞。休想我一點狂心蕩。〔色旦云〕你來。我與你有句話説。〔正末唱〕喚陳摶有甚勾當。命不快遭逢着這火醉婆娘。乾誤了我晚夕參聖一罏香。半夜裏觀乾象。

〔色旦云〕俺與先生奉一盃酒咱。〔正末云〕俺道人每從來戒酒。不用他。〔色旦云〕我與先生奉一盃茶。先生試嘗這茶味何如。〔正末云〕是好茶也。〔唱〕

【沉醉東風】這茶呵採的一旗半鎗。來從五嶺三湘。泛一甌瑞雪香。生兩腋松風响。潤不得七碗枯腸。辜負一醉無憂老杜康。誰信您盧仝健忘。

〔云〕您每各自安置。我待睡也。〔做睡色旦扯末科云〕俺每都陪先生。怎敢捨的先生孤孤恓恓凄凄冷冷的。〔正末唱〕

【攪箏琶】你好是輕薄相。我又不寂寞恨更長。乾把那蝶夢驚回。多管葫蘆提害痒。早則是卧破月昏黄。直睡到日出扶桑。慌忙。猛聽得净鞭三下响。又待要顛倒衣裳。

〔鄭恩上云〕好個没理會的先生。待我自家過去。〔相見科云〕下官退朝較晚。乞恕探望來遲之罪。〔正末云〕多謝大王不忘故舊。〔鄭恩云〕先生好神算也。當日竹橋邊先生曾許我是個五霸諸侯。今日果應其言。〔正末唱〕

【雁兒落】曾道你官封一字王。位列頭廳相。那裏是有官的我預知。也則是你没眼的天將降。

〔鄭恩云〕那宫女每好生歌舞。我奉勸先生一盃。〔正末云〕又教這個大王傒倖殺我也。〔唱〕

【川撥棹】恰離高唐。躲巫娥一壁廂。客舍凄凉。仙夢悠揚。只想着邯鄲道上。原來在佳人錦瑟傍。

〔色旦勸酒科〕〔正末唱〕

【七弟兄】這塲。廝央。不相當。你便有粉白黛緑粧宫樣。茜裙羅襪縷金裳。則我這鐵卧單有甚風流况。

〔鄭恩云〕先生。聖人有云。食色性也。好色之心。人皆有之。又云。吾未見好德如好色者。先生獨非人乎。獨無人情乎。〔正末唱〕

【梅花酒】你可也忒莽撞。則道你燮理陰陽。却惜玉憐香。撮合山錯了眼光。就兒裏我也倉皇。您休使着這智量。俺樂處是天堂。

〔云〕貧道從來貪眠。我且盹睡片時。大王休怪。〔做睡科〕〔鄭恩與色旦背云〕須索如此如此。〔鄭作關門科云〕我把這門兒來帶上者。隨時且作窗前月。付與梅花自主張。〔下〕〔正末驚覺科唱〕

【收江南】呀。你敢硬將咱送上雨雲塲。則待高燒銀燭照紅粧。出家兒心地本清凉。怎禁得直恁般鬧攘。便是一千年不見也不思量。

【水仙子】我恰纔神遊八表放金光。禮拜三清朝玉皇。不争你拽雙環呀的門關上。纏殺我也瞎大王。驚的那下三山鶴夢翱翔。俺只待丹鼎内降龍虎。誰教咱錦巢邊宿鳳凰。枉羞殺金殿鴛鴦。

〔云〕只因我輕易下山。惹起這番勾當。倒惹那山靈見笑也。〔唱〕

【太平令】現如今山鬼吹燈顯像。野猿掄筆題墻。怕腐爛了芒鞋竹杖。塵沒了蒲團紙帳。縱有那女娘。黯粧。洞房。早盹睡了都堂裏宰相。

〔鄭恩上云〕天已明了。我把這門來開者。呀。好個古懒先生。還在那壁披衣據牀。秉燭待旦哩。〔正末云〕大王。教你傒倖殺我也。〔鄭云〕慚愧慚愧。我即奏官裏。宫中蓋一道觀。使先生住持。封爲一品真人。〔正末唱〕

【離亭宴帶歇指煞】把投林高鳥西風裏放。也强如啣花野鹿深宫裏養。你待要加官賜賞。教俺頭頂紫金冠。手執碧玉簡。身着白鶴氅。昔年舊草庵。今日新方丈。貧道呵除外別無伎倆。本不是貪名利世間人。則一個樂琴書林下客。絶寵辱山中相。推開名利關。摘脱英雄網。高打起南山吊窗。常則是煙雨外種蓮花。雲臺上看仙掌。

〔音釋〕崢音澄　嶸音横　袴與褲同　行音杭　夕星西切　辜音姑　相去聲　離去聲　邯音寒　鄲音丹　茜阡去聲　燮音屑　翱音敖　懒音鰲　鶴音豪　倆音兩

題目　識真主汴梁賣課
　　　念故知徵賢敕佐
正名　寅賓館天使遮留
　　　西華山陳摶高卧

龐涓夜走馬陵道雜劇

楔子

〔冲末扮鬼谷子領道童上詩云〕前身原是謫仙人。每誇蒼鸞謁上真。腹隱神機安日月。胸懷妙策定乾坤。貧道姓王名蟾。道號鬼谷先生。幼而習文。長而習武。善曉兵甲之書。能辨風雲之氣。不須勝敗。預决興亡。排陣處盡按天文。争鋒時每驅神將。恐怕人間物色。甘從谷口逃名。在這雲夢山水簾洞。扮道修行。忘其歲月。貧道有兩個徒弟。一個是龐涓。一個是孫臏。此二人來到山中。尋着貧道。拜爲師父。學業十年。兵書戰策。無不通曉。我觀此二人。孫臏是個有德有行的人。龐涓久後得地呵。此人是個短見薄識。絶恩絶義的人。他兩個每每要下山去進取功名。今日是個吉日良辰。貧道都唤出來。問他志向如何。貧道自有個主意。道童。與我唤將孫臏龐涓來者。〔道童云〕二位師兄。師父有請。〔正末扮孫臏同浄龐涓上〕〔正末云〕貧道孫臏。燕國人也。兄弟龐涓。乃魏國人氏。俺弟兄二人。一同來到雲夢山水簾洞。鬼谷先生根前學業。可早十年光景也。俺兩個兵書戰策。都學成了。今日師父呼唤。不知有甚事。須索走一遭去來。〔龐涓云〕哥哥。今日師父呼唤俺二人。你説爲甚麽來。自古道。學成文武藝。貨與帝王家。必然見俺二人學業成就。着俺下山。進取功名。哥哥。俺和你見師父。看着誰先下山去。〔正末云〕兄弟。你的本領强似您哥哥的。料必是先着你下山。喒和你見師父去。〔做見科〕〔鬼谷云〕您兩個來了也。〔正末云〕師父。俺兩個正在草庵中攻書。聽的道童來喚。一逕的來見師父。〔鬼谷云〕喚您來別無甚事。您兩個相從十年。學的那兵書戰策。已都成就了也。目今七國春秋。各相吞併。招賢納士。您兩個下山。進取功名。有何不可。〔龐涓云〕師父。您徒弟待要下山進取功名。不知師父意下如何。〔鬼谷云〕您兩個都要下山。未知何人堪可。待我先試您兩個的智謀計策。却是如何。我如今掘個三尺土坑。一個木毬兒。放在這土坑裏面。也不用手拏。也不用脚踢。要這木毬兒自家出來。我看你兩個機見咱。〔龐涓云〕這個也不打緊。如今這三尺土坑在山坡上。要這木毬兒自家出這土坑來。我只着幾個人將着鍬钁從這土坑邊開通一道深溝。直到山下。那木毬自然順着溝滚將出來。這般如何。〔鬼谷云〕孫子。您有什麽機見。〔正末云〕師父。這木毬兒本是輕的。如今挑幾擔水來。傾在這土坑裏面。待這毬兒將次浮在坑邊口上。徒弟再着一桶水衝將下去。那水滿了。這毬兒自然滚出。〔鬼谷云〕此計大妙。〔龐涓云〕偏我的不妙。〔鬼谷云〕住住住。這個也不打緊。我再看您兩個智謀如何。我如今坐在洞中。也不要你扶。也不要你請。則要你賺的我自然出這洞去。你二人獻計來。〔龐涓云〕這個倒有些難。哥哥你先道波。〔正末云〕師父。您徒弟無出洞之計。則有入洞之計。〔鬼谷云〕怎生是入洞之計。〔正末云〕若是師父立在洞門前。您徒弟也不扶着師父。請着師父。我着師父自然走入洞去。〔鬼谷做出洞科云〕我不信。我如今立在洞門前。看你有何計策。着我入洞來。〔正末云〕稽首師父。這便是徒弟出洞之計。〔鬼谷云〕此計大妙。龐涓。你有何出洞之計。〔龐涓云〕徒弟也無出洞之計。則有入洞之計。〔鬼谷云〕恰纔孫子說了。〔龐涓云〕偏我的計策不納。我如今再獻一計。師父。洞下一對虎鬭哩。〔鬼谷云〕我每日伏虎哩。便鬭有什麽好看。〔龐涓云〕既然師父不出來呵。我如今把乾柴亂草堆在洞門後面。燒起烟來。搶的師父慌。看你出來不出來。〔鬼谷云〕好則好。有些短見。〔龐涓云〕不使這等短見。怎生賺的師父出來。〔鬼谷云〕你兩個近前來。我且覰看您氣色咱。我觀孫子面色不如龐子。您先下山去。〔龐涓云〕則今日好日辰。辭別了師父。徒弟便索長行也。〔鬼谷云〕徒弟。你則着志者。〔正末云〕師父。今日兄弟下山去。您徒弟告假。要送兄弟一程。〔鬼谷云〕好。你送龐子去到前面杏花村。早些兒回來也。〔詩云〕你二人學業專精。投上國進取功名。不枉了深交契友。與龐涓送路登程。〔下〕〔龐涓云〕哥哥。想您兄弟多虧了哥哥。您兄弟若得官呵。保舉哥哥同享富貴。若不如此。天厭其命。作馬爲牛。如羊似狗。呀。正行之際。遇着一道深澗。澗口一個獨木橋兒。〔背云〕這個獨木橋兒只怕多年朽爛了。我待要先過去來。未知這橋牢也不牢。我如今要求官應舉去。倘若有些疎失可怎了。我則除是這般。〔回云〕哥哥。你是兄。我是弟。可不道行者讓路。哥哥先行。〔正末云〕既然兄弟讓我。待我先過橋去。〔龐涓背云〕且住者。我爲甚着他先過去。他若踹折了那橋。跌死了他。我往那遠遠的遶將過去。到的做官呵。則顯我一個。可不好。〔回云〕哥哥請先過去。〔正末做過橋科云〕我過的這橋。兄弟。你過來。〔龐涓背云〕哥哥過去了也。他頭裏未曾過去時。這橋還壯哩。則怕他踹損了。則除是恁的。〔回云〕哥哥。依着您兄弟有些兒害怕。你一隻脚踹着那岸邊。一隻脚踹着這木頭。探着身。舒着手。等兄弟過來時。你接我一接。〔正末云〕我依着你。我一隻脚踹着那木頭。一隻脚踹着這岸邊。我探着身。舒着手。接你過來。〔龐涓背云〕如何。我爲着甚麽着他舒着手接我過去。倘有疎失。我拏住他的手。可不我倒他也倒。〔回云〕哥哥。將你手來。〔正末云〕兄弟。兀的不是手。〔做拏正末手過橋科〕〔龐涓云〕過來了。兀的不諕殺我也。哥哥。送君千里。終有一别。哥哥你回去。您兄弟若得官呵。必然保舉哥哥。同享富貴。若不如此。天厭其命。作馬爲牛。如羊似狗。〔正末云〕兄弟。你休這般説。我買一壺兒酒。與兄弟餞行咱。〔龐涓云〕量兄弟有何德能。着哥哥如此用心也。〔正末云〕兄弟。滿飲此杯。〔龐涓云〕多謝了哥哥。〔正末云〕兄弟此一去。則要你着意者。〔唱〕

【仙吕賞花時】想着喒轉筆抄書幾度春。常則是刺股懸粱不厭勤。你今日踐紅塵。只願你此去呵功名有准。早開閣畫麒麟。

【幺篇】抵多少西出陽關無故人。一種離愁兩斷魂。我越送越關親。好割不斷弟兄的義分。〔帶云〕兄弟。你穩登前程。〔唱〕早過了五里這坐杏花村。〔下〕

〔龐涓云〕哥哥回去了也。不敢久停久住。則今日進取功名。走一遭去。〔詩云〕别却荒山往帝都。萬言書上顯機謨。一朝身掛元戎印。方表男兒大丈夫。〔下〕

〔音釋〕臏賓去聲　鍬悄平聲　钁音掘　賺音湛

第一折

〔外扮魏公子領丑鄭安平卒子上〕〔魏公子詩云〕始祖成周號畢公。不知何代失侯封。一自三卿分晋後。大梁惟我獨稱雄。某乃魏昭公太子申是也。始祖畢公。乃文王第十三子。武王之弟。分封于魏。已後失職。輔佐晋文公爲卿。至周威烈王之時。與韓趙二家日漸强盛。遂滅晋國。三分其地。今周赧王在位。天下併爲七國。各據疆土。俺國新收一將。乃是龐涓。只他廣多韜略。甚有英雄。直將六國諸侯。驅於馬下。俺封他爲武陰君之職。他在父王根前。舉保一人。乃是他同堂故友孫臏。此人有鬼神不測之機。文武兼全之具。還勝似他一倍。若果如所說。豈非俺國大幸。現今徵聘入朝。父王着某在演武場中。等待孫臏到時。與他加官賜賞。鄭安平。與我請將龐涓元帥來者。〔鄭安平云〕理會的。龐元帥。公子有請。〔龐涓上詩云〕天生性子本妬忌。只爲臨行曾説誓。今朝舉薦入朝來。且看如何另有計。某乃龐涓是也。自離了師父下山。初投齊國。因他不納賢。却又投於魏國。後來齊公子設一大宴。請各國公子會於臨淄境上。那齊公子問俺魏公子要辟塵如意珠。俺魏公子不肯與他。那齊公子懷怒。只待魏公子還時。便差大將田忌從後趕來。魏公子差鄭安平與田忌交戰。不想鄭安平大敗。被某單鎗獨馬衝上。則一陣活拏了田忌。驅六國公子盡皆下馬。因此魏公子加某爲武陰君之職。就掛了兵馬大元帥之印。我想孫臏别時。曾言哥哥得官。提拔兄弟。兄弟得官。提拔哥哥。若虧了心呵。天厭其命。作馬爲牛。如羊似狗。設下這般盟誓。我如今在公子根前。保舉過孫臏。見了公子。必有加官賜賞。可早來到也。小校。報復去。道有龐涓在於門首。〔卒子報科云〕喏。報的公子得知。有龐元帥來了也。〔公子云〕道有請。〔卒子云〕請進。〔龐涓見科云〕公子。小官舉保的孫臏來了也。〔公子云〕快着人喚將來。我自有加官賜賞。〔龐涓云〕小校。與我請將孫臏來者。〔卒子云〕孫臏安在。〔正末上云〕貧道孫臏是也。自與兄弟龐涓相別。可是三年光景。幸的他不忘前言。果於魏公子根前舉保貧道。今日在教場内着人相請。須索走一遭去來。〔做見龐涓科〕〔龐涓云〕哥哥來了也。我在公子根前舉薦過了。今日必當重用。喒和哥哥見公子去來。〔正末云〕量貧道有何德能。着兄弟如此用心也。〔做見公子科〕〔龐涓云〕公子。這便是孫臏。〔公子云〕只他是孫先生麽。〔正末云〕是貧道。〔公子云〕有龐元帥數次薦舉。說你深懷妙策。廣看兵書。則今日加你爲四門都教練使。你謝了恩者。〔正末做謝恩迴謝公子科云〕謝了公子也。〔龐涓背云〕他初下山來。又無寸箭之功。加他偌大的官職。久以後那裏顯我。我要對公子說來。當初可是我保舉他的。則除是恁般。〔見公子云〕公子。俺這哥哥善能排兵布陣。今日就在教場中撥與他三千軍馬。着他排幾個陣勢。與公子看波。〔公子云〕元帥之言甚善。孫先生。我與你三千軍馬。就在此教場内。擺幾個陣勢。等我試看咱。〔正末云〕貧道領旨。〔龐涓云〕哥哥。你是擺陣咱。〔正末做擺陣科云〕大小三軍聽吾將令。合行則行。合止則止。若違令者。必當斬首。〔唱〕

【仙呂點絳唇】遮莫他蓋世英雄。驅兵擁衆。你可也休驚恐。若是和俺孫臏交鋒。只當似掌股上嬰兒弄。

【混江龍】今日個君王選用。做個四門團練副元戎。在教場中擺開陣勢。顯耀神通。准備玉籠擒彩鳳。安排金鎖困蛟龍。暗伏着死生開杜。明列着水火雷風。馬一似蒼虬惡兕。人一似黑煞天蓬。也不用提刀仗劍。也不用插箭彎弓。單聽俺中軍帳畫面鼓鼕鼕。和着那忽刺刺雜彩旗搖動。早則見罩四野征雲慘慘。下一天殺氣濛濛。

（云）大小三軍。與我擺開陣勢者。（卒子擺陣科）（正末云）打陣的來。（公子云）龐元帥。你看這個陣勢。喚做什麼陣勢。（龐涓云）鄭安平。你認的這個陣勢麼。（鄭安平云）待我看來。這個喚做匾擔陣。（龐涓云）那裏有什麼匾擔陣。公子。這個是一字長蛇陣。（公子云）你着什麼陣破他。（龐涓云）我有二龍戲水陣破他。（公子云）孫先生破的是麼。（正末云）破的是。（公子云）你再擺個陣勢。（正末云）理會的。大小三軍。與我擺開陣勢。打陣的來。（公子云）龐元帥。認的這個陣勢麼。（龐涓云）鄭安平。你再認看。（鄭安平云）這個我極認的。喚做丫髻陣。（龐涓云）可知你不認的哩。公子。這個喚做天地三才陣。（公子云）你着什麼陣破他的。（龐涓云）我着四門斗底陣破他。（公子云）孫先生。破的是麼。（正末云）破的是。（龐涓背云）且慢者。恰纔他擺過的陣勢。都是我在山中操練過的。我下山來這三年光景。則怕俺那師父別教與他什麼兵書戰策。則除是恁的。（見公子科云）公子。他恰纔擺的陣勢。都是我知道的。他還有好陣勢。不肯擺將出來。公子。如今着他別擺一個陣勢。（公子云）孫先生。恰纔你擺的陣勢。都是可破的。何足爲奇。你須再擺一個。若是再破了呵。必然見罪。孫先生莫怪。〔正末云〕理會的。兄弟也。着我擺陣。你顛倒在公子根前。下這般譖言。你既然着別擺。我如今將天書内摘一個陣勢出來。這個陣是九宮八卦陣。九宮上九個天王。八卦上八個那吒。把這軍馬擺將過來。將一個軍卒撥倒在地。將那鎗刀劍戟都簇在那軍卒身上。看他認得是這個陣勢麽。小校。與我擺陣。〔做擺陣科〕〔正末云〕公子。着那打陣的將軍來認我這陣勢咱。〔公子云〕龐元帥。你認這個陣是什麽陣。〔龐涓做意科云〕鄭安平。你認的這陣麽。〔鄭安平認科云〕待我數一數。元來有八座門。我認的了。元帥。這個叫做螃蟹陣。〔龐涓云〕哇。那裏有螃蟹陣。〔鄭安平云〕待我再認呵。哦。有一個小軍被亂鎗戳倒在地上。這喚做鑿鱉陣。〔龐涓背云〕休道你認不的。我也認不的。哦。他怎麽擺出這個陣勢來。我待説認的。我本不認的。不知甚麽陣。我待説不認的。可有公子在此。對着衆將。我是個元帥。不着笑我。則除是恁的。〔回云〕公子。想孫子好生無禮。有陣便擺。無陣便罷。他怎生擺出個胡亂陣來。教我怎生認的。〔公子云〕孫臏。你有陣擺陣。無陣便罷。怎麽擺個胡亂陣。却待欺瞞我麽。〔正末云〕公子。誰這般道來。〔公子云〕是龐元帥道來。〔正末云〕公子。教那將軍來打我這陣勢。他若打得開。豈不是胡亂陣。若打不開。便是一個好陣。〔公子云〕龐元帥鄭安平。您聽的孫臏説麽。教你兩個打陣去。〔鄭安平云〕哥也。你認的這個陣勢。是那胡亂陣也不是。〔龐涓云〕兄弟。他的兵法怎麽到的我根前發賣。你放心去。不妨事。〔鄭安平云〕孫臏。我打陣來也。〔正末云〕大小三軍。但有打陣來的。便與我執縛住者。〔唱〕

【油葫蘆】我這裏布網張羅打大蟲。誰着你將軍校衝。早沙場上殺的血染馬蹄紅。〔鄭安平打陣科云〕哥也。到的這陣裏面。可怎生東西南北都不省的了也。〔正末云〕是什麼人。快與我拏將來。〔卒子拏鄭安平科〕〔正末唱〕則你那三更不應君王夢。可兀的一身枉請皇家俸。我將你捉在馬前。你今日落在勾中。誰着你不明白撞入我這迷魂洞。不由我忿氣欲填胸。

〔鄭安平云〕師父可憐見。不干我事。都是龐元帥來。〔正末唱〕

【天下樂】可不道將在謀不在勇。哎。只你個英也波雄。枉用功。我如今捉獲你對咱粧懵懂。〔云〕大小三軍。將那厮奪下鞍馬。剥去衣甲。休教走了也。〔鄭安平云〕將我鞍馬衣甲都收了。教我怎麽回去見元帥。〔正末唱〕一壁厢扯了錦袍。一壁厢牽了玉驄。我看你怎生還本陣中。

〔鄭安平云〕師父息怒。本不干我事。是龐元帥使我來。師父殺生不如放生。怎生饒過我來。可也好那。〔正末云〕可也不干你事。小校。釋了縛者。搶出去。〔鄭安平云〕還了我那鞍馬衣甲來。〔正末云〕休與他。搶出去。〔龐涓云〕兄弟。你怎麽這般模樣。〔鄭安平云〕元帥都是你來。你説是胡亂陣。我剛到那裏面。東南西北都不省的。又無一個人。不知怎的將我拏住了。着我哀告了他半日。將我鞍馬衣甲都奪下了。將我搶出陣來。他是你好兄弟。那裏是羞我。敢則是羞你哩。

〔龐涓云〕孫臏這廝好無禮也。你便饒不過鄭安平那。你這廝也不中用。〔鄭安平云〕元帥。你休强。我到陣中就昏迷不醒。他就拏住我了。〔龐涓云〕鄭安平。他的那兵書戰策在我根前賣弄。則是擔水向河裏賣。我如今打陣去。我若打了那陣呵。方顯出大將軍八面威風。〔背云〕且慢者。我如今打陣去。倘或將我拏住呵怎了。則除恁的。比及我打陣。我先叫一聲説龐元帥打陣來了也。我哥哥聽的我打陣。必然縱放我些。不敢拏住。〔叫云〕我龐元帥親自打陣來也。〔正末云〕大小三軍。擺的嚴整者。〔龐涓云〕操鼓來。〔做入陣科云〕好是奇怪。連我也不知東南西北了也。〔正末云〕將那打陣將軍與我拏住者。〔衆拏科〕〔正末唱〕

【醉中天】我道是誰把征駒縱。原來是兄弟將錦營衝。只我這些胡做喬爲本不工。〔龐涓云〕哥哥饒過您兄弟咱。〔正末唱〕**你個快打陣的怎便忙陪奉。**〔卒子推科〕〔正末云〕住者。〔唱〕**你看那小校每前推後擁。**〔龐涓云〕兀的不諕殺我也。〔正末唱〕**早諕的他戰欽欽頭疼腦痛。**〔云〕兄弟。你不説來。〔龐涓云〕哥哥。我説甚麼來。〔正末唱〕**可不道大將軍八面威風。**〔龐涓云〕兀的不羞殺我也。哥哥想七國中惟您兄弟一人而已。六國都來進奉。則是怕兄弟。誰想哥哥神機妙策。出鬼入神。今日在陣上拏住您兄弟。着我有何面目再去驅兵領將。大丈夫寧死也不辱。罷罷罷。哥哥。你小心在意。扶持魏國。您兄弟納下靴笏襴袍。收拾輪竿。釣魚爲活。永無争名奪利之心。您兄弟知罪了也。〔做跪科〕〔正末云〕兄弟。你道差了也。〔唱〕

【後庭花】我喜的是弟兄每兩意同。你則待執輪竿作釣翁。哀告這掌軍權的燕孫臏。

〔帶云〕兄弟請起。〔唱〕請起你個夢非熊的姜太公。若到那殿庭中怎忘了弟兄的情重。

〔龐涓云〕哥也。若公子問呵。休説哥哥好。兄弟歹。則説俺兩個擺陣勢是一般兒的。〔正末云〕兄弟。我知道了也。〔唱〕我對大人行會脱空。

〔龐涓云〕哥哥。這都是兄弟的不是了。只願哥哥想喒舊日契交朋友。今日舉薦爲官。也是不忘盟誓之意。假若公子問呵。誰輸誰贏。哥哥您則善言咱。〔正末云〕兄弟。你放心者。我和你見公子去來。〔公子云〕孫先生。我問你。兩家擺陣勢。誰輸誰贏。你從頭實説咱。〔正末云〕公子。貧道與元帥都是鬼谷先生弟子。雖同傳授。各用心機。便是元帥也有不知貧道演習的去處。貧道也有不知元帥的去處。總之一般。〔公子云〕雖然如此。好歹豈没個贏没個輸的。〔正末唱〕

【金盞兒】他那裏一一問行蹤。俺兄弟悄悄的厮過從。好教我意躊躇兩下裏可兀的難趨奉。我待不説呵怎生支對主人公。待説呵我和他書窗曾最密。怎宦路不相容。〔公子云〕孫先生。你怎生不言語。〔正末唱〕我正是滿懷心腹事盡在不言中。

〔公子云〕孫先生。你恰纔擺陣時畢竟是誰輸誰贏。〔正末云〕公子。聽貧道説咱。〔唱〕

【賺煞尾】我和他十載習兵書。九轉能成誦。這八卦陣縱横不窮。管七國江山着君王獨自統。便有六丁神我敢也驅下天宫。五方幢。招颭如風。四下裏兵戈擺的没些兒縫。似這等三軍簇捧。要着我二人何用。〔公子云〕難道你兩個就没一個强弱。〔正末唱〕俺

兩個都一般的談笑會成功。〔同龐涓下〕

〔公子云〕兩個將軍去也。令人將馬來。待俺回父王的話去。〔詩云〕恰纔二將爭雄在戰場。都一般的神機妙策沒低昂。龐涓是一條擎天白玉柱。孫臏是一座架海紫金梁。〔下〕

〔音釋〕赧難上聲　辟音匹　虯音求　兕音似　罩嘲去聲　那音挪　吒音渣　戳敕角切　懵夢上聲　駌音冤　幢音童

楔子

〔鬼谷子領道童上詩云〕暑往寒來春復秋。夕陽西下水東流。將軍戰馬今何在。野草閒花滿地愁。貧道鬼谷子是也。自從龐涓到於魏國。受了武陰君之職。他舉薦孫子下山。共同爲官。貧道觀其氣色。此一去必有災難。如今設下壇場。縛起個草人。待貧道登壇。召取諸天神將。看其休咎。便見分曉。道童。壇場設下了也不曾。〔道童云〕師父。壇場已完備多時了也。〔鬼谷子云〕真香一爇。瑞霧飄飖。高昇寶篆。上徹雲霄。三鼕法鼓。萬聖來朝。恭請玉清聖境元始天尊。三省六曹。左輔右弼。南辰北斗。東極西靈。十二宮辰。二十八宿。九天遊奕使者。三界直符使者。十方捷疾靈神。本山土地。當境城隍。空虛典祀。社廟威靈。聞今關召。速至壇庭。〔擊令牌科云〕一擊天清。二擊地靈。三擊五雷。萬神聽令。再召九宮八卦部中神。十二元辰位中將。〔做踏罡呪水科云〕水無正行。以呪爲靈。在天爲雨露。在地作泉源。一噀如霜。二噀如雪。三噀天地清净。〔做取劍科云〕庚辛鑄體。離火煉形。玉清教主賜來。有道真人驅使。先請五方五帝。銜符佩劍。入吾水中。吾持此水非凡水。九龍吐出净天地。太乙池中千萬年。吾今將來驗凶吉。虔心啓請四直功曹。神劍撇下。休錯分毫。疾。道童。劍落在草人那裏。〔道童云〕師父。劍落在草人足上。〔鬼谷云〕嗨。孫臏必有刖足之災。不傷其命。想孫臏臨行那日。貧道曾與他一計。教他遇難之時。脱逃性命。〔詩云〕孫臏機謀不可當。龐涓空使惡心腸。他兩個刖足之讎何日報。少不得馬陵山下一身亡。〔下〕〔龐涓同鄭安平上〕〔龐涓云〕恨小非君子。無毒不丈夫。某龐涓想來。那孫臏無禮。是喒舊交朋友。我便有些兒差池。你就躭待不得。把俺拏在陣前。花白許多説話。怎生出的我這口氣。〔鄭安平云〕我元不濟。你自做個計較。〔龐涓云〕則除是這般。鄭安平。你去詐傳着魏公子之命。説與孫臏知道。今晚三更三點。熒惑失位。着他領三百三十騎人馬。都是紅袍紅旗。到宮門外面。連射三箭。鳴鑼擊鼓。吶喊摇旗。着他魘鎮火星。你小心在意者。〔鄭安平云〕理會的。領着元帥將令。與孫臏説知。走一遭去。〔下〕〔龐涓云〕鄭安平去了也。這一去料那孫臏敢不依令。若是公子聽的。豈不大驚。待他問我呵。我就説孫臏有反亂之心。公子必然將此人殺壞。那其間便是我平生願足。〔下〕〔鄭安平上望古門道云〕孫先生。奉公子的命。着你今夜晚間三更將盡。領着軍卒。鳴鑼擊鼓。吶喊摇旗。望王宮門首連射三箭。着你魘鎮火星。小心在意者。〔下〕〔正末領卒子上云〕某孫臏是也。奉公子的命。領着三百三十單三騎人馬。到王宮門首。魘鎮火星。走一遭去。可早來到也。衆軍校與我鳴鑼擊鼓。吶喊摇旗。望着王宮門首。連射

三枝火箭。吶三聲喊。退了火星也。〔射科〕〔唱〕

【仙呂賞花時】我如今奉敕蒙宣統士卒。則爲這熒惑離宫失位所。我望帝闕近皇都。連發了三枝箭羽。早没半霎兒將火星除。〔下〕

〔音釋〕噀詢去聲　刖音月　熒音盈　惑音或　魘音掩　卒從蘇切

第二折

〔魏公子領卒子上云〕某乃公子魏申。好是奇怪也。昨夜三更三點。甚麽人鳴鑼擊鼓。吶喊摇旗。又有火箭數枝。一直射進宫内。不知何故。左右那裏。與我唤將龐元帥來者。〔卒子云〕龐元帥安在。〔龐涓上云〕適聞公子呼唤。料孫臏必然中我之計也。待公子問俺時。自有主意。〔見公子科〕〔公子云〕元帥。昨夜晚間三更時分。宫門外這般鳴鑼擊鼓。吶喊摇旗。射進幾枝火箭來。却是爲何。〔龐涓云〕公子。這事都是我龐涓之罪。誰想孫臏。公子加他爲四門都練使。他嫌官小。因此夜晚間領着軍卒鳴鑼擊鼓。必然有反叛之心也。〔公子云〕既然如此。建起法場。就着你爲監斬官。將孫臏斬訖報來。〔下〕〔龐涓云〕領旨。令人。唤將鄭安平來者。〔鄭安平上云〕元帥唤我做甚麽。〔龐涓云〕鄭安平。如今公子要殺壞孫臏。着我爲監斬官。我和他是同堂故友。難以行法。我着你去監斬。就今日建起法場。若殺他呵。等我過來。有我的言語。你便下手。小心在意者。〔下〕〔鄭安平云〕刀斧手那裏。把住街道。與我拏將孫子來者。〔劊子上云〕理會的。〔做拏正末上科〕〔鄭安平云〕孫臏。你知罪麽。〔正末云〕我不知罪。〔鄭安平云〕你剗的不知罪。你昨夜三更時分。領着軍卒。在宫門之外。鳴鑼擊鼓。呐喊摇旗。連射幾枝火箭。明明是有反魏之心。公子的命。要將你殺壞哩。〔正末云〕嗨。我中他計也。似此怎了也呵。〔唱〕

【正宫端正好】禍臨頭。誰人救。則我這潑殘生眼見的千死千休。誰着你把箭三枝連射三更後。哎。你也合將那傳令的人追究。

【滚繡毬】我可也爲國愁。爲國憂。爲知心數年交厚。我恨不的併吞了六國諸侯。這江山和宇宙。士女共軍州。都待着俺邦情受。怎知道運拙也志願難酬。哎。孫臏也不争你讒言譖語遭人搆。直感的野草閑花滿地愁。那裏也正首狐丘。

〔鄭安平云〕孫臏。你好模好樣的做這等勾當。你也須自知罪過。還説甚麽。你説一句鋼刀豁口。覷一覷金瓜碎首。劊子磨的刀快。只等午時三刻到來。便要殺壞了哩。〔正末唱〕

【倘秀才】哎。我説一句鋼刀豁口。覷一覷金瓜碎首。我可甚一旦無常萬事休。我不合鳴金鼓。統戈矛。〔帶云〕我本無罪過。怎要殺壞我也。〔唱〕這便的是我犯由。

〔鄭安平云〕孫臏。你只安心兒受死。不要大驚小怪的。〔正末唱〕

【滚繡毬】這法場近御溝。對鳳樓。〔帶云〕冤屈也。〔唱〕我這裏叫盡屈有誰來分剖。送的我眼睁睁有國難投。强縛住我這調羹補衮的手。掩住我這銜冤負屈的口。這都是我自作自受。也不專爲那人怨人讎。哀哉故國難回首。可正是煩惱皆因强出頭。便死何求。

〔龐涓上云〕我教鄭安平代做監斬官。起建法場。殺壞孫臏。如今往法場上過。我則推不知道。擺開頭踏。慢慢的行。我是個朝中有功之人。今日敕賜與我十瓶黄封御酒。我多飲了幾杯。我好快活也。〔做唱科〕〔唱〕今宵酒醒何處。楊柳岸曉風殘月。〔正末云〕兀的不是龐涓過來也。我明知道他殺壞我。我着他救我咱。我臨行時師父曾與我一計。若遇禍難臨頭。有人唱道。今宵酒醒何處。楊柳岸曉風殘月。你可訴出心間之事。就得不死。我如今不説。等待何時。兩街百姓。我死不緊。只可惜我腹中有卷六甲天書。不曾傳授與人。若有人救了我的性命。我情願傳寫與他。决無隱諱。〔龐涓驚科云〕嗨。師父好歹也。將這六甲天書倒傳與他。傳與我的天書。原來是假的。我如今獨霸六國。料無對手。若再得這天書呵。還有誰人近的我。當日他擺出陣來。我不認的那個陣勢。可知道他在天書裏面摘下來的。我若殺了這厮。便是絶了這天書也。我自有個妙計。賺他這天書哩。〔劊子云〕午時三刻到了。開刀。〔龐涓云〕是斬誰。〔劊子云〕斬孫臏哩。〔龐涓云〕是孫臏。且留人者。〔做悲云〕哥哥。你爲甚麼來。〔正末云〕兄弟也。殺我的罪過。你敢知情麼。〔龐涓云〕我若知情呵。唖是命隨燈而滅。哥哥。你端的爲甚麼來。〔正末唱〕

【白鶴子】他對着我急煎煎的忙問取。我對着他悄促促的説情由。〔龐涓云〕哥也。我若知情呵。唖是命隨燈而滅。〔正末唱〕只道他含着淚苦滴滴的假慈悲。却原來指着燈磣可可的言盟咒。

〔云〕兄弟。你怎生救我咱。〔龐涓云〕哥哥。我如今公子根前説去。救的你也休喜歡。救不得也休煩惱。劊子。你且慢者。待我見了公子轉來呵。另有區處。〔背云〕我若救了他的性命。倘若不寫天書。悄悄的溜了去。我那裏尋他。我如今也不要他死。也不放他走。則等着寫了天書。方纔處置他。未爲遲也。〔虚下〕〔復上科云〕我如今許傳公子的命。免了他項上一刀。只刖了他二足。哥哥。您兄弟來了也。〔正末云〕兄弟。你説的如何。〔龐涓云〕哥哥。你兄弟一言難盡。〔龐涓悲科〕〔正末唱〕

【脱布衫】我道你搜尋出百樣機謀。翻惹下千種閒愁。則你個爲昔日同堂故友。怎惜得這般勤盡心兒搭救。

【醉太平】哎。兄弟也可怎生問着時緘口來閉口。快與我分别一個恩讎。饒不饒即便説緣由。好着我猜不着謎頭。我見他自推自跌自僝僽。迷留没亂把雙眉皺。〔龐涓悲科〕〔正末唱〕只他這英雄眼裏淚交流。快説波親兄弟帥首。

〔龐涓云〕劊子。將孫子釋了縛者。公子的命。免你項上一刀。〔正末云〕空教我吃這一驚。多虧了我兄弟。留的我性命在。也儘好了。〔龐涓云〕哥哥且休歡喜。可要刖了你二足哩。〔正末唱〕

【倘秀才】我就在這法場上連忙頓首。拜謝着行仁義君王萬壽。〔帶云〕我這個性命有個比喻。〔唱〕似釣出鰲魚脱了鉤。但軀命。得存留。便是老天來保祐。

〔龐涓云〕一壁厢家中安排着茶酒飲食。等待哥哥。〔鄭安平云〕帶挈我也吃一杯兒。〔同下〕〔劊子云。〕孫先生。這裏離元帥遠哩。我問你。你是風魔呵是九伯。你兩個冤讎太重。那個不知要殺壞你也是他。要救你也是他。要刖足也是他。龐元帥要害你性命哩。你小心者。〔正末云〕噤聲。〔唱〕

【滾繡毬】你休那裏信口謅。這言語你也合三思然後。俺兄弟怎肯道東澗東流。〔劊子云〕我不說謊。〔正末唱〕則管裏無了收。〔帶云〕俺兩個說誓來。〔唱〕他虧我似猪狗。我虧他似馬牛。俺兩個曾對天說咒。俺兄弟他怎肯火上澆油。俺兩個勝如管鮑分金義。休猜做孫龐刖足讎。枉惹得萬代名留。

〔龐涓云〕鄭安平。公子在那裏。立等回話哩。兀那劊子。你近前來。我囑付你。刖足之時。我着你輕着。你便重着。我說淺着。你便深着。劊子拏的銅鐁來。早下手波。〔劊子云〕理會的。孫臏。請出你那尊足來。〔龐涓云〕輕着些兒。〔又云〕淺着些兒。〔劊子刖足科〕〔正末云〕兀的不痛殺我也。〔龐涓云〕將酒來。哥哥甦醒者。您兄弟備下香噴噴三盞安魂酒。你吃了便定疼也。〔正末唱〕

【二煞】我飲過這香噴噴三盞兒安魂酒。則被你閃殺我也血淥淥一雙脚指頭。刀落處鼻痛心酸。皮開肉綻。筋骨相離。鮮血澆流。哎。可怎生神嚎鬼哭。霧慘雲昏。白日爲幽。耳邊厢只聽得半空中風吼。莫不是和天地替人愁。

〔龐涓云〕哥哥休騎馬。則怕那穢氣撲了哥哥的瘡難醫。鄭安平。你與我將哥哥背的家去。〔正末唱〕

【煞尾】兄弟。則這功名成就合成就。我得好休時便好休。養可瘡海上遊。洗了耳覓許由。學太公把釣鈎。逐范蠡一葉舟。想榮華風内燭。富貴如水上漚。將利名一筆勾。再不向殺人場攬禍尤。白白的將性命丢。攢住眉頭懶轉眸。咬定牙兒且忍羞。打熬着足上浸浸血水流。哎。你個行刃的哥哥你暢好是下的手。〔下〕

〔龐涓云〕孫臏也。你如何出的我手。着令人背的我書房中去。安排茶飰。與他食用。准備文房四寶。傳寫天書。只待早起修了天書。我便早起殺了那廝。晚夕修了天書。我便晚夕殺了那廝。我務要將他翦草除根。萌芽不發。爲何如此説。我平日之間。兩個眼裏。偏嫌這等無仁無義歹弟子孩兒。〔下〕

〔音釋〕磣參上聲　緘饑咸切　謎迷去聲　僝鋤山切　僽音驟　謅叉搜切　鬭音鬧　甦音蘇　吼呵苟切　穢音畏　蠡音里　漚音歐

第三折

〔龐涓上云〕某龐涓是也。自從將孫子刖了二足。可早半年有餘。抄寫天書。將次完備。眼見得那廝便是死的人也。我已曾着人看去了。這早晚怎不見來回話。〔卒子上云〕禀元帥得知。誰想孫臏正寫天書。中間一陣風魔上來。將天書手中扯了一半。口中嚼了一半。燈上燒了一半。白日與小兒同耍。到晚來與羊犬同眠。打也不知。罵也不知。端的是個風魔了也。〔龐涓笑科云〕那廝怎麼瞞得我老龐。明明是不肯傳授天書。故意假作風魔。我要看破他。有何難處。令人。你近前來。分付你一樁事。你一隻手將着個饅頭。一隻手將着荷葉。包着那污穢的東西。他若詐風魔呵。便吃饅頭。是真的便吃污穢。若是真風魔呵。任着他要生要死。不必收留。你小心在意者。〔卒子云〕理會的。〔龐涓詩云〕孫臏風魔假做成。只看飲食便分明。〔卒子詩云〕若是吃了那些污了口。隨他念殺天書也不靈。〔同下〕〔外扮卜商引祗從載茶上云〕小官乃齊國上大夫卜商是也。方今大周天下。七國春秋。是秦齊燕趙韓楚魏。這七國中向稱强秦雄楚。與俺全齊。俱爲上國。今因魏國倚恃龐涓。每每侵伐鄰邦地界。俺六國不得已。年年進貢。歲歲修盟。俺齊國今年合該進茶。却差着小官入魏。貢車五十餘輛。無非上品高茶。小官近聞龐涓請將孫臏下山。本欲同扶魏國。後因孫臏排兵布陣。拏住龐涓。遂成讎恨。在公子根前讒譖他有反魏之意。綁赴法場。那孫子臨刑之時。口稱我死不爭。可惜胸中三卷天書。無人傳授。比時龐涓要得抄寫天書。即免其死。刖了二足。收留在家。誰想孫子一陣風魔上來。將所寫天書扯了一半。口内嚼了一半。火上燒了一半。白日裏與小兒同戲。到晚來與羊犬同眠。我想這個必是假的。今日小官往魏國進茶去。在於驛亭中安歇。只待貢事少暇。悄悄地看個動静。那孫子果然真個風魔。這不必説了。若是假呵。小官用些小智術。救的他出了魏國。到俺齊邦。奏過主公。拜爲軍師。一者報孫子刖足之讎。二者雪六國進貢之恥。豈非是一場莫大的功績。〔詩云〕我本孔門高弟子。來與齊邦作使臣。只要訪得風魔孫臏出。准備後車同載渭川人。〔下〕〔正末粧風扒上云〕休笑休笑。我和你耍子去來。這裏也無人。貧道孫臏是也。自從辭別了師父下山。到於魏國。公子教俺擺陣。不想龐涓在公子根前下了譖言。將貧道刖其二足。如今佯推風疾舉發。白日裏與兒童作戲。到晚間共羊犬同眠。不知幾時纔得個出頭之日也呵。〔唱〕

【雙調新水令】打獨磨來到畫橋西。恰便似出籠鷹剪折了我這雙翼。自知毛羽短。怎敢撲天飛。我則索做啞粧癡。幾回家閣不住眼中淚。

〔帶云〕我早知這般呵。不下山來可也好那。〔唱〕

【步步嬌】想當初在雲夢山中把天書習。定道是取將相能容易。誰知有這日。生把俺七尺長軀打滅的無存濟。哎喲天那甚日得遂風雷。也吐出俺這三千丈虹霓氣。

〔倈兒上云〕風子。你見我這個饅頭麼。〔正末云〕我正要饅頭吃哩。你拏的來。〔正末做討饅頭倈兒不與科〕〔唱〕

【沉醉東風】您幾個作耍的笑嘻笑嘻。我這等好男兒怎和你步步相隨。您幾個小的每。都把饅頭吃。〔倈兒云〕兀那風子。你不要與我看。我不與你饅頭吃。〔正末唱〕常言道口没尊卑。〔倈兒云〕兀那風子。我丟將這饅頭去。你若是趕的上。就把這饅頭與你吃。趕不上你吃我三拳頭。〔正末云〕是是是。我趕饅頭者。趕的上便吃饅頭。趕不上吃你三拳。〔倈兒云〕我丟將饅頭去也。〔正末趕科〕〔俫兒打科〕〔正末唱〕我趕不上饅頭索忍饑。〔帶云〕饅頭不曾吃。倒吃了一頓打。〔唱〕嗨。這的是脚短的先生可便落的。

〔卒子拏砌末上云〕奉元帥的將令。着我將這饅頭和這穢污。尋孫臏去。兀的不是他。怎麽有這夥小厮在這裏。〔做打俫兒下科〕〔正末唱〕

【攪箏琶】見一個狠公吏。叫一聲似春雷。諕的那幾個作耍頑童。都一時間潛在那裏。〔卒子云〕兀那風子。你脚上瘡疤疼痛。如今可好了麽。〔正末唱〕起動你問我瘡疾。我可也皺定雙眉。〔做悲科云〕我好疼哩。我好疼哩。〔唱〕堪悲。休則管絮絮聒聒。扯扯拽拽。痛不痛我足下須自知。索甚猜疑。

〔卒子云〕兀那風子。你看我這手裏拏的甚麽。〔正末云〕是饅頭。〔卒子云〕這個是甚麽。〔正末云〕這個你則道我不知哩。這個是餻糜。〔卒子云〕你吃饅頭好。吃餻糜好。〔正末云〕我則吃餻糜。〔卒子云〕你吃餻糜。要發病傷人也。〔正末云〕我則要吃餻糜。〔唱〕

【雁兒落】我常擔着空肚皮。〔卒子云〕你幾曾見這等好茶飯來。〔正末唱〕好茶飯幾曾道嘗滋味。雖然我脚尖上有病疾。〔卒子云〕你休吃。則怕發了你的瘡。〔正末唱〕我心兒裏倒也無閒氣。

〔拏砌末做吃科〕〔唱〕

【得勝令】我因此上怕甚麽冷餂糜。〔卒子云〕真個風魔了也。我回元帥的話去。〔下〕〔正末唱〕他見我吃一口走如飛。自從我做作風魔漢。受了些腌臢歹氣息。非是我無知。偏要吃他這茶食。我可便明知。怕不是龐賊使見識。

〔云〕天色晚了。我還羊圈裏歇息去也。〔做扒入圈科云〕你看我耍子去來。這早晚人都睡了。我也睡也。〔做睡科〕〔卜商上云〕小官卜商。自到魏邦進茶已畢。見在館驛中安下。小官看了孫子。數日不得空便。未敢接談。今日又跟隨了一日。他如今往羊圈中宿歇去了。你看天色已晚。前後無人。我直跟到這羊圈根前。吟兩句詩。調發此人。看他說甚麽。〔詩云〕美玉類頑石。珍珠污垢泥。〔正末驚科云〕這言語不是我魏國的人。我再聽咱。〔卜商又念科〕〔正末答云〕用手輕抹洗。萬里色輝輝。〔卜商云〕眼見的此人不是真風魔了。我且再聽他說甚麽來。〔正末云〕這裏敢有人救我也。待我作歌一首。〔歌云〕亭亭百尺半死松。直凌白日懸晴空。翠葉毿毿籠彩鳳。高枝曲曲盤蒼龍。豈無天地三光照。猶然枯槁深山中。其奈樵夫無耳目。手攜巨斧相摧蹷。臨崖砍倒棟梁材。析作柴薪向人鬻。終可笑兮終可笑。每日只在街頭鬧。淺波寧畜錦鱗魚。知誰肯下絲綸釣。空愁望。空悲嘅。舉動唯嫌天地窄。若有風雷際會時。敢和蛟龍混滄海。〔卜商云〕此人之意。已盡露矣。我不免跳入這圈内去。孫先生。你休大驚小怪的。我是齊國卜商。特來救拔你哩。〔正末云〕你莫不是子夏否。〔卜商云〕然也。〔正末唱〕

【掛玉鈎】我這裏吐膽傾心說與伊。難道你不解其中意。〔卜商云〕先生何不跟我館驛中去來。〔正末云〕你先行。我隨後便到也。〔卜商云〕你不與我同去。可是爲何。〔正末唱〕**我則怕路上行人口勝碑。**〔卜商云〕先生。我須不是故意來賺你的。〔正末唱〕**喒兩個都心會。**〔卜商云〕小官此一來。專爲先生。別無他幹。〔正末唱〕**既然是你爲我來。須回避。且做個面北眉南。你東咱西。**

〔卜商做先後行到科〕〔卜商云〕可早來到館驛也。我關上這門。先生。你休大驚小怪的。則怕有人知道。將茶飯來。先生食用咱。〔正末云〕龐涓。您和我同堂學業。轉筆抄書。相守十年有餘。誰想如此狠毒也。〔龐涓領卒子上云〕小官龐涓是也。頗奈孫臏無禮。他原來詐風魔。竟自走了也。我觀將星落在館驛裏面。大小三軍。將這座館驛週圍把住者。令人。與我喚出卜商那厮來。〔卒子云〕理會的。〔卜商云〕先生怎了也。有龐涓在館驛門首。如之奈何。〔正末云〕你不要顧我。你則自去對付他。〔做躲科〕〔卜商見龐涓科云〕元帥喚小官做甚麼。〔龐涓云〕卜商。你是小國之臣。怎敢將孫臏潛藏這館驛中。你從實的説有也是無。〔卜商云〕小官從來不知甚麼孫臏。〔龐涓云〕你道無有。我入館驛中搜去。若搜出孫臏來呵。你的性命可也不保。令人。將卜商拏住。休教走了。我入館驛搜去。大小三軍。與我前後仔細搜者。〔卒子搜科云〕前後都無。〔龐涓云〕屋上瞧。〔卒子云〕屋上也無。〔龐涓云〕井裏撈。〔卒子云〕井裏也無。〔龐涓云〕前後都無。這厮可往那裏去了。孫臏。你不在這裏便罷。你若在這裏。你聽者。我只爲那擺陣時結下的冤讎。要殺你也是我來。刖了足也是我來。我若今日見你呵。將你活剁做兩三截。你要活時恰似井底撈明月。我若拏住你呵。你道兄弟饒了我者。要我饒你呵。則除是九重天滴溜溜飛下一紙郊天赦來。〔做再念科云〕這前後委實的是無。卜商。你敢偷出孫臏去麽。〔卜商云〕小官要孫臏何用。〔龐涓云〕令人。放了卜商者。〔卜商云〕多謝元帥。〔龐涓云〕卜商。恰纔我若搜出孫臏來。我不道的饒了你哩。你如今幾時回去。〔卜商云〕小官明日便回去。〔龐涓云〕你往那一門去。〔卜商云〕我往東門去。〔龐涓云〕比及你來時。我先在東門等你。將你那人夫都點過。茶車裏都搜過。你若帶出孫臏去呵。你見麽。俺這裏雄兵百萬。戰將千員。有一日兵臨城下。將至壕邊。四下裏安營。八下裏札寨。兵打你城池。馬踐你出川。卜商。那其間悔之晚矣。〔下〕〔卜商云〕兀的不諕殺我也。恰纔與孫先生正吃飯哩。忽聽的龐元帥下馬。圍了館驛。搜尋孫臏。且喜的搜不着。不知可往那裏去了。孫臏你好强也。龐涓你好狠也。嗨。卜商。你好險也。待我叫一聲孫先生。孫先生。

〔正末唱〕

【殿前歡】那喚我的却爲誰。〔卜商云〕先生。你在那裏來。〔正末唱〕在那摘星樓上我便做筵席。安排下脱殼金蟬計。我則索躲是逃非。〔卜商云〕龐涓賊。你好狠也。〔正末唱〕這的是他下的我也下的。〔卜商云〕先生。龐涓又來了也。〔正末唱〕哎。纏殺我也天魔祟。我便似小鬼般合撲地。〔卜商云〕你趓時節誰知道來。〔正末唱〕這公事則除天知地知。〔帶云〕龐涓。你怎知我在這裏吃茶飯哩。〔唱〕只半合兒使碎我這心機。

〔卜商云〕先生。我本意要帶你去。只是一件。恰纔龐元帥問我幾時回去。我便道明日回。往東門去。龐涓道。我先在東門上將你那茶車搜過。若搜出來呵。可怎了也。〔正末云〕大夫放心。此人搜頭不搜尾。若搜呵。嗒着一個小軍兒。打扮他的小軍。飛馬來報道。西門上拏住孫臏了。出的東門。你自慢慢的從大路上行。我便落荒而走。只要到的齊邦。便好領兵拏獲龐涓。報我刖足之讎也。〔卜商云〕此計大妙。〔做同行科〕〔龐涓上云〕卜商。你往那裏去。〔卜商云〕小官回齊國去也。〔龐涓云〕令人。與我搜這茶車者。〔卒子上云〕報的元帥得知。西門上拏住一個瘸先生也。〔龐涓云〕眼見的是孫臏了。我西門上殺那瘸先生去來。〔下〕〔卜商云〕元帥去了。先生快上馬者。

〔正末唱〕

【離亭宴帶鴛鴦煞】我仗天書扶立你東齊國。統精兵尅日西攻魏。一聲喊將征塵蕩起。急颭颭搠旌旗。撲鼕鼕操畫鼓。磕擦擦驅征騎。劍摧翻嵩岳山。馬飲竭黃河水。看龐涓躲到那裏。我將他活剥了血瀝瀝的皮。生敲了支剌剌的腦。細剔了疙蹅蹅的髓。便那鄭安平鏇掉了頭。魏公子也屈折了腿。直殺的一個個都爲肉泥。恁時節纔報了我刖足的讎。雪了你貢茶的恥。〔同下〕

〔音釋〕嚼齊消切　冀銀計切　習星西切　日人智切　吃音恥　的音底　疾精妻切　息喪擠切　食繩知切　識傷以切　毵音三　鬻于句切　嘅開上聲　窄齋上聲　席星西切　祟音歲　瘸巨靴切　國音鬼　髓桑嘴切

第四折

〔齊公子領卒子上〕〔齊公子詩云〕自來東土列諸侯。渤海瑯邪佔上游。爲甚河山稱十二。甘心臣魏不知羞。某乃齊公子是也。姓田名辟疆。始祖本姬姓宗親。自陳敬仲入齊。賜姓田氏。後來田恒篡了齊國。至田和奉周天子的命。列爲諸侯。世世相承。至齊康公薨而無後。立我父王。稱爲齊威王者是也。目今七國春秋。秦齊燕趙韓楚魏。俺齊國原爲上國。止因魏國拜龐涓爲帥。此人大有膂力。善曉兵書。每每加兵六國。莫能當敵。俺不得已與魏國年年納貢。今年特遣大夫卜商。入魏進茶。不想卜商暗將孫臏在茶車内帶到俺國。聞得他兵法更勝似那龐涓百倍。俺如今就拜爲軍師。統領大勢雄兵。會合各國大將。與龐涓決戰。真個軍師妙算。鬼神莫測。只一個添兵減竈之計。要將龐涓賺到馬陵山峪。做下八面埋伏。准備擒他。看這一場。是好厮殺也。令人。與我唤各國大將前來聽令者。〔卒子云〕理會的。諸將安在。〔李牧上〕〔公子云〕趙國大將李牧聽令。撥與你青旗爲號。就領本部三萬人馬。接應田忌。截殺龐涓。引到馬陵山下。休違悮者。〔李牧云〕得令。〔吴起上〕〔公子云〕楚國大將吴起聽令。撥與你紅旗爲號。就領本部三萬人馬。接應田忌。截殺龐涓。引到馬陵山下。休違悮者。〔吴起云〕得令。〔樂毅上〕〔公子云〕燕國大將樂毅聽令。撥與你白旗爲號。就領本部三萬人馬。接應田忌。截殺龐涓。引到馬陵山下。休違悮者。〔樂毅云〕得令。〔馬服子上〕〔公子云〕韓國大將馬服子聽令。撥與你黄旗爲號。就領本部三萬人馬。接應田忌。截殺龐涓。引到馬陵山下。休違悞者。〔馬服子云〕得令。〔王翦上〕〔公子云〕秦國大將王翦聽令。撥與你皂旗爲號。就領本部三萬人馬。接應田忌。截殺龐涓。引到馬陵山下。休違悞者。〔王翦云〕得令。〔公子詩云〕領將驅兵莫避難。報讐雪恨在今番。馬陵山下先埋伏。不斬龐涓誓不還。〔同下〕〔田忌上詩云〕十萬强弓伏馬陵。明爲減竈暗添兵。龐涓合是今朝滅。會看軍中奏凱聲。某乃齊國大將田忌是也。奉軍師的將令。着某爲先鋒。會合各國大將。與龐涓相持厮殺。則要輸不要贏。將龐涓引過鴻溝而來。你道軍師爲何着俺佯輸詐敗。元來軍師唯恐龐涓自揣不如。心懷懼怯。未肯窮追。因此故意的設這減竈之計。使龐涓看見俺國兵馬。自到魏國界上。不勾五日。已逃的逃。死的死。亡其大半。必然奮勇追殺將來。却于馬陵山下。樹林深處。預先埋伏强弓硬弩十萬餘張。將大樹一株刮去樹皮。寫着道龐涓死此樹下六個大字。樹枝之上。掛着一盞明燈。料的龐涓追到此處。必然放下燈來。看那樹上所題之字。元來俺軍師就以此燈爲號。只看此燈一下。那埋伏的弓弩。即便一時齊發。龐涓也則教你有翼翅飛不上雲頭。有指爪劈不開地面。可不似牽羊入屠户之家。一步步來尋死地。〔龐涓躧馬領卒子上云〕某乃龐涓是也。頗奈孫臏無禮。他跟的卜商走了。如今用孫臏爲軍師。田忌爲先鋒。攻我魏國。與某决戰。不曾到的五日。早把他家人馬殺其大半。量他何足道哉。兀那塵土起處。敢是田忌來也。〔田忌上云〕龐涓。你豈不知歸師勿掩。窮寇勿追。你苦苦趕我做什麽。料你的本領我也不怕。我判的和你併個你死我活。放馬來。〔龐涓云〕田忌。你是我手裏敗將。不早早受縛。還要强嘴哩。

〔做戰〕〔田忌敗走科云〕我敵他不過。三十六計。走爲上計。走走走。〔各國接上戰俱敗科〕〔龐涓云〕你看那厮都殺敗了也。乘勢不得不趕。大小三軍。跟我追將去來。〔下〕〔正末同齊公子各將上〕〔正末云〕貧道孫臏是也。自到齊國。拜某爲軍師之職。今日聚這大小三軍。在此馬陵山下。只今晚要斬龐涓。報某刖足之讎。衆軍校擺的嚴整者。〔齊公子云〕今日要擒拏龐涓。雪俺六國之恨。皆賴軍師妙計。〔正末唱〕

【中吕粉蝶兒】打一輪皂蓋輕車。按天書把三軍擺設。誰識俺這陣似長蛇。端的個角生風。旗掣電。弓彎秋月。喊一聲海沸山裂。管殺的他衆兒郎不能相借。

〔云〕令人。這山下有一株大樹。是甚麼樹。你去看來。〔卒子云〕有一株大樹。是白楊樹。〔正末云〕令人。與我將這白楊樹砍倒了。刮去了皮。將筆硯來。〔卒子云〕理會的。筆硯在此。〔正末唱〕

【醉春風】我將這烏龍墨恰研濃。我將這紫兔毫深蘸徹。〔寫科〕〔詩云〕白楊樹下白楊峪。正是龐涓合死處。今夜不斬魏人頭。孫臏不還齊國去。〔公子云〕你看寫着什麼哩。〔正末唱〕道不離此處斬龐涓。我親自的寫。寫。一來是孫臏的計謀。二來是主公的福分。第三來單注着那人合滅。

〔公子云〕那龐涓是一條好漢。怕也斬不的他麽。〔正末唱〕

【石榴花】笑龐涓敢逞盡十分劣。逐定咱不相撇。争知這馬陵道上有攔截。山崖斗絶。

樹林稠疊。萬張强弩齊攢射。敢立化了一堆鮮血。總便有三頭六臂天生別。到其間那裏好藏遮。

〔公子云〕那龐涓説。你是他同堂故友哩。〔正末唱〕

【鬭鵪鶉】俺和他同堂友至契至交。須不是被傍人厮間厮諜。俺可也爲甚麽相賊相殘。都是他平日裏自作自孽。他把切骨的冤讎死也似結。怎教俺便忘了者。俺如今拚的個不做不休。這就是至誠心爲人爲徹。

〔龐涓云〕是好一塲厮殺也。來此馬陵山下。天色已晚。不知齊國敗兵過去多遠了。大小三軍。前面林子裏透出一盞燈光。必有人烟去處。可跟着我趕去看來。呀。原來別無人家。是一株大樹。樹上掛着一個燈籠。呀。怎麽樹上有幾行字。小校。快與我放下燈來。待我看這字寫着甚麽。〔正末唱〕

【上小樓】兀的燈焰又昏。月影又斜。則見他緊鞚征騅。左右盤旋。不得寧貼。他覷一回。望一回。腸慌腹熱。怎知馬和人死在今夜。

〔龐涓看科云〕這樹上却是四句詩。待我念來。白楊樹下白楊峪。正是龐涓合死處。今夜不斬魏人頭。孫臏不還齊國去。哦。元來這瘸夫到此地面。還把大言謊着我哩。〔正末唱〕

【么篇】他那裏語未絶。俺這裏箭早拽。則見他驀澗穿林。鑽天入地。急切難迭。脚趔趄。眼也斜。恰便似酒酣時節。龐涓也休猜做楊柳岸曉風殘月。

〔龐涓云〕此處莫不有埋伏的軍馬麽。不中。我只索倒回干戈。領軍去也。〔孫臏云〕龐涓。你那裏去。大小三軍。與我圍定了峪口者。休教走了龐涓。〔龐涓云〕兀的不諕殺我也。高阜處説話。好似我孫臏哥哥。我是叫他一聲咱。孫臏哥哥。〔正末云〕叫我的是誰。〔龐涓云〕是您兄弟龐涓。〔正末云〕你叫我怎麽。〔龐涓云〕多時不見哥哥。我心中好生想你也。〔正末云〕你那賊。却元來也有今日哩。〔唱〕

【快活三】俺把心中事明訴説。您把詩中句細披閲。大古來有甚費週折。多喒是您勾魂帖。

〔龐涓云〕哥哥可憐見。是您兄弟的不是了也。〔正末唱〕

【朝天子】我可也不爲別。是你親曾把誓設。〔龐涓云〕兀的不滅了這盞燈也。〔正末唱〕正應着唾是命隨燈滅。〔龐涓做拜科云〕哥哥可憐見。只饒過您兄弟咱。〔正末唱〕龐涓你既做了這業又何必恁怯。枉了也參拜無休歇。哎。則你個臉兒假熱。心兒似鐵。忍下的眼睜睜把我雙足刖。你如今死也。再休想放捨。恰便似水底撈明月。

〔公子云〕小校。與我拏過龐涓來者。〔田忌做拏龐涓見正末跪下科〕〔龐涓云〕哥哥。我龐涓知罪了也。可憐我一世爲人。只是饒了我罷。〔正末唱〕

【十二月】他那裏自推自跌。從今後義斷恩絶。〔龐涓云〕哥哥。喒和你是同心共膽的好朋友。饒過我者。〔正末唱〕你道是同心共膽。還待要騙口張舌。我只問你三回兩歇。怎送的我二足雙瘸。

〔云〕想當日在館驛中。你不道來。〔龐涓云〕我道什麼來。〔正末唱〕

【堯民歌】你道是若拏住活剐做兩三截。〔龐涓云〕哥哥。舊話休題。〔正末唱〕今日個馬陵道上把大冤雪。我劍鋒親把樹皮揭。寫着道今夜裏此處斬豪傑。傷也波嗟。我和你從今便永訣。〔帶云〕龐涓。您要不死呵。〔唱〕則除是半空中飛下滴溜溜一紙郊天赦。

〔公子云〕軍師。則管和他説到幾時。先把這廝刖了雙足。切下了驢頭。然後將屍首分開做六段。散與六國去罷。〔孫臏云〕小校。將銅鍘來先刖了這廝雙足者。〔龐涓云〕罷罷罷。大丈夫睁着眼做。合着眼受。這也不必説了。只可惜那六甲天書還不曾傳授哩。〔正末唱〕

【煞尾】再言語豁了這廝口。再言語截了這廝舌。將那一顆驢頭慢慢鋼刀切。纔把我刖足的冤讎報了也。

〔斬龐涓科〕〔公子云〕小校。傳下軍令。着六國諸將。將龐涓屍首分爲六處。各自領回本國。懸着示衆。則今日就在馬陵山。做個賞勞的筵席。奏凱班師。六國諸將試聽者。〔詞云〕奈龐涓擅起戈矛。生擾亂六國諸侯。自恃的英雄無敵。妬孫子假意相求。只等待下山入魏。便與他賭勝爭籌。因打陣結成嫌隙。索天書百計圖謀。强中手偏生犯對。詐風魔一命終留。卜大夫載回齊國。拜軍師坐擁貔貅。諸國將皆來助戰。喊殺處霧慘雲愁。用減竈佯輸詭計。引追兵直過鴻溝。伏萬弩馬陵山谷。題大樹決斬龐頭。果然得分屍奏凱。還報了刖足深讎。

〔音釋〕篡初患切　薨呼耕切　膂音旅　設商者切　掣音徹　月魚夜切　裂郎夜切　醮知濫切　徹昌惹切　峪于句切　劣閭夜切　撇邦也切　截藏斜切　絶藏靴切　疊音爹　血希也切　別邦也切　諜音爹　孽尼夜切　結饑也切　貼湯也切　熱仁蔗切　拽音夜　驀音陌　迭音爹　趔郎耶切　趄青耶切　乜忙也切　節音姐　説書也切　閲魚夜切　折音者　帖湯也切　滅迷夜切　業音夜　怯丘也切　歇希也切　鐵湯也切　跌音爹　舌繩遮切　雪須也切　揭機也切　傑其耶切　訣居也切　切音且　凱開上聲　貔音牌　貅音休

題目　孫臏晚下雲夢山

正名　龐涓夜走馬陵道

救孝子賢母不認屍雜劇

王仲文撰

第一折

〔沖末扮王翛然領張千上〕〔云〕老夫乃王翛然是也。自出身以來。跟隨郎主。累建奇功。謝聖恩可憐。官拜大興府府尹之職。老夫今奉郎主之命。隨處勾遷義細軍。不敢久停久住。收拾鞍馬。便索走一遭去來。〔詩云〕上馬踐紅塵。勾遷義細軍。親承郎主命。豈敢避辛勤。〔下〕〔正旦扮李氏領外楊興祖楊謝祖旦兒王春香上〕〔正旦云〕老身姓李。夫主姓楊。亡過二十餘年也。有兩個孩兒。大的個孩兒喚做楊興祖。年二十五歲。學一身好武藝。小的個孩兒喚做楊謝祖。年二十歲。教他習文。這個是大孩兒的媳婦。喚做春香。他爺娘家姓王。在這東軍莊住。俺在這西軍莊住。俺是這軍户。因爲夫主亡化。孩兒年小。謝俺貼户替當了二十多年。老身與孩兒媳婦兒每緝麻織布。養蠶繅絲。辛苦的做下人家。非容易也呵。〔唱〕

【仙吕點絳唇】家業消乏。拙夫亡化。拋撇下。癡小冤家。整受了二十載窮孤寡。

【混江龍】今日個孩兒每成人長大。我看的似掌中珠懷内寶怎做的眼前花。一個學吟詩寫字。一個學舞劍輪撾。乞求的兩個孩兒學成文武藝。一心待貨與帝王家。時坎坷。受波查。且澆菜。且看瓜。且種麥。且栽麻。儘他人紛紜甲第厭膏粱。誰知俺貧居陋巷甘麄糲。今日個茅簷草舍。久以後博的個大纛高牙。〔楊興祖云〕母親在上。您孩兒想來。喒這莊農人家。有甚麽好處。〔正旦唱〕

【油葫蘆】俺孩兒耕種鋤鉋怕甚麽。那裏也有人笑話。想先賢古聖未通達。〔楊謝祖云〕母親。自古以來。可是那幾個。〔正旦唱〕有一個伊尹呵他在莘野中扶犂耙。有一個傅説呵他在巖墻下拏鍫鍤。〔楊謝祖云〕這兩個都怎生來。〔正旦唱〕那一個佐中興事武丁。那一個輔成湯放太甲。〔帶云〕休説這兩個人。〔唱〕則他那無名的草木年年發。到春來那一個樹無花。

【天下樂】今世裏誰是長貧久富家。〔楊謝祖云〕母親。您孩兒想來。則不如學個令史倒好。〔正旦唱〕哎。你個兒也波那。休學這令史咱。讀書的功名須奮發。得志呵做高官。不得志呵爲措大。〔帶云〕你便不及第回來呵。〔唱〕只守着個村學兒也還清貴煞。

〔王脩然領張千拏雜當上云〕老夫王脩然。奉聖人的命。着往河南路勾遷義細軍。本合着有司家勾取。恐怕有司家擾民。老夫親自勾軍。來到此開封府西軍莊。有一家兒人家。姓楊。這廝替他當軍二十餘年。我拏住這廝道。楊家兩個孩兒。成人長大。可以着他親自當軍去。兀那廝。此話是實麽。〔雜當云〕並無虚言。是實。〔王脩然云〕既然如此。你就引着我到他家去。〔張千云〕楊家有人麽。出來見勾軍的大人咱。〔楊興祖云〕理會的。我見大人去。〔做見王脩然跪科云〕大人。

喚小的每有何事。〔王翛然云〕兀那小斷。你是楊家的。你家裏再有甚麽人。喚出來。〔楊興祖做報正旦科云〕母親。有還軍的王大人在於門首哩。〔正旦云〕孩兒也。洒掃了草堂。我自接待去咱。〔正旦見科〕〔王翛然云〕兀那婆子。你是那西軍莊楊家麽。〔正旦云〕老身家便是。〔王翛然云〕老夫勾還義細軍。拏住這個小斷。他説道是貼户。替你家當了二十年軍也。你爲什麽要他替來。

〔正旦唱〕

【憶王孫】則爲這孩兒每幼小且饒咱。〔王翛然云〕小斷每長立成人也。〔正旦唱〕**今日個長立成人俺可也合替他。**〔王翛然云〕你家裏丁產多。〔正旦唱〕**雖然是丁產多時也告乏。**〔王翛然云〕他替你家當了二十年也。〔正旦唱〕**則他這數年家。將俺寡婦孤兒躭待煞。**

〔做拜謝雜當科〕〔王翛然云〕兀那婆子。你爲何拜他。〔正旦云〕大人。這軍身元是俺家的。多虧這貼户替俺當了二十年。今年輪也輪着俺家當了。〔王翛然云〕好個一家兒本分的人家。有了軍身也。放了那小斷。你自營生去。〔雜當云〕謝了爺爺。不要孩兒每當了軍。我也無甚事。賣葱菜兒去也。〔下〕〔王翛然云〕兀那婆子。你有兩個小斷。着那一個小斷當軍去。〔正旦云〕請大人下馬來。到草堂上坐。老身有兩個孩兒。隨大人揀一個當軍去便了。〔王翛然云〕兀那婆子。老夫隨處還軍。不曾停一時半霎。你請老夫下馬來。到草堂上。兩個小斷。隨分揀一個去。老夫便下馬來。到草堂坐一坐。怕做甚麽。〔王翛然做坐科〕〔正旦同楊興祖謝祖叩頭科〕〔王翛然云〕兀那婆子。老夫公家事忙。兩個小斷。着那一個小斷。跟老夫當軍去。〔正旦云〕老身有兩個孩兒。論禮呵則着大的個孩兒當軍去。〔王脩然云〕兀那婆子。你說的是。我就依着你着大的個孩兒去。兀那小斷。你可肯去麽。〔楊興祖云〕大人在上。小人是楊興祖。從小裏習學武藝。兄弟是楊謝祖。從小裏頗看詩書。豈不聞家憑長子。國憑大臣。這軍役是俺家的。小人合該當軍去。〔楊謝祖跪云〕大人在上。小人楊謝祖。從小裏看書。雖然不會武藝。比及大人今日來。小人夜得一夢。跟着大人出征。夢中作了四句氣概詩。〔王脩然云〕你記的麽。〔楊謝祖云〕記的。早間抄寫在此。大人是看咱。小人正該當軍去。〔王脩然云〕有寫本將來我看。〔念科〕昨夢王師大出攻。夢魂先到浙江東。屯軍百萬西湖上。立馬吴山第一峯。嗨。這小的有這等氣概。是軍伍中吉祥的勾當。這等呵。着小的楊謝祖去。〔正旦云〕大人。小的個孩兒軟弱。他那裏去的。則着大的個孩兒當軍去。〔王脩然云〕兀那婆子。你着這大的個孩兒當軍去。他會什麽武藝來。〔正旦唱〕

【醉中天】大孩兒幼小習弓馬。武藝上頗熟滑。可便凛凛身材七尺八。宜攢帶堪披掛。〔王脩然云〕便着這小斷去也無傷。〔正旦唱〕這小的兒力氣又不加。則合向冷齋中閒話。從來個看書人怎任兵甲。〔王脩然云〕兀那婆子。端的着誰去。〔正旦云〕大的個孩兒有膂力。去的。小的孩兒軟弱。去不的。〔王脩然云〕兀那婆子。你說道大的孩兒有膂力。去的。小的軟弱。去不的。〔正旦云〕小的個孩兒本去不的。〔王脩然云〕噤聲。這婆子。你元說道兩個小斷。隨老夫揀一個去。那小的個楊謝祖。他夢見老夫遷軍。做下四句氣概詩。我說道是軍伍中得這等識字的人。可多得用處。你左來右去。則着大的個孩兒去。説他有膂力可去得。小的個孩兒軟弱去不得。我想這大的個小廝。必然是你乞養過房螟蛉之子。不着疼熱。那小的個孩兒。是你親生嫡養。便好道親生子着已的財。以此上不着他去。〔詩云〕老婆子心施巧計。將老夫當面瞞昧。兩三番留下小兒。必定是前家後繼。兀那婆子。你説的是。萬事都休。説的不是。張千。准備着大棒子者。〔正旦云〕大人。都是老身的孩兒。着老身説甚麽那。〔王翛然云〕兀那婆子。你説。你若不説呵。將大棒子來打呀。〔正旦云〕大哥二哥兒也。我説也。説則説。你休怨者。〔王翛然云〕如何。我説前家後繼麽。〔正旦云〕告大人暫息雷霆之怒。略罷虎狼之威。聽老身説一遍咱。亡夫在日。有一妻一妾。妻是老身。妾是康氏。生下一子。未曾滿月。因病而亡。這小的孩兒楊謝祖。便是康氏之子。未及二年。和夫主也亡化過了。亡夫曾有遺言。着老身善覷康氏之子。經今一十八年。不曾有忘。此子與老身之子。一般看承。則是不別夫主之言。爲什麽則教大的個孩兒當軍去。那大小厮是老身親生的。陣面上有些好歹呵。這小的個孩兒。也發送的老身入土。大人。道不的個公子登筵。不醉即飽。武夫臨陣。不死則傷。倘或小的個孩兒當軍去呵。有些好歹。便是老身送了康氏之子。老身死後。有何面目見亡夫於九泉之下。只此老身本心。伏取大人尊鑑。〔王翛然驚科云〕婆子請起。這等是老夫差了也。便好道方寸地上生香草。三家店内有賢人。依着你則着大的個孩兒當軍去。可准備軍裝。〔楊興祖云〕恁的呵。謝了大人。〔楊興祖做與旦兒刀子科云〕大嫂你近前來。我這把刀子。你兄弟數番家問我要。我不曾與他。今日我當軍去也。你若回家去時。就帶這把刀子。與你兄弟去。〔旦云〕楊大。我問你咱。你與我這把刀子。妳妳知道麽。〔楊興祖云〕不知道。〔旦云〕小叔叔知道麽。〔興祖云〕也不知道。〔旦云〕楊大。你好麄魯也。你與我這把刀子。妳妳不知。叔叔也不知。久已後俺兄弟帶出這把刀子來。則道春香抵盜了楊家的家私哩。〔王翛然云〕甚麽人這般鬧。〔正旦云〕你爲什麽這般鬧。〔旦云〕爲這把刀子。俺兄弟數番家問楊大要。楊大今日臨行也。與我這把刀子。着與俺兄弟。久已後我兄弟帶將出來。則道春香抵盜了楊家什麽家私哩。〔正旦云〕可打甚麽不緊。大人。楊大和媳婦兒爲一把刀子閙來。〔旦跪科〕〔王翛然云〕這婦人是誰。〔正旦云〕這個是楊大媳婦兒。〔旦云〕大人。俺這把刀子。俺兄弟數番家問楊大要。楊大今日臨行也。與我這把刀子。着與我兄弟去。媳婦兒便道。妳妳和小叔叔知道麽。楊大道不知道。媳婦兒道。既然不知道。久已後我兄弟帶將出來。則道春香抵盜了楊家什麽家私哩。〔王翛然云〕嗨。這小的又賢慧。春香。你將這把刀子來我看咱。好。是把鑌鐵刀子。孩兒將的家去。與兄弟帶。久已後便有些爭競。到於官府中。你道遷軍的王翛然大人見來。這把刀子。久已後我與你做個大證見哩。〔旦云〕謹依大人鈞旨。〔正旦云〕孩兒每將酒來。大人。村酒不堪奉獻。可也是老身的一點敬心。〔王翛然做飲酒科〕將酒來。兀那婆子。老夫隨處遷軍。水也不吃人的。你是個賢孝的人家。我便吃幾杯怕做甚麽。我吃了酒。你有甚麽話分付你那楊興祖。我便索去也。〔旦云〕楊大。你飲過酒者。則今日我手裏吃這盞酒。再也不要吃酒了。〔正旦云〕孩兒也。你那吃酒的日子有哩。〔唱〕

【後庭花】得志呵你上金鑾斟玉斝。賜宫花簪鬢髮。不得志呵只飲着老瓦盆邊酒。看看那蒺藜沙上花。〔楊興祖云〕母親。有甚麼言語教道您孩兒咱。〔正旦唱〕欲要那衆人誇。有擎天的好聲價。忠於君能教化。孝於親善治家。尊於師守禮法。老者安休擾亂他少者懷想念咱。這幾樁兒莫悮差。

〔楊興祖云〕母親。還有甚言語教您孩兒咱。〔正旦唱〕

【青哥兒】兒呵你不索問天問天買卦。也只爲人消人消的這物化。弄的我母子分離天一涯。見孩兒攀鞍跨馬。披袍貫甲。臂上刀扎。腰間箭插。就不由俺不撲簌簌淚如麻。情牽掛。

〔楊興祖云〕則今日辭别了母親便索長行也。〔正旦云〕孩兒。路途上小心在意。楊謝祖别了你哥哥者。〔楊謝祖云〕哥哥。路上小心在意者。〔楊興祖云〕兄弟也。你在家中。好生侍奉母親。〔正旦唱〕

【賺煞尾】大的兒前赴戰場中。小的兒且在寒窗下。你守着這書册琴囊硯匣。您哥哥劍洞槍林快斷殺。九死一生不當個耍。〔楊興祖云〕您孩兒托賴着母親的福廕。若到陣上一戰成功。但得個一官半職。改换家門。可也母親訓子有功也。〔正旦唱〕我也不指望享榮華。只願你無事還家。〔做拏鋤頭科〕〔唱〕我把這農具收拾爲甚那。〔楊興祖云〕母親。收拾農具。可是爲何。〔正旦唱〕大哥也恐怕你武不能戰伐。文不解書劄。〔帶云〕還家來。有良田數頃。耕牛四角。〔唱〕趁着個一犂春雨做生涯。〔正旦同楊謝祖旦兒下〕

〔王脩然云〕楊興祖。你休煩惱。我與你一封書。見兀里不罕元帥。說你一家兒賢孝的人家。必然擡舉你也。〔楊興祖云〕多謝大人。則今日便拜辭當軍去也。〔王脩然詩云〕今日勾軍在路途。楊家子母世間無。〔楊興祖詩云〕歸來身佩黄金印。方表英雄大丈夫。〔同下〕

〔音釋〕脩音消　繅音騷　乏扶加切　撾音查　坷珂上聲　糲那架切　纛音毒　鉋音袍　達當加切　耙音罷　鍪俏平聲　鍤抽鮓切　甲家上聲　發方雅切　那音拿　煞雙鮓切　咱兹沙切　躭都藍切　霎音殺　熟裳由切　滑呼加切　八巴上聲　膂音吕　螟音名　蛉音零　慧音會　鑌音賓　斝音賈　髮方雅切　蒺音疾　藜音梨　法方雅切　扎莊洒切　插抽鮓切　簌音速　匣奚加切　殺雙鮓切　伐扶加切　劄莊洒切

楔子

〔卜兒王婆婆上云〕老身東軍莊人氏王婆婆。有個女兒喚做春香。嫁在西軍莊與楊興祖爲妻。女壻當軍去了半年。待取我那女孩兒春香家來。拆洗衣服。說了一個月。不見回家。我如今只得親自往西軍莊上。取那女孩兒去。〔詩云〕今去取春香。歸家拆舊裳。關鎖門和户。親自到西莊。〔下〕〔正旦領旦兒上云〕自從楊大當軍去了。可早半年光景也。親家母常時寄信來。要媳婦兒春香去拆洗衣裳。如今正是農忙時節。孩兒。無人送的你去怎好。〔旦云〕妳妳。着小叔叔送我家去。怕做甚麼。〔正旦云〕也道的是。喚秀才哥哥來。〔楊謝祖上云〕小生楊謝祖。哥哥當軍去了。我在書房中攻書。母親呼喚。不知有何事。〔見正旦科〕〔正旦云〕孩兒也。有親家母累次來取您嫂嫂家去。拆洗衣服。我不曾教去。如今又來取。争奈農忙時節。無人送去。孩兒也。你休避辛勤。送你嫂嫂去咱。〔楊謝祖云〕別着個人送去也好。母親尋思波。嫂嫂年幼。哥哥又不在家。謝祖又年紀小。倘若有那知禮者。見親嫂嫂親叔叔。怕做什麼。有那不知禮的。見一個年紀小的後生。跟着個年紀小的婦人。恐怕惹人笑話。〔正旦云〕兒也。便好道順父母之言。呼爲大孝。依着我的言語走一遭去。〔楊謝祖云〕母親的言語。不敢有違。您孩兒便送嫂嫂家去。〔正旦云〕你送到林浪嘴兒邊。可便回來。叫嫂嫂自去。〔楊謝祖云〕理會的。〔正旦唱〕

【仙呂賞花時】可正是目下農忙難離摘。我也幾度徘徊無刮劃。〔帶云〕待不教你去呵。〔唱〕**争奈我許的他明白。等收了蠶麥。直送到莊宅。**

【幺篇】依着我皓首蒼顏老妳妳。使着你個黃卷青燈的小秀才。且離了看書齋。小叔叔送嫂嫂也非爲分外。〔帶云〕但送過山坡望見莊宅。〔唱〕**教他獨自去你便早回來。**〔下〕

〔旦同楊謝祖行科〕〔楊謝祖云〕嫂嫂。我依着母親。送嫂嫂去。我將這包袱後頭跟着。請嫂嫂先行。〔旦云〕我依着叔叔先行。〔楊謝祖云〕説着話。可早來到林浪嘴上也。嫂嫂。這包袱你自將去。〔旦云〕叔叔。過了這林坡。望見莊宅也。叔叔再送我幾步兒咱。〔楊謝祖云〕嫂嫂。母親的言語。教我送到這林浪嘴兒。不争送將過去。回家時母親若問我。謝祖難回話也。〔旦云〕叔叔説的是。請回去罷。〔楊謝祖云〕嫂嫂。親家母行多多上覆。無事早些來家。休教母親盼望。嫂嫂請行。謝祖回去也。〔下〕〔净扮賽盧醫領啞梅香上詩云〕我是賽盧醫。行止十分低。常拐人家婦。冷鋪裏做夫妻。自家賽盧醫的便是。我去本府推官家行醫。我看上他家個梅香。被我拐將出來。到這半路裏。他要養娃娃。他是個啞子。我怎麽看得他。則在這裏睡着。等他養了再做計較。〔見旦忙起科〕大嫂拜揖。〔旦回禮科〕〔賽盧醫云〕大嫂。我有一個老婆。他要養娃娃。你是一般婦人家。煩你替我看一看。〔旦兒云〕我那裏會做收生的老娘。〔賽盧醫怒科云〕你不肯麽。這裏無人。我便打殺了你。〔旦兒云〕哥哥休鬧。我去看他便了。〔看科〕〔旦慌科云〕哥哥。他不死了也。〔賽盧醫云〕好好好。你身邊現帶着刀子哩。我活活的個人。他要養娃娃。你就一刀殺了他。便待干罷。你跟的我去。萬事皆休。不跟的我去。我就奪這刀子殺了你。〔旦云〕哥哥是什麽話。饒我性命。〔賽盧醫奪刀科〕〔旦背云〕他如今行兇了。我婦人家怎對付的他。我且跟將去。一路上若有官府處。我可告他。楊興祖。則被你痛殺我也。罷罷罷。我跟將你去。〔賽盧醫云〕待我剥下你的衣服。將來與梅香穿上。就着這把刀子。劃破他面皮。揣在懷裏。你休言語。跟着我走。〔旦兒云〕楊大也。則被你痛殺我也。〔賽盧醫詩云〕這個婦人家生得好。跟我去不用惱。前路上撞着人。快些兒跑跑跑。〔同下〕

〔音釋〕摘齋上聲　刣音擺　劃胡乖切　白巴埋切　麥音賣　宅音柴

第二折

〔正旦上云〕媳婦兒去了半月也。再没一個信息。怎生得個人去接他回家也好。〔卜兒上云〕轉過隅頭。抹過屋角。此間便是楊家門首。我自入去。〔見科云〕親家母。好麽好麽。〔正旦云〕親家母。多時不見。〔卜兒云〕親家母怎生失信。自從説着我女孩兒春香回家。拆洗衣服。可早一個月也。〔正旦云〕便是一月由他住。〔卜兒云〕我女孩兒不曾來。〔正旦云〕不來也罷。且教孩兒你家住者。〔卜兒云〕親家母。你好葫蘆提也。〔正旦云〕我怎葫蘆提。〔卜兒云〕親家母。我一月前問你要女孩兒拆洗衣服。你只是不肯着他來。我今日親自來接他。你倒説在我家裏。這不是葫蘆提那。〔正旦云〕親家母。半月前送將媳婦兒去了也。〔卜兒云〕你教誰送去來。〔正旦云〕我教秀才哥哥送去來。半個月也。你不見呵。可那裏去了。書房中秀才哥哥安在。〔楊謝祖云〕小生楊謝祖。正在書房中攻書。母親呼喚。須索見去。〔做見科云〕母親。你孩兒來了也。有何事分付。〔正旦云〕楊謝祖。我着你送嫂嫂去。你送到那裏回來了。〔楊謝祖云〕領着母親的言語。送到那林浪嘴兒。謝祖回來。嫂嫂自去了。〔正旦云〕孩兒。你敢做下來也。〔卜兒云〕親家母。有什麽難見處。他哥哥不在家。你着他送去。他又青春。我女兒年少。他必然調戲我女孩兒。嗔怪不肯。是他所算了我女孩兒的性命也。〔楊謝祖云〕兀的不寃枉殺我也。〔卜兒云〕你知書不知禮。我和你見官去來。〔正旦云〕親家母且休鬧。喒尋去來。媳婦兒春香。〔卜兒云〕女孩兒春香。〔楊

謝祖云〕嫂嫂春香。〔連叫科〕〔正旦唱〕

【正宮端正好】只我那腹中愁。心頭悶。也何如大限臨身。〔帶云〕便好做大限臨身呵。〔唱〕合着雙眼都不問。今日個這愁悶何時盡。

【滾繡毬】兒呵喒子母們。緊廝跟。索與他打簸箕的尋趁。恨不得播土揚塵。又無個過往的人。左右的鄰。你教我向着那一搭兒盤問。越寂寂四野無聞。謾踏殘萋萋芳草迷荒徑。凝望見段段田苗接遠村。〔帶云〕媳婦兒呵。〔唱〕知他那裏也安身。

〔做到林子前科〕〔丑扮牧童同伴哥上云〕伴哥。喒放牛去來。〔楊謝祖云〕哥哥每。你曾見個婦人來麽。〔牧童云〕我見來。〔楊謝祖云〕在那裏。〔牧童云〕在那林浪裏蛆穰着哩。〔楊謝祖云〕哥哥。那個不是死的。〔牧童云〕誰曾見那活的來。伴哥休惹事。喒回去來。〔下〕〔卜兒云〕聽說林浪中一個屍骸。准是我那女孩兒的。俺是看去咱。〔做看科〕〔正旦唱〕

【倘秀才】我也避不的臭氣怎聞。覷不的屍蟲亂滾。疑怪這鴉鵲成羣遶定着這座墳。屍骸雖朽爛。衣袂尚完存。見帶着些血痕。

【滾繡毬】我這裏孜孜的覷個真。悠悠的諕了魂。〔楊謝祖云〕母親。你怕怎麽。〔正旦唱〕兒呵怎不教您娘心困。怎生來你這送女客了事的公人。〔卜兒云〕兀那死了的是我那女孩兒也。〔正旦唱〕媳婦兒也你心性兒淳。氣格兒溫。比着那望夫石不差分寸。這的就是您築墳臺包土羅裙。則這半坵黄土誰埋骨。抵多少一上青山便化身。也枉了你這芳春。

〔卜兒云〕還説個甚麽。我女孩兒現今没了。明有清官。我和你見官去來。〔凈扮孤同丑令史張千李萬冲上〕〔孤詩云〕小官姓鞏。諸般不懂。雖然做官。吸利打哄。小官乃本處推官鞏得中是也。一來下鄉勸農。二來不見了個梅香。我如今就去尋一尋。擺開頭踏。慢慢的行者。〔卜兒跪下告科云〕好寃屈也。〔孤云〕你告什麽。〔卜兒云〕告人命事。〔孤云〕外郎。快家去來。他告人命事哩。休累我。〔令史云〕相公不妨事。我自有主意。〔孤云〕我則依着你。張千。接了馬者。〔令史云〕相公下馬來。整理這公事。張千。借個桌子來。等相公坐下。張千。拏過那一起人來。〔做拏衆跪科〕〔孤云〕外郎也。你不放了屁也。〔令史云〕不是我。〔孤云〕我聞一聞。真個不是你。哦。元來是那林浪裏一個死屍臭。外郎。你問他。我則不言語。〔令史云〕相公且住一邊。待我替你問。兀那婆子。你敢爲這屍首告狀麽。〔卜兒云〕正是爲這個屍首。〔令史云〕誰是屍親。〔卜兒云〕婆子是屍親。〔令史云〕兀那婆子。説你那詞因來。〔卜兒云〕大人可憐見。老身乃東軍莊人氏。姓王。有個女孩兒是春香。〔令史喝云〕噤聲。老弟子説詞因。兩片嘴必溜不刺瀉馬屁眼也似的。俺這令史有七脚八手。你慢慢的説。〔卜兒云〕大人可憐見。老身是東軍莊人氏。姓王。我有個女孩兒。唤做春香。嫁與西軍莊楊興祖爲妻。就是這婆子的大孩兒。楊興祖當軍去了。有小叔楊謝祖。數番家調戲我這女孩兒。見他不肯。將俺孩兒引到半路裏殺壞了。望大人與我做主咱。〔令史云〕兀那婆子。這屍首是麽。〔正旦云〕這衣服是。屍首不是俺媳婦兒的。〔令史云〕怎麽這衣服是。屍首不是。你説我試聽咱。〔正旦唱〕

【倘秀才】被鴉鵲啄破面門。狼狗咬斷脚根。到底是自己孩兒看的親。〔孤云〕依着我則是打。〔正旦唱〕官人休發怒。外郎你莫生嗔。且聽咱從長議論。

〔令史云〕兀那婆子。人命的事。待議論甚麽。〔正旦唱〕

【滚繡毬】人命事多有假未必真。〔令史云〕我務要問成也。〔正旦唱〕要問時則宜慢不可緊。爲甚的審緣因再三磨問。也則是恐其中暗昧難分。〔令史云〕我是六案都孔目。〔正旦唱〕休倚恃你這牙爪威。〔令史云〕我這管筆着人死便死。〔正旦唱〕休調弄你這筆力狠。〔令史云〕我這枝筆比刀子還快哩。〔正旦唱〕你那筆尖兒快如刀刃。殺人呵須再不還魂。可不道聞鐘始覺山藏寺。到岸方知水隔村。休屈勘平人。

〔令史云〕張千。打着他認那屍首去。〔孤云〕你休打他。你打死了他。你便償他的命。〔正旦唱〕

【叨叨令】這關天的人命事要您個官司問。又不曾經檢驗怎着我屍親認。現如今雨淋漓正值着暑月分。那屍骸全毁爛都是些蛆蠐糞。我其實認不的也波哥。我其實認不的也波哥。怎與他那從前模樣渾别盡。

〔楊謝祖拏刀子科云〕母親。兀的不是我哥哥的刀子。〔正旦云〕兒也。休覷他。〔令史云〕相公。

你見麽。屍首傍邊放着一把刀子。這小厮看見。就害慌了也。眼見的是這小厮欺兄殺嫂。兀那婆子。這刀子是您家的麽。〔孤云〕將來我看。倒好把刀子。總承我罷。好去切梨兒吃。〔正旦云〕這把刀子是。衣服是。屍首不是俺媳婦兒的。〔令史云〕兀那婆子。你媳婦兒在生時怎麽模樣。〔正旦唱〕

【四煞】俺媳婦兒呵臉搽紅粉偏生嫩。眉畫青山不慣顰。瑞雪般肌膚。曉花般丰韻。楊柳般腰肢。秋水般精神。白森森的皓齒。小顆顆的朱脣。黑鬒鬒的烏雲。這裏又離城側近。怎不喚一行仵作仔細檢報緣因。

〔令史云〕兀那婆子。你着我檢屍。這夏間天道。你着我怎麽檢。檢不的了也。〔正旦唱〕

【三煞】則合將釅醋兒潑得來勻勻的潤。則合將麄紙兒搭得來款款的温。爲甚來行兇。爲甚來起釁。是那個主謀。是那個見人。依文案本。遍體通身。洗垢尋痕。若是初檢時不曾審問。怕只怕那再檢日怎支分。

〔令史云〕噤聲。這婆子好無理也。我是把法的人。倒要你教我這等這等檢屍。你也曉的。春正夏四。秋九冬十。纔是檢屍的時分。如今正是六月天道。雨水也下了幾陣。暑氣蒸。蛆蟲鑽。筋骨凋零。眉目難分。爪髮解脱。難以檢覆。張千。你去城裏喚一個巧筆丹青來。依着這屍首畫一個圖本。着這婆子畫一個字。領將這屍首去燒毁了。依着這屍傷圖本打官司。便與我燒了這屍首者。〔正旦云〕燒不的。〔令史云〕怎麽燒不的。〔正旦唱〕

【二煞】不爭將這屍傷彩畫成圖本。則合把屍狀詞因依例申。便做道屍首傷殘。爪髮解脫。筋骨凋零。眉目難分。〔令史云〕可知檢不得了也。我照覷你只是領那屍首去燒了者。〔正旦云〕燒不的燒不的。〔唱〕你道是難以檢覆。照覷屍親。許令燒焚。我只道不如生殯。且留着別冤屈辨清渾。

〔令史云〕快燒了者。〔正旦云〕燒不的。〔唱〕

【煞尾】不爭難檢驗的屍首燒做灰燼。却將那無對證的官司假認了真。〔令史云〕天色晚了也。將這一行人拏到衙門裏去。〔做押起楊謝祖科〕〔正旦唱〕到來日急煎煎的娘親插狀論。怎禁他惡噷噷的曹司責罪緊。實丕丕的詞因不准信。磣可可的殺人要承認。生刺刺的刑法枉推問。麄滾滾的黃桑杖腿筋。硬邦邦的竹簽着指痕。紇支支的麻繩箍腦門。直挺挺的廳前悶又昏。哭吖吖的連聲喚救人。冷丁丁的慌忙用水噴。雄赳赳的公人手脚跟。那時節敢將你個軟怯怯的孩兒性命損。〔下〕

〔令史云〕相公。這人命的事。非同小可。且到衙門裏。慢慢問他。〔孤云〕外郎。這場事多虧了你。叫張千去買一壺燒刀子與你吃咱。〔同下〕

〔音釋〕簸音播　趁嗔去聲　蹅音渣　諕音夏　嚇音黑　鞏公上聲　勘坎去聲　月魚靴切　別邦耶切　顰音貧　丰音風　森音參　鬒音軫　仵音五　釁欣去聲　燼音信　噷音去聲　磣參上

聲　簽音僉　箍音姑　吖音鴉　丁音争　赳音九　哏狠平聲

第三折

〔孤同令史李萬上〕〔孤詩云〕我做官人只愛鈔。再不問他原被告。上司若還刷卷來。廳上打的狗也叫。小官夜來勸農回家。那一起人告狀的。都與我拏將過來。外郎都憑你。我則不言語。〔令史云〕相公。那個婆子再三不肯認這屍首。我務要問成了。將那一行拏上廳來。〔張千押正旦同楊謝祖悲科上〕〔正旦云〕天那。誰想有這場冤枉的事也。〔唱〕

【中呂粉蝶兒】不知那天道何如。怎生個善人家有這場點污。人命事不比其餘。若是没清官。無良吏。教我對誰分訴。早是俺活計消疎。更打着這非錢兒不行的時務。

【醉春風】天那這冤枉幾時伸。憂愁甚日楚。但留的俺這雪霜也似白頭顱。兒也倒大來是福。福。只索打會官司。吃會痛苦。受會恥辱。

〔做跪科〕〔令史云〕兀那婆子。是個刁狡不良的。左來右來。不肯認這屍首。這婆子你差了也。不合着這厮。送那嫂嫂去。眼見的調戲他那嫂嫂不從。怕你知道就殺了他嫂嫂。你當初别央及一個人送他。無這一場官司事也。〔正旦唱〕

【迎仙客】怕不要倩外人。那裏取工夫。正農忙百般無是處。因此上教小孩兒莫違阻。您娘親面囑付。送嫂嫂到一半程途。便回來着他自家去。

〔令史云〕這小斷和那嫂嫂敢不和麼。〔正旦唱〕

〔正旦唱〕俺姑媳又沒甚傷觸。

【紅繡鞋】他叔嫂從來和睦。〔令史云〕你這婆子替兒嫌婦那。〔正旦唱〕若說他發意生情半星也無。〔帶云〕大人呵。〔唱〕您揣明鏡懸秋月。照肝膽察實虛。與俺那平人每好生做主。

〔令史云〕一定是這小斷發意生情。殺了他嫂嫂也。〔正旦唱〕若說他發意生情半星也無。〔帶云〕大人呵。〔唱〕您揣明鏡懸秋月。照肝膽察實虛。與俺那平人每好生做主。

〔令史云〕相公。兀那小斷見他那母親在這裏。左來右來。不肯招。我文轉這婆子。那小斷好歹招了。兀那婆子。你保的你這孩兒不是殺人賊麼。〔正旦云〕我的孩兒我怎生保不的。〔令史云〕你去司房裏。畫一個字。領的你這孩兒出去。可不好麼。〔正旦云〕休道着老身畫一個字。便是等身圖也畫與你。〔楊謝祖云〕母親你休去。他要打我也。〔正旦云〕外郎哥哥。老身去了時。你休打俺孩兒。〔令史云〕我不打他。〔又回科〕〔令史云〕兀那婆子。兩次三番的。你就是不去。我也要打他。你也護他不得。〔正旦云〕孩兒我去也。便打死你也休招。〔正旦下〕〔令史云〕祗候人把了門者。兀那小斷。你招了罷。〔楊謝祖云〕你着我招個甚麼。〔令史云〕不打不招。只得打。〔做打科〕〔楊謝祖云〕我委實不省的。你着我怎麼樣招。〔令史云〕兀那小斷。你來。我教你。你只說母親使我送俺嫂嫂去。我來到這無人處。我調戲嫂嫂。嫂嫂不肯。我拔出刀子來。止望諕嚇成姦。争奈嫂嫂堅執的不肯。是我一時間抽刀不入鞘。就殺了嫂嫂。你招了箇欺兄殺嫂呵。待三兩日後。我着人保你出去。〔楊謝祖云〕這等你就替我招了罷。〔令史云〕丁我甚麼事。替你招。張千打着者。〔打科〕〔楊謝祖云〕我有何面目見母親哥哥。兀的不痛殺我也。〔正旦云〕兀的不打俺孩

兒哩。〔祇候云〕不是打你孩兒。別問事哩。〔正旦云〕哥哥也。是打俺孩兒咱。〔祇候打攔云〕你休過去。別問事哩。〔正旦唱〕

【普天樂】受摧殘。遭淩辱。這無情的棍棒。俺孩兒是有限的身軀。〔祇候做喚科云〕楊謝祖甦醒着。〔正旦唱〕你看麼揪頭髮將名姓呼。噴冷水將形容來污。打的來應心疼痛處。怎不教我放聲啼哭。常言道做着不避。避着不做。〔正旦做打悶過跪科〕〔唱〕我可便死待何如。

〔令史云〕張千。拏過那廝來。我着你把着門。你怎麼放過他來。〔孤做怒喝祇候科云〕好打。〔令史云〕兀那婆子。你歡喜咱。有了殺人賊也。〔正旦云〕外郎哥哥。那殺人賊有在那裏。〔令史云〕你孩兒對我説來。他道送嫂嫂回去。中途調戲嫂嫂。他堅意不肯。不誤間拔出刀子來殺了他。招了個欺兄殺嫂也。〔正旦云〕外郎哥哥。你家裏敢有這般勾當。〔令史云〕您家裏有這般勾當。〔孤云〕我家倒有。〔正旦叫冤科云〕人命事關天關地。不曾檢屍怎成的獄。〔令史云〕且莫説屍首毀壞。難以檢覆。現有衣服刀子。就是證見了也。〔正旦唱〕

【上小樓】你道屍毀爛難以檢覆。焚燒了無個顯故。你道是招呼屍親。審問明白。止不過贓仗衣服。這件事。有共無。總是個疑獄。且停推再三思慮。

〔令史云〕你保的你這孩兒不是殺人賊麼。〔正旦云〕外郎哥哥。我的孩兒我怎麼保不的。〔令史云〕傻老婆子。你使他東頭去。他出的門往西去了。你怎麼得知道。〔正旦唱〕

【幺篇】種地呵莫過主。知子呵莫過母。俺孩兒若犯了王條。違了法度。我便與了文書。着他來。償命去。別無詞訴。便併殺了我個做娘的償他媳婦。

〔令史云〕兀那婆子。招狀是實了也。怎生饒的。〔正旦叫寃科〕〔唱〕

【滿庭芳】似這等含寃負屈。拚着個割捨了三文錢的潑命。更和這半百歲的微軀。〔令史云〕潑婆子。你敢怎的。〔正旦唱〕你要我數說您大小諸官府。一剗的木笏司糊突。並無聰明正直的心腹。盡都是那綳扒弔拷的招伏。把囚人百般拴住。打的來登時命卒。哎喲。這便是您做下的個死工夫。

〔令史云〕兀那老婆子。你是個鄉里村婦。省的甚麼法度。〔正旦唱〕

【耍孩兒】你休小覷我這無主的窮村婦。有句話實情拜復。俺孩兒從小裏教習儒。他端的有溫良恭儉誰如。俺孩兒行一步必達周公禮。發一語須談孔聖書。俺孩兒不比塵俗物。怎做那欺兄罪犯。殺嫂的兇徒。

〔令史云〕這小廝又不曾打他。他自招了來。〔正旦云〕都似你這般打來。怕不招了。只是招便招。人心不服。〔唱〕

【五煞】人死者不復生。那絃斷者怎再續。從來個罪疑便索從輕恕。磨勘成的文狀纔難動。羅織就的詞因到底虛。官人每枉請着皇家祿。都只是捉生替死。屈陷無辜。

〔令史云〕兀那婆子。你是個慣打官司刁狡不良的人也。〔正旦唱〕

【四煞】則你那細麻繩用竹簽。批頭棍下腦箍。可不道父娘一樣皮和骨。便做那石鐫成骨節也槌敲的碎。鐵鑄就的皮膚也煅煉的枯。打得來没半點兒容針處。方信道人心似鐵。您也忒官法如爐。

〔令史云〕兀那婆子。數長道短。好生無禮。我不怕你。他便是死的人也。〔正旦唱〕

【三煞】你休道俺潑婆婆無告處。也須有清耿耿的賽龍圖。大踏步直走到中都路。你看我磕着頭寫狀呈都省。洒着淚啣冤撾怨鼓。〔令史云〕你告呵告着誰。〔正旦唱〕單告着你這開封府。令史每偏向官長每模糊。

〔令史云〕將枷來枷了這小厮。下在死囚牢裏去。着這婆子隨衙聽候。〔做枷楊謝祖科〕〔孤云〕休着他帶這個輕枷。拏那一百二十斤的枷來與他帶。〔正旦唱〕

【二煞】我明明的眼覷着。暗暗的心自苦。那一面沉枷脖項難回顧。透枷拴深使釘來釘。侵井口窄將印縫鋪。恰便似刀攪着你這娘腸肚。望後來怎禁推搶。待向前去又被揪捽。

【尾煞】叫吖吖苦痛殺我兒。哭啼啼没亂殺母。把孩兒似死羊般拖奔的牢中去。〔做叫科〕好冤屈也。好冤屈也。〔唱〕則被這氣堵住我咽喉叫不出屈。〔下〕

〔令史云〕相公。那婆子雖然不肯認屍。如今賍仗完備。那楊謝祖也葫蘆提招伏。眼見的這樁事問就了也。〔孤云〕外郎。這多虧了你。如今新官取次下馬也。還要做個准備。〔詩云〕正是一不做二不休。攢就文書做死囚。只等新官到來標斬字。那時方信我們兩個有權謀。〔同下〕

〔音釋〕刷數滑切　福音府　辱如去聲　倩青去聲　睦音暮　觸音杵　實繩知切　甦音蘇　哭音苦　服音扶　獄余去聲　傻商鮓切　屈區上聲　剗音産　突東盧切　腹音府　伏音扶　卒從蘇切　復音扶　物音務　續音徐　祿音路　辜音姑　骨音古　鐫兹宣切　煅端去聲　煉連去聲　窄齋上聲　推退平聲　搶鎗去聲　捽音租

第四折

〔净賽盧醫拏棍領旦兒挑水桶上〕〔賽盧醫云〕自家賽盧醫的便是。自從拐將這個婦人來。他百般的不肯順我。更待干罷。白日裏五十棍。到晚也五十棍。每日着他打水澆畦。我直折倒死他。春香。我如今吃杯酒去。回來打死你也。〔下〕〔旦兒云〕自從被這賊漢拐將我來。爲我不隨順他。朝打暮駡。着我打水澆畦。我待要告他。争奈走不出去。似此怎了也。〔楊興祖領隨從上云〕自家楊興祖的便是。自拜别了母親。得了王條然大人一封信。見了兀里不罕元帥。看罷書呈。元帥大喜。不着我做散軍。就着我做領軍的頭目。托祖宗餘廕。到於陣上。三箭成功。做了金牌上千户。我今元帥根前。告了假限。回家探望母親去。小校。遠遠的是一眼井兒。就着婦人的水桶。

與我飲馬者。〔旦見驚科云〕兀的不是楊大。〔楊興祖云〕兀的不是大嫂。〔旦兒做哭科〕〔楊興祖云〕大嫂。你怎生到這裏來。〔旦兒云〕自從你當軍去了。俺娘家取我拆洗衣服。小叔叔送我到半路裏回家去。誰想撞見賊漢。他喚做什麽賽盧醫。强要我爲妻。見我不隨順他。他將我朝打暮駡。着我每日打水澆畦。今日幸遇着你。須與我這受苦的春香做主。〔楊興祖云〕原來有這般勾當。那賊漢那裏。〔旦兒云〕他便來也。〔賽盧醫冲上云〕恰纔飲酒回來。我看這婦人挑水不曾。〔旦云〕楊大。兀的不是那賊漢來了也。〔楊興祖云〕小校。與我拏住這厮。我試問他咱。〔做拏賽盧醫跪科〕〔楊興祖云〕兀那厮。這婦人是誰。〔賽盧醫云〕是我的老婆。〔楊興祖云〕是我的渾家。你如何拐將來。〔賽盧醫云〕是你的老婆。這等呵。我可也原封不動。送還你罷。〔楊興祖云〕這厮無理。拐帶良人妻子。拏去開封府裏見王脩然大人去來。〔同下〕〔王脩然領張千李萬上〕〔王脩然詩云〕王法條條誅濫官。爲官清正萬民安。民間若有冤情事。請把勢劍金牌仔細看。老夫大興府尹王脩然。自還軍回來。累加官職。賜與我勢劍金牌。先斬後奏。專一體察濫官污吏。採訪孝子順孫。今日來到這河南府審囚刷卷。我爲那西軍莊楊氏那一家兒賢孝。我在郎主根前。保奏過了。領郎主的命。着我封贈那一家兒去也。争奈審囚刷卷。是國家的大事。不敢差誤。且待我審了囚。刷了卷。方纔封贈那楊家也未遲哩。今日陞廳坐衙。當該令史那裏。〔張千云〕當該令史安在。〔令史上〕〔見科〕〔王脩然云〕令史。你知道麽。我奉郎主的命。着我審囚刷卷。便宜行事。我將着勢劍金牌。先斬後奏。你若文案中有半點兒差遲。我先切了你顆驢頭。將文案來。〔令史云〕理會的。我先將這宗文卷。與大人試看咱。〔令史做遞文書科〕〔王脩然云〕是什麼文卷。〔令史云〕這是鞏推官問成的。楊謝祖欺兄殺嫂。〔王云〕這個名兒。我那裏聽的來。〔做沉吟猛省科云〕我是是是那西軍莊楊家小的個孩兒。是楊謝祖。令史。你問成了。那贓仗完備麼。〔令史云〕完備。有贓仗。〔令史遞刀子衣服科〕〔王脩然云〕這的是行兇的刀子。〔做看刀子科云〕我那曾見這刀子來。〔做尋思科〕這小廝怎犯下這的罪過。我想天下多少同名同姓的來。休問是與不是。將這楊謝祖拏出來。我是問咱。〔張千拏楊謝祖帶枷上〕〔令史云〕張千。將那一行人拏上廳來。〔楊謝祖跪科〕〔王脩然云〕兀那小廝。擡起頭來者。〔楊謝祖做擡頭科〕〔王脩然做驚科云〕可知是這個小的。早不曾先封贈他一家兒去。我當初奏過這一家賢孝。今日這廝却犯下十惡大罪。若是郎主知道呵。俺先躭下個落保的罪了。想人也有見不到處。兀那小廝。你有甚麼不盡的詞因。我根前伸訴。我與你做主。〔謝祖云〕小的每西軍莊人氏。〔令史打攙云〕西軍莊人氏。哥哥楊興祖。兄弟楊謝祖。哥哥當軍去了。他調戲他嫂嫂不肯。他殺了他嫂嫂也。〔王脩然云〕誰問你來。兀那小廝。你說。〔楊謝祖云〕西軍莊人氏。〔令史云〕西軍莊人氏。〔王脩然云〕張千。採下去。着他口中啣着板子。弔下來便打。兀那小廝。你說。〔楊謝祖云〕小人是西軍莊人氏。〔令史又攙科〕〔王脩然云〕張千。與我打這廝者。〔打令史重啣板子科〕〔楊謝祖訴詞云〕告大人停嗔息怒。聽小人細說緣故。一父母生我兄弟兩人。侍奉着年高的老母。更有個嫂嫂春香。嫡親的四口兒家屬。王脩然大人親來還軍。勾到俺同居共户。道他貼了二十餘年。到今年你索當做。俺哥哥赴役當軍。小生在書房讀書如故。親家母來問俺母親告假。要他的女孩兒家去。那時是五月中旬。正是農忙時務。無人送俺嫂嫂回家。書房裏來喚謝祖。母親説送過林浪嘴兒。你回來着他自去。多不到半月十朝。親家母又來探取。他道女孩兒不曾到家。驚的俺母親進退無措。親家母和俺唱叫。須索便與他尋去。他兩個前面先行。小人在後面跟覷。便和俺厮拖厮拽。又無個尋覓去處。撞見着放牛牧童。向他行問個前路。他道林浪中有個婦人。不知他爲何身故。親家母覷了容顔。便和俺争官告府。正撞見勸農官人。官人行不容分訴。便將我弔拷綳扒。打的無容針處。全憑着這令史口内詞因。葫蘆提取下招伏。到如今苦陷囚牢。請大人心下忖慮。小的每把筆來尚自腕怯。怎生敢提刀狠毒。强揣與我個欺兄殺嫂的罪名。大人也。委實的啣冤負屈。〔王翛然云〕律意雖遠。人情可推。重囚每兩眼淚滴在枷鎖上。閣不住落於地上。直至九泉。其地生一草。叫做感恨草。結成一子。如梧桐子大。刀劈不能碎。斧砍不能開。天地無私。顯報如此。俺這衙門如鍋竈一般。囚人如鍋内之水。祗候人比着柴薪。令史比着鍋蓋。怎當他柴薪爨炙。鍋中水被這蓋定。滚滚沸沸。不能出氣。蒸成珠兒。在那鍋蓋上滴下。就與那囚人啣着冤枉滴淚一般。〔詩云〕淚滴枷稍恨已深。氣藏胸腹苦難禁。口中不語垂雙淚。表出啣冤負屈心。這公事前官問定也。曾有准伏來麽。〔令史云〕不曾有准伏支狀。〔王翛然詞云〕但凡刑人。必然屍親有准伏。方可定罪。這小厮廳前跪下。閣不住眼中垂淚。他本是一個寒儒。怎犯下十惡大罪。方信道日月雖明。不照那覆盆之内。我爲甚重推重審。却不道人性命關天關地。張千。且把犯人帶去。待我再問者。〔張千帶楊謝祖同下〕〔令史做慌科云〕唤李萬來。〔李萬上云〕哥哥唤我做甚麽。〔令史云〕李萬好兄弟。你將着這紙筆。不問那裏。尋着那楊謝祖的母親。賺他畫一個字。殺了那小厮。也完了這一樁事務。〔李萬云〕着我拏一張紙去。賺那婆子畫一個字。你家裏也養着那好兒好女哩。便好道人命關天。我賺他畫了這個字。殺了他孩兒。便是我殺了他。外郎也。你便會做這些好勾當。我去不的。〔令史做怒科云〕你説這厮無理麽。張千。〔張千上云〕哥哥。你唤我做什麽。〔令史云〕你去賺那楊謝祖母親。畫一個字。將那小厮殺了。也完了這一樁事務。以後有好差使。我養活你幾遭。〔張千云〕哥也。打甚麽不緊。這個都是一衙門的事務。我走將去。便叫那婆子畫個字來。哥。你則放心。〔令史云〕好兄弟。你則疾去早來。〔張千下〕〔李萬云〕張千。這錢這等好使。令史使我不肯去。你就肯去。張千。你家裏也養着好兒好女哩。比及你出衙門時。我遶着那前街後巷。先尋着那婆子。着他死也不要畫這一個字。人生那裏不是積福處。〔下〕〔正旦上做痛哭科云〕楊謝祖兒也。則被你痛殺我也。〔唱〕

【雙調新水令】爲兩個業冤家使我一日淚千行。點點兒滴在我這胸上。想那當軍的臨戰場。坐牢的赴雲陽。急的我寸斷肝腸。這把老骸骨着誰葬。

【駐馬聽】可着我半路裏孤孀。臨老也還行絶命方。一家冤障。莫不是我前生燒着什麽斷頭香。〔云〕夜來則是半夜前後。〔唱〕聽的把犯罪的赦免出牢房。當軍的釋放還鄉黨。〔云〕兀的不是大哥。兀的不是二哥。恰待抱頭相哭。〔唱〕覺來時我心兒裏空悒怏。呀。

原來夢是我心頭想。

〔張千拏紙筆上見正旦科云〕兀的不是那婆子。我那裏不尋你到。你歡喜咱。如今拏住那殺人賊了也。來來來。你畫一個保狀。保出你那孩兒來。〔正旦做畫字科〕〔李萬冲上云〕兀那婆子。你休畫字。你畫了這個字呵。你那孩兒便是死的人也。張千。你做的好事那。〔正旦唱〕

【喬牌兒】天那則他走的來脚步兒忙。說的來語言兒誑。若不是李押獄白破你張千謊。待教俺孩兒將人命償。

【水仙子】你便瞞過衙冤負屈老婆娘。送了俺孩兒得什麽賞。你全無那于公陰德高門望。〔張千云〕李萬。你做的好勾當也。〔正旦唱〕呀。也要你兒孫向上長。恨不得飛騰到那審囚的官行。我手脚兒不知高下。身肢兒没處頓放。空教我腹熱腸慌。

〔張千揪李萬云〕李萬。你好好好。外郎使我來。賺這婆子畫一個字。你走將來。和這婆子說了。不肯畫這個字。我和你見外郎去。〔李萬揪張千云〕你要見外郎去。我和你見王脩然大人去來。〔同下〕〔王脩然云〕令史。准伏有了麽。押過那小厮來者。〔張千押楊謝祖上科〕〔王脩然云〕今日務要完了這樁公事。〔令史云〕張千。好不會幹事。眼見那婆子也來了。只這一個字。便這等難畫。〔正旦慌上磕令史頭科〕〔令史云〕兀那婆子。你慌怎麽。〔正旦云〕你道我慌怎麽。〔唱〕

【沽美酒】做兒的上法場。做娘的痛着忙。抵多少河裏孩兒岸上娘。我可是慌也那可是不慌。俺孩兒生共死這時光。

【太平令】則您這公廳上將人問枉。去來波我與你大人行打一會官防。〔正旦拖令史見官跪下叫屈科〕〔唱〕大人呵你下筆處魂飄魄蕩。刀過處雪飛霜降。休道是棍棒。拷傷。我這脊梁。呀。與不的准伏無冤的招狀。

〔叫屈科〕〔王脩然云〕怎生冤屈。〔正旦云〕外郎不曾檢屍。又不曾招呼屍親。〔王脩然云〕令史。他說你不曾檢屍。又不曾招呼屍親哩。〔令史云〕小人招呼屍親。識認的明白了也。〔正旦云〕你招呼那家屍親來。〔令史云〕我招呼那死的爺娘家屍親。認識的明白了也。〔正旦云〕他爺娘家是屍親。俺公婆家不是屍親。不爭俺這孩兒與他償了命。倘若拏住那殺人賊呵。可着誰償俺孩兒的命。大人。可與俺這孤兒寡婦做主咱。俺是這鄉裏的婆子。不會打您這城中的官司。〔王脩然云〕似這等呵。着老夫怎生下斷。〔楊興祖同旦兒上云〕大嫂。你則在衙門首住者。我見大人去。張千。報復去。道有楊興祖來見。〔張千云〕理會的。喏。報大人得知。有楊興祖求見。〔王脩然云〕是楊興祖。快着他過來。〔張千云〕着過去。〔楊興祖做見科云〕大人。楊興祖回來了也。〔王脩然云〕兀的不是楊興祖。得了什麼官那。〔楊興祖云〕興祖賴大人虎威。見了兀里不罕元帥。一戰成功。現今陞授金牌上千户。〔王脩然云〕你歡喜麼。〔楊興祖云〕可知歡喜哩。〔王脩然云〕廳堦直下一個婆婆兒。你是看咱。〔楊興祖云〕兀的不是母親。〔正旦云〕兀的不是楊大。兒也。則被你痛殺我也。〔王脩然云〕楊興祖。兀那個帶枷的人。你再看咱。〔楊興祖云〕兀的不是兄弟。〔楊謝祖云〕哎喲。哥也。苦痛殺我也。〔王脩然云〕兀那楊興祖。他是你的讎人哩。〔楊興祖云〕

大人。這是我的親兄弟。怎做的讎人。〔王脩然云〕你當軍去。他殺了你媳婦兒春香也。〔楊興祖云〕大人可憐見。春香現有哩。〔王脩然云〕春香在那裏。快喚將來。〔旦兒做見正旦悲科云〕母親也。則被你痛殺我也。〔正旦云〕孩兒也。你在那裏來。險些兒不送了楊謝祖的性命。則被你想殺我也。〔楊興祖云〕母親。被一個賊漢賽盧醫將春香拐帶去了。您孩兒連那賊漢也拏將來了也。〔王脩然云〕張千。與我拏過這廝來者。〔張千做拿賽盧醫上見跪科云〕大人可憐見。拐了鞏推官的梅香。也是我來。强要春香做老婆。也是我來。大人饒便饒。若不饒我。也不消打下死囚牢裏去。只到我家厢兒裏取一帖藥來。煎與我吃。我這兩隻脚登時就直了也。〔王脩然云〕一行人聽我下斷。本處官吏。刑名違錯。杖一百。永不叙用。賽盧醫强奪妻女。市曹中明正典刑。王氏妄告不實。杖斷八十。〔旦兒云〕告大人。母親年老。春香替杖。〔王脩然云〕這媳婦直恁般賢孝。姑看春香面。罰銅折贖。有罪的斷遣分明。您一家兒聽老夫加官賜賞。楊興祖。爲你替弟當軍。拏賊救婦。加爲帳前指揮使。春香。爲你身遭擄掠。不順他人。可爲賢德夫人。楊謝祖。爲你奉母之命。送嫂還家。不幸遭逢人命官司。絶口不發怨言。可稱孝子。加爲翰林學士。兀那婆婆。爲你着親生子邊塞當軍。着前家兒在家習儒。甘心受苦。不認人屍。可稱賢母。加爲義烈太夫人。

〔正旦等拜謝科〕〔唱〕

【收江南】呀。那知道今日呵也有這風光。則俺一家兒都脱離了地獄到天堂。穩請受五花官誥喜非常。謝你個大恩人在上。兀的不教咱生死也難忘。

〔王翛然云〕只今日就這開封府堂上。窨下酒。卧番羊。做一個人天慶賞的筵席。你道爲甚麽來。〔詞云〕則爲這哥哥替弟當軍去。帶累的小叔爲嫂打官司。若不是王翛然審囚大斷案。怎發付救孝子賢母不認屍。

〔音釋〕畦音奚　屬繩朱切　毒東盧切　爨音竄　賺音湛　誑光去聲　塞音賽　窨音蔭

題目　送親嫂小叔枉招罪

正名　救孝子賢母不認屍

邯鄲道省悟黄粱夢雜劇

馬致遠撰

第一折

〔冲末扮東華帝君上詩云〕閬苑仙人白錦袍。海山銀闕宴蟠桃。三峯月下鸞聲遠。萬里風頭鶴背高。貧道東華帝君是也。掌管羣仙籍録。因赴天齋回來。見下方一道青氣。上徹九霄。原來河南府有一人。乃是吕岩。有神仙之分。可差正陽子點化此人。早歸正道。這一去使寒暑不侵其體。日月不老其顔。神鑪仙鼎。把玄霜絳雪燒成。玉户金關。使姹女嬰兒配定。身登紫府朝三清。位列真君。名記丹書。免九族不爲下鬼。閻王簿上除生死。仙吏班中列姓名。指開海角天涯路。引的迷人大道行。〔下〕〔正旦扮王婆上云〕老身黄化店人氏。王婆是也。我開着這個打火店。我燒的這湯鍋熱着。看有甚麽人來。〔外扮吕洞賓騎驢背劍上詩云〕策蹇上長安。日夕無休歇。但見槐花黄。如何不心急。小生姓吕名岩。字洞賓。本貫河南府人氏。自幼攻習儒業。今欲上朝進取功名。來到這邯鄲道黄化店。饑渴之際。不免做些茶飯吃。到的這店門首。將這蹇衛拴下。將這二百文長錢。糴些黄粱。兀那打火的婆婆。央你做飯與我吃。行人貪道路。你快些兒。〔王婆云〕客官你好急性也。饒一把兒火者。〔洞賓云〕我巴不的選場中去哩。〔正末上云〕貧道覆姓鍾離。名權。字雲房。道號正陽子。京兆咸陽人也。自幼學得文武雙全。在漢朝曾拜征西大元帥。後棄家屬。隱遁終南山。遇東華真人。授以正道。髮爲雙髻。賜號太極真人。常遺頌於世。〔頌云〕生我之門死我户。幾箇惺惺幾箇悟。夜來鐵漢自尋思。長生不死由人做。今奉帝君法旨。教貧道下方度脱吕岩。來到這邯鄲道黄化店。見紫氣沖天。當必在此。我想世間人好不識賢愚也呵。〔唱〕

【仙吕點絳唇】混沌初分。生人斷恩。誰持論。旋轉乾坤。這都是太上傳心印。

【混江龍】當日個曾逢關尹。至今遺下五千文。大剛來玄虚爲本。清浄爲門。雖然是草舍茅菴一道士。伴着這清風明月兩閒人。也不知甚的秋。甚的春。甚的漢。甚的秦。長則是習疎狂。躭懶散。佯粧鈍。把些個人間富貴。都做了眼底浮雲。

〔云〕想世人争名奪利。何苦如此。〔唱〕

【油葫蘆】莫厭追歡笑語頻。但開懷好會賓。尋思離亂可傷神。俺閒遥遥獨自林泉隱。您虚飄飄半紙功名進。你看這紫塞軍。黄閣臣。幾時得個安閒分。怎如我物外自由身。

【天下樂】他每得到清平有幾人。何不早抽身。出世塵。儘白雲滿溪鎖洞門。將一函經手自繙。一鑪香手自焚。這的是清閒真道本。

〔笑云〕原來神仙在這裏。〔做入店見科〕〔洞賓云〕一箇先生好道貌也。〔正末云〕敢問足下高姓。〔洞賓云〕小生姓吕名岩。字洞賓。〔正末云〕你往那裏去。〔洞賓云〕上朝應舉去。〔正末云〕你只顱那功名富貴。全不想生死事急。無常迅速。不如跟貧道出家去。〔洞賓云〕你這先生。敢是風魔的。我學成滿腹文章。上朝求官應舉去。可怎生跟你出家。你出家人有甚好處。〔正末云〕俺出家人自有快活處。你怎知道。〔唱〕

【金盞兒】上崐崙。摘星辰。覷東洋海則是一掬寒泉滚。泰山一捻細微塵。天高三二寸。地厚一魚鱗。擡頭天外覷。無我一般人。

〔洞賓云〕這先生開大言。似你出家的有甚麽仙方妙訣。驅的甚麽神鬼。〔正末云〕出家人長生不老。煉藥修真。降龍伏虎。到大來悠哉也呵。〔唱〕

【後庭花】我驅的是六丁六甲神。七星七曜君。食紫芝草千年壽。看碧桃花幾度春。常則是醉醺醺。高談闊論。來往的盡是天上人。

〔洞賓云〕俺做了官。也有受用處。〔正末云〕你做官受用得幾多。俺這神仙的快樂。與你俗人不同。你聽我説那快樂處。〔唱〕

【醉中天】俺那裏自潑村醪嫩。自折野花新。獨對青山酒一尊。閒將那朱頂仙鶴引。醉歸去松陰滿身。泠然風韻。鐵笛聲吹斷雲根。

〔云〕你跟我出家去來。〔洞賓云〕俺爲官居蘭堂。住畫閣。你這出家人。無過草衣木食。乾受辛苦。有甚麽受用快活處。〔正末唱〕

【金盞兒】俺那裏地無塵。草長春。四時花發常嬌嫩。更那翠屏般山色對柴門。雨滋椶葉潤。露養藥苗新。聽野猿啼古樹。看流水繞孤邨。

〔洞賓云〕我學成文武雙全。應過舉。做官可待。富貴有期。你教出家去呵。怎生便得神仙做。〔正末云〕你自不知。你不是箇做官的。天生下這等道貌。是個神仙中人。常言道。一子悟道。九族升天。不要錯過了。〔唱〕

【醉雁兒】你有那出世超凡神仙分。繫一條一抹絛。帶一頂九陽巾。君。敢着你做真人。

〔洞賓云〕俺爲官的。身穿錦段輕紗。口食香甜美味。你出家人草履麻縧。餐松啖柏。有甚麽好處。〔正末云〕功名二字。如同那百尺高竿上調把戲一般。性命不保。脱不得酒色財氣這四般兒。笛悠悠。鼓鼕鼕。人鬧吵。在虚空。怎如的平地上來。平地上去。無災無禍。可不自在多哩。〔唱〕

【後庭花】酒戀清香疾病因。色愛荒淫患難根。財貪富貴傷殘命。氣競剛强損陷身。這四件兒不饒人。你若是將他斷盡。便神仙有幾分。

〔洞賓云〕我十年苦志。一舉成名。是荷包裹東西。拿得定的。神仙事渺渺茫茫。有什麽准程。教我去做他。〔正末唱〕

【醉中天】假饒你手段欺韓信。舌辯賽蘇秦。到底個功名由命不由人。也未必能拿准。只不如苦志修行謹慎。早圖個靈丹腹孕。索强似你跨青驢躑躅風塵。

〔洞賓云〕聽他説甚麽。不覺神思困倦。且睡一會咱。〔做睡科〕〔正末云〕正説着話。他就睡了。好蠢人也。〔唱〕

【一半兒】如今人宜假不宜真。則敬衣衫不敬人。題起修行耳怕聞。直恁的没精神。一半兒應承一半兒吨。

〔云〕這人俗緣不斷。吕岩也。你既然要睡。我教你大睡一會。去六道輪迴中走一遭。待醒來時。早已過了十八年光景。見了些酒色財氣。人我是非。那其間方可成道。〔詩云〕氣爲强弱志爲先。努力須當莫换肩。捱出這番難境界。更添疾苦一番仙。〔唱〕

【金盞兒】比及你米淘了塵。水澆的滚。我教這一顆米内藏時運。半升鐺裏煮乾坤。投至得黄粱炊未熟。他清夢思猶昏。我教他江山重改换。日月一番新。

〔云〕您睡着了。貧道自赴蟠桃會去也。〔唱〕

【賺煞】羽衣輕。霓旌迅。有十二金童接引。萬里天風歸路穩。向蓬萊頂上朝真。笑欣欣。袖拂白雲。宴罷瑶池酒半醺。争奈你個唐吕岩性蠢。偏不肯受漢鍾離教訓。又則索跨蒼鸞飛上九天門。〔下〕

〔洞賓夢上云〕兀那王婆。那先生去了也。〔王婆云〕去久了。〔洞賓云〕飯熟也未。〔王婆云〕還饒一把火兒。〔洞賓云〕王婆。我也等不的你那飯了。誤了我程途。我上的蹇驢。便索長行去也。〔下〕〔王婆云〕吕岩去了也。他那裏知道我非凡人。乃驪山老母一化。上仙法旨。着吕岩看破了酒色財氣。人我是非。那其間纔得返本朝元。重回正道。〔詩云〕漢鍾離點化玄機。度呂岩省悟心回。待此人功成行滿。同共赴閬苑瑤池。〔下〕

〔音釋〕奼瘖詐切　邯音寒　鄲音丹　沌音遁　慁音混　塞音賽　函音咸　繙音番　泠音凌　邨與村同　鯈音叨　躑音直　躅音逐　盹敦上聲　鐺音撐　蠢春上聲　驪音梨

楔子

〔正末改扮高太尉同旦兒兩俫上云〕老夫殿前高太尉的便是。嫡親的三口兒家屬。夫人早亡。止有箇女孩兒。喚做翠娥。自十七年前。呂岩應過舉。拜兵馬大元帥。老夫見他好武藝。就招他爲壻。所生一兒一女。近日蔡州反了。吳元濟好生猖獗。朝廷着呂岩領兵征討。他如今辭別了老夫前去。我索丁寧囑付他幾句言語。這早晚敢待來也。〔洞賓扮元帥上詩云〕平生慷慨習陰符。秉鉞臨戎出帝都。男兒三十不得志。枉作堂堂大丈夫。某呂岩。自到京都。棄文就武。加某爲兵馬大元帥。與高太尉作贅。可早十八年光景。得了一雙兒女。今有蔡州吳元濟反亂。聖人的命。着某統兵征討。今日辭別了岳父。便索長行也。〔做見科云〕您孩兒點就人馬。則今日便行。父親好覷當一雙兒女者。〔高太尉云〕孩兒。你此一去。這妻子身上。有我在此。再不必留心。你與國家好生出力。千經萬典。忠孝爲先。你須恤軍愛民。不義之財。少要貪圖。豈不聞金玉滿堂。未之能守。富貴而驕。自遺其咎。我這般說呵。也只爲你執掌軍權。怕你重利而輕義。失了道心。你切

記者。左右。將酒來。我親手與孩兒把一盃送行。〔做把酒科唱〕

【仙吕賞花時】則我是皓首蒼顔高太尉。别無甚親人則覷着你。兒幼小女嬌癡。想爲人在世。最苦是生離。

〔云〕孩兒再飲一盃。〔洞賓云〕我吃不得了。〔高太尉唱〕

【幺篇】滿飲陽關酒一盃。〔洞賓做吐科云〕您孩兒吃不得了。心中有些不好。吐了兩口血。這酒元來傷人。您孩兒再也不吃這酒了。〔高太尉云〕既是傷着你心。再也休吃這酒罷。〔洞賓云〕父親放心。您孩兒不吃了。辭别父親。便索長行。〔高太尉云〕你休忘了我的言語。着心記者。〔唱〕則要你在意扶持唐社稷。囑付了又重題。但願的功成破敵。早唱凱歌回。〔下〕

〔洞賓云〕則今日領本部人馬。收捕吴元濟走一遭去。〔詩云〕賊寇無端逞兇頑。殺聲振地撼天關。託賴聖人洪福大。不得成功誓不還。〔下〕

【音釋】猖音昌　獗音決　稷將洗切　敵丁梨切　撼含去聲

第二折

〔旦兒上云〕妾身翠娥。是高太尉的女兒。自從父親招了吕岩爲壻。又早十八年光景。他跟前得了一雙兒女。如今吕岩收捕吴元濟去了。我和魏尚書的兒子魏舍。有些不伶俐的勾當。約定今日相會。怎生不見來。〔净扮魏舍上云〕湛湛青天不可欺。兩個碓嘴撥天飛。則有一箇飛不動。争奈身上没穿的。自家姓魏。我父親是魏尚書。人皆稱我爲魏舍。我和吕岩的渾家。有些不伶俐的勾當。吕岩征西去了。他教我今日來他家走一走。來到這門首。前後没一人。我叫一聲。高大姐開門來。〔做見科〕〔旦兒云〕你來了也。我正等你哩。喒兩個家裏吃幾杯酒。打開這弔窗。若有人來。便往這窗子裏出去。〔净云〕正是。喒且慢慢的飲酒耍子。〔洞賓上云〕某乃吕岩。奉聖人的命。統領三軍。收捕吴元濟。到的陣面上。賣了一陣。與了我三斗珍珠。一提黄金。領軍回還。來到家門首。接了馬者。老院公也不見。前後無一箇人。夫人也不知在那裏。進到這卧房門首。有人在裏邊説話。我試聽咱。〔旦兒云〕喒兩個正好吃酒哩。〔净云〕若陣亡了吕岩。我就娶你。〔旦兒云〕吕岩死了。我不嫁你嫁那個。〔洞賓云〕兀的不有姦夫了。我踏開這門咱。〔做踏門科〕〔净云〕不好了。有人來也。我往吊窗裏跳出去。走走走。〔洞賓云〕姦夫走了也。我問你。吃酒的是誰。〔旦兒云〕没人。〔洞賓云〕你説没人。這頂帽子。是誰掉下的。〔净上云〕哥。是我的。〔下〕〔洞賓云〕好也。我現授大元帥之職。你是太尉的女兒。你這般羞辱我。我好歹殺了你個淫婦。〔正末改扮院公拿拄杖慌上云〕老漢是高太尉家一個院公。有俺姐夫吕岩。做了征西大元帥。收捕反賊。去了一年。恰纔小的每道吕姐夫回來了。老漢不信。若是暗暗的回來。必定做下不公的勾當。既不是呵。怎生一個大將軍回來。可没一個人來報知。也不差人迎接。這小的每眼見的説謊。逗我耍哩。休問有無。我看一看去。〔唱〕

【商調集賢賓】報道前廳上侍長恰到來。〔帶云〕既是來到了呵。〔唱〕却怎生不聽的把玳筵排。〔洞賓云〕這婦人忒無禮。瞞着我做這等勾當。〔正末做聽科云〕真箇來了。〔唱〕有甚事炒炒七七。〔旦兒哭科云〕我是爲害眼。許下的願心來。〔正末唱〕没來由怨怨哀哀。我這裏七林林轉過庭槐。慢騰騰行過廳堦。孤椿椿靠定明亮隔。〔洞賓云〕好老婆。我不在家。你養着姦夫吃酒。老院公那老匹夫在那裏。〔正末唱〕聽説罷撦耳揉腮。〔洞賓云〕我則殺了這婦人。〔正末云〕這事怎了。〔唱〕我這裏傷心空跌脚。低首自慚胲。

【逍遥樂】夫人也想着你那百年恩愛。半世夫妻。好也囉你做下這一場醜態。〔洞賓云〕我吃這婦人氣殺我也。〔正末唱〕休道是濁骨凡胎。便是釋迦佛也惱下蓮臺。早難道侯門深似海。兩步那爲一驀。〔做推門科唱〕我這裏一雙手到。半壁身挨。可早兩扇門開。

〔洞賓云〕這箇老匹夫。你來這裏做甚麽。〔正末云〕自從大人出征去後。老相公早亡化過了半年也。大人今日來家。爲甚這等惱躁。〔洞賓云〕我心中的事。你怎生知道。不干你事。你快去。〔正末云〕上項的事。老漢已聽的了。大人停嗔息怒。難道是老漢無罪。大人記的你臨行時。老相公囑付的話道。着老院公單管打掃花園。喒後花園離前廳却是多遠。老漢無事也不到這前面來。有甚麽勾當。相公當初將這兩個孩兒和夫人。交付在老漢身上。今日有這等是非。老漢八十五歲年紀。便死老漢也甘心去。〔洞賓掣劍科云〕不干你事。我只殺了這婦人。〔正末唱〕

【金菊香】這一個怒橫着三尺劍當懷。〔旦兒云〕兀的不屈殺我也。〔正末唱〕好也囉那一個倚定門兒手托腮。似恁地怎生將手腕解。又不是少米無柴。是夫人自跳下捨身崖。〔旦兒云〕老院公。你不知。我爲他害眼來。許下的願心。他說我養漢來。我做的不是了。老院公。你救我一命咱。〔正末云〕教老漢怎生救你。〔唱〕

【醋葫蘆】又不是別人相唬嚇。廝展賴。是你男兒親自撞將來。你渾身是口難分解。赤緊的併贓拿賊。你看他死臨侵不敢把頭擡。〔旦兒做跪科云〕我實做的不是了。看着兩個孩兒面皮。饒了我性命者。〔正末唱〕

【幺篇】夫人你便有隨何陸賈舌。張儀蘇季才。百般難免這場災。是你辱門敗户先自歪。做的來漏虀搭菜。把花言巧語枉鋪排。〔洞賓云〕我做着天下兵馬大元帥。你和伴當私通欺壓。兀的不氣殺我也。〔正末云〕夫人。你聽的元帥說來。想元帥頂天立地。鋪眉苫眼。做着個兵馬大元帥。你却做這等勾當。是何道理。〔唱〕

【幺篇】你男兒有八面威。七步才。現帶着征西金印虎頭牌。他在那長朝殿前班部裏擺。你教他把屎盆兒頂戴。兀的不屈沉殺了拜將築壇臺。〔云〕老漢有甚麽面皮。大人。可憐見一雙兒女。饒過夫人者。〔唱〕

【幺篇】大人見義爲。夫人知過改。不是中間老漢厮支劃。若是外人知道來。休恁的大驚小怪。醜名兒出去怎生揩。

〔洞賓仗劍殺旦科〕〔正末跪云〕你發慈心。饒了夫人者。〔唱〕

【幺篇】問甚你夫妻好共歹。覷孩兒瘦更騃。便怎生教磣可可血泊裏倘着尸骸。男子漢那一個不妬色。〔帶云〕不爭夫人死呵。〔唱〕枉乞兩的兩個小寃家不快。那淒涼日月索躭捱。

〔云〕大人。饒夫人一命。勝造七級浮屠。〔唱〕

【幺篇】覷哥哥千般兒慷慨。道不的一聲叫善哉。只待劍光揮三尺水晶牌。你權做箇南海岸救苦難觀自在。我這裏磕頭禮拜。〔洞賓云〕我看着老院公面皮。饒你這一命。〔正末云〕好慚愧也。〔唱〕聽言說教我笑咍咍。

〔旦兒拜科云〕若不是老院公。誰救我一命。深謝你這厚恩。〔正末唱〕

【幺篇】我見他掩了淚眼。改了面色。笑靨兒攢破旱蓮腮。直從那針關兒透得命到來。恰便似九霄雲外。滴溜溜飛下一紙赦書來。

〔末扮使命上云〕小官天朝使命是也。因元帥呂岩。賣了陣受了錢。私自還家。某奉聖人的命。着我來取他首級。可早來到也。〔做見科云〕某奉聖人的命。爲你賣陣受財。私自還家。着我來取你

首級哩。〔洞賓云〕今日教誰人救我咱。〔正末云〕兀的怎了也。〔唱〕

【幺篇】朝廷將使命差。前廳上把聖旨開。道是西邊上賣陣走回來。誰教你貪心兒愛他不義財。今日箇脱空須敗。惡支沙將這等罪名揣。

〔旦兒云〕呂岩。你要殺我。誰着你賣了陣。受了錢。私自還家。幹的好事也。〔做叫街坊科〕〔洞賓云〕嗨。原來這錢真個害人。今日我對天發願。將這錢半分也不要。呂岩也。你怎生做讀書人來。顏子也曾一簞食一瓢飲。居於陋巷。量這幾貫錢。值得甚麼。不想到今日可着誰救我。想當日我臨行時。俺岳翁與我送行。我對天發願。斷了酒。今日斷了財。呂岩也。你有甚難見處。因我回家。我妻有姦夫。明明是他出首來的。罷罷罷。將紙筆來。寫一紙休書。任從改嫁。並不爭論。寫休書。寫休書。我今日又斷了色也。〔旦兒云〕哎喲。你今日休了我。你早則管不着我了。你眼見的是死人也。〔又使命上云〕呂岩本待要斬首。聖人的命。體上天好生之德。饒你項上一刀。迭配遠惡軍州。解子何在。〔丑扮解子上云〕叫小的那裏使用。〔使命云〕着你押解呂岩。迭配沙門島去。〔使命下〕〔旦兒云〕解子哥。呂岩是犯罪的人。你怎生教他自在。不上刑法。〔解子云〕這也説的是。將行枷來。〔做上枷科〕〔旦兒云〕呂岩。你如今還殺的我麼。兀的不歡喜殺我也。〔正末云〕夫人。你怎生没些夫妻情分。説這等言語做甚麼。〔唱〕

【幺篇】也是你慈悲生患害。俺哥哥除死無大災。何須你暢叫廝花白。〔旦兒云〕我是高太尉女兒。養漢來養漢來。如今你休了我。誰管的我。〔正末唱〕鬧垓垓幺喝十字街。〔帶云〕他今日聲聲説是高太尉女兒養漢來。〔唱〕直恁的惡叉白賴。婆娘家情性恁般乖。

〔解子云〕去罷。誤了程限到幾時。〔正末唱〕

【幺篇】昨日上官時似花正開。今日迭配呵風亂篩。都是犯着年月日時該。〔帶云〕休道喒小民呵。〔唱〕隋江山生扭做唐世界。也則是興亡成敗。怎禁那公人狠劣似狼豺。

〔旦兒云〕呂岩。你是死的人。留下我的孩兒。不要將去。〔洞賓云〕我的兒女。我不領着。留下與誰。〔旦兒云〕你犯下了罪。干俺兒女甚麼事。〔奪科〕〔洞賓拖科云〕解子哥。你慢着些兒。着這賊婦送了我也。我和兩個孩兒。死在一處。〔正末顧洞賓并倈科云〕解子哥。可憐見。容俺哥哥和孩兒住一兩日去。打甚麼不緊。〔解子云〕誤了限期。使不的。〔做打洞賓并倈正末勸科唱〕

【後庭花】我則見颼颼的枷棒摔。打的他紛紛的皮肉開。見他可擦擦拖將去。我與你氣丕丕趕上來。痛哀哉。身遭殘害。他如何敢鬧閧。我其實無刮劃。平白地招罪責。從今日離院宅。

【雙雁兒】哥哥也恰如趙杲送燈臺。便道不的。山河易改。恁時節和尚在鉢盂在。今日箇。福氣衰。看何時。冤業解。

〔解子推洞賓并倈行〕〔末扯住〕〔解子推末倒科云〕老無知。去罷。〔正末唱〕

【高過浪里來】俺如今鬢髮蒼白。身體囊揣。則恁的東倒西歪。推一交嶮攧破天靈蓋。

〔解子打二倈科〕〔正末云〕哥哥息怒。〔唱〕我這裏割捨了老性命。搭救這兩個小嬰孩。空教我忿氣冲懷。雨淚盈腮。將兩隻手扛擡。〔解子押洞賓并倈下〕〔正末唱〕把雙眼揉開。趁起身來。望不見嬌客。〔旦兒云〕呂岩去了。我收拾一房一卧。嫁魏舍去來。〔下〕〔正末云〕哥哥去的遠了也。〔做叫洞賓内應科〕〔正末唱〕又被這半凋謝的垂楊樹間隔。

【隨調煞】好教我回去艱難誰似你步行的快。望不見。走上望高臺。空目斷一天殘照靄。不知俺哥哥安在。〔做叫科云〕哥哥。〔洞賓遠應科〕〔正末唱〕看時節隔疎林風送過哭聲來。〔下〕

〔音釋〕碓音對　的音低　逗音豆　隔皆上聲　攧疽且切　胲音孩　驀音賣　腕彎去聲　解上聲　賊才上聲　苫聲占切　劃胡乖切　揩楷平聲　騃音諧　磣森上聲　色篩上聲　咍海平聲　靨於協切　簞音丹　白巴埋切　摔音洒　鬧爭上聲　闠音債　刮音擺　責齋上聲　宅池齋切　杲音稿　嶮與險同　客音楷　靄哀上聲

第三折

〔洞賓帶枷引二倈隨解子上〕〔解子云〕呂岩行動些。〔洞賓云〕念呂岩自賣了陣。迭配我無影牢城。我死不爭。可憐見這一雙兒女。眼見的三口兒無那活的人也。解子哥。怎生可憐見。方便一二。

〔解子云〕兀那吕岩。我也是好義的人。到這深山曠野中。我回去也。你三口兒自逃你那性命去。
〔做開枷科〕〔洞賓云〕謝了哥哥。小生口中銜鐵。背上搭鞍。此恩必當重報。〔解子云〕你逃命去。我回去也。〔下〕〔洞賓云〕好苦也。你看紛紛下的那雪越大了也。迷蹤失路。不知往那裏去。怎生得個指路的人來可也好。〔正末改扮樵夫上云〕小人是一個樵夫。砍的這柴回來。遇着這一天風雪。好凍人天氣也呵。〔唱〕

【大石調六國朝】風吹羊角。雪翦鵝毛。飛六出海山白。凍一壺天地老。便有丹青巧。畫筆難描。俺這裏遥望千山表。是誰將粉黛掃。幽窗下寒敲竹葉。前村裏冷壓梅梢。撩亂野雲低。微茫江樹杳。

【歸塞北】爲甚春歸早。既不沙可怎生蝶翅舞飄飄。梅蕊粉填合長安道。柳花綿迷却灞陵橋。山館酒旗遥。

【初問口】想那捕魚叟蓑笠綸竿。他向那寒潭獨釣。和俺這採樵人迷却歸來道。則見凍雀又飛。寒鴉又噪。古木林中驀聽的山狽叫。

【怨别離】園林無處不蕭條。春歸也猶未覺。滿地梨花無人掃。寒料峭。遥望見一點青山兀良却又早不見了。

【歸塞北】白雲島。則聽得孤鬼吼荒郊。九天女鼓風驅造化。六丁神揮劍斬長蛟。既不沙可怎生就地捲風濤。

【幺篇】孤邨曉。稚子道猶自月明高。青女翦冰寒不散。黑雲噴雨凍難消。無處覓漁樵。

〔洞賓云〕孩兒行動些。如此大風大雪。又迷蹤失路。眼見的是死人也。〔做椎胸科云〕天㗭。這雪住一住可也好。越下的惡躁了。〔正末云〕這來的是呂岩。可也該省悟了。〔唱〕

【雁過南樓】我則見凍剌剌一行老小。〔洞賓云〕凍殺我也。〔正末唱〕戰欽欽四體頻搖。這一個骨聳着肩。那一個拳聯着脚。正揚風攪雪天道。〔倈云〕爹爹。我餓的慌㗭。〔洞賓云〕兒也行動些。到兀那裏就有飯吃。〔正末唱〕兒扯定老父悲。父對着孩兒告。那吃飯處雲時間行到。

【六國朝】早是朔風凜冽。途路迢遥。〔二倈凍倒洞賓護科云〕俺三個都凍倒了。誰救孩兒咱。〔正末唱〕我則見三個人走將來。一時間撲地倒。〔做叫科云〕兀那君子。你甦醒者。甦醒者。怎生好。〔唱〕我這裏用手忙扶策。緊揝住頭梢。這一個早直挺了軀殼。那一個又答刺了手脚。我這裏款款的把衣襟解放。只見悠悠的魄散魂消。〔二倈做醒科〕〔洞賓云〕慚愧。醒轉來了。〔正末唱〕我救的這兩個心坎上恰温和。〔又救洞賓科唱〕呀。那一個又把牙關緊噤了。

〔洞賓醒云〕嶮些兒凍死我也。兩個孩兒都醒了。是誰救活我來。〔正末云〕是我救你來。〔洞賓跪云〕不是哥哥救了俺父子。那裏得俺性命來。〔正末云〕吕岩也。你那裏去。〔洞賓背云〕好奇怪。他怎生認得我是吕岩。〔回云〕不瞞哥哥説。我如今披枷帶鎖。迭配沙門島去。遇見這等大雪。凍倒在此處。若不是哥哥救活俺三口兒。那裏得我的性命來。如今我身上無衣。肚裏無食。又迷蹤失路。哥哥。這裏往那裏去。〔正末云〕早知這道。你去了多時了也。君子。你迷了道也。我説與你道。傳與你道。指與你道。〔洞賓云〕哥哥説的話。小人不省的。〔正末云〕君子。這條道我不知道。這山前有一個草團標。那裏面有個先生。他須知道。〔洞賓云〕哥哥。你説與我咱。〔正末唱〕

【歸塞北】過了這條抄直道。那裏一横澗搭着一横橋。白茫茫雪迷山拽脚。淡濛濛霧鎖草團標。松檜列周遭。

〔洞賓云〕那先生好歹。哥哥説與我聽。〔正末云〕君子。你要見他。我説與你知道。〔唱〕

【擂鼓體】那先生浩歌拍手舞黄鶴。家住瑶池閬苑。十洲三島。一曲横笛秋氣高。數着殘棋江月曉。

〔洞賓云〕哥哥。那先生是出家人。怎生有這本事。〔正末唱〕

【歸塞北】那先生服的是長生藥。不許外人學。三弄琴聲彈落葉。九重春色醉仙桃。白日上青霄。

〔洞賓云〕敢問哥哥。那先生是怎生模樣。你再説一徧咱。〔正末唱〕

【净瓶兒】那先生兩隻手摇山岳。一對眼矁邪妖。劍揮星斗。胸捲江濤。天教惡相貌。伏的虎降的龍德行高。他則是個活神道。也曾跨蒼鸞親把玉皇朝。

〔云〕君子。你過的山崦兒。你望見草團標。你問那先生路去。〔唱〕

【玉翼蟬煞】那先生自舞自歌。吃的是仙酒仙桃。住的是草舍茅庵。强如龍樓鳳閣。白雲不掃。蒼松自老。青山圍繞。淡烟籠罩。黄精自飽。靈丹自燒。崎嶇峪道。凹答岩壑。門無綽楔。洞無鎖鑰。香焚石桌。笛吹古調。雲黯黯。水迢迢。風凛凛。雪飄飄。柴門静。竹籬牢。過了那峻嶺尖峯。曲澗寒泉。長林茂草。便望見那幽雅仙庄這些是道。〔帶云〕君子。你休迷了正道。你聽者。〔唱〕你可也休錯去了。〔下〕

〔洞賓云〕孩兒也。你纔聽的那哥哥説來。兀那山崦裏有一家人家。吃的也有。穿的也有。宿處也有。喒直到那裏覓一宵宿去來。〔同下〕

〔音釋〕角音皎　猨與猿同　覺音皎　吼呵苟切　脚音皎　甦音蘇　揝簪上聲　殻音巧　噤今去聲
鶴音豪　藥音耀　學奚交切　岳音耀　矁楚九切　崦音揜　閣音稿　罩嘲去聲　跑音袍
崎音欺　峪音預　凹音腰　壑音好　楔音屑　鑰音耀　桌之卯切　黯衣減切

第四折

〔旦扮卜兒上云〕老身終南山人氏。在此在家出家。蓋了一座團標。前後並無人家。我有箇孩兒。雖是出家人。性子十分躁暴。每日在山中打獵爲生。孩兒去了也。我安排下些茶飯。等他回來吃。〔洞賓引俫上云〕自家呂岩。自從賣了陣。迭配無影牢城。到這深山裏。時遇冬天。大風大雪將俺三口兒争些凍殺。多虧了打柴的樵夫。救了俺性命。説這山峪裏。有箇草庵。我到那裏尋些茶飯。與兩個孩兒吃用。你看我那命。天色又晚來了。逢着個獨木橋。偌深的一個闊澗。怎生得過去。我將着兩個孩兒。待先送過這小廝去。恐怕這狼虎傷着這女孩兒。我待先送過女孩兒去。又怕傷了小廝兒。罷罷罷。且放下女孩兒。先送過小廝兒去。〔做送兒俫科〕〔女俫云〕爹爹。大蟲來咬我也。〔洞賓悲科云〕孩兒。我便來取你也。我放下這小廝。我可過去取女孩兒去。〔做過澗科〕〔兒俫云〕爹爹。大蟲來咬我也。〔洞賓云〕端的教我顧誰的是。〔又過澗科云〕兀的真個是一個草團標兒。你跟着我去。尋些茶飯與你吃。〔做問科云〕庵裏有人麼。〔卜兒上云〕誰叫我。開開這門。呀。原來是呂岩。引着一雙兒女。這早晚怎生得到這裏來。〔洞賓背云〕好奇怪。這姑姑怎生也認的呂岩。既然姑姑認的我。可也好。姑姑。因爲我賣了陣。將我這三口兒迭配無影牢城。如今天色晚了也。有甚麼殘茶剩飯。與俺兩個孩兒些吃。我就覓一宵宿。天明了。便索長行。〔卜兒云〕君子。不中。我怕不留你在此處宿。争奈我的孩兒性子利害。每日山中打獵爲生。

他無酒還好。吃了酒。便要殺人。〔洞賓云〕姑姑不知。當日我征西時。我丈人與我送行。吃了三盃酒。吐了兩口血。當日斷了酒。次後到陣上。賣了陣。聖人知道。饒我一命。將我迭配無影牢城。我因此斷了財。來到家中。我渾家瞞着我有姦夫。被我親身拏住。我就將渾家休了。斷了色。今日到此處。若有師父來。便打我一頓。我也忍了。從今已後。我將氣也不爭了。〔卜兒云〕呂岩你忍的麼。〔洞賓云〕我忍的。〔卜兒云〕既然你忍的。你且休進我家裏來。他若來時。再做箇商量。〔正末改扮邦老上云〕適纔我多買幾杯酒。吃醉了。回家見母親去咱。這山中委實的好快活也呵。〔唱〕

【正宮端正好】路兒答。人寂寞。山勢惡險峻嵯峨。俺不羨玉堂臣列鼎食重裀卧。只願把猩猩血染頭巾裹。

【滾繡毬】尋思來。那快活。這半月多遇幾箇濫官員經過。打劫下些金銀段疋綾羅。昨日共那幾箇。今日共這一火。從不曾離了側坐。仰天的大笑呵呵。將那潑醅酒瀧瀧連糟噍。殺人劍揩揩帶血磨。常則是爛醉無何。

〔二倈云〕爹爹。餓殺我也。〔洞賓云〕姑姑。有甚麼茶飯。與這小的些吃。〔卜兒云〕無甚麼與他吃。〔正末向前用手掤洞賓回看科云〕哎喲。諕殺我也。是人那是鬼。〔正末唱〕

【倘秀才】不索你絮叨叨則管裏問他。則這個殺人的爺爺是我。〔洞賓云〕好個惡相也。〔正末唱〕你則管裏纏我娘親待怎麼。〔洞賓云〕師父。我討些茶飯與孩兒吃來。〔正末唱〕他懷

裏又没點點。與孩兒每討饕饕。〔末拿住男倈科唱〕我揪住這小子領窩。〔洞賓救科〕〔正末怒云〕你這厮無禮。〔打洞賓科唱〕

【叨叨令】我一拳打的你牙關挫。〔做丢男倈在澗科〕〔洞賓云〕可憐見。〔正末唱〕這厮死屍骸也濟得狼蟲餓。〔拖女倈科〕〔洞賓云〕留下這箇小的者。〔正末唱〕至如將小妮子擡舉的成人大。也則是害爹娘不争氣的賠錢貨。不摔殺要怎麽也波哥。不摔殺要怎麽也波哥。覷着你潑殘生我手裏難逃脱。〔洞賓云〕你是箇出家人。怎生將我兩箇孩兒摔死了。我和你見官去。〔正末唱〕

【倘秀才】我爲賊盜呵殺人放火。不似你貪財呵披枷帶鎖。你得了斗來大黄金印一顆。爲元帥。佐山河。倒大來顯豁。〔帶云〕吕岩。你貪財戀酒。誤了軍情。〔唱〕

【滚繡毬】你那罪過。怎過活。做的來實難結末。自攬下千丈風波。誰教你向界河。受財貨。將咱那大軍折挫。似這等不義財貪得如何。道不的殷勤過日災須少。僥倖成家禍必多。枉了張羅。〔洞賓云〕不好了。我不問那裏逃命去來。〔正末仗劍趕洞賓躲科〕〔正末唱〕

【笑和尚】我我我没揣的猿臂綽。斡斡斡禁聲的休回和。來來來寶劍似吹毛過。〔洞賓云〕我這性命誰救我來。〔正末唱〕休休休怎避躲。是是是決難活。呀呀呀脖項上鋼刀剉。〔做殺洞賓倒科〕〔正末下改扮鍾離〕〔卜兒下改扮王婆上〕〔洞賓醒科云〕有殺人賊也。〔做摸頸科〕〔正末唱〕

【叨叨令】我這裏穩丕丕土坑上迷颩没騰的坐。那婆婆將粗刺刺陳米來喜收希和的播。那蹇驢兒柳陰下舒着足乞留惡濫的卧。那漢子去脖項上婆娑没索的摸。〔洞賓云〕一覺好睡也。〔正末摒洞賓覷科云〕洞賓也。〔唱〕你早則醒來了也麽哥。〔洞賓云〕我這一覺。睡了幾時。〔正末云〕十八年了。〔洞賓云〕可怎生一覺睡十八年。〔正末唱〕你早則醒來了也麽哥。可正是窗前彈指時光過。

〔洞賓云〕飯熟了未。〔王婆云〕還饒一把火兒。〔洞賓云〕直恁般一覺好睡也。〔正末云〕吕岩。我問你咱。你那岳父高太尉曾勸你麽。〔洞賓云〕曾勸我來。教我休吃酒。〔正末云〕那裏是高太尉。是貧道一化。你臨行時老院公可曾勸你來。〔洞賓云〕他也曾勸我來。〔正末云〕那裏是院公。也是貧道一化。你可曾見樵夫指路來麽。〔洞賓云〕有個樵夫指與我道來。〔正末云〕那個樵夫。也是貧道一化。怕你迷了正路。恰纔殺你的壯士。也是貧道化來。這王婆和山中道姑。是驪山老母。這十八年間。酒色財氣。你都見了也。〔唱〕

【倘秀才】你早則省得浮世風燈石火。再休戀兒女神珠玉顆。咱人百歲光陰有幾何。端的日月去。似攛梭。想你那受過的坎坷。

【滚繡毬】你夢兒裏見了麽。心兒裏省得麽。這一覺睡早經了二十年兵火。覺來也依舊存活。瓢古自放在竈窩。驢古自映着樹科。睡朦朧無多一和。半霎兒改變了山河。兀的是黄粱未熟榮華盡。世態纔知鬢髮皤。早則人事蹉跎。

（云）吕岩。你省得了麽。（洞賓云）師父。我弟子省了也。（正末詩云）漢朝得道一將軍。故來塵世度凡人。十八年來一夢覺。點化唐朝吕洞賓。（唱）

【煞尾】你正果正是修行果。你災咎皆因我度脱。早則絶憂愁。没㛴聒。行處行。坐處坐。閒處閒。陀處陀。屈着指。自數過。真神仙。是七座。添伊家。總八個。道與哥哥。非是風魔。這箇愛吃酒的鍾離便是我。

（東華帝君領羣仙上云）吕岩。你省悟了麽。（洞賓云）弟子省了也。（東華云）你既省悟了。一夢中十八年。見了酒色財氣。人我是非。貪嗔癡愛。風霜雨雪。前世面見分明。今日同歸大道。位列仙班。賜號純陽子。（詩云）你不是凡胎濁骨。迷本性人間受苦。正陽子點化超凡。又差下驪山老母。一夢中盡見榮枯。覺來時忽然省悟。則今日證果朝元。拜三清同歸紫府。

【音釋】寞音磨　嵯音磋　活音和　醅音披　虢音國　他音拖　麽音魔　湌音波　大音惰　脱音妥
豁音火　末音磨　綽拙果切　斡蛙果切　和去聲　颩音磋　摸音磨　攛粗酸切　坷音可
霎音殺　皤音婆　㛴音惱　聒音果

題目　漢鍾離度脱唐吕公
正名　邯鄲道省悟黄粱夢

杜牧之詩酒揚州夢雜劇

喬孟符撰

楔子

〔冲末扮張太守引浄張千上詩云〕昔年白屋一寒儒。今日黃堂駟馬車。富貴必從勤苦得。男兒須讀五車書。小官姓張。名紡。字尚之。自中甲科以來。累蒙聖恩。除授豫章太守。自幼與杜牧之爲八拜交。今牧之官爲翰林侍讀。有公幹至豫章。將欲起程回京。不免安排果卓。與他餞行。小官近日梨園中討得一箇歌妓。年方一十三歲。善能吹彈歌舞。名曰好好。我數次與他算命。道他有夫人之分。未審他姻緣在於何處。今日餞別牧之。就叫好好出來勸酒者。好好何在。〔旦扮張好好上云〕相公叫我。不知又請甚麽客。須到前廳見來。〔見科云〕相公喚我。有何使用。〔張太守云〕今日與牧之餞行。你就席間歌舞一回。與他勸酒。〔旦云〕謹領尊命。〔張太守云〕張千。門首覷着。杜翰林來時。報復我知道。〔正末扮杜牧之上云〕小生姓杜。名牧。字牧之。京兆人也。太和間舉賢良方正。累官至翰林侍讀之職。因公幹至豫章。此處太守張尚之。自幼與小生交善。今日在私宅設酒。與小生餞送。令人來請。須索走一遭去。左右。報復去。道杜某來了也。〔張千做報見科〕〔正末云〕小生薄德。敢勞太守張筵也。〔張太守云〕蔬食薄味。不堪獻敬。聊引餞意耳。左右。將酒過來。學士滿飲一杯。〔正末云〕太守請。〔張太守云〕學士。自古道筵前無樂。

不成歡樂。今舍下有一女。年方一十三歲。名曰好好。善能歌舞。着他出來歌舞一回。與學士送酒咱。〔正末云〕深蒙厚意。感謝感謝。〔張太守云〕好好。你歌舞一回。伏侍相公咱。〔旦歌舞科〕〔正末云〕小官無甚奇物。瑞文錦一段。犀角梳一副。權表微誠。有詩一首。〔詩云〕汝爲豫章姝。十三纔有餘。嬌媚鶥鴣兒。妖嬈鸞鳳雛。舞態出花塢。歌聲上雲衢。贈之天馬錦。堪賦水犀梳。〔張太守云〕好好。謝了相公者。〔旦拜科云〕多謝厚賜。〔正末云〕多有打攪。小生不敢久留。就此告辭長行去也。〔唱〕

【仙呂賞花時】唱一曲金縷悠揚雲謾行。舞一迴綵袖輕盈花弄影。今日個餞送在短長亭。對着這江山勝景。慵斟酒訴離情。

【幺篇】怕聽陽關第四聲。回首家山千萬程。博着個甚功名。教俺做浮萍浪梗。因此上意嬾出豫章城。〔同下〕

〔音釋〕餞音賤　樂姚去聲　樂音澇　姝音朱　鶥音柘　鴣音姑　塢音五　慵音蟲

第一折

〔外扮牛僧孺引左右親隨上詩云〕閒中清雅理絲桐。樂在琴書可用功。無事休衙消永晝。居然坐嘯古人風。老夫姓牛。名僧孺。字思黯。官拜揚州太守。昔與張尚之杜牧之爲忘年友。牧之官拜翰林侍讀。因公差至此。老夫特設一席。令人請去了。左右。若杜牧之來時。報我知道。〔正末引家童上云〕小官杜牧之是也。前年公差至豫章。今又公差至揚州。有太守牛僧孺。原是父輩。今日設席相請。須索走一遭去。〔家童云〕相公。這揚州是好景致也。〔正末云〕家童。你那裏知道。想當初隋煬帝幸廣陵看瓊花。一時繁華。天下無比。你聽我說。〔唱〕

【仙吕點絳唇】錦纜龍舟。可憐空有。隋堤柳。千古閒愁。我則怕春光老瓊花瘦。

〔家童云〕相公。行了這一路州縣。覺都不如這裏人烟熱鬧哩。〔正末唱〕

【混江龍】江山如舊。竹西歌吹古揚州。三分明月。十里紅樓。緑水芳塘浮玉榜。珠簾繡幕上金鈎。〔家童云〕相公。看了此處景致。端的是繁華勝地也。〔正末唱〕列一百二十行經商財貨。潤八萬四千户人物風流。平山堂。觀音閣。閒花野草。九曲池。小金山。浴鷺眠鷗。馬市街。米市街。如龍馬聚。天寧寺。咸寧寺。似蟻人稠。茶房内。泛松風。香酥鳳髓。酒樓上。歌桂月。檀板鶯喉。接前廳。通後閣。馬蹄階砌。近雕闌。穿玉户。龜背毬樓。金盤露。瓊花露。釀成佳醞。大官羊。柳蒸羊。饌列珍饈。看官場。慣軃袖。垂肩蹴踘。喜教坊。善清謳。妙舞俳優。大都來一箇箇着輕紗。籠異錦。齊臻臻的按春秋。理繁絃。吹急管。鬧吵吵的無昏晝。棄萬兩赤資資黄金買笑。拚百段大設設紅錦纏頭。

〔云〕左右。報復去。道杜牧之來了也。〔左右做報見科〕〔牛僧孺云〕老夫無甚管待。左右將酒來。

學士滿飲一杯。〔正末唱〕

【油葫蘆】月底籠燈花下遊。閒將佳興酬。綺羅叢封我做醉鄉侯。酌幾杯錦橙漿洗淨談天口。折一枝碧桃春占定拿雲手。〔牛僧孺云〕却不道文苑中古憹秀才家。多好此狂飲也。〔正末唱〕打迭起翰林中猛性子挺。搜扎起太學内體樣兒㑳。趁着這錦封未剖香先透。渴時節吸盡洞庭秋。

〔牛僧孺云〕可不道既有知契友。又有可意人。是好宴樂也。〔正末唱〕

【天下樂】端的是一醉能消萬古愁。醒來時三杯。扶起頭。我向那紅裙隊裏奪了一籌。看花呵致成癥候。飲酒呵灌的醉休。我則待勝簪花常帶酒。

〔牛僧孺云〕牧之在京師。日日有花酒之樂。老夫有一家樂女子。頗善歌舞。喚他出來伏事學士咱。好好那裏。〔旦上云〕妾身張好好是也。原是張尚之家女童。牛太守大人與張尚之爲舊友。遂將妾身過房與牛太守爲義女。經今三年矣。今日前廳上宴客。太守大人呼喚。須索見去。〔見科〕〔正末云〕此女是誰。〔牛僧孺云〕是老夫義女。小字好好。喚來歌舞一回。與學士奉一杯酒。〔家童云〕相公。好箇標致的小姐。我那裏曾見來。〔正末唱〕

【那吒令】倒金缾鳳頭。捧瓊漿玉甌。蹴金蓮鳳頭。並凌波玉鈎。整金釵鳳頭。露春纖玉手。天有情天亦老。春有意春須瘦。雲無心雲也生愁。

〔牛僧孺云〕小家之女。有甚十分顏色。〔正末唱〕

【鵲踏枝】花比他不風流。玉比他不温柔。端的是鶯也消魂。燕也含羞。蜂與蝶花間四友。呆打頦都歇在荳蔻梢頭。

〔牛僧孺云〕牧之。飲個雙盃。〔正末云〕我與大姐穿换一盃。大姐。换了這一杯酒飲過者。〔唱〕

【寄生草】我央了十箇千歲。他剛嗻了三個半口。險涴了内家粧束紅鴛袖。越顯的宫腰嫋娜纖楊柳。添上些芙蓉顔色嬌皮肉。白處似梨花擎露粉酥凝。紅處似海棠過雨胭脂透。

〔牛僧孺云〕牧之。請飲酒。〔正末云〕且住。將文房四寶來。作詩一首相贈。〔家童云〕筆硯在此。〔正末唱〕

【幺篇】磨鐵角烏犀冷。點霜毫玉兔秋。對明窗滄海龍蛇走。蘸金星端硯雲烟透。拂銀牋湘水玻瓈皺。〔牛僧孺云〕何勞學士這等費心。〔正末唱〕比及賞吴宫花草二十年。先索費翰林風月三千首。

〔云〕你看這女子。〔詩云〕端的是仙人飛下紫雲車。月闕纔離蟾影孤。却向尊前擎玉盞。風流美貌世間無。〔唱〕

【後庭花】他那裏應答的語話投。我這裏笑談的局面熟。准備着夜月攜紅袖。不覺的春風倒玉甌。〔旦云〕我再斟的滿者。與相公飲咱。〔正末唱〕怎生下我咽喉。勞你個田文生受。志昂昂包古今贍宇宙。氣騰騰吐虹霓貫斗牛。袖飄飄拂紅雲登鳳樓。興悠悠駕蒼龍遍九州。嬌滴滴賞瓊花雙玉頭。風颼颼游廣寒八月秋。樂陶陶倩春風散客愁。濕浸浸錦橙漿潤紫裘。急煎煎想韋娘不自由。虛飄飄恨彩雲容易收。香馥馥斟一杯花露酒。〔旦云〕此一杯酒擎着不飲。是無妾之情也。〔正末唱〕

【青歌兒】休央及偷香偷香韓壽。怕驚回兩行兩行紅袖。感謝多情賢太守。我是箇放浪江海儒流。傲慢宰相王侯。既然賓主相酬。閒叙筆硯交游。對酒綢繆。交錯觥籌。銀甲輕搊。金縷低謳。則爲它倚着雲兜。我控着驊騮。又不是司馬江州。商婦蘭舟。烟水悠悠。楓葉颼颼。不争我聽撥琵琶楚江頭。愁淚濕青衫袖。〔牛僧孺云〕學士。再飲一杯咱。〔正末云〕酒勾了也。〔背云〕這女子恰似在何處曾會見他來。〔牛僧孺云〕既然學士飲不的酒。那女子回去罷。〔旦下〕〔正末唱〕

【賺煞尾】比及客散錦堂中。准備人約黄昏後。他不比尋常閒墻花路柳。這公事怎肯甘心便索休。强風情酒病花愁。〔牛僧孺云〕無甚管待。承學士屈高就下也。〔正末唱〕這的是釣詩鈎。我醉則醉常在心頭。掃愁箒争如奉箕箒。〔牛僧孺云〕牧之。一番相見一番老也。

〔正末唱〕遮莫你鬢角邊霜華漸稠。衫袖上酒痕依舊。我正是風流到老也風流。〔下〕

〔牛僧孺云〕老夫念故人情分。安排酒殽。請杜牧之。不想他酒病詩魔。依然如舊。我着家樂奉酒。他説那裏曾見這女子來。是輸不的他那一雙眼。這風子在豫章時。張尚之家曾見來。又早三年光景。長的比那時不同了。可知他看在眼裏。則是到不的他手。張千。等他再來時。你説太守不在家。則着他去。兀那翠雲樓上。閒坐一會。坐的没意思。他則索回去也。〔下〕

【音釋】黯衣減切　行音杭　髓桑嘴切　釀尼降切　醞音韻　嚲音朶　踘音矩　俳音排　叢音從　憿音鰲　傷音鄒　吸音喜　纖西尖切　頦音孩　涴音卧　嫋音鳥　娜挪上聲　肉柔去聲　蘸知濫切　玻音波　瓈音梨　熟裳由切　咽音煙　贍傷佔切　倩青去聲　馥房夫切　觥古横切　搊音鄒

第二折

〔張千上云〕小人是太守府内親隨。奉老爹鈞語。着我打掃的這翠雲樓。恐怕杜學士到來遊玩。就在此管待他。〔正末引家童上樓科云〕昨日太守開宴出紅粧。細看此女顏色。嬌豔動人。甚有顧戀之意。小官一時疎狂。被叔父識破。念先人之面。未曾加責。今日心中悶倦。故來此翠雲樓遊玩。小官只爲酒病花愁。何日是好也呵。〔唱〕

【正宫端正好】衫袖濕酒痕香。帽簷側花枝重。似這等賓共主和氣春風。一杯未盡笙歌送。就花前喚醒遊仙夢。

〔家童云〕相公昨日中酒。今日起遲。你看那樓上。却又早安排的果卓杯盤停當也。〔正末唱〕

【滚繡毬】日高也花影重。風香時酒力湧。順毛兒撲撒上翠鸞丹鳳。恣情的受用足玉㬉香融。這酒更壓着琉璃鍾琥珀醲。這樓正值着黄鶴仙白兔翁。這酒更勝似釀葡萄紫駝銀甕。這樓快活殺傲人間湖海元龍。這酒却便似瀉金莖中玉露擎仙掌。這樓恰便似看翠盤内霓裳到月宮。高捲起綵繡簾櫳。

〔正末語張千云〕我昨日中酒。且歇息一會。等太守來時。報我知道。〔張千云〕理會的。〔正末同家童俱睡科〕〔旦同四旦上云〕妾身張好好。太守大人使俺來這翠雲樓上。伏事杜翰林。他怎生却睡着了。我喚他一聲。杜老爹。杜老爹。妾身來了也。〔正末起云〕太守大人可曾來麽。〔旦云〕太守公事忙。且不得來。一徑着妾等來。伏事相公。〔正末云〕伏事甚麽。咱兩個且共席坐者。兀那四位小娘子。會舞唱麽。〔四旦云〕頗會些。〔正末云〕既然會舞唱。大家歡樂飲三杯。〔旦云〕昨日席間怠慢。相公勿罪也。〔正末唱〕

【倘秀才】想當日宴私宅翰林應奉。倒做了使官府文章鉅公。昨日今朝事不同。㬉溶溶脂粉隊。香馥馥綺羅叢。端的是紅遮翠擁。

〔云〕小娘子是張好好。這四位小娘子是何人。〔旦云〕這四個是玉梅。翠竹。夭桃。媚柳。一同歌唱。與相公送酒咱。〔正末唱〕

【滚繡毬】尊中酒不空。筵前曲未終。你教他繫垂楊玉驄低鞚。准備着倩人扶兩袖春風。我這害酒的渴肚囊。看花的饞眼孔。結下的歡喜緣可着他厮重。我伴着些玉嬋娟相守相從。也不索閒遊柳陌尋歌妓。笑指前村問牧童。直喫的月轉梧桐。

〔旦云〕相公。你在席間坐者。只怕太守到來。妾身且回去咱。〔旦同四旦下〕〔正末做醒科云〕好是奇怪也。恰纔那箇女子。陪侍我飲酒。怎生不見了。〔家童做醒科云〕不覺的盹睡着了。〔正末云〕你見那女子來麼。〔家童云〕相公。你敢昏撒了。幾曾見什麼女子來。〔正末唱〕

【醉太平】又不是癡呆懵懂。不辨個南北西東。恰纔箇彩雲飛下廣寒宫。醉蟠桃會中。一壁廂花間四友争陪奉。勝似那蓬萊八洞相隨從。只落的華胥一枕夢初濃。都是這風流醉翁。

〔家童云〕適纔剛打了一個盹。又早晚了也。〔正末唱〕

【脱布衫】不覺的困騰騰醉眼朦朧。空對着明晃晃燭影摇紅。這其間在何處殘月曉風。知他是宿誰家枕鴛衾鳳。

【小梁州】這些時陡恁春寒繡被空。冷清清褥隱芙蓉。我則道陽臺雲雨去無蹤。今夜箇乘歡寵。山也有相逢。

【幺篇】怎承望曉來悮入桃源洞。又則怕公孫弘打鳳牢龍。手背上掐着疼。脚面上踏

着痛。那裏也情深意重。猶恐是夢魂中。〔家童云〕相公。則是想着那個人兒。便有夢。我也不想甚麼。那裏得夢來。〔正末唱〕

【一煞】則願的行雲不返三山洞。好夢休驚五夜鐘。我這裏繡被香寒。玉樓人去。錦樹花飛。金谷園空。飛騰了彩鳳。解放了紅絨。摔碎了雕籠。若不是天公作用。險些兒風月兩無功。〔家童云〕咱家回去罷。休信睡裏夢裏的事。〔正末唱〕

【煞尾】從今後風雲氣概都做了陽臺夢。花月恩情猶高似太華峯。風送紗窗月影通。篆裊金鑪香霧濛。銀燭高燒錦帳融。羅帕重沾粉汗溶。高插鸞釵雲髻聳。巧畫蛾眉翠黛濃。柳塢花溪錦繡叢。烟户雲牕閨閣中。可體樣春衫親手兒縫。有滋味珍饈揀口兒供。再不趁蝶使蜂媒厮斷送。再不信怪友狂朋厮搬弄。但能勾魚水相逢。琴瑟和同。〔家童云〕相公。喒回去來。〔正末唱〕早跳出這柳債花錢麵糊桶。〔同下〕

〔音釋〕醲泥容切　萄音桃　莖音形　鞚空去聲　饞鋤咸切　嬋音蟬　盹敦上聲　懵蒙上聲　懂音董　陡音斗　掐音恰　摔音洒

第三折

〔外扮白文禮引雜當上詩云〕一溪流水泛輕舟。柳岸遊人飲巨甌。自在揚州花錦地。風光滿眼度春秋。小生姓白名謙。字文禮。揚州人也。頗有幾貫貲財。人口順以員外呼之。今有杜翰林以公差至此。明日回程。小生備下蔬酌。與他送餞。令人請去了。這早晚敢待來也。〔正末引家童上云〕小官自牛太守請我飲宴之間。有一女子。歌舞清妙。再去訪謁數次。不放參見。只着在翠雲樓上賞玩。歸來甚是無聊。今欲回程。有白員外相請。須索走一遭去。我想夢中所見那女子。端的是世間少有也呵。〔唱〕

【南呂一枝花】温柔玉有香。旖旎春無價。多情楊柳葉。解語海棠花。壓盡越女吴娃。從頭髻至鞋襪。覓包彈無半掐。更那堪百事聰明。模樣兒十分喜恰。

【梁州第七】知音吕借意兒嘲風詠月。有體段當場兒擷竹分茶。情着疼熱相牽掛。性格穩重。禮數撑達。衣裳濟楚。本事熟滑。遏行雲板撒紅牙。泛宫商曲和琵琶。受用些成頓段暮雨朝雲。拜辭了有拘束玉堂金馬。快活殺無程期秋月春花。風流。俊雅。傾城絶代人皆訝。知進退識高下。賢慧心腸不狡猾。是一箇少欠他歡喜寃家。

【隔尾】錦機織就傳情帕。翠沼栽成並蒂花。何日青鸞得同跨。錦衾繡榻。弓鞋羅襪。

玉軟香温受用煞。

〔云〕早來到也。左右。報復去。道杜牧之來了也。〔雜當報科云〕杜相公來了也。〔白文禮云〕道有請。〔正末做見科云〕小官有何德能。敢勞員外置酒張筵。何以克當。〔白文禮云〕蔬食薄味。敢屈相公降臨。實小生之幸也。〔正末云〕敢問員外。昨太守開筵相招。席間出一紅粧。善能歌舞。未知誰氏之女。〔白文禮云〕相公不問。小生亦不敢説。此女原是個中之人。先與豫章太守張尚之爲侍兒。後來牛太守往豫章經過。取討爲義女。善能吹彈歌舞。此女就是張好好。〔正末云〕我道那裏曾見來。不瞞員外説。小官三年前在豫章。張尚之與小官送行。令一女童奉酒。年十三歲。善能歌舞。名曰好好。小官與他瑞文錦一段。烏犀梳一副。經今三年光景。他長成了。十分大有顏色。委實的令人動情也。〔白文禮云〕既然如此。相公那時就問張太守取討此女以爲婢妾。豈不美哉。〔正末唱〕

【罵玉郎】這一雙郎才女貌天生下。筭條兒遊冶子花朵兒俊嬌娃。堪寫入風流仕女丹青畫。行一步百樣嬌。笑一聲萬種妖。歌一曲千金價。

〔白文禮云〕小生也曾見來。果然生的風流。長的可喜。〔正末唱〕

【感皇恩】濃粧呵嬌滴滴擎露山茶。淡粧呵顫巍巍帶雨梨花。齊臻臻齒排犀。曲灣灣眉掃黛。高聳聳髻堆鴉。香馥馥冰肌勝雪。喜孜孜醉臉烘霞。端詳着厖兒俊。思量着口兒甜。怎肯教意兒差。

〔白文禮云〕相公與此女有緣有分。所以如此留情也。〔正末唱〕

【採茶歌】非是我自矜誇。則爲咱兩情嘉。准備着天長地久享榮華。〔白文禮云〕相公放心。小生務要與相公成就了這樁事。〔正末唱〕既然你肯把赤繩來繫足。久以後何須流水泛桃花。

〔云〕員外在太守前。加一美言。與小官成此一件事。員外之恩。不敢忘也。〔白文禮云〕相公放心。小生自有主意。務要完成了此事。〔正末唱〕

【牧羊關】則今日一言定。便休作兩事家。將你個撮合山慢慢酬答。成就了燕約鶯期。收拾了心猿意馬。合歡帶同心結。連理樹共根芽。知音呂琴中曲。好姻緣錦上花。

〔白文禮云〕相公再住幾日。小生和太守說知。試看如何。〔正末云〕小官公事忙。後會有期也。〔唱〕

【一煞】且陪伴西風搖落胭脂蠟。權寧耐夜月寒穿翡翠紗。閒愁不索撥琵琶。〔白文禮云〕相公則爲這小娘子留心那。〔正末唱〕我怎肯浪酒閒茶。再留意裙釵下。暫相別受些瀟灑。隔雲山天一涯。兩地嗟呀。

〔白文禮云〕相公再飲一杯。〔正末云〕酒勾了。小官就此告回。〔白文禮云〕相公慢慢而行。小生說成了。便有書呈奉。望賜回音咱。〔正末唱〕

【黄鍾尾】你題情休寫香羅帕。我寄恨須傳鼓子花。且寧心。度歲華。恐年過。生計乏。〔白文禮云〕相公休別尋配偶。小生務要完成此事。〔正末唱〕縱有奢華豪富家。倒賠裝奩許招嫁。休想我背却初盟去就他。把美滿恩情却丢下。我直着諸人稱揚衆口誇。紅粉佳人配與咱。玉肩相挨手相把。受用全別快活殺。做一對好夫妻出入京華。不强似門外緑楊閒繫馬。〔下〕

〔白文禮云〕杜翰林去了也。風魔了這漢子。若不成就此事。枉送了他性命也。〔詩云〕俊雅長安美少年。風流一對好姻緣。還須月老牽紅線。纔得鸞膠續斷絃。〔下〕

〔音釋〕旖音倚　旎泥上聲　禨忘罵切　覓音密　掐强雅切　恰强雅切　攧音跌　着池燒切　達當加切　滑呼佳切　慧音惠　猾呼佳切　榻湯打切　煞雙鮓切　顫音戰　尨音忙　答音打　蠟那架切　乏扶加切　奩音廉　殺雙鮓切

第四折

〔牛太守上詩云〕爲政維揚不足稱。剛餘操守若冰清。一生不得逢迎力。却被心知也見憎。老夫牛僧孺是也。叨守揚州。三年任滿。赴京考績。老夫探望杜翰林數次。不肯放參。我想來。在揚州之時。請他飲酒。出家樂歌唱。曾着他來。與張好好四目相視。不得説話。他心懷此恨。所以嗔怪。揚州有一個白文禮。是老夫的治民。其家巨富。屢次對老夫訴説此事。要將好好配與杜牧之爲夫人。成就此一樁美事。他如今也隨老夫來到京師。今日在金字館中。安排宴會。若杜牧之來時。老夫自有主意。〔下〕〔白文禮引隨從上云〕小生白文禮。昔在揚州與杜牧之送行。他只想牛太守家那女子。央小生説合。成此親事。如今牛太守任滿回京。小生特隨他來。已將前事達知太守。今日在金字館中。安排筵席。請杜翰林牛太守。務要完成了這門親事。小的每。門首看者。杜翰林來時。報復我知道。〔正末上云〕小官杜牧之。自離揚州。經今三載。牛太守望我數次。不曾放參。今日白員外請赴宴。須索走一遭去。想昨宵沉醉。今日又索扶頭也。〔唱〕

【雙調新水令】我向這酒葫蘆着渰不曾醒。但説着花衚衕我可早願隨鞭鐙。今日個酒香金字館。花重錦官城。不戀富貴崢嶸。則待談笑平生。不望白馬紅纓。伴着象板銀箏。似這淮南郡山水有名姓。

〔云〕左右。報復去。道杜牧之到了也。〔隨從報科云〕杜翰林來了也。〔白文禮云〕道有請。〔正末做見科云〕量小官有何德能。着員外置酒張筵。何以克當。〔白文禮云〕蔬食薄味。不成管待。請相公歡飲幾杯。〔正末唱〕

【沉醉東風】休想道惟吾獨醒屈平。則待學衆人皆醉劉伶。澆消了湖海愁。洗滌了風雲興。怕孤負月朗風清。因此上落魄江湖載酒行。糊塗了黄粱夢境。

〔云〕員外。今日席上。再有何人。〔白文禮云〕請牛太守去了。這早晚敢待來也。〔牛太守上云〕

老夫牛僧孺。今日白文禮在金字館設席相請。左右。報復去。道牛太守來了也。〔隨從報科云〕太守老爹來了也。〔白文禮云〕道有請。〔牛太守做見科與正末云〕老夫相訪數次。不蒙放參。只是某緣分淺薄也。〔正末云〕小官連日事冗。有失迎接。叔父勿罪。來日小官設席請罪。就屈員外同席。未知允否。〔白文禮云〕今日且飲過小生這一席。來日同赴盛宴。務要吹彈歌舞。開懷暢飲也。〔正末唱〕

【水仙子】喜的是楚腰纖細掌中擎。愛的是一派笙歌醉後聽。哎。你個孟嘗君妬色獨强性。靠損了春風軟玉屏。戲金釵早嚇掉了冠纓。杜牧之難折證。牛僧孺不志誠。都一般行濁言清。

〔牛太守云〕休題舊話了。今日員外設席。則請飲酒。〔正末云〕酒雖要飲。事也要知。小官三年前曾央白員外訴說一事。未知叔父允否。〔白文禮云〕太守大人。小生曾言將好好小姐。配與杜翰林。尊意如何。〔牛太守云〕既然牧之心順。着好好過來相見。就與牧之爲夫人。好好那裏。〔旦上云〕妾身張好好。老爹呼喚。我自過去。〔見科云〕老爹喚你孩兒。有何分付。〔牛太守云〕有杜牧之要娶你做夫人。則今日正是好日辰。等酒筵散後。就過門成親。了此宿緣也。〔正末云〕多謝叔父。〔張府尹上云〕小官張尚之。先任豫章太守。今陞爲京兆府尹。因張好好與了牛太守爲義女。長大成人。今聘與杜牧之爲夫人。某奉聖人的命。因牧之貪花戀酒。本當謫罰。姑念他才識過人。不拘細行。赦其罪責。如今小官親來傳示與他。早來到了。左右報復去。道有京兆府尹下馬也。〔隨從報科云〕有新任府尹老爺下馬也。〔正末云〕道有請。〔張府尹見科〕〔正末云〕呀。張相公來了。〔牛太守云〕京兆相公。別來無恙。〔張府尹云〕牛相公乃是父執。何故同衆位在此。〔牛太守云〕因白員外相招在此。〔張府尹云〕小官因牧之放情花酒。奉朝命本當謫罰。小官保奏。赦其無罪。〔正末云〕多謝大人。〔唱〕

【雁兒落】我則道玉堦前花弄影。原來是金殿上傳宣令。本爲個牛僧孺門下人。倒做了杜牧之心頭病。

〔張府尹見旦科云〕這不是我張好好麽。因何在此。〔正末唱〕

【得勝令】則疑是天上許飛瓊。原來是足下女娉婷。你栽下竹引丹山鳳。籠着花藏金谷鶯。都訴出實情。〔白文禮云〕學士。你不拜丈人。還等甚麽。〔正末唱〕我做了强項令肩膀硬。今日箇完成。將這箇俊嬌娥手内擎。

〔張府尹云〕嗨。牧之。因你貪戀花酒。所以朝廷要見你之罪哩。〔正末唱〕

【甜水令】我不合帶酒簪花。沾紅惹緑。疎狂情性。這幾件罪我招承。你不合打鳳牢龍。翻雲覆雨。陷入坑穽。喒兩個口説無憑。

〔張府尹云〕早是小官與學士同窗共業。先奏過赦罪。不然。御史臺豈肯饒人。〔正末唱〕

【折桂令】見放着御史臺不順人情。誰着你調罨子畫閣蘭堂。搠包兒錦陣花營。既然是太守相容。俺朋友間有甚差争。擺着一對種花手似河陽縣令。裹着一頂漉酒巾學五柳先生。既能勾鸞鳳和鳴。桃李春榮。贏得青樓。薄倖之名。

〔張府尹云〕牧之。你聽我説。〔詞云〕太守家張好好丰姿秀整。引惹得杜牧之心懸意耿。若不是白員外千里通誠。焉能勾結良緣夫爲綱領。從今日早罷了酒病詩魔。把一覺十年間揚州夢醒。纔顯得翰林院臺閣文章。終不負麒麟上書名畫影。〔正末唱〕

【鴛鴦煞】從今後立功名寫入麒麟影。結絲蘿配上菱花鏡。准備着載月蘭舟。照夜花燈。暢道朋友同行。尚則怕衣衫不整。畢罷了雪月風花。醫可了游蕩疎狂病。今日箇兩眼惺惺。唤的箇一枕南柯夢初醒。

〔音釋〕湇音掩　醒平聲　衚音胡　衕音同　鐙登去聲　峥音橙　嶸音横　滌音體　魄音託　境音景　瓊渠盈切　娉聘去聲　婷音亭　實蠅知切　膀音旁　罨音掩　搠聲卯切　營音盈　漉音鹿　榮餘平切　丰音風　覺音皎　柯音哥

題目　張好好花月洞房春

正名　杜牧之詩酒揚州夢

醉思鄉王粲登樓雜劇

鄭德輝撰

楔子

〔老旦扮卜兒上〕〔詩云〕急急光陰似水流。等閒白了少年頭。月過十五光明少。人到中年萬事休。老身姓李。夫主姓王。曾爲太常博士之職。不幸病卒于官。先夫在日。止生一個孩兒。名喚王粲。學成滿腹文章。只是胸襟驕傲。不肯曲脊于人。有他叔父蔡邕丞相。數次將書來取。此子不肯前去。今日好日辰。我喚他出來。上京求的一官半職。光耀門閭。有何不可。王粲那裏。〔正末扮王仲宣上云〕小生姓王名粲。字仲宣。高平玉井人也。先父曾爲太常博士。病卒于官。止存老母在堂。小生正在攻書。忽聽母親呼喚。不知有甚事。須索走一遭去。呀。母親拜揖。母親喚你孩兒那壁厢使用。〔卜兒云〕孩兒。有你叔父蔡邕丞相。數次將書取你。今日好日辰。你上京去。求的一官半職。光耀門閭。有何不可。〔正末云〕母親。你孩兒去不的。〔卜兒云〕你因甚去不的。〔正末云〕孔子有云。父母在不遠遊。遊必有方。所以爲人子者。出不易方。復不過時。乃是個孝道。孩兒爲此去不的。〔卜兒云〕孩兒放心前去。家中事務。我自支持。〔正末云〕既是母親尊命。孩兒怎敢有違。今日便索長行也。〔卜兒云〕孩兒。你去則去。只慮一件。〔正末云〕母親慮的是那一件。〔卜兒云〕慮的是豚犬東行百步憂。〔正末唱〕

【中呂賞花時】母親道豚犬東行百步憂。〔卜兒云〕孩兒。你趁着這鵬鶚西風萬里秋。〔正末唱〕趁着這鵬鶚西風萬里秋。非拙計豈狂遊。憑着我高才和這大手。〔卜兒云〕孩兒疾去早來。〔正末云〕母親。恁孩兒常存今日志。必有稱心時。〔唱〕穩情取談笑覓封侯。〔下〕

〔卜兒云〕孩兒去了也。我掩上這門兒。正是眼望旌捷旗。耳聽好消息。〔下〕

〔音釋〕鶚音傲　覓音密

第一折

〔丑扮店小二上〕〔詩云〕酒店門前三尺布。人來人往圖主顧。好酒做了一百缸。倒有九十九缸似滴醋。自家店小二是也。有那南來北往。經商客旅。做買做賣的人。都在我這店中安下。一個月前有個王粲。在我店肆中居住。房宿飯錢。都少了我的。我便罷了。大主人家埋怨我。我如今叫他出來。算算帳。討還我這房宿飯錢。王先生出來。〔正末云〕小生王粲。自離了母親。來到京師。有叔父蔡邕丞相。個月期程。不蒙放參。小生在這店肆中安下。少了他許多房宿飯錢。小二哥呼喚。多分爲此。小二哥做甚麽。大呼小叫的。〔小二云〕王先生。你少下我許多房宿飯錢不還我。我便罷了。大主人家埋怨我。你幾時還我這錢。〔正末云〕兀那店小二。我見了我蔡邕叔父呵。稀罕還你這幾貫錢。〔小二云〕你今日也說你叔父。明日也說你叔父。你這錢幾時還我。〔正末云〕你休小覷我。〔唱〕

【仙呂點絳唇】早是我家業凋殘。少年可慣。我被人輕慢。似翻覆波瀾。貧賤非吾患。

〔小二云〕王先生。你既是讀書人。何不尋幾個相識朋輩。〔正末唱〕

【混江龍】我與人秋毫無犯。〔小二云〕則爲你氣高志大。見是如此。〔正末唱〕則爲氣昂昂誤得我這鬢斑斑。久居在簞瓢陋巷。風雪柴關。窮不窮甑有蛛絲塵網亂。〔小二云〕看了你這嘴臉。火也没一些爖的。〔正末唱〕窨不窨爐無煙火酒瓶乾。剗的在天涯流落。海角飄零。中年已過。百事無成。捱不出傷官破祖窮愁限。多只在閭閻之下。眉睫之間。

〔小二云〕王先生。我看你身上有些兒單寒麽。〔正末唱〕

【油葫蘆】小二哥你休笑書生膽氣寒。赤緊的看承的我如等閒。則俺這敝裘常怯曉霜殘。端的可便有人把我做兒曹看。堪恨那無端一郡蒼生眼。〔小二云〕看你這模樣。也没些志氣膽量。〔正末唱〕我量寬如東大海。志高如西華山。則爲我五行差没亂的難迭辦。幾能勾青瑣點朝班。

【天下樂】因此上時復挑燈把劍彈。有那等酸也波寒。可着我怎挂眼。只待要論黃數黑在筆硯間。〔小二云〕你既是讀書之人。何不訓幾個蒙童。討些錢鈔還我。可不好。〔正末唱〕你着我教蒙童數子頑。〔帶云〕據王粲的心呵。〔唱〕我則待輔皇朝萬姓安。哎。你可便枉將人做一例看。

〔小二云〕巧言不如直道。買馬須索雜料。閒話休説。好歹要房宿飯錢還我。〔正末云〕小生没甚麽還你。小二哥。我將這口劍當與你。待我見了叔父。便來取討。〔小二云〕也罷。我收了這劍。有錢時便贖與你。〔詩云〕饒君總使渾身口。手裏無錢説也空。〔下〕〔外扮蔡邕引祗從上〕〔詩云〕龍樓鳳閣九重城。新築沙堤宰相行。我貴我榮君莫羨。十年前是一書生。老夫姓蔡名邕。字伯喈。陳留郡人氏。自中甲第以來。累蒙擢用。謝聖人可憐。官拜左丞相之職。有一故人。乃是太常博士王默。曾指腹爲親。若生二女。同攀繡牀。若生二子。同舍攻書。若生子女。結爲夫婦。不想老夫所生一女。小字桂花。王默所生一子。唤名王粲。因爲居官。彼此天涯。不得相聚。後來連王默也亡過了。一向躭閣。這親事不曾成得。聞知王粲學成滿腹文章。只是矜驕傲慢。不肯曲脊於人。老夫數次將書調取來京。個月期程。不容放參。可是爲何。則是涵養他那鋭氣。今日早朝下來。已與曹子建學士説知向上之事。這早晚敢待來也。左右。門首覷者。學士來時。報復我知道。〔冲末扮曹子建引祗從上〕〔詩云〕滿腹文章七步才。綺羅衫袖拂香埃。今生坐享來生福。都是詩書換得來。小官姓曹名植。字子建。祖居譙郡沛縣人也。謝聖人可憐。官拜翰林院學士之職。今日早朝。蔡邕老丞相説令壻王粲。雖有出衆文才。只是胸襟太傲。須要涵養他那鋭氣。好就功名。如今老丞相暗將白金兩錠。春衣一套。駿馬一疋。薦書一封。投託荆王劉表。封皮上寫着某家的名字。齎發他起身。等待後來榮顯之時。着小官做個大大的證見。説話中間。可早來到丞相府了。左右。報復去。道有子建學士。在於門首。〔報見科〕〔蔡相云〕學士來了也。學士。今早朝中所言王粲之事。可是這等做的麽。〔曹學士云〕老丞相高見。正該如此。但小官虚做人情。不無惶愧。〔正末上云〕這是丞相府門首。左右。報復去。道有高平王粲。特來拜見。〔做報科云〕有高平王粲。特來拜見。〔蔡相云〕你看他乘甚麽鞍馬。〔祗候云〕脂油點燈。〔蔡相云〕這怎麽説。〔祗候云〕布撚。〔正末云〕説話的是我叔父。我是姪兒。那裏有叔叔接姪兒不成。我自過去。〔見科云〕叔父請坐。多年不見。受您孩兒兩拜。〔蔡相云〕住者。左右。將過那錦心拜褥來。〔正末云〕叔父要他何用。〔蔡相云〕拜下去。只怕污了你那錦繡衣服。〔正末云〕有甚麽好衣服。〔蔡相云〕王粲。母親安康麽。〔正末云〕母親託賴無恙。〔蔡相云〕有你這等峥嶸發達的孩兒。我那賢嫂有甚不安康處。翰林院學士在此。把體面相見。〔正末做見曹學士科〕〔曹學士云〕久聞賢士大名。如轟雷貫耳。今得撥雲霧見青天。實乃曹植萬幸。〔正末云〕學士恕小生一面。〔蔡相云〕説此人矜驕傲慢。果然。學士在此。下不得一拜。學士勿罪。可不道錦堂客至三杯酒。茅舍人來一盞茶。我偌大個相府。王粲遠遠而來。豈無一鍾酒管待。令人將酒過來。〔遞酒科〕〔蔡相云〕這杯酒當與王粲拂塵。王粲近前接酒。〔正末云〕將來。〔蔡相云〕住者。這酒未到你哩。老夫年邁了。也有失禮體。放着翰林學士在此。那裏有王粲先接酒之理。學士滿飲此杯。〔曹學士接酒云〕賢士先飲此杯。〔正末云〕學士請。〔曹學士云〕賢士勿罪。〔飲科〕〔蔡相云〕這杯酒可到王粲。王粲接酒。〔正末云〕將來。〔蔡相云〕住者。未到你哩。學士一隻脚兒兩隻脚兒來飲個雙杯。

〔曹飲科〕〔蔡相云〕這杯酒可到王粲。王粲接酒。〔正末云〕將來。〔蔡相云〕住者。未到你哩。學士飲個三杯和萬事。〔曹飲科〕〔正末云〕叔父。王粲不曾自來。你將書呈三番兩次調發小生到此。蕭條旅館。個月期程。不蒙放參。今日見了小生。對着學士。將一杯酒似與不與。輕慢小生。是何相待。〔蔡相云〕王粲。你發酒風哩。〔正末云〕我吃你甚酒來。〔蔡相云〕王粲。你在我跟前。你來我去。你聽着。〔詞云〕你看我精神顏色捧瑤觴。你那裏有和氣春風滿畫堂。你這等人不明白凍餓在顏回巷。你看爲官的列金釵十二行。你儘今生飄飄蕩蕩。便來世也則急急忙忙。你那裏有江湖心量。銜一片虀鹽肚腸。令人擡過了酒。非干我與而不與。其實你飲不的我這玉液瓊漿。〔正末云〕叔父。我王粲異日爲官。必不在你之下。〔詩云〕男兒自有冲天志。不信書生一世貧。〔唱〕

【那吒令】我怎肯空隱在嚴子陵釣灘。我怎肯甘老在班定遠玉關。〔帶云〕大丈夫仗鴻鵠之志。據英傑之才。〔唱〕我則待大走上韓元帥將壇。我雖貧呵樂有餘。便賤呵非無憚。可難道脱不的二字饑寒。

【鵲踏枝】赤緊的世途難。主人慳。那裏也握髮周公。下榻陳蕃。這世裏凍餓死閒居的范丹。哎。天呵。兀的不憂愁殺高卧袁安。

〔云〕叔父。不止小生受窘。先輩古人也多有受窘的。〔蔡相云〕王粲。與你比喻。你那積雪成阜。怎熬俺有力之松。磨墨成池。怎染俺無瑕之玉。明珠遭雜。豈列雕盤。素絲蒙垢。難成美錦。小

見人萬種機謀。總落的俺高人一笑。先輩那幾個古人受窘。你試説一遍聽咱。〔正末唱〕

【寄生草】伊尹曾埋没在耕鋤内。傅説也劬勞在版築間。有甯戚空嗟白石爛。有太公垂釣磻溪岸。有靈輒誰濟桑間飯。哀哉堪恨您小人儒。嗚呼不識俺男兒漢。

〔蔡相云〕王粲。你來做甚。〔正末唱〕

【六幺序】我投奔你爲東道。〔蔡相云〕我可也做不的東道。〔正末唱〕倚仗你似泰山。〔蔡相云〕我可也做不的那泰山。〔正末唱〕剗的似驚弓鳥葉冷枝寒。好教我鏡裏羞看。劍匣空彈。前程事非易非難。想蟄龍奮起非爲晚。赤緊的待春雷震動天關。有一日夢飛熊得志扶炎漢。纔結果桑樞瓮牖。平步上玉砌雕欄。

【幺篇】要見天顔。列在鵷班。書嚇南蠻。威鎮諸藩。整頓江山。外鎮邊關。内剪姦頑。有一日金帶羅襴。烏靴象簡。那其間難道不着眼相看。如今個旅邸身閒。塵土衣單。躭着饑寒。偏没循環。只落得不平氣都付與臨風嘆。恨塞滿天地之間。想漫漫長夜何時旦。幾能勾斬蛟北海。射虎南山。

〔云〕這等人只好不辭而回罷。〔出科祗候報云〕報老爺得知。王粲不辭而去了。〔蔡相云〕學士。王粲不辭而歸。都在學士身上。〔曹學士出要住科云〕賢士。適間勿罪。〔正末云〕學士。這不是小生自來投託。是丞相數次將書調發小生來到京師。旅館安身。個月期程。不甞放參。今日對着學士。將一杯酒似與不與。輕慢小生。是何禮也。〔曹學士云〕賢士。此一去何往。〔正末云〕自古道士屈於不知己。而伸於知己。今世無知者。小生在此何益。不如回家去罷。〔唱〕

【金盞兒】雖然道屈不知己不愁煩。不知伸於知己恰是甚時間。只落得一天怨氣心中攢。空教我趨前退後兩三番。又不是絶糧陳蔡地。又不是餓死首陽山。只不如掛冠歸去好。也免得叉手告人難。

〔曹學士云〕賢士差矣。却不道學成文武藝。貨與帝王家。又道是十年窗下無人問。一舉成名天下知。憑着賢士腹有才。神有劍。口能吟。眼識字。取富貴如反掌相似。何不進取功名。可怎生便回家去也。〔正末云〕争奈小生家寒。無有盤費。〔曹學士云〕却不道寶劍贈烈士。紅粉贈佳人。小官有白金兩錠。青衣一套。駿馬一疋。薦書一封。送賢士去投託荆王劉表。劉表見了小官的書呈。必然重用。賢士若得官呵。則休忘了曹植者。〔正末云〕多謝學士。小生驟面相會。倒賫發我金帛鞍馬薦書。異日若得峥嶸。此恩必當重報。〔唱〕

【賺煞】我持翰墨謁荆王。展羽翼騰霄漢。夢先到襄陽峴山。楚天闊争如蜀道難。我得了這白金駿馬雕鞍。則願的在途間人馬平安。穩情取峥嶸見您的眼。〔曹學士云〕賢士。常言道人惡禮不惡。還辭一辭老丞相。〔正末云〕看學士分上。我辭他一辭。叔父。承管待了也。〔蔡相云〕王粲。你去了罷。又回來做甚麽。〔正末云〕我吃你甚麽來。〔唱〕**我略别你個放魚的子産。**〔蔡相云〕放魚的子産。瞜磕老夫不識賢哩。〔正末唱〕**你休笑我屠龍的王粲。**〔云〕雖是今日之貧。安知無他日之貴。有一日官高極品。位列三公。食前方丈。禄享千鍾。武夫前擁。錦衣後隨。學士恕罪了。〔曹學士云〕賢士。穩登前路。〔正末唱〕你看我錦衣含笑入長安。〔下〕

〔蔡相云〕王粲去了也。學士。此人莫不有些怪老夫麽。〔曹學士云〕時下便有些怪。到後來謝也謝不及哩。〔蔡相詩云〕從來賢智莫先人。小子如何妄自尊。〔曹學士詩云〕今日雖然遭折挫。異時當得報深恩。〔並下〕

〔音釋〕簞音丹　甑晶去聲　爖音隴　睫音捷　鋭音芮　轟音烘　衠音諄　液音邑　慳溪閒切　握音約　劬音渠　石繩知切　蟄音哲　峴音現　縢桑上聲　磕音可

第二折

〔外扮荆王引卒子上〕〔詩云〕高祖龍飛四百年。如今兵甲漸紛然。區區借得荆襄地。撑住西南半壁天。某姓劉名表。字景升。本劉之宗親。漢之苗裔。因見天下多事。兵戈競起。某策馬馳入儀城。取了南郡。皆蒯良之力也。如今南據江陵。北控樊鄧。西佔長沙。東距桂陽。地方千里。帶甲軍卒四十餘萬。愛民養濟。憐恤軍士。少壯者勤於農桑。班白者不負戴於道路。於是一境之內。軍民稍安。某有二子。長曰劉琦。次曰劉琮。有兩員上將。操練水兵三萬。乃是蒯越蔡瑁。巡綽邊境去了。善文者蒯良杜奎。善武者蒯越蔡瑁。爲其羽翼。復何憂哉。小校。轅門覷者。二將來時。報復我知道。〔卒子云〕理會的。〔正末上云〕小生王粲。被蔡邕恥辱了一場。多虧子建學士賫發我白金鞍馬。小生好命薄也。不想中途得了一場病癥。金銀鞍馬衣服都盤費盡了。這幾日方纔稍可。將着這封書。見荆王走一遭去。王粲也。人人都有那功名二字。惟有我的功名好難遇也呵。〔唱〕

【正宮端正好】則有分鞭羸馬。催行色。拂西風滿面塵埃。想昨朝風送煙波側。今日個落日在青山外。

【滾繡毬】我比那買官的省些玉帛。求仕的費些草鞋。赤緊的好難尋紫袍金帶。〔云〕今日見荆王呵。〔唱〕便是我苦盡甘來。他聽得我扣宅。他將那書拆開。多應是把我來降堦接待。豈不聞有朋自遠方來。〔帶云〕那荆王若問我兵法呵。〔唱〕你看坐間略展安邦策。便索高築黄金拜將臺。不索疑猜。

〔云〕説話中間。可早來到門首也。左右。報復去。道有高平王粲。持曹子建學士書呈。特來拜見。〔卒子云〕將書來。我與你報去。喏。報的大王得知。今有高平王粲。持曹子建學士書呈。特來拜見。〔荆王云〕將書來我看。翰林學士曹植拜書。我拆開這書看。蔡邕拜上麾下。元來封皮上是曹子建之名。書内是蔡邕丞相舉薦。書中意我盡知了也。久聞此人。是一代文章之士。道中門相請。〔請見科〕〔荆王云〕久聞賢士大名。今至俺荆襄之地。如甘霖潤其旱苗。似清風解其酷暑。何幸何幸。〔正末云〕小生聞知大王豁達大度。納諫如流。因此不遠千里。持子建學士書。特來拜見。〔荆王云〕動問賢士。何不在帝都闕下。求取功名。如何遠涉江湖。徒步至此。俺這荆襄土薄

民稀。兵微將寡。只怕展不得仲宣之志。如之奈何。〔正末云〕大王。〔唱〕

【倘秀才】如今那有錢人没名的平登省臺。那無錢人有名的終淹草萊。〔荆王云〕據賢士如何。〔正末唱〕如今他可也不論文章只論財。〔荆王云〕賢士可曾投託人麽。〔正末唱〕赤緊的難尋東道主。〔荆王云〕向在何處。〔正末唱〕久困在書齋。非王粲巧言令色。

〔荆王云〕賢士。自古道。〔詩云〕寒窗書劍十年苦。指望蟾宫折桂枝。韓侯不是蕭何薦。豈有登壇拜將時。曾有人言。謂賢士胸次驕傲。以至如此。〔正末唱〕

【滚繡毬】非是我王仲宣胸次高。赤緊的晏平仲他那度量窄。〔云〕小生遠遠而來。他道老兄幾時到。我回言恰纔到此。他道休往别處去。來俺家裏住。〔唱〕我和他初相見厮親厮愛。〔云〕他問道老兄此一來。有何貴幹。我回言道特來投託。求些盤費。他聽得道罷。〔唱〕早諕得他不擡頭口倦難開。〔云〕那人推託不過。則索應付。〔唱〕至少呵等到有十朝將半月。多呵賫發銀一兩錢二百。那一場賫發的心大驚小怪。〔云〕大王。久以後不得第便罷。若得第時。一時間顧盼不到。他便道黑頭蟲兒不中救。俺也曾賫發你來。〔唱〕怎禁他對人前朗朗的花白。如今那友人門下難投託。因此上安樂窩中且避乖。倒大來悠哉。

〔荆王云〕賢士既有大才。當不次任用。到來日會衆將。聚三軍。拜賢士統領荆襄九郡兵馬大元帥。〔詩云〕可惜淮陰侯。曾來撇釣鈎。不消三舉薦。指日便封侯。小校。鑄下元帥印者。〔正末

云〕小生半生流落。一介寒儒。安敢遽然望此。〔唱〕

【呆骨朵】若論掌荆襄帥府威風大。我是白衣人怎敢望日轉千堦。我又不曾驅六甲風雷。又不曾辨三光氣色。又不曾寫就論天表。又不曾草下甚麼平蠻策。〔荆王云〕賢士乃簪纓世胄。堪爲元戎帥首也。〔正末唱〕我雖是個簪纓門下人。怎做的斗牛星畔客。〔荆王云〕賢士知天文。曉地理。觀氣色。辨風雲。何所不通。何所不曉。有大才受大任。固其宜也。〔正末唱〕

【倘秀才】止不過曲志在蓬窗下守着霜毫的這硯臺。我又不曾進履在圯橋下收的甚兵書戰策。如今那有志的屠龍去南海。古今無賢士。前後少英才。非王粲疎狂性格。

〔荆王云〕賢士請坐。某有二將乃蒯越蔡瑁。能調水兵三萬。巡綽邊境去了。小校。轅門外覷者。二將來時。報復我知道。〔卒子應科〕〔二净扮蒯越蔡瑁上云〕自家蒯越的便是。這位是蔡瑁。我和他巡綽邊境回還。小校。通報去。蒯越蔡瑁下馬。〔卒子報科云〕喏。報大王得知。蒯越蔡瑁見在門首。〔荆王云〕説出去。賓客在此。把體面相見。〔卒子云〕二位。大王説賓客在此。教你把體面相見。〔蒯蔡云〕我知道。〔見科云〕大王。邊境無事。〔荆王云〕蒯越蔡瑁。你見此人高平玉井人氏。姓王名粲。字仲宣。天下文章之士。我欲用此人。你可把體面相見。〔蒯蔡云〕知道。那壁莫非仲宣否。〔卒子云〕怎麽是仲宣否。〔蒯越云〕你不知道。不字底下着個口字個否字。他見了我老蒯。教他不開口。〔蒯蔡見末云〕久聞賢士大名。如雷貫腿。〔卒子云〕怎麽是如雷貫腿。

〔蒯越云〕我盤盤他的跟脚。把文溜他一溜。賢士。你知道禮之用和爲貴。先王之道打折腿。我這裏有一拜。不勞還禮。〔拜科〕〔卒子云〕不曾還禮。你再拜起。〔蒯蔡云〕你可曉得那鶴非染而自白。鴉非染而自黑。既讀孔聖之書。必達周公之禮。我二人有一拜。〔拜科〕〔蒯越云〕王粲好是無禮。拜着他全然不應。氣出我四句來了。〔詩云〕王粲生的硬。拜着全不應。定睛打一看。腰裏有梃棍。〔蔡瑁云〕我也有四句。王粲生的歹。拜着全不睬。這世做了人。那世變螃蟹。〔蒯越云〕大王。王粲好是無禮。俺二人拜他。全然不動。倘有人見。可不先失了你的門風。大王問他孫武子兵書十三篇。他習那一家。〔荆王云〕靠後。人説此人矜驕傲慢。果然話不虚傳。某兩員上將拜着。他昂然不理。賢士。我問你。孫武子兵書十三篇。不知賢士習那一家。〔正末云〕六韜三略。淹貫胸中。唯吾所用。何但孫武子十三篇而已哉。〔荆王云〕論韜略如何。〔正末云〕論韜略呵。〔唱〕

【滚繡毬】我不讓姜子牙興周的顯戰功。〔荆王云〕你謀策如何。〔正末云〕論謀策呵。〔唱〕**我不讓張子房佐漢的有計畫。**〔荆王云〕你扎寨如何。〔正末云〕論扎寨呵。〔唱〕**我不讓周亞夫屯細柳安營扎寨。**〔荆王云〕你點將如何。〔正末云〕論點將呵。〔唱〕**我不讓馬服君仗霜鋒點將登臺。**〔荆王云〕你膽氣如何。〔正末云〕論膽氣呵。〔唱〕**我不讓藺相如澠池會那氣概。**〔荆王云〕你才幹如何。〔正末云〕論才幹呵。〔唱〕**我不讓管夷吾霸諸侯那手策。**〔荆王云〕你行兵如何。〔正末云〕論行兵呵。〔唱〕**我不讓霍嫖姚領雄兵横行邊塞。**〔荆王云〕你操練如何。〔正末云〕論操練呵。〔唱〕我不讓孫武子用兵法演習裙釵。〔荊王云〕你智量如何。〔正末云〕論智量呵。〔唱〕我不讓齊孫臏捉龐涓則去馬陵道上施埋伏。〔荊王云〕你決戰如何。〔正末云〕論決戰呵。〔唱〕我不讓韓元帥困霸王在九里山前大會垓。胸捲江淮。

〔做睡科〕〔荊王云〕好兵法。將酒來慶兵法。賢士滿飲此杯。呀。纔和俺攀話。又早睡着了也。便好道德勝才爲君子。才勝德爲小人。俺未曾重用。先失左右之門風。正是那才有餘而德不足。等此人睡覺來問我。只說我更衣去了。〔詩云〕德勝才高不可當。才過德小必疎狂。縱然胸次羅星斗。豈是人間真棟梁。〔下〕〔蒯越云〕點湯。〔正末醒科云〕大王安在。〔蒯越云〕點湯。〔正末云〕點湯。呼遣客。某只索回去。〔蒯越云〕點湯。〔正末云〕我出的這府門。〔蒯越云〕點湯。〔正末云〕我來到這長街上。〔蒯越云〕點湯。〔正末云〕我來到這酒肆中。〔蒯越云〕點湯。〔正末云〕我來到這裏。你還叫點湯。〔蒯越詩云〕非我閉賢門。因他傲慢人。〔蔡瑁詩云〕點湯呼遣客。依舊受孤貧。〔並下〕〔正末歎科〕罷罷罷。〔唱〕

【煞尾】他年不作文章伯。異日須爲將相材。待與不待總無礙。時與不時且寧耐。說地談天口若開。伏虎降龍志不改。穩情取興劉大元帥。試看雄師擁麾蓋。恨汝等將咱斷禁害。〔帶云〕我若得志呵。〔唱〕把你擄掠中軍帳門外。似這等跋扈襄陽喫劍才。

〔帶云〕將二賊擒至馬前斬首報來。〔唱〕那其間纔識俺長安少年客。〔下〕

〔音釋〕裔音異　琦音奇　琮音叢　羸音雷　側齋上聲　帛巴埋切　宅池齋切　色篩上聲　窄齋上

聲　百音擺　白巴埋切　策釵上聲　客音楷　格皆上聲　畫胡乖切　澠音繩　嫖音飄　伯音擺

第三折

〔副末扮許達引從人上〕〔詩云〕壯氣如虹貫碧空。塵埃何苦困英雄。假饒不得風雷信。千古無人識臥龍。小生姓許名達。字安道。乃荆州饒陽人也。先父許士謙。曾爲國子監助教。年僅六十。病卒於官。止存老母在堂。訓誨小生。頗通詩禮。不想老母亡化。小生學業因此荒廢。有負先人遺教。至今愧之。小生賴祖宗蔭下。就此城市中建一座樓。名曰溪山風月樓。左有鹿門山。右有金沙泉。前對清風霽嶺。後靠明月雲峯。端的是玩之不足。觀之有餘。但凡四方官宦。到此無可玩賞。便登此樓飲酒。中間常與小生論文。有等文學秀士。未經發跡。小生置酒相待。臨行又贈路費而歸。人見小生有此度量。皆呼小生爲東道主。近日有一人。乃高平人氏。姓王名粲。字仲宣。此人是一代文章之士。持子建學士書呈。投託荆王劉表。劉表不能任用。後劉表辭世。此人淹留在此。小生深念同道。常與他會飲此樓。只一件。此人不醉猶可。醉呵便思其老母。想其鄉間。不覺淚下。今日時遇重陽登高節令。下次小的每安排酒菓。請仲宣到此。共展登高之興。聊紓望遠之懷。只等來時。報復我知道。〔正末上云〕小生王粲。將子建學士書呈。投託荆王劉表。劉表聽信蒯越蔡瑁讒言。不能任用。流落於此。小生只得將萬言長策。寄與曹子建學士。央他奏上聖人。至今不見回報。多分又是没用的了。使小生羞歸故里。懶覷鄉閭。此處有一人許安道。幸垂顧盼。時與小生尊酒論文。稍不寂寞。今日重陽佳節。治酒於溪山風月樓。請我登高。須索走一遭去。〔歎介〕時遇秋天。好是傷感人也。〔鷓鴣天〕〔詞云〕一度愁來一倚樓。倚樓又是一番愁。西風塞雁添愁怨。衰草凄凄更暮秋。情默默。思悠悠。心頭纔了又眉頭。倚樓望斷平安信。不覺腮邊淚自流。〔唱〕

【中呂粉蝶兒】塵滿征衣。嘆飄零一身客寄。往常我食無魚彈劍傷悲。一會家怨荆王。信讒佞。把那賢門來緊閉。〔帶云〕從那荆王辭世呵。〔唱〕不争你死喪之威。越閃得我不存不濟。

【醉春風】我本是未入廟堂臣。倒做了不着墳墓鬼。想先賢多少困窮途。王粲也我道來命薄的不似你。你。我比那先進何及。想昔人安在。〔帶云〕小生三十歲也。〔唱〕我可甚麽後生可畏。

〔云〕説話中間。可早來到也。樓下的。報復去。王粲來了也。〔從人報科〕報的東人得知。王仲宣來了也。〔許達云〕道有請。〔見科云〕仲宣請。〔做上樓科〕〔詩云〕欲窮千里目。〔正末云〕更上一層樓。〔許達云〕家童。將酒過來。仲宣。蔬食薄味。不堪供奉。請滿飲此杯。〔正末云〕敢問安道。此樓何人蓋造。〔許達云〕仲宣不問。許達也不道。此樓是先父許士謙蓋造。〔正末云〕因何造此。〔許達云〕因四方官宦。到此無可玩賞。故建此樓。〔詩云〕一座高樓映市廛。玉欄十二鎖秋烟。捲簾斜眺天邊月。舉眼遥觀日底仙。九醞酒光斟琥珀。三山鸞鳳舞翩躚。停杯暢飲纔歌罷。倒卧身軀北斗邊。〔正末詩云〕安道。你看危樓高百尺。手可摘星辰。不敢高聲語。恐驚天上人。〔唱〕

【迎仙客】雕簷外紅日低。畫棟畔彩雲飛。十二欄干欄干在天外倚。〔許達云〕這裏望中原。可也不遠。〔正末唱〕我這裏望中原。思故里。不由我感嘆酸嘶。〔帶云〕看了這秋江呵。〔唱〕越攬的我這一片鄉心碎。

〔許達云〕仲宣爲何不飲。〔正末云〕小生一登此樓。就想老母在堂。久闕奉養。何以爲人。〔許達云〕仲宣不登樓便罷。但登樓便思其老母。想其鄉閭。母子天性也。母思其子慈也。子思其母孝也。故母子爲三綱之首。慈孝乃百行之原。我想大舜古之聖人。父頑母嚚弟傲。嘗設計害舜。舜盡孝以合天心。終不能害舜。終能使一家底豫。〔詩云〕歷山號泣自躬耕。青史長傳大孝名。今日登高頻悵望。豈能無念倚閭情。〔正末詩云〕旅客逢秋苦憶歸。可堪鴻雁正南飛。倚門老母應頭白。何日重來戲綵衣。〔唱〕

【紅繡鞋】淚眼盼秋水長天遠際。歸心似落霞孤鶩齊飛。則我這襄陽倦客苦思歸。我這裏凭闌望。母親那裏倚門悲。〔許達云〕仲宣。既然如此感懷。何不早歸故里。〔正末云〕吾兄怕不説的是哩。〔唱〕争奈我身貧歸未得。

〔許達云〕仲宣滿飲此杯。你看此樓。下臨紫陌。上接丹霄。宴海内之高賓。會寰中之佳客。青山綠水。渾如四壁開圖。紅葉黄花。絶似滿川鋪錦。寒雁影摇摇曳曳。數行飛過洞庭天。寒蛩聲唧唧啾啾。幾處叫殘江浦月。俺這裏鱸魚正美。新酒初香。橙黄橘綠可開樽。紫蟹黄雞宜宴賞。對此開懷。何故不飲。〔詩云〕風送潮聲過遠洲。雨收山色上危樓。美玉不换重陽景。黄金難買菊花秋。〔正末云〕憶昔離家二載過。鬢邊白髮奈愁何。無窮興對無窮景。不覺傷心淚點多。〔唱〕

【普天樂】楚天秋。山疊翠。對無窮景色。總是傷悲。好教我動旅懷。難成醉。枉了也壯志如虹英雄輩。都做助江天景物凄其。〔云〕老兄。小生有三椿兒不是。〔許達云〕可是那三椿兒不是。〔正末云〕是這氣這愁和這淚。〔許達云〕氣若何。〔正末唱〕**氣呵做了江風淅淅。**〔許達云〕愁若何。〔正末唱〕**愁呵做了江聲瀝瀝。**〔許達云〕淚若何。〔正末唱〕**淚呵彈做了江雨霏霏。**

〔許達云〕仲宣。時遇清秋。堦下有等草蟲。名寒蛩。又名促織。此等草蟲叫動。家家搥帛擣練。小生不才。作擣練歌一首。則是汚耳。〔歌云〕忽聞簾外杵聲摇。聲上聲低聲轉高。羅袖長長長繞腕。輕輕播播播風飄。看看看是誰家女。巧巧巧手弄砧杵。停停聽是兩娉婷。玉腕雙雙雙擎舉。彎彎彎月在眉峯。花花花向臉邊紅。星眼眼長長出淚。多多多滴擣衣中。衽開衽入衽紋波。疊疊重重重數多。相相相喚鄰家女。欲裁未裁裁綺羅。秋天秋月秋夜長。秋日秋風秋漸凉。秋景秋聲秋雁度。秋光秋色秋葉黄。中秋秋月旅情傷。月中砧杵响噹噹。噹噹响被秋風送。送到征人思故鄉。故鄉何在歸途遠。途遠難歸應斷腸。斷腸只在紗窗下。紗窗曾不憶徬徨。休玩休玩中秋月。

月到中秋偏皎潔。此夜家家搗衣。添入離愁愁更切。寒露初寒寒草邊。夜夜孤眠孤月前。促織促織叫復叫。叫出深秋砧杵天。誰能秋夜聞秋砧。切切悲悲悲不禁。況是思歸歸未得。聲聲搥碎故鄉心。〔正末歎云〕好高才也。其思遠。其調悲。使人聞之。不覺潸然淚下。〔詩云〕寒蛩唧唧細吟秋。夜夜寒聲到枕頭。獨有愁人聽不得。愁人聽了越添愁。〔唱〕

【石榴花】現如今寒蛩唧唧向人啼。哎。知何日是歸期。想當初只守着舊柴扉。不圖甚的。倒得便宜。〔許達云〕大丈夫得志食於鐘鼎。不得志隱於山林。〔正末唱〕**則今山林鍾鼎俱無味。命矣時兮。哎。可知道枉了我頂天立地居人世。**〔許達云〕仲宣。今年貴庚了。〔正末唱〕**老兄也恰便似睡夢裏過了三十。**

【鬭鵪鶉】又不在麋鹿羣中。又不入麒麟畫裏。自死了吐哺周公。枉餓殺採薇伯夷。自洛下飄零到這裏。剗的無所歸棲。〔帶云〕小生當初投奔劉表的意呵。〔唱〕**指望待末尾三稍。越閃的我前程萬里。**

〔許達云〕仲宣。想昔日孔子投於齊景公。景公不能用。復投魯哀公。封孔子爲魯司寇。三日而誅少正卯。齊景公故將美女數十人。習成女樂。獻與哀公。哀公受了女樂。三日不朝。孔子棄職而歸。投於衛靈公。與之言治國之道。衛靈公仰視飛雁。孔子知其不能用。投於陳國。其時陳國被吴國征伐。孔子遂困於陳蔡之間。糧食都絶。從者皆病不能起。聖人尚然如此。何況今日乎。老兄。〔詩云〕詩酒當前且盡情。功名休問幾時成。天公自有安排處。莫爲憂愁白髮生。〔正末〕〔詩

云〕三尺龍泉七尺身。可堪低首困風塵。王侯將相元無種。半屬天公半屬人。〔唱〕

【上小樓】一片心扶持社稷。兩隻手經綸天地。誰不待執戟門庭。御車郊原。舞劍尊

席。〔許達云〕仲宣。當初肯與蒯蔡同列爲官。可不好來。〔正末唱〕**我怎肯與鳥獸同羣。豺狼**

作伴。兒曹同輩。兀的不屈沉殺五陵豪氣。

〔許達云〕仲宣。想你辭老母。離陳蔡。謁蔡邕於京師。不能取其榮貴。又持子建學士書呈。投託荆王劉表。内妨蒯蔡。不肯同列爲官。先生主見。小生盡知。但他自幹他的事。你自幹你的事。便好道黍則黍。麥則麥。涇則涇。渭則渭。雖后稷之聖。不能化穗而成其芒。雖大禹之功。不能澄清而變其濁。芒穗清濁。尚然不變。何况於人乎。既託跡於劉表。何苦不同官於蒯蔡。〔詩云〕嗟君志氣本超羣。争奈朝中多忌人。所以獨醒千古恨。至今猶自泣纍臣。〔正末〕〔詩云〕有志無時命矣夫。老天生我亦何辜。寧隨澤畔靈均死。不逐人間乳臭雛。〔唱〕

【幺篇】據着我慷慨心。非貪這瀲灧杯。這酒呵便解我愁腸。放我愁懷。展我愁眉。

則爲我志願難酬。身心不定。功名不遂。〔云〕吾兄將酒過來。〔許達云〕酒在此。〔正末飲科

云〕再將酒來。〔許達云〕仲宣。爲何横飲幾杯。〔正末唱〕**倒不如葫蘆提醉了還醉。**

〔云〕小生爲功名不遂其心。不如飲一醉。墜樓而亡。〔做跳下許達驚扯住科云〕呀。早是小生手眼快。螻蟻尚且貪生。爲人何不惜命。古人有云。存其身而揚其名。上人也。將其身而就其名。中人也。捨其身而滅其名。下人也。吾想此中屈原卞和二人。雖得其名。卒捨其身。如吾兄爲功

名不遂。要墜樓身死。是爲不知命矣。昔吕望有經綸濟世之才。雖在貧窘。意不苟得。年登八旬。垂釣於渭水。後文王夢非熊之兆。出獵西郊。至磻溪見吕望。同載而歸。以爲上賓。至武王時。成功立業。封號太公。今老兄發悲。不爲别故。止爲家中老母。無人侍養。小生到來日會江下父老。收拾青蚨。賫爲路費。送老兄還歸故里。有何難哉。〔詩云〕只爲你高堂有母鬢斑斑。客舍淹留甚日還。橐裹黄金願相贈。免教和淚倚欄干。〔正末詩云〕恥向人間乞食餘。登臺一望淚沾裾。可憐飄泊緣何事。不寄平安問母書。〔唱〕

【滿庭芳】我如今羞歸故里。則爲我昂昂而出。因此上怏怏而歸。空學成補天才却無度饑寒計。幾曾道展眼舒眉。則被你誤了人儒冠布衣。熬煞人淡飯黄虀。有路在青霄内。又被那浮雲塞閉。老兄也百忙裏尋不見上天梯。

〔許達云〕仲宣。你看那一林紅葉。三徑黄花。一林紅葉傲風霜。如亂落火龍鱗。三徑黄花擎雨露。似潤開金獸眼。登高望遠。人人懷故國之悲。撫景傷情。處處洒窮途之泣。老兄。〔詩云〕暑退金風覺夜長。蟬聲不斷送秋凉。東籬滿目黄花綻。雁過南樓思故鄉。〔正末〕〔詩云〕採採黄花露未晞。他鄉誰爲授寒衣。獨憐作客人南滯。不似隨陽雁北飛。〔唱〕

【十二月】幾時得似賓鴻北歸。倒做了烏鵲南飛。仰羡那投林倦鳥。堪恨那舞瓮醯雞。方信道垂雲的鵾鵬羽翼。那籓籬下燕鵲争知。

〔帶云〕老兄也。〔唱〕

【堯民歌】真乃是鶴長鳧短不能齊。從來這烏鴉彩鳳不同棲。挽鹽車騏驥陷淤泥。不逢他伯樂不應嘶。只争個遲也麽疾。英雄志不灰。有一日登鰲背。

〔做睡科〕〔外扮使命上〕〔詩云〕雷霆驅號令。星斗煥文章。聖主賢臣頌。今朝會一堂。吾乃天朝使命是也。今有王仲宣獻上萬言長策。聖人見喜。宣他爲天下兵馬大元帥。兼管左丞相事。打聽得在許安道樓上飲酒。許安道在麽。〔許達見科云〕那裏來的大人。〔使命云〕小官天朝來的使命。宣王仲宣爲天下兵馬大元帥。快報復去。〔許達云〕王仲宣。王仲宣。〔正末云〕做甚麽大呼小叫的。〔許達云〕今有天朝使命。宣你爲天下兵馬大元帥。〔正末云〕來了不曾。〔許達云〕見在樓直下哩。〔正末云〕慌做甚麽。忙做甚麽。既來了。怕他回去了不成。〔許達云〕則吃你這般傲慢。

〔正末唱〕

【煞尾】從今後把萬言書作戰場。輔皇朝爲柱石。扶侍着萬萬歲當今帝。則願的穩坐定蟠龍戧金椅。〔同使命下〕

〔許達云〕那王仲宣别也不别。竟自去了。有這般傲慢的。可知道荆王不肯用他。〔詩云〕一片雄心大似天。可知不肯受人憐。今朝身佩黄金印。纔識登樓王仲宣。〔下〕

〔音釋〕塞音賽　醞音韻　躚音仙　嚚音寅　蛩音窮　鶩音木　得當美切　淅音昔　袵音至　潸音山　的音底　十繩知切　稷將洗切　席星西切　穗音遂　纍音雷　辜音姑　瀲離店切　灩音豔　橐音託　塞思子切　醯音希　鳧音符　淤音迂　疾精妻切　戧妻向切

第四折

〔蔡相引祗從人上云〕老夫蔡邕是也。今有王粲獻上萬言長策。聖人見喜。着他做天下兵馬大元帥。只在早晚將到。左右。與我請將曹子建學士來者。〔祗從云〕理會的。〔曹學士上云〕小官曹植。今有蔡邕丞相。着人相請。須索走一遭去。左右。報復去。道有曹子建在於門首。〔祗從報科云〕報的老爺得知。曹學士來了也。〔蔡相云〕道有請。〔見科〕〔曹學士云〕老丞相賀萬金之喜。〔蔡相云〕喜從何來。〔曹學士云〕今有令壻王仲宣。獻上萬言長策。得了天下兵馬大元帥。小官特來賀喜。〔蔡相云〕比及學士說呵。老夫已知道了也。如今俺二人牽羊擔酒。丨里長亭。接新官走一遭去。〔下〕〔正末引卒子上云〕王粲。誰想有今日也呵。〔唱〕

【雙調新水令】一聲雷震報春光。〔卒按喝科〕〔正末唱〕**起蟄龍九重天上。蔡邕也你便似臧倉毀孟軻。王粲也我却做了貢禹笑王陽。則道我甘老在荆襄。今日個峥嶸日豈承望。**

〔蔡曹同上〕〔蔡相云〕此間是他轅門外了。學士你先進去。〔曹學士云〕令人報復去。道有翰林學士曹子建在於門首。〔報科〕〔正末云〕大恩人來了也。道有請。〔見科〕〔曹學士云〕元帥峥嶸有日。奮發有時。〔正末云〕當日不虧學士大恩。豈有今日。學士請上。受小官一拜。〔拜科〕〔曹學士云〕元帥請起。論小官有甚麽。恩在那裏。〔正末唱〕

【沉醉東風】想當日到京師將誰倚仗。多虧你曹學士助我行裝。雖然是一封書死了荊王。還得你萬言策奏知今上。纔得個元戎印掌。這都是你義海恩山不可當。再休題貴人健忘。

〔蔡相云〕令人報復去。道有蔡丞相在於門首。〔卒報科〕〔正末唱〕

【喬牌兒】不由我肚兒裏氣夯。他有甚臉來俺門上。〔云〕他可不是蔡邕丞相麼。〔曹學士云〕他可是誰。〔正末唱〕他是舉韓侯三薦的蕭丞相。往日的情我和他今日講。

〔云〕令人說出去。他是個丞相。我是個元帥府衙門。尔我無干。他進來便進來。不進來我也接待他不成。〔卒子云〕理會的。老丞相。俺元帥說來。你是個丞相。他是元帥府衙門。尔我無干。你進去便進去。不進去他也接待你不成。〔蔡相云〕可早一句兒也。也罷。我自己進去。〔見科〕元帥。幾年不見。受老夫一拜。〔正末云〕住者。左右。將過錦心拜褥來。〔蔡相云〕要他做甚麼。〔正末云〕則怕拜下去污了你那錦繡衣服。〔蔡相云〕可早兩句兒也。〔正末云〕却不道錦堂客至三杯酒。茅舍人來一盞茶。我是個新帥府。豈無一杯酒管待。令人將酒來。〔卒子云〕酒在此。〔正末云〕這一杯酒。當從丞相飲。老丞相接酒。〔蔡相云〕將來。〔正末云〕住者。小官有失禮體。放着翰林院大學士在此。當從學士請酒。〔曹接酒科〕〔正末云〕這杯酒可到老丞相。丞相接酒。〔蔡相云〕將來。〔正末云〕住者。慌做甚麼。學士飲個雙杯。〔曹飲科〕〔正末云〕這杯酒可該老丞相飲。丞相接酒。〔蔡相云〕將來。〔正末云〕住者。兩隻手撈菱般相似。大缸家釀下酒鉢盂裏。折的你也吃不了。枕着青石板睡。餓破你那臉也。學士飲個三杯和萬事。〔蔡相云〕可早三句了也。王粲。你將一杯酒似與不與。對着翰林學士在此。羞辱老夫。是何道理。〔正末云〕你發甚麽酒風哩。〔蔡相云〕我吃你甚麽酒來。〔正末云〕當初曾道來。〔蔡相云〕我道甚麽來。〔正末唱〕

【水仙子】你道你精神顏色捧瑶觴。和氣春風滿畫堂。你道我不明白凍死在顔回巷。我今日也列金釵十二行。儘今生急急忙忙。你那裏有江湖心量。銜一片虀鹽肚腸。〔帶云〕令人攞過了酒餚者。〔唱〕飲不的我玉液瓊漿。

〔蔡相云〕王粲。你强殺者波。則是個兵馬大元帥。我歹殺者波。是當朝左丞相。調和鼎鼐。燮理陰陽。你把我這般看待。敢不中麽。〔正末唱〕

【甜水令】你道是位列三台。調和鼎鼐。燮理陰陽。丞相府氣昂昂。覷的我元帥衙門。無過是點些士伍。排些刀仗。與文臣本不同行。

【折桂令】你不來呵但憑心上。我也不差着人來。請你登堂。〔帶云〕你今日既來呵。〔唱〕誰着你鳥故趨籠。魚偏入網。人自投湯。既受你這許多好情親向。我豈可没半句惡語相傷。〔蔡相云〕可知你與我也沾些親來。〔正末唱〕從今後星有參商。人有雌黄。你做不的吐哺周公。我也撈不做坦腹王郎。

〔蔡相云〕學士。你這裏不説。那裏説。〔曹學士云〕老丞相休慌。元帥請暫息雷霆之怒。略罷虎狼之威。聽小官明明的説破。着元帥細細裏皆知。人不説不知。木不鑽不透。冰不搊不寒。膽不嘗不苦。當初老丞相曾與令尊老先生金蘭契友。二人指腹成親。若生二女。同攀繡牀。若生二子。同舍攻書。若生子女。結爲夫婦。不想令尊生下元帥。丞相所生一女。因爲官守所絆。彼各天涯。間隔親事。老丞相聞知元帥學成滿腹文章。只是驕矜傲慢。不肯曲脊於人。以此數次將書調取至京。蕭條旅館。個月期程。不蒙放參。可是爲何。只是涵養你那鋭氣。及至相見。將那三杯酒恥辱元帥。一席話激發將軍。豈知春衣白金雕鞍書札。都不是小官的。老丞相暗暗的與我。着我明明的與你。賫發你投託荆王劉表。誰想劉表不能任用。淹留在彼。你將萬言長策。寄與小官。小官轉與老丞相。老丞相獻與聖人。聖人見喜。今得此官。自從元帥去後。老丞相將老夫人搬至京師。一般蓋下畫堂。又陪房奩。斷送將小姐聘與元帥爲妻。説兀的做甚。〔詩云〕則爲你襄陽久困數年間。今日撥開雲霧見天顔。非干我這舉賢曹子建。則拜你那恩人老泰山。〔正末拜科云〕則被你瞞殺我也。丈人。〔蔡回禮科云〕則被你傲殺我也。女壻。〔正末唱〕

【雁兒落】又不曾趨蹡天子堂。又不曾圖畫功臣像。止不過留心在筆硯間。又不曾惡戰在沙場上。

【得勝令】呀。怎做得架海紫金梁。則消得司縣緑衣郎。今日個樞府新元帥。還只是長安舊酒狂。騰驤。端的有豪氣三千丈。遊揚。這的是功名紙半張。

〔蔡相云〕天下喜事。無過子母夫婦團圓。就今日卧翻羊窨下酒。做個大大慶喜筵席者。〔詞云〕

我兩姓結婚姻原在生前。難道我今日敢違背初言。因此上屢移書接來到此。本待將加官職指引朝天。只爲你生性子十分驕傲。並不肯謙謙的敬老尊賢。我特將三杯酒千般折挫。無非要涵養得氣質爲先。暗地裏具書呈白金駿馬。封皮上明寫着子建相傳。豈知道到荆州依然不遇。遂淹留不得返荏苒三年。想登樓這一點思鄉客淚。多應是長飄洒似雨漣漣。萬言策又是我轉聞今上。纔得授大元帥入掌兵權。早先期高平去迎將老母。預蓋下大宅院供具俱全。專等待你回來選其吉日。與小女結花燭夫婦團圓。此皆由我老夫殷勤留意。非學士能出力爲你周旋。到如今纔一一從頭説破。大家的開笑口慶賞華筵。〔正末唱〕

【離亭宴煞】你元來爲咱氣鋭加涵養。須不是忌人才大遭魔障。端的個這場。收拾了龍争虎鬭心。結果了鶚薦鵬摶力。表明了海闊天高量。安排下玳瑁筵。准備着葡萄釀。做一個團圓的慶賞。早匹配了青春女一生歡。穩情取白頭親百年享。

〔音釋〕輌康和切　忘去聲　夯音亨　醲泥降切　鼐音奈　燮音屑　搦音聶　奩音廉　跐妻相切　樞昌書切　窨陰去聲　荏仁枕切　苒音冉　萄音桃

題目　假託名蔡邕薦士

正名　醉思鄉王粲登樓

昊天塔孟良盜骨雜劇

第一折

〔冲末扮楊景領卒子上詩云〕雄鎮三關幾度秋。番兵不敢犯白溝。父兄爲國行忠孝。敕賜清風無佞樓。某姓楊名景。字彦明。父親是金刀無敵大總管楊令公。母親佘太君。所生俺弟兄七人。乃是平定光昭朗嗣。某居第六。鎮守着這三關。是梁州遂城關。霸州益津關。雄州瓦橋關。某手下有二十四個指揮使。今差孟良巡綽邊境去了。天色將晚。不見回還。小校。與我點上一盞燈來。〔卒子點燈科〕〔楊景云〕我喚你便來。不喚你休來。〔卒子云〕理會的。〔下〕〔楊景云〕我今日神思恍惚。不知爲何。我暫時歇息咱。〔做睡科〕〔正末扮楊令公同外扮楊七郎魂子上云〕老夫楊令公是也。因與北番韓延壽交戰。被他圍在虎口交牙峪。裏無糧草。外無救軍。這個是我第七個孩兒楊延嗣。他爲搭救我來。被潘仁美攢箭射死。老夫不能得脱。撞李陵碑而亡。被番兵將我屍首焚燒了。把骨殖吊在幽州昊天寺塔尖上。每日輪一百個小軍。每人射我三箭。名曰百箭會。老夫疼痛不止。今日在陰司告過。放我出了枉死城中。來到這三關地面。向六郎孩兒根前託一夢咱。〔七郎云〕父親。想着我蓋世功勳。今日一旦休矣。俺託夢與哥哥去來。〔詩云〕俺子父全忠不到頭。功勞汗馬一時休。可憐死戰三邊上。不得生封萬户侯。屍陷虜庭遭箭苦。魂依沙漠和雲愁。

今宵夢裏將冤訴。專告哥哥爲報讎。〔正末云〕孩兒也。俺身喪番城。又遭此殘害。着俺魂魄不寧。好生苦毒。枉做了這一世英雄也呵。〔唱〕

【仙吕點絳唇】傀儡棚中。鼓笛聲送。相搬弄。想着那世事皆空。恰便似一枕南柯夢。

〔七郎云〕只恨那潘仁美這個姦賊。逼的俺父子並喪番地。可憐人也。〔正末唱〕

【混江龍】盼不到先塋舊壠。黄泉下埋没殺俺這英雄。〔七郎云〕父親。俺不能勾青史標名。留芳萬古。空懷着一腔怨氣。何時分解也。〔正末唱〕空鎖着一腔怨氣。做不的萬丈霓虹。本待要漢主臺前把俺形容畫。誰知道李陵碑底早是命途窮。怎將那一座兩狼山磣可可生扭做祁連塚。也枉了俺半生無敵。十大的這邊功。

〔七郎云〕俺父親做了一世的虎將。誰想落于姦賊之手。〔正末云〕想老夫幼年時。南征北討。東蕩西除。到今日都做了一場春夢也。〔唱〕

【油葫蘆】可便是困殺南山老大蟲。枉自有爪和牙成什麽用。都做了一齊分付與東風。想着俺雕弓能劈千鈞重。單鎗不怕三軍衆。也曾將蕃國攻。也曾將敵陣衝。一任他八方四面干戈動。那一個敢和俺出馬共爭鋒。

〔七郎云〕父親威名如此。兵書有云。一夫拚命。萬夫難敵。假當時不尋自盡。拚命殺出去。或者

有個僥倖也不見的。〔正末唱〕

【天下樂】哎。你説甚麼勝敗兵家本不窮。則這兵也波書。我可索是通。〔帶云〕俺家姓楊。被番兵陷在虎口交牙峪裏。這個叫做羊落虎口。正犯了兵家所忌。怎還有活的人也。〔唱〕奈賊臣把俺來着了羊投虎口厮斷送。方信道將在謀。不在勇。兀的不横亡了俺這姜太公。

〔云〕俺上的這三關來。孩兒休大驚小怪的。〔七郎云〕父親。俺來到六郎哥哥卧處也。我且弄這銀臺上畫燭咱。〔七郎做弄燭科〕〔楊景云〕燈影下一個年老的將軍。一個年小的將軍。邊關上有甚麼緊急的勾當。來日到中軍帳前商議。天色晚了。您且回避。〔正末云〕六郎孩兒。你怎不認的俺哩。〔唱〕

【後庭花】你聽了我聲音耳不聾。你覷了我容顔眼不矇。〔楊景云〕這個小將軍是誰。〔正末唱〕這個是你那佘太君的偏憐子。〔楊景云〕老將軍。你可是誰。〔正末唱〕我是你老爹爹楊令公。〔楊景云〕原來是父親和兄弟。您近前來説話。怕做甚麼。〔正末云〕孩兒也。你靠後些。你是生魂。我是死魂。你聽我説與你咱。〔楊景云〕父親你説。您孩兒是聽咱。〔正末云〕您父親因與番兵交戰。困住兩狼山虎口交牙峪。裏無糧草。外無救軍。不能得出。撞李陵碑身死。您兄弟七郎。打出陣來求救。被潘仁美賊臣。將您兄弟綁在花標樹上。攢箭射死。如今韓延壽將我骨殖。掛在幽州昊天寺塔尖上。每日輪一百個小軍。每人射三箭。名曰百箭會。着我如今疼痛不止。以此特特託夢與你來也。〔楊景做悲科云〕父親。您孩兒那裏知道這般冤苦。到來日追齋累七。超度父親和兄弟也。〔正末唱〕早兩下却相逢。則待將紙錢兒發送。兒也怎不記的俺和番家苦戰攻。被他圍如鐵桶。向前呵糧又空。褪後呵路不通。只除非會駕風。纔出的他兵幾重。想着俺做一世雄。肯投降苟自容。拚的個觸荒碑一命終。至今草斑斑血染紅。一靈兒還怕恐。

〔七郎云〕哥哥。俺等屈喪番邦。受苦不過。哥哥可憐見。作急選將提兵。搭救我父子的屍首去也。〔楊景云〕父親。你的骨殖。委實在幽州昊天寺塔尖上掛着麽。〔正末唱〕

【青哥兒】哎。他將我這屍骸恁般摩弄。因此上向兒行一星星悲控。〔楊景云〕父親。俺想韓延壽那裏兵强馬壯。只可智取。難以力奪。不知三關上二十四個指揮使。還是着那一個和孩兒同去。纔得成功也。〔正末唱〕你若是有心呵可憐見我遍體金鎗不耐風。也不須打鳳撈龍。別選元戎。只在軍中。火德天蓬。自有神通。覓跡尋蹤。撒潑行兇。將俺那骨匣兒早拔出虎狼叢。這便當的你香花供。

〔楊景云〕父親放心。您孩兒到來日。就點本部人馬。親到幽州。與父親兄弟報讎去也。〔正末云〕六郎孩兒也。你小心在意者。〔作悲科唱〕

【寄生草】俺爲甚麽淚頻揮。也只要您心暗懂。早遣那嘉山太僕來争鬨。把這宣花巨斧輕輪動。免着俺昊天塔上長酸痛。您若是和番家忘了戴天讎。可不俺望鄉臺枉做下還家夢。

〔楊景云〕父親。您孩兒怎忘的這冤讎也。〔正末唱〕

【賺煞尾】兒也你回到聖明朝。備把我這冤情訟。我也不望加官賜寵。只要個一體君臣有始終。早迎還俺那無佞清風。恨匆匆。睡眼朦朧。兒也説甚的猶恐相逢是夢中。囑付您個楊家業種。須念着子父每情重。休使俺幽魂愁殺這座梵王宫。

〔七郎云〕俺父子去也。哥哥休推睡裏夢裏。〔同下〕〔楊景醒科云〕父親兄弟近前來呀。可怎生都不見了。原來是一夢。父親兄弟。則被你痛殺我也。適纔我那父親兄弟。夢中説的話。好不苦楚。我待不信來。怎生做這等一個顯夢。我待信來。却又未知真假。且到天明。與衆將商議則個。〔詩云〕見父親細説緣由。睡夢中兩淚交流。打聽的果有此事。領雄兵必報冤讎。父親兄弟。兀的不痛殺我也。〔下〕

〔音釋〕白巴埋切　峪音裕　傀音詭　儡累上聲　笛丁梨切　柯音哥　瑩音盈　磣參上聲　褪吞去聲　控空去聲　鬨烘去聲

第二折

〔外扮岳勝上詩云〕帥鼓銅鑼一兩敲。轅門裏外列英豪。三軍報罷平安喏。緊捲旗旛再不摇。某乃花面獸岳勝是也。官封帥府排軍之職。佐於六郎哥哥麾下。不知哥哥今日爲着邊關上那些軍情事務。天色黎明。早陞營帳。某須索先去伺候咱。〔楊景領卒子上詩云〕昨夜分明見父親。休言夢裏事非真。我今不報冤讎去。枉做英雄一世人。〔岳勝見科云〕哥哥。今日爲着甚事。陞帳的恁早。〔楊景云〕兄弟。你却不知。俺夜來作其一夢。見我父親同七郎兄弟來。在於燈下。揮着眼淚。親對俺説。元來我父親被番兵困在兩狼山虎口交牙峪。裏無糧草。外無救兵。身撞李陵碑而死。其時我七郎兄弟。打出陣來求救。被潘仁美那姦賊。將兄弟綁在花標樹上。攢箭射死。現今韓延壽將俺父親骨殖。掛在幽州昊天寺塔尖上。每日輪一百個小軍兒。每人射三箭。名曰百箭會。幽魂疼痛不過。分付俺親率孟良。快去搭救他。俺想父親受如此般苦楚。待不信來。怎麽分分明明。有這等一個顯夢。待要信來。真假未辨。因此早早陞帳。請衆兄弟與俺商議。作個行止。〔岳勝云〕您兄弟理會的。我袖傳一課。此夢不虚。今日時當卓午。家中必然有人寄書信來。便知端的也。〔楊景云〕似此可怎了。令人門首覷者。看有甚麽人來。〔丑扮小軍兒上詩云〕肉我吃斤半。酒我吃升半。聽的去厮殺。諕得一身汗。自家是楊家府裏一個小軍兒。奉佘太君妳妳的命。着我前去瓦橋關上與六郎元帥寄一封家書去。可早來到門首也。令人報復去。説太君妳妳差一個小軍兒。寄家書來了也。〔卒子云〕你則在這裏。我報復去。〔做報科云〕喏。報的元帥得知。有太君妳妳差着一個小軍兒寄書來。在於門首。〔楊景云〕着他過來。〔卒子云〕着過去。〔小軍兒見科云〕元帥。俺太君妳妳。差我來寄一封書與元帥知道。〔楊景做接書跪拆看科云〕嗨。元來是母親的書也。説父親兄弟。託夢與他。一句句都和我做的夢象相合。有這等異事。小軍兒。賞你酒十瓶。羊肉二十斤。與我把定轅門。二十四個指揮使。但是來的。都放過來。則當住孟良一個。休着他過來者。〔小軍云〕元帥。假似不放他過來。他打我呢。〔楊景云〕你也打他。〔小軍云〕假似罵我呢。〔楊景云〕你也罵他。〔小軍云〕假似咬我呢。〔楊景云〕胡説。〔岳勝云〕哥哥。你不要孟良過來。却是甚的主意。〔楊景云〕兄弟。你那裏知道。我想孟良是個懒强的性兒。你使他去。他可不去。你不使他去。他可要去。某等他來時。我故意的着幾句話惱激他。不怕他不和俺搭救父親去也。〔卒子云〕我把着這轅門。看有什麼人來。〔正末扮孟良上云〕某乃孟良是也。奉哥哥的將令。使我巡綽邊境去。平安無事。須索回哥哥話走一遭也呵。〔唱〕

【中吕粉蝶兒】這些時無處征伐。我去那界河邊恰纔巡罷。我做的一個個活捉生拏。湧彪軀。舒猿臂。肝横膽乍。也不索將武藝盤咱。回頭兒只看咱披掛。

【醉春風】比及你架上掇雕鞍。槽頭牽戰馬。宣花斧鉞手中擔。覷敵軍似耍。耍。萬騎交馳。兩軍相見。喒手裏半籌不納。

〔正末做見小軍科云〕這厮在這裏做什麼。〔小軍云〕做什麼。在這裏捉蝨子哩。奉元帥的將令。

着我把守轅門。不放人過去。〔正末云〕我要過去。〔卒子攔科云〕不放不放。〔孟良怒科云〕你敢道三聲不放我過去麽。〔小軍云〕休説三聲不放。我説一百二十聲不放。〔正末做打科〕老爺老爺休打。我放你過去罷。〔正末見科云〕哥哥將令。着兄弟巡界河去。平安無事。回哥哥的話來。〔楊景云〕無甚事。你且迴避者。〔正末云〕小軍兒。元帥着你迴避了也。〔楊景云〕着你迴避。〔正末云〕着誰迴避。〔楊景云〕着你迴避。〔正末云〕着我迴避。我不迴避。不迴避。你就這裏殺了我。也不迴避。〔楊景云〕岳家兄弟。你看這廝。他那裏知道我心中的事也。〔正末唱〕

【紅繡鞋】往常時無我處不喜歡説話。今日個見我來低着頭無語嗟呀。有甚的機密事孟良也合知麽。〔楊景做與岳勝打耳喑科云〕他那裏知道。〔正末唱〕一個將眼角覷。一個將脚尖踢。好着我半合兒傒倖殺。

〔楊景云〕孟良。我的勾當你試猜咱。〔正末云〕我猜着波。〔楊景云〕你猜着我便用你。你猜不着不用你。且迴避。〔正末唱〕

【石榴花】莫不是大遼軍馬廝蹅踏。我與你火速的便去爭殺。〔楊景云〕不是。〔正末唱〕莫不是王樞密搬弄着宋官家。我與你疾忙鞁馬。便赴京華。〔楊景云〕也不是。〔正末唱〕莫不是佘太君有人相欺壓。〔楊景云〕我的母親。誰敢欺負他。〔正末云〕那廝是不敢也。〔唱〕則除是趙玄壇威力無加。纔敢把虎頭來料鬚來抹。我與你親自把那賊徒拏。

【鬭鵪鶉】哎。那廝須不是布霧的蚩尤。又不是飛天的夜叉。〔楊景云〕那廝見你手段高强。被他藏了躲了呢。〔正末唱〕那廝便藏在雲中。趓在趓在地下。我也翻過乾坤若見他。説那廝能變化。我呵喝一喝骨碌碌的海沸山崩。瞅一瞅赤力力的天摧地塌。

〔楊景云〕孟良。你猜了半日。只是猜不着。你迴避。〔正末云〕既是猜不着。我且迴避。〔正末出門見小軍云〕兀那廝。你來這裏做什麽。你快實説。你若不説。劈了你這顆狗頭來。我則一斧。〔小軍云〕適纔元帥賞了我酒十瓶。羊肉二十斤。不争你劈了我這頭。教我怎麽吃。〔正末云〕快説。你若不説。我就一斧。〔小軍云〕老爺不要懆暴就把斧頭劈下來。待我説。我説。我是楊家府裏小軍兒。奉佘太君妳妳的命。着我寄一封書與元帥。道是夢中看見老令公。説與番兵交戰。不想番兵將老令公困在兩狼山虎口交牙峪。困的裏無糧草。外無救軍。有七郎打出陣來求救。不想被潘仁美將七郎綁在花標樹上。攢箭射死。老令公不能得出。撞李陵碑身死。今被韓延壽將老令公屍首燒了。將骨殖掛在幽州昊天寺塔尖上。但是過來過往的人。有箭的射三箭。無箭的打三甎。名曰百藥箭。〔正末云〕敢是百箭會。〔小軍云〕你説的是。〔正末云〕眼見的哥哥召集衆將商量。取那父親骨殖去。是一件緊要的事。故瞞着我來。嗨。哥哥。我們二十四個指揮使。都是一般的兄弟。怎麽偏心。只與他們計議。獨獨着我迴避。我再過去。白破了哥哥咱。〔見楊景科云〕哥哥。我猜着了也。〔楊景云〕你猜着甚的。〔正末云〕哥哥。你要搭救爹爹。搶回骨殖去。是麽。〔楊景云〕誰道是俺妳妳來。兄弟。既然你知道。他如今把我父親的骨殖。掛在幽州昊天寺塔尖上。我待要替我父親盜取這骨殖去。展轉尋思。並無妙策。如之奈何。〔正末云〕哥哥。别的都去不得。只有您兄弟去得。〔楊景云〕兄弟。你若肯去。就是我的重生父母也。〔正末云〕您兄弟迴避。〔楊景云〕只這一句兒。你就還將我來。兄弟。憑着你是怎麽去。你説一遍咱。〔正末唱〕

【上小樓】憑着我這燒天火把。問甚麽經文也那佛法。我大踏步踹入僧房。拏住和尚。揝定袈裟。我氣性差。忿怒發。拖離禪榻。我敢滴溜撲將腦袋兒攛在殿堦直下。

【幺篇】胸脯上脚去蹬。面門上手去搗。憑着我這蘸金巨斧。乞抽扢叉。砍他鼻凹。問甚麽惡菩薩。狠那吒。金剛答話。我直着釋迦佛也整理不下。

〔岳勝云〕兄弟到那裏。小心在意者。〔楊景云〕兄弟既然要去。你可使什麽兵器。用什麽披掛。〔正末唱〕

【耍孩兒】則我這慌忙不用别兵甲。輕輕的將衣服來拽扎。覷着他千軍萬馬只做癩蝦蟆。施逞會莽撞拳法。我脊梁邊穩把葫蘆放。頑石上揩揩的將斧刃擦。但撞着無干罷。直殺的他似芟蒲刈葦。截瓠開瓜。

〔云〕排軍。我分付與你兩椿兒勾當。〔岳勝云〕兄弟。可是那兩椿兒。〔正末唱〕

【三煞】准備着迎魂一首旛。安靈的幾朵花。衆兒郎都把那麻衣搭。緊拴將亡父馱喪馬。哥也你牢背着親爺的灰骨匣。孝名兒傳天下。説甚的孟宗哭笋。袁孝拖笆。

〔楊景云〕兄弟也。喒到那幽州昊天寺。他那裏有五百衆上堂僧。出來的一個個都會輪鎗弄棒。三

門關的鐵桶相似。怎生能勾開也。〔正末云〕哥哥。憑着你兄弟。不怕他不開。〔唱〕

【二煞】門環用手搖。門桯使脚踏。則爲那老令公骨殖浮屠掛。石攢來的柱礎和泥掇。銅鑄下的旛杆就地拔。那愁他四天王緊向山門把。我呵顯出些扶碑的手段。舉鼎的村沙。

〔楊景云〕兄弟。父親的骨殖。在那幽州昊天寺塔尖兒上。怎生能勾下來。〔正末云〕哥哥。你放心者。〔唱〕

【煞尾】火輪左手拏。管心右手搯。我搖一搖撼兩撼廝琅琅震動琉璃瓦。兀良我與你直推倒了這一座玲瓏舍利塔。〔下〕

〔楊景云〕孟良去了也。兄弟。你與我鎮守着三關。則今日接應孟良。取我父親的骨殖走一遭去。

〔詩云〕岳排軍緊守營盤。孟火星誰敢當攔。衆頭領休離信地。楊六郎暗下三關。〔同下〕

【音釋】憋音鱉　伐扶加切　彪巴矛切　納囊亞切　蹋當加切　踏音渣　踏當加切　殺雙鮓切　靸音備　壓羊架切　抹音罵　蚩音癡　瞅楚九切　塌湯打切　慄音竈　法方雅切　揩簪上聲　發方雅切　榻湯打切　攛倉算切　蹬音登　撾莊瓜切　蘸知濫切　凹汪卦切　吒音渣　甲江雅切　扎莊洒切　擡音癡　擦抽鮓切　芟音衫　刈音異　瓠音户　搭音打　匣奚佳切　桯音形　礎音楚　拔邦加切　搯强雅切　撼含去聲　塔湯打切

第三折

〔丑扮和尚上詩云〕我做和尚無塵垢。一生不會念經咒。聽的看經便頭疼。常在山下吃狗肉。小僧是這幽州昊天寺一個小和尚。有楊令公的骨殖在塔尖上掛着。每日輪一百個小軍兒。每人射三箭。名曰百箭會。到晚夕取將下來。鎖在這裏面。則怕有人偷了去。天色晚了也。關上這三門者。〔正末同楊景上云〕好大火也。兄弟也。喒走動些。走動些。〔正末云〕哥哥。喒和你走走走。

〔唱〕

【正宮端正好】只一道火光飛。早四野烟雲布。都出在我背上的這葫蘆。火龍萬隊空中舞。明朗朗正照着那幽州路。

【滾繡毬】燒的來無處居。滿城中都痛哭。似伴着老令公灰骨。且休題官法如罏。也不索祭風臺。也不索狼烟舉。抵多少六丁神發怒。我則見通紅了半壁天衢。恰便似漢張良燒斷了連雲棧。李老君推番煉藥罏。這火也從無。

〔楊景云〕兄弟。可早來到這寺門首也。我是喚門咱。和尚開門來。〔和尚云〕不開門。不開門。

〔楊景云〕你因何不開門。〔和尚云〕有布施便開門。没布施不開門。〔正末唱〕

【倘秀才】端的是好熱鬧也禪房寺宇。了得也山僧施主。可不道四大人天火最毒。只我個善知識。没貪圖。待布施與你一千枝蠟燭。

〔楊景云〕和尚。我布施與你一千枝蠟燭。〔和尚云〕且慢者。一千枝蠟燭。一分銀子一對。也該好些銀子。我開開這門。放他入來。〔做開門科〕〔正末入門做揪住和尚科云〕和尚。楊令公的骨殖在那裏。〔和尚云〕小僧不知道。〔正末云〕你怎生不知道。你説也不説。我則一斧砍下你這頭來。〔和尚做看葫蘆科云〕哦。可知你動不動的就要砍頭。眼見的背上掛着那一個和尚的頭哩。〔正末云〕你快説來。略遲些我砍下來也。〔和尚云〕你休砍我。等我説罷。楊令公骨殖。日間掛在塔尖上。教一百個小軍兒。每人射他三箭。到晚間取將下來。裝在一個小小匣兒。收藏方丈裏面。專怕有賊來偷了去。做牌兒骰子兒耍子。兀那方丈中卓上的小匣兒。這不是楊令公的骨殖。〔楊景云〕莫不是假的麽。〔和尚云〕你道假的。是狗骨頭那。這骨殖都有件數。每件件有郎主朱筆記認的字跡在上。那一個敢假得。〔楊景哭科云〕父親。兀的不痛殺我也。〔正末云〕雖然有了骨殖。不知全也不全。待我再問他。和尚。這骨殖全也不全。〔和尚云〕我元説這骨殖是有件數的。我一件件數與你聽者。〔唱〕

【滚繡毬】你爲甚的來便幺呼。只那楊令公骨殖兒有件數。試聽俺從頭兒説與。這便是太陽骨八片頭顱。這便是胸膛骨無腸肚。這便是肩膞骨有皮膚。這便是膝蓋骨帶腿脡全付。這便是脊梁骨和脇肋連屬。俺這裏明明白白都交點。您那裏件件樁樁親接取。便可也留下紙領狀無虚。

〔正末云〕你看這廝。且吃我一斧者。〔和尚云〕哎喲。〔詩云〕你頭裏叫門只不開。聽的蠟燭放進來。骨殖椿椿都付與。又要砍我頭來忒不該。〔下〕〔正末云〕哥哥。您收了這骨殖也。再放一把火。燒了這寺。哥哥。走走走。〔唱〕

【倘秀才】不甫能撞開了天關地户跳出這龍潭虎窟。〔云〕哥哥。小心者。〔楊景云〕兄弟也。走便走。你這般叫怎麽。〔正末唱〕我則怕孟火星今番惹下火燭。疾快的。驟龍駒。緊走些兒路途。

【滚繡毬】人奔似室火猪。馬竄如尾火虎。哥也猛回頭定睛兒偷覷。喒兩個可正是凌烟閣上的人物。知道是和尚在鉢盂在。知道是他受苦也俺受苦。這一場拚着不做。抵多少諸葛也那周瑜。暢好是焰騰騰博望燒屯計。不剌剌鏖兵赤壁圖。不枉了費盡我工夫。

〔云〕哥哥。你將着父親的骨殖。先上三關去。我在後面走着。倘有追兵來時。等我好敵住他。〔楊景悲科云〕兄弟。想我父親做了一世的虎將。這把骨殖。也還受了恁般苦楚。怎教我不痛殺了也。父親也。〔正末云〕哥哥。走便走。你這般叫怎麽。〔楊景云〕兄弟。我這一句兒。你也要還我哩。〔正末唱〕

【煞尾】你牢背着一匣兒骨殖疾歸去。休遶着這千里關山放聲哭。〔楊景云〕呀。後面喊我自問他去。〔長老云〕正是閉門不管窗前月。一任梅花自主張。〔下〕〔正末見科云〕官客問訊。〔楊景云〕好一個莽和尚也。〔正末云〕客官。恰纔煩惱的是你來。〔楊景云〕是我來。〔正末云〕你爲甚麽這等煩惱。〔楊景云〕和尚。我心中有事。〔正末云〕我試猜你這煩惱咱。〔楊景云〕和尚。你是猜我這煩惱咱。〔正末唱〕

【步步嬌】只你個負屈含冤的也合通名姓。莫不是遠探你那爹娘的病。〔楊景云〕不是。〔正末唱〕**莫不是你犯下些違條罪不輕。**〔楊景云〕我有甚麽罪犯。〔正末唱〕**莫不是打搶推車撞着賊兵。**〔楊景云〕便有賊兵呵。量他到的那裏。〔正末唱〕**我連問道你兩三聲。怎没半句兒將咱來答應。**

〔云〕兀那客官。我問着你。不肯説老實話。俺這裏人利害也。〔楊景云〕你這裏人利害便怎麽。〔正末唱〕

【雁兒落】俺這裏便駡了人也誰敢應。〔楊景云〕敢打人麽。〔正末唱〕**俺這裏便打了人也無争競。**〔楊景云〕敢劫人麽。〔正末唱〕**俺這裏便劫了人也没罪名。**〔楊景云〕敢殺人麽。〔正末唱〕**俺這裏便殺了人也不償命。**

〔楊景云〕你説便這等説。我是不信。〔正末云〕你不信時試聞咱。〔唱〕

【水仙子】現如今火燒人肉噴鼻腥。〔楊景云〕哎。好和尚。可不道爲惜飛蛾紗罩燈哩。〔正末唱〕俺幾曾道爲惜飛蛾紗罩燈。〔做合手科云〕阿彌陀佛。世間萬物。不死不生。〔唱〕若不殺生呵有甚麽輪迴證。這便是喒念阿彌超度的經。〔楊景云〕想你也不是個從幼兒出家的。〔正末唱〕對客官細說分明。我也曾殺的番軍怕。幾曾有箇信士請。直到中年纔落髮爲僧。

〔楊景云〕兀那和尚。我也不瞞你。我是大宋國的人。〔正末云〕客官。你既是大宋國人。曾認的那一家人家麽。〔楊景云〕是誰家。〔正末云〕他家裏有個使金刀的。〔唱〕

【雁兒落】他叫做楊令公手段能。〔楊景驚科云〕他怎麽知道俺父親哩。兀那和尚。那楊令公有幾個孩兒。〔正末唱〕他有那七個孩兒都也心腸硬。〔楊景云〕他母親是誰。〔正末唱〕他母親是佘太君。敕賜的清風樓無邪佞。

〔楊景云〕他弟兄每可都有哩。〔正末唱〕

【得勝令】呀。他兄弟每多死少波生。〔楊景云〕你敢是他家裏人麽。〔正末唱〕只我在這五臺呵又爲僧。〔楊景云〕哦。你元來是楊五郎。你兄弟還有那個在麽。〔正末唱〕有楊六使在三關上。〔楊景云〕你可認的他哩。〔正末云〕他是我的兄弟。怎不認的。〔唱〕和俺一爺娘親弟兄。〔楊景云〕哥哥。你今日怎就不認得我楊景也。〔正末做認科〕〔唱〕休驚。這會合真僥倖。〔云〕兄弟。聞的你鎮守瓦橋關上。怎到得這裏。〔楊景云〕哥哥。您兄弟到幽州昊天寺。取俺父親的骨殖來了也。〔正末做悲科〕〔唱〕**傷也麼情。枉把這幽魂陷虜城。**
〔浄扮韓延壽上詩云〕我做將軍快敵鬬。不吃乾糧則吃肉。你道是敢戰官軍沙塞子。怎知我是畏刀避箭韓延壽。某韓延壽是也。叵奈楊六兒無禮。將他令公骨殖。偷盗去了。我領着番兵。連夜追趕。原來楊六兒將着骨殖。前面先去。留下孟良。在後當住。我如今別着大兵。與孟良厮殺。自己挑選了這五千精兵。抄上前來。明明望見楊六兒。走到五臺山下。怎麼就不見了。一定躲在這寺裏。大小番兵。圍了這寺者。兀那寺裏和尚。快獻出楊六兒來。若不獻出來。休想滿寺和尚。一個得活。〔做吶喊打門科〕〔楊景云〕哥哥。兀的不是番兵來了也。〔正末云〕兄弟不要慌。我出去與他打話。我開了這三門。〔做見科〕〔韓延壽云〕兀那和尚。您這寺裏有楊六兒麼。獻將出來便罷。若不獻出來呵。將你滿寺和尚的頭。都似西瓜切將下來。一個也不留還你。〔正末云〕兀那將軍。果然有個楊六兒。被我先拏住了。綁縛在這寺裏。俺出家的人。是慈悲爲本。方便爲門。休把這許多鎗刀。嚇殺了俺老師父。您去了兵器。下了馬。我拏楊六兒與你去請功受賞。好不自在哩。〔韓延壽云〕我依着你。就去了這刀鎗。脱了這鎧甲。我下了這馬。和尚。楊六兒在那裏。快獻出來。〔正末云〕將軍。你忙怎的。且跟將我入這三門來。且關上這門。〔韓延壽云〕你爲甚麼關上門。〔正末云〕我是小心的。還怕走了楊六兒。〔韓延壽云〕楊六兒走不出。我也走不去。關的是。關的是。〔正末做打浄科云〕量你這厮走到那裏去。〔韓延壽云〕呀。這和尚不老實。你只好關門殺屎棋。怎麼也要打我。〔正末唱〕

【川撥棹】這廝待放懞挣。早撥起咱無明火不鄧鄧。損壞衆生。撲殺蒼蠅。誰待要鵲巢灌頂。來來來俺與你打幾合鬭輸贏。

〔韓延壽云〕這和尚倒來撒的。那三門又關了。我可往那裏出去。〔正末唱〕

【七弟兄】把這廝帶鞓。可搭的揞定。先捽你個滿天星。休怪俺出家人没的這慈悲性。怒轟轟惡向膽邊生。兀良只要你償還那令公爹爹命。

〔正末做跌打科云〕打死這廝。纔雪的我恨也。〔唱〕

【梅花酒】呀。打的他就地挺。誰着你惱了天丁。也不用天兵。就待劈碎你這天靈。磕擦的怪眼睁。掿雙拳打不停。颼颼的雨點傾。直打的應心疼。非是咱不脩行。見讎人分外明。若不打死您潑殘生。這冤恨幾時平。〔韓延壽云〕好打。好打。你且説個名姓與我知道。敢這等無禮。〔正末唱〕哎。你個韓延壽早噤聲。還問甚姓和名。

〔正末做拏韓延壽科〕〔唱〕

【喜江南】呀。則我這殺人和尚滅門僧。便鐵金剛也勸不的肯容情。俺兄弟正六郎楊景鎮邊庭。〔帶云〕韓延壽。〔唱〕也不則你兵臨在頸。再休想五千人放半個得回營。

〔二云〕兄弟。我打死了番將韓延壽也。〔楊景云〕哥哥。將韓延壽梟下首級。剜出心肝。在父親骨殖前。先祭獻了。就在這五臺山寺裏。做七晝夜好事。超度俺父親和兄弟。早升天界也。〔外扮寇萊公冲上云〕老夫萊國公寇準是也。奉聖人的命。并八大王令旨。直至瓦橋關。迎取已故護國大將軍楊繼業并楊延嗣的骨殖。歸葬祖塋。有孟良殺退番兵。報説楊景還在五臺山上興國寺。做七晝夜的大道場。超度亡魂。老夫就帶着孟良。不辭星夜來。可早到五臺山也。〔做見科云〕兀那楊景。老夫奉聖人的命。特來到此。問你取的楊令公并七郎骨殖安在。〔楊景云〕大人。我父親并七郎骨殖都有了。現在此處追薦哩。〔寇萊公云〕既然有了。楊景同楊朗望闕跪者。聽聖人的命。〔詞云〕大宋朝纂承鴻業。選良將鎮守邊疆。楊令公功勞最大。父與子保駕勤王。潘仁美賊臣姦計。陷忠良不得還鄉。李陵碑汝父撞死。連七郎并命身亡。百箭會幽魂託夢。盜骨殖多虧孟良。楊延景全忠全孝。捨性命苦戰沙場。遣敕使遠來迎接。賜黄金高築墳堂。還蓋廟千秋祭享。保山河萬代隆昌。〔衆謝恩科〕

〔音釋〕罩嘲去聲　噎衣也切　應平聲　鼻音疲　兄虚盈切　鎧開上聲　懞音蒙　掙音争　不音補
鞓音汀　捽音洒　轟音烘　捁音鬧　噤音禁　剜碗平聲　纂音纘

題目　瓦橋關令公顯神
正名　昊天塔孟良盜骨

包待制智斬魯齋郎雜劇

關漢卿撰

楔子

〔冲末扮魯齋郎引張龍上〕〔詩云〕花花太歲爲第一。浪子喪門再没雙。街市小民聞吾怕。則我是權豪勢要魯齋郎。小官魯齋郎是也。隨朝數載。謝聖恩可憐。除授今職。小官嫌官小不做。嫌馬瘦不騎。但行處引的是花腿閑漢。彈弓粘竿鵴兒小鷂。每日價飛鷹走犬。街市閑行。但見人家好的玩器。怎麼他倒有我倒無。我則借三日玩看了。第四日便還他。也不壞了他的。人家有那駿馬雕鞍。我使人牽來。則騎三日。第四日便還他。也不壞了他的。我是個本分的人。自離了汴梁。來到許州。因街上騎着馬閑行。我見箇銀匠鋪裏一個好女子。我正要看他。那馬走的快。不曾得仔細看。張龍。你曾見來麼。〔張龍云〕比及爹有這個心。小人打聽在肚裏了。〔魯齋郎云〕你知道他是甚麼人家。〔張龍云〕他是箇銀匠。姓李。排行第四。他的個渾家生的風流。長的可喜。〔魯齋郎云〕我如今要他。怎麼能勾。〔張龍云〕爹要他也不難。我如今將着一把銀壺瓶。去他家整理。多與他些錢鈔。與他幾鍾酒吃。着他渾家也吃幾鍾。扶上馬就走。〔魯齋郎云〕此計大妙。則今日收拾鞍馬。跟着我銀匠鋪裏。整理壺瓶走一遭去。〔詩云〕推整壺瓶生巧計。拐他妻子忙逃避。總饒趕上燄摩天。教他無處相尋覓。〔下〕〔外扮李四同旦二俫上云〕小可許州人氏。姓李。

排行第四。人口順喚做銀匠李四。嫡親的四口兒。渾家張氏。一雙兒女。廝兒叫做喜童。女兒叫做嬌兒。全憑打銀過其日月。今日早間。開了這鋪兒。看有甚麼人來。〔魯齋郎引張龍上云〕小官魯齋郎。因這壺缾跌漏。去那銀匠鋪整理一整理。左右。接了馬者。將交牀來。〔張龍云〕理會的。〔坐下科〕〔魯齋郎云〕張龍。你與我叫那銀匠出來。〔張龍做喚科云〕兀那銀匠。魯爺在門首叫你哩。〔李四慌出跪科云〕大人喚小人有何事幹。〔魯齋郎云〕你是銀匠麼。〔李四云〕小人是銀匠。〔魯齋郎云〕兀那李四。你休驚莫怕。你是無罪的人。你起來。〔李四云〕大人喚我做甚麼。〔魯齋郎云〕我有把銀壺缾跌漏了。你與我整理一整理。與你十兩銀子。〔李四云〕不打緊。小人不敢要偌多銀子。〔魯齋郎云〕你是箇小百姓。我怎麼肯虧你。與我整理的好。着銀子與你買酒吃。〔李四接壺科云〕整理的復舊如初。好了也。大人試看咱。〔魯齋郎云〕這廝真個好手段。便似新的一般。張龍有酒麼。〔張龍云〕有。〔魯齋郎云〕將來賞他幾杯。〔做篩酒李四連飲三杯科云〕勾了。〔魯齋郎云〕你家裏再有甚麼人。〔李四云〕家裏有個醜媳婦。叫出來見大人。大嫂。你出來拜大人。〔旦出拜科〕〔魯齋郎云〕一個好婦人也。與他三鍾酒吃。我也吃一鍾。張龍你也吃一鍾。兀那李四。這三鍾酒是肯酒。我的十兩銀子與你做盤纏。你的渾家。我要帶往鄭州去也。你不揀那個大衙門裏告我去。〔同旦下〕〔李四做哭科云〕清平世界。浪蕩乾坤。拐了我渾家去了。更待乾罷。不問那個大衙門裏。告他走一遭去。〔下〕〔貼旦引二俫上云〕妾身姓李。夫主姓張。在這鄭州做着個六案孔目。嫡親的四口兒家屬。一雙兒女。小廝喚做金郎。女兒喚做玉姐。孔目衙門中去了。這早晚敢待來也。〔李四慌上云〕一心忙似箭。兩脚走如飛。自家李四的便是。因魯齋郎拐了我的渾家。往鄭州來了。我隨後趕來。到這鄭州。我要告他。不認的那個是大衙門。來到這長街市上。不覺一陣心疼。我死也。却教誰人救我這性命咱。〔正末扮張珪引祇候上云〕自家姓張名珪。字均玉。鄭州人氏。幼習儒業。後進身爲吏。嫡親的四口兒。渾家李氏。是華州華陰縣人氏。他是箇醫士人家女兒。生下一雙兒女。金郎玉姐。我在這鄭州做着個六案都孔目。今日衙門中無甚事。回家裏去。見一簇人鬧。祇候。你看是甚麼人。〔祇候問云〕你是甚麼人。倒在地上。〔李四云〕小人害急心疼。看看至死。哥哥可憐見。救小人一命咱。〔祇候見末科云〕是一個人害急心疼。倒在地下。〔正末云〕我試看咱。兀那君子。爲甚麼倒在地下。〔李四云〕小人急心疼。看看至死。怎麼救小人一命。〔正末云〕那裏不是積福處。我渾家善治急心疼。領他到家中。與他一服藥吃。怕做甚麼。祇候人。扶他家裏來。大嫂那裏。〔貼旦見末科云〕孔目來了也。安排茶飯你吃。〔正末云〕且不要茶飯。我來獅子店門首。見一人害急心疼。我領將來。你與他一服藥吃。救他性命。那裏不是積福處。〔貼旦云〕待我調藥去。〔做調藥科云〕君子。你試吃這藥。〔李四吃藥科云〕我吃了這藥。哎喲。無事了也。多謝官人娘子。若不是官人娘子。那裏得我這性命來。〔正末云〕我問君子。那裏人氏。姓甚名誰。〔李四云〕小人姓李。排行第四。人口順都叫李四。許州人氏。打銀爲生。〔貼旦云〕你也姓李。我也姓李。有心要認你做個兄弟。未知孔目心中肯不肯。我問孔目咱。〔做問末科云〕這人也姓李。我也姓李。我有心待認他做個兄弟。孔目意下如何。〔正末云〕大嫂。你主了便罷。兀那李四。你近前來。我渾家待認你做個兄弟。你意下如何。〔李四云〕你救了我性命。休道是做兄弟。在你家中隨驢把馬。也是情愿。〔正末云〕你便是我舅子。我渾家就是你親姐姐一般。兄弟。你爲甚麽到這裏。〔李四云〕你便是我親姐姐姐夫。有人欺負我來。你與我做主。〔正末云〕誰欺負你來。我便着人拿去。誰不知我張珪的名兒。〔李四云〕不是別人。是魯齋郎强奪了我渾家去了。姐姐姐夫。與我做主。〔末做揜口科云〕哎喲。諕殺我也。早是在我這裏。若在別處。性命也送了你的。我與你些盤纏。你回許州去罷。這言語你再也休題。〔唱〕

【仙吕端正好】被論人有勢權。原告人無門下。你便不良會可跳塔輪鐁。那一個官司敢把勾頭押。題起他名兒也怕。

【幺篇】你不如休和他爭忍氣吞聲罷。別尋個家中寶省力的渾家。説那個魯齋郎膽有天來大。他爲臣不守法。將官府敢欺壓。將妻女敢奪拿。將百姓敢蹅踏。赤緊的他官職大的忒稀詫。〔下〕

〔李四云〕我這裏既然近不的他。不如仍還許州去也。〔下〕

〔音釋〕駥音鬆　鐁音茶　押羊架切　法方雅切　壓羊架切　踏當架切　詫瘡詐切

第一折

〔魯齋郎上云〕小官魯齋郎。自從許州拐了李四的渾家起初時性命也似愛他。如今兩個眼裏不待見他。我今回到這鄭州時遇清明節令。家家上墳祭掃。必有生得好的女人。我領着張龍一行步從。直到郊野外踏青走一遭去來。〔下〕〔正末引貼旦上云〕自家張珪。時遇寒食。家家上墳。我今領着妻子上墳走一遭去。想俺這爲吏的多不存公道。熬的出身。非同容易也呵。〔唱〕

【仙呂點絳唇】則俺這令史當權。案房裏面。關文卷。但有半點兒牽連那刁蹬無良善。

【混江龍】休想肯與人方便。衠一片害人心勒揹了些養家緣。〔帶云〕聽的有件事呵。〔唱〕押文書心情似火。寫帖子勾喚如煙。教公吏勾來衙院裏。抵多少笙歌引至畫堂前。冒支國俸。濫取人錢。那裏管爺娘凍餒。妻子熬煎。經旬間不想到家來。破工夫則在那娼樓串。則圖些煙花受用。風月留連。

【油葫蘆】只待置下庄房買下田。家私積有數千。那裏管三親六眷盡埋冤。逼的人賣了銀頭面我戴着金頭面。送的人典了舊宅院我住着新宅院。有一日限滿時。便想得重遷。怎知他提刑司刷出三宗卷。恁時節帶鐵鎖納贓錢。

【天下樂】那其間敢賣了城南金谷園。百姓。見無權。一昧裏掀潑家私如敗雲風亂捲。

或是流二千。遮莫徒一年。恁時節則落的幾度喘。

〔云〕早來到墳所也。〔唱〕

【金盞兒】覷郊原。正晴暄。古墳新土都添徧。家家化錢烈紙痛難言。一壁厢黃鸝聲恰恰。一壁厢血淚滴漣漣。正是鶯啼新柳畔。人哭古墳前。

〔貼旦云〕孔目。喒慢慢耍一會家去。〔魯齋郎引張龍上云〕你都跟着我閒游去來。這一所好墳也。樹木上面一箇黃鶯兒。小的將彈弓來。〔做打彈科〕〔俫兒哭云〕㚷㚷。打破頭也。〔貼旦云〕那個弟子孩兒。閒着那驢蹄爛爪。打過這彈子來。〔正末云〕這箇村弟子孩兒無禮。我家墳院裏打過彈子來。你敢是不知我的名兒。我出去看波。〔唱〕

【後庭花】是誰人墻外邊。直恁的没體面。我擦擦的望前去。〔魯齋郎云〕張珪。你駡誰哩。〔正末唱〕諕的我行行的往後偃。〔魯齋郎云〕你這弟子孩兒作死也。我是誰。你駡我。〔正末唱〕我恰便似墜深淵。把不定心驚膽戰。有這場死罪愆。我今朝遇禁煙。到先塋來祭奠。飲金杯語笑喧。他弓開時似月圓。彈發處又不偏。剛落在我面前。

〔魯齋郎云〕張珪。你駡我呵。不是尋死哩。〔正末唱〕

【青哥兒】你教我如何如何分辨。〔貼旦云〕是那一個不曉事弟子孩兒。打破我孩兒的頭。〔正末唱〕省可裏亂語胡言。〔俫兒云〕打破我頭也。〔正末唱〕哎。你箇不識憂愁小業冤。諕的我魂魄蕭然。言語狂顛。誰敢遲延我只得破步撩衣走到根前。少不的把屎做糕糜嗻。

〔正末做跪科〕〔魯齋郎云〕張珪。你怎敢罵我。你不認的我。覷我一覷。該死。你罵我該甚麼罪過。〔正末云〕張珪不知道是大人。若知道是大人呵。張珪那裏死的是。〔魯齋郎云〕君子千言有一失。小人千言有一當。他不知是我。若知是我。怎麼敢罵我。不和你一般見識。這座墳是誰家的。〔正末云〕是張珪家的。〔魯齋郎云〕消不的你請我墳院裏坐一坐。教你祖宗都得生天。〔正末云〕只是張珪沒福消受。請大人到墳院裏坐一坐。〔魯齋郎云〕倒好一座墳院也。我聽的有女人言語。是誰。〔正末云〕是張珪的醜媳婦兒。〔魯齋郎云〕消不得拜我一拜。〔正末云〕大嫂。你來拜大人。〔貼旦云〕我拜他怎地。〔正末云〕你只依着我。〔貼旦出拜〕〔魯齋郎還禮科云〕一箇好女子也。他倒有這個渾家。我倒無。張珪。你這厮該死。怎敢罵我。這罪過且不饒。你近前將耳朵來。把你媳婦明日送到我宅子裏來。若來遲了。二罪俱罰。小厮將馬來。我回去也。〔下〕〔貼旦云〕孔目。他是誰。你這等怕他。〔正末云〕大嫂。喒快收拾回家去來。〔唱〕

【賺煞】哎。只被你巧笑倩禍機藏。美目盼災星現。也是俺連年裏時乖運蹇。可可的與那個惡那吒打個撞見。諕的我似沒頭鵝熱地上蚰蜒。恰纔個馬頭邊。附耳低言。一句話似親蒙帝主宣。〔做拿彈子拜科〕〔唱〕這彈子舉賢薦賢。他來的撲頭撲面。明日個你團圓却教我不團圓。〔下〕

〔音釋〕蹬音鄧　衒音諄　揹肯去聲　宅池齋切　刷雙寡切　掀音軒　喘昌軟切　倩淺去聲　吒音渣　瑩音盈

第二折

〔魯齋郎引張龍上〕〔詩云〕着意栽花花不發。等閒插柳柳成陰。誰識張珪墳院裏。倒有風流可喜活觀音。小官魯齋郎。因賞玩春景。到於郊野外張珪墳前。看見樹上歇着個黃鶯兒。我拽滿彈弓。誰想落下彈子來。打着張珪家小的。將我千般毀駡。我要殺壞了他。不想他倒有個好媳婦。我着他今日不犯。明日送來。我一夜不曾睡着。他若來遲了。就把他全家盡行殺壞。張龍。門首覷者。若來時報復我知道。〔正末同貼旦上云〕大嫂疾行動些。〔貼旦云〕纔五更天氣。你敢風魔九伯。引的我那裏去。〔正末云〕東庄裏姑娘家有喜慶勾當。用着這個時辰。我和你行動些。大嫂你先行。〔貼旦先行科〕〔正末云〕張珪。怎了也。魯齋郎大人的言語。張珪。明日將你渾家。五更你便送到我府中來。我不送去。我也是箇死。我待送去。兩個孩兒久後尋他母親。我也是箇死。怎生是好也呵。〔唱〕

【南呂一枝花】全失了人倫天地心。倚仗着惡黨兇徒勢。活支刺娘兒雙折散。生各札夫婦兩分離。從來有日月交蝕。幾曾見夫主婚妻招壻。今日箇妻嫁人夫做媒。自取些奩房斷送陪隨。那裏也羊酒花紅段疋。

【梁州第七】他憑着惡哏哏威風糾糾。全不怕碧澄澄天網恢恢。一夜間摸不着陳摶睡。不分喜怒。不辨高低。弄的我身亡家破。財散人離。對渾家又不敢説是談非。行行裏只淚眼愁眉。你你你做了箇别霸王自刎虞姬。我我我做了箇進西施歸湖范蠡。來來來渾一似嫁單于出塞明妃。正青春似水。嬌兒幼女成家計。無憂慮少縈繫。平地起風波二千尺。一家兒瓦解星飛。

〔貼旦云〕俺走了這一會。如今姑娘家在那裏。〔正末云〕則那裏便是。〔貼旦云〕這箇院宅便是。他做甚麽生意。有這等大院宅。〔正末唱〕

【牧羊關】怕不曉日樓臺静。春風簾幙低。没福的怎生消得。這廝强賴人錢財。莽奪人妻室。高築座營和寨。斜搠面杏黄旗。梁山泊賊相似。與蓼兒洼争甚的。

〔云〕大嫂。你靠後。〔正末見張龍科云〕大哥。報復一聲。張珪在於門首。〔張龍云〕你這廝纔來。你該死也。你則在這裏。我報復去。〔魯齋郎云〕兀那廝做甚麽。〔張龍云〕張珪兩口兒在于門首。〔魯齋郎云〕張龍。我不换衣服罷。着他過來見。〔末旦叩見科〕〔魯齋郎云〕張珪。怎這早晚纔來。〔正末云〕投到安伏下兩個小的。收拾了家私。四更出門。急急走來。早五更過了也。〔魯齋郎云〕這等也罷。你着那渾家近前來我看。〔做看科云〕好女人也。比夜來增十分顔色。生受你。將酒來吃三杯。〔正末唱〕

【四塊玉】將一盃醇糯酒十分的吃。〔貼旦云〕張孔目少吃。則怕你醉了。〔正末唱〕更怕我酒後疎狂失了便宜。扭回身剛噤的口長吁氣。我乞求得醉似泥喚不歸。〔貼旦云〕孔目。你怎麽要吃的這等醉。〔正末云〕大嫂。你那裏知道。〔唱〕我則圖。别離時。不記得。〔貼旦云〕孔目。你這般煩惱。可是爲何。〔正末云〕大嫂。實不相瞞。如今大人要你做夫人。我特特送將你來。〔貼旦云〕孔目。這是甚麽説話。〔正末云〕這也由不的我。事已至此。只得隨順他便了。〔唱〕

【罵玉郎】也不知你甚些兒看的能當意。要你做夫人不許我過今日。因此上急忙忙送你到他家内。〔貼旦云〕孔目。你這般下的也。〔正末唱〕這都是我緣分薄。恩愛盡。受這等死臨逼。

〔貼旦云〕你在這鄭州做個六案都孔目。誰人不讓你一分。那廝甚麽官職。你這等怕他。連老婆也保不的。你何不揀個大衙門告他去。〔正末云〕你輕説些。倘或被他聽見。不斷送了我也。〔唱〕

【感皇恩】他他他嫌官小不爲。嫌馬瘦不騎。動不動挑人眼。剔人骨。剥人皮。〔云〕他便要我張珪的頭。不怕我不就送去與他。如今只要你做個夫人。也還算是好的。〔唱〕他少甚麽温香軟玉。舞女歌姬。雖然道我災星現。也是他的花星照。你的福星催。

〔貼旦云〕孔目。不争我到這裏來了。抛下家中一雙兒女。着誰人照管他。兀的不痛殺我也。〔正末唱〕

【採茶歌】撇下了親夫主不須提。單是這小業種好孤悽。從今後誰照覷他饑時飯冷時衣。雖然個留得親爺没了母。只落的一番思想一番悲。

〔正末同旦掩泣科〕〔魯齋郎云〕則管裏説甚麽。着他到後堂中换衣服去。〔貼旦云〕孔目。則被你痛殺我也。〔正末云〕苦痛殺我也。渾家。〔魯齋郎云〕張珪。你敢有些煩惱。心中捨不的麽。〔正末云〕張珪不敢煩惱。則是家中有一雙兒女。無人看管。〔魯齋郎云〕你早不説你家中有兩箇小的無人照管。張龍。將那李四的渾家。梳粧打扮的賞與張珪便了。〔張龍云〕理會的。〔魯齋郎云〕張珪。你兩個小的無人照管。我有一個妹子。叫做嬌娥。與你看覷兩個小的。你與了我的渾家。我也捨的個妹子酬答你。你醉了駡他。便是駡我一般。你醉了打他。便是打我一般。我交付與你。我自後堂去也。〔下〕〔正末云〕這事可怎了也。罷罷罷。〔唱〕

【黄鍾尾】奪了我舊妻兒却與箇新佳配。我正是棄了甜桃繞山尋醋梨。知他是甚親戚。教喝下庭堦轉過照壁。出的宅門。扭回身體。遥望着後堂内。養家的人。賢惠的妻。非今生。是宿世。我則索寡宿孤眠過年歲。幾時能勾再得相逢。則除是南柯夢兒裏。

〔下〕

〔音釋〕蝕繩知切　奩音廉　哏狠平聲　糾音九　刎文上聲　蠡音里　單音蟬　繫音計　尺音恥　得當美切　室傷以切　捌聲卯切　洼音蛙　的音底　吃音恥　日人智切　薄巴毛切　逼兵迷切　戚倉洗切　壁音彼　柯音哥

第三折

〔李四上云〕自家李四。因魯齋郎奪了我渾家。趕到鄭州告不的他。又回許州來。一雙兒女。不知去向。那裏也難住。我且往鄭州投奔我姐姐姐夫去也。〔下〕〔俫兒上云〕我是張孔目的孩兒金郎。妹子玉姐。父親母親人情去了。這早晚敢待來也。〔正末上云〕好是苦痛也。來到家中。且看兩個孩兒。說些甚麼。魯齋郎你好狠也呵。〔唱〕

【中呂粉蝶兒】倚仗着惡黨兇徒。害良民肆生淫慾。誰敢向他行挾細拿粗。逞刁頑。全不想。他妻我婦。這的是敗壞風俗。那一個敢爲敢做。

【醉春風】空立着判黎庶受官廳。理軍情元帥府。父南子北各分離。端的是苦。苦。俺夫妻千死千生。百伶百俐。怎能勾一完一聚。

〔俫兒云〕爹爹。你來家也。俺㚷㚷在那裏。〔正末云〕孩兒。你母親便來。〔嘆科云〕嗨。可怎了也。〔唱〕

【紅繡鞋】怕不待打迭起千憂百慮。怎支吾這短嘆長吁。〔俫兒云〕俺母親怎生不見來了。〔正末唱〕他可便一上青山化血軀。將金郎眉甲按。把玉姐手梢扶。兀的不痛殺人也兒共女。

〔倈兒云〕爹爹。俺母親端的在那裏。〔正末云〕你母親被魯齋郎奪去了也。〔倈兒云〕兀的不氣殺我也。〔倈氣倒科〕〔正末救科云〕孩兒。你甦醒者。則被你痛殺我也。〔張龍引旦上云〕自家張龍便是。奉着魯齋郎大人言語。着我送小姐到這裏。張珪在家麼。〔正末云〕誰在門外。待我開門看咱。〔做看科云〕呀。你來怎麼。〔張龍云〕我奉大人言語。着我送小姐與你。休說甚麼。小姐。你也休說甚麼。我回去也。〔下〕〔正末云〕小姐請進家來。兩個孩兒。來拜你母親。小姐。先前渾家。止有這兩箇孩兒。小姐早晚看覷咱。〔旦云〕孔目。你但放心。都在我身上。〔正末唱〕

【迎仙客】你把孩兒親覷付。廝擡舉。這兩個不肖孩兒也有甚麼福。便做道忒賢達。不狠毒。〔旦云〕孔目你放心。就是我的孩兒一般看成。〔正末唱〕**看成的似玉顆神珠。終不似他娘腸肚。**

〔李四上云〕我來到鄭州。這是姐姐姐夫家。我叫門咱。〔做叫門科〕〔正末云〕誰叫門哩。我看去。〔見科〕〔正末云〕原來是舅子。你的癥候。我如今也害了也。〔李四云〕姐姐有好藥。〔正末云〕不是那個急心疼癥候。用藥醫得。是你那整理銀壺瓶的癥候。你姐姐也被魯齋郎奪將去了也。〔李四云〕魯齋郎。你早則要了俺家兩個兒也。〔正末云〕舅子。我可也强似你。他與了我一個小姐。叫做嬌娥。〔李四云〕魯齋郎。你奪了我的渾家。草雞也不曾與我一個。姐夫既没了姐姐。我回許州去罷。〔正末云〕舅子。這個便是你姐姐一般。廝見一面。怕做甚麼。〔李四云〕既如此。待我也見一面。我就回去。姐夫你可休留我。〔做相見各留意科〕〔正末云〕舅子。你敢要回去麼。〔李

四云〕姐夫。則這裏住倒好。〔正末云〕好奇怪也。〔唱〕

【紅繡鞋】他兩個眉來眼去。不由我不暗暗躊躕。似這般啞謎兒教咱怎猜做。那一個心猶豫。那一個口支吾。莫不你兩個有些兒曾面熟。

〔祗候上云〕張孔目。衙門中喚你攢文書哩。〔正末云〕舅子。你和你姐姐在家中。我衙門中攢文書去也。〔下〕〔旦與李四打悲科〕〔李四云〕娘子。你怎麼到得這裏。〔倈兒上云〕妳妳。俺爹爹那裏去了。〔旦云〕衙門中攢文書去了。〔倈兒云〕這等俺兩個尋俺爹爹去。〔下〕〔李四云〕則被你想殺我也。〔正末衝上見科〕〔喝云〕你兩個待怎麼。〔李四同旦跪科〕〔正末云〕他早招了也。〔唱〕

【石榴花】早難道君子斷其初。今日箇親者便爲疎。人還害你待何如。我是你姐夫。倒做了姨夫。當初我醫可了你病癥還鄉去。把你似太行山倚仗做親屬。我一脚的出宅門。你待展汙俺婚姻簿。我可便負你有何辜。

【鬭鵪鶉】全不似管鮑分金。倒做了孫龐刖足。把恩人變做仇家。將客僧翻爲寺主。自古道無毒不丈夫。他將了俺的媳婦。不敢向魯齋郎報恨雪冤。則來俺家裏殢雲殢雨。

〔李四云〕姐夫。實不相瞞。則他便是我的渾家。改做他的妹子與了姐夫。〔正末云〕誰這般道來。〔唱〕

【上小樓】誰聽你花言巧語。我這裏尋根拔樹。誰似你不分强弱。不識新疎。不辨賢愚。縱是你舊媳婦。舊丈夫。依舊歡聚。可送的俺一家兒滅門絶户。

〔云〕我一雙孩兒在那裏。〔旦云〕你去攢文書。他兩個尋你去了。〔正末云〕眼見的所算了我那孩兒。兀的不氣殺我也。〔唱〕

【幺篇】我一時間不認的人。您兩個忒做的出。空教我乞留乞良。迷留没亂。放聲啼哭。這鄭孔目。拿定了。蕭娥胡做。知他那裏去了賽娘僧住。

〔云〕罷罷罷。渾家被魯齋郎奪將去了。一雙兒女又不知所向。甫能得了個女人。又是銀匠李四的渾家。我在這裏。怎生存坐。舅子。我將家緣家計。都分付與你兩口兒。每月齋糧道服。休少了我的。我往華山出家去也。〔李四云〕姐夫。你怎生棄捨了銅斗兒家緣。桑麻地土。我扯住你的衣服。至死不放你去。〔正末唱〕

【十二月】休把我衣服扯住。情知咱冰炭不同鑪。〔李四云〕姐夫。這桑麻地土。寶貝珍珠。怎生割捨的。〔正末唱〕管甚麽桑麻地土。更問甚寶貝珍珠。〔李四云〕姐夫。把我渾家與你罷。〔正末唱〕呸。不識羞閒言長語。他須是你兒女妻夫。

〔旦云〕孔目。你與我一紙休書咱。〔正末唱〕

【堯民歌】索甚麽恩絶義斷寫休書。〔李四云〕魯齋郎知道。他不怪我。〔正末唱〕魯齋郎也不是我護身符。〔李四云〕俺姐姐不知在那裏。〔正末唱〕他兩行紅袖醉相扶。美女終須累其夫。嗟吁。嗟吁。教咱何處居。則不如趁早歸山去。

〔李四云〕姐夫。許多家緣家計。田產物業。你怎下的都抛撇了。〔正末唱〕

【耍孩兒】休道是東君去了花無主。你自有鶯儔燕侶。我從今萬事不關心。還戀甚衾枕歡娛。不見浮雲世態紛紛變。秋草人情日日疎。空教我淚洒徧湘江竹。這其間心灰卓氏。乾老了相如。

〔李四云〕俺姐姐不知在那裏。〔正末云〕你那姐姐呵。〔唱〕

【二煞】這其間聽一聲金縷歌。看兩行紅袖舞。常則是笙簫繚繞了鬟簇。三盃酒滿金鸚鵡。六扇屏開錦鷓鴣。反倒做他心腹。那厮有拐人妻妾的器具。引人婦女的方術。

〔李四云〕這一年四季。齋糧道服。都不打緊。姐夫。你怎麼出的家。還做你那六案都孔目去。〔正末唱〕

【煞尾】再休題掌刑名都孔目。做英雄大丈夫。也只是野人自愛山中宿。眼看那幼子嬌妻我可也做不的主。〔下〕

〔李四云〕姐夫去了也。娘子。我那知道還有完聚的日子。如今我兩個掌着他這等家緣家計。許他的齋糧道服。須按季送去與他。不要少了他的。〔詩云〕我李四今年大利。全不似整壺瓶這般悔氣。平空的還了渾家。又得他許多家計。〔同旦下〕

〔音釋〕慾于句切　俗詞疽切　甦音蘇　福音府　毒東盧切　謎迷去聲　熟繩朱切　屬繩朱切　辜音姑　刖音月　足臧取切　疣音尤　殢音膩　出音杵　哭音苦　長音丈　行音杭　趁嗔去聲　娛音余　竹音主　簇粗上聲　腹音府　術繩朱切　目音暮　宿須上聲

第四折

〔外扮包待制引從人上〕〔詩云〕鼕鼕衙鼓響。公吏兩邊排。閻王生死殿。東嶽攝魂臺。老夫姓包名拯。字希文。廬州金斗郡四望鄉老兒村人氏。官封龍圖閣待制。正授開封府尹。奉聖人的命。差老夫五南採訪。來到許州。見一兒一女。原來是銀匠李四的孩兒。他母親被魯齋郎奪了。他爺不知所向。這兩個孩兒。留在身邊。行到鄭州。又收得兩個兒女。原來是都孔目張珪的孩兒。他母親也被魯齋郎奪了。他爺不知所向。我將這兩個孩兒。留在家中。着他習學文章。早是十五年光景。如今都應過舉。得第了也。老夫將此一事。切切於心。拳拳在念。想魯齋郎惡極罪大。老夫在聖人前奏過。有一人乃是魚齊即。苦害良民。强奪人家妻女。犯法百端。聖人大怒。即便判了斬字。將此人押赴市曹。明正典刑。到得次日。宣魯齋郎。老夫回奏道。他做了違條犯法的事。昨已斬了。聖人大驚道。他有甚罪斬了。老夫奏道。他一生擄掠百姓。强奪人家妻女。是御筆親判斬字。殺壞了也。聖人不信。將文書來我看。豈知魚齊即三字。魚字下邊添個日字。齊字下邊添個小字。即字上邊添一點。聖人見了道。苦害良民。犯人魯齋郎。合該斬首。被老夫智斬了魯齋郎。與民除害。只是銀匠李四。孔目張珪。不知所向。我如今着他兩家孩兒。各帶他兩家女兒。天下巡廟燒香。若認着他父母。教他父子團圓。也是老夫陰隲的勾當。張千。你分付他兩個孩兒。同兩個女兒。明日往雲臺觀燒香去。老夫隨後便來。〔詩云〕他不遵王法太踈狂。專要奪人婦女做妻房。被我中間改做魚齊即。用心智斬魯齋郎。〔下〕〔净扮觀主上云〕道可道。非常道。名可名。非常名。小道姓閻。道號雙梅。在這雲臺觀做着個住持。今日無事。看有甚麼人來。〔李四同旦兒上云〕自家李四是也。自從與俺那兒女失散了十五年光景。知他有也無。來到這雲臺觀裏。與俺姐姐姐夫。并兩家的孩兒做些好事咱。〔做見觀主科云〕兀那觀主。我是許州人氏。一逕的來做些好事。〔觀主云〕你做甚麼好事。超度誰。〔李四云〕超度姐夫張珪。姐姐李氏。一雙兒女金郎玉姐。還有自己一雙兒女喜童嬌兒。與你這五兩銀子。權做經錢。〔觀主云〕我出家人。要他怎麼是好。銀子且收下。一邊看齋食。請吃了齋。與你做好事。〔貼旦道扮上云〕貧姑李氏。乃張珪的渾家。被魯齋郎奪了我去。可早十五年光景。一雙兒女。不知去向。連張珪也不知有無。魯齋郎被包待制斬了。我就捨俗出家。今日去這雲臺觀。與張珪做些好事咱。早來到也。〔做見觀主科〕〔觀主云〕一箇好道姑也。道姑。你從那裏來。〔貼旦云〕我一逕的來與丈夫張珪孩兒金郎玉姐做些好事。〔李四云〕誰與張珪做好事。〔貼旦云〕我與張珪做好事。〔李四云〕兀的不是姐姐李氏。〔相見打悲科〕〔貼旦云〕兄弟。這婦人是誰。〔李四云〕這箇便是你兄弟媳婦兒。姐姐。你怎生得出來。〔貼旦云〕包待制斬了魯齋郎。俺都無事釋放。今日來雲臺觀。追薦你姐夫并孩兒金郎玉姐。〔李四云〕我也爲此事來。喒和你一同追薦者。〔李倈冠帶同小旦上云〕小官李喜童。妹子嬌兒。我母親被魯齋郎奪將去了。父親不知所向。虧了包待制大人。收留俺兄妹二人。教訓成人。今應過舉。得了頭名狀元。奉着包待制言語。着俺去雲臺觀裏。追薦我父母去。早來到了也。兀那住持那裏。〔觀主云〕早知相公到來。只合遠接。接待不着。勿令見罪。呀。怎生帶着個小姐走。〔李倈云〕我一徑的來做些好事。〔觀主云〕相公要追薦何人。〔李倈云〕追薦我父親銀匠李四。〔李四云〕是誰喚銀匠李四。〔李倈云〕兀的不是我父親。〔李四云〕你是誰。〔李倈云〕則我便是您孩兒喜童。妹子嬌兒。〔旦云〕孩兒也。你在那裏來。〔李倈再説前事悲科〕〔李四云〕孩兒。拜你姑姑者。〔做拜科〕〔貼旦云〕這兩人是誰。〔李四云〕這兩箇便是我的孩兒。〔貼旦悲科云〕你一家兒都完聚了。只是俺那孔目。并兩箇孩兒。不知在那裏。〔張倈冠帶同小旦上云〕小官是張孔目的孩兒金郎。妹子玉姐。我母親被魯齋郎奪去。父親不知所向。多虧了包待制大人收留俺兄妹二人。教訓成人。應過舉得了官也。包待制着俺雲臺觀追薦父親去。可早來到也。住持那裏。〔觀主云〕又是一箇官人。他也帶着小娘子走。相公到此只甚。〔張倈云〕特來做些好事。〔觀主云〕追薦那一箇。〔張倈云〕追薦我父親張珪。母親李氏。〔貼旦云〕誰喚張珪李氏。〔張倈云〕我喚來。〔貼旦云〕你敢是金郎麽。〔張倈云〕妹子。兀的不是母親。〔做悲科〕〔貼旦云〕這十五年你在那裏來。〔張倈云〕自從母親去了。父親不知所向。多虧了包待制大人。將我兄妹二人教訓。應過舉。得了官也。今日奉包待制言語。着俺雲臺觀追薦父母。不想得見母親。不知俺父親有也無。〔做悲科〕〔李四云〕姐姐。這箇既是你的兒子。我把女兒嬌兒。與外甥做媳婦罷。〔張倈云〕母親。將妹子玉姐。與兄弟爲妻。做一個交門親眷。可不好那。〔貼旦云〕俺兩家子母。怕不完聚。只是孔目。不知在那裏。教我如何放的下。〔做悲科〕〔正末愚鼓簡板上〕〔詩云〕身穿羊皮百衲衣。饑時化飯飽時歸。雖然不得神仙做。且躲人間閒是非。想俺出家人。好是清閒也呵。〔唱〕

【雙調新水令】想人生平地起風波。爭似我樂清閒支着箇枕頭兒高卧。只問你煉丹砂唐呂翁。何如那製律令漢蕭何。我這裏醉舞狂歌。繁華夢已參破。

【風入松】利名塲上苦奔波。因甚强奪。蝸牛角上爭人我。夢魂中一枕南柯。不戀那三公華屋。且圖個五柳婆娑。

〔云〕俺這出家人。一年四季。春夏秋冬。好是快活也呵。〔唱〕

【甜水令】俺這裏春夏秋冬。林泉興味。四時皆可。常則是日夜宿山阿。有人相問。靜裏工夫。煉形打坐。笑指那落葉辭柯。

【折桂令】想當初向清明日共飲金波。張孔目家世墳塋。須不是風月鳴珂。他將俺兒女夫妻。直認做了雲雨巫娥。俺自撇下家緣過活。再無心段疋綾羅。你休只管信口開合。絮絮聒聒。俺張孔目怎還肯緣木求魚。魯齋郎他可敢暴虎馮河。

【雁兒落】魯齋郎忒太過。〔帶云〕他道張珪。將你媳婦則明日五更送將來我要。〔唱〕不是張孔目從來懦。他在那雲陽市劍下分。我去那華山頂峯頭臥。

〔云〕我則道他一世兒榮華富貴。可怎生被包待制斬了。人皆歡悦。〔唱〕

【得勝令】今日個天理竟如何。黎庶盡謳歌。再不言宋天子英明甚。只說他包龍圖智慧多。魯齋郎哥哥。自惹下亡身禍。我捨了個嬌娥。早先尋安樂窩。

〔云〕今日我去雲臺觀散心咱。〔貼旦云〕李四。你看那道人。好似你姐夫。你試喚他一聲咱。〔李四叫科云〕張孔目。〔正末回頭科云〕是誰叫張孔目。〔做見科云〕兀的不是我渾家李氏。〔貼旦云〕你怎生撇了我出了家。勸你還俗罷。〔正末詩云〕你待散時我不散。悲悲切切男兒漢。從前經過舊恩情。要我還俗呵有如曹司翻舊案。〔衆云〕你還了俗罷。〔正末云〕我修行到這個地步。如何肯再還俗。〔衆拜科〕〔正末唱〕

【川撥棹】不索你鬧鑊鐸。磕着頭禮拜我。〔李四云〕姐夫。今日喒兩家夫婦兒女都完聚了。你可怎生捨的出家去。你依着我。只是還了俗者。〔正末唱〕誰聽你兩道三科。嚷似蜂窩。甜似蜜鉢。我若是還了俗可未可。

〔貼旦云〕孔目。平素你是受用的人。你爲何出家。你怎生受的那苦。〔正末唱〕

【七弟兄】你那裏問我。爲何。受寂寞。我得過時且自隨緣過。得合時且把眼來合。得卧時側身和衣卧。

【梅花酒】不是我自間闊。趁浪逐波落落托托。大笑呵呵。夫共妻任摘離。兒和女且隨他。我這裏自磨陀。飲香醪醉顏酡。拚沉睡在松蘿。

【收江南】呀。抵多少南華莊子鼓盆歌。烏飛兔走疾如梭。猛回頭青鬢早皤皤。任傍人勸我。我是個夢醒人怎好又着他魔。

〔包待制衝上云〕事不關心。關心者亂。老夫包拯。來到這雲臺觀。見一簇人鬧。不知爲甚麼。〔李四云〕爺爺。小的是許州人銀匠李四。俺姐姐被魯齋郎强奪爲妻。幸得爺爺智斬魯齋郎。如今俺姐姐回家來了。争奈姐夫張珪出了家。不肯認他。因此小的每和他兒女。在此相勸。只望爺爺做主咱。〔包待制云〕兀那張珪。你爲何不認他。〔正末云〕我因一雙兒女。不知所在。已是出家多年了。認他做甚麼。〔包待制云〕張珪。你那兒女和李四的兒女。都在跟前。這十五年間。我都擡舉的成人長大。都應過舉。得了官也。如今將李四的女兒。與張珪的孩兒爲妻。張珪的女兒。與李四的孩兒爲妻。你兩家做個割不斷的親眷。張珪。你快還了俗者。〔詞云〕則爲魯齋郎苦害生民。奪妻女不顧人倫。被老夫設智斬首。方表得王法無親。你兩家夫妻重會。把兒女各配爲婚。今日個依然完聚。一齊的仰荷天恩。〔正末同衆拜謝科〕〔唱〕

【收尾】多謝你大恩人救了喒全家禍。擡舉的孩兒每雙雙長大。莫説他做親的得成就好姻緣。便是俺還俗的也不悮了正結果。

〔音釋〕拯音整　騭音質　衲音納　奪音多　娑音簑　阿何哥切　珂康和切　活音和　合音何　聒音果　馮音平　懦音糯　慧音惠　窩音倭　鑊音和　鐸在挪切　嚷人掌切　缽波上聲　寞音磨　闊科上聲　托音拖　他音拖　酡音陀　皤音婆　大音惰　結饑也切

題目　三不知同會雲臺觀

正名　包待制智斬魯齋郎